NÓS

NÓS

CHRISTELLE DABOS

Tradução: Isabella Veras

MORRO BRANCO
EDITORA

Nós

MORRO BRANCO é uma editora do Grupo Editorial Alta Books (Starlin Alta Editora e Consultoria Ltda.)

ISBN: 978-65-6099-064-7

Impresso no Brasil — 1ª Edição, 2025 — Edição revisada conforme o Acordo Ortográfico da Língua Portuguesa de 2009.

Dados Internacionais de Catalogação na Publicação (CIP)

D131n
1.ed. Dabos, Christelle
Nós. Christelle Dabos; tradução Isabella Veras. - 1.ed. - Rio de Janeiro : Morro Branco, 2025.
480 p.; 13,8 x 21 cm.

Título original: Nous.
ISBN 978-65-6099-064-7

1. Literatura contemporânea francesa. I. Veras, Isabella. II. Título.

CDD 843.92

Índice para catálogo sistemático:
1. Literatura contemporânea francesa 843.92

Produção Editorial: Grupo Editorial Alta Books
Diretor Editorial: Anderson Vieira
Vendas Governamentais: Cristiane Mutüs

Coordenadora Editorial: Illysabelle Trajano
Produtora Editorial: Luana Maura
Tradução: Isabella Veras
Revisão: Carol Colffield
Diagramação: Rita Motta

ALTA BOOKS
GRUPO EDITORIAL

Rua Viúva Cláudio, 291 — Bairro Industrial do Jacaré
CEP: 20.970-031 — Rio de Janeiro (RJ)
Tels.: (21) 3278-8069 / 3278-8419
www.altabooks.com.br — altabooks@altabooks.com.br
Ouvidoria: ouvidoria@altabooks.com.br

Editora
afiliada à:

ASSOCIADO

Sumário

PRINCÍPIOS INSTINTIVOS

1. Todo mundo tem um Instinto.
2. Sempre se deve acreditar no próprio Instinto.
3. Todos os Instintos são iguais.
4. Só existem Altos Instintos.
5. Mentir sobre o próprio Instinto é ilegal.
6. O uso indevido do Instinto é crime.
7. O Instinto sabe onde, quando e como.
8. Você não precisa saber o porquê.
9. A Burocracia Instintiva tem autoridade máxima.

BUROCRACIA INSTINTIVA

I. Um Virtuoso salvou 11 vidas.
II. Um Anjo salvou 101 vidas.
III. Um Arcanjo salvou 1.001 vidas.
IV. Um Trono salvou 10.001 vidas.
V. Um Querubim salvou 100.001 vidas.
VI. Um Serafim salvou 1.000.001 vidas.
VII. Um Poderoso salvou 10.000.001 vidas.
VIII. Um Messias salvou 100.000.001 vidas.
IX. Um Supremo salvou 1.000.000.001 vidas.

É “Santo” o Virtuoso, o Anjo, o Arcanjo e o Trono.
É “Altíssimo” o Querubim, o Serafim, o Poderoso e o Messias.
O status de Supremo, até hoje, nunca foi atingido.

1

ABRA-ME A SUA PORTA

MARTHE

(*MESMO QUE ISSO NÃO TENHA IMPORTÂNCIA*)

DOE SANGUE
UMA GOTINHA PARA VOCÊ
UM GRANDE GESTO PARA O NÓS
DOANDO SANGUE,
VOCÊ SALVA VIDAS!*

Ela continua imóvel diante do anúncio no ponto de ônibus. Sobretudo por causa do asterisco. Ela quebra a cabeça para decifrar as letras miúdas à direita do cartaz: "**À razão de 4 doações por ano durante um período de 3 anos consecutivos, você ganha 1/2 ponto de vida ao se dirigir ao Cômputo do seu setor*". Sim, era mesmo o que ela pensava: não tem por que abraçar a via da santificação.

Sempre tem um asterisco.

O ônibus chega. Ela pega a caixa de ferramentas aos seus pés e entra, lançando olhares furtivos aos outros passageiros. Está lotado e sufocante. Ela ignora todos os jeans rasgados e os cortes mullet, todas as bandanas fluorescentes e as bolas de chiclete para se concentrar em cada rosto. Em cada marca. Há dois fabricantes, um calculador, uma informante, prestativos de todo tipo (dos quais uma, quatro vezes mais velha do que ela, cedeu-lhe imediatamente o lugar ao fundo do ônibus), mas, antes de tudo, ufa: nenhum reparador.

Desses ela prefere passar longe no transporte público. Toda vez que um vê sua marca e descobre que ela também é reparadora, é tiro e queda: ele se sente obrigado a trocar "parafusos". O. Trajeto. Inteiro. E, se descobre a cereja do bolo — que ela ainda está no internato da Escola da Reparação — sente-se no dever de contar a ela em detalhes o próprio aprendizado, ai, ai, que bons os tempos da minha juventude, senhorita, aproveite ao máximo! Parecia que ela estava ouvindo os primos de segundo grau.

Aproveitar o quê?

Os cursos que não ensinam nada que o seu Instinto já não saiba. Quanto ao estágio na sociedade de manutenção de elevadores, de onde ela acabou de sair, ele resume bem o resto do seu destino medíocre. Parafusar. Desparafusar. Voltar a parafusar.

Ela se chama Marta, inclusive, mas isso não é lá muito importante. Ela cola a bochecha na janela do ônibus e observa o balé dos pedestres. Um limpador com vassourão que livra a calçada de tudo o que pudesse fazer as pessoas tropeçarem, um afetuoso de patins que faz sua rodada de carinhos em qualquer um que esteja desassossegado, um menininho que já está ajudando a mãe a carregar as compras — ainda não recebeu sua marca, mas não deve demorar, já deve ter quase 11 anos. Nos olhos deles, o mesmo brilho, a mesma urgência.

A osmose do Nós.

Marthe levanta o nariz para olhar o desfile cúbico imóveis. Cimento queimado, molduras de alumínio, terraços, grafites por toda parte, são todos parecidos. Com uma exceção: o arranha-céus dos Altíssimos no Sul, lá longe. Cintilante e espetacular. Marthe o contempla do seu assentozinho de zero à esquerda, no fundo do ônibus, esmagada pelo seu tamanho. Eles devem ter elevadores excelentes lá, mas dispõem de um serviço de manutenção próprio. Ela nunca entrou lá; ela não é importante o suficiente; ela não salvou nenhuma vida; ela só sabe parafusar, desparafusar e voltar a parafusar. Como sempre faz em cada trajeto depois de sair do estágio ao qual ninguém a prende, antes de voltar à Escola na qual ninguém a aguarda, ela passa o tempo contando os andares. Ela nunca consegue contar todos. Acha até engraçado chamarem esse prédio de "o arranha-céus dos Altíssimos", porque, na prática, fora os 4 Serafins do Sul que residem entre o 80º e o 99º andar, só há Santos ali dentro: inúmeros Virtuosos, um monte de Anjos, alguns Arcanjos e uns dez Tronos.

Mas veja bem, Santos ou Altíssimos são apenas nomes no final das contas. Nomes e números. Eles nascem com seu Instinto e morrem com seu Instinto, depois cedem seu lugar a outros que nascem com seu Instinto e morrem com seu Instinto, como os meros mortais, a diferença é que salvam vidas. Muitas, muitas vidas. Vidas não tão importantes assim e que não duram muito.

Marthe engole em seco. Se alguém no ônibus soubesse no que ela está pensando, seria denunciada na hora. Será que ela é a única que tem pensamentos profanos? Os Altíssimos e os Santos são sagrados. Ela também é sagrada. Todos são sagrados, porque todos têm um Instinto, e, aos olhos do Nós, todos os Instintos são iguais.

Marthe aperta a caixa de ferramentas com os dedos. Ah, não. Entrou um velho no ônibus trazendo um carrinho de compras. Ela consegue ver daqui que uma das rodas está quase se soltando. Marthe tem um alcance instintivo de 180cm: desde que o velho não venha se meter no fundo do ônibus, perto dela, onde Marthe não poderá ignorar a disfunção...

E, sim. O velho está vindo para cá.

No instante em que ele penetra seu campo instintivo, Marthe a sente: a vontade premente de parafusar rápido, rápido, rápido aquela rodinha. Ela engole em seco mais uma vez. Tecnicamente, esse carinho ainda não quebrou, o Instinto não venceu, mas é como se lhe desse coices no ventre.

Reparar, reparar, reparar.

É deliciosamente insuportável. Esse é o pior caso para Marthe: ficar nessa alegria antecipada de ceder logo ao Instinto, de quase esperar, sim, quase, que essa rodinha se desparafuse de uma vez por todas.

O velho está sentado no banco em frente ao dela, uma mão no carrinho, o ar sonhador. Ele está com um broche "I". Um Virtuoso aposentado. Segundo sua marca, é um cuidador e, ainda segundo sua marca, ele tem um alcance instintivo muito pequeno. Marthe acha isso desonesto. Acabou de penar quatro horas no curso e quatro horas no estágio, ela merece uma trégua! Como esse velho doutor reagiria se um cara com úlcera estomacal colasse nele? Se o seu Instinto o impelisse a largar suas compras, seu devaneio, tudo o que está fazendo, para se dedicar inteiramente à saúde de um completo desconhecido?

Ela salta do assento.

Seu Instinto lhe enviou uma descarga química no corpo inteiro. Desbaratada pelos solavancos do ônibus, a rodinha acabou se soltando. *REPARAR!* Antes mesmo que o velho doutor pudesse entender por que seu carrinho de compras perdeu o equilíbrio de repente, Marthe já está de joelhos, chave treze na mão, parafusando novamente a porca. Cada volta da chave é um êxtase. Ela se sente tão plena, tão presente, tão Nós!

— Obrigado, senhorita.

Marthe não responde nada ao velho doutor, nem mesmo o seu sorriso. A rodinha foi reparada; a euforia passou. Obrigado pelo quê? Foi o Instinto que fez tudo. Ela não queria ajudá-lo.

Ela organiza a caixa de ferramentas e desce na sua parada, no cruzamento das Escolas. Ali, ela fica um tempo na calçada, em meio ao fluxo de passantes, para arrumar os sapatos.

Está envergonhada.

Marthe volta ao portão da Escola da Reparação. Da grade, ela observa o fluxo de estudantes e professores, cada um com a mesma caixa de ferramentas que a sua em mãos, com a mesma marca no rosto que a sua — pertinho dela. Parecem estar tão satisfeitos! Felizes pela tarefa cumprida e felizes por todas as que virão.

Será que Marthe talvez não devesse simplesmente parar de esperar outra coisa do Nós além do que ela já é? Voltar ao internato, parafusar, fazer os cursos, desparafusar, terminar o estágio, parafusar de novo, passar nas provas de fim de ano e aceitar o primeiro posto de fábrica que lhe oferecerem? Talvez até, de repente, fazer alguns amigos e recuperar o contato com os primos de segundo grau do Setor Leste?

Mas Marthe não recuperará o contato com seus primos de segundo grau.

Marthe não voltará nem ao curso nem ao seu estágio.

Marthe não voltará mais a parafusar as rodinhas de velhos doutores no ônibus.

Porque foi nesse dia, no Setor Sul, em frente ao portão da Escola da Reparação, que Marthe e sua caixa de ferramentas foram vistas pela última vez.

TODO MUNDO TEM UM INSTINTO

Claire,
Você está tão perto e me faz tanta falta.
J.

GOLIATH

SÓ MAIS UMA VIDA

Uma gota de sangue se desmantela no fundo do lavatório. Meu sangue. Eu queria deixar uma boa impressão? Comecei bem. Solto um palavrão — o menos blasfematório possível — enquanto aplico um lenço sobre o corte. Já faz três anos que tenho barba no queixo, e me barbear continua uma tortura. Meu irmão riria da minha cara, se me visse agora. Pelo menos não arruinei a minha marca: o essencial está a salvo.

Eu me examino no espelho. Sou maior de idade desde ontem.

Será que estou diferente? Sempre me disseram que eu tinha cara de bandido, e isso não mudou muito. Reajusto a pressão dos meus dedos artificiais ao redor da lâmina; fazer a barba consegue ser pior que segurar minha escova de dentes, mas preciso estar impecável. Meu futuro depende disso.

Ele está ao lado do lavatório: um lindo envelope azul celestial com meu nome e o logo aureolado da Burocracia Instintiva. Eu o encontrei hoje de manhã na caixa de correio quando estava voltando da minha corrida. Ainda não o abri (gesto que consegue ser pior do que segurar uma lâmina), mas já o coloquei contra a luz. Sei o que está escrito.

Uma contagem regressiva.

— Só mais uma vida.

As palavras me escapam. Aprumo o peito e levanto os ombros, doloridos do treino intensivo que me imponho, além da corrida de regra, a cada manhã. Minhas próteses dos braços emitem cliques bem lubrificados. O cheiro do sabão se perde no de lubrificante mecânico; prática cotidiana obrigatória, se eu quiser usar minhas mãos corretamente.

Dou uma olhada no quadro de horários das duchas coletivas. Em um instante, o alarme despertará meus colegas, mas aqui, agora, as fileiras de lavatórios velhos, o gotejar dos canos, o fedor da água sanitária Javel, o azulejo trincado sob meus pés, as lâmpadas que não poupam nenhum detalhe do banheiro e os roupões de banho, usados mil vezes, lavados outras mil, tão ásperos que lixam a pele, pendurados nos ganchos como carcaças, sim, agora tudo me pertence.

Começando pelo meu Instinto.

Fecho as pálpebras, procurando sob a minha pele, sob a minha marca, no fundo da minha carne, no interior dos meus ossos, procuro e sei que está ali, à espreita, que continuará ali até o meu último suspiro, que ele sou eu, ou antes o melhor de mim.

Reabro os olhos. Mas que inchaço é esse entre as minhas costelas? Isso não é normal, nada normal mesmo, preciso me vestir rápido, rápido e não pensar mais nisso, principalmente não hoje, deixar uma boa impressão. Fecho o zíper do blazer da Escola do Protetorado. Sou quase um Virtuoso, um quase-Santo, vou mostrar direitinho para todo mundo ver — principalmente a você, irmãozinho —, e para isso: só falta salvar mais uma vida.

O alarme ressoa por todo o internato. Vamos nessa.

Coloco o envelope azul celeste no bolso e atravesso o corredor em zigue-zague entre os alunos que acordam. Nos dormitórios, gente bocejando, se alongando e se aquecendo. Os mais jovens se distanciam vivamente da minha passagem enquanto se agasalham. Não é de mim que têm medo, mas dos meus braços, do que também eles poderiam perder. Já vejo alguns bem machucados neste fim de ano, perna engessada, mãos enfaixadas, nariz coberto de curativos: pois é, nascer protetor é isso.

Enquanto desço as escadas, os primeiros colocados da turma me contornam em ritmo de corrida, berrando o hino *O que nós protegemos!* a plenos pulmões, sem nem olhar para mim. Fingem que nunca pertenci a eles, mas não faz muito tempo que eu era o maioral do grupo.

Debruço-me na balaustrada:

— Já fui correr, primeiro a tomar banho e último a se deitar, tenho dez vidas registradas! E o exemplo a seguir são vocês?

Minha voz grossa ressoou escada abaixo, mas não me respondem. Bosta.

Está chovendo à beça, os vidros do patamar estão vazando. Entre os inúmeros adesivos fluorescentes, muito na moda, só alguns espertinhos se divertem, aglomerando-se quase por toda a parte, vejo passar lá fora os faróis de luz de uma patrulha de Virtuosos. O cruzamento das Escolas já está bem engarrafado. Os neons do Santo Mundo, o café mais explorado do quarteirão, piscam do outro lado da rua. Examino com cuidado as fachadas de cimento queimado vermelho das outras Escolas, menos pichadas e mais chamativas do que a nossa. Parece que eles têm direito a barbeadores elétricos nesses cantos e a banheiros que fecham. Eu não gostaria de trocar de lugar com ninguém, muito menos com nossos vizinhozinhos da Escola da Confidência: eles que fiquem onde estão, protegidos por suas lindas janelinhas de vidro insulado.

Um confidente não salva ninguém.

Tiro os olhos do cimento queimado vermelho, do cruzamento congestionado, dos neons do Santo Mundo e procuro ao longe, perdido nas nuvens, o arranha-céus dos Altíssimos do Sul. Faço o sinal da cruz, como sempre. Abraçar a via da santificação é ser acolhido, abrigado, alimentado, inocentado, respeitado.

Eu me apresento ao escritório da diretora muito antes do horário de abertura. Ele é, com as salas de aula e o parlatório, o único lugar da Escola do Protetorado que tem uma porta. Misturamos nossas vidas e fazemos nossas necessidades juntos, meninos e meninas, sem nenhuma intimidade, apenas uma forma de nos ensinarem a comunhão com o Nós. É melhor não pensar agora, já que estou me preparando para enfrentar a diretora e tudo o que realmente acontece entre essas ausências de porta.

Que pena, não tenho paciência para aguardar, cada minuto conta. Minha prótese produz um som de panela quando bato à porta.

— Entre.

A voz da diretora já está na defensiva. Abro a porta.

— Peço que me realoque para a brigada de incêndios!

A diretora levanta o rosto da máquina de escrever para me inspecionar da cabeça aos pés, olhando de seu escritório revestido de fórmica. Ela me apavorava quando eu era pequeno. Essa bengala que deixa encostada no assento já me bateu em todo canto do meu corpo. Essa é a nossa diretora, amputada até a coxa ao salvar sua sétima vida.

— Três coisas, Goliath. Um: apague esse sorriso da cara, não tem beleza para isso. Dois: quando se dirigir a mim, favor não gritar, agradecida. Três: sente-se.

Então eu me sento.

A cabeça da diretora é tão lisa e brilhante como uma bola de discoteca. Eu nunca raspo a minha tanto assim. Toda essa pele exposta realça a marca dos protetores que ela tem no rosto. A mesma que eu, a única diferença é que a sua indica um maior alcance instintivo.

No escritório, como em toda a Escola, os pôsteres levam o logo aureolado da Burocracia Instintiva:

AINDA NÃO É MAIOR DE IDADE?
ABRACE A VIA DA SANTIFICAÇÃO
OS ALTÍSSIMOS ESTÃO À NOSSA DISPOSIÇÃO 24H/DIA
COMPORTAMENTO SUSPEITO?
ENTRE EM CONTATO COM NOSSOS DESMISTIFICADORES!
NÃO EXISTE INSTINTO PEQUENO,
MAS GRANDES DESTINOS, SIM

Meus sonhos de adolescente se alimentaram dessas tipografias estilo "cheguei". Coloco o envelope azul celeste ao lado da máquina de escrever, depois falo, um pouco mais baixo:

— Recebi.

A diretora rasga o envelope, desdobra a carta e suspira.

— É sério, Goliath? Uma derrogação?

— Eles me deram trinta dias contando a partir do meu aniversário. Agora são 29. Realoque-me para a brigada de incêndios.

Não consigo evitar exibir meu lado mecânico durão — literalmente. Quero que a diretora constate por si mesma o que me tornei ontem: um adulto. Não tenho mais nada daquele moleque sujo que lhe deu tanto trabalho desde que chegou à Escola do Protetorado. Desenvolvi músculos e disciplina e juízo (e um inchaço que sinto entre minhas costelas a cada respiração), (um inchaço que de normal não tem nada), (chega).

— É na brigada de incêndios que quero terminar meu estágio do último ano. Com os outros primeiros da turma.

Reprimo um movimento de recuo quando a diretora vira sua calculadora para mim. Ela até parece calma assim, mas já me tacou seu telefone, e fiquei com a marca da roda de discagem por muitos dias na testa.

— O número que você está vendo na tela, Goliath, é o nosso orçamento. O que resta dele depois de quitadas todas as faturas. Quase nada. E, com esse quase nada, preciso encher a barriga de vocês, vestir suas bundas e cuidar dos seus dodóis.

Coloco minhas mãos artificiais nos bolsos do meu blazer. Esse dodói foi especialmente caro. Um canteiro de obras de tratamentos industriais, a blusa de um trabalhador se prende em um triturador de metal e pronto: ganho minha décima vida e perco dois braços em troca. O mais engraçado? A diretora tinha me colocado na segurança do trabalho porque eu já estava de olho na brigada de incêndios.

— A senhora me rebaixou para o departamento de trânsito o ano inteiro, diretora. Aceitei. Fui imprudente, aprendi minha lição. Mas a senhora não pode me punir pra sempre. Não com essa derrogação. Não quando estou tão perto. Só mais uma vida!

Eu lhe aponto o Mural da Vergonha no corredor, além da porta que ficou aberta. Lá estão fixadas fotos de todos aqueles que desertaram a Escola, seja por fraqueza ou por acidente. Uma bela fila de perdedores, e que pena ver ali no meio uma antiga colega minha que saiu de um dia para o outro, voltou para seu buraco no meio do nada, o Setor Oeste-Noroeste, sem desculpas, sem orgulho.

— Se tem alguém nessa Escola que vai chegar longe e subir na vida, diretora, sou eu. Realoque-me para a brigada de incêndios, onde vou poder honrar todo mundo.

Desta vez, levo uma calculadorada. Um modelo de última geração com impressora integrada, até para uma cabeça dura como a minha, machuca.

Mas, ainda muito calma, a diretora replica:

— Uma pergunta, Goliath. Por que a Burocracia Instintiva colocou a maioridade como data limite para abraçar a via da santificação? Resposta: porque as pessoas que realmente estão destinadas a salvar vidas recebem essa determinação como evidência, e isso desde muito novas. Essas pessoas não precisam de derrogação nenhuma. Derrogação que, diga-se de passagem, não passa de um prêmio de consolação por você ter perdido os braços. Derrogação que eles lhe permitiram, Goliath, porque você pediu explicitamente. Derrogação que termina na mesma data que suas provas e que vai distrai-lo dos estudos. O risco que você corre é o de se quebrar demais, de um jeito que ninguém conseguirá consertar, e acabar sem nenhuma perspectiva de carreira, fora puxar a orelha de pirralhos da sua laia.

Ouço em sua voz: a falta. A diretora nunca sai daqui, nunca vai onde as coisas acontecem, e aqui, entre os muros da Escola do Protetorado, os acidentes continuam raros. Em algumas semanas, depois das provas, quando eu receber meu diploma, partirei com todos aqueles da minha categoria. Sou um lembrete do que ela talvez nunca mais tenha depois da minha partida, um cabeça quente a proteger, e todo mundo sabe o que acontece quando não exercemos nosso Instinto regularmente. A diretora já tem rugas demais para a sua idade.

De repente, fico com medo de que isso também me aconteça. O inchaço entre as costelas me sufoca.

— A brigada de incêndios, diretora.

— Você vai terminar o estágio no departamento de trânsito até a entrega dos diplomas. Já terá salvado dez vidas, Goliath. A última quase foi demais para você. A principal vocação das Escolas é formar cada aluno de acordo com seu Instinto, intelectual e fisicamente, a fim de que possa ser o receptáculo ideal. Nós educamos protetores aqui, não mártires. Dez vidas já é bem aceitável para a sua idade. Você tem um histórico honesto com vários bônus. Não estrague tudo, concentre-se nos estudos e obtenha seu diploma. Terá um excelente cargo em uma excelente empresa com um excelente salário. Pode retirar-se.

Eu me vejo correr feito um louco furioso noite adentro. Penso nas câimbras nas panturrilhas, nos analgésicos, no orgulho que engoli, nesse monte de ferro-velho no lugar dos braços, nesse inchaço que, agora tenho certeza, cresce como um tumor. E para quê? Um *excelente cargo?* Não é suficiente. Se quero ter uma chance de medir forças com meu irmão, nunca será suficiente.

Vinte e nove dias. É tudo o que me resta para salvá-la, essa décima primeira, essa última vida, para me tornar um Virtuoso a tempo.

— Prefiro ser um mártir a um covarde.

Talvez eu não esteja muito familiarizado com portas, mas a da diretora eu bati com força.

O UNIVERSO NAS VEIAS.

Minha primeira vez.

É claro que lembro. Um ser humano pode se esquecer das primeiras palavras, dos primeiros passos, da primeira queda, mas não do despertar do seu Instinto.

Minha primeira vez foi quando vovô morreu. Dois minutos antes da sua morte, na verdade. Estávamos todos à mesa, almoço em família, louças chiques de domingo, guardanapos floridos, vento batendo nas cortinas, cheiro de filé com fritas, televisão no último volume, e eu, pois é, eu estava jogando mingau na bochecha do meu irmão mais velho. De repente, percebi. Não foi quando vovô levou a mão à goela, não foi quando meus pais correram até ele, derrubando as cadeiras. Não, eu percebi no instante em que ele garfou sua carne com um gesto negligente, os olhos vidrados na televisão. Isso me provocou uma descarga em toda a coluna vertebral, uma necessidade tão violenta de tirar aquele garfo de suas mãos, que fiquei sem fôlego. Quando finalmente consegui berrar — de pavor, de raiva, de surpresa e de alegria ao mesmo tempo —, já era tarde demais.

Foi esse o primeiro chamado do meu Instinto. A primeira morte que não fui capaz de impedir. Houve outras mais tarde: eu não era grande o suficiente, forte o suficiente, rápido o suficiente, e depois essa bendita, mas... Mas por que estou pensando nisso mesmo?

Agito meu bastão branca sob a chuva para as latas-velhas desacelerarem, depois para os alunos atravessarem. Meu supervisor de estágio me colocou no cruzamento das Escolas ainda por cima, o que significa quatro vias, duas linhas de ônibus e muitos, muitos jovens treinando para tirar a carteira de motorista.

Bosta, se meu irmão me visse agora...

Assim que ouço a sirene dos bombeiros de longe, eu me repito que aquele era para ser o meu lugar, na linha de frente com os outros. Sou o melhor da minha Escola. Só mais uma vida, bosta! Se eu não vejo problema em arriscar minha pele, por que a diretora vê?

Problema dela: tenho uma derrogação. E um plano de resgate.

Dou uma olhada nos neons do Santo Mundo na calçada à minha frente, entre as pichações da hamburgueria e as da midiateca. Tento, em vão, enxergar Flo atrás dos vidros inundados de chuva. É melhor ela estar pronta quando eu terminar meu estágio. Meu plano depende dela. Isso não me agrada. Preferiria não precisar burlar o sistema, mas não é como se me deixassem escolha.

— Tá pensando em quê, campeão?

Esparramado na calçada, a pinça de catar dejetos debaixo do braço, o saco de lixo encostado ao seu lado, Quéjéfé acende um enésimo cigarro abrigado pelo capuz da capa impermeável. Ele os engole a cada vez que uma patrulha de Virtuosos passa e os cospe assim que a viatura deles se vai. Sua boca deve estar cheia de bolhas por dentro. Quéjéfé tem a mesma idade que eu, mas a comparação entre nós para por aí.

— Tá pensando em quê, hein, tá pensando em quê?

Eu o ignoro como posso. Desde o dia em que comecei meu estágio no departamento de trânsito, Quéjéfé se sentiu na obrigação de fazer o seu também, ao meu lado. E quando digo "fazer", esse é um verbo muito forte. Ele deveria limpar todas as calçadas do cruzamento, mas só mexe a bunda quando seu Instinto o impele diretamente — uma latinha jogada por um motorista, um dejeto canino, um folheto descolado de um poste, os próprios cigarros quando caem do seu bico — e dá para sentir que mesmo isso, mesmo a alegria de se abandonar de corpo e alma à onipotência do Nós, de só precisar se deixar levar, se deixar guiar, sim, mesmo isso, lhe custa. Tem quase tantos malus no histórico escolar quanto bônus no meu. Seu alcance instintivo é menor que o meu, e ele não faz questão de ficar de olho, só pega o que cai aos seus pés.

— Tá pensando em quê tá pensando em quê tá pensando em quê?

É de conhecimento geral que a Escola da Prestatividade — um prédio três vezes maior que o nosso — é uma zona. O Instinto dos prestativos compreende três subcategorias instintivas — civilidade, prevenção, bem-estar —, e, para cada uma delas, existe um monte de subcategorias: nutridores, anfitriões, porteiros, limpadores, caminhoneiros, afetuosos, verificadores, e vou parar por aqui. Sei que eles precisam respeitar algumas cotas, mas mesmo assim: como é que puderam aceitar um fumante assim aqui, no estabelecimento de maior reputação do Setor Sul? Os pais dele devem ter aberto a carteira. Quéjéfé desonra seu Instinto e o meu e aqueles de toda a humanidade e, pior de tudo: o do meu irmão.

— Tá pensando em quê tá pensando em qu…

— Fumar em via pública é proibido! — explodo. — E levante o capuz. Esconder a marca também é proibido. Se quiser profanar o Nós, fique à vontade, mas longe de mim.

Que azar, Quéjéfé continua aqui.

Mordo meu apito. São quase cinco da tarde, estamos em pleno horário de pico, a noite cai, a chuva dobra. Furioso ou não, devo estar vigilante. Meu alcance instintivo também não é imenso, 2,40m, mas, ao contrário de Quéjéfé, não me contento com o mínimo. Compenso como posso usando meus outros sentidos.

Procuro o acidente.

Encontro.

Na calçada à frente: alguns alunos com guarda-chuvas se movem rápido ao lado da faixa de pedestres. Não veem o carro, que também não os vê. Apito para avisar ao motorista, mas os pneus continuam a deslizar pelo asfalto molhado.

Largo meu bastão e me lanço.

Sou atravessado por uma corrente elétrica no instante em que o perigo entra no meu campo instintivo. Uma força irresistível me joga na frente do carro. Eu me apoio no para-choque com minhas duas próteses, desperto todos os meus músculos, todo o meu metal, e ajudo o veículo a desacelerar. Para além da dor, o prazer embala meu ventre como todas as vezes em que o Instinto entra no comando. O carro enfim se imobiliza. Atrás do vai e vem dos para-brisas, o motorista parece chocado com o que quase aconteceu.

Já os alunos disparam tranquilamente, bem abrigados pelo guarda-chuva, sem desconfiar de nada. Começo a me recompor ao pegar o bastão.

— Nem para agradecer!

Eles não me escutam. Estão todos de fones de ouvido e walkman: não preciso nem ver suas marcas para entender que são confidentes. Talvez não haja mesmo Instinto menor, como não cansam de nos repetir nas aulas de teologia, mas, não importa o que digam, um confidente não serve para nada.

— Foi bonito de ver — comenta Quéjéfé quando volto à calçada onde está. — Muito emocionante.

Olho meus ingratos que já estão passando pelo portão da Escola da Confidência. Eles marcham em um mesmo ritmo, avançam um atrás do outro, burguesinhos. Eu sei, não cheguei a salvá-los. No mínimo, poupei-lhes um susto; no máximo, uma fratura. Aqui, no trânsito, nunca é questão de vida ou morte.

Enquanto isso, acabei de levar uma parachocada na pança: o inchaço nada normal entre minhas costelas me chama a atenção para isso. Esse desconforto não é nada perto da saudade que já está me apertando a garganta. Eu queria ter feito mais. Porque salvar uma vida, de verdade, nada de uma batida de para-choque em uns confidentezinhos imbecis, salvar uma vida é uma explosão de alegria, é ter o universo nas veias, é como pegar fogo, e digo por experiência própria, já que convivi com uns braseiros antes de ser retirado da brigada de incêndios.

— Só lembrando que não somos remunerados — cospe Quéjéfé em uma nuvem de tabaco. — São vinte horas semanais de voluntariado forçado, é exploração. E você, campeão, leva muito a sério. "Abrace a via da santificação", dizem. Na verdade, fazem é de tudo para que continue elitista. Uma panelinha, sabe? Não serve para nada além de ganhar um brochinho de Virtuoso, nem é só salvar onze palhaços, nananinanão, precisa salvar *antes* de virar maior de idade. Mas ser um Virtuoso, campeão, vai mudar o que na sua vida? Você vai ficar pensando que ainda não basta, então a próxima etapa será virar um Anjo. E continuará não bastando, então vai querer virar um Arcanjo. Depois um Trono. E assim por diante. Mas mesmo se você fosse mais que um Santo, mesmo se virasse um Altíssimo, campeão, mesmo se tivesse salvado milhões de peles, nunca bastaria. Toda essa corrida pelos broches, essas continhas do Cômputo, esses títulos sem valor, não passa de uma grande enganação montada pela Burocracia Instintiva.

Meu punho para a um centímetro do nariz de Quéjéfé.

O problema quando nascemos para proteger o próximo é que a gente não pode bater em ninguém. Enfim, sim, em teoria eu até poderia, a própria diretora nunca se privou disso, mas eu não sentiria nenhum prazer. E, além do mais, não poderia fazer nada que pudesse colocar em outra pessoa em perigo, mesmo que a minha sobrevivência dependesse disso.

Por falta de opção melhor, coloco meu indicador entre os olhos de Quéjéfé. Um dedo de metal, engrenagens e cabos.

— Se blasfemar de novo, juro que te denuncio.

— O que foi que eu fiz?

Todos os sinos das Escolas tocam em uníssono. Cinco da tarde, enfim. Meu supervisor chega na hora exata.

— Nada a relatar, Goliath?

— Nadinha, senhor.

— Não me vem com esse ar amargurado e vaza. Assumo a guarda. Até amanhã. E você, — diz meu supervisor irritado, descolando

Quéjéfé da calçada — não tem mais o que fazer, não? Cadê sua supervisora? O que está escondendo aí na boca? Não me diz que é *outro* negócio proibido! Já não chega de malus?

Abandono Quéjéfé à própria sorte e atravesso as quatro vias que me separam do Santo Mundo.

Empurro a porta coberta de chicletes.

Os cabideiros e porta-guarda-chuvas estão transbordando, renuncio a colocar ali meu uniforme impermeável de trânsito. O chão do café está um nojo, mas por desencargo de consciência esfrego as solas das botas no capacho. A barulheira dos fliperamas se mistura à música da jukebox; alguém ainda inventou de colocar a última do Coco Rudy. Para chegar ao balcão, preciso passar por cima de estudantes e partidas de baralho. Snif. Não é só chá que bebem aqui — enfim, não é nada homologado pela Burocracia Instintiva, apesar de todos os certificados pregados nas paredes —, mas, tendo em vista o que estou prestes a fazer, vamos esquecer a delação.

— O que vai ser?

É o gerente do Santo Mundo. Assim que passei pela porta, ele desceu as escadas de uma vez só para se apresentar no balcão. O ar exausto sob sua marca. Exausto mesmo. Alunos cada vez menos agradáveis se incrustam no seu estabelecimento noite e dia, emporcalham tudo por onde passam e não pagam o que devem. O Instinto da hospitalidade, esse eu nunca invejarei.

— Dois mistos-quentes. Tomate e pepino. Já deixo pago.

— Grato.

O gerente está cansado demais para articular frases completas. Quase não tem força para esmagar o pão entre as placas do grill; cheiro de queijo queimado. Não posso esganar os malditos, ele não pode expulsá-los. Não exercer o próprio Instinto com frequência faz mal à saúde, mas uma overdose instintiva também não faz bem.

— O senhor deveria chamar a brigada Antiabuso — falo.

Meu pedido feito, eu me enfio no fundo da sala. Engoli meu misto-quente em uma mordida — pensando no vovô enquanto isso. Eu me abaixo para não bater no velho globo terrestre onde nosso supercontinente, assim como cada um dos Setores que o compõem, desapareceu totalmente sob os dardos.

Flo está lá, em uma banqueta alta, empoleirada feito um pássaro, o rosto esverdeado pelo brilho de um terminal de Minitel. Ela não mexe um fio de cabelo das tranças quando me sento ao seu lado e coloco seu misto-quente ao lado do teclado.

— Pirralha mijona.

— Chato de merda.

Trocadas as saudações, podemos passar ao que interessa. Eu garanto, olhando ao redor, que ninguém está interessado em nós.

— Trouxe o que te pedi?

Flo faz um tique. Ela tem tiques o tempo inteiro, de tanto olhar para as telas. Seus dedos digitam uma instrução no teclado. Esperamos. A tela carrega uma linha após a outra. Não se pode ter pressa com um Minitel. Nossos vizinhos espiam mosaicos de corpos nus. Pixelados ou não, me incomoda que Flo consiga vê-los; só tem 13 anos. Quando eu tinha a sua idade, já tinha visto bem pior.

— Também tem terminais da Minitel na midiateca aqui do lado — digo.

Flo tira uma pelezinha do canto do polegar.

— Não pra usar do jeito que eu quero. Para de tentar me proteger, já deu.

Ainda mais ingrata que os confidentes.

Flo, por pouco, não foi minha décima primeira vida. Estávamos no meio do ano, era uma noite de verão, em uma ponte. Nunca lhe perguntei por que ela queria bater as botas. Eu poderia tê-la arrastado à força até o escritório do Cômputo e a denunciado para obter meu último grau e me tornar um Virtuoso antes dos dezoito anos, como previsto. Mas acabei renunciando a essa chance. Quando uma sociedade inteira se baseia no valor das vidas humanas, ser fichado como suicida é chegar ao fundo do poço.

— Olha.

Flo me mostra a tela. **3516 Desaparecida**. Um portal de pequenos anúncios? Eu me debruço sobre o que Flo me apontou.

Para Marthe, Escola da Reparação do Setor Sul. Não temos notícias suas faz tempo, inacessível, entre em contato com a gente. — seus primos de segundo grau do Setor Leste.

Estou estarrecido.

— Eu te pago, e caro ainda por cima, para me dar um bizu dos bons, e você só me arranja um... nem sei o que é isso... um caso de família? Quem é que eu vou salvar nesse negócio?

Flo tira os olhos da tela para me encarar através de todas as suas tranças. Sua marca sempre me choca toda vez que a vejo. Um

Instinto órfão. Eles existem, raros, únicos, fora do padrão: Instintos sem nome. Flo nunca me disse o seu, e também nunca perguntei. Assim como a ponte, isso me incomoda um pouco. Não sei se ela já pertenceu a uma das escolas das redondezas, talvez nunca tenha chegado a ser escolarizada, mas passa seus dias no Santo Mundo. Sozinha.

— Tem outros — ela fala.

— Outros o quê?

— Anúncios.

Seus dedos esvoaçam sobre o teclado; são bonitos, mas ela os estraga roendo as unhas. Se eu ainda tivesse meus dedos originais, eu me tocaria todo, só por poder, para sentir plenamente a minha pele, meus contornos; um contato, e eu apalparia cem vezes esse inchaço entre as costelas para verificar se ele ainda não cresceu.

A tela terminou de carregar:

Para Vincent, Escola da Contabilidade do Setor Sul. Cadê você? Ainda fazendo birra? Estou quase preocupado. — Baptiste.

Depois de uma nova busca, mais tarde:

Para Paul, Escola da Prestatividade. Para de se esconder e me reembolse logo. — Você sabe quem.

— São só avisos de busca, e eles sempre são das Escolas do Setor Sul — diz Flo antes de dar uma dentada no misto-quente. — Se precisar, tem outros ainda. Não deve ser só gente se escondendo, né?

Sinto um arrepio de animação percorrer meu corpo e quase esqueço o meu inchaço. O destino chama enfim! Se Flo estiver certa, não é só uma vida que vou salvar.

É uma batelada.

Quem domina

A Escola da Inspiração fica bem afastada das outras. Enfim, é longe o suficiente para me obrigar a pegar o ônibus. Que época boa que fui escolher. Os treinamentos esportivos, as corridas matinais, o estágio da tarde e as provas daqui a três semanas, tudo isso não me deixa lá muita margem. Pedi ao meu supervisor de estágio para sair mais cedo do posto do cruzamento para estudar.

Em vez disso, estou no ônibus. Em pé.

Cedi meu lugar para as vovozinhas que pensam que 16h30 é a hora perfeita para fazer compras no bairro das Escolas. O sol, já baixo no céu, atravessa as pichações das portas. Tenho vermelho, verde e amarelo no meu corpo inteiro.

Minha parada de ônibus; eu desço.

A Escola da Inspiração. Não é do estilo "cheguei" como a das nossas vizinhas lá do cruzamento, com seus barbeadores elétricos e seus banheiros que fecham; não, aqui é um nível acima. Janelas por toda a parte, vitrines por toda parte, parece que os prédios são todos de vidro e não têm uma pichação, é mole? Como um gostinho do arranha-céu dos Altíssimos.

Tento aqui, agora, não pensar de jeito nenhum no meu irmão.

Sou revistado duas vezes pelas patrulhas de Virtuosos antes de poder entrar. Eles me fazem até preencher um formulário de visitantes.

— Uma hora no máximo — avisam.

São vidros demais na recepção, efervescência demais. Todo mundo está de terno e gravata, os alunos estão vestidos que nem os professores. Eles estudam em grupo sobre grandes mesas transparentes. Um terminal de Minitel por pessoa, mas alto lá: são trocas de ideias, debates, ajudas mútuas, "NÓS" em maiúsculas que deixam no chinelo o meu "eu" minúsculo.

Muitos têm os olhos brilhantes, agitados por um Instinto que lhes revela segredos dos quais nunca terei a mínima noção. Foi aqui, entre esses vidros, há gerações, que nasceram os terminais de informática, os adubos sintéticos, os biocombustíveis e os vidros de mostarda em formato de Santos. Nada de Mural da Vergonha aqui, nenhuma derrota, ninguém deserta. E quantos broches "I" e "II" nesses lindos ternos! Sem deixar a fortaleza de vidro, esses intelectuaizinhos ganharam mais pontos com uma única inovação do que eu jamais ganharei com todos os meus músculos. *As pessoas que realmente estão destinadas a salvar vidas*, dizia a diretora, *recebem essa determinação como evidência, e isso desde muito novas.* Os Altíssimos, os de hoje e os de ontem, sempre — absolutamente sempre — são inspirados. E depois ainda dizem que todos os Instintos são iguais.

Enfim.

Pego o elevador — também de vidro, hein, para aproveitar a deixa — e subo até os quartos. Quartos, sim, sim, um por pessoa, a Escola da Inspiração tem disso também. Quarto andar. Ala esquerda. Quantas portas, parece um hotel. Três inspirados, instalados em uma sala de trabalho, franzem o cenho ao avistarem a marca do Protetorado em mim. As suas me impressionam contra a minha vontade. Eu me sinto avaliado. Não posso pensar no meu irmão, não posso pensar no meu irmão, não posso pensar no meu irmão...

Espero, enquanto toco a campainha do quarto nº 42, que meu contato valha a pena.

— Entre.

Uma voz doce, a mesma do telefonema de ontem.

Carpete, abajur e papel florido: o quarto é pior do que eu imaginava. Da janela, uma vista inconcebível do mar e do arranha-céu dos Altíssimos (faço o sinal da cruz) que brilham no poente.

Enfim, isso se eu conseguir alcançá-la, na janela. Uma estrutura monstruosa, com placas e parafusos, ocupa espaço até o teto. Não faço a menor ideia do que esse troço representa — uma molécula gigante? um protótipo de foguete? —, mas não dá vontade de mexer com ele. Meu contato está empoleirado em uma escadinha, encarando sei lá o quê com uma chave de fenda.

— Ah, Goliath, não é? Baptiste. Você é mais pontual que eu. Já o atendo, só um minutinho. Sirva-se algo de beber, sinta-se em casa.

Talvez seja difícil, já que nunca tive uma casa assim. Pego um refrigerante como se estivesse completamente acostumado a ver um frigobar no quarto. Na latinha, o logo aureolado com o blá blá blá de sempre: *"Este produto foi homologado pela Burocracia Instintiva. Beba com moderação. Tenha uma alimentação saudável e pratique esportes. Sua vida é sagrada."*

Eu me encosto em uma cadeira que parece parafusada à mão também e me pergunto se aguenta um corpulento que nem eu.

— O que tá arrumando aí?

Do alto da escadinha, Baptiste pisca para mim.

— Não faço ideia. Tive uma visão e estou fazendo o possível para dar forma a ela. Não tenho Instinto para bricolagem. Mas quando estiver pronto, vamos saber o que é e para que serve.

Assim vai o Nós. Os inspirados concebem, os fabricantes concretizam, os reparadores consertam.

Noto os rascunhos na mesinha de centro: os da primeiríssima visão de Baptiste, soprada por seu Instinto. Sei bem como funciona. Já vi pilhas de esquemas parecidos aparecerem sob o lápis do meu irm... parou, não posso pensar nele. Preciso continuar concentrado.

Vou perdendo a paciência:

— Aí, não tenho a noite toda.

— Tô indo, tô indo.

Baptiste larga enfim a maquete. Ele vem me cumprimentar, fica maravilhado vendo o caos que são meus braços. Ele flutua em seu paletó de ombreiras enormes e nos seus longos cabelos cacheados, enquanto ele se senta na cama. Até onde sei, já é maior de idade há muito mais tempo que eu. Não é muito grande, mas, segundo sua marca, seu alcance instintivo é imenso. Todos os inspirados veem longe, veem com amplitude.

Ele examina minhas próteses com olhar de especialista.

— Bonito.

— OK.

Não encontro outra resposta. Ele está achando o quê? Que eu mesmo as fiz? Tenho a impressão de que espera que eu retribua o elogio "bonito" apontando para a maquete, mas espero mesmo que a tenha parafusado direito. Não sei se sobreviveríamos se isso caísse em cima da gente.

— Vamos falar do seu anúncio — proponho.

— Sim, vamos nessa.

— Então. Você perdeu o contato com seu amigo Vincent faz seis semanas.

— Sete agora.

— Ele estuda na Escola da Contabilidade.

— Estudava. Também não voltou, foi reprovado por falta.

— E antes costumava matar muita aula?

Baptiste cruza seus longos braços flexíveis. Ele é feito de creme ou o quê? Tento imaginar esse rosto com 11 anos, no dia da marcação. Aposto que ele chorou pela mãe, o inspiradinho. Eu não derramei uma lágrima sequer.

— Vincent nunca perdia aula, no início. Era psicorrígido. Que nem todos os calculadores, né?

— "No início" — retomo. —E depois?

— Depois, largou os estudos.

Reprimo um deboche. Já não estimo muito nossos frouxos do Mural da Vergonha que abandonaram a escola depois de quebrar os dentes. Um futuro burocrata então...

— Tá achando graça, Goliath? É que tá julgando cedo demais. A pressão psicológica e a competição são extremas na Escola deles, não têm direito a erro, por menor que seja. Isso sem falar em como apanham feio entre si, não é digno de uma coletividade. Vincent perdeu uma aula, depois outra, depois mais uma. Começou a frequentar lugares... bem, nada recomendáveis. Eu era seu único amigo. Tentei tirar o cara dessa fase ruim, achei até que ele fosse se recuperar. E aí, da noite para o dia, mais nada. Silêncio absoluto entre nós.

Baptiste me explica tudo isso com sua voz toda doce e frases bem certinhas. Ele vigia a maquete de canto de olho, amorosamente, como se lutasse contra a vontade de aumentá-la ainda mais. Não me parece muito abalado para alguém que perdeu o melhor amigo.

Será mesmo que estou julgando rápido demais?

Julguei Flo, sim, agarrada ao Minitel, empoleirada na banqueta de bar, com as tranças mal lavadas, e fico pensando de repente se ela também sofreu pressão demais e se foi por isso que terminou em uma ponte. Julguei minha antiga colega, sim, também, depois que voltou para seu buraco no meio do nada no Setor Oeste-Noroeste sem me avisar. Quéjéfé, minha diretora, os confidentes, é verdade que julgo todos.

E julgo meu irmão. Todos os dias eu o julgo. E me julgo através dele.

Baptiste pega minha latinha com seu jeito delicado.

— Vou abrir pra você, peraí.

Ele viu que eu não estava conseguindo com meus dedões robóticos. Sob sua doçura, farejo uma coisa que conheço bem, dado que também sou assim. O sentimento de superioridade.

— E você tentou contato com os pais do Vincent? —pergunto.

— Eles morreram de doença. O pai, de um AVC, e a mãe, de leucemia. Não tem irmão nem irmã, talvez um tio distante por aí. Não tinha sorte.

— OK.

É claro que o inchaço entre as costelas aproveita para se lembrar de mim. Num momento em que eu já não pensava mais nele, bastou uma palavra — *doença* — para senti-lo crescer de novo. Termino meu refrigerante. Insosso, que nem todas as guloseimas homologadas pela Burocracia Instintiva. Pelo menos não é assim que vou me arrumar diabetes — amém.

Fico cogitando. Dediquei todas as minhas pausas a esquadrinhar os arquivos da imprensa na midiateca. Se Vincent tivesse nos aplicado o golpe da ponte, teria um cadáver, e o assunto estaria encerrado. Não, não, isso não é suicídio. E também não parece uma fuga.

Então o que é? O que aconteceu com ele?

O que aconteceu com Marthe? O que aconteceu com Paul?

Em uma semana, esvaziei muitos cartões telefônicos nos aparelhos da minha Escola para investigar esses três. Não consigo encontrá-los por nada. São todos alunos das redondezas, indo ladeira abaixo, isolados, longe de casa, maiores de idade há pouco tempo, pouca família, poucos meios. Presas fáceis.

Mas de qual predador?

— É o Vincent.

Baptiste me entrega uma foto de cabine automática. Oito versões dele acompanhado de um cara que nunca olha para a câmera. Baptiste o descabela, aperta suas bochechas e morde-lhe a orelha. Isso confirma o que eu já sabia. Na vida, há duas categorias de pessoas: as que são dominadas e as que dominam. Baptiste é um dominante.

— Vai que você já tenha visto o Vincent — comenta, mostrando as fotos. — A Escola da Contabilidade e a Escola do Protetorado ficam quase lado a lado. Ele e você eram vizinhos, por assim dizer.

Baptiste abre um sorriso que não me agrada. Não sou Vincent, não estou nem um pouco a fim de me deixar dominar.

— Nunca vi. Ou então não lembro. Sobre o Instinto dele, tinha alguma especialização em particular?

Faço a pergunta encarando o rosto de Vincent nas fotos. A marca de seu Instinto — como todas as marcas — indica sua categoria (cálculo) e sua subcategoria (aplicação industrial), mas nada além disso. Talvez isso esteja ligado ao seu desaparecimento.

— Os algoritmos — responde Baptiste com uma pontinha de condescendência que não me escapou — para a programação informática ou um negócio assim.

Eu lhe devolvo as fotos.

— E antes de sumir da face da Terra, ele não saía com uma tal de Marthe? Ou talvez com um tal de Paul?

— Ele não saía com muita gente, como já expliquei. E eu mesmo não conheço nenhuma Marthe nem nenhum Paul.

Muito que bem. Sem dúvida teria sido um pouco fácil estabelecer uma conexão entre meus três sumidos. Vou precisar continuar procurando.

— Publiquei o anúncio para achar o Vincent e sou eu que estou respondendo suas perguntas. Sei que você não conhecia o cara, — brinca Baptiste, prevendo o que vou retorquir — você foi muito claro quando ligou. O que eu queria saber é por que vocês estão todos interessados nele.

— Todos? Todos quem?

— Você e a outra, ué.

— Que outra?

Estou passado. Baptiste balança a cabeça com um sorriso que me agrada cada vez menos.

— Responda primeiro. Por que está procurando o Vincent?

— Porque acho que seu amigo se meteu numa furada.

Baptiste ouve sem reagir, sentadinho na cama, sempre com seu sorriso de dominante. Será que o predador dos sumidos tem o mesmo sorriso?

Acrescento:

— E porque vou salvar o cara.

Eu me abstenho de acrescentar um "antes do fim da minha derrogação", que não seria de muito bom gosto. É que a contagem regressiva continua para mim. Se eu salvar essa vida depois, receberei todos os parabéns do Cômputo, mas nenhuma outra chance de ser santificado. E isso, irmãozinho, não pode acontecer.

— E então? — insisto. — Quem é essa outra procurando Vincent?

— Uma aluna, como você e eu. Nada demais. Até bem simpática.

— Qual o nome dela? Qual a escola?

— Você fala muito alto, nunca lhe disseram isso?

Baptiste já está subindo novamente em sua escadinha, a chave de fenda na mão. Sinto que está desapontado. Não é nada comparado ao que eu estou sentindo. Ter concorrência acaba comigo; ainda mais uma concorrência que está um passo à minha frente.

— O nome dela!

Sei que, com meus equipamentos, é melhor evitar gestos bruscos, principalmente perto de uma montagem bamba que, por sua vez, está perto de uma janela. Meu Instinto despertou assim que levantei da cadeira. Não deu outra, bati na maquete. Acontece o choque, depois o grito, depois a queda. Mal dá tempo de eu jogar meu corpo em cima do de Baptiste para protegê-lo.

Depois, um dilúvio de parafusos e vidro.

Pagando o pato

— Goliath, meu queridíssimo, você é uma obra de arte.

Não preciso ver a cara do meu cuidador para saber que ele está tirando com a minha. Sua pinça me arranca palavrões que me dão vergonha. Ele está desossando as minhas costas por acaso? Evito olhar o recipiente onde ele coloca tudo o que tirou do meu corpo. Uma miscelânea de ferro, fibras, cacos e sangue. De tudo, o que mais me enoja é o sangue. Puro suco de mim, sem nenhuma gota do Baptiste no meio.

Na lixeira, meu blazer.

— Pode falar, estava com saudade de mim.

— Piedade, doutor, dá um fim nesse massacre.

— Ah, não! Deixe-me aproveitar um pouquinho. Acabou que eu tava com saudade de você, queridíssimo. Cuidado, vai arder.

Eu berro ao contato do antisséptico. Nosso cuidador está fazendo a festa comigo. Seu Instinto guia sua pinça e seu algodão, e sei bem o quanto está feliz neste exato momento. O absoluto em ação. Eu me senti igual quando a maquete caiu em cima de mim; foi só quando Baptiste ficou fora de perigo que a dor voltou para o primeiro plano. Fugi que nem um imbecil, nem esperei meu ônibus, fui correndo, estava com dor e fui correndo, fui correndo até a Escola do Protetorado, até a maca da enfermaria onde me encolhi em posição fetal.

Bosta. Eu que me gabava de enfim ter virado adulto.

Não tem porta na enfermaria. Cheiro de peixe, arrotos retumbantes e concurso de flatulências: o refeitório ao lado nos invade. Ah, sim, isso é certo, não estamos na Escola da Inspiração aqui. Meninas com bandanas, recém-saídas da mesa, assobiam para mim ao passar pela enfermaria. A visão do meu sangue não as impressiona nem um pouquinho.

— O bebezão fez dodói?

— Quer um docinho pra sarar?

Estou pelado, eu me cubro com o que vejo pela frente. Elas já viram outros no dormitório, mas mesmo assim.

— Fora!

Seus dedos do meio me respondem.

Fico surpreso com meu reflexo no espelho quebrado da enfermaria. É verdade que tenho cara de bandido; daqueles que escondem a marca sob uma tripla camada de maquiagem. Nunca escondi minha marca, mas por mais que eu me barbeie rente, por mais que queira causar boa impressão em todos os aspectos, algo viciado, como uma raiva contida, escorre para a superfície; uma necessidade de revanche cuja causa nem eu mesmo sei. Que revanche, hein? Contra meu irmão?

— Prontinho, queridíssimo. Acabou.

Minhas costas estão cheias de curativos. O cuidador procura o meu olhar. Agora que seu Instinto recua, mesmo se lhe resta ainda um pouquinho de alegria no canto dos lábios, ele tem um ar de lamento.

— Falei sério. Evite morrer, por favor.

— Foi um aci...

— É *sempre* um acidente. Não precisa se justificar para mim, mas tome cuidado. Pelo amor do Nós.

Fecho a matraca. Porque, sim, mesmo que ele não seja um protetor como eu, mesmo que nenhum Instinto me pareça jamais tão honrado quanto o meu, tenho respeito por ele e por sua marca. O doutor salva vidas de outro jeito.

Ele não é o único, penso comigo dobrando e desdobrando meus dedos artificiais. Se não existisse uma parte de Instintos excepcionais, capazes de produzir e reparar próteses tão aperfeiçoadas quanto as minhas, eu não poderia mais salvar ninguém.

Não poderia salvar nem Vincent, nem Marthe, nem Paul.

— Doutor?

— Goliath.

— Se eu tivesse... um negócio. Anormal. Você me diria? — O cuidador já não parece nem um pouco feliz.

— Onde?

Eu lhe mostro o inchaço entre minhas costelas. Sem minha camiseta, à luz da lâmpada, ele me parece mais disforme do que nunca.

— Sua saúde está perfeita, Goliath.

— Pode apalpar para garantir?

Ele suspira. Dá para ver que ficou sentido, e entendo o lado dele, porque também fiquei. Eu achava que fosse mais forte.

— Você sabe como funciona, Goliath. Se tivesse qualquer coisa no seu corpo, nas suas células, que começasse a querer dar problema, eu não teria outra opção, precisaria corrigir imediatamente. Nem que fosse uma pintinha de nada, eu arrancaria o troço a colheradas se precisasse. Então, queridíssimo, se te digo que sua carne está sã, é porque ela está.

O inchaço parece que murchou de repente entre as minhas costelas. Já não dói; já não vejo. Pena que ainda precisei dessas palavras, já repetidas umas cem vezes, para enfim me sentir tranquilo.

Não fico assim por muito tempo. O refeitório aqui ao lado se calou, e isso tem motivo: o medonho toc-toc da diretora repercute por todo o corredor. Mais alguns toques de bengala, e ela adentra a enfermaria.

— Recebi uma ligação muito informativa.

Como prova de fogo, a diretora me mostra o fone que ainda segura na mão. O cordão em espiral, arrancado do aparelho de seu escritório, pende feito um rabo de porco. Seu Instinto protetor não se aplica aos objetos.

— Parece que um certo membro da nossa Escola foi visitar um membro de outra Escola. Uma visita que acabou mal.

Entro em pânico. Expulsão, não. Agora, não!

— Foi sem querer, diretora.

— Ah, sim, então tudo bem, tudo certo, resolvido.

Ela está calma demais. Se eu desembuchar tudo agora — sobre os anúncios, os três sumidos, minhas hipóteses —, vão passar o caso para os profissas, investigadores de verdade verdadeira, e não ganharei nenhuma vida. Penso comigo que é cedo demais para falar disso, que preciso de provas, mas é minha consciência pesada que estou tentando convencer.

— Sinto muito, diretora.

— Não estou nem aí. Eles não vão prestar queixa, estão propondo um acordo amigável. Então, para mim, Goliath, só ficou uma pergunta: quem vai pagar o seu pato? Porque, entre uma janela quebrada e a demolição de um projeto de fim de ano, a conta vai ficar salgada.

— Eu pagarei.

— É claro que pagará. E não só do seu bolso. Quero um relatório que constará da sua ficha. Vão enviar um confidente às pressas. Ele deve chegar (a diretora olha de soslaio o relógio no pulso)... deve ter chegado dez minutos atrás, na verdade. Já deve estar esperando. Ele vai escutar sua versão da história, conto com você para fazer o menos feio possível.

A diretora se aproxima de mim. Sua prótese da perna deforma o linóleo da enfermaria, e de repente me sinto exposto nessa maca, a pele à mostra, as costas nuas. Fico pensando comigo o que ela vai me jogar na cara dessa vez, sua bengala ou o fone. Atrás da diretora, todos os colegas do refeitório se amontoaram para bisbilhotar. Já o cuidador está limpando seu material.

— Um relatório, Goliath, sabe o que significa? Uma advertência. A retirada de todos os seus bônus. E, consequentemente, a anulação de sua derrogaçãozinha de merda. Era só comer quieto até as provas. Dez vidas de ativo, um diploma, era um belo futuro garantido. Nada heroico, verdade, mas respeitável. Você fez, como sempre, a pior escolha possível: teimou em fazer com as próprias mãos. Então, agora, pare de injuriar o Nós e assuma sozinho a responsabilidade. A reunião é no parlatório.

A diretora me dá as costas, e essas costas causam mais dor que as minhas. Teria preferido uma boa surra.

Eu me proíbo de duvidar de mim, enquanto visto outra muda de roupas, uma calça e um suéter limpos. Duvido mesmo assim. Um malus no histórico! A diretora tem razão, que bosta, joguei tudo para o alto.

É por causa da concorrência. Essa aluna que Baptiste mencionou: saber que ela está entrando no meu território me deixou fora de mim. O que essa menina está arrumando? Por que está interessada no Vincent para começo de conversa? Se bobear, já encontrou todos, ele e os outros, caso realmente precisassem ser encontrados, e eu que me meti nessa furada por nada.

Chego ao parlatório de má vontade.

Duas cadeiras, uma mesa, nada de frufru, o único luxo do lugar é ter uma porta. Nunca venho aqui, porque, para ser sincero, não sou de visitas. Enfim, o parlatório não é minha praia. É desconfortável quando entro e desconfortável quando sento, as mãos nos bolsos, cabeça baixa.

Vamos acabar logo com isso.

O confidente liga seu Minitel, modelo dobrável, para o relatório.

— Só um instante.

Consegui olhar por baixo. Entendi errado, é uma confidente. Ela ainda está usando o fone, consigo ouvir a música do seu walkman no último volume. Um sintetizador, eu acho. Ela se instala na cadeira, muito reta, uma franja impecável, as unhas perfeitas.

Eles me mandaram a primeira da turma.

Sem fazer o tipo de atravessar fora da faixa, ela não estava com aqueles ingratos do outro dia. E apesar disso é dela que sinto raiva. Escondida atrás do Minitel, atrás da franja bem cortada, atrás de suas curvas mal escondidas, atrás da marca de seu Instinto — um Instinto que nunca a impelirá a se colocar em perigo para proteger alguém.

Na vida, tem aqueles que são dominados e os que dominam. Essa aí eu que domino. Mesmo se estou à mercê do que vai digitar no teclado, ela, por sua vez, está à mercê de tudo o que lhe direi. Segundo sua marca, seu alcance está entre quatro e seis metros: vou ficar dentro do seu alcance instintivo. Não importa por quanto tempo eu fale, ela será obrigada a continuar e continuar e continuar a me ouvir até o sol raiar, se for da minha vontade, e problema dela se ficar morrendo de sono, problema dela se eu lhe despejar horrores, não terá escolha e me escutará até a overdose.

Com um clique, a confidente desliga seu walkman. A fita para, o sintetizador é pausado. Ela tira o fone de ouvido, e seu olhar mergulha no meu.

Não é olhar de dominado.

— Então. Você se envolveu no incidente que aconteceu hoje às 17h04, na Escola da Inspiração, quarto 42. Correto?

O tom me amola. Não é a mesma calma da diretora, não é a mesma doçura de Baptiste, não sei o que é para falar a verdade.

— Isso. Correto.

Ela estremece ao ouvir minha voz, sob o efeito de seu Instinto, depois cruza as mãos.

— Quando sua Escola contatou a minha, por causa do seu relatório, eu me voluntariei.

— O que é que eu tenho com isso?

Ela não se deixa abalar. Desliza sobre a mesa de fórmica um formulário com a data de hoje e sua assinatura.

— Segundo a lei Antiabuso estabelecida pela Burocracia Instintiva, não é permitido pronunciar mais de dez palavras consecutivas na presença de um confidente, a menos que tenha o consentimento dele — recite para mim. — Este formulário é minha autorização por escrito. Estou aqui para escutá-lo, pode levar o tempo que achar necessário. O que aconteceu?

Tenho um ricto. Não lhe poupo nenhum detalhe: as velhinhas do ônibus, os engarrafamentos na estrada, a marca do refrigerante que bebi. Falo muito e falo alto. Desenvolvo o máximo possível a minha história. Uma curiosidade se intensifica nos olhos da confidente, Instinto obriga. É claro que guardo para mim os anúncios da Flo.

Enfim fecho a matraca, sem ar. Acabou que fui eu quem se cansou primeiro. Ela aproveita o silêncio para deixar tudo registrado, palavra por palavra. Essa escondida não é idiota, agora vai me perguntar por que, tim-tim por tim-tim, eu estava lá.

— Não está dentro das normas essa maquete — falou em vez disso.

— O quê?

— O aluno que você visitou. Sua maquete não estava respeitando as normas. Não é permitido manter protótipos dessas dimensões no quarto, tem lugares específicos para isso. — Ela me olha por cima do Minitel. Sem dúvida, não é olhar de uma dominada. E, apesar disso, também não é olhar de uma dominante. — Quem tem que reembolsar os gastos é ele, Goliath, não você. Não vai receber nenhum malus. Deixe comigo.

Quase caio da cadeira. Destrocei a maquete faz quanto tempo? Duas horas? Como é que ela sabe que ela não estava respeitando as normas?

Minha ficha cai.

— A outra que veio interrogar Baptiste... era você.

Com gestos cuidadosos, ela desliga o Minitel, tira-o da tomada, fecha-o, sempre com esse jeitinho de ficar reta na cadeira bamba do parlatório, de arrumar bem os cabelos atrás das orelhas.

— Enviei o relatório. Tudo que a gente disser um para o outro a partir de agora não tem mais caráter oficial. Mas aqui não. Em outro lugar. No Santo Mundo? Amanhã à noite?

Ela sorri. Ela tem diastema, dizem que são os dentes da felicidade. Eu me perco completamente no espaço entre eles.

— Acho que eu e você nos metemos na mesma furada. Me chamo Claire.

ELES

Sete anos antes

— Janvier! Que isso! Só vem ligar agora?

— Permissão pra passar das dez palavras?

— Seu besta. Sabe que no telefone não precisa disso. E além do mais, você não precisa me pedir permissão.

— Quando você fala isso. Quando fala assim. Fica pior ainda.

— O que fica pior?

— Você estar longe, Claire.

— Oh, você que inventou de ir pro Setor Sul.

— Precisei vir. Meu pai, sabe? Precisava me afastar dele. Me afastar bastante.

— Saiu sem querer, desculpa. É a primeira vez que a gente conversa por telefone. É estranho demais.

— Os Altíssimos me deram permissão, mas me disseram pra tomar cuidado quando escolher pra quem ligar. E, principalmente, com o alcance da pessoa.

— Têm razão. Tudo certo por aí? Com eles?

— Quase não os vejo, sabe. Mas cuidam para nunca me faltar nada.

— Não se sente muito sozinho?

— Menos do que quando eu morava com meu pai. O arranha-céu é gigantesco! Aqui dentro, você vai ver, parece uma cidade dentro da outra. Normalmente, precisa ser pelo menos Santo pra entrar, mas fazem uma exceção pros mansos.

— Que chique. Já vi o arranha-céu dos Altíssimos do Norte uma vez. Muito, muito tempo atrás. E de muito, muito longe. A gente tava de carro com mamãe.

— Sim, mas aqui com os Altíssimos do Sul, dá pra ver o mar pela janela. O mar, Claire! Consegui até dar um pulo na praia, você tem noção? Uma praia cheia de gente! Um Santo foi comigo, só pra garantir, mas com o fone que me deram, tô super protegido.

— Tá me dando vontade.

— Venha.

— Ah, ah, agora vai inventar de usar o imperativo?

— Tô falando sério. Largue o Setor Norte-Nordeste. Fique comigo. Depois que terminar seu ano na escola.

— Mamãe já surta quando viro a esquina, imagine o Setor Sul, do outro lado do supercontinente!

— Fale pra ela que aqui a Escola da Confidência tem reputação boa. Fala pra ela que aqui os confidentes têm perspectiva de verdade. Ah, e mais importante: fale pra ela que aqui a Avril já se matriculou.

— Avril? Ela tá matriculada aí? No Setor Sul?

— Eu a convenci. E ela convenceu os pais.

— Não acredito que ela nem me contou. Avril mora aqui do lado!

— Quem sabe ela não estava esperando a hora certa? Vocês duas sempre foram uma duplinha da pesada. Não vão se separar agora, hein? Só precisa apresentar uma fichinha de nada.

— Você influenciou a Avril pra me influenciar.

— Pode ficar se quiser. Mas, se você vier...

— O que que tem, Janvier?

— Quando a gente for maior de idade, vamos casar, juro juradinho.

CLAIRE

Sou toda ouvidos

Não há vozes na Escola da Confidência. Apenas pianos de passos. Percussões de portas. Pulsações de fones de ouvido. Todos esses post-its que se esfregam nos nossos dedos como arcos. Cresci nesse silêncio tão pouco silencioso, cresci nele e, às vezes, na calada da noite, olhando para o teto do meu quarto, meus lábios vibrantes de harmônica, como nesse segundo cheio de tempo, tenho vontade de devorá-lo. Para não sobrar nenhuma migalhinha.

Meu tapete faz "buum, buum".

Aqui embaixo é bom, não se irrite, vou deixar minha harmônica de lado. Abro minha gaveta de fitas. São todas C90, 45 minutos por lado. Barroco, disco, sinfonia, blues, liturgia, pop e claro, meu mimo, a coleção completa de Coco-Rudy. Não sou a única do internato que tem um artista preferido. Sorte dos confidentes: uma voz gravada não desperta o Instinto. Coloco jazz no meu walkman, o fone sobre as orelhas e um roupão em cima do meu pijama. Eu não ia conseguir dormir mesmo. Simbora pra balada noturna nos corredores. As paredes são salpicadas de violão, os tetos de saxofone, e apesar disso ainda ouço. O silêncio. O da noite dá mais fome do que o do dia. Desço — de elevador — até as máquinas de venda automática do térreo. Encho os bolsos de doces e salgados; mas só coisa light. Ai! Que tristeza: as gulodices de verdade só dá para comprar por baixo dos panos. Aproveito para pegar um novo par de espumas para meu fone; na Escola elas são de graça.

Vontade de falar. Com alguém. Qualquer um.

Principalmente com ele.

Subo na minha janela de costume. Sentada no peitoril, docinhos na boca, música nos ouvidos. Ao longe, o Santo Mundo pisca no fundo na noite. Não é o café que me interessa. É a calçada.

Uma chuvinha de inverno molha a janela. Os sinais de trânsito babam, o cruzamento das Escolas está abarrotado. Mesmo na hora do rush, a polifonia urbana não atravessa nossos vidros insulados e, mesmo se conseguisse, não atravessaria nossas músicas. Ser confidente é ficar entalado entre as espumas do fone.

Tem um aluno da nossa escola que esqueceu de verificar as pilhas uma vez. Com um grupinho, a gente tinha ido a uma festa organizada nos ateliês da Escola da Fabricação... ou era na Escola da Reparação? Tanto faz. O walkman dele parou de funcionar no meio da festa. Lembro bem, eu estava em um canto, suco de maçã na mão, fone nos ouvidos, e fiquei vendo todos aqueles adolescentes dançando lento e tagarelando, e eu não ouvia nada do que diziam, e eu me sentia longe deles, longe da sua música, e eu pensava em voltar para o dormitório. Então o walkman dele parou. Vi o estudante se retesar de uma vez só, como que eletrocutado. Muitas vozes de uma vez. Nunca vou conseguir esquecer de sua expressão: uma colisão de felicidade e sofrimento. A overdose instintiva. Ninguém percebia nada, era um dando em cima do outro pra cá, contando piada pra lá, fofocando, e ele não conseguia mais se mexer, os olhos dilatados, escutando sem querer tudo o que era voz. Eu deveria ter ajudado a tirar o garoto dali.

Certos Instintos são mais difíceis de carregar que outros, mas tem sorte pior que a de um confidente. Conheci uma pessoa na Escola da Prestatividade, um alimentador com um alcance de 68 metros que não conseguia evitar dar suas refeições a todas as pessoas em situação de rua do bairro. Ele quase morreu de fome. Apesar disso, se tem uma coisa que entendi com meus sentidos, com minha carne, não só porque é repetida todos os dias, é que todos os Instintos — absolutamente todos — têm seu lugar na grande partitura do mundo. Escuto todos os dias essa sinfonia humana. E sempre que pego um desafinado, tenho vontade de corrigi-lo.

Consulto meu relógio. 4h14. Olha ele, na hora certinha de começar a correr.

Sua sombra passou diante dos neons do Santo Mundo num piscar de olhos. Colo minha bochecha na janela. Quase não consegui acompanhá-lo até a esquina. Já sumiu. Goliath não corre: ele vai com tudo sem olhar para trás. E vai com tudo sozinho.

A primeira vez que peguei Goliath correndo assim, mais cedo do que qualquer protetor da sua Escola, faz um ano, enquanto eu tinha outra noite de insônia. Desde então, tento presenciar cada uma de suas passagens sem que ele saiba. Sua solidão atrai a minha, mas será que esse ponto em comum é suficiente?

Será que ele vai aceitar?

Fervo de nervosismo. Quase perguntei ontem, mas teria sido cedo demais, precipitado demais. E da última vez que me precipitei, todo mundo sabe como terminou (sim, Janvier, sempre penso em você, principalmente quando não quero mais pensar). Paciência, paciência. Não sou ninguém para o Goliath. Não sou ninguém, ponto final.

Hoje, sim, hoje, vou perguntar.

Subo — de elevador — para me preparar. Enfio minhas meias-arrastão, minha saia xadrez, minhas botas de couro. Dedico mais tempo para escovar os dentes do que para me vestir. Pronto. Meu sorriso está a postos. Passo a língua entre os dentes da frente. Pareço uma inocente devota do Nós.

Ainda tenho tempo até o alarme tocar e já sei onde matá-lo: no quarto em frente ao meu. No quarto de Lucie. Eles o deixam aberto, como se não tivesse mais nada lá dentro que justificasse fechar a porta. Apesar disso, ainda está tudo lá. As caixas estão cheias de roupas, livros e fitas. Cheias de Lucie. Fora a carteira, suas coisas ficaram como estavam. Recomeço minha busca. Levanto o carpete, apalpo a parte de baixo dos móveis, acaricio as paredes. Enfio minha lanterna de bolso em tudo que é lugar. Pasta de dente seca no banheiro e um cabelo caído no travesseiro. Nada que eu já não tenha visto nas minhas últimas visitas. Francamente, eu esperava o quê? Uma carta de despedida? Para quem Lucie teria escrito? Certamente não para mim.

Ouço o alarme através meu fone. O dormitório desperta, os outros se levantam e se vestem. O silêncio fica um tiquinho menos silencioso.

Que fome. Vou — de elevador — ao refeitório. Entre as paredes altas de cimento vermelho, as mesas transbordam de estudantes debruçados: metade sobre o café da manhã, metade sobre as anotações, sempre de fone. Alternando entre dicionários e descafeinados, cadernos e chocolate quente. Ninguém fala com ninguém na Escola da Confidência, é questão de princípios. Trocamos post-its e aprendemos a escrever concisamente.

Escuto com os olhos. Luc e Noé fazem as unhas lado a lado: reconciliados. Fanny está com um humor melhor do que ontem: descansada. Joe se balança na cadeira no ritmo do seu reggae: animado. Com as provas chegando, passo as noites distribuindo analgésico e lencinhos. Muitos nem sabem o meu nome, mas eu aprendi a conhecê-los, esses colegas, diferencio a melodia de cada *eu* no concerto do *Nós,* e antes isso bastaria para fazer meu coração disparar feito um metrônomo.

Até o desafino final. O quarto vazio de Lucie.

Eu me instalo no lugar de sempre: de frente para a Avril. Na mesa, alguém gravou com uma faca: *"Os confidentes não salvam vidas, mas eles as tornam mais bonitas"*. Procuro o olhar de Avril sem encontrá-lo, o que não me surpreende. Muito concentrada, com olheiras profundas, ela passa manteiga em uma torrada ao lado do seu manual de teologia aplicada. Ela também não está dormindo sua cota. Semana passada, foi o manual que vi ficar amanteigado.

Ela tem uma silhueta de flauta transversal; eu, o corpo de um violoncelo. E ela finalmente é maior de idade.

Capto a crepitação do seu walkman por cima do meu jazz. Avril entrou na fase metaleira aos 14 anos e nunca mais saiu. Uma tempestade nos ouvidos dia e noite, talvez para compensar seu alcance instintivo, o maior da turma. Para Avril, bastaria ouvir uma conversa do outro lado de um anfiteatro para deixar de ser ela mesma. Ao mesmo tempo, ela deveria cuidar dos ouvidos, como sempre avisam os sentinelas. Ficar surdo, para um confidente, é se condenar à morte prematura.

Avril não gosta de ser interrompida enquanto estuda, mas não aguento mais. Preciso falar. Com ou sem voz. Só falar. Colo um post-it no seu nariz:

"Sem novas da Lucie."

Seus lábios se sobressaltam brevemente como uma colcheia pontuda, mas Avril nem relaxou as sobrancelhas nem levantou os olhos para mim.

Resposta com caneta vermelha:

"Sério, isso de novo?"

"A mãe tá bem preocupada."

Passo o marca-texto em cima do *bem*, mas isso não a comove.

"Mãe viciada — Lucie maior de idade — Escolheu se mandar."

Avril exagera tanto na ironia que chega a escrever um ponto final em forma de coração. Lucie escolheu fugir, sério? Ela ficava ainda mais na sua do que eu. Ocupamos juntas por anos os mesmos anfiteatros, e dela só me ficou o par de óculos enormes.

Acabo respondendo, sem ter uma ideia melhor:

"Deixei alguma coisa escapar."

Avril amassa meu post-it, joga-o na sua tigela vazia e se levanta empunhando a bandeja.

Leio seus lábios:

— A gente é emissária. Não polícia.

Mudo o lado da minha fita. Está na hora da aula. Hoje, como cada primeira quinta-feira do mês, um representante da Burocracia Instintiva, a auréola espetada no terno, vem verificar nossas identidades e fotografar nossas marcas. Cabelos mal presos ou maquiagem demais e recebemos um malus oficial e uma suspensão temporária. Definitiva se acontecer de novo. O representante nos serve em seguida seu discurso tradicional em nome dos Altíssimos — a escuta religiosa dos confidentes — com a mesma conclusão de sempre:

— Vocês são os ouvidos do Nós. Confiam em nós assim como confiamos em vocês.

Penso no desafino. Em que Lucie confiava?

Recolocamos nossos fones e voltamos ao programa. Movidos pelo Instinto de informação, nossos professores anotam no quadro a lição do dia. Nunca falam conosco, o Nós escreve por eles. Nas outras Escolas, a maioria dos professores têm um Instinto que dita a aula oralmente, e em uma tacada só, sem nunca se repetir, e parece que os outros precisam se virar para não perder o fio da meada. Aqui, fora o laboratório onde nos passam vídeos de processos para nossas lições de estenografia, tudo é sempre passado por escrito. E se alguém na sala faz uma pergunta por post-it ao professor, é um baita suspense. Ou a mão se mexe sozinha e responde com traços enérgicos de giz. Ou o professor pisca sem ter a menor ideia do que foi perguntado. Depende do Nós.

À minha direita, Avril marca com cuidado as questões de múltipla escolha de direito instintivo. Ela abaixou o volume do metal para evitar um sermão; aumentará de novo assim que os sentinelas se afastarem.

Os post-its se acumulam em cima da mesa de fórmica que compartilhamos. São só pedidos. Podemos matar a aula de segunda? Adiar a dissertação de amanhã? Organizar treinamentos suplementares de estenografia? Conseguir a autorização para a festa de fim de ano? Vários "PF" sublinhados três vezes.

Aceito tudo, de todo mundo, sempre, mesmo se meu nome não estiver em nenhum post-it. Somos duas emissárias, mas os pedidos de serviços são sempre para Avril, e sou sempre eu que aceito. Preencho formulários; ela assina. Sempre foi assim com a gente: um pacto tácito que remonta a tempos imemoriais. Avril, melhor aluna da turma. Avril, futura escrivã. Avril, carreira promissora. Eu sou só a menina ao lado dela, vagamente simpática, na média, que se lembra de trocar o papel higiênico nos banheiros, mas de quem ninguém se recorda muito bem.

Sorrio. Gostaria de dizer que isso me convém.

À tarde é hora do estágio. Demorei demais no refeitório, chego atrasada ao Escritório das Queixas das Escolas — apesar de ele estar colado ao nosso prédio. Nosso supervisor bate no relógio com um ar de desaprovação. Eu me instalo no meu local de trabalho. Atrás do vidro à prova de som que nos separa, Avril digita no seu Minitel. De repente, ela se interrompe: o queixoso voltou a falar. O Instinto de Avril, uma vez em ação, relaxa suas sobrancelhas e ilumina seus traços. Somos vizinhas de quarto, de refeitório, de anfiteatro e de cubículo. Já no nosso bairro de infância, no Setor Norte-Nordeste, éramos vizinhas de andar. Ela nunca me devolve o olhar. Os olhos de Avril são que nem sabão; quanto mais tento pegá-los, mais eles me escapam.

Desligo meu jazz, tiro meu fone, convido os primeiros queixosos a se sentarem e sorrio para eles:

— Sou toda ouvidos.

Eles me contam. Eu registro e comunico. Roubo de bicicleta. Eu registro e comunico. Vazamento de água. Eu registro e comunico. Abuso do Instinto. Eu registro e comunico.

No meu escritório, como no de todo confidente, uma placa avisa: "*O Escritório das Queixas autoriza a ultrapassar as dez palavras previstas por lei, mas favor não abusar.*"

Tranquilizo meus queixosos, não conto as palavras. A maioria são alunos mais novos que eu, que não têm com quem falar. Pouco a pouco, as línguas se desviam. Dores do coração. Falta de dinheiro. Problemas de família. Isso eu não registro e nem comunico. Quando afasto meu Minitel, coloco meu cabelo atrás das orelhas para tirá-lo do rosto, mergulho de corpo e alma nos olhos, passo ao diapasão de seres, as pessoas enfim falam comigo. Não é bem comigo que falam, não sou ingênua, mas conta mesmo assim. O que vivi de mais real na Escola da Confidência é aqui, entre as paredes de vidro do cubículo. Entre quatro paredes cheias de infinito. Faço as perguntas, delimito os problemas, proponho soluções. Os queixosos se sucedem. Saem um pouco aliviados, às vezes. Corrijo o máximo possível de desafinos.

Não corrigi Lucie.

Não corrigi Vincent.

Não corrigi Marthe, Paul, Anne, Samuel, Thérèse e Joachim.

E enquanto range o teclado do Minitel ao fim do dia, fico pensando se Avril não tem mesmo razão. Sou emissária, não polícia. Estou achando que sou quem?

— Você.

Estremeço. Já recoloquei meu fone, mas não tive tempo de colocar a música. Nosso supervisor de estágio no Escritório das Queixas está sentado no meu cubículo. Na cadeira dos queixosos. Olhar consternado. A sala de espera está vazia, Avril, já longe daqui.

— Meu nome é Claire.

— Isso não importa. Você fez de novo. Aconselhou os queixosos.

— Sim.

— Não pode. Você registra e comunica. Ponto.

Nosso supervisor não é confidente — Instinto de Cálculo —, mas respeita escrupulosamente o limite de dez palavras para que eu tenha a liberdade, a qualquer momento, de terminar a conversa, ligando meu walkman. Que aluno faria isso com o supervisor de estágio?

— Se o pessoal abusar, você precisa avisar.

— Não estão abusando. Eu escolhi escutá-los.

Eu não deveria falar de escolha. O supervisor sabe tão bem quanto eu que não tem escolha coisa nenhuma quando se trata de Instinto. Ele cruza as pernas. Sua calça revela as meias. Tricotadas à mão.

— Para cada queixa sua, Avril emenda oito.

Esse supervisor tem a expressão tão séria, que fico travada. Desde que sua esposa o largou para ficar com um inspirado, ele me lembra de um contrabaixo. Está me dando uma bronca, eu não deveria sentir pena dele, mas veja só: meias tricotadas à mão.

— Os confidentes não servem para a santificação.

Ele observa uma longa pausa, por causa dos limites, depois acrescenta:

— Mas sua falta de ambição é triste de ver.

Ele se vai. Sigo-o com o olhar. Minha ambição não se quantifica nem em escalões administrativos nem em existências salvas. Tanto faz se ninguém lembrar meu nome. Não, minha ambição está inscrita nas minhas entranhas, ela me acorda à noite, ela me empurra adiante todos os dias. E é por isso que, polícia ou não, vou ao encontro e tento corrigir o desafino que talvez, desta vez, revele minha própria música.

Lá fora, já é noite e continua chuviscando. Posiciono meu capuz de modo a proteger meu fone sem dissimular minha marca. Atravesso o cruzamento das Escolas. Tomo cuidado com os sinais e as patrulhas. Com a cabeça cheia de jazz, é bom olhar para tudo que é lado.

Goliath me espera sob os neons do Santo Mundo. Meus sapatos derrapam, quase trombo com ele.

Ele está encharcado.

Carrancudo.

Aqui.

QUAL INSTRUMENTO?

O Santo Mundo, como todo estabelecimento que respeita nem que seja um pouco as medidas impostas pela Burocracia Instintiva, tem as próprias cabines íntimas. Duas, na verdade, escondidas atrás dos fliperamas e engolidas pelos adesivos. A primeira está cheia de aproveitadores que olham para a gente com cara assustada quando abrimos a porta. Cheiro de baseado. Está ocupada por um casal que está muito concentrado nos amassos para nos notar. Pele à mostra.

Goliath está escandalizado. Ele dá de cara com o Setor Sul do supercontinente quando esbarra no globo terrestre, cheio de dardos, ao me seguir até o balcão.

Fico pensando que o Santo Mundo talvez seja uma cacofonia necessária. Quando eu era pequena, tinha uma harpa que minha mãe não conseguira restaurar. Sua única derrota até hoje. Cordas apertadas demais por tempo demais; o instrumento se quebrou de repente. Os alunos são harpas. A pressão natural dos Instintos e a pressão acadêmica das Escolas rompem as madeiras frágeis. No Santo Mundo, todas as cordas relaxam.

Todas, menos a do gerente.

Ele nos volta um olhar cansado enquanto sobe as escadas às pressas. Que escadinha atroz, toda inclinada, com degraus estreitos, quase não tem onde pôr o pé, nenhum corrimão para segurar, começo a suar frio... poxa, um ataque de climacofobia logo agora era só o que me faltava.

Tento não pensar na escada, concentro-me no gerente. Pergunto-lhe por post-it se ele pode nos liberar uma cabine. *"Eu reservei uma, inclusive já paguei."* Ele pede desculpas sem energia com a cabeça — um ar de velho bandonéon —, e leio em seus lábios:

— Impossível.

É claro. Seu senso incontrolável de hospitalidade o impede. O gerente é invadido por uma multidão que não consome nada, suja tudo e nunca diminui. Ele não tira folga desde o dia de São Nunca. Refém dos próprios clientes e do próprio Instinto, forçado a subir e descer às pressas essa escada horrível noite e dia sempre que um recém-chegado cruza a soleira do café.

Goliath perde a paciência.

Ele mesmo evacua as cabines de intimidade, pegando as pessoas pelo colarinho e apontando para a placa *"Reservado aos confidentes"* (ah, que engraçado, rasuraram "confidentes" e escreveram "imbecis" por cima). Não ouço muito por causa do meu jazz. Não preciso. Goliath não bate em ninguém, mas seus olhos berram.

Que instrumento ele é? Uma guitarra?

— Que bosta! Esse lugar aqui vai de mal a pior! Tomara que você não me faça perder tempo.

É o que ele me solta assim que tiro meu fone. Dou um pulo. A cabine de intimidade é estreita; demais para Goliath, seu corpo grande, seus braços inoportunos, sua voz enorme. Ele ocupa um banco sozinho. Evita se recostar, as costas ainda devem estar doendo. Guardou o capuz todo molhado.

Que instrumento? Bateria?

Em cima da mesa entre nós, coberta de adesivos rasgados, coloquei os chás que comprei para a gente no balcão. Copos e palitinhos de plástico para mexer a bebida. Quando coloco minha mochila no chão, eu me deparo com uma embalagem de camisinha; aberta. Ah, ah, tenha dó.

Sorrio.

— Obrigada por ter vindo.

— OK. Bem, sou todo ouvidos, Carole.

— Claire.

— *Claire*, OK. Você pediu pra conversar aqui em vez de no parlatório. Como se tivesse informações sobre meus sumidos. Foi pra isso que eu vi, então desembucha.

Goliath não respeita o limite de dez palavras. O pronome possessivo me emociona. Seus sumidos? Gostei. Prefiro isso a "desaparecidos". Parece mais vivo.

Olho para ele através do vapor dos chás. Sobretudo para suas mãos. Não pela artificialidade delas; mas pelo jeito surpreendentemente humano. Travei. Goliath é bem conhecido por aqui, mesmo não dando para falar em popularidade. Uma ou duas vezes por ano, sua foto aparece no jornal das Escolas sempre com a mesma legenda: "*Temerário, mas não corajoso*". O acidente que lhe custou o braço deu muito o que falar.

Mas conheço Goliath de outro jeito. Eu o observo já faz tempo. Durante minhas noites de insônia, colada no vidro do meu dormitório, eu o vi correr estação após estação, mesmo no calorão, na ventania, na chuvarada, sempre com a mesma fúria a cada passada. Virou um ritual. Já me aconteceu de colocar o despertador de propósito para chegar à janela a tempo e ver sua silhueta possessa atravessar a noite sem que ele nunca me percebesse. Para encorajá-lo e me encorajar também, acho.

Quando eu soube que ele fora se meter que nem eu na casa do amigo de Vincent, interpretei como um sinal.

Sorrio.

— Faço estágio no Escritório de Queixas das Escolas. O gerente do Santo Mundo liga toda semana. Por mais que a gente envie a brigada Antiabuso inteira pra cá, os aproveitadores saem, depois logo voltam assim que os Virtuosos vão embora. Apesar disso, não faz muito tempo que o Santo Mundo era um café teológico bem prestigioso. Inspirados famosos vinham aqui e todos respeitavam os horários de abertura.

— Dá pra ir direto ao ponto?

A voz grossa de Goliath me arrepia toda vez. Agito o palitinho. A lâmpada do teto dança na superfície do meu chá. O de Goliath transbordou. Seus dedos mecânicos amassam o copo, era melhor eu ter pedido uma caneca.

Que instrumento?

— Você não gosta dos desafinos. Das falhas do sistema — me corrijo ao ver os lábios de Goliath transparecerem. — Não tivemos tempo de entrar em detalhes ontem, mas... mas acho...

Coloco meus cabelos atrás da orelha e olho para ele.

Olho no olho. Enfim posso conversar. Conversar com ele. Engulo meu medo como faço com o silêncio.

— Acho que somos parecidos.

Goliath se vira para uma placa toda comida de traça ao seu lado. "Comportamento suspeito? Entre em contato com nossos desmistificadores!" Não é que está prestando atenção nele, é que está me evitando. Sinto que ele está ofendido.

— Não somos parecidos. E as informações, hein?

Não sei o que eu esperava. Só sei que me sinto muito sozinha de repente. Apesar disso, sorrio. São anos de treinamento, Srta. Impecável.

— Foi cinco meses atrás. Uma queixosa veio ao Escritório procurando a sobrinha. Anne. Aluna na Escola da Prestabilidade. Ela tinha telefonado falando que ia viajar no fim de semana com os amigos. Nunca voltou às aulas.

— Com os amigos...

Cético esse Goliath. Logo percebeu a nota desafinada.

— Inexistentes, verdade. A tia verificou. Anne não era próxima nem dos colegas nem dos professores.

— Como Vincent.

— Como Vincent, isso.

— A tia?

— Foi embora contrariada. Precisava da sobrinha para assinar um documento. Uma questão de sucessão. Enfim, nada muito afetuoso. — Bebo outro gole de chá. A cabine não é tão à prova de som quanto deveria. A algazarra dos fliperamas, os bordões da jukebox e o tumulto das vozes trespassam a portinhola, mas nada de inteligível. Está bem no limite, mas me fazem bem todas essas quase vozes.

Continuar a falar. Enfim falar. Escutar e ser escutada.

— Teve também a Lucie, uma confidente que estudava com a gente. Proveniente de uma família complicada. Sempre sozinha num canto. Última da turma, sempre passava de ano raspando. Certa manhã, na chamada, não estava mais. Desde então, não tivemos nenhuma notícia dela.

Goliath deixa de olhar o cartaz e se volta para mim. Tem uma certa rivalidade nessa atenção.

— Você tem quantos?

— Sumidos? Anne é minha primeira, mas foi Lucie que disparou meu alarme. Descobri os outros fuçando por aí. Com Vincent, são oito. Todos os alunos em plena retirada, incapazes de se integrar, maioridade recente. E você? Quantos?

As próteses de Goliath rangem. Não responde. Eu o insultei de novo. Deve ser porque encontrei mais gente do que ele.

Que instrumento?

— E você? Pelo menos já é maior de idade?

Sua pergunta me pega de surpresa.

— Hum... Quase.

— Melhor deixar essas coisas para os adultos resolverem.

Ele me responde isso com um bico mal refreado nos lábios, como se estivéssemos competindo, e essa rodada fosse vitória sua. Até onde eu sei, ele mesmo acabou de atingir a maioridade, mas, que seja, se quer brincar assim...

— Tentei passar isso para meu supervisor de estágio e nosso diretor da Escola — digo. — Para eles, isso não faz diferença nenhuma. Esses sumidos são desertores. Números ruins nas nossas taxas de sucesso. Eles se escondem por vergonha.

Suas mãos falsas me fascinam. Tanto que ele as coloca nos bolsos.

— Faz sentido — admite.

— Só que não acredito nisso, e você também não. Um, tudo bem. Dois, ainda aceitável. Mas oito?

Hesito. Até que ponto posso falar o que penso? Se eu denunciar minha suspeita de que a Burocracia Instintiva quer abafar voluntariamente o caso, como ele vai reagir? Goliath é cabeça quente, mas já o vejo correr há tempo suficiente para saber que se importa com a própria santificação.

Opto pela prudência. Sempre a prudência.

— Lá em cima, eles não são muito fãs de sabotagem. Isso destoa dos Altos Instintos. Mas acho que Lucie, Vincent, Anne e os outros precisam de ajuda.

Goliath olha para o meu walkman desligado.

— Só isso? Não tem mais nada?

— Vamos nos juntar.

Era para ser uma pergunta — *a* pergunta — e saiu como uma afirmação. Um silêncio daqueles, repentino, na cabine! Um silêncio cheio de fliperamas. Intragável, esse silêncio.

Goliath pergunta simplesmente:

— Por quê?

Continuo sorrindo por fora, mas, por debaixo da mesa, não paro de esfregar as palmas na saia xadrez. Elas estão pingando de suor. Finjo que dou conta de tudo, mas, na verdade, estou receosa.

— Se tivermos razão, o perigo é certo. Quanto mais a gente se aproximar dos sumidos, mais arriscamos nossa pele. Em dois, somos mais...

— Não — me corta Goliath. — Por que *você* quer ajudá-los? E por que comigo?

Dessa vez, sou eu quem entra em pânico. Meu sorriso travou. Mordo os lábios com força e passo a língua entre os dentes da frente. Preencho o vazio.

Goliath se debruça. Dá para ver sua marca de perto, uma marca que me diz tudo sobre seu Instinto e nada sobre Goliath.

— Um confidente escuta. Um protetor protege. Você não está destinada a salvar vidas, eu já tenho dez na conta. Recebi uma derrogação que me concede mais 21 dias para virar Virtuoso. Você sabe como funciona com o Cômputo. As tabelas, os coeficientes, essas coisas. Uma vida equivale a um ponto. Se a gente estiver em dois e só salvar uma pessoa, ganharemos meio ponto cada um. Desculpa, mas não vou compartilhar meu heroísmo com uma enfurnada. Muito menos se não sei o que ela tem na cabeça.

Eu me sinto cada vez mais sozinha, cada vez mais rápido. Preencho o vazio entre meus dentes. Vai recomeçar. Já está recomeçando. Goliath, nossa mesa, nossos copos, o walkman, os cartazes, os bancos, toda a matéria contida nesta cabine de intimidade está recuando, só que sou eu que estou me evadindo. Sem sequer mexer as nádegas estou me evadindo. Estou aqui e estou me evadindo. Tudo permanece menos eu, tudo menos isso, como se estivesse caindo das escadas.

Preciso me concentrar.

Nos — meus — dedos.

Nas — minhas — unhas.

Na — minha — pele.

Até voltar à cabine, voltar de novo ali, voltar a mim. Uma crise de afastamento: fazia tempo que não me acontecia. Goliath não percebeu nada. Ele puxou o capuz para trás, passando a mão na cabeça; os cabelos raspados estalam contra o mecanismo.

Ele xinga, por um bom tempo, bem feio, depois:

— Obrigado. Por Baptiste e pela maquete. Por ter me evitado um malus. A iniciativa foi sua, não te pedi nada e não te devo nada, nadinha. Mas obrigado.

Ele gesticula para eu recolocar o fone, põe uma nota na mesa, para pagar os chás, e se retira da cabine um ombro após o outro, músculo por músculo, antes de bater a portinhola.

Uma vez que Goliath se foi, encaro o banco vazio.

Que instrumento?

Eu também sou covarde

Clarinette. Era o nome que minha mãe queria me dar. A Burocracia Instintiva recusou. Vamos, vamos, queridíssima senhora, levar a sério, não batizamos uma criança, talvez destinada à santificação, queridíssima senhora, talvez uma futura Santa, sua filha, queridíssima senhora, talvez mesmo uma futura Altíssima, nunca se sabe, os maiores Instintos às vezes nos vêm das entranhas mais humildes, enfim, queridíssima senhora, vamos, vamos levar a sério, não batizamos uma criança como um objeto. Minha mãe ficou muito ofendida. Aos seus olhos, um instrumento musical é um objeto muito importante.

O que me fez pensar nisso? Ah, sim. Os juncos.

Eles têm o dobro da minha altura, enquanto caminho pelo canal. Seus penachos acariciam a manhã. É da madeira deles que confeccionam as palhetas do clarinete. Dois centímetros e meio, dos quais dependerá toda a sonoridade. Toda vez que minha mãe encomenda uma caixa de juncos, lá no Setor Norte-Nordeste, ela mesma os talha com a mesma ladainha:

— Para cada palheta boa, nove descartadas.

Então, mamãe. Faço parte das descartadas. Exibo meu sorriso mais bonito para esconder do mundo — mesmo ele não estando nem aí — que acabei de passar a noite chorando no travesseiro. Não fui à janela para ver Goliath correr hoje de manhã. Ele conseguiu no que todos falharam, mesmo Janvier, até Janvier, pois é.

Ele me humilhou.

Aqui estou no velho porto. O asfalto fricciona meus patins de rodinha. O vento roça minha meia-calça. O ar está vivo, o Sol também. Os gritos das gaivotas atravessam meu walkman. O céu cheira a mar, o mercado cheira a camarão, a cidade cheira a sábado. Ao longe, além do cimento vermelho dos prédios e das árvores dos terraços, o arranha-céu dos Altíssimos do Sul está velado pela bruma do mar.

Grandes cartazes propagam o slogan da Burocracia Instintiva sobre todas as fachadas:

EU NÃO É NADA. NÓS É TUDO.

Tem uma fila para o último filme épico, estrelado por sei lá quem no papel do Altíssimo. Ai, ai, ai, estou morrendo de vontade de pegar um cineminha, um de verdade, com gente que tagarela a torto e a direito entre duas bocadas de pipoca, gente que morre de rir ou que fica de saco cheio, gente que comenta o filme antes, durante e depois. Projetam para a gente toda sexta-feira à noite, no auditório da Escola da Confidência: não vem quase ninguém, e ainda proíbem todo mundo de falar. Pior que uma midiateca.

Vou ziguezagueando entre os passantes, movidos desde cedo pelo chamado do Instinto. *Preciso doar. Preciso avisar. Preciso fabricar. Preciso reparar. Preciso contar. Preciso curar.* Suas marcas formam um mosaico em movimento. Até as crianças que ainda não estão na idade de serem marcadas: papai e mamãe, acontece muito, pintaram suas carinhas a fim de que todo mundo saiba qual o seu Instinto. Tudo é tão eurrítmico à minha volta que quase me esqueço da presença do desafino.

Apesar disso, foi ele que me tirou da cama ao amanhecer, quando eu estava enfim quase dormindo. Como se fosse um pressentimento. Consultei minha caixa no Minitel — seis minutos para carregar. A mensagem estava lá.

"Escrevo em resposta à mensagem que deixou na minha secretária eletrônica. Número de matrícula, PF."

Fiquei matutando. É que deixei algumas mensagens em algumas secretárias eletrônicas. Os sumidos têm poucas pessoas próximas — aliás, é isso que os torna difíceis de encontrar —, mas toda vez que pude conseguir um número de telefone, tentei a sorte. A mensagem de hoje foi a única que respondi desde então. Quando confirmei o recebimento, dando meu número de matrícula, o interlocutor me respondeu na hora. Será um fissurado em Minitel? Não me deu seu nome: só tenho um endereço postal.

Verifico meu plano. Atravessar o mercado de flores, contornar a estação de ônibus, subir a alameda, tomar a segunda avenida à direita, depois a última rua à esquerda.

É aqui. Um velho complexo de imóveis. Escalpelaram metade do asfalto do estacionamento. Uma pichação muito antiga, tão espetacular quanto incompreensível — sem dúvida um murmúrio classificado como "patrimônio instintivo" — atravessa todas as fachadas como um berro multicor.

Não deveria ter vindo, tão longe da minha Escola, em terra desconhecida, não sozinha, não sem ele, sem ser ele. É Goliath, o herói. No fundo, talvez seja justamente por ser só eu que acabo indo mesmo assim.

Nenhum interfone. Desprendo os patins das botas e os coloco na minha bolsa. Empurro a porta do prédio D.

Um homem e uma mulher vestidos com terno e gravata brancos estão na entrada. Desmistificadores. Viram-se para mim. Sorrio; eles não sorriem. Não é a primeira vez que cruzo com eles; longe disso, estão em todo lugar, mas mesmo assim tenho um pouco de vontade de fazer xixi nas calças.

Eles algemaram uma vovozinha. A música do meu walkman cobre suas vozes, mas observo a falsa maleta de representante de vendas que confiscaram dela. Está cheirando a tráfico de produtos não homologados pela Burocracia Instintiva. Bebidas destiladas, cigarros sem filtro ou, o pior de todos, manteiga de amendoim.

Em cima das caixas de correio da entrada, um cartaz lembra o sexto princípio instintivo aos visitantes:

Abusar do Instinto é crime.

Minha garganta pulsa mais forte do que minha música. Aperto o botão do elevador. Várias vezes. Mesmo em circunstâncias assim, não suporto pegar as escadas.

O elevador chega. Uma mão pousa no meu ombro. Eu me viro — não posso relaxar o sorriso. Um dos desmistificadores me estende um post-it. Não tenho nada a temer se ele não me fizer nenhuma pergunta (e, sem um mandato, ele nem pode) (ele não pode, Claire, não pode). O Instinto deles só reage a mentiras se elas forem ditas em voz alta. Leio no post-it. *Selos, pilhas, esponjas, absorventes...* Uma lista de compras. A minha. Caiu da minha bolsa quando fui colocar os patins lá dentro.

— Obrigada.

Não ouço minha voz; minha música está no último volume. Os desmistificadores arrastam a vovozinha para fora, enquanto a porta do elevador se fecha na minha frente. Tenho um grande branco antes de me lembrar do número do andar.

Eles não vieram por minha causa.

Claro que não vieram por minha causa.

Francamente, por que teriam vindo por minha causa?

No espelho do elevador, um fantasma. Uma antiga partitura de mim mesma que eu achava já ter jogado fora. Rápido, um desodorantezinho, rápido, uma penteadinha, rápido, vamos limpar o suor, vamos recompor o sorriso. Encaro a minha marca. A pessoa que sou hoje, que decidi ser assim que me aceitaram na Escola da Confidência, essa Claire devora o medo em vez de ser devorada por ele.

Penso de novo nos dois "por ques" de Goliath, aos quais não respondi ontem. Por que eu e por que ele? Avril nunca me perguntou nada assim.

Chego ao andar certo, diante da porta do apartamento certo. Não tenho tempo de tocar a campainha antes de a porta se abrir. Detergente-café-sabão-diluente: respiro tudo isso de uma vez, só que não tem ninguém na minha frente.

— Olá?

Ainda não ouço minha voz, mas nenhum confidente digno desse nome desligaria o walkman antes de ter um interlocutor à vista.

— Então tá. Estou entrando.

Dou um passo para dentro. O apartamento é mini, mini: um cômodo só que serve de quarto, sala, cozinha e, pelos cavaletes, ateliê.

Dou meia volta. Uma mulher está escondida atrás da porta ainda semiaberta. Agarrada na maçaneta. Sua marca fala por ela: é uma prestativa especializada em civilidade. E, mais precisamente, a julgar pela situação, uma porteira. Assim que passei pela soleira e que seu Instinto cumpriu seu dever, ela fecha a porta atrás de mim com um gesto cansado.

Já vi gente afligida pelo próprio Instinto, mas raramente a esse ponto.

Minha simpatia é instantaneamente total, totalmente instantânea, não conheço essa abridora de portas, mas gostaria de abraçá-la, absorvê-la inteirinha, reafinar essa música dissonante, reafinar-me através dela. Primeiro vamos nos acalmar.

Sorrio de leve.

— Conversamos por Minitel hoje de manhã. Claire.

A mulher lança sobre mim um olhar agudo e grave ao mesmo tempo. Deito meu fone atrás do pescoço, expondo as orelhas. Mostro bem minha própria marca. É um jeito de sinalizar que agora ela tem tanta influência sobre mim quanto eu sobre ela — mesmo que, vamos falar a verdade, eu tenha vantagem. E como isso não parece lhe bastar, eu lhe apresento meu cartão com meu número de matrícula.

— Béatrice.

Sua voz enfim: um pouco nasal, um pouco alterada. Um oboé quebrado. Desta vez, eu a reconheço. Béatrice é a irmã adotiva de Samuel, o penúltimo sumido em ordem cronológica, aluno da Escola do Cuidado. Eu tivera dificuldades para achar o seu número, e, toda vez que eu ligava, ela nunca atendia. Não entendo por que não se identificou no Minitel, isso teria evitado que eu ficasse imaginando coisas.

Ela fecha a porta novamente com repulsa, depois se senta na borda de um sofá-cama.

Deve ter quinze anos a mais que eu, e quinze quilos a menos, um corpo devorado por um suéter preto muito longo, olhos protuberantes que quase não pestanejam e, acima de tudo, rugas demais: o envelhecimento precoce daqueles que não exercem o próprio Instinto com frequência suficiente.

Uma cafeteira cheia crepita sobre seu fogareiro. Interrompi os preparativos do café da manhã.

— Posso?

Com um aceno de cabeça, Béatrice me dá permissão.

Abro um armário da cozinha. As prateleiras vazias me chocam um pouco, mas não demonstro nada. Sobre a mesinha de centro, preparo para nós duas xícaras, leite e alguns biscoitos embalados que encontrei em uma gaveta. Tiro da mochila croissants que comprei para mim no caminho; confesso que não são lá legalmente croissants verdadeiros, feitos com manteiga pura. Sempre é bom ter um croissant em mãos.

— A senhora respondeu à mensagem que deixei na sua secretária-eletrônica. A respeito do Samuel.

— O que você quer?

A formulação poderia parecer agressiva. O tom não é. Béatrice me avalia. Ela morde um de seus biscoitos, mas não encosta nos meus croissants.

— Só saber onde ele foi parar. E se está tudo bem.

— Por quê?

E pronto. Justo quando consigo parar de pensar no fora que Goliath me deu, ele me volta com força total. Por que perguntar por quê? E como responder a essa pergunta com total sinceridade?

Sorrio e me esquivo com outra pergunta:

— A senhora desconfia de mim?

— Desconfio de todo mundo.

Seus olhos me sondam e, de repente, é como se eu visse através deles. Um sorriso, boas maneiras, uma fachada de araque e nada, jamais, de pessoal: quem diria que eu a deixaria desconfortável.

— Tenho fobia de escadas.

— O quê?

Béatrice me olha sem entender. Eu mesma me surpreendo, mas continuo, apesar de tudo:

— Quando eu era pequena, caí feio. Desde então, morro de medo delas. Demoro três horas para subir um degrauzinho. Isso se chama climacofobia.

Nunca contei a ninguém; nem mesmo a Avril, apesar de ter sido na escada do nosso prédio de infância, lá em cima, no Norte-Nordeste, que tudo foi ladeira abaixo.

Os ombros de Béatrice relaxam sob o grande suéter preto.

— Ele nasceu de parto anônimo. Eu não gostava dele. Ele não fazia esforço nenhum. Não falava, não escutava, brincava sozinho no seu canto. Era mole, muito mole...

Béatrice dá uma risada que não é uma risada. Ela despeja Samuel, como se quisesse se livrar logo dele.

Ouço com mais atenção ainda.

— Eu também não tentei de verdade. Estava estudando hotelaria na época. Meus pais me chegam com um moleque que poderia ter sido meu filho. Eu não estava com cabeça para bancar a irmãzona. O titio, ao contrário de mim, ficou apaixonado por ele. Caía na gargalhada que nem um condenado quando Samuel apontava para a barriga dele. Até que ela começou a doer. Então descobrimos que o titio tinha um problema no fígado. Tarde demais. O Instinto de Samuel pode desvendar um câncer meses antes de a lesão aparecer nas radiografias, mas isso só descobrimos depois, quando um identificador nos explicou. Se o menino conseguisse se expressar, a gente bem que podia ter salvado o titio. Samuel ficou o quê? Três anos conosco? Teve um monte de famílias adotivas.

Fiquei cativada por Béatrice, por seu oboé alterado, pelo que me diz e, acima de tudo, pelo que não me diz. Ela cheira a sabão.

Seus olhos ficam ainda mais protuberantes.

— Ah, perdão. Não estou respeitando o limites de palavras. É que nunca converso com confidentes. Seu jeito atencioso. Dá vontade de... não sei. Você tem um belo Instinto.

O elogio me atinge mais do que eu gostaria. Acredito que Béatrice ficou sozinha por tempo demais. Dou uma olhada furtiva na tela verde do Minitel, que ficou ligado em um canto do quarto. A conta de telecomunicações vai ser salgada.

— Não se preocupe com o limite. Vim falar com a senhora por vontade própria.

Béatrice engole seu café sem açúcar em grandes goles que devem lhe consumir a garganta, depois fica interessada no fone que está pendurado no meu pescoço. Esqueci de desligar o walkman; dá para ouvir a voz miniatura de Coco-Rudy. O prodígio acabou de descolar o título de Trono por ter salvado sua 10.001ª vida com sua fundação O Chamado do Nós. E olha que ele tem exatamente a mesma idade que eu. Uma voz extraordinária, quase inumana, minha grande fantasia da adolescência, mas ora, vamos, não sou nem a primeira nem a última a ficar caidinha por esse Instinto.

— E ele? — me pergunta Béatrice. — Continua sendo uma voz, não? Ouvir não faz você sentir nada?

— Quando é gravado, não. E mesmo se fosse direto, desde que a pessoa que fala fique fora do alcance, o Instinto de um confidente não se aciona. A senhora tem visto Samuel desde que ele deixou a sua família?

Béatrice faz um beicinho.

— Quando ele fica liso. O que acontece com frequência. Ele brota aqui em casa pra pedir dinheiro. Me chama de "irmãzinha". Menino abusado, sério. Ele sabe que eu nunca conseguiria deixar de lhe abrir minha porta.

Dou uma misturada no açúcar. Apesar desse papo, aposto que Béatrice também lhe abriu a carteira. E isso não é uma questão de Instinto.

— Quando foi a última vez?

— Nem sei mais. Há quatro meses? Cinco? E desde então nada.

— Samuel veio sozinho? Acompanhado?

— Às vezes acompanhado. Mas quase sempre sozinho.

Pego minha bolsa e extraio oito imagens de rostos. São ampliações de fotos de turma. A qualidade não é grande coisa, admito, seus traços são tão embaçados quanto as marcas. Eu os alinho sobre a mesa como cartas de tarô. Samuel, Anne, Paul, Lucie, Vincent, Thérèse, Joachim e Marthe.

— Foi com um desses alunos, talvez?

Béatrice quase não os olha.

— Não reconheço ninguém. Eles também frequentam a Escola do Cuidado?

— Não, justamente. Eles não faziam parte nem da mesma turma nem do mesmo clube. Nenhum deles. Eles se parecem sem se conhecerem. E este ano sumiram todos da face da Terra.

Béatrice não se interessa nem um pouco pelas minhas fotos. É na minha direção que se abrem seus grandes olhos salientes. Eles brilham como seu café preto.

— O que é que você está tentando fazer? Ajudá-los? Salvá-los talvez? Está querendo o quê? Virar uma Virtuosa? Um confidente nunca salvou ninguém. E além do mais, não salvamos as pessoas delas mesmas. Gostaria de dizer que me preocupo com Samuel de coração, que sinto muito por ele ter largado os estudos. Não é o caso. É só um covarde. Incapaz de se esforçar. Ele é maior de idade e vacinado, não esquente com ele, não. Um dia desses, ele vai voltar e bater à minha porta pra me filar uma grana.

Recolho as imagens. Continuo no mesmo ponto de quando entrei.

— Certo. Por que motivo a senhora me convidou pra vir? — Béatrice se retesa de novo.

Sinto que tem alguma coisa. Alguma outra coisa, não relacionada a Samuel, mas, mesmo assim, alguma coisa. Da minha cadeira, observo as telas sobre os cavaletes. Todas desarmônicas. Todas inacabadas. E esse Minitel que ninguém se incomoda em desligar.

— A senhora me disse que fez uma formação de hotelaria.

Um simples comentário da minha parte, mas Béatrice captou a alusão. Ela fica remexendo as mangas do suéter, gasto por ter sido lavado demais.

— Pedi demissão. Não podia mais atender as portas.

Esvazio minha xícara. Eu me calo. Crio um espaço onde Béatrice é livre para falar de si; ou não, mas espero que sim.

Ela não diz mais nada.

— Obrigada por ter me recebido.

Tiro nossas xícaras. Béatrice me puxa pelo capuz, quase timidamente.

— Claire.

Ouvir meu nome, particularmente com esse oboé, me causa um eletrochoque. É comigo, de verdade, que ela está falando. Fico quase triste de sentir tanta alegria.

— Eu também sou covarde.

Olho com atenção para Béatrice. Eu a escuto com toda a minha pele.

— Abro portas desde que tinha idade para alcançar as maçanetas. Meu quarto, a casa, os hotéis, os banheiros. Assim que alguém manifesta a intenção de entrar em algum lugar, preciso abrir a porta. Sempre me repetiram que era uma coisa bonita e boa. Nada que salve vidas, né, nada digno de santificação, mas uma coisa bonita e boa mesmo assim. E eu acreditei nisso. Acreditei por muito tempo. Você é tão novinha, Claire, não sei se vai me entender. Talvez até me denuncie.

Béatrice fecha os olhos. Suas pálpebras estão todas enrugadas.

— Certa noite, abri a porta para alguém. Alguém que não merecia. Que eu não conhecia. Que me.

A frase se encerra tão brutalmente que parece um baita ponto final entre nós. O mesmo inacabado das telas. Fico pensando de repente se mereço ter ouvido tudo o que precedeu o ponto em que ela chegou. Vim para corrigir um desafino e descobri um outro e me sinto uma tonta com meus croissants, e continuo parada no meio desse apartamento tão pequenininho.

Não. Não é com Claire que Béatrice está falando. É com meu número de matrícula. Com aquela que trabalha no Escritório das Queixas. Sei muito bem que tudo isto não depende das minhas competências. Não passo de uma mera estagiária. A jurisdição do Escritório está restrita às nossas Escolas, ela não se aplica aqui.

Sei disso e afirmo:

— Posso ajudar a senhora a prestar queixa.

De novo essa risada que não é risada. Béatrice parece perceber que esperava de mim algo que não posso lhe dar. Dá para ver que ela se arrepende de ter respondido à minha mensagem.

— Pra quê? Pra quê ter Altos Instintos se eles permitem que o mal entre? Pra quê nos considerarmos todos salvadores? O que é que a gente salva, hein, fora as aparências?

Não encontro resposta. Procuro de verdade, mas realmente não encontro, assim como não encontrei para os *por ques* de Goliath. Sinto muito que ela sinta tanto. Penso na minha mãe. "Para cada palheta boa, nove são descartadas".

Tiro da minha bolsa, no meio das migalhas de croissant, um cartão da brigada Antiabuso do Setor Sul. Eu a entrego a Béatrice, sorrio, peço licença, agradeço, depois fecho a porta ao sair.

Eu também sou covarde.

O murmúrio da multidão

Devo ter levado tempo, mas enfim decidi discar o número.

— Sou eu.

Eu. A palavra mais elementar de todas, a que se adquire mais rápido no vocabulário, mas fazer o quê, cada vez que a pronuncio parece uma piada (nem tão boa, ainda por cima).

No telefone, ouço um choque, um galope que se distancia, uma porta que se abre no caminho e a voz de Dalila que ressoa:

— Largue o piano! É sua filha!

Olho para fora através do vidro do telefone público. Um mar silencioso. A cabine é à prova de som, como exige a lei. À minha frente, estende-se a margem, sob o calçadão, uma praia de fim de tarde onde as pessoas ficam despreocupadas, deitadas na areia, olhos na água, calças arreadas até os joelhos, pelo máximo de tempo que seu Instinto as deixar ali, até que algo as empurre a fazer outra coisa.

O galope de Dalila volta a atacar no telefone. Ela volta a pegá-lo.

— Permissão para passar das dez palavras?

Muito Dalila. A pergunta, direta, mesmo se ela sabe que não precisa me perguntar quando estou ao telefone e estamos separadas por milhares de quilômetros. Antigamente, ela me perguntava toda manhã enquanto me arrancava o edredom. Essa hiperativa me fez crescer na base do 220.

— Concedida.

— Minhas pernas estão me deixando doidinha! Deve ter sido na quinta, se não antes, que me deu um troço no meio da aeróbica, dei-xei-meus-ve-lhi-nhos-tu-do-na-mão... era a minha sessão para idosos, estou dando quatro por semana, sério, só-tem-pé-na-cova... enfim, deixei todos na mão e fui com tudo pra floresta sem colocar o gorro — essas pernas não me dão tempo pra nada — porque você já deve saber que tá nevando aqui, neva-todo-santo-dia.... enfim, corri sem gorro até a floresta, como sempre, sem ter a menor ideia do que tava fazendo lá, ne-nhu-ma-ex-pli-ca-ção, passei das lagoas, não aguentava mais, juro, nunca vou entender como isso machuca e me faz tão bem ao mesmo tempo, mas é isso, vo-cê-co-nhe-ce-o-di-ta-do, todos os Instintos conduzem ao Nós... enfim, minhas pernas finalmente pararam e aí, na minha frente, ao pé de um carvalho...

Dalila retoma o fôlego. Aproveito para colocar outra moeda no telefone. Ela me custa caro em ligações, com seu staccato que vai emendando tudo. No mar, conto três toucas de natação. Os banhistas irredutíveis, faça verão ou inverno, vovozinhos competindo, príncipes do banho rápido. Na praia, crianças galopam, caem, erigem muralhas, desafiam as ondas, brincam de faz-de-conta.

Pareço com eles. Brinco de faz-de-conta.

— Ao pé do carvalho, um andarilho! — retoma Dalila com novo fôlego. — O pobre coitado todo gelado, beirando a hipotermia. Ele tinha se desviado do caminho e encontrou um jeito, escute só essa, de-dar-um-jei-to-nos-dois-cal-ca-nha-res... enfim, como sempre, meu Instinto me conduziu ao lugar certo na hora certa.

Mas, mesmo assim, um alcance mais curto cairia bem. Cinco mil oitocentos e seis metros, quando passamos dos quarenta, é-lon-ge-de-mais. Os socorristas me disseram para passar no Cômputo pra validar essa vida, mas quer saber, desisti de impressionar sua mãe com essa pompa toda. Passei faz muito tempo da idade de ser santificada. E você, hein! Quanto-tempo! Conte tudo: o Sul, o sol, a areia, o estágio, o sexo

— Acho que você precisa ajudar a mamãe.

— Com o quê? Ah, sim.

Ouço o barulho do fone sobre a mesa, os saltos de Dalila que desce as escadas às pressas — as famosas, malditas escadas. Ela é muito prestativa, e não só no sentido instintivo do termo. Dalila é uma corredora de alto alcance, seu Instinto pode enviá-la para qualquer lado, e só ao chegar ao lugar ela entende por que ele fez isso, mesmo fora do horário, ela é a primeira a se lançar para ajudar. Preciso colocar muitas e muitas moedas na cabine antes de seus passos finalmente retornarem. O da minha mãe, mais reservado, se sobrepõe ao dela. Um Instinto em ação não sofre nenhuma interrupção. Por minha causa, Dalila a arrancou à força do piano — e quando digo "à força", não é à toa, por isso é melhor ter bons músculos.

— Alô?

O telefone escorrega, minhas mãos estão meio úmidas. Por que fico tão agitada assim que ouço essa voz?

— Desculpe, mamãe. Bem que tentei ligar fora de seu horário de trabalho.

— O Instinto não liga muito pros horários.

— Como andam as coisas no ateliê?

— Um piano teimoso.

— E as novidades do Setor Norte-Nordeste?

— Só coisa velha.

Lá, bem longe daqui, do outro lado do supercontinente, é preciso atravessar várias florestas e várias montanhas antes de alcançar o oceano. Um oceano sempre cinza e sempre frio, pelo que me contaram. Quando cheguei ao Setor Sul, assim que desci do trem com Avril, com rock nos ouvidos, atordoada pelo calor, arrastando minha enorme mala e procurando o ponto de ônibus certo, tive um choque ao ver o mar pela primeira vez. Um retângulo azul entre dois imóveis vermelhos. Achei que era uma parede de água.

Minha mãe também é uma parede, à sua maneira.

— Feliz aniversário — diz. — Um mês adiantado, mas bem, quem sabe quando você vai nos ligar de novo.

— Ah. Hum... Obrigada.

— Não é fácil conseguir falar com alguém em um internato que não autoriza telefones.

— Sim, eles são bem rígidos em relação ao silêncio. Eu queria ter ligado mais cedo. Mas sabe como é, com o fuso horário nem sempre é simples.

— Você que escolheu o Setor Sul.

Cliques no telefone, um chiado de chaleira. Mamãe está se preparando chá. Consigo visualizar o cordão do telefone se estendendo enquanto ela tenta alcançar o armário. Seu Instinto é de alcance curto (só um metro e trinta), ela já não sente o chamado do piano desafinado lá embaixo. Apesar disso, percebo um mau humor mal aceito em seus gestos.

— Recebeu nossa carta, minha e da Dalila?

— Sim, sim, desculpe, não respondi.

— Você não é obrigada a nada. Logo vai ser maior de idade.

Eu suo, mas como eu suo.

— Logo chegam as provas.

— Logo, sim.

— Vê se se cuida, hein.

Adivinho as palavras atrás das palavras. *Estude só o suficiente pra arrumar o diploma, não seja excelente em nenhuma matéria, nada de bônus e, acima de tudo, fique longe da Burocracia Instintiva.* Minha mãe aceita quase todas as minhas escolhas contanto que eu respeite nossa regra.

— E depois — pergunta ela. — Depois do diploma?

O sol atravessa os vidros da cabine. Como um golpe de calor repentino. Agora me lembro do motivo por que vivia adiando a chamada. O *depois* da minha mãe é quase pior que os *por ques* de Goliath.

— Bem, pois é, pensei aqui...

— Um instante.

Ouço Dalila gritar "Vou pra pista de patinação!", minha mãe responder "Não esquece a mochila!", depois uma porta se fechar.

— Ela foi embora — comenta minha mãe.

Certo. Não preciso mais brincar de faz-de-conta.

— Pedi para ser nomeada aqui. No Setor Sul.

Ah, pronto. Saiu mais fácil do que eu esperava.

A respiração da minha mãe é tão estável quando ela desaprova! Uma respiração polida pelos instrumentos mais exigentes. Ouço tudo no telefone. Ouço seus lábios que se cerram, os cílios que se congelam. Ouço a xícara de chá sobre a mesa da cozinha, ouço até o líquido esfriando. Ouço o radiador, o piso de madeira, os móveis, os quadros, os edredons. Ouço a família de Avril que assiste tevê do outro lado do andar. Ouço as escadas que ainda me dão pesadelos. Ouço o ateliê no térreo. Ouço o piano desafinado, os violinos restaurados, as cordas imóveis, os couros adormecidos. Ouço as ruas cobertas de gelo que odiei amar, o parque de diversões que amei odiar e, lá ao longe, nos confins da cidade, ouço a floresta hibernar. Ouvidos da memória.

Coloco outra moeda no telefone. Os silêncios da minha mãe me custam mais caro que as palavras de Dalila.

— Um diploma sem bônus quer dizer um posto garantido. Salário pequeno, certo, mas efetivação após um ano. Logo vou procurar um apartamento.

Minha mãe estala a língua.

— É improvisação. Desde que você seguiu a Avril, continua sempre sendo improvisação. Entendi que não tem mais nada com Janvier, mesmo se prefiro não perguntar o motivo. Mas por que ficar no Setor Sul desta vez se não for por causa dele?

Suo cada vez mais, mas não largo nem a questão nem o telefone.

— Por mim. E está sob controle.

— Quanto mais você cruza com as pessoas, mais riscos corre. E aí onde você está, tem muita, mas muita gente. Então muitos, mas muitos desmistificadores.

Nananinanão, não vou pensar na velhinha algemada no prédio de Béatrice.

— E os identificadores? — prossegue minha mãe. — Você chegou a pensar neles? São raros, certo, mas as probabilidades nem sempre vão jogar ao seu favor.

— A multidão me deixa invisível. E depois, mamãe, também tem gente no Setor Norte-Nordeste. Tem os vizinhos. E tem a Dalila.

Eu me culpo imediatamente. Não tenho nada contra Dalila. Quer dizer, sim, é verdade, no início eu tive dificuldade. Joguei na sua cara que ela não era meu pai, talvez porque uma parte de mim, no fundo, teria gostado muito que fosse; ele pelo menos sabia. Mas Dalila foi um fogo de artifício nos nossos silêncios. Mesmo não sabendo de nada do nosso passado, ela devolveu o sorriso à minha mãe. De certo modo, isso me impediu de morrer de vergonha depois da partida do meu pai — partida pela qual sou metade responsável. Só metade, mas mando embora rápido-rápido-rápido a outra metade dos meus pensamentos.

Minha mãe inspira fundo.

— Não posso contar. Não pra ela. Não isso.

Isso. É assim que o chamamos entre nós. Minha mãe nunca me culpou por nada, então por que me sinto sempre em dívida com tudo? Adivinho que aqui e agora ela queria voltar a afinar seu piano. Estou com inveja. Não do piano: da minha mãe. Da sua capacidade de restabelecer a afinação justa onde não tem mais.

Do outro lado da linha, um suspiro.

— Eu não soube deixar você feliz.

Oh, o golpe baixo. Só uma mãe para lançar um desses.

— Isso não é tarefa sua, mamãe. Também não era de Janvier.

Encaro um cocô de pombo no vidro da cabine. Não gosto de pensar no antes. Nem no depois, Nem nos por quês. É verdade que tenho muito poucas certezas. Mas duas coisas eu sei. A primeira é que não devo nunca, jamais, em hipótese alguma, voltar atrás; seria como cair da escada de novo. A segunda...

— Faça como quiser — solta minha mãe de repente. — Contanto que respeite nossa regra.

Nossa regra. O contrato que faz nós duas, minha mãe e eu, cúmplices da mesma mentira. A lei que impediu que nossas vidas fossem ladeira abaixo comigo na escada.

— Não vou chamar atenção. Como sempre evitei.

— Aguardo a próxima chamada.

Desligamos ao mesmo tempo. Parceiras de crime antes de sermos mãe e filha. Todavia, tenho a sensação de ter acrescentado uma mentira à mentira original. Os sumidos. Todo mundo me diz para largar o caso, Avril, Béatrice, a hierarquia, mesmo Goliath, Goliath e seus *por quês*, e me agarro a eles apesar de tudo. Estou brincando com fogo. Porque esses sumidos são minha segunda certeza. Sua ausência me deixa obcecada. E, quanto menos o mundo se interessa pelo destino deles, mais eu penso neles. Me ajudam a existir. Por ora, em todo caso, mas já é muito.

Levanto meu fone de ouvido; eu o tiro e o coloco de volta várias vezes, esfregando-me contra as espumas. Não desejo, para variar, nada além de deixar as orelhas ao ar livre e me encher de barulhos, sem tela de música, cara a cara com o mundo, com os carros que bramem, com as ondas que farfalham e todas essas bocas que compartilham histórias.

Coloco minha fita para tocar, saio da cabine, procuro um banco para calçar os patins. É um esbarra-esbarra. Os passantes andam apressados pela calçada, os condutores descem dos carros. Não ouço nada do que eles dizem com meu walkman, mas os vejo apontar para o mar e tirar as polaroids. Eu me abro caminho. Não é o mar que eles contemplam, é a praia. As famílias, os casais, as criancinhas, os velhos estão todos ali em movimento; um movimento que não tem mais nada de pessoal. Eles cavucam a areia com os calcanhares.

Um murmúrio.

O.

No ano passado, um professor trouxe um televisor e um videocassete para a aula para nos mostrar um documentário. Eram operários em uma usina têxtil. Tinham todos interrompido o trabalho. Ao mesmo tempo. Sem combinar. Dezenas de Instintos pausados para responder a um chamado mais poderoso. No vídeo, víamos os operários se despirem sem dizer palavra e utilizarem as máquinas para emendar as próprias roupas às dos outros. Um friso gigante de homens de tecido. O murmúrio durara horas. A obra hoje está exposta em uma galeria, sob um vidro; ela ocupa sozinha uma parede de sessenta metros. Teólogos eminentes ainda procuram o significado.

O.

Esse vídeo me matou de medo. O que sinto agora está uma oitava acima. Eu não deveria estar aqui, neste calçadão, entre todos os curiosos que vieram ajudar o Nós em ação. Não tenho mais esse direito. Parei de tê-lo há um tempão, quando tocava o terror no corredor, ao lado de Avril, no exato instante em que comecei a remedá-la, imitando aquele jeito sério e intenso de acompanhar todas as conversas dos adultos. O *faz-de-conta* de antes, virou meu *sou assim*.

-

Devoro o medo e não saio daqui.

N.
Na praia, a multidão cavuca a areia.
T.
Todos juntos, em harmonia e em transe.
E.
Os sulcos formam letras imensas.
C.
Letras que se misturam aos meus pensamentos.
S.
Finjo corrigir os desafinos.
N.
Mas sou a pior entre todos.
R.
Não tenho nada de confidente.
N.
Nasci sem Instinto.
E.

O murmúrio terminou como começou. Na praia, as famílias voltaram às suas atividades, cada uma no seu canto, indiferentes ao que acabaram de escrever na areia. Já esqueceram tudo. A amnésia do murmúrio. Os passantes se dispersam ao longo do calçadão, desconcertados e decepcionados.

Mas eu fico. Os agentes da Burocracia Instintiva chegam, e eu fico. Eles tiram fotos, e eu fico. Eles vão embora, e eu fico. O vento da noite começa a apagar as letras na areia. Saco minha agenda. Abro na data de hoje. Não poderia esquecer, mas copio mesmo assim o murmúrio da multidão.

Meu lápis treme. Sorrio como nunca. Choro um pouco também.

ENCONTRE-NOS

Mensagem recebida com sucesso.

O ANJO

Tudo está perfeito

Eu não sonho. Deito-me todas as noites à mesma hora. 21h20. Levanto todas as manhãs à mesma hora. 5h55. Entre as duas, um buraco negro. Não tenho nem a sensação de adormecer. Fecho e reabro as pálpebras. Simples assim. Às vezes, como agora, eu acordo no meio do buraco. Isso não conta, evidentemente.

É o Instinto.

3h41. Os números do rádio-relógio avermelham meus dedos enquanto procuro o botão da lâmpada. Luz. Empurro as cobertas. Faz frio apesar do aquecedor, deixei a janela aberta. Minhas pernas estão com os pelos arrepiados feito espinhos de cacto. Tiro a camiseta, dobro-a com cuidado e a guardo debaixo do travesseiro. Acaricio a tatuagem no meu ventre: "Pater". Tudo está perfeito.

O Instinto clama.

Vou tomar uma ducha quando voltar. Cômoda, gaveta de baixo: minhas roupas. A gola alta do suéter me eletriza os cabelos. Cômoda, gaveta de cima: minha naninha. Mergulho-a em um bolso da parca. Coloco meus broches. Com as mãos, aliso de novo meu corte tigela. Vamos nessa.

O velho telefonista do 43° andar me lança uma piscadela por cima da minitelevisão que transmite uma série de segunda categoria. Assim que me vê, ele sai do balcão e chama o elevador reservado às missões prioritárias.

— Um chocolate quente primeiro?

O Instinto não espera. Ele sabe, mas me pergunta toda vez.

— Não.

Não levo jeito para humor. Amo o velho telefonista mesmo assim. Amo-o como amo o Nós.

— Sem táxi?

— Também não.

O elevador desce na velocidade máxima.

Atravesso o hall de recepção onde os Virtuosos, tanto os que estão partindo em missão quanto os que estão chegando, me cumprimentam com deferência. Passo por dois vestíbulos, um pórtico e uma armada de seguranças. Não me perguntam nada, abrem diretamente as portas para mim.

Saio do arranha-céu dos Altíssimos do Oeste.

Lá fora, eu ando. Ainda que não seja exato. Meu corpo anda. Eu me deixo levar. Por esse motivo nunca chamo táxi: já sei onde o Instinto está me enviando, mas prefiro deixá-lo guiar meus passos, escolher seu caminho.

A calçada está animada. Um padeiro procura as chaves, comerciantes descarregam uma caminhonete, os festeiros de sábado à noite vão de uma boate à outra, e uma senhora de rolinhos no cabelo limpa vômito nos seus degraus. As pessoas fazem o sinal da cruz quando passo, sob a luz dos postes, intrigadas pela minha marca, impressionadas pelo meu broche.

Amo todos eles. Amo nosso Nós. Tenho minha naninha no bolso. Tudo está perfeito.

O Instinto exige.

Meu corpo me arrasta para dentro de uma cavidade subterrânea. Passo pela portinhola, viro à direita, tomo uma escada rolante. Cheira a urina. Chego exatamente na mesma hora que o metrô. O Instinto sabe onde, quando, como. Seguro uma alça com uma mão, minha naninha com a outra. Vacilo, o estômago vazio, o espírito oco. Não tenho sono. Nenhum pensamento, mas vigilância total. Tudo está perfeito. Meu corpo me convida a descer. Não verifico nem o nome da estação.

O Instinto se manifesta.

Impulsiona-me para a frente como se fosse óbvio. Estou em uma periferia do Setor Oeste. Ruas que não conheço, habitações sociais com as persianas condenadas, um grupo que me lança latinhas e insultos, mas que sai correndo ao ver meu broche. Recuso educadamente os avanços de uma prostituta. Eu nos amo; tudo está perfeito.

Sei que alcancei enfim meu destino: o lixão.

Escalo o arame farpado, aterrisso no meio do lixo. Eu me asseguro que estou com minha naninha no bolso. Sem postes aqui, mas um cheiro forte de mofo. Avanço no escuro, um escuro que não é bem escuro, um escuro cheio de luzes. Os plásticos brilham sob a Lua.

O Instinto aclama.

Uma forma se move à minha frente. Eu me aproximo. Meus tênis pisam alguma coisa que estala, mas a forma não se vira. 5h17 no meu relógio. Não é hora nem de bom dia nem de boa noite.

— Olá — digo.

— Olá.

Voz rouca. Desidratada. É um menino mais ou menos da minha idade. Quinze anos, talvez dezesseis. Eu o observo. Ele não está agasalhado o suficiente para passar a noite lá fora, e todavia, suponho que não seja a primeira vez. Está sentado sobre o que deve ter sido, muito tempo atrás, um apoio de braço para sofá. Uma caixa de ferramentas está aberta ao seu lado. Atrás das mechas soltas de um rabo de cavalo, seus olhos brilham de febre e agitação intensa. Seu rosto sujo traz a marca do Instinto da Fabricação. Será que ele pertence a uma Escola do Setor Oeste? Sua chave de fenda dispara feito louca sobre um... sobre uma... para falar a verdade, não faço ideia do que seja. Um amálgama de metais, cabos, circuitos; o que não falta aqui são materiais. A coisa está apoiada sobre seus joelhos.

— É pra quê? — pergunto.

— Ainda não sei.

Eu o observo melhor. Seus pais e seus professores com certeza estão à sua procura. Afasto delicadamente seus cabelos oleosos e lhe mostro minha naninha. Sua chave de fenda redemoinha, mas ele aceita me perguntar de volta:

— É pra quê?

— Você já sabe.

Eu pressiono o gatilho. O sangue explode, o crânio também. O menino desaba sobre os detritos. A chave de fenda enfim parou. Tudo está perfeito.

O Instinto se calou.

Guardo minha naninha e pego a coisa. Está suja de sangue. É pesada, mas dá para carregar. Deixo o cadáver do menino atrás de mim. Começa agora o longo trajeto da volta. O arame farpado, as habitações sociais, as ruas, o metrô. Escondo a coisa sob minha parca. A coisa e o sangue. Meu corpo não me aguenta mais, preciso pensar no que vou fazer, por mais que prefira me abster disso.

O sono volta, a vontade de buraco negro, mas não posso me deitar novamente, não agora.

Pronto, de volta ao arranha-céu.

Pego o elevador de novo em direção ao 77º andar. Minha naninha pesa no bolso; a coisa pesa no meu ventre.

Sinto falta do Instinto.

— Por gentileza.

Com um gesto cortês, um jovem manso me convida a segui-lo. Corredores, filas e filas de quartos: o escritório enfim. Imenso. Os três estão todos lá em suas poltronas de couro, sob seus broches "V". Querubins. Ajoelhado, faço o sinal da cruz. Abro minha parca e coloco a coisa sobre a mesa de mármore. Sujo tudo de sangue.

— A anomalia estava fabricando isto.

Os Querubins olham a coisa sem tocá-la. Os olhos semiabertos, avaliando. Não sei o que eles veem, o que seu Instinto vê, o que o Nós vê através deles. Para mim, aquilo não parece nada.

— Quatro mil seiscentos e treze.

Um dos Querubins falou, os dois outros assentiram. Em geral, eles me dão o número, eu faço o sinal da cruz e vou embora. Mas isso, admito, me pega de surpresa.

— Tantas assim? Essa coisa teria matado todas essas vidas ?

Eles reafirmam, em uníssono desta vez:

— Quatro mil seiscentos e treze.

Os três Querubins me olham sem me olhar de verdade. Uma nova visão já os está levando para outro lugar, no futuro e no espaço. Fora as marcas, nenhum deles se parece com os outros, apesar disso: o Instinto de inspiração, quando é compartilhado com várias pessoas e chega a esse nível de perfeição, é o Nós na sua expressão mais completa.

Com um gesto vago da sua parte, o jovem manso joga a coisa no incinerador, depois me coloca um broche "III".

— O Senhor residia em que andar? — cochicha ele.

— No 43°.

— Agora será no 51°. Meus parabéns, Arcanjo.

Arcanjo. Às 21h20, na hora de dormir, eu era só um "II".

— Onde o senhor deixou a anomalia? — me pergunta ainda o manso.

Eu lhe anoto o endereço do lixão. Vão limpar tudo bem direitinho.

Um elevador depois, vejo meu novo alojamento no 51°, idêntico em tudo àquele que deixei hoje à noite, oito andares abaixo. Meus pertences já foram transferidos. Encontro sob o travesseiro, bem dobrada, a minha camiseta de pijama. Amo nós, os Querubins e eu. Também nos amo, o menino e eu, mesmo que o Nós tenha se servido do meu Instinto para dar fim à vida dele. Eu nos amo e agora, sim, bateu bem uma vontade de um chocolate quente.

Tudo está perfeito.

APENAS O INSTINTO DECIDE

Claire,
Eu queria ter dado a você tanta coisa.
J.

GOLIATH

Mortos que deveriam estar vivos

Na casa dos meus pais, tudo está parado no tempo. Guardanapos floridos, prataria, filé com fritas, a televisão no último volume e sempre o mesmo pingue-pongue depois de agradecer pela comida no almoço de domingo. Tudo bem na escola? Aham, e vocês na oficina? Aham, e está comendo bem por lá? Aham, e estão saindo um pouco? Aham, e está estudando direitinho? Aham, e assim por diante. Nunca entramos em detalhes. Meus pais não são muito fãs das minhas aspirações heroicas. Quando perdi meus braços, ficaram emburrados comigo por meses.

A sala de estar deles está atochada de breguice. Vasos de pot-pourri, castiçais, bolas de discoteca, cortinas multicoloridas, vinis cafonas e cartões postais comidos de traça por toda a parte. Sim, sim, cartões postais, dos quatro cantos do supercontinente. Eles nunca foram a lugar nenhum: encomendam tudo por catálogo.

Será que todos os mecânicos de automóveis decoram o apartamento desse jeito?

As janelas filtram os barulhos da estrada. Tem vezes que meus pais se contraem de repente, as mãos abertas plantadas na mesa, prestes a pular da cadeira. Estou acostumado. Lá fora, um veículo deve ter alguma merda embaixo do capô; um pistão defeituoso, uma correia para trocar, um negócio assim (não entendo nada disso, não tenho carteira). Meu pai tem um alcance instintivo de trinta e dois metros; minha mãe, de quarenta e seis. Em geral, o carro se afasta rápido, e podemos continuar a refeição. A não ser que ele dê pane no estacionamento, no andar de baixo do prédio, o que também acontece com frequência. Meus pais então empunham as caixas de ferramentas, e não os espero de volta nem para a sobremesa.

Mas hoje, tudo certo, nenhum pane no estacionamento, vamos poder festejar meu aniversário pela terceira vez, tenho meus pais só para mim.

Enfim, a Flo tem meus pais só para ela.

— Goliath, abaixe a televisão! Isso não se faz quando tem visita em casa! Quanto anos tem, Florence? (Como ela deixa a voz melosa quando quer bancar a boazinha.) Quer mais salada? O que seus pais fazem da vida? Um pouquinho de maionese? De onde você e Goliath se conhecem?

— Não precisa responder, se não quiser — digo a ela.

O olhar de Flo está flutuante no seu Minitel. Encara o nada entre as tranças e rói as unhas entre duas batatas fritas. Ela me deu um baita bizu naquele dia com seu 3516 Desaparecido. Cada vez que passo em frente à vitrine suja do Santo Mundo, sempre a vejo sozinha na frente da tela. Suspeito que o gerente lhe dê um misto-quente de vez em quando, já que ela está morando lá pelo visto, mas acabei cedendo. Eu a trouxe para almoçar com a gente sem perguntar se queria. A comida dos meus pais, toda gorduras e molhos, deixaria a Burocracia Instintiva fula da vida. Desisti faz muito tempo de dar uma dura neles e ao menos é diferente do brócolis do refeitório.

Eu peno para segurar os talheres com minhas próteses. Meu pai corta meu bife, piscando para Flo, simplesmente para me envergonhar.

— Vê se mastiga bem, filhão, não faz que nem meu sogro. Já contou pra sua namoradinha? Que morte idiota a dele! Mas é isso, né, sua hora tinha chegado, como dizem. O Nós o chamou.

Minha mãe dá um tapa no meu pai.

— Basta, não tocamos em um assunto desse com uma convidada! E depois, ela não é namoradinha dele, seu míope, não está vendo que ela é muito nova pra isso!?

— Ah, é, vê se não enche hein, megera!

Meus pais não conversam, eles berram. Não é surpresa eu falar tão alto. Vivem implicando um com o outro, mas assim que abrem a porta da oficina, assim que sentem um motor sofrendo, assim que seus Instintos despertam, eles viram um. Foi na oficina que se conheceram e, mesmo se logo afasto esse pensamento, foi na oficina que conceberam meu irmão e eu. Felizmente o Instinto não se transmite por sangue.

— Não é costume, Florence, ver uma marca como a sua. Um Instinto órfão, que coisa mais única! Sem querer ser indiscreta, o que é? É claro que não tem nenhuma obrigação de me responder, hein, se isso a deixar desconfortável.

Flo então não responde. Agora é em mim que minha mãe dá um tapa.

— Abaixe o volume, já falei!

Pego o controle e coloco no volume máximo. A tevê pega muito mal aqui. Tenho a impressão de estar assistindo à jornalista através do vidro da máquina de lavar. Como todo domingo, é o pódio dos Santos do Setor Sul que está no canal principal. Veem-se desfilar as conquistas da semana — transplante bem-sucedido, acidente evitado, incêndio controlado —, com uma trilha sonora que faz até derramar uma lagriminha. O que mais me interessa, embora acabe com meus olhos, é ver os contadores de vidas. Oitenta e sete. Cento e vinte e três. Quarenta e oito. Tem até um que salvou seiscentas e cinquenta e sete!

O controle remoto quebra na minha mão; minha mãe me chama de bruto.

Não invejo o Instinto dos meus pais, mas caramba, o alcance deles eu queria. Isso mudaria tudo, absolutamente tudo. Eu não precisaria mais espiar ao meu redor, para além dos meus 2,40m, para ver o que se esconde no ponto cego do meu Instinto. Todos os dias, telhas se desprendem dos telhados, poças d'água convivem lado a lado com fios elétricos, pirralhos caem das sacadas, e eu não percebo, não faço nada, não sirvo para nada.

Penso nas minhas dez vidas e penso nos meus três sumidos — oito, se eu tivesse aceitado me juntar à confidente —, enfim, penso em Vincent, Marthe e Paul, meus sumidos que continuaram desaparecidos, e penso nos onze dias que me restam para remediar a situação antes que minha derrogação perca a validade. Eu deveria estar procurando os três em vez de ficar devorando um filé com fritas meio ilegal na casa dos meus pais, mas tive uma epifania numa na outra noite, depois de passar mais uma tarde rodando pelo bairro das Escolas e interrogando os alunos. Foi como uma clarão no rosto.

Sou um protetor dos bons, mas um investigador de araque.

— Não concordo. Com tudo o que você já fez até agora.

Meus pais e eu nos viramos para Flo. Ela soltou essa enquanto molhava uma batata frita na maionese. É a primeira vez que ouvimos sua voz desde o "bom dia" que ela resmungou enquanto limpava o chinelos no capacho. Demoro um momento para entender que ela está falando do que meu pai disse sobre meu vovô.

— Alguns anos atrás, um trem saiu dos trilhos no Setor Leste. Ele bateu no pilar de uma ponte. Mais de cem mortos. No meio tinha crianças indo para a colônia de férias e uma monitora grávida. Do meu ponto de vista, a hora deles estava longe de chegar."

A televisão berra com um anúncio, Flo morde a batata frita.

— Acredito que há mortos que deveriam viver e vivos que deveriam morrer.

Nossos olhares pararam de repente em nossos pratos. Medo demais de se cruzarem, medo demais de ver no outro o que não queremos de forma alguma ver em nós, medo demais de topar com a foto do meu irmão nos desdenhando lá de cima, da sua prateleira, no seu quadro, com seus ares de eterna criança.

Que bosta, não. Isso não, ainda não. Eu me fecho no banheiro. Dou descarga uma vez, duas vezes, não quero de jeito de nenhum que os outros ao lado ouçam o que sai dos meus olhos. Assoo meu nariz como posso, fico com papel higiênico enroscado nas engrenagens.

Passou tão rápido quanto chegou.

Quando volto à mesa, não tenho mais fome, mas pego de tudo um pouco. Falo muito alto, conto piadas, esnobo a foto, encho os olhos vazios dos meus pais com todas as palavras que conheço, e até com as que não conheço, depois dou um beijo estalado na testa deles e puxo Flo pela alça da jardineira.

— Ande, vamos indo. Até domingo que vem.

As ruas do meu bairro de infância são cheias de vento. As palmeiras dos terraços-jardim tremulam em uníssono. Esperamos na estação, Flo e eu, sem falar um com o outro. Não consigo olhar para ela, eu me limito aos pés com meias e chinelos.

O trem, enfim.

Eu me sento à janela. Vamos, parta, parta. Quero colocar muitos postes e muitas palmeiras entre a foto e eu. Partimos. A via férrea corre ao longo da beira do mar. Levo várias estações até conseguir olhar para a Flo. No banco à minha frente, ela folheia um álbum de figurinhas. *Nossos Arcanjos através dos séculos.*

Quase não reage quando o arranco dela.

— Seus pais me deram.

— Não deveriam ter feito isso.

— Coleção completa. Parabéns. Como consegue colar todas essas figurinhas com seus dedos falsos?

— Foi antes do acidente. É coisa da sua idade, da minha, não.

— Nunca tive idade pra isso.

Flo fica largada no banco, agitando o chinelo do dedo com uma meia furada. Uma trança suja cai entre as sobrancelhas e quase lhe esconde a marca. Será que ela estaria nem que seja um pouco incomodada?

Ela me pergunta:

— Como são seus sumidos? Eu forneci os anúncios, mas não vi a cara deles.

— Isso, pirralha mijona, não é mais da sua conta.

— Você está errado de levar assim as coisas. Agir sozinho não leva longe. E eu talvez tenha visto alguns em pessoa.

— Ah, sim, claro. Com o nariz na tela?

Esmago o meu contra o vidro; as vibrações do trem entram na minha cabeça. Flo me dá nos nervos. E, para começo de conversa, de onde ela tirou a história do acidente de trem, hein? É com isso que ela fica tão entretida no Minitel? Coleciona as catástrofes como eu colecionava os Arcanjos?

— O que você disse no almoço. Sobre os vivos que deveriam morrer. Eu juro que, se estava falando de você, paro de bancar a babá.

Nossa parada, descemos. O cruzamento das Escolas fica a dez minutos a pé. Flo arrasta os chinelos atrás de mim. Estou sonhando ou ela está fazendo birra? Eu me obrigo a desacelerar.

Vontade de largá-la no Santo Mundo.

Aproximamo-nos do cruzamento, onde estão buzinando mais do que de costume. Ao longe, uma bunda. Quéjéfé abaixa as calças em frente ao vidro dos carros. Aposto que um professor lhe confiscou os cigarros de novo e ele está se vingando. Os midiatecários — que dá para reconhecer de longe pelos suéteres listrados — saíram da sua sala para assistir ao espetáculo. Mas que babaca. Ele vai provocar um acidente. Não está mais arriscando um malus, vai ser expulso da Escola da Prestabilidade a menos de duas semanas das provas.

Quéjéfé me nota do outro lado da rua.

— Ei, seu tarado! Tem cigarro aí?

Ele não colocou as calças de volta. Não quero que Flo veja isso. Eu me viro e a encontro encolhida na calçada, logo ao lado das latas de lixo. Está pegando... está pegando o quê? A coisa dança entre seus dedos.

Uma barata que ela leva à boca.

Eu talvez não tenha braços de verdade, mas tenho bons reflexos.

Bloqueio seu pulso a tempo. Na minha cabeça, só dá a foto do meu irmão.

— Tá de sacanagem? É a última vez que come na minha casa!

E aí acontece uma coisa que admito que não antecipei. Flo berra. Mais alto que meus pais, ela berra. Ela cospe em mim xingamentos que fazem meu sangue subir às bochechas, depois manda um daqueles escarros que, caramba, nunca achei que uma adolescente conseguisse fazer um negócio desses.

Sua raiva repreendeu a minha.

Ela tenta me bater, me agarrar, me morder, e eu fico com medo. De que ela se machuque. De que eu a machuque. Eu a contenho como posso entre os braços. E se eu lhe quebrasse um osso como quebrei o controle remoto? Desta vez, somos nós que os midiatecários olham.

— Largue do meu pé, pentelho!

Eu a solto. Ela se joga no chão, se contorce entre as lixeiras, tira delas a barata que lhe escapou e a enfia goela abaixo. Ela encontra outra e mais uma, devora todas. Seus dentes fazem um barulho horrível, e eu a vejo. Transfigurada, a Flo. Nunca a vi tão feliz. Simplesmente feliz.

Que imbecil.

Espero as baratas acabarem, e demora. Os passantes mudam de calçada; os midiatecários voltam à sala de pronto.

Mas que imbecil.

Flo terminou. Virando a manga, ela limpa a boca.

Mais feliz do que nunca.

— Você podia ter me dito...

Eu me sinto bruto até nas minhas palavras. Então é esse o seu Instinto? Vir ao mundo para nos livrar das cascudas, difícil de se gabar de uma coisa dessas. Nenhuma escola para ensinar a ganhar a vida com isso, então um destino...

A outra tinha razão: eu julgo rápido demais.

— Não me convide de novo.

Os chicletes grudados na porta do Santo Mundo se fecham novamente quando Flo entra. Através da vitrine quadriculada, as manchas de dedos, as confusões dos estudantes e os sapatos sobre as mesas, eu a vejo se reinstalar com seu Minitel, sozinha no fundo da sala, sobre a banqueta da qual a arranquei à força hoje de manhã, sem responder ao gerente que lhe apresenta, um pouco desesperado, esbaforido pela escada, o cardápio.

Um protetor dos bons, hein? Fico um tempão plantado na calçada, os braços caídos, com todo esse ferro-velho inútil que me puxa pela carne. Levanto os olhos para o arranha-céus dos Altíssimos, lá longe, além dos imóveis vermelhos da cidade e, pela primeira vez, não faço o sinal da cruz. Preciso me mexer, impedir que os mortos morram e permitir que os vivos vivam. Tarde demais: não consigo mais me livrar da foto do me irmão. Vou parar de tentar, esquecer minha derrogação, concentrar-me nas provas e aceitar um bom cargo de enfurnado.

Na faixa de pedestre, alguém se planta à minha frente. Primeiro acho que é Quéjéfé voltando a atacar com seus cigarros, mas não. É a confidente. Claire. O olhar resoluto sob a franja, ela me dá um post-it e vai embora.

Escrito com uma canetinha rosa de ponta grossa.

"Porque eu sou eu."

Eu o viro.

"Porque você é você."

Eu sou feio

Não levantei, não corri, não tomei banho, não hoje de manhã. O alarme penetra meus ossos, as lâmpadas queimam meus cílios. Ao meu redor, gente bocejando, xingando, arrotando, e o peso de todos esses barulhos se junta ao meu. Sou pesado demais. Meus colegas de dormitório não costumam me ver na cama a esta hora. Eles me olham, depois me deixam sem dizer palavra. Todo mundo vai embora, e eu continuo aqui, e continuo eu.

As vozes dos alunos se misturam. É um amontoado de sílabas, nada bem líquido, nada bem sólido, um pouco viscoso, como pasta de dente que escorre através de toda a Escola do Protetorado, espalhando-se através de cada porta faltante e transbordando até chegar à rua, quando os primeiros da turma correm pelos corredores cantando *O que nós protegemos*.

Sou pesado demais. Fico ainda mais quando a diretora se senta em cima de mim.

— O que é que está fazendo ainda debaixo do edredom?

— Diarreia. A noite inteira.

A diretora não acredita em uma palavra sequer, sinto isso no contrair de seus músculos contra os meus — e ela tem razão. Minto mal.

— Não é outra das suas crises de hipomariquice, é?

— Quer que eu faça uma demonstração para provar que não?

A diretora é pesada para alguém que perdeu uma perna. E não sei se sentar a bunda em cima de um aluno está nas regras. Entretanto, ela aturou todas as escadas para subir e me ver.

— Está brincando com fogo, Goliath. A dez dias das provas, é melhor parar de fugir. Durma agora manhã, mas vá fazer o estágio no departamento de trânsito à tarde. Mesma hora, mesmo lugar, esteja indisposto ou não, seu supervisor estará aguardando. Se necessário for, coloque uma rolha naquele lugar.

A diretora me libera enfim de sua presença. Ela apaga as luzes antes de partir. Eu achava que o escuro me faria bem, mas não, ele deixa mais consistente a canetinha rosa do post-it enfurnado embaixo do meu colchão. *Porque eu sou eu*. Eu me levanto, reacendo as luzes e me deito novamente.

As paredes estão cobertas de insanidades mal ortografadas. Os lençóis nunca foram brancos, pelo menos não desde que cheguei. Os cestos transbordam de roupas íntimas sujas. O dormitório é feio.

Atrás das janelas, os fios elétricos formam teias de aranha. Eu os adivinho com a passagem do farol de luz dos lixeiros. O caminhão basculante range e crepita e estala. Tudo é feio.

Minhas próteses mergulham no colchão, elas me crucificam os nervos. Tenho uma pele de lua, cheia de crateras, bombardeada por machucados que infligi a mim mesmo, ao longo dos anos, para me esculpir uma plástica de sacrificado, e tudo isso para quê, sinceramente, hein? Uma foto que pega poeira sobre a prateleira dos meus pais. Eu sou feio.

Porque você é você.

O que é que você sabe de mim para começar, Claire? E o que é que tem para saber no fim das contas? Eu não passo de um substituto fracassado.

Ao redor da minha cama, o vai e vem retoma. Gente voltando dos esportes, se trocando, descendo para comer, subindo de novo para buscar a bolsa e, acima de tudo, como cada dia de cada semana de cada mês, gente se comparando. Quem corre mais rápido? Quem faz mais flexões? Quem tem mais músculos? Quem tem mais pelos? Os garotos exibem seus atributos, as garotas, suas axilas. Não faz tanto tempo assim, mas me parece uma outra vida, desde que me retiraram do meu estágio no departamento de bombeiros, eu pulverizava todos os recordes e adorava ser detestado por isso. Hoje, ninguém liga para mim, e eu não ligo para ninguém.

O alarme das aulas, enfim. O dormitório se esvazia. Uma hora se passa, depois outra, e a cada minuto eu me prego um pouco mais à cama.

— Então, queridão, amarelou?

Devo ter dormido sem querer: quando volto a abrir os olhos, suporto a contragosto o sol e dois sorrisos. Nossos representantes de turma, os melhores colocados, a excelência em músculo e osso. Rivais que derrotei antes de ser derrotado por eles. Estão sentados à minha cabeceira, dos dois lados da cama, pernas e braços cruzados. Ele me olha de baixo; ela me olha de cima. Perdi a noção do tempo, mas acho que os dois aproveitaram uma pausa entre duas aulas de teologia para me pegar no flagra.

— Está dando um espetáculo lamentável.

— Péssimo exemplo para nossos jovens.

Agora que, para variar, não estou de mal humor, será que eles não podem me deixar vegetando em paz? Tenho as melhores notas, eles, as melhores avaliações. Eu venço nas provas de força, eles, nas de velocidade. Tenho uma contagem de vidas maior, mas juntos, os dois salvaram mais do que eu. Se o Cômputo não dividisse o número de salvos pelo número de salvadores, levando em conta a hierarquia, eles já seriam Virtuosos. É por esse motivo que eu nunca tive espírito de equipe.

Por que guardei esse post-it embaixo do meu colchão?

— Tãoquerenoquê.

Os representantes trocam olhar por cima da minha cama. Sinal de partida.

— Pensamos muito, queridão.

— Você tem uma certa reputação.

— Nada reluzente, mas, mesmo assim, uma reputação.

— Seu nome agora está associado à nossa Escola.

— Suas performances são nossas performances.

— Suas conquistas, nossas conquistas.

— Suas derrotas, nossas derrotas.

Não estou nem um pouco a fim de ouvir o que eles têm a me dizer, mas escuto mesmo assim.

— Nós observamos você, queridão.

— Não está comparecendo às aulas.

— Não está pegando firme nos esportes.

— Está investigando sei-lá-o-quê.

— Está fazendo perguntas.

— Está enchendo o saco.

— E não está estudando nadinha.

Em circunstâncias normais, eu teria tacado meu travesseiro neles. Em circunstâncias normais, eu nem estaria na cama. E o pior, o pior é que o sermão conversa fiada deles está funcionando. Eu já não me sentia grande coisa, agora me sinto ainda menos. Alunos desaparecem, e ninguém liga, nem eu, para falar a verdade, estou pouco me lixando, quero só o número, porque, bem, vejamos as coisas como elas são, se eu não posso ser o melhor, não sou digno da minha marca, não sou digno daquela que meu irmão não teve tempo de receber e acho que já provei, e muito bem, ao meu Instinto, ao meu irmão e a mim mesmo, que o melhor, é..., isso eu não sou, então pronto.

Não encontrei nenhum sumido e estou me comportando feito um canalha. Com Flo. Com todo mundo.

— De duas, uma, queridão.

Os representantes me soltam uma pilha de livros. Manuais de teologia avançada, os maiores calhamaços da midiateca; se não tivesse edredom, eles teriam mandado ver onde dói.

— Ou você se vira para nos honrar.

— Ou você se manda antes de nos envergonhar.

Eles partem enfim, mas suas palavras flutuam por um bom tempo embaixo das fissuras do teto. O sol me atravessa as pálpebras, as janelas vibram com a passagem de pesos pesados. Não sei bem o que me dá, mas alguma coisa caminha pela minha coluna, me sobe na cabeça e tenta fazer um buraco nela.

Um pensamento. Um pensamento terrível.

Mando os livros pelos ares. Levanto da cama, saio do dormitório, desço as escadas. Pelado. Não cruzo com ninguém, estão todos no refeitório a esta hora. Fico plantado em frente ao Mural da Vergonha. Dezenas de carinhas impressionadas pelo flash da polaroide, envergonhadas, fanfarronas, cheias de caretas, promessas enchendo os olhos. E a mesma marca dos protetores no rosto, que varia um pouco de acordo com o alcance instintivo. Nenhum desses garotos imaginou que acabaria mofando aqui um dia. Muitos foram inscritos à força pelas famílias, alguns desistem já no primeiro ano. Coisas demais para aprender, coisas demais para provar. Acidentes demais também. Um Instinto que empurra você a sacrificar a própria pele para salvar a do outro, sei bem disso, pode ser paralisante. É tão tentador voltar para a casa do papai e da mamãe e se trancar no quarto sem querer sair nunca mais, arriscando morrer de abstinência.

Entre todos esses desertores, uma antiga amiga minha.

Empurro a porta da diretora. Não tem ninguém sentado à máquina de escrever: ela não costuma estar no escritório na hora do almoço. Ligo seu Minitel, o único de toda a Escola do Protetorado. Não suporto essas máquinas, as teclas são pequenas demais para os meus dedos mecânicos. Preciso fazer quatro tentativas para digitar minha pesquisa e esperar um tempão até a página carregar. O número aparece. Uso o telefone da diretora — quebrado cem vezes, consertado outras cem. Se ela me encontrar aqui, sentado sem calças no seu lugar, serei esfolado vivo.

— Alô?

Uma voz de homem do outro lado da linha. Há muitas vivências, vivências difíceis, nessa voz.

Limpo a garganta.

— É... por acaso a Charlie está? Charlotte, perdão.

— Quem quer saber?

Agora a voz está hostil. Obrigo minha prótese a afrouxar o aperto no aparelho de telefone, e, mesmo assim, o plástico range.

— É... Goliath.

Um silêncio.

— Goliath? Goliath do Setor Sul?

Outra voz ao telefone. Incrédula. Sinto um sobressalto entre as costelas.

— É... aham.

— Sua voz está mudando! Não a reconheci. (Baixinho:) Sim, sim, papai, tudo certo, não se preocupe. (Alto:) Quanto tempo, otário.

Quatro anos. Quatro anos esnobando seu rosto no Mural da Vergonha. Quatro anos de desprezo e de desdém e de desgosto. Quatro anos, caramba, nesse meio tempo ela poderia ter precisado de ajuda, e eu continuei como se ela nunca tivesse existido.

— Por que você não me disse nada?

Minha pergunta corta depois acelera a respiração do outro lado da linha.

— Dizer o quê? Que a Escola era difícil demais pra mim?

— Que você ia embora.

— Quase falei. Mas não pude.

— A gente era amigo.

— Não a esse ponto, não. A prova.

Verdade. A prova. Tão obcecado pelos meus resultados que não vi nem entendi nada.

— Não estou cobrando nada — acrescenta ela. — Não era seu papel me ajudar. Nem seu nem de ninguém, na verdade. E então, conseguiu, arrumou enfim suas onze vidas? Você me enchia tanto com isso! Já se santificou?

— Quase. Consegui uma derrogação. Por acaso você...

Eu me embolo no cordão espiralado do telefone.

— Aí no Setor Oeste-Noroeste, está... está dando certo?

Um novo silêncio no qual quase consigo ouvir um sorriso.

— Ah, claro, aqui não é cidade grande. Vão me arrumar um empreguinho de vigia. Sem diploma no bolso, não podia esperar coisa melhor, então nem posso reclamar. Vai ser um bom dinheirinho homologado pela Burocracia Instintiva, como dizem.

— Bom. Melhor assim. Vou indo. Desculpe. O incômodo.

— Goliath?

— Oi.

— Obrigada.

De repente, não sei por quê, fico muito incomodado por estar nu. Divido a intimidade dos meus colegas até em detalhes que eu preferia nunca ter descoberto, e agora uma simples palavra me deixa todo mexido.

Por falta de resposta melhor, digo:

— Cuide-se.

— Não sou eu quem deveria dizer isso? Até a próxima, senhor futuro Santo.

Ela desliga.

Ela poderia ter sido uma sumida.

Ela poderia, e eu nem teria me dado conta disso.

Porque julgo rápido demais.

Volto ao dormitório, me visto às cegas, levanto meu colchão, pego o post-it, desço as escadas correndo, atravesso o cruzamento, depois um portão, depois um parque, depois um hall. É a primeira vez que coloco os pés na Escola da Confidência, e ela é exatamente como eu imaginava. Portas com mola e vidros duplos por toda parte. Um parêntese onde nenhum ponto de exclamação penetra. Vida na surdina.

Eu amolo um monte de confidentes antes de encontrar a que procuro. Ela distribui fotocópias aos colegas na frente do refeitório. Aguardo com toda a paciência que posso. Mesmo na própria Escola, eles estão todos com fones nos ouvidos; deve ser para não perder o hábito.

Quando ela enfim me vê aqui, no seu território, seu sorriso muda. Como uma expansão que já me exaspera. Ela vem até mim, e o espaço entre seus dentes faz desaparecer o que nos cerca. Colo o post-it na sua franja. Seu "eu sou eu" e seu "você é você". Sei que ela não consegue me ouvir, com sua música, eu sei, mas me escapa mesmo assim:

— Vamos nos unir.

Um brilho curiosamente sombrio

Há muitas colinas no Setor Sul. Colinas cheias de estradas íngremes, pinheiros bem frondosos e em níveis escalonados. O bairro das Escolas também tem sua colina. Nós a subimos juntos, sem dizer palavra, aguentando uma subida interminável, estrada estreitíssima, sem calçada, carros passando rente. Uns idiotas buzinam. Claire puxa a saia discretamente para baixo e aumenta o volume do walkman. Não sei aonde ela está me levando e, apesar de não ter nada de seguidor, acabo andando atrás dela mesmo assim, as próteses no fundo dos bolsos, tentando de tudo para não encarar o que esses idiotas estão encarando. É que Claire tem curvas de sobra.

Eu me concentro em suas botas bem engraxadas, suas unhas bem pintadas, seus cabelos bem escovados, seus ombros bem levantados e nesse seu jeito sábio de segurar a mochila contra si.

Em uma placa da estrada, para os motociclistas, a ladainha de sempre: "*Uso o capacete quando estou andando, levanto a viseira quando paro. Minha marca é sagrada.*"

Chegamos a um estacionamento de onde consigo perceber as hortas e as cisternas dos terraços-jardins das nossas Escolas. Nosso grande cruzamento já não parece grande de jeito nenhum. Vejo até meu canto da calçada que me espera, lá embaixo, no trânsito. Não posso demorar. A diretora só me liberou a manhã, e já passa do meio-dia.

Claire empurra o portão de um cemitério. Avenida dos esticados com vista para a cidade e, ao longe, mas não tão longe assim, o mar. Ele me atinge como se fosse um tapa azul. E eu, sempre tão absorto nos meus pensamentos, quase não olho para ele durante minha corrida matinal.

— Por que aqui? — pergunto.

Claire se sentou em um banco para recuperar o fôlego. Ela desligou o walkman. Está praticamente cuspindo os pulmões. Percebo que ela aproveita para escutar. Escuto também e, de início, não ouço nada, e depois ouço tudo: a grama cheia de correntes de ar, as latinhas vazias que rolam em cima dos túmulos, os pássaros nas oliveiras, uma britadeira em algum lugar da cidade e todas essas tumbas por baixo, que, por sua vez, não dão um pio.

— É melhor que a cabine da intimidade — admito.

Claire levanta as sobrancelhas, e há um contentamento na sua surpresa, e não sei bem como reagir, mas fico firmemente em pé.

— O problema com os nossos sumidos é o método.

Ela me diz isso como se retomássemos uma conversa interrompida, sendo que nunca tivemos uma, ao menos não uma conversa propriamente dita — a culpa é minha. Ela teria toda a razão de acabar comigo, aqui e agora; eu faria isso no seu lugar. Rejeitei-a, depois voltei porque Flo tem razão: sozinho, não vou chegar a lugar algum. Mas não, Claire me olha bem no rosto, nem de cima demais nem de baixo demais, sempre com esse *eu sou eu* e *você é você*, e isso me deixa muito desconfortável.

Ela arruma os cabelos atrás das orelhas.

— Eu queria aprender a conhecê-los. Entender o que os unia além do isolamento social. Determinar como e por que sumiram da face da terra de repente. Isso não basta. Precisamos mudar de método.

— OK. Fazemos o quê?

Não estou tirando sarro dela. Estou esperando mesmo a grande revelação. Sinto, desde o negócio do post-it, que alguma coisa mudou.

— Você já encontrou um Altíssimo?

A pergunta me pega desprevenido. E mexe comigo. Do cemitério, dá para ver o mar, mas também o arranha-céu. Será por isso que subimos aqui?

— Quase. Mas não encontrei. Por quê?

— Fiquei pensando naquele fazendeiro, sabe, do início do século. Posto em quarentena, ele e sua criação de animais, da noite para o dia. Ordem de um Altíssimo. Ninguém entendeu, até que o fazendeiro adoeceu gravemente. Um vírus vindo de um dos porcos, acho. Trinta vezes mais mortal que a gripe. Segundo os cálculos do Cômputo na época, se o fazendeiro tivesse contaminado sua vizinhança, teria terminado em pandemia. Milhões de vidas salvas porque uma única pessoa em algum lugar soube que era preciso isolar outra pessoa em outro lugar.

Claire me conta uma história que conheço de cor. Isso valeu ao Altíssimo o título raríssimo de Messias. Um mestre assim só aparece a cada mil anos. Eu poderia palestrar um monte também, crônicas com datas, nomes, números, tudo, mas, de novo, não vejo onde ela quer chegar com isso. Faço um gesto para que ela prossiga.

— Os Instintos evoluem. Eles se adaptam. Para cada invenção que um inspirado cria, temos uma nova geração de fabricantes e reparadores que saberão lidar com essa tecnologia. Espontaneamente. Sem precisar ensinar nada a ninguém.

Ela só me vem com fatos requentados. Faço de novo um gesto para prosseguir. Claire passa a língua nos lábios. Nervosa? Difícil saber com seu sorriso sob medida.

— Os Instintos não passam da parte visível de uma ligação subterrânea. Uma ligação que conecta cada ser humano a todos os outros de modo permanente. E foi isso o que finalmente entendi. Para encontrarmos os sumidos, precisamos nos voltar diretamente à ligação.

— O quê? Quer dizer, a um Altíssimo?

— Não. Ao Nós.

Claire se afasta. Seus olhos se abrem de um jeito que não sei se é culpa do sol de inverno ou algo assim, mas o brilho me acerta. Um brilho curiosamente sombrio.

— Vou lhe mostrar uma coisa.

Ela se levanta; eu a sigo — de novo. Andamos por um bom tempo no cemitério, entre as tumbas. E como é grande esse parque de ossos. Claire ligou colocou os fones de novo. Ela não ligou o walkman, mas mantém um dedo no botão por reflexo. Fora eu, não há ninguém no seu campo instintivo.

— O que você pensou?

Levanta as sobrancelhas; Claire não entendeu minha pergunta. Na verdade, nem eu entendi. Reformulo.

— Ontem, em frente ao Santo Mundo. Você me viu com a Flo, é isso?

— Flo?

— Florence. Uma adolescente não muito limpa nem muito educada. Quando ela começou a berrar comigo, eu não estava maltratando a menina nem nada. É só que ela... Eu não tinha entendido que... Enfim, não vá pensar besteira.

Claire me escuta com intensidade, mas também, hum, não é motivo para se gabar, né, é o Instinto dela no fim das contas. E sempre com esse sorriso que ela leva continuamente nos lábios.

— O que eu acho não é importante.

— É, sim!

Opa, falei mais alto do que eu queria, minha voz atravessou o cemitério inteiro. Volto a falar em um tom mais baixo:

— Preciso entender você. Precisa me ajudar, eu sou um cara concreto. Seu post-itzinho não me basta.

Claire se agarra à mochila. Ela abre a boca. Fecha. Não tem o hábito de falar de si, isso está na cara, mas parece que vai tentar mesmo assim.

— Então. Por que eu propus que você, e não outra pessoa, investigasse comigo? Porque você já salvou vidas. Porque você tem uma experiência que eu não tenho. Porque você tem o heroísmo na pele. Porque você foi feito para brilhar. Enfim, porque você é você. E porque me convém ficar na sua sombra.

A alameda estala sob nossos sapatos; vidros quebrados. Claire olha demais para os próprios pés que nem chega a ver meu rosto e, sinceramente, melhor assim. Não entendi tudo, mas se parece muito com um elogio. E elogios não existem na Escola do Protetorado.

Ela engata:

— E então, por que eu? Por que me meter nessa história? Por que tanto esforço se não quer reconhecimento?

Observo Claire discretamente. Eu poderia tranquilizá-la, dispensar-lhe a necessidade de responder, mas não faço nada. Cansei de julgar mal os outros. Pela primeira vez, seu sorriso vacila, e começo enfim a perceber o que há por trás: é ainda mais sombrio e mais brilhante que seus olhos.

— Porque tenho uma dívida com o Nós. Porque eu sou eu. Não sou ninguém senão eu. Pronto, simples assim e complicado assim.

Com isso, Claire aponta para uma capela ao fim da alameda. É ali que está me levando. Assinto por reflexo, entrei no piloto automático. Meus cílios estão imóveis, minhas retinas, queimando. A foto do meu irmão se sobrepôs de repente ao cemitério, como uma cópia que desfoca tudo menos ele e depois pega fogo, crepita, escurece, definha e cai em um monte enorme de cinzas. Uma dívida com o Nós. Todas as vezes que acordei em pânico, todas as visitas à enfermaria, pensando que sou cardíaco, que estou intoxicado, tuberculoso, que tenho uma infecção, que estou com câncer, quando na verdade o mal, o verdadeiro mal, me consumia por trás sem que eu conseguisse — até este instante — lhe dar um nome.

Uma dívida com o Nós. É exatamente isso.

Vejo Claire com outros olhos quando ela me convida a entrar na capela, segurando a porta gradeada para mim. Vejo de verdade. Eu poderia ter cruzado cem vezes com essa mina na rua e depois esquecê-la rapidinho. E de repente ela... não sei... ela continua presente. Ou será que sou eu que não estava presente até agora?

Entro na capela.

Está escuro apesar dos vitrais quebrados. As paredes estão cobertas de pichações blasfemas. *Lute contra seu Instinto! Pratique a abstinência! Os Altíssimos manipulam você! Não aos Instintos, sim às liberdades!* e um monte de outras maluquices.

— Que zona do caralho. O que é isso?

Eu não deveria xingar em um lugar assim, mas acabei de ver o que Claire queria tanto me mostrar. Uma inscrição foi gravada na parede ao fundo, rasgando as pichações como uma cicatriz enorme.

ENCONTRE A PORTA AMARELA

Meus pelos se arrepiam no pouco que me resta de braços.

— Um murmúrio — digo.

Os sapatos de Claire ressoam na capela quando ela se aproxima dele.

— São nossos sumidos. Samuel, Anne, Paul, Lucie, Vincent, Thérèse, Joachim e Marthe.

— Hein?

— Na semana passada, houve um enterro. O cortejo inteiro se mandou durante o sepultamento. Até o oficiante. Eles se reuniram todos nesta capela. Gravaram na parede com as chaves dos carros, os anéis, alguns com as unhas. São identidades que cessam de existir provisoriamente. Sem mais "eu", nada além do "Nós". Nenhuma separação. Nenhuma distância. Como o Altíssimo e o fazendeiro.

Claire me sorri, e o intervalo entre seus dentes me atrai contra a minha vontade.

— Eu também presenciei um murmúrio. Cinco dias antes deste. São nossos sumidos, eu garanto.

— Não se anime, não. Há murmúrios todos os dias pelo supercontinente afora. E é preciso ser um teólogo craque para garantir a interpretação certa.

Claire tira uma agenda da bolsa.

— Eu pesquisei. A Burocracia Instintiva verifica todos os murmúrios. Pelo menos aqueles cuja existência foi comunicada. Eu fui ao Cômputo, fingi que estava fazendo um trabalho para o estágio. Acabei obtendo acesso à base de dados deles; um acesso limitado, mas mesmo assim um acesso. Foi graças a isso que fiquei sabendo da capela.

Fico de olho na agenda que Claire folheia. Uma escrita com "o"s bem redondos e "t"s bem retos que humilha a minha. Sou mais do tipo que destrói as canetas. Ela pegou um mapa no qual anotou com canetinha rosa "encontre-nos", "encontre a porta amarela" e um grande ponto de interrogação num canto.

— Surgiram murmúrios com poucos dias e poucos quilômetros de intervalo. O primeiro na praia, onde eu estava. O segundo aqui, na capela. E um terceiro anteontem, no ginásio. Não comunicaram nenhuma informação sobre esse terceiro murmúrio. E, quando eu quis entrar no ginásio, me mandaram embora com jeito.

Ela bate com a caneta no ponto de interrogação. Seu polegar mexe na lapiseira fazer sair a ponta. Ela liga três locais no mapa. Um triângulo perfeito, com todos os lados iguais. E bem no centro, nosso cruzamento das Escolas.

— É um chamado de ajuda, Goliath. A voz do Nós. A porta amarela é uma pista. O terceiro murmúrio é outra, com certeza. O que acha?

— Aham. Pode ser.

Espero que Claire não veja o quanto estou surpreso. Preciso me conter para não sair correndo em busca da sua porta amarela e do seu terceiro murmúrio. Também devo fazer por merecer essas oito vidas, mesmo que só contem como quatro no momento da partilha.

— Deve estar na hora dos nossos estágios.

Claire consulta o relógio, com o mostrador virado para dentro do pulso, bem em cima da pulsação. Ela tem mãos todas lisinhas, um pouco rechonchudas, bem cuidadas, e penso comigo como estariam as minhas hoje se eu tivesse podido ficar com elas. Ela me estende uma delas, tremulante.

— Então? Parceiros?

Nunca apertei a mão de ninguém: antes do acidente, porque não tinha recebido educação suficiente para isso; depois, por motivos óbvios que, aparentemente, escapam a Claire. Ela não parece perceber todos os esforços da minha parte para não lhe esmagar os dedos.

O ARCANJO

VOU TERMINAR O QUE COMECEI

— Não precisa me escoltar toda vez.

Levanto o rosto do meu videogame portátil. Papai me observa. Seus olhos sorriem através dos óculos com armação grossa de oncinha. Ele vestiu sua camisa de cetim dourado, daquelas de discoteca, como se a limusine fosse nos conduzir a uma de suas festas. Estamos no meio do dia. O vidro aberto agita seu bigode em forma de ferradura.

Eu o amo. Eu o amo e respondo:

— Não tenho nada melhor para fazer.

— Desliga a música, sinto que está vindo.

Giro o botão do rádio, entre nós dois no banco. A voz de Coco-Rudy se interrompe no meio de uma estrofe da sua *Ode ao Nós*. Papa emenda a música e canta a plenos pulmões.

Eu o amo.

Atravessamos a grande rua de comércio do Setor Oeste. Está ensolarado, cheio de gente. As patrulhas de Virtuosos ficam em posição de sentido quando passamos. Volto à minha partida de tênis no videogame. Botão da esquerda, movimento meu jogador, botão da direita, rebato a bola. Fica cada vez mais rápido, mas tenho reflexos excelentes. Emendo uma jogada perfeita atrás da outra, como no estande de tiro. Quando aperto todos esses botões, esqueço meu silêncio interior.

A limusine se detém; o motorista abre a porta para nós e faz uma reverência à minha frente. Eu o amo também.

No hall do hospital, os funcionários fazem o sinal da cruz quando passo. Alguns se ajoelham. Todos me conhecem aqui. Eu amo todos nós, mas, por ora, só conta o papai, que bate os calcanhares nos ladrilhos. Ele canta. Seu Instinto canta através dele. Nenhuma palavra. Vocalizações guturais, percussões de língua, dentes e lábios. Uma música orgânica que agita as entranhas. Isso o toma independente da hora do dia ou da noite. Quando eu ainda dormia em sua casa, antes de me mudar para o arranha-céu dos Altíssimos do Oeste, estava tão acostumado que isso nem me acordava mais. Ele pisca para as enfermeiras, dá tapinhas na bunda dos enfermeiros, puxa um paciente para uma dança improvisada, depois se instala em seu sofá como em um trono.

Assim que se senta, ele se cala. Eu me sento e me calo também. Tudo está perfeito.

Alguém vem chegando com um carrinho. Máscaras. Luvas. Desabotoam a camisa do papai, a pele surge por baixo do cetim dourado. A perfusão começa. A máquina emite um barulho de cafeteira, só que não é café que colocam nas veias do papai.

Ele vira os óculos para a janela. Leio a inscrição com ele:

— "Não abrir."

— Parece sua mãe falando.

Acredito nele, tenho poucas lembranças dela. Depois de um silêncio, ele acrescenta:

— Seu Instinto. Faz muito tempo, não?

Levanto as sobrancelhas. Papai nunca toca no assunto. Sabe o que eu faço, o que meu Instinto me faz fazer, e sei que ele não fica lá muito confortável com isso. Estaria preocupado?

— Dez dias — respondo.

— Está ficando demais. Como está se sentindo?

Do sofá, papai examina as ruguinhas que se formaram no canto dos meus olhos. Hoje de manhã, enquanto lavava o rosto, constatei que um dos meus cílios havia embranquecido.

— Talvez esteja na hora de ir embora.

— Irei aonde os Altíssimos me mandarem ir. Enquanto isso, fico com você.

Pego meu videogame, mas papai me joga uma moeda no rosto.

— Vá beber alguma coisa e traga uns docinhos para mim.

Passo em frente aos cubículos dos outros pacientes. Uma senhora me estende a mão do sofá em que está:

— Bênção, Arcanjo!

Ela enxuga as lágrimas no meu casaco branco. Ela cheira mal, está toda enrugada, penso que talvez eu vá parecer assim em breve, e a amo. A senhora não sabe de nada do que eu fiz para salvar as vidas que me valeram meu broche “III”. Fico matutando o que pensaria de mim se eu tirasse minha naninha do bolso.

Eu a abençoo.

Na máquina de venda automática, pego um chocolate quente. A moeda do papai é inútil, as bebidas são gratuitas para pacientes e acompanhantes. Saboreio devagar minha bebida de frente para a parede. Retratos de médicos beatificados. Pedidos de doações. Quando eu morrer, eles vão poder fazer a festa: coração, rins, vou ceder tudo meu ao Nós.

Em uma placa, leio:

"EXERÇA SEU INSTINTO PARA TER SAÚDE E BEM-ESTAR!
UMA BOA AÇÃO POR DIA PODE O MÉDICO AFASTAR."

A falta me toma. Tudo está perfeito, inclusive isso.

Meu Instinto não despertou desde que eliminei o menino do lixão, mas sei que ele nunca cochila por muito tempo. E, por mais que permanecesse adormecido, por mais que esse sono me condenasse, isso significaria que não há mais anomalias para erradicar — pelo menos, não aqui.

Jogo meu copo fora e olho no fundo da lixeira o gota a gota do chocolate quente. Sei muito bem que resta pelo menos uma anomalia. Lá fora, em algum lugar, fora dos 34km do meu alcance instintivo. A mais aberrante de todas. A única que poderia — *quase* — me fazer duvidar.

Enfio a mão no pote de balas. Para o papai.

— O senhor recebeu uma chamada — me informa um enfermeiro.

Pego o aparelho fixado na parede perto da escada de serviço.

— Aceito a ligação — digo.

Um clique no fone, depois uma voz do outro lado da linha:

— Nova missão, Arcanjo.

— Agora?

— Assim que possível. A ordem vem do alto. Do altíssimo. Precisará viajar.

— Para onde?

— Setor Sul. O cruzamento das Escolas. Reservamos um quarto para o senhor no local.

— Não é na esquina de casa.

— Um trem noturno parte hoje à noite às 18h43.

Penso no papai, no seu tratamento, em todo o tempo que não poderei passar com ele e observo esse pensamento do mesmo jeito que observei o copo no fundo da lixeira.

— Embarcarei nele.

Desligo. Engulo uma bala. Olho para as escadas. Agora é em Claire que penso.

Um dia, terminarei o que comecei.

AVRIL

Um apetite muito antigo

A boca, não as sobrancelhas que não param quietas nem as mãos que gesticulam, só a boca, o que ela diz, *estorvo, clube, fechamento, local, mudança*, suas palavras penetrantes, boca faladeira, muitas palavras *horários, membros, contraproducente, calendário*, um prazer que me consome, uma queimadura que escondo, como perfeita profissional, sob uma máscara de neutralidade.

O êxtase cessa.

O zumbido, que o Instinto tinha reprimido, volta com força total ao meu ouvido esquerdo. A boca se calou e eu volto a perceber tudo o que a circunda: pele manchada, marca de fabricante, cabelos sebosos, unhas roídas, caixa de ferramentas, até reconstituir integralmente o aluno indignado à minha frente. Quase integralmente: não olho para seus olhos.

Meus dedos derramam agora suas palavras no teclado, fielmente, rapidamente, sem erros de digitação. Aperto a tecla "Enter".

— Registrado e comunicado. Tchau.

Os dedos do aluno se fecham em torno de sua caixa de ferramentas.

— Só isso? E o meu problema? Não vai me ajudar? Disseram que você era a melhor.

E pronto. Mais um que acredita que uma primeira da turma pode resolver tudo. Já se passaram doze minutos — *doze*, sério, eu poderia ter lidado com três outros queixosos — me contando mais uma daquelas disputas antigas entre fabricantes e reparadores e espera que eu faça justiça. Ligo meu walkman bem na hora certa de evitar outra tirada que reavivaria meu Instinto. O metal me separa do aluno, eu e o zumbido, eu e minha própria voz, enquanto aponto para a placa no meu escritório:

— "O Escritório das Queixas autoriza a ultrapassar as dez palavras previstas por lei, mas favor não abusar." Falar com um confidente contra a sua vontade é ilegal. Insista, e sou eu quem prestará queixa.

O aluno vai embora com sua caixa de ferramentas, furioso. Já vai tarde.

16h50. Meu estágio está encerrado por hoje. Uma queixosa empurra timidamente a porta do meu cubículo; faço "não, não" com o indicador. Não olho para seus olhos que se reviram. Coloco casaco, cachecol, boina, luvas, um monte de lã que serve de contrapeso para minha magreza.

Troco as pilhas do meu walkman.

Apago a luz, mas não vou embora. Não imediatamente. Eu me colo ao vidro duplo, quatro milímetros de vidro, dezesseis de vácuo, que me separam do cubículo vizinho. Mosquito atraído por uma lâmpada acesa. Claire escuta a queixosa que acabei de despachar. Suas horas de estágio estão quase acabando também, mas eis que ela a convida a se sentar e volta a ligar o Minitel. Não suporto quando ela faz isso. Não suporto quando ela tira o fone, enquanto eu, com ou sem música, sempre fico com o meu. Não suporto quando ela arruma os cabelos atrás das orelhas, doando-se de corpo e alma, como se, realmente, não se tratasse de uma questão de Instinto, como se fosse um abandono consentido, com esse sorriso que quase faz você se sentir privilegiado. Não suporto as pessoas que se aproveitam dela, inclusive eu.

Já deu, vou indo.

Cumprimento educadamente nosso supervisor de estágio. Mesmo sobrecarregado, um telefone em cada mão, seu Instinto calcula tudo por ele. Sabe quantos casos são tratados por hora por cada confidente da equipe. Também sabe que sou a que tem melhor desempenho entre todos e que, com os bônus que obtive no meu histórico, sim, posso me dar ao luxo de sair antes dos outros, mesmo se a sala de espera continua abarrotada.

Um sol rasante me atinge bem no rosto. Nenhuma janela, nenhum céu no Escritório de Queixas das Escolas. Levanto meu cachecol até a ponta do queixo. Mas por que usar cachecol se não podemos usá-lo direito, já que é proibido cobrir a própria marca? Prefiro os invernos glaciais da minha infância no Setor Norte-Nordeste a essa umidade que não chega a ser nem quente de verdade nem fria de verdade e que me atravessa os tecidos. Hesito. A alça da minha mochila me corta o ombro. Eu deveria ir à midiateca antes de ela fechar para devolver uns livros, pegar outros, trancar-me no quarto, preparar-me para as provas que se aproximam, refazê-las repetidas vezes em condições reais, sete horas de dissertação teológica, seis horas de redação jurídica. Deveria.

Atravesso o cruzamento e entro em um ônibus, depois em outro, depois em outro. Fujo. Coloco o máximo de distância possível entre Claire e eu.

Em um banco reservado a pessoas com mobilidade reduzida, pirralhos (ainda não marcados) abrem embalagens de chiclete para ler as piadas escondidas na parte de dentro. Não escuto suas risadas, entre duas bolas de chiclete que estouram, mas adivinho que são idiotas. Será que a gente ria, Claire e eu, quando tínhamos a idade deles?

Os ônibus estão abarrotados a esta hora. Meu casaco cinza está comprimido por uma multidão de parcas fluorescentes. Não olho nos olhos de ninguém. Metal no último volume. Desde que virei estagiária, registrei tantas queixas, testemunhei tantos abusos, que isso consolidou o que eu já sabia. As pessoas são incapazes de respeitar o Instinto dos outros. Sério, que sociedade é essa que precisa de brigadas Antiabuso para funcionar? Não gosto da minha marca, mesmo sendo certinha demais para admitir em voz alta. Não quero que as pessoas saibam quem sou nem como explorar minha vulnerabilidade. E, se nunca olho nos olhos de ninguém, olho suas marcas; hipócrita que sou, eu sei.

Um confidente só pode confiar de verdade em outro confidente.

Cheguei finalmente. Ah, os bairros nobres... Residências seguras, piscinas cobertas, calçadas limpas, com um falso ar do campo — nada de concreto vermelho nem de pichações reivindicativas. O arranha-céu dos Altíssimos do Sul está tão perto aqui, que perco o equilíbrio quando tento ver seu topo. Ele cintila com mil luzes no fim do dia.

Aperto a campainha de uma casa. Uma câmera se vira para mim. Fico plantada um tempo até Janvier vir abrir para mim. Ele sabe o quanto odeio carinho, mas isso não o impede de se jogar em cima de mim para me abraçar. Aturo seus quinze piercings, sua marca de manso, seu fone de tecnologia de ponta, sua crista multicor, seus lábios desdenhosos, mas consigo me esquivar dos seus olhos enquanto ele me arranca um beijo no rosto à força.

Passamos por muitas, muitas portas; todas com tranca automática. Sua cadela enorme quase me derruba. É só quando chegamos ao salão com estilo psicodélico — o carpete, o papel de parede, as toalhas de mesa, as capas dos móveis, os abajures — que desligamos nossos walkmans em sincronia. O zumbido me atinge imediatamente o ouvido esquerdo. Há silêncio demais na casa do Janvier, um isolamento acústico pior do que na Escola da Confidência.

— Vou ligar a televisão.

Coloco no canal de músicas. Bem na hora em que a imagem da tela de teste some para dar lugar à vinheta de abertura do canal. Ele só transmite músicas sacrossantas no fim do dia. Aumento o som até cobrir meu assobio interno.

— Você quase não vem me ver. A que devo a honra? — Janvier respeita escrupulosamente o limite de dez palavras. Sua observação não tem nada de bronca, isso não é da natureza dele. Não, o seu negócio é a ternura inconveniente. Uma covinha se embrenhou na sua bochecha quando ele tinha 7 anos e nunca mais saiu.

Sua cadela me cheira toda com o focinho. Afundo nas bolinhas do sofá, me perco nos triângulos das almofadas. De canto de olho, acompanho o último clipe de Coco-Rudy. Lantejoulas demais e extravagância demais para o meu gosto, mas preciso admitir que esse menino tem uma voz de tirar o fôlego, um Instinto capaz de subir as oitavas e de fazê-lo passar do baixo profundo ao soprano ligeiro. A essa altura, aprecio o simples fato de conseguir ouvir alguém sem grandes motivos, sem que isso seja imposto pelo meu próprio Instinto.

— Senti saudade — respondo enfim.

— Foi mais a Claire, não?

Eu já me arrependo de ter vindo. Janvier e eu nos entendemos tão bem, que chega a ser irritante. Não temos os mesmos pais, de jeito nenhum. Os meus me protegem e me valorizam demais. Telefono raramente para eles e nunca vou vê-los naqueles lados, no Setor Norte-Nordeste; mesmo assim dão um jeito de se maravilhar com tudo que eu faço. "Oh, que menina séria, nossa Avrilzinha; oh, como ela tira notas boas! Oh, conseguirá um belo diploma, hein? Oh, terá uma carreira linda..." Com Janvier, foi justamente o contrário. Seu pai dava bronca demais, mesmo que, de nós dois, seja ele o que se deu melhor. Sua residência? Presente dos Altíssimos. Eles dão uma para cada manso que lhes presta serviço.

— Logo chega o depois — diz Janvier. — Para vocês dois.

Como ele insiste nisso, com a covinha de lado ainda por cima. Ele se jogou em um pufe, bem de frente para mim. Sua crista me desdenha, uma verdadeira provocação para as minhas pupilas, que dirijo obstinadamente para minhas botas. Não, não vou olhar nos seus olhos. Nunca olho nos olhos.

— Permissão para ultrapassar as dez palavras, prima?

— Concedo cinquenta.

— Você deixou uma impressão e tanto lá em cima. Não só pelos bônus no seu histórico — mas também porque não mistura seu Instinto com seus sentimentos. Escuta sem cair na empatia. Talvez eu não devesse dizer, prima, mas eles estão querendo colocar você em um gabinete de prestígio.

Cinquenta certinho. As palavras de Janvier me inflamam. Elas inflamam essa outra eu que não sou eu de verdade, essa enxerida que devora avidamente tudo o que é dito, essa tentadora que me impeliria a ouvir até a exaustão. O prazer aumenta, com culpa, depois diminui com o silêncio. O zumbido volta com tudo. Levo comigo esse barulho faz tanto tempo que estou quase acostumada com ele. O médico me recomendou que parasse de ouvir metal se eu quisesse preservar meus ouvidos. Um confidente que não consegue mais ouvir é uma contagem regressiva ambulante.

— Qual gabinete? — pergunto.

— O de Administração Judiciária de Bens e Instintos.

Isso é bom. Muito bom. Para um confidente, é até excelente. Eu nunca poderia desejar mais, não com uma marca como a minha, um Instinto que não salva ninguém.

Mesmo assim, continuo com raiva.

— Vamos fazer as provas daqui uma semana. Claire vai receber um diploma por um triz, o que significa um bom cargo, e só. A madame nunca correu atrás dos bônus. Se ela tivesse se esforçado, se tivesse corrido atrás de impressionar os professores, poderíamos estar junta nesse gabinete. Ela fez a outra escolha.

Não aguento mais ficar parada. Parto para cima do bar — certo, admito que talvez tenha vindo um pouco por ele também — e me sirvo um licor. Claire é meu Nós. Cresci com ela no rabo do olho.

Ela me escapa. Não consigo explicar exatamente por quê, mas percebo que sempre me escapou.

Segunda taça de licor. Não tem nada a ver com as cervejas homologadas pela Burocracia Instintiva, insossas à perfeição, que a gente divide no dormitório da Escola. Isto aqui é um álcool de verdade com 45°, impossível de conseguir no comércio sem autorização especial.

— Essa mania de colocar o próprio interesse, o nosso, das duas, atrás do interesse dos outros. Pois agora ela cismou com as fugas.

— As fugas? — surpreende-se Janvier. — Vocês tiveram alguma no Escritório das Queixas?

— Temos de tudo um pouco. Mas para Claire, não, não, não são fugas. É coisa mais grave. E é claro que quem deve cuidar disso é ela, hein, não as autoridades. Ela acha que foi investida... não sei... de uma missão. Às vezes penso comigo que está se punindo.

Não sei por que culpo tanto Claire. Isso vem da nossa infância. Desde pequena, quando brincávamos, eu tinha acessos de hostilidade. Vontade de mordê-la. Necessidade de bater nela. Isso ia embora tão rápido quando vinha, sem que Claire suspeitasse de nada. Agora já passou, mas ainda me pego às vezes olhando as curvas dela e sentindo despertar em mim um apetite muito antigo.

Eu me viro para Janvier.

— Foi por isso que vocês se mandaram, né? — pergunto. — Permissão para ultrapassar as dez palavras.

Minha pergunta é indiscreta. Se Janvier nunca me contou a história deles, é porque não queria. Ele desligou a televisão — xiu, Coco-Rudy — e se debruçou no bar. Não olho seus olhos, mas vejo que a covinha sumiu na bochecha.

— O que há entre mim e Claire é entre mim e Claire. Quanto ao resto, é com ela que você deveria falar.

Eu me culpo. É a primeira vez que venho visitar meu primo desde o início do ano. Se ele é minha única família aqui, eu também sou a sua. Desde Claire, ele não saiu com ninguém, e isso está começando a cansar.

Fazer o papel de abandonada me cai bem.

Evito seus olhos, mas observo seu rosto, onde está inscrita a marca dos mansos.

Janvier só sai de sua residência de luxo quando os Altíssimos do Sul exigem. Desde que ele deixou nosso prédio no Setor

Norte-Nordeste, pertence a eles. Era ou a eles ou ao pai dele, a escolha logo foi feita. Janvier nunca disse e nem nunca dirá, porque isso é tabu, mas ele tem um Instinto muito, muito, *mas muito* horrível. Pior que o meu. E, para completar, seu alcance instintivo é muito, muito, *mas muito* grande. Maior que o meu. Morro de culpa toda vez que penso nisso. Estou ofendendo o Nós. A culpa é dos outros, nossas marcas deveriam nos proteger dos abusos, sério, quase consigo entender que haja pais malucos o suficiente, ou orgulhosos demais, para fraudar a marcação do filho, mesmo arriscando ser presos.

Tento me animar um pouco:

— Tem razão, primo. Não tenho nada que falar disso com você. Continuam tratando você bem lá nos Altíssimos?

— Muito teletrabalho, algumas ordens para executar, nada que não dê para superar. Posso fazer o que eu quiser no meu tempo livre.

Janvier sempre toma o cuidado de só se exprimir quando tem certeza de que terminei minha frase. Já me aconteceu de me cortarem a palavra, ou de tomá-la acidentalmente ao mesmo tempo que um queixoso; é uma experiência terrível. Ficamos afásicos, incapazes de lembrar como fazer para pronunciar uma palavra. É um pouco como estar em um carro que de repente freia forte.

Olho seus terminais Minitel. Quatro só para ele! Colou neles adesivos de todas as cores.

— Você faz o que no seu tempo livre?

O sorriso de Janvier aparece de um jeito engraçado, mas pelo menos ele o reencontrou.

— Troco mensagens. Coleciono coisas.

— Sério? Coleciona o quê? Decorações duvidosas?

Faz bem ouvi-lo bufar. Sua cadela não para de arranhar a porta da cave.

— Não saio com ela o suficiente — se desculpa Janvier.

Ele lhe ensinou a usar uma caixa de areia para gato. Pobre bichinho. Às vezes penso comigo que, apesar de tudo o que nos ensinam desde o início dos tempos, nossos Instintos não são muito melhores do que os dos animais.

— Vou preparar uma cama para você.

— Não, vou voltar para casa. Não avisei à Escola que ia dormir fora.

Sinto que Janvier fica até meio feliz com minha resposta. Conheço bem esse seu jeito de puxar o piercing do nariz. É seu Instinto. Ele pode não ser Santo, mas está por dentro dos segredos deles. Há algo que ele quer, mas que não consegue me dizer. Foi uma ordem; ou melhor, uma proibição. Ele procura as palavras para contorná-la.

— Reforçaram as patrulhas.

— Não faço nada reprovável.

— Não deveria sair sozinha.

— Sou maior de idade e vacinada.

— Fique aqui.

— Vá cagar.

É brincadeira. Eu me dou conta tarde demais que fiz besteira. Uma besteira das grandes. Janvier sai correndo; uma porta bate; a porta do banheiro. Sua cadela deixa a da cave para segui-lo. Nunca, jamais se emprega o imperativo com um manso.

Eu me sentia melhor. Estou me sentindo pior. Terceira taça.

Fico plantada na frente do banheiro. Tento não prestar muita atenção ao que causei. O odor é catastrófico. Abuso de Instinto. A Avrilzinha perfeita, uma ova.

— Janvier?

— Merda!

Eu queria pedir para ele me desculpar e não me denunciar, mas com isso acrescentaria imperativos que ele não poderia deixar de obedecer. Como seu pai babaca fazia.

— Não devia ter feito isso.

— E você ainda que... merda! Deveria saber! Merda, Avril!

Bebo seus insultos, não tenho escolha. Enfim, ele se cala, pego minha mochila e recoloco o fone: tarde demais, do vaso, Janvier me berra de novo para eu ficar. Furioso, assustado, não sei. Uma interrupção: coloco o metal no máximo e saio. Passo por todas as portas novamente. Fujo de novo.

A verdade é que hoje quero dormir no meu quarto, ao lado de Claire, enquanto ainda posso.

ELES

Onze anos antes

— Mamãe. Avril não está aqui durante as férias. E Janvier está de castigo, seu pai o proibiu de sair. Brinca comigo?

— Estou ocupada.

— Você está sempre ocupada.

— Quanto mais ocupada eu fico, mais contas consigo pagar.

— Posso brincar lá fora?

— Não.

— Mas mamãe!

— Já disse que não, Claire. Você nunca deve sair sem mim ou sem seu pai. Lá fora está cheio de gente, e eles podem perceber que você... Enfim, não.

— Mas vou usar meu walkman o tempo inteiro! Sei fingir direitinho.

— O que é que você não entende quando eu digo não? Já é complicado o bastante assim com os vizinhos e a escola.

— Bom. Posso brincar aqui no ateliê com você?

— Claro que não. Você vai estragar os instrumentos dos clientes. Suba para ver seu pai.

— Papai cantou. Agora está dormindo. E quando dorme, canta de novo.

— Ele trabalha de noite. Eu trabalho de dia. É a vida.

— E a minha vida?

*

— Ai, que susto! Com seu rosto aí entre as barras da escada... Você também está entediado? Mamãe disse que ela ainda estava ocupada.

— ...

— E o papai ainda está dormindo.

— ...

— E Avril ainda não chegou.

— ...

— E Janvier continua de castigo.

— ...

— Bom. Brinca comigo?

— ...

— Não se preocupe, temos o prédio quase todo para a gente. Não preciso fingir com o walkman. Janvier e o pai dele nunca descem do último andar. E os outros saíram todos de férias. Fora nós. Nós nunca vamos a lugar nenhum. Não é engraçado.

— ...

— Você também não é muito engraçado. Fala ainda menos que a Avril, e a Avril quase não fala. Que saudade do Janvier! Não tem nada para falar, não?

— ...

— Não tem problema. Vamos nos divertir mesmo assim. Vou mostrar a você um jogo. Olhe como eu faço, depois você tenta. Precisa colocar a barriga no corrimão da escada. Assim. Tem que se segurar bem. Assim. Você cruza as pernas, põe os pés na bunda. Assim. E se deixa deslizar. Assim!

— ...

— Viu direitinho? Espere, espere, vou subir e começar de novo! Olhe bem mais uma vez. Assim!

— ...

— Não precisa ter medo. É só deslizar até lá embaixo. Até mim.

— ...

— Eu recebo você, prometo, não tem como cair.

— ...

— Quer que eu mostre de novo?

— ...

— Tá bom, tá bom. Vou subir até você, espere. Pronto. Por que está me olhando assim? Não quer mesmo ten...

CLAIRE

MAS OLHAR O QUÊ?

— Ele os está incomodando.

Goliath me solta essa como um murro. Nada de oi, nada de tudo bem. Ele se joga contra a porta que acabou de bater atrás dele. Nem eu nem ele podemos mexer um dedo sem acabar trombando feito carrinhos de bate-bate. Dois em uma cabine telefônica é demais, mas não temos lá muita escolha. Um confidente nunca tagarela em público. Às vezes penso comigo que eu poderia muito bem ter escolhido outro Instinto.

Ajusto meu fone ao redor do pescoço.

— Quem está incomodando quem?

— O terceiro murmúrio está incomodando a Burocracia Instintiva.

Acho que ele está incomodando Goliath também, por efeito ricochete. Estou colada contra o vidro, o telefone está esmagando minha bochecha. Deslizamos o olhar entre os respingos verdes. Esta cabine é a mais pichada do bairro: podemos (quase) enxergar sem ser vistos — o que explica o tapete de bitucas de cigarro aos nossos pés. Fizeram dobraduras de papel com as páginas do anuário.

Em frente ao nosso esconderijo, os jovens atletas deixam o ginásio e esperam o ônibus que os levará às Escolas. Bolsas esportivas transversais, músculos firmes como tambores djembê e nenhum causando confusão, que maravilha a disciplina.

— Conseguiu dar uma olhada? — pergunto.

— Não. Mas acho que sei onde ele está.

Vacilo ao ver o perfil irregular de Goliath. Um nariz fraturado muitas vezes e remendado outras tantas. Parece um boxeador que está no ringue há tanto tempo, que esqueceu como sair dele.

Parceiros.

Desde o nosso aperto de mão, eu me sinto sortuda e nervosa e extasiada, tudo ao mesmo tempo, mas aqui, neste momento mais imediato, me sinto sobretudo sortuda. O ginásio é reservado prioritariamente aos alunos cujo Instinto exige uma constituição física sólida. Os confidentes dispõem de um único horário, quinta-feira, entre 9:00h e 11:00h bem durante nossa aula de estenografia — obrigatória, senão não teria graça.

Goliath, como protetor, vai e vem como quiser.

— Fiz minha musculação depois das aulas e antes do estágio, na hora do almoço. Um dos vestiários está interditado, percebi isso na hora. Era o vestiário D. Tentei fuçar, mas dois desmistificadores presentes me barraram. Falaram que esse vestiário não estava em estado (estado de quê? não me disseram), e que eu precisava esperar a passagem do serviço de limpeza hoje à noite... Se estão enviando desmistificadores lá de cima, é que esse murmúrio deve estar realmente contrariando.

Meu sangue começou a fazer que nem um ioiô. Goliath me conta isso como se não tivesse consequência alguma. Para ele, talvez não. O Instinto dos desmistificadores se ativa em contato com os mentirosos, e eu sou a apoteose da trapaça. Enfim, poderia ter sido pior; poderiam ter sido identificadores. Felizmente eles são raríssimos, senão eu teria ficado enclausurada na casa da minha mãe.

— Hoje à noite? Vão eliminar o murmúrio. É hoje ou nunca.

Goliath expira com força. Essa cabine telefônica não foi concebida para seu porte. Mesmo ainda não sabendo que instrumento ele é, penso de repente em um órgão.

— Tem certeza de que isso vai levar a gente aos sumidos?

— Sim.

Não tenho certeza de nada, estou apavorada, mas mentir é o que eu faço de melhor. Encontre-nos. Encontre a porta amarela. É exatamente o que eu temia. A Burocracia Instintiva está procurando abafar o caso.

— Tentei me informar também — digo. — Foi um fiasco total. Não conheço muitas portas amarelas, fora as do nosso refeitório. E, quanto ao terceiro murmúrio, não deu em nada. A Burocracia Instintiva não comunica nenhum detalhe no Minitel, só a data e o lugar. Se houve testemunhas, elas estão sendo muito discretas. Quanto aos murmurantes, nem adianta contar com eles.

— A amnésia do murmúrio, né? — comenta Goliath. — Talvez tenha sido eu, mas não me lembro.

Sorrio para ele.

— Só falta irmos ver por nós mesmos.

— Quando todos forem embora, isso.

Goliath embaça tudo de vapor. Ele se contorce para limpar o vidro com a manga. Por entre as pichações, o ginásio se esvazia a conta-gotas, os ônibus se sucedem. Logo será hora de fechar. Aproveito para trocar as pilhas do meu walkman, como faria uma boa e fiel confidente.

— Ninguém gosta de ficar na sombra.

Goliath me pegou completamente de surpresa. Será que ele ainda está pensando no que eu disse anteontem, no morro do cemitério?

Sorrio.

— Então cai bem. Não sou ninguém.

— Largue disso agora, caramba!

Goliath me lança um olhar uppercut. Impossível de esquivar, estou cercada de todos os lados. Sua raiva me arrebata.

— Lá vem você! Não está jogando limpo!

Ele bate onde dói, e bate forte, bem naquela vergonha interior, bem no que não quis nascer comigo. Eu adoraria responder: "Sim, Goliath, sim, preciso esconder quem eu sou, porque, sabe, Goliath, só eu me recuso a seguir o princípio básico da Burocracia Instintiva — *Todo mundo tem um Instinto* — do qual decorrem todas as leis, tudo em que você acredita, um buraco na sua grande sinfonia humana, um buraco na partição do mundo, e sabe, Goliath, esse buraco engole os que se aproximam demais, apesar de ele não ter conseguido me engolir também, mas fique tranquilo, Goliath, sim, fique tranquilo, o buraco nasceu comigo e desaparecerá comigo."

— Você tem razão. Não gosto de sombra. Mas tenho medo da luz.

— OK. Isso eu consigo entender. Vai além do meu alcance, mas entendo.

Um silêncio, um olhar através do vidro, depois Goliath resmunga:

— Desculpe. Por ter berrado. Sempre falo alto demais.

— Eu gosto.

Saiu sem querer. Não sei como Goliath consegue, mas, a cada encontro, ele me faz fraquejar um pouco mais. Enquanto isso, parece ainda mais constrangido do que eu.

— É porque você é uma confidente. Seu Instinto é um saco.

— Diz aquele que não tem mais braços.

Desta vez, eu me impeço de sorrir. Goliath tem um ricto engraçado. Seu olhar cai aos nossos pés, pousando em um chaveiro trançado que alguém esqueceu na cabine telefônica.

— Eu os perdi salvando minha décima vida. Mas não por causa do meu Instinto. Não exatamente.

Eu olho para ele. Eu o escuto. Ele hesita; será que vai me contar? Sim:

— Os protetores têm quase todos um alcance curto. O meu é de 2,40m. Presente do Nós, questão de sobrevivência. Eu estava no estágio. Quando vi um pobre coitado prender a blusa no triturador, para mim, ele estava fora do alcance. Minha supervisora ordenou que eu não me mexesse. Desobedeci. Disparei até que meu Instinto se acionasse. Sacou? Escolhi me pôr em uma situação em que eu não teria mais escolha.

Um silêncio. Bem longo. Quase vibrante. Goliath examina o chaveiro trançado com os olhos, já que não pode fazê-lo com dedos de verdade. Estou toda formigando. Desta vez, sou eu, só eu, não minha marca, que decide confiar, tinha que ser ele. *Parceiros.*

— Você sabia o que ia sacrificar?

O ricto de Goliath se acentua.

— Não refleti um segundo sequer. Só vi uma chance que não podia perder. Fazer equipe comigo também tem dessas, fique avisada. Ah, pronto, está fechando.

Colamos o nariz no vidro. O último ônibus partiu. Em frente ao portão do ginásio, o guardião está conversando com dois mistificadores. De onde estamos é impossível ver a auréola da Burocracia Instintiva presa nos seus colarinhos, mas dá para reconhecê-los pelos óculos escuros e os ternos e gravatas brancos. Depois de um momento que me parece uma eternidade, os desmistificadores partem a bordo de uma limusine, enquanto o guardião, volta a fechar o portão ao entrar.

Estou num jogo perigoso. Eu me culpo um pouco de ter arrastado Goliath comigo.

— Se nosso planozinho falhar, você arrisca receber um malus.

— Você e eu. Mudou de ideia?

— Não.

— Nem eu. Vamos.

Transgressão ou não, quando se trata de salvar vidas, Goliath fica a mil. Dá para sentir seu entusiasmo. Ajeito meu fone. Meu disfarce. Um walkman nas orelhas, uma marca no rosto e pronto, uma confidente aos olhos de todo mundo. Aos olhos dele.

Saímos.

Está começando a anoitecer. O ar está carregado de umidade, mas aqui, perto do mar, nunca fica frio de verdade. O céu apresenta um degradê índigo, laranja e rosa estranhamente harmonioso. O rap pulsa nos meus ouvidos, marcando o ritmo dos meus passos. Atravessamos na faixa. Um carro de patrulha passa. Eles param para olhar Goliath — sem o blazer da escola, ele tem jeito de gângster —, parecem se tranquilizar com a marca de protetor, depois passam por mim sem se deter e seguem seu caminho. Em questão de invisibilidade, tenho anos de prática.

Chegamos ao portão do ginásio, Goliath toca o interfone.

Verifico o walkman na cintura da minha saia. Finjo. Com o polegar, abaixo o volume; o mínimo para conseguir ouvir.

— O que é que é? — cospe o interfone.

Goliath se debruça contra o microfone.

— Abra, por favor.

O interfone cai na gargalhada.

— Mas esse gosta de esporte, hein,. Fará as horas suplementares amanhã, menino. Acabei de programar o alarme.

— Eu não vim por isso. Esqueci uma coisa. Abra.

— Não pode esperar? Minha novela vai começar.

— É meu lubrificante. Para as próteses.

Silêncio. Goliath metralha a campainha.

— Vamos! Já está me dando nos nervos já, não vou conseguir dormir. Abra, poxa.

Não me convence sua estratégia, mas também nem era para eu estar ouvindo. Arrumo minha franja.

Clique. O portão está aberto. Corro para o estacionamento e me escondo bem a tempo atrás das lixeiras. O guardião saiu do seu posto para vir ao encontro de Goliath; como previsto.

— Não demore, menino.

Ele desativa o alarme, empurra a porta do ginásio e entra antes de Goliath. Sigo os dois de longe. Nenhuma escada, ufa. O guardião deixa as luzes da sala apagadas. Sua lanterna vasculha as linhas marcadas no chão. Cheiro de piso de madeira, de suor e de borracha.

— Deixou onde sua latinha de óleo?

— No vestiário A.

Coloquei meu rap no mínimo. Se eu fosse uma verdadeira confidente e tivesse mesmo o alcance instintivo que finjo ter, não conseguiria evitar ouvi-los, mesmo arriscando esquecer o plano. O guardião fica na cola de Goliath — como previsto. Espero atrás do suporte para bolas, depois me esgueiro atrás deles no corredor dos vestiários.

Só o A está aceso:

— Ande rápido, menino, minha novela está me esperando.

— Não está aqui.

— O quê?

— Meu óleo. Não está no meu armário.

— Eu deveria ter ligado o videocassete.

Goliath retém o guardião na conversa, como previsto. Agora é minha vez.

No fim do corredor, atrás das fitas de segurança: o vestiário D. Passo por baixo da placa de "entrada proibida". O local é sombrio. Um poste sopra lâminas de luz entre as cortinas. Bancos. Armários. Halteres. Lavabos. Toalhas. Tudo está nos trinques, bem arrumado, sem um vinco.

Nenhum murmúrio. Isso, ao contrário, não estava previsto. No vestiário A, Goliath continua seu número:

— Era para estar aqui, bosta.

— Menino, pelo amor do Nós, não vamos passar a noite aqui. O serviço de limpeza pode chegar a qualquer momento. Eles devem fazer não sei o que no vestiário D. Vou ter dor de cabeça se não estiver no meu posto.

— Não saio sem o meu óleo. Alguém o surrupiou, hein?

— Opa. Cuidado com o que diz e com quem fala. Comigo aqui, ninguém surrupia nada de ninguém.

Goliath me avisou do guardião. É um antirroubo, com alcance instintivo de 38 metros. Se eu levar nem que seja um pedacinho de sabonete, seu Instinto despertará, e nos pegará no flagra. Não devo tocar em nada, só olhar, e olhar rápido.

Mas olhar o quê?

Escuto com meus olhos, escuto a obscuridade das paredes e dos espelhos, eu que sou mais obscura ainda, escuto para esquecer meu próprio silêncio, escuto a voz de Goliath ao longe, não quero decepcioná-lo, mesmo se ele interpreta mal minha máscara de srta. Impecável, escuto e procuro, procuro e encontro.

O murmúrio não está na sombra. Ele está na luz.

Linhas flutuam através do brilho do poste lá fora. Levanto as persianas das janelas. Todos os vidros estão arranhados. Centenas de golpes de estilete no vidro, feitos por atletas em transe. É como estar na praia: o mesmo tremor de júbilo, um terror pleno de promessas que devoro de uma vez só. Mensagem recebida com sucesso.

Tiro da minha mochila uma velha polaroide. Flash. Revelação instantânea. Vou do mesmo jeito que vim, saio do vestiário D, deixo atrás de mim as vozes de Goliath e do guardião. Estou do lado de fora. Ando na rua e aspiro a noite entre meus dentes. Ainda não entendo tudo, mas conheço o terceiro murmúrio e sinto, *sei*, que ele estava destinado a mim. Fui chamada de "você" pelo Nós. Começo a acreditar que o que eu sou — o que não sou — tem um sentido.

Aumento o volume do meu rap e observo Goliath ao lado da nossa cabine telefônica. Muito em breve, ele renunciará a uma latinha de óleo que nunca chegou a perder. Nossa investigação poderá, enfim, começar. E terminar.

O mostrador do meu relógio reflete um brilho de sirene nos meus olhos. Uma viatura de Virtuosos estacionou à minha frente. Não ouvi nada chegando por causa do walkman.

Um vidro se abaixa. Entregam-me um papel.

"Entre"

A dúvida persiste

Só existe uma regra.

Eu às vezes mato uma ou duas aulas, desenho nas margens, estudo de soslaio, cumprimento com beijinhos de leve, consigo notas na média, cuido de pequenos serviços, deixo para Avril as causas grandiosas, cumpro minhas horas no Escritório de Queixas, dou conselhos, mas não minha opinião, estou em quase todas as festas, dou uma tragada nos cigarros que me oferecem, aceito sempre uma primeira cerveja, recuso educadamente a segunda, não participo discussões sobre quem deve o quê, flerto nos cantos escuros, um beijo alcoolizado, uns amassos apressados e, quando volto ao meu quarto, ninguém notou a minha ausência, e todo mundo já esqueceu meu nome.

Respeito a regra. Não chamo atenção.

Apesar disso, hoje à noite estou sentada na viatura da Burocracia Instintiva. Não ouço nada por causa do meu walkman, mas não sinto nenhuma vibração sob as nádegas. Eles ainda não deram partida. Um viciado algemado ao meu lado. Uma lâmpada de teto pisca; sou a refém de uma tempestade.

A Virtuosa se instala no banco à minha frente. Broche "I" talvez, mas ela logo será um Anjo, a julgar pelo número de barras de patente no seu uniforme. Um porte de tambor. Quantas vidas elas prendeu para salvar outras? Ela tem a marca dos protetores, mas não me sinto nada protegida neste momento específico.

Ela me faz um gesto para desligar o walkman.

— É antirruído — diz batendo no vidro preto — Quantos anos você tem, confidente?

— Está tudo na minha carteira.

— Depois a devolveremos. Meus colegas estão verificando seu número de matrícula. Aluna da Escola da Confidência, então. O que faz sozinha, fora, durante a semana, tarde assim?

A Virtuosa observa uma pausa entre cada frase, quase entre cada vírgula. Ela respeita o limite de dez palavras. Que piada, como se eu fosse escolher recolocar meu fone durante um interrogatório. Ela examina minha marca com uma atenção que me faz transpirar. Ela não consegue. Não a olho nu. Ninguém consegue perceber que é uma imitação, não pelo preço que minha mãe pagou, não depois de horas de dor em um consultório clandestino.

— Sou quase maior de idade. Falta menos de um mês. Está na minha carteira.

Costumo me refugiar atrás do meu sorriso, mas aqui, diante dessa Virtuosa, seria uma péssima estratégia. Deixo transparecer penas o necessário de ansiedade para não soar falsa. Coloquei minha bolsa entre as botas com uma negligência calculada. A foto do terceiro murmúrio continua dentro dela. Mais comprometedora impossível. Se eles a vissem, o que deduziriam? Luto contra um refluxo.

— Quando são suas provas?

— Daqui a oito dias.

— Bonitas unhas. Qual é a cor do esmalte?

— Rosa camélia.

— Tudo certo na Escola?

— Sim.

— Quer um pouco d'água?

— Dispenso.

— Não está estudando?

— Sim. Entre uma pausa e outra.

— Que música você escuta?

Isso não tem nem pé nem cabeça, faço um esforço para seguir o fio da meada. Uma confidente escuta tudo que lhe dizem, independentemente das circunstâncias, e nunca pergunta: "Qual era a pergunta mesmo?" Ao meu lado, o viciado está caindo de sono; só o cinto de segurança o impede de tombar. Encaro a baba que está pendurada no seu queixo. O que estou fazendo aqui?

Um walkie-talkie chia no quadril da Virtuosa:

— *Temos outro aqui fora.*

Ela aperta o botão:

— Aluno também?

— *Sim, estou verificando a carteira. Diz ele que está com a confidente.*

Atrás da voz, outra voz; uma voz enorme.

— Faça-o entrar.

As portas se abrem, depois voltam a se fechar. Goliath se joga no assento. Seu olhar procura o meu através dos clarões da lâmpada. Adivinho suas perguntas mudas, balanço a cabeça para responder. Achei o terceiro murmúrio? Sim. Dedurei todo mundo? Não. O que eles querem de nós? Não sei nadinha de nada.

A viatura arranca. A Virtuosa se vira para Goliath.

— Conheço você. É o destemido da Escola do Protetorado. O que perdeu os dois braços.

Ela tira uma luva. Três de cinco dedos são mecânicos.

— Um protetor deve aprender a se proteger também.

Ela faz pausas a cada ponto pelo meu Instinto, mas percebo o vai-e-vem de seus olhos entre Goliath e eu. Leio um preconceito não declarado. Um protetor não tem nada a ver com uma confidente.

Já Goliath está focado nos broches da Virtuosa. Ele exala admiração e ciúmes.

— OK. Então, a senhora sabe que não estávamos fazendo nada de errado. Por que nos embarcar? Não se pode mais ter encontros sossegados?

— Sou eu que faço as perguntas. É verdade o que dizem por aí? Você quer abraçar a via da santificação?

— Mais ou menos, aham.

— Está no último ano também?

— Aham.

— Maior de idade?

— Faz vinte dias.

— Quantas vidas salvou?

— Dez.

— Difícil. Fracassar tão próximo do objetivo. Por uma única vida.

— Não fracassei, não. Consegui uma derrogação de trinta dias.

— Seja realista. Não conseguirá sua décima primeira vida a tempo. Tem noção do que está arriscando perambulando por aí a uma hora destas com sua amiguinha? Quer mesmo levar um malus logo antes do diploma?

Goliath força um riso que revela uma ponte de metal. Tenha dó, espero que ele tenha o bom senso de se calar.

Ele fala:

— Logo serei Virtuoso. A senhora ainda vai ouvir mais de mim.

— Salvar vidas geralmente não é algo que se programa antes.

A Virtuosa nos encara entre as piscadas da lâmpada. Goliath inspira fundo com um ar de bravura, mas ele pisou na bola e sabe disso. Penso que ele a provocou de propósito. Penso que ela está sabendo dos sumidos. Penso que ela acha que somos enxeridos e mentirosos, talvez até mesmo cúmplices. Penso que ela vai abrir minha bolsa, ver a foto do terceiro murmúrio e nos entregar aos desmistificadores. Ou pior, a um identificador que, por sua vez, não precisará me fazer nenhuma pergunta para descobrir que, com ou sem marca, sou uma impostora. Penso que eles todos verão em mim um erro a corrigir, um horror a eliminar. Penso naquela escada, onde achei que fosse morrer. Penso que acabou. Para mim. Para minha mãe. Talvez até para Goliath. Para todos aqueles que tiveram o azar de se aproximar demais de mim.

— Um conselho, recrutas. Estudem.

A viatura freia de repente. Os Virtuosos nos jogam pra fora, Goliath, minha bolsa e eu. Eles nos entregam nossas carteiras e arrancam novamente na hora. As luzes giratórias desaparecem na curva seguinte. Estamos no cruzamento, entre as fachadas vermelhas das nossas Escolas. Não há ninguém nas ruas além de nós. Esqueci de ligar o walkman de novo.

— Os Virtuosos agora se dedicam ao transporte escolar? — comenta Goliath. — Não sei para quem isso é mais humilhante. Ei, para onde vai?

Na lixeira de um abrigo de ônibus.

Cabeça primeiro.

Vomito.

Goliath me entrega minha bolsa. Tento pegar um lencinho, uma bala de menta, mas não consigo, meus dedos tremem que nem vara verde, não quero ser vista, não assim, não por ele.

Ele me repete o que disse à Virtuosa:

— Não estamos fazendo nada de errado.

Era para ser uma afirmação, mas soa como uma interrogação. Seus pulsos deformam os bolsos do seu moletom; o metal brilha por um buraco. Acho que o que ele mais quer saber é se tivemos razão em esconder o que fazemos e o que sabemos. Ele me reavalia à luz minguada do abrigo de ônibus. Vasculha por baixo da minha pele. Vejo dúvida no fundo dos seus olhos, uma dúvida que devo varrer daqui antes que seja tarde demais. Derramar honestidade sobre a minha hipocrisia.

— Foi minha primeira vez.

— A patrulha? Sou revistado quase toda semana. Não só eu: tudo o que perambula pelo bairro. Fica a pergunta: como os sumidos conseguiram passar batido?

Recomponho um sorriso relâmpago e tiro a foto da bolsa. Ela não está perfeita, mas dá para ver as letras gravadas a estilete nos vidros do vestiário D.

ENCONTRE O INDIVÍDUO

A musculatura de Goliath parece ceder.

— É esse o terceiro murmúrio?

— Sim.

Sinto que está profundamente desapontado. E bem escandalizado também.

— Isso explica os segredos guardados no ginásio. Em questão de publicidade ruim, esses individulhos não poderiam fazer pior.

E como. Se a Burocracia Instintiva admite o uso do "eu" e dos seus derivados na vida cotidiana, há palavras similares que assumiram uma conotação muito suja e que não são pronunciadas levianamente. Individualismo rima com anarquismo.

Bato na foto.

— Sobre esse indivíduo: ou ele é nosso sequestrador ou é alguém que conhece nosso sequestrador. Mas estou tendendo para sequestrador. Só falta encontrá-lo, então.

— Eu esperava algo mais específico, poxa — esbraveja Goliath. — Um endereço com código postal e número do andar.

— Cabe à gente redobrar os esforços. Estamos quase lá!

Não consigo. Meu ímpeto cai por terra. Minhas pernas tremem demais, meus dentes têm gosto de vômito. Goliath não é bobo. Está cheirando a uma ruptura da nossa parceria.

Tento salvar o que ainda pode ser salvo:

— Vou fazer umas pesquisas. Amanhã na mesma hora? No Santo Mundo? Para evitar as rondas?

— OK.

Eu hesito. Goliath também. A dúvida persiste.

— Tchau.

— Aham.

Corro para minha Escola, mergulho na escuridão do parque, misturo-me às sombras dos ciprestes, música no volume máximo, vontade de um banho fervendo, necessidade de me dissolver.

Goliath surge na minha frente. Que susto! Levanto um lado do fone.

— Fiz merda. Com a Virtuosa. Não vai acontecer de novo.

Parece mais um imperativo do que desculpas, mas tenho a impressão de ter perdido a metade do meu peso de uma vez só. Não é de mim que Goliath duvida; é da opinião que eu tenho dele. Da minha opinião. Sim.

— Não é tudo — acrescenta ele muito rápido. — Você mandou bem no ginásio. Ninguém viu você, ninguém a ouviu. Zero erro. Só isso mesmo.

Algo acontece comigo que não é tão comum. Sorrio sem perceber, um sorriso de verdade, que quase me machuca um pouco.

Prometo a ele:

— Vamos encontrá-los. Você e eu.

Goliath puxa os cordões do capuz, um golpe seco que o engole até as sobrancelhas, depois vai embora correndo. Eu o acompanho com o olhar, entre as lâmpadas de jardim, como fiz tantas vezes atrás dos vidros duplos.

Tenho vontade de correr também. Estou toda revigorada. O medo sumiu!

Coloco o código da porta de trás da minha Escola. O hall está deserto, sem surpresas. Não que seja tão tarde, mas todos os meus colegas se fecharam no quarto para estudar; e os que não estão estudando se fecharam para ficar de bobeira. Quanto ao nosso diretor da Escola, ele não dá a mínima para o que fazemos.

Aproveito que não tem ninguém para consultar minha caixa de entrada no Minitel comum. Opa, recebi um bombardeio de mensagens.

Continuo sem notícias do Samuel.

Eu disse para não procurá-lo.

Fui covarde.

Não pare de procurá-lo, pf.

E, se possível, encontre-o.

Ah, e contatei a brigada Antiabuso.

Por causa daquilo.

Não vai mudar nada.

Mas talvez o nada dê em alguma coisa.

Obrigada, Claire.

Aliás, é a Béatrice.

Encaro a tela esverdeada na penumbra do hall, depois escrevo no teclado:

A senhora não é covarde.

Desligo o Minitel. Não tenho certeza se mereço o agradecimento de Béatrice, mas ele faz meu sangue correr ainda mais rápido. Passadinha na máquina de venda automática. Pego refrigerantes, batatas fritas, biscoitos, ilusões de gulodices, que dizem conter açúcar e sal, um verdadeiro gosto de quero mais.

Que fome.

Não é a antiga necessidade de me preencher, não, tenho uma fome como nunca tive na vida. Escapei dos desmistificadores, Béatrice saiu do apartamento, tenho uma pista quente do Nós e tenho um parceiro, um parceiro que fala alto, sim, mas que fala pelo menos, e que escuta, e que faz outras perguntas.

Isso é motivo de comemoração.

Abro um pacote de biscoitos. Comemoração à parte, Goliath tem razão. Como o sequestrador — *o indivíduo* — arruma para pescar alunos bem debaixo do nariz dos Virtuosos? Não pude sequer passear sozinha cinco minutos na rua, depois que anoiteceu, sem ser embarcada. Estão procurando abafar o caso, lá em cima, isso é fato, talvez para conjurar um pânico coletivo ou deserções e massa ou sei lá mais o quê, mas independentemente disso, sim, independentemente disso, estão em estado de alerta.

E os sumidos continuam desaparecidos.

Abro um refrigerante de limão esperando o elevador. Está vazio quando chego ao meu quarto. Fecho a porta, desligo o walkman.

— Está me substituindo?

Avril está sentada à minha escrivaninha, sem fone, sem metal, só um pijama de lãzinha que lhe confere uma falso ar de bichinho de pelúcia. É todo um acontecimento. Da última vez que tivemos uma conversa, uma de verdade, voz a voz, tínhamos o quê? Dezesseis anos?

Tenho um mal pressentimento.

— Esse protetor com que você anda. Ele é meu sucessor? Ou o de Janvier, talvez?

Avril me lança um olhar muito breve antes de voltá-lo para as suas pantufas. Ah, que bom, bravo. Não sou a única a espiar pelas janelas.

Procuro uma resposta, uma boa. Não há.

— De onde saíram essas perguntas?

— Vou ultrapassar as dez palavras. Coloque o fone de novo, se não estiver de acordo.

Não faço nada, mas o medo voltou. Avril contrai os lábios. Seu corpo de flauta não transborda da cadeira. Ela é tão estreita, tão intensa que parece que o espaço minúsculo do meu quarto se contrai ainda mais em torno dela.

— A gente se conhece desde sempre. Só que não nos conhecemos direito. Crescemos juntas no Setor Norte-Nordeste. Você dormiu na minha casa, eu dormi na sua, passamos os recreios juntas, trocamos fitas cassete, viemos ao Setor Sul no mesmo trem, reproduzimos nesta Escola o que fazíamos no primário, Refizemos nossa velha dupla, bancamos as representantes exemplares, escrevemos uma à outra milhares de mensagens. Mas eu não conheço você. Não tenho a menor ideia de quem você, é nem do que você quer. Você é uma maria vai com as outras que não vai. Você procura um rastro para seguir, cola nele, se incrusta, e está ali sem realmente estar. Finge se importar com os outros, sempre atenta às nossas olheiras e às nossas lágrimas, mas usa as nossas existências para não precisar viver a sua. Daqui uma semana, terei meu diploma, você, talvez tenha o seu também, terei minha carreira, você, talvez terá a sua e está com medo, não é? Era tão confortável não precisar ser, então rápido, rápido, vamos arrumar um substituto para a Avril, um ambicioso que só vai queira colher os louros pelos dois. E quer saber? Por mim, tudo bem.

Avril se levanta sem me deixar dizer uma palavra sequer. Antes de fechar a porta ao sair, ela conclui:

— Porque viver com você, Claire, é como estar sozinha.

Eu me deito na cama. Contemplação do teto. Orgia de batatas fritas. Sem mais fome nenhuma.

O ROSTO DAS ESCADAS

Esvazio meu terceiro copo. Eu deveria evitar o café após as 17h00, mas não tenho nada melhor para manter as ideias limpas. Dor na cabeça, dor no coração. Era nosso último dia de aulas antes da semana de preparação para as provas; passei a evitar os olhares que, de qualquer forma, Avril nunca me oferecia. E minha menstruação chegou hoje de manhã, porque claro, senão não teria graça.

Batem à porta. Barulho de frigideira: é o Goliath. Coloco minha música, enquanto ele leva um tempo até me alcançar na cabine de intimidade, encaixando um músculo aqui, soltando um parafuso acolá, até se encaixar entre os cartazes, espremido no banco à minha frente, os pés sobre os meus.

— Não pude vir antes — diz ele. — Tivemos direito a discursos, hinos e umas cinquenta recomendações. Com isso, a diretora não saiu do meu pé. Que não devo estragar tudo agora, dar um gás na minha teologia, bláblábiá.

— Ela sabe? Da nossa investigação?

— Que nada. Ela só sabe atrapalhar, é trabalho em tempo integral. Enfim. Descobriu alguma coisa sobre nosso negócio do individulho?

Sinto que Goliath está menos despreocupado do que deixa transparecer. Apesar disso, sei que ele se importa mais com seu contador de vidas do que com as notas das provas. Percebi isso quando aquela protetora começou a provocá-lo na viatura. Virar Virtuoso, antes de ser uma ambição, antes de ser um destino, é para ele uma necessidade. Eu compenso a minha ausência de Instinto, mas e ele, compensa o quê (insinuação duvidosa à parte)? Mantenho minha pergunta. Se eu me aventurar nesse terreno — e morro de vontade de fazer isso —, as coisas vão ficar pessoais demais entre nós. Próximas demais. Demais como Janvier.

Xiu, Avril, xiu.

Abro meu fichário. Meu walkman ronrona contra mim; aproveito cada parêntese para rebobinar as fitas.

— Não tenho pausas durante o estágio, mas consegui revirar algumas fichas. Encontrei umas queixas interessantes.

Coloco uma folha impressa na mesa entre nós. O papel absorve as auréolas de café deixadas pelos meus copos.

— Não são bem queixas, na verdade. São denúncias. Vários alunos nos relataram — anonimamente, claro — a existência de reuniões clandestinas no bairro das Escolas. Reuniões muito subversivas. Aposto que, numa dessas, a gente pega nossa "indivíduo". O problema é que ninguém diz onde e quando essas reuniões acontecem. Só consegui encontrar um sinal de afiliação. Espere...

Procuro a fotocópia do desenho. Goliath inclina a cabeça, franzindo suas sobrancelhas finas.

— Um círculo cortado, como um sinal de proibido?

— Também achei, de início. Não é um círculo. É uma auréola. Resumindo: "Abaixo a Burocracia Instintiva". Parece que eles chegam até a se tatuar. Como se fosse uma marca própria. Uma marca que escolheram.

— Anarquistas babacas. Eu trancaria todos na cadeia.

Goliath quer empurrar a folha com um gesto enojado; seus dedos mecânicos a rasgam.

— Que bosta, a gente só anda para trás! Qual é o próximo passo? Bater à porta de todas as Escolas, as amarelas de preferência, certo, até topar com um bando de malucos?

Guardo todos os meus papéis. Eu me sinto ainda mais desgastada do que eles. Estou chegando ao ponto de me esconder estrategicamente atrás da srta. Impecável — "Certo, Goliath, tem razão, Goliath" — mas talvez por causa dele, talvez por causa de Avril, provavelmente os dois, estou saindo de repente do meu bom caminho.

— É pouco, concordo com você, mas estou fazendo o que eu posso e acho que não está tão ruim. Não precisa se prender a mim, não, muito obrigada. Qual é o seu problema?

Goliath empurra com a testa na lâmpada da cabine. A luz tremulante encolhe suas pupilas. Leio surpresa nelas, depois humilhação, depois um resignação. Eu o invejo agora com uma força de tirar o fôlego. Invejo sua transparência. Ele mostra tudo de si, mesmo não querendo, mais verdadeiro do que eu jamais serei.

— Não está aqui.

— O quê? Quem?

— A outra pirralha mijona. Flo. Florence. A gente não se fala desde... você sabe.

A gritaria do corredor, sim. Revejo os dois. Ela está comendo baratas, ele, impedindo-a.

— Será que não está com os pais?

Goliath mexe a mandíbula para a frente, cético.

— Você não conhece a figura. O Santo Mundo é o ninho dela. Tem meleca dela em todos os terminais de Minitel. Só que ela não está aqui. E, segundo o gerente, já faz um tempão. O cúmulo é que Flo podia ter nos ajudado. Foi ela que desenterrou os sumidos para mim. E quanto às reuniõezinhas dos anarquistas, ela teria dado um jeito em dois toques de teclado. Mesmo que esteja de mal comigo, OK, mas poderia, sei lá, ter deixado uma mensagem ou algo assim...

Eu o escuto com uma atenção total, sem interrompê-lo — um confidente nunca corta o outro —, e espero que ele termine para responder à sua verdadeira pergunta.

— Ela não tem o perfil.

Goliath se cala. Espera que eu continue.

— Ela não tem o perfil — repito. — Ela não é aluna. Ela não é maior de idade. Ela não é nem Lucie, nem Samuel, nem Anne, nem Paul, nem Thérèse, nem Vincent, nem Marthe, nem Joachim.

— Ela é uma desistente. Como eles.

Sua voz fica um pouco sentida. É a primeira vez que sinto que ele está com medo, e isso me deixa sem chão. Procuro, rápido, rápido, alguma coisa para lhe devolver sua solidez.

— É uma adolescente. Nosso sequestrador nunca pegou menor de idade. Ele só mira nos emancipados pelos quais ninguém se sente responsável. Ela não tem o perfil — insisto ao ver Goliath cerrar os dentes —, mas você pode comunicar o desaparecimento dela desde já. Para este número — digo tirando a tampa de uma caneta (na intenção de ele não perceber meu tremelique). — Há um telefone no Santo Mundo. Relate a eles tudo o que você sabe sobre Florence. Porque ela não está sozinha. Ela tem você.

Devo parar por aí, não pronunciar palavras demais, manter a distância certa. Avril está insuportavelmente certa.

E apesar disso tudo:

— Ela tem a gente.

Goliath parece respirar melhor. Colo meu post-it na sua mão, que se contrai na mesma hora em uma reação em cadeia de engrenagens.

— OK. Ele não tem o perfil. OK.

Saímos da cabine de intimidade. Mal coloco o walkman para tocar, dou pausa. Nada de jukebox, nada de fliperamas. O Santo Mundo está ainda mais vazio do que quando cheguei. Com as provas se aproximando, todos os moradores clandestinos deram no pé, passando à midiateca aqui ao lado, como tomados de um mesmo sobressalto. A urgência da última chance.

Só ficou o gerente, cabeça entre as mãos, prostrado sobre o livro-caixa. Goliath vai telefonar na sala dos fundos, meu post-it colado na prótese. Eu o espero no balcão, onde peço meu quarto café. Eu não deveria. Finjo na frente dele, mas estou com cólica na barriga e cheia eletricidade nas veias. Espero não lhe dar esperanças falsas.

Dou uma olhada no livro do gerente. Não é preciso talento para a matemática para deduzir que ele está falindo.

Eu lhe dou uma gorjeta.

— Tarde demais.

O gerente ergue para mim suas pálpebras inchadas. Noites demais em claro, dias sombrios demais, isso tudo para acabar no vermelho. Exausto, o velho bandoneón. Sua marca de prestativo quase se apagou com ele.

— Desculpe incomodar, mas já teve clientes com esta tatuagem?

Mostro o que restou do desenho dilacerado por Goliath. Quase não dá para ver a auréola rasurada. O gerente a encara sem dizer nada. Sinto que ele está vagamente irritado, mas seu Instinto o impede de me mandar vazar.

— Vamos — insisto sorrindo. — Deve ter visto um monte de alunos...

O gerente não é verborrágico, mas ele concorda em dizer, quase sussurrando:

— A marca dos individualistas.

— Ah, conhece algum?

Os olhos congestionados do gerente varrem a sala vazia, como para garantir que não estamos sendo ouvidos.

— Às vezes pregam aqui. Dizem que eu tenho escolha.

— Que escolha?

Ele dá de ombros e me mostra, sob uma salada de chicletes, sua porta de entrada bem antiga— uma porta de saída para ele, que provavelmente não cruzou muitas vezes. Penso em Béatrice, a irmã adotiva de Samuel, enclausurada no seu apartamento, obrigada a convidar a entrar em sua casa qualquer um que expresse esse desejo.

— Disseram que tinha a escolha de ir embora?

— Hmm.

— A qualquer momento?

— Hmm.

— Apesar do seu Instinto?

— Hmm.

Estou perplexa. Enquanto houver um único cliente no Santo Mundo, o gerente não poderá fazer outra coisa senão acolhê-lo.

— E esses individualistas que pregam aqui, sabe onde fazem as reuniões? Conhece os nomes deles?

O gerente fecha novamente seu livro-caixa com um gesto seco.

— Não tenho nada com esses embusteiros. Já tenho aborrecimentos suficientes. O Santo Mundo vai fechar. A cortina tá caindo depois de três séculos de prestígio.

Recolho meu sorriso. Decididamente, meus dentes da alegria nunca ajudam.

Olho para a sala enquanto termino meu café. O globo terrestre, suspendido no teto, perdeu todos os dardos. Sob as camadas de sujeira, acumuladas feito estratos geológicos ao longo do ano, não falta estilo no piso de madeira. Veludo sobre os assentos, paredes cheias de arte. Mesmo essa escada tenebrosa — super íngreme, degraus gastos, nada de corrimão, o pior cenário possível para quem sofre de climacofobia — deve ter tido classe no seu tempo.

E pronto, agora me sinto mal.

Quando se detém um Instinto de hospitalidade, não ter mais ninguém no próprio estabelecimento é um golpe duro de se engolir. Se não quiser envelhecer aceleradamente, o gerente vai precisar arrumar outro lugar rápido para acolher novos clientes. Detesto não saber nem o que fazer nem o que dizer para ajudar alguém. A cada fracasso, minha dívida pesa mais; e eu também.

Goliath volta.

— Pronto. Comuniquei sobre a Flo. Farão uma investigação, retomemos a nossa. Vamos encontrar esse individulho e não quero nem saber se meu Instinto desaprova, vou socá-lo bem fundo.

Saímos. Está caindo um pé d'água; como uma harpa diante dos olhos. Coloco minha capa de chuva bege. Eu me sinto molhada, devia ter me trocado no banheiro do Santo Mundo. O pop-rock berra alegremente nos meus ouvidos. Goliath me interroga com o olhar, como se eu já soubesse nosso próximo destino. Cogito enquanto atravessamos o cruzamento. Se as reuniões dos individualistas se fazem há tempos no bairro, sem ninguém saber, eles devem ter um baita esconderijo. Talvez vários. Um polo de esconderijos. Uma dezena de Escolas. Uma centena de possibilidades.

Bebi café demais.

Rosto.

Eu me viro. Meu olho pegou de repente algo em algum lugar ao meu redor. Algo impossível. Os carros, as scooters, os ônibus, os guarda-chuvas turbilhonam no cruzamento. É uma confusão de refletores e capuzes. Minha música engole as buzinas e o estrondo do meu coração.

O rosto.

Minha cabeça se vira. À minha frente, encolhido no seu moletom, Goliath espera o sinal ficar verde. Por hábito, ele gesticula para os pedestres esperarem na calçada. Não percebeu meu choque. Olho a multidão através da chuva. Examino as janelas dos carros engarrafados, as viseiras dos capacetes, as marcas em cada pessoa. Procuro por toda a parte o que não consegui ver, não, não nesta parte do mundo, não depois de todos estes anos.

O rosto da escada.

O mundo gira ao meu redor. Estou submersa por um medo que me arranca de mim mesma. Começa uma crise de afastamento. Eu me sinto partir para longe da poça d'água sob meus sapatos, longe da franja colada às minhas sobrancelhas, longe dos espasmos uterinos sob minha saia, longe de toda essa umidade, fora, dentro, longe de todo esse eu, dentro, fora.

O rosto da escada está aqui.

Alguém interrompe a música. Minha música. Estou aqui de novo, sou eu de novo. E me tiraram o fone.

— Tem fogo, sua vadia?

Voz de homem, bafo de cigarro. Dou uma cabeçada para trás, agarro os pulsos dele e, com um deslize da bota, derrubo sua perna e o jogo no meio da calçada. Meu corpo reagiu mais rápido que meu pensamento. Pânico em estado bruto. Aos meus pés, uma verdadeira cara de paspalho. Não é o rosto da escada, só um aluno de capa impermeável, aquele que todo mundo chama Quéjéfé. Ele segura a mandíbula, não errei o golpe.

Goliath o puxa pela capa e o levanta até tirá-lo do chão.

— Ora vamos, seu safado, o que foi que eu fiz?

— Não toque! Nunca! No fone dela!

Goliath não está mais berrando. Está rugindo.

— E vocês todos aí, circulando!

A multidão de passantes ao nosso redor se dispersa. Eu continuo plantada no meio da poça, o fone pendendo pela metade. Estou habitada pelo rosto que vi, que acho que vi, que não pude ver.

Goliath sacode Quéjéfé.

— Tô de saco cheio das suas loucuras! Você não respeita nada! Nenhuma regra! Agora chega, vou denun...

Ele se interrompe. Vejo algo como um clique nos seus olhos. Ele puxa a capa, arranca os botões dela, o outro fica repetindo "o que foi que eu fiz". Goliath o desveste na rua, embaixo da chuva. O sorriso feroz.

— Claire, olhe.

Ele brande um braço. No ombro, uma tatuagem. A auréola cortada dos individualistas.

O ARCANJO

O Instinto decidiu

— Tudo bem?

A motorista de táxi se virou para mim, tirando os olhos da estrada enquanto seu Instinto pilotava o volante. Meu sobressalto não lhe escapou.

— Achei ter reconhecido alguém.

— O senhor é daqui?

— Não. É a primeira vez que venho ao Setor Sul.

— Quer que eu pare o carro?

Procuro entre as gotas da janela. Fachadas molhadas das Escolas, luar baboso dos postes. A capa bege já está longe. Era ela? Meu Instinto não reagiu, mas isso não quer dizer nada. Ele está desalinhado desde que cheguei à estação. Muitas anomalias. A limpeza não foi bem feita no Setor Sul, vou ter trabalho. Amo isso.

— Você pode continuar.

— Muito bem, Arcanjo.

A motorista parece lisonjeada por ter sido chamada de "você". Não entendo por quê. Trato todo mundo assim.

Chegamos à Escola da Inspiração. Eu me estico. Levo três dias e três noites de trem no corpo. A noite solta um odor de sal, não está realmente frio. Tudo está perfeito. A motorista vem até mim com um guarda-chuva. Ela me oferece levar minha mala. Não, não pesa quase nada. Dentro só tem mudas de roupa de baixo, uma necessaire e minha naninha.

Um comitê de boas-vindas me espera em posição de sentido em frente ao portão. Verificam meus documentos, me entregam um passe.

— Assim, o senhor poderá ir e vir como quiser. Boa estadia conosco, Arcanjo.

É a primeira vez que penetro em uma Escola. Tive uma formação especial fora dos circuitos tradicionais. Os lugares parecem um aquário. Portas de vidro. Elevador de vidro. Janelas por toda a parte; a chuva bate nelas feito um coração. Amo isso.

Cheiros de cozinha, barulhos de talheres. Chego no meio do jantar. Meu acompanhante me conduz até o último andar. Eles me fazem evitar as passagens com muita gente. Quarto no fundo do corredor.

— O senhor tem um minibar e um telefone à sua disposição. Mandaremos subir sua refeição, bem como tudo o que desejar.

— Vou comer no refeitório.

Olhares envergonhados.

— Sabe, senhor... o serviço fica reduzido no fim do ano. Os mais novos já foram, os mais velhos se preparam para as provas. É um período delicado. Se for possível o senhor não... perturbar demais os estudos.

— Os senhores me veem como uma perturbação?

Formal a minha pergunta. A raiva é uma emoção que me é estranha. Não choro, não rio, mas, sim, ainda me acontece de sentir surpresa.

— Digamos que está mais para uma distração — me respondem depois de uma pausa. — É uma honra ter o senhor conosco, mas nossos alunos são curiosos. Vão querer conhecê-lo... saber o que o traz aqui.

— Recebi a ordem de vir aqui. Então vim.

— E isso, mais uma vez, é uma honra para nós. O senhor fica até...?

— Até receber a ordem de partir.

Eles se retiram. Eu os amo, mas não entendo suas inquietudes. Afinal, estou aqui para cumprir a vontade do Nós.

Entro no quarto, desfaço a mala, tomo um banho. O sabonete se mistura ao “Pater” inscrito em meu ventre. No espelho do banheiro, eu arranco mais um novo cabelo branco.

Minhas mãos e minhas pernas tremem de uma animação contida. O Instinto me puxa de todos os lados. Com seu alcance de 34km, é preciso sondar este novo território. Mirar nas anomalias que se escondem. Escolher uma para priorizar. Pode levar horas.

Seco a minha pele, meus pelos e cabelos. Um mapa do bairro está pregado na parede. Meu dedo voa de uma Escola à outra.

Prestatividade, Fabricação, Reparação, Confidência, Cuidado, Protetorado, Contabilidade, Informação, Justiça e, bem afastada, Inspiração. Se me querem aqui, então é por ali, em algum lugar, que tudo vai acontecer.

Raramente tenho pensamentos pessoais, mas não consigo tirar a capa bege da cabeça. Será que era ela? Será que era Claire? A última vez que a vi foi no pé da uma escada, semi-inconsciente, a milhares de quilômetros daqui, no Setor Norte-Nordeste.

Pego o elevador. Minha naninha está no seu coldre, sob meu suéter. O refeitório logo vai fechar. Alguns alunos terminam seus iogurtes; as colheres se imobilizam ao me ver. Pego uma bandeja. Uma concha de ervilhas depois, sento-me perto da grande janela panorâmica. Vejo meu reflexo nela, a noite, a chuva e, em filigrana, o pontilhado luminoso do arranha-céu. Os Altíssimos do Sul. Em breve vou visitá-los.

— Olá.

Um aluno está sentado à minha frente. Gestos sutis, voz doce, longos cabelos encaracolados. Eu o amo. Ele aponta para o broche "III" preso no meu suéter.

— Impressionante. O boato correu de que um Arcanjo do Setor Oeste estava nos visitando, mas eu não achava que o senhor era tão jovem. Qual a sua idade? A mesma que eu? Menos? Somos a elite das Escolas e, mesmo aqui, são raros os que podem se gabar de ter salvado mil e uma vidas.

— Quatro mil seiscentas e sessenta e nove.

— Respeito.

— Não tenho nenhum mérito. Apenas o Instinto decide.

— E suponho que seria muito indiscreto lhe perguntar qual o seu?

Seus olhos se enrugam quando ele sorri. Não entendi a piada, se é que há uma. Tenho um Instinto órfão; um Instinto sem nome; um Instinto que está me repuxando as vísceras agora mesmo. Eu como minhas ervilhas.

Sem tocar meu rosto, o aluno redesenha com o dedo o traçado da minha marca.

— Um alcance muito longo ainda por cima.

— O alcance não faz o Instinto.

— Não, mas cai bem no currículo. Baptiste.

Essa, sim, é uma convenção social que domino. Uma apresentação exige outra.

— Modeste.

— É unissex. Cai bem ao senhor.

Outra piada? Ervilhas.

— Por que está aqui?

— Estou me alimentando.

— Na nossa Escola. No nosso bairro. No Setor Sul.

— Não sei.

— O senhor não sabe?

— O Instinto decidirá.

— Pois eu sei.

Como são curiosos esses inspirados. Baptiste se debruça sobre a mesa, com elasticidade, e fico pensando comigo se sua pele é tão macia como parece.

Ele cochicha:

— Um aluno conhecido meu desapareceu. Dois outros vieram me interrogar sobre ele. Cá entre nós: amadores. Um destruiu meu projeto de fim de ano, e não recebi nem mesmo uma indenização. No senhor pelo menos dá para sentir o profissionalismo. Só peço para cooperar. Quer os nomes?

Terminei minhas ervilhas. Eu me levanto, levo minha bandeja.

— O Instinto decidirá.

Volto ao meu quarto. Um sachê de achocolatado, açúcar em cubinhos, leite em pó, chaleira fumegante. Eu me deito. A animação aumenta. Penso nesse inspiradinho. Não no que me disse; na sua pele. Será que meu fogo poderia se acalmar um pouco contra essa doçura? Ou será que isso deixaria o chamado do Instinto ainda mais imperioso? Não sei. Amo não saber.

Aguardarei. Tudo é perfeito.

Às 21h20, como todas as noites, caio no sono. Só que não é no meu buraco negro de sempre. A capa bege se vira e volta sob minhas pálpebras. No fundo do capuz, o rosto apavorado de Claire.

Às 5h54, abro os olhos. Um minuto antes do meu horário.

O Instinto decidiu.

O INDIVÍDUO

Ofereço a você o vazio

Só há uma verdade, amigos. Os corpos que empurram, que falam, que pensam, que pecam, que fedem, que passam e partem para sempre, no fundo, entre vocês e eu, são barulheira. Vocês nascem? Barulheira. Vocês sonham? Barulheira. Vocês amam? Ba-ru-lhei-ra. Seu Instinto? A maior barulheira de todas. Olhem à sua frente: vocês, eu, essa grande brincadeira que os covardes chamam de Nós não passa de um punzinho no meio do nada.

Você está com uma cara péssima, Samuel. Realmente não teria dado um bom médico. Não serve para isso. É da comida que sente saudade? Vamos, logo estará me agradecendo. Quando veio me ver, com seus olhões de faminto, tinha gordura demais, tinha você demais. Ofereço a você o vazio.

Quem está se remexendo tanto? E aí, Thérèse, está tendo outra crise? É culpa do Samuel? Ele está com fome, e isso o seu Instinto não suporta? Ficar cozinhando para os pançudos, minha pobre amiguinha, é doença. Estou aqui para curá-la. Ofereço a você o vazio.

Mais água? Não vão abusar das coisas boas, amigos. Ainda mais você, Vincent, você e seus cálculos minuciosos. Quantas gotas tem no meu copo, saberia nos dizer? O problema é que essa corja fica contabilizando tudo, economiza até a vida de vocês. As etiquetas no supermercado, as calorias, os carboidratos no prato, a distância mais curta, o negócio mais rentável. Esse tem a cabeça cheia de números e nunca coloca a mão no bolso. Não guardo rancor, vamos. Ofereço a você o vazio.

Não, Marthe, não. Você não pode ir embora. Quando veio até mim, parecia decidida a ficar. Nesse tinha, você podia ter passado pelo portão da sua Escola como sempre, mas acabou escolhendo lhe virar as costas. Você me escolheu. Escutei você se lamentar.

Estava de saco cheio da vida, dos colegas, dos professores, desse Instinto que impele você a reparar tudo, logo você, toda quebrada. Você me pediu ajuda, então estou ajudando. Ofereço a você o vazio.

E Lucie, que engole minhas besteiras como se sua vida dependesse disso. Ah, verdade, depende mesmo. Você gostaria que eu calasse a boca, sim, sim, é o que vejo nos seus olhos, minha quatro olhos. Seu Instinto adora me escutar, mas você odeia me ouvir. Você me pediu um lugar bem calmo, bem quietinho, não foi? Não se preocupe, logo terá silêncio. Ofereço a você o vazio.

Paul e Anne, meus primeiríssimos, parem de se olhar assim. Estão me dando pena. De verdade. Já falei para vocês que o amor não existe. É manipulação, uma baita vigarice, um complô da natureza, uma invenção da sociedade para impelir vocês a copular, a procriar, a produzir sempre mais Nós. Quando conheci os dois, vocês estavam no caminho certo. Solitários e orgulhosos disso! Finalmente jovens com noção, uma juventude que não se deixa enganar pelo sistema, que não tem nem opinião a defender nem causa a pleitear! Vocês me agradavam. De verdade. Foi o que me levou a fazer dos dois meus primeiros convidados. Vocês estragaram tudo. Decidiram bancar o casal. Viver é uma ilusão. Ser é uma ilusão. É até pior que ilusório. É incômodo. Eu lhes oferecia o vazio.

Sigam o exemplo do Joachim. Vejam como ele entendeu. Ele não protesta, não luta, não come mais. Um verdadeiro renunciador. Ele abraçou o vazio que lhe ofereci.

E minhas mais sinceras desculpas à nossa ultimazinha. Eu queria ter tempo para fazê-la desaprender tudo o que este mundo tem de falso para que possa entender toda a beleza do meu presente. No fundo, é melhor assim. É mais do que melhor; é perfeito. Não saber quando, como nem por que você vai morrer é tornar sua morte tão absurda quanto a sua vida. A você, pequena Florence, vou oferecer um vazio ainda mais vazio.

Ah, amigos, estou ficando cansado. Invejo esse vazio que lhes ofereço. Invejo as mordaças nas suas bocas, suas camas sujas, seus corpos amarrados. Mas sabem de uma coisa? Uma boa notícia, amigos. Logo vou me calar. Só mais um. Um último convidado, e eu, vocês, nós, aqui, não passaremos de um único e grande nada.

O INSTANTE PROPÍCIO

Claire,
Minha porta sempre estará aberta para você.
J.

GOLIATH

A Balança e o Martelo

Nunca nem coloquei os pés no teatro das Escolas; em nenhum teatro, na verdade, curto mais a tevê. O prédio já deve ter um ou dois séculos, no fundo de uma selva de palmeiras doentes e de esculturas modernas de costas para a Escola da Justiça, que o usa frequentemente como sala de audiências. No cruzamento, fiz uma multidão de alunos atravessar, mas os da Justiça, não, eles nunca. Esses ou saem de limusine ou não saem. Enfim, voltando ao teatro, eu não achava que chegaria a pisar nele um dia, muito menos uma noite, às 3h00 da matina, mas, quanto mais o observo, encolhido atrás de um mictório público, mais sinto que sim, que é bem aqui que tudo vai se decidir. Estou escondido faz uma hora e já surpreendi um monte de suspeitos, armados com lâmpadas de bolso, cruzando a velha porta giratória. Sacrilégio supremo: todos usam máscaras de festa. Um desfile de ursos, dinossauros, palhaços, gatos e unicórnios.

Esconder a própria marca é proibido. Mesmo assim, é exatamente isso que me preparo para fazer também, em nome do Nós.

Tenho um sobressalto quando um rosto de abelha vem se juntar a mim. Claire tira a máscara, depois o fone. O branco de seus olhos brilha na penumbra.

— Eu me esgueirei o melhor que pude entre as patrulhas. Aqui, comprei pra você hoje.

Uma máscara de robô. Já usei uma parecida em uma festa da escolinha, antes de ser marcado, naquela idade em que cobrir o rosto não é ilegal. Meu irmão escolhera uma de caveira; o imbecil.

— É melhor eu ir lá sozinho. Se acabar mal...

Eu me calo antes de sair falando besteira. Não vou fingir cortesia quando, no fundo, o que quero é ser aquele que vai encontrar o *indivíduo*, que vai encontrar a porta amarela, que vai encontrar os sumidos. Para começar, passei a vida querendo competir com meu irmão, e acabou que agora é a vez de fazer isso com a Claire. Devo admitir que ela aumenta cada vez mais o nível.

— Se acabar mal —, zomba ela—, você bem que vai gostar de ter uma espectadora.

O espaço entre seus dentes devora a noite inteira. Um sorriso impulsivo, imperfeito e impaciente, não é uma daquelas delicadezas como no início, não: é sincero; é verdadeiramente ela. Acontece que estou quase começando a entender Claire.

— Haa, cuidado, vai arrebentar o elástico.

Ela me ajuda a colocar a máscara. Sinto quase uma aceleração interna quando seus dedos roçam minhas orelhas. Desde que perdi as mãos, os contatos pele a pele se limitam aos tapas da diretora, aos safanões dos meus pais, aos exames do médico e, uma vez, no ano passado cedi aos avanços de uma afetuosa atrás de uma caçamba de lixo em um beco — ela foi embora depois de me roubar a carteira. Fechemos aqui esse parêntese humilhante.

— Bem, seus tarados, fiz um favor a vocês. Não sejam babacas e não me metam mais nos seus assuntos.

Foi a vez de Quéjéfé dar as caras atrás do mictório público. Uma fumaça sai dos buracos de sua máscara de pastora. Eu me seguro para não jogá-lo de cara no vaso do banheiro, com cigarro e tudo.

— Tirar o fone de um confidente contra a sua vontade é passível de prisão. Se você não colaborar totalmente com a gente hoje, vou prestar queixa.

Eu nunca tinha ouvido Claire com uma voz assim, tão incisiva que cortaria até gelo. Penso de novo no jeito como ela derrubou o outro feioso na calçada, e isso me confirma que, sob seu sorriso, há um monte camadas das quais nem faço ideia. Mas, pois é, compartilho da sua desconfiança. Quéjéfé não mentiu sobre as reuniões clandestinas, ao menos quanto ao lugar, à data e às máscaras. Ainda assim, vá saber, talvez esteja mancomunado com nosso *indivíduo*.

Eu o empurro para a frente. Que nosso irmão de araque nos abra caminho.

Claire levanta o capuz para cobrir o walkman; coloquei luvas para esconder minhas próteses. Trocamos um olhar através das fendas das nossas máscaras. É minha última chance de conseguir meu broche. Minha derrogação expira em 29 horas, na manhã das minhas provas (provas para as que não estudei absolutamente nada, diga-se de passagem).

Passamos pela porta giratória do teatro. Ninguém nos guichês. O hall está apagado, não vejo nadinha, respiro mal. Eu me oriento pela música de discoteca que se amplifica na minha barriga à medida que avançamos. Até Claire, com seu fone, deve estar sentindo as pulsações. Ela respira ofegante quando descemos a escadaria principal. Será que está com medo?

Meu Instinto dorme. Nenhum perigo à vista: por ora e dentro do meu estrito alcance. Quéjéfé empurra as portas balcão da sala; nós o seguimos.

Não sei direito o que esperava ao brotar no meio de uma reunião de anarquistas. Eloquência, talvez. Debates contra o sistema, delírios paranoicos, complôs terroristas, por que não rap de protesto. O que me salta aos olhos, por trás das caixas de ritmo e dos sintetizadores, é apenas silêncio. Meus cílios se esfregam contra o plástico da minha máscara. Por toda a parte, braços remexendo, pernas desenrolando-se, corpos que se desdobram. O sangue me sobe à face. Primeiro acho que entrei no meio de uma orgia, mas, parando para olhar bem, não há nada de sensual. Sobre os sofás, o pessoal se fura, se corta, se contorce, está em transe: não se toca.

Estou espantado pelo número deles. Se bobear, há colegas meus nesse amontoado! A sala não é imensa, mas está abarrotada e, para o meu espanto, são todos corpos que beiram a puberdade. Flo poderia estar aqui, sob uma máscara de coelho ou um capacete de astronauta, enquanto os policiais — alertados por mim — a procuram em outro lugar.

Reina aqui um sofrimento coletivo e consentido que faz vacilar o meu Instinto sem acioná-lo totalmente. Odeio essa sensação.

— Tente sacar antes de julgar — me sussurra Quéjéfé através da máscara de pastora.

Ele sobe ao palco onde palhaços se lançam em improvisações bizarras. Alguém explode um rádio-relógio jogando-o no chão. Outro derrama um balde de tinta no próprio corpo. Outro ainda aproxima as palmas de um maçarico — quanto a esse aí, se eu não estivesse tão longe, não conseguiria evitar me interpor entre ele e a chama para queimar no seu lugar. Quéjéfé joga uma latinha aos seus pés, mostrando-lhe o dedo do meio.

Caramba.

Esses ímpios submetem seus Instintos à tentação para não ceder. Só que eles cedem. Os que voltam a unir os pedaços. Os que limpam as roupas. Os que cuidam das feridas. Quéjéfé pega a latinha, depois a solta, depois a pega de novo, depois a solta de novo. Alguns chegam até a se algemar para resistir; seus gemidos chegam até mim através das batidas graves.

Eu saco, sim, e julgo também. Não sei quem é o nosso culpado, entre esses anarquistas, mas, para mim, é certo: todos são.

Reviro a sala com o olhar. Vejo Claire com sua máscara de abelha. Ela passeia discretamente entre as fileiras de sofás. Ela procura também. Há muitas portas neste teatro — saídas de emergência, elementos decorativos, toaletes —, mas nenhuma amarela.

Levanto a cabeça e levo um flash do projetor. Através do vidro da sala de controle, dois malandros me olham com desdém. Sem máscaras. Com um gesto do indicador, eles me convidam para me juntar a eles. Bosta, merda, já me pegaram. Com um pouco de sorte, não viram Claire.

Entro na sala de controle (também não é uma porta amarela). Consoles, circuitos, cabos, vinis e, no meio da confusão, no luzir de uma luminária de mesa, meus dois malandros. Um cara e uma moça.

— Bem-vindo ao nosso laboratório, Goliath.

Espio através das fendas da minha máscara, Reconheço as marcas antes dos rostos: o Instinto do julgamento — especialização em direito penal. A Balança e o Martelo. Dois dos alunos mais notáveis da Escola da Justiça; li um artigo sobre eles no jornal, passaram até na tevê. Não suporto encontrar eles aqui.

Encontre o indivíduo. Talvez seja um dos dois. Talvez sejam os dois.

Arranco minha máscara.

— OK. Como vocês me...

— Sem perguntas insultantes — interrompe a Balança.

Ela, para falar a verdade, não tem o mesmo estilo que nas fotos, sem sua toga e peruca de tribunal, de jeans e camisa, cabelos mal amarrados, mas eu me sinto diminuir frente a ela. Mesmo não estando com seu broche "II", que deveria legalmente estar usando, continua sendo um Anjo. Um Anjo mais novo que eu. Estou quase fazendo o sinal da cruz. Essa juizinha que não terminou a escola já nos salvou cem vidas e uns quebrados. Seu Instinto é um detector de premeditações. Se cruzar o caminho da Balança com a intenção de machucar alguém, você vai dançar.

Apesar disso, sou eu quem cospe:

— Vou denunciar vocês todos.

— Quais são as acusações?

— Sequestro. Privação de liberdade. Sem falar das suas práticas anti-instintivas.

— Todos os alunos aqui presentes vieram de livre e espontânea vontade. E o que fazemos deve ser considerado um experimento. Experimento do qual você está participando, Goliath, desde que entrou no nosso laboratório com conhecimento da causa.

Seguro o olhar da Balança, porque é ela quem fala sem parar. O Martelo nos ouve distraído enquanto modula a frequência da caixa de ritmo. Segundo o que dizem, esse aí só abre a boca para dar os vereditos. Seu Instinto não antecipa os crimes como o da sua colega, mas é só colocar um acusado na frente dele, que o Martelo pronunciará uma sentença, sem sequer conhecer o caso e sem nunca se enganar. Com o Martelo, sem inocentes na prisão e sem culpados soltos.

Não, sério, estou indignado, chocado que seja logo essa cambada que esteja me segurando pelos testículos. Minha palavra não vale muito contra a deles. Penso em Claire, em algum lugar na sala. Ela precisa achar um troço mega comprometedor, agora.

— Vamos ao que interessa — me diz a Balança. — A gente sabe. Que os alunos somem. Que você está investigando o assunto faz quase um mês. Que você se meteu nessa para virar um Virtuoso antes de sua derrogação expirar. Antes você enfiar essa prótese no olho do que salvar qualquer um aqui, porque no nosso laboratório, Goliath, a gente só se salva de si mesmo.

O que eu sei é que estou penando com uma dor de cabeça corrosiva, e, evidentemente, alguma coisa lá dentro já começou a se convencer que acabou, que fodeu, um tumor no cérebro, essas coisas.

— Nunca ouvi tanta babaquice junta! Vocês estão vendo como eles sofrem, e tudo isso por nada, porque o que eles estão tentando fazer é impossível! E, mesmo se vocês conseguissem, com suas algemas de merda, sabem o que acontece quando a pessoa não utiliza o Instinto? Claro que sabem. Todo mundo sabe. Ela fica como uma ameixa seca, perde a vitalidade, vai se destruindo aos poucos

Contemplo a sala de teatro através do vidro da sala de controle. Todos esses jovens da minha idade, e mais novos também, tantos menores prostrados ali, jogados nos sofás, que tentam fazer a revolução no próprio corpo, por trás de máscaras de desenhos animados, sob a luz psicodélica de um globo espelhado: estão se salvando de si mesmos, é?

No fundo da sala, entre duas fileiras e dois flashes, meus olhos percebem Claire, que continua procurando nosso indivíduo, muito atenta. Atenta demais. Ela não vê o cara mascarado que se aproxima atrás dela. Ela não vê a lâmina do estilete.

Meu Instinto não me deu o alerta — longe demais —, mas alguma outra coisa me puxa pelas entranhas. Arranco a porta do lugar, disparo em uma corrida, afasto os que atrapalham, salto por cima das poltronas e berro como nunca berrei na vida, para alcançar Claire para além da música da sala, para além máscara e do fone.

— Atrás de você!

Claire se vira. Eu corro. Sua mão corta o ar. Eu corro. Desvia da trajetória da lâmina. Eu corro. Mas não desvia a cabeçada. Eu corro. A abelha de plástico cai. Eu corro. O cara está desenfreado. Eu corro. A lâmina volta ao ataque. Eu corro. Meu Instinto enfim reage. Eu corro. Perigo. Eu corro. Morte.

Eu me jogo contra o cara. O choque me tira o fôlego. Sou duas vezes mais pesado que ele, deveria conseguir me virar, mas cada grama desse espécime é uma explosão atômica. Nenhum grito, nenhuma palavra, mas uma violência inumana que me desmorona as engrenagens. Ele vai me arrebentar as próteses! O mais sinistro é que eu não existo para ele. Sua máscara também voou longe, e os olhos, caramba, os olhos quase saltam das órbitas, como se ele quisesse cuspi-las em cima da Claire.

Preciso usar toda a minha musculatura para fazê-lo cair de joelhos e bloqueá-lo no chão. Com um chute de bota, Claire joga a lâmina longe. O nariz dela está sangrando, mas está menos atordoada do que eu esperava depois da porrada que recebeu. Ao nosso redor, ninguém levantou um dedo sequer.

Os solavancos do sujeito ficam convulsivos sob mim. Ele está chorando? Meu Instinto voltou a adormecer. Percebo de repente que, ao contrário do que a Balança havia profetizado, acabei de salvar uma vida.

CLAIRE

A ÚNICA COISA QUE CONTA

Afasto os vestidos de strass e lantejoulas. Meu agressor está aqui, do outro lado da arara, no fundo do camarim, algemado a uma cadeira, aturdido pelas luzes da penteadeira. A coluna em forma de saxofone, cabelos longos colando na nuca, antebraços cheios de cicatrizes. Meu quase assassino não tem mais de 16 anos. Magricela ainda por cima. É de se perguntar de onde veio essa força toda. Ele tem a marca da prestatividade, especializada em prevenção — o que é o cúmulo, no fim das contas. A Balança e o Martelo estão debruçados sobre ele para recolher sua versão dos fatos. Balbucia repetidamente "não fui eu não fui eu não fui eu não fui eu...".

— Conseguiram encontrá-lo? — pergunta Goliath. — É o indivíduo?

Sua voz está falha. Ele forçou as cordas vocais agora há pouco para alertar-me do perigo. E eu, com meu algodão no nariz, soo como uma flauta rústica desafinada.

— Não bate. Nosso sequestrador é discreto e metódico. Não é do tipo que chama atenção.

— Então por que esse cara atacou você?

As paredes ao nosso redor vibram com a música. No teatro, o experimento coletivo continua como se nada tivesse acontecido. Obrigada, sério, quase morri.

— Droga. Dor. *Bad trip.* Poderia ter sido qualquer um, mas acabei sendo sorteada.

Sou eu que estou tentando me convencer. Não, não, essa lâmina não me mirava nem nada, lalalá, o rosto da escada não estava no cruzamento, lalalá, essa partitura já vem sendo tocada faz tempo, então chega, não vou mais pensar no passado. A única verdade agora é que o Nós enfim está me dando a minha chance, e tenho toda a intenção de aproveitá-la.

— Se os murmúrios nos trouxeram até aqui, foi por uma boa razão. Não vamos sair antes de conhecê-la.

— Você é cabeça dura.

Goliath se jogou em cima de um baú de figurinos. Pelo jeito que mexe os ombros, adivinho que está passando um mau bocado com as próteses. Por culpa minha.

— E tem bons reflexos — adiciona com uma risadinha.

— Faço curso de autodefesa desde os 7 anos. Eu odiava, mas minha mãe me obrigou.

Goliath parece tão surpreso quanto eu. O que me deu? Nada de falar de família, da vida de antes, daquele lugar, jamais, com ninguém.

Apesar disso, eu continuo:

— Obrigada. Sem você, eu não teria saído viva dessa. Ele ia me esfaquear, e minha mãe, mesmo tendo a Dalila, teria... obrigada. Não importa que seja uma questão de Instinto, obrigada. De verdade. Mas... mas, Goliath...

Procuro as palavras. *Nunca chamar atenção, jamais, de jeito nenhum.* Acabar no banco de uma viatura de patrulha é uma coisa; hoje à noite, ultrapassei um novo limite.

— Claire, eu não sou otário.

Goliath apoia a cabeça contra a parede atrás dele. Parece esgotado.

— Sei como funciona, já fiz isso dez vezes. Se eu declarasse sua vida ao Cômputo, precisaria divulgar sua identidade. Falar o que fazíamos aqui. Eu teria direito ao meu broche, independentemente do que acontecesse: uma vida é uma vida. Toda a encheção de saco ficaria para você. Deixe pra lá, parceira. Fica entre a gente.

O teatro pulsa na minha barriga, o fone pulsa contra o meu pescoço, o sangue pulsa pelo meu corpo e, por debaixo dessa superposição de ritmos, alguma coisa se dilata em mim, uma expansão de silêncio, depois fissuras na minha parede, quase um início de harmonia.

Parceira. Eu já me iludi uma vez, só uma, e já foi demais. Não devo. Não devo mais. Mas *parceira*. Mas Goliath. Mas ele e eu. Mas nós. Talvez, sim, talvez desta vez...

— Permissão para ultrapassar as dez palavras?

Um depois do outro, a Balança e o Martelo passam através das roupas da arara para se juntar a nós. São os dois últimos alunos que eu teria esperado encontrar no meio de uma reunião clandestina; muito menos no comando dela.

Eles olham meu fone com respeito.

— Concedida — respondo.

— Um protetor e uma confidente, então? — comenta a Balança olhando para nós, um de cada vez. — É de morrer de rir. — diz sem o menor riso do mundo. — Mas que seja, vamos direto ao assunto.

A Balança e o Martelo se sentam cruzando os braços e as pernas com uma simetria perfeita demais para não ter sido ensaiada um monte de vezes. Esses jovens juízes sabem jogar com a sua imagem.

— Escutem bem. Esse incidente não deveria ter ocorrido. É a primeira vez que algo assim acontece no nosso laboratório. É claro que entrar em conflito com o próprio Instinto pode causar reações violentas, mas isso costuma se manifestar sob a forma de pulsões autodestrutivas.

A Balança fala, o Martelo opina.

— Tenho um alcance instintivo de 80m, posso confirmar que não houve nenhuma premeditação por parte do pobre garoto. Ele provavelmente foi vítima de uma alucinação sob o efeito de entorpecentes. Então, em nome dele, pedimos desculpas.

— Só isso? — solta Goliath, incrédulo.

— Sim. Tomaremos as medidas necessárias, mas resolveremos esse caso internamente. O próprio Martelo pronunciará o julgamento. Quanto a vocês dois, voltarão tranquilamente às suas respectivas Escolas, e pararemos por aí. Estamos a um dia das provas. No caso de vocês, serão as últimas antes do diploma e das atribuições de carreira. Quem de nós está a fim de ver um malus no histórico com o comentário "compareceu a um encontro de viciados"? Ninguém. Muito menos você, Goliath. Esse malus anularia todos os seus pontos de vidas salvas, todos os seus esforços, sua carreira inteira. Sejamos razoáveis.

— Fazer justiça com as próprias mãos. Vocês não têm vergonha de nada.

A Balança estuda Goliath com uma neutralidade profissional.

— Objeção interessante vinda de um estudante que rastreia criminosos pelas costas das autoridades.

Deslizo no varão o cabide de um traje de mordomo. No fundo do camarim, meu agressor continua algemado à cadeira, os cabelos colados nas bochechas. Recita *não fui eu* entredentes como uma oração. E, de repente, admito. Não foi ele. O Nós de fato guiou sua mão para me atacar. O Nós também guiou Goliath para me salvar. Se estamos tendo essa conversa, neste momento, neste camarim, é a consequência implacável de uma relação de causa e efeito. Uma partitura especialmente árdua de decifrar, mas vou tentar mesmo assim.

— Eu não as aceito. Suas desculpas.

Todos os rostos se viraram para mim.

— É seu laboratório, são seus experimentos. Vocês são responsáveis pelo que quase me aconteceu. Têm razão quando dizem que não estamos em posição de nos comprometermos. Não vamos denunciar vocês. Outra pessoa fará isso no nosso lugar.

Desbloqueio minhas narinas e jogo o algodão sujo em um cinzeiro. A verdade é que esses individualistas me atraem. O que eles tentam alcançar neste teatro, essa vontade de se definir sem depender dos próprios Instintos: é um convite para alguém como eu. Então não, realmente não gosto do que estou prestes a dizer, mas direi mesmo assim, porque não é no meu interesse que o digo, mas naquele dos sumidos.

— Hoje foi meu último dia de estágio no Escritório de Queixas das Escolas. Não importa, conheço os mecanismos. Eles receberão uma carta anônima. Experimentos clandestinos que a Burocracia Instintiva só tem a desaprovar. Um endereço. Talvez até um ou dois nomes. Detalhes suficientes para que eles não possam ignorar a coisa toda. Acho que são hábeis o bastante para não serem incomodados por uma incursão de Virtuosos, mas vocês terão de mudar de lugar todo o laboratório.

A Balança me encara com olhar duro, mas eu observo atentamente o Martelo, por trás de sua fachada impassível, de sua marca de justiceiro. O Instinto do veredito. Se eu realmente for culpada, que o Nós fale através dele ou se cale para sempre.

Ele se cala.

Goliath cai na risada.

— Cortou a onda vocês, hein!

O baú range com ele quando ele se levanta, ao meu lado. Parceiros. Ele me olha, eu olho para ele, e ocorre uma conexão que me consome. Com ele, sim, talvez...

— Sou toda ouvidos, confidente — me diz a Balança. — O que poderia nos evitar essas complicações desnecessárias?

— Uma informação em troca do meu silêncio.

— Que informação?

Abro o zíper do meu casaco e tiro a foto que eu escondera em um bolso interior. Mostro a eles. Nas janelas arranhadas do ginásio, o terceiro murmúrio. Encontre o indivíduo. Os olhos se arregalam. Uma surpresa sincera. Os jovem juízes refletem tão intensamente que quase consigo ouvir suas meninges.

A Balança se vira para o Martelo, que sai e depois volta com um Minitel de última geração. Não temos desse modelo no Escritório de Queixas. Conexões. O Martelo digita uma série de códigos de acesso e começa uma pesquisa. Ele não fala muito, mas tem uma virtuosidade de pianista.

A tela deixa nossos rostos esverdeados. Um velho artigo de jornal. Uma imagem bicolor ilustra: alunos sentados a uma mesa, cerveja na mão. Eles exibem os dedos do meio para a lente.

— São eles.

— Eles quem?

— Os individualistas. Os de verdade. Os que nos abriram os olhos.

Há admiração na voz da Balança. Eu me debruço sobre a tela e examino os alunos. Seus uniformes são antigos, mas usados com distinção. Abotoados até o queixo. Gravatas impecáveis. É impossível ver direito seus rostos e suas marcas, desfiguradas pela digitalização. Atrás deles, hiperdiscreto, um garçom tenta imitá-los levantando um tímido dedo do meio, parecendo meio perdido. Esse garçom me lembra o pobre coitado que deixamos do outro lado e cujos *não fui eu* ainda ouvimos.

— Tomamos a frente de um movimento que existia bem antes de nós e bem além do Setor Sul — comenta a Balança. — Esses da foto são os primeiros do cruzamento das Escolas. Faz 35 anos. Alguns alunos começaram a contestar as aulas de teologia. Eles pensavam, e nós também pensamos, que cada jovem deveria poder utilizar o próprio Instinto sem jamais se sentir forçado a fazê-lo, só o suficiente para se manter em boa saúde. Não falamos de uma abstinência destruidora: falamos de controle. É um ideal tão ruim? O fato é que a repressão foi severa.

— Qual a relação com o nosso indivíduo? — apressa Goliath.

A Balança aperta o ombro do Martelo, que dá zoom no artigo. Explosão pixelada.

— O grupo na foto era um braço extremista do movimento. Eles não acreditavam na santificação humana. Também não acreditavam na emancipação instintiva. Foram todos imolados pelo fogo.

Adivinho na tela, para além dos pixels, a sombra de um ricto, a provocação dos dedos, a ironia das gravatas. Examino minuciosamente esses corpos cúbicos, instalados à mesa de café como *bons vivants*, virando fumaça semanas depois. Procuro desespero, encontro arrogância.

Leio:

— *Dez alunos se suicidam.*

Um título factual. Nada de tremolo para os rebeldes.

— Até agora — continua a Balança — não pensávamos que pudesse existir uma correlação entre nosso laboratório e os desaparecidos. Se um predador tivesse se misturado deliberadamente às nossas reuniões para conseguir vítimas, meu Instinto teria detectado. Mas se o murmúrio que você nos mostrou for autêntico, confidente, então um dos nossos adeptos pode muito bem estar envolvido.

Ela troca outro olhar com o Martelo.

— Possivelmente — segue a Balança com prudência — há uma vaga semelhança entre o antigo caso dos imolados e o que vocês estão investigando. Os alunos da foto: eles tinham todos desaparecido dos anfiteatros ao longo do ano. Seus corpos carbonizados foram encontrados na manhã das provas em uma quadra esportiva. A polícia da época concluiu que foi um suicídio coletivo.

Eu trituro a unha do meu polegar, quebrada no combate. Dez mortos na época. Oito sumidos hoje, se não tivermos deixado passar um ou dois. Está ficando complicado. Eu esperava uma conclusão para nossa investigação, não uma enésima pista.

— Os sumidos seriam individualistas que pretenderiam fazer a mesma coisa trinta anos depois?

— Improvável — me diz a Balança. — Se esses alunos fossem nossos, saberíamos. Temos uma rede bem eficaz para detectar "perfis interessantes".

— Então é outra pessoa. Alguém que quer usar os sumidos, de bom grado ou à força, para reproduzir o passado. Quem? Por quê?

Os juízes dão de ombros, sincronizados.

— Não sabemos. Vocês queriam uma informação e conseguiram. Se quiserem revirar o teatro, fiquem à vontade, mas é uma perda de tempo. Como toda essa sua investigação. Estão se cansando por nada, peixes maiores já estão envolvidos. Vocês deveriam deixar os profissionais trabalharem.

Barulho mecânico, cheiro de óleo e de suor; Goliath se debruça sobre meu ombro para olhar a tela, e isso me desperta uma evidência entre as costelas. Com ele, sim.

— Está falando de um beco sem saída. Vem, Claire, vamos embora.

Ele empurra a arara, que desmorona em um caos de pérolas e rendas. No fundo do camarim, meu agressor sobressalta-se com a cadeira. Tão jovem! Ele nos recita o rosário de *não fui eu* e vejo que ele não me reconhece. Ele me esmurrou a cabeça, quase rompeu as veias, e não lhe desperto nada.

Goliath lança para ele um olhar enojado, que ele direciona em seguida aos juízes.

— Vocês me dão náusea. O que estão fazendo aqui, cada um, contra o próprio Instinto... Estão sujando a única coisa que importa.

Partimos. Quer dizer, meu corpo parte. Meu corpo segue Goliath através de uma horizontalidade de corredores, depois de avenidas, depois de ruas.

Que dor.

Dentro, tudo se verticalizou. Caio a cada passo. Cada vez mais fundo. Sempre mais longe. Uma queda de escada muito antiga que se repete ao infinito.

Dor.

Anoiteceu aqui fora, já é quase de manhã, e estou lá embaixo, em algum lugar entre meus calcanhares e a calçada, piso em mim mesma, só ouço o frio, o duro e o pesado.

Dor.

— O que fazemos, Claire?

Goliath me acompanhou até a porta dos fundos da minha Escola. A grama e o cimento se fundem à luz das lâmpadas noturnas. Goliath olha para mim, eu olho para ele, mas não há mais nenhuma conexão, mais nada, só uma parede entre nós que ele nem percebe. O que é que eu estava pensando? Que esse tempo todo, enquanto corria sozinha, ele vinha na minha direção sem saber? Que um aperto de mão bastaria para conjugar meu Eu com o seu Você? Que de nossa dupla que desafia a natureza floresceria enfim a minha música? Com ele, não. Com ninguém. Sempre tem que haver palavras demais, palavras que devastam em um segundo o que tenta se construir em mim. As da minha mãe quando eu tinha 4 anos — *O que é que você é?* — e as de Avril quando eu tinha 8 — *Só confio nos confidentes* — e as de Dalila quando eu tinha 11 — *Sua marca é o que você tem de mais bonito* — e talvez mais devastadoras ainda, quando eu tinha 15, aquelas que Janvier nunca pronunciou no dia em que lhe confessei tudo.

Goliath me salvou hoje, mas a *única coisa que realmente conta nele* me matou um pouco também.

— Nada.

— O quê?

— Não fazemos nada. Estudamos. Passamos nas provas.

O céu está todo cinza ao nosso redor, mas meu interior está ainda mais cinzento. Goliath não passa de um sopro de vapor.

— E os sumidos?

— Serão encontrados. Por profissionais.

Digito o código de acesso. Giro a maçaneta. Cruzo a soleira.

— Você está desistindo?

Goliath, embasbacado.

— Claire, você ouviu o que eles disseram! Um maníaco está reproduzindo o passado. Dez individualistas morreram na manhã dos exames. É exatamente isso que acontecerá com os nossos sumidos, se a gente não fizer nada! Eles talvez só tenham mais um dia de vida!

Espero que termine, depois:

— Você só tem mais um dia também antes de sua derrogação expirar. Irei com você ao Cômputo. Poderá declarar sua décima primeira vida a tempo.

Sorrio para Goliath, com meu sorriso mais falso. E, sim, que pena, mamãe, vou cruzar esse limite também, vou chamar a atenção da Burocracia Instintiva para mim. Estou cansada de fingir, cansada de tudo.

Quando fecho a porta ao entrar, a prótese de Goliath a bloqueia.

— Que bosta, Claire! Você acha mesmo que sou um… Que bosta! Assim, não!

Espero em silêncio e, em silêncio, Goliath recua. Ele me olha, os braços balançando, mais desconcertado impossível, sob a luz automática das lâmpadas.

— No Cômputo — digo. — 15h30.

Fecho a porta. Pego o elevador. Entro no quarto. Tranco. Tiro a roupa. Toco harmônica até esgotar o fôlego, as lágrimas, a mim mesma.

MODESTE

PORQUE É AGORA

— Como é ter um Instinto único no mundo?

Tiro meu olhar do para-brisa. Ao meu lado, a Virtuosa bate no volante com uma das mãos e na caixa de câmbio com a outra. A metade de seus dedos é artificial, como é frequente nos protetores.

— A mesma coisa que sentem todos aqueles que têm um Instinto órfão. Por que a pergunta?

— Cinco horas de vigília. Estou entediada. O senhor está aqui. Passamos o tempo como dá. E vamos dar nome aos bois, com todo o respeito que lhe devo, o senhor tem um rostinho lindo, mas não entendeu o sentido da conversa.

— Está interessada em mim?

A Virtuosa levanta as sobrancelhas com a minha pergunta. Ela me dá a impressão de não levá-la muito a sério.

— Que o Nós me livre e guarde. Tenho idade para ser sua mãe e sou sua colega de equipe. O senhor ainda não atingiu a maioridade, não é? Digamos que me intriga.

De volta ao para-brisa. O vidro está turvo, marcado por riscos de areia e cocô de pássaro. Os limpa-vidros espalharam a sujeira em grandes arcos circulares. Não vejo muita coisa lá fora, mas tanto faz, confio pouco nos meus sentidos. 4h28 da manhã. Minhas pernas batem no porta-luvas, o mecanismo para reclinar o assento do passageiro está quebrado. No coldre, minha naninha me comprime o peito agradavelmente.

Tudo está perfeito.

A Virtuosa estacionou o carro descaracterizado no cruzamento das Escolas, entre dois postes de luz, em frente aos andaimes de um canteiro de obras.

— O que seu Instinto diz? — pergunta ela.

— E o seu?

Ela ri, uma risada meio estranha.

— O princípio de uma pergunta é obter uma resposta, não outra pergunta.

— Meu Instinto espera.

— Recebi um briefing sobre o senhor. É realmente uma *avis rara*. Quer dizer, no geral, um Instinto não espera tanto. Se houver um perigo ao alcance do meu, 14m, ele desperta e pronto. É como se o seu estimasse que há um... um instante propício?

— O Instinto sabe onde, quando, como.

— Conheço o sétimo princípio, obrigada.

Sarcasmo? Brincadeira? Irritação? Não sei identificar o humor dos outros, muito menos todas as nuances que ele pode tomar.

No banco de trás, um bocejo reprimido. Dou uma olhada no retrovisor. Nosso passageiro luta contra o sono, mas seu olhar sustenta o meu no espelho toda vez. Ele tem uma covinha impressa no canto da boca, mesmo quando seus lábios não sorriem. Os Altíssimos pediram que um manso nos acompanhasse como testemunha das operações. Procedimento padrão, garantiram. Esse se voluntariou. Visual de punk. Quanto mais o observo, mais encontro nele a aparência de um *déjà-vu*.

— Não costumo usar este método — digo.

Eu nunca fiquei de vigília. Nunca tive testemunha. Nunca tive uma colega de equipe. No Setor Oeste, eu tinha carta branca para cumprir a vontade do Nós.

A Virtuosa dá um enésimo gole na garrafa térmica. O cheiro do chá de limão invade o carro.

— O senhor sabe limpar bem, Arcanjo, mas o detrito que nos interessa passou batido. Dois Instintos valem mais do que um, não?

Ao nosso redor, uma calma absoluta. Nenhuma scooter, nenhum andarilho. O que se vê, quase nada, aqui e acolá, nas fachadas vermelhas das escolas, são as janelas acesas daqueles que estudam até tarde. Tudo está tranquilo aparentemente. De qualquer forma, ficou um pouco mais assim desde que cheguei. Fiz uma boa limpeza, sim. Um curador aposentado que esterilizava moças na praça; contra a vontade delas. Uma velha afetuosa que atraía jovens estudantes até um beco sem saída, sem o consentimento deles. E mais alguns.

Minhas rugas desapareceram, deixei de envelhecer antes da idade, mas ainda não fiz o que vim para fazer.

Não sou bobo. Essa Virtuosa não está me apoiando; está me vigiando. As anomalias são quase sempre desvinculadas do convívio social, perdidos na espiral do próprio desvio, sem laços, sem lar, gente cuja ausência ninguém nota depois da minha passagem. Mas pode acontecer que seja um cidadão comum. Se o Instinto me impelisse a eliminar um professor em plena luz do dia ou um aluno no meio da rua, eu o faria. Sem hesitar.

Envergonho as autoridades locais.

— Não — acabo respondendo. — Dois Instintos não valem mais do que um. Quando chegar a hora, você não conseguirá evitar proteger seu detrito de mim.

— Ah, o bom e velho conflito instintivo... Com um pouco de sorte, vou conseguir me conter pelo tempo necessário. Cabe ao senhor ser mais rápido, Arcanjo.

Mais uma vez, vejo bem que a Virtuosa não está levando tudo isto a sério. Ela não tem aquela solenidade que habita aquelas e aqueles que abraçam a via da santificação. Usa o broche de Virtuosa em evidência, como exige a lei, sobre a roupa. Ela também me intriga. Eu a amo.

— Passei um pente fino no cruzamento das Escolas — acrescenta. — Nada. Meu Instinto fica em silêncio. Só há duas possibilidades: ou nossas crianças, onde quer que estejam, não correm perigo iminente, ou já estão mortas.

— Ou estão em outro lugar.

Sugestão do nosso passageiro no banco de trás.

— Talvez estejam fora do meu alcance — concede a Virtuosa. — Mas nosso sujeito opera aqui no bairro. Se ele for raptar outro aluno, é aqui que vai acontecer. Questão de território.

Eu a escuto com um ouvido só, toda a minha atenção está focada no retrovisor. Olho o manso, sua covinha de lado. *Déjà-vu.* Imagino-o sem os piercings, sua crista arco-íris e a gola de seu casaco xadrez levantado, encostando nas bochechas. Eu o reconheço enfim. É Janvier. O primo de Avril. Isso remonta a algo longínquo, nosso prédio do Setor Norte-Nordeste. Fico pensando se ele também me reconhece, mas duvido que se lembre de mim. Também mudei muito. Cresci, sobretudo. E para ele, para Avril e tantos outros, eu desapareci de suas existências há tempo demais para que possam se lembrar da minha. Não me surpreende nem um pouco vê-lo aqui, no Setor Sul, neste carro. Não mais, de toda forma, do que me surpreendi ao ver Claire pelo vidro do táxi, seis dias atrás. O Nós gosta de fazer, desfazer e refazer os laços entre os seres.

A única coisa verdadeiramente surpreendente, na verdade, é que Claire ainda esteja viva. Em uma semana, o Instinto poderia — deveria? — ter me impelido cem vezes na sua direção. Será que deixei passar *o instante propício*, naquele dia, na escada?

A Virtuosa esvazia a garrafa térmica.

— Vou esvaziar a bexiga, juízo.

Ela sai do carro e se fecha no banheiro do canteiro de obras, um pouco mais longe. Fico com Janvier. No retrovisor, ele não é mais o mesmo. O rosto dele está colado ao vidro traseiro. Lábios abertos, olhos dilatados. A covinha sumiu. Não sinto muitas emoções, mas sei reconhecer uma. Janvier notou alguma coisa lá fora, alguma coisa que ele não disse, alguma coisa que não quer que eu note. O que será? Na calçada, do outro lado da rua, andando rente às paredes: duas sombras entre as sombras. Procuram evitar os postes de luz, mas, mesmo assim, acaba refletindo um pouco. Claire. Um grandalhão a acompanha, mas só vejo Claire. E então eu ouço; o chamado no meu ventre.

Agora. Aqui. Ela.

Janvier coloca uma mão no meu ombro. Como se ele, com esse gesto, pudesse deter meu Instinto em movimento. Ele entendeu. Talvez não me conheça mais, mas Claire faz parte do seu mundo. Não por muito mais tempo.

— Fique no carro e não diga nada até eu voltar.

Janvier se imobiliza com todos os seus piercings. Eu sei, isso é abuso de Instinto, mas assim sei que ele não poderá me seguir. Apenas um Altíssimo tem o direito de usar o imperativo com um manso. Vou precisar confessar esse crime, mas não me arrependo. Porque é agora. Porque é aqui. Porque é Claire.

Não há lugar para uma testemunha.

Deixo Janvier plantado no carro e a Virtuosa no seu banheiro. Atravesso o cruzamento. Meu coração bate contra minha naninha. Eu me misturo ao rastro de Claire e do grandalhão. Sigo os dois de longe, entre as árvores da Escola da Confidência. Memorizei o mapa do bairro. Eles se dirigem para a entrada dos fundos. Continuo escondido. Suas vozes me alcançam, sobretudo a do grandalhão.

Desentendimento. Claire entre na Escola. O grandalhão continua ali, repete "que bosta de merda que bosta de", depois vai embora. O caminho está livre. Não sei o código, não preciso; o Instinto guia minha mão sobre as teclas. Ele me leva através dos corredores e dos andares da residência, desertos a esta hora — cada confidente no seu quarto —, e me impele até uma porta no instante em que Claire a fecha. Barulho de tranca.

Agora. Aqui. Ela.

A porta de Claire é antirruído, sólida, espessa. Somente um fiozinho de luz entre as dobradiças, que pisca quando sua silhueta passa pela lâmpada. Esse silêncio... Vibro na sua densidade. Vou enfim terminar o que comecei. O instante propício. Tudo está perfeito. Abro minha parca, tiro minha naninha. A empolgação sem tremor. Assim, Claire, você se passou por uma delas o tempo inteiro. Achou que estava em um ponto cego. Se você soubesse o quanto amo nós todos, o quanto amo o papai, mesmo que ele esteja se afastando aos poucos, o quanto amo a mamãe, mesmo que ela tenha traído tudo por você, o quanto amo até aqueles que se desviam, mas você, Claire, você não, não a amo. Não posso amar o que não pode existir. Vou bater, você vai abrir, e vamos acabar com isso.

Um som ínfimo atrás da porta.

Harmônica.

Minha mão esquerda cobre a direita. Ela aperta. Forte. As unhas penetram a pele, os dedos torcem o punho. O osso estala. A naninha cai. Meu braço puxa meu ombro, meu cotovelo, meus ossos e tendões. Ele quer pegar a arma entre meus tênis. Minha mão esquerda o contém. Um fluxo químico que dilata todas as minhas artérias. O que está acontecendo comigo? Contemplo o espetáculo contraditório do meu corpo.

Uma metade está impedindo a outra de matar.

Não faz sentido algum.

No final do corredor, uma porta se abre. Um confidente de pijama, fone nas orelhas, boceja e cambaleia rumo ao banheiro. Ele ainda não me vê. Não pode me ver. Não aqui, não com Claire, testemunhas, de jeito nenhum. Minha mão esquerda libera a direita. Pego minha naninha. O instante propício passou; de novo. Vou embora. Estou aqui fora. Naninha no coldre. Ninguém viu nada. Volto para o carro.

A Virtuosa bate os dedos no volante. Sem repreensão, sem raiva.

— Foi fazer turismo, Arcanjo?

Não respondo. No banco de trás, Janvier me interroga em silêncio. O que eu fiz com a Claire? O que eu queria com ela? Não sei o que ele vê nos meus olhos, mas a tensão ao redor dos seus relaxa. E, na bochecha, a covinha está de volta.

Goliath

Não vou renunciar

Eles cantam, eles bebem, eles comem. É uma tradição da Escola do Protetorado: no último dia, os alunos do último ano saem para beber pela última vez. O refeitório é aberto só para eles, na hora que quiserem, e não se presta muita atenção no que consomem.

Este ano, a festa de despedida ficou para as 14h30. Eu sei porque ouvi do meu quarto, no dormitório, o pessoal falando lá em cima. Desde que levei Claire de volta para sua Escola, fiquei olhando para o teto e, a cada batida do relógio, fazia a contagem regressiva. Não para o fim da minha derrogação, mas para as últimas horas de Vincent, Marthe, Paul, Lucie, Samuel, Anne, Joachim e Thérèse. Devo ter caído no sono de cansaço, dormi contra a minha vontade. A baderna do refeitório me acordou. Desci. Vi meus colegas. De início, fiquei pensando o que estavam fazendo ali, as bundas nas mesas, balançando as latinhas e zoando. E eles me notaram. E se calaram. E houve uma pausa, meio arrependimento, meio provocação. E voltaram às piadas e aos beijinhos. E fiquei na entrada do refeitório, feito um imbecil.

Ainda estou aqui, aliás. Sem forças para me juntar a eles, sem coragem para sair.

Não sei o que estou sentindo, na verdade. Não é um amargor, não, é uma espécie de estupor. Por que eles sem mim? Por que eu sem nós? Tenho um espírito competitivo, OK, mas isso todo mundo aqui tem; a rivalidade nas veias faz parte do nosso aprendizado. Então o que é? O que é que cavou esse buraco?

Risos. Arrotos. Na mesa, estão contando as façanhas do ano, agitando os cotos e as sobrancelhas queimadas. É que eles salvaram vidas, todos juntos. Não ao ponto de se tornarem Virtuosos, mas mesmo assim. Os representantes dão tapinhas nos ombros para parabenizar.

Percebo de repente que o buraco sempre esteve presente. Antes de me tirarem da brigada de incêndios e de me rebaixarem para o departamento de trânsito, ele já estava. No caminhão dos bombeiros, ele já estava. Na fumaça dos incêndios, ele já estava. Eu não escutava as instruções, eu me separava do grupo, eu queria salvar vidas no meu canto para não precisar compartilhar meus pontos. De tanto sair na frente, não me dei conta de que não tinha ninguém atrás de mim. Não é que eu tenha deixado meus colegas para trás na corrida por cargos, não, não: eles nunca tentaram me acompanhar.

OK.

Meia-volta.

14h45. Está decidido, não vou ao Cômputo.

Eu me arrasto de agasalho pelo corredor. Surpreendo um jovenzinho se exercitando contra um saco de pancadas, longe demais do seu Setor de origem para voltar para a casa dos pais durante as provas dos mais velhos. Já eu sou incapaz de abrir um manual de teologia para estudar. Parei de contar as horas: agora estou contando os minutos. Os sumidos talvez estejam aqui em algum lugar, pertinho, prestes a virar fumaça.

— Os protetores dão Santos ruins. Sabe por quê, Goliath?

Eu me afasto do Mural da Vergonha, onde fiquei parado algum tempo. É raro a porta da diretora estar aberta. Recostada na cadeira, cercada de objetos que ela maltratou o ano inteiro, telefone, calculadora e máquina de escrever, sua única perna apoiada em cima da mesa, ela me olha com desdém. Está escutando música no rádio: Coco-Rudy, a estrela máxima do Setor Centro, uma voz que faz a minha parecer um cortador de grama.

— Porque a cada vida salva — responde a diretora —, deixamos um pedacinho de nós mesmos. O que nos torna cada vez menos rápidos, cada vez menos fortes, cada vez menos eficazes. É esse nosso verdadeiro destino.

A diretora me cega. Sua cabeça brilha sob a claridade da sua janela; eu bem que estou precisando cortar o cabelo. Ela aumenta o volume do rádio, Coco-Rudy toma o espaço inteiro, o meu espaço, as milhares de vidas salvas sem precisar sacrificar nada.

— Vamos, tenha dó — conclui com um suspiro. — e nos poupe dos arrependimentos!

Eu o vejo de novo. O buraco. Ele estava presente esse tempo todo, entre a diretora e eu, porque vi nela exatamente o que queria ver. Uma velha chata que descontava sua frustração em mim. Vamos frear o entusiasmo desse ambiciosinho, assoar seu nariz de pirralho sujo, salvá-lo de si mesmo. Isso me convinha, no fundo. Se é culpa dela eu deixar meu futuro heroico escapar, então não é culpa minha, não é?

Enfim entendo o seu jogo. Não é do meu sucesso que a diretora queria me proteger. É da minha derrota.

OK.

Meia-volta.

15 horas. Está decidido, vou ao Cômputo.

— Independentemente do que estiver pensando — lança a diretora —, quero ver sua bunda sentada na cadeira da prova amanhã de manhã. Fim da derrogação ou não, você tem um diploma para conseguir.

Eu corro. Não tenho tempo de esperar o ônibus. Se quiser chegar na hora do compromisso com Claire, vou ter que me apressar. Atravesso o cruzamento onde terminei meu estágio. Paro bruscamente em frente ao Santo-Mundo. Cortinas metálicas abaixadas, neons apagados há dias, uma placa na vitrine: *"Fechado por motivo de abuso "*. Flo não vai dar as caras aqui nunca mais. Não a vejo desde o dia das baratas, talvez esteja brincando de corda-bamba em uma ponte. Treze anos. Eu era o mais próximo que ela tinha de um amigo. Em matéria de buraco, fui eu quem cavou um bem fundo o entre mim e ela.

OK.

Peço papel a um passante, uma caneta a um outro e deslizo um recado mal escrito por baixo da porta do café, esperando que o gerente ainda dê uma passada por lá de vez em quando.

"Se viu Florence, avise PF."

15h10. Preciso mesmo dar uma acelerada. Claire está me esperando em vinte minutos; se eu me atrasar, pode ser que ela mude de ideia. A menos que eu mude primeiro. Corro por ruas e avenidas, seguindo o fluxo dos carros. Tento não ficar pensando demais e, como acabo pensando mesmo assim, eu me convenço de que não roubei esse broche, mesmo não tendo conseguido encontrar os sumidos, que salvei mesmo a pele da Claire, que estou indo a pedido dela, no fim das contas, que ela assumirá as consequências quando for preciso explicar para eles o que a gente estava fazendo em uma reunião clandestina, no meio da noite, mas que comigo, o Virtuoso, não vão causar muita encrenca, e pronto.

15h30.

Vejo o escritório do Cômputo, na esquina de duas avenidas. Ele brilha como a cabeça da diretora. Uma fachada de cenário, toda rosa e branca, com colunas puramente decorativas e, ao fundo, um céu mais azul que azul, sem uma nuvem sequer. Só se vê ele entre o concreto avermelhado dos imóveis vizinhos.

Claire está lá, música nos ouvidos, óculos de sol no nariz, em frente à porta automática.

Ela espera. Ela me espera, e isso me causa uma dor na barriga; essa bosta de estupor de sempre. Ela não me nota. Braços cruzados, ela se agarra às mangas do seu suéter, como se estivesse com frio. Não é a Claire de sempre. Ontem à noite também não era a Claire de sempre.

Avanço. Uma motociclista desacelera, hesita, dá ré e para na frente de Claire. Seu conjunto está cheio de distintivos, sua moto, cheia de adesivos. Avanço. Claire levanta os óculos, o motociclista, a viseira; ele está cheio de piercings, uma covinha de lado e a marca dos mansos. Eles não falam nada um com o outro, mas se comunicam, mesmo sem querer. Há algo antigo entre esses dois, algo tímido, familiar; íntimo. Avanço. Noto os olhos fundos de Claire, ela dormiu tão mal quanto eu. Aqui também vem o buraco, de novo o buraco, sempre o buraco, um buraco que não estava presente quando entramos naquele maldito teatro e que apareceu quando saímos. Avanço. Passo por eles, Claire e seu motociclista, sem chamar a atenção. Avanço tanto que não consigo mais parar. Deixo o Cômputo para trás, disperso pombos e gaivotas no meu caminho. Avanço no fim do dia, depois no começo da noite. Avanço entre a via férrea e a beira do mar, a ponto de ter dor nos pés.

E, de tanto avançar, chego a um lugar.

À oficina dos meus pais.

Nada de Cômputo, então.

Já é noite. Claire deve ter ido embora há muito tempo com seu motociclista. Deixei minha última chance escapar. O estupor está colado na minha pele. Devo estar com uma cara estranha, pelo jeito que meus pais ficam quando surgem de dentro de um capô.

— E aí, filhão? Você não tem suas provas super importantes amanhã?

Pigarreio. Berrei tão alto na noite passada, quando Claire quase levou uma facada, que minha voz se despedaçou. Para responder o quê, de qualquer forma? Gritar, isso, sim, a gente conhece, mas conversar de verdade não é o forte da família. Começo a entender que o buraco não apareceu do nada. Eu caí nele sete anos atrás.

E ao finalmente me dar conta disso, algo dentro de mim se liberta.

— Vim para falar com meu irmão. Vou dar umas palavrinhas com ele e já vou embora.

Meus pais se entreolham. Levantam a sobrancelha, mas, de modo bem inesperado, aprovam também. Eles me jogam a chave do apartamento.

— Fique para jantar — diz meu pai.

— Fique para dormir — diz minha mãe.

Subo as escadas do nosso velho conjunto habitacional. Corri demais, minhas panturrilhas estão duras feito asfalto, as próteses pesam feito chumbo. Meu irmão está no quarto quando ligo a luz da sala. Eu o tiro da prateleira e o coloco sobre a toalha florida da cozinha, onde ele sempre se sentava antes de eu tomar seu lugar, do lado da televisão. Tomo uma garrafa d'água de um gole e o encaro, olhos nos olhos. Ele me desdenha com seu ar corajoso e esse rosto, jovem para sempre, que não recebeu sua marca.

— Eu não serei Virtuoso. E, por mais que pudesse ter sido, nunca poderia ter virado um Anjo, muito menos um Arcanjo, um Trono, um Querubin e tudo o mais. Porque esse, irmãozinho, *esse* era o *seu* destino. O Instinto super chique, todas aquelas visões geniais, essas inspirações súbitas, era coisa sua. Você tinha a envergadura de um futuro de Altíssimo, e eu só estava aqui para protegê-lo. Era esse o meu destino desde o começo, foi isso que me fez nascer depois de você. Só que, seu maldito imundo, você não me deu nenhuma chance. Morrer com 11 anos, sério? Deixar uma gripezinha levar você assim? O que isso me deixou, hein, fora o seu buraco? Pois é, quer saber? Cansei de correr atrás do vento. A dívida é sua, não minha.

Eu me calo, sem fôlego. Pronto, desabafei.

Penso nos meus pais, penso na Flo, penso na diretora, penso nos meus colegas, em todas essas oportunidades perdidas, e entendo meus erros e os aceito.

Depois penso na Claire. Claire e seus olhos fundos, Claire e suas promessas, Claire e seu motociclista, Claire que sorri para todo mundo, mas que não sorria desse jeito para mim, *porque eu sou eu, porque você é você*, Claire que se aproximou tanto e que se afastou de repente, sem avisar, Claire que renunciou aos sumidos, que renunciou à nossa parceria, que renunciou ao Nós, a nós, e ali, no meu peito, isso cresce, range, ressoa, ele não entende nada e não aceita nada. Meu estupor estoura. Só sobra um magma de raiva, de incredulidade, de rancor, uma necessidade furiosa de desculpas, das suas, das minhas, nem sei por quê, tanto faz, desde que preencha esse buraco.

Claire talvez tenha renunciado, mas eu, não, eu não renuncio. Com ou sem broche, com ou sem destino, não renuncio.

Coloco meu irmão de volta na sua prateleira, entre o cinzeiro e o pot-pourri. Arrumo a mesa, esquento a água, espalho macarrão pela cozinha inteira. Mexer com cozinha com esse ferro-velho em vez de dedos não é simples. Janto com meus pais — nos falamos pouco, mas nos observamos muito — e, assim que me espalho no sofá, recapitulo.

Oito alunos sumiram da face da Terra. Três murmúrios coletivos, encontre-nos, encontre a porta amarela, encontre o indivíduo, surgidos em lugares precisos o suficiente para formar um triângulo perfeito. Bem no meio, nosso cruzamento das Escolas. O mesmo bairro onde dez individualistas, 35 anos atrás, desapareceram e depois foram encontrados mortos, queimados, na manhã das suas provas.

Por que essa repetição do passado? Qual é a relação? O que esses indivíduos e nossos sumidos podem ter em comum?

A noite passa, e tenho a impressão de que estou quase lá, de que só me falta um clique para conseguir minha resposta.

Ainda dá tempo. Ainda é possível salvá-los.

Com Claire.

O amanhecer nem começou a dar as caras quando saio do apartamento dos meus pais. No trem, fico olhando os sapatos engraxados que meu pai amarrou e afrouxo a gravata em que minha mãe deu nó. Minhas próteses travam no terno mais bonito do vovô. Eles me deixaram bonito para as provas, mas há uma coisa que eu devo — que *nós* devemos, Claire e eu — absolutamente cumprir antes disso.

Minha parada. Corro entre a estação e o bairro das Escolas. O cruzamento está um formigueiro humano. As provas vão acontecer no bairro dos Altíssimos: uma multidão de alunos faz fila em frente aos ônibus escolares. Preciso achar Claire e, juntos, devemos encontrar os sumidos enquanto ainda é tempo.

Paro de repente quando passo em frente ao Santo-Mundo. Um post-it foi colado na porta:

"Estou aqui."

De início, achei que era Claire, mas não reconheço a letra, depois me lembro do bilhete que escrevi para o gerente ontem. Empurro a porta. Destrancada, apesar da placa de fechamento.

— Flo?

Está super escuro por causa das cortinas metálicas. Examino o balcão sem as xícaras de café, as cadeiras viradas em cima das mesas, e a sala dos fundos onde cada Minitel foi desconectado. O globo do supercontinente foi tirado do teto. Os ladrilhos brilham. O lugar nunca esteve tão limpo.

Chamo de novo:

— Flo!

O ar fede. Sempre fedeu, mas agora está fedendo de um jeito diferente. Não é a mistura de cerveja e maconha de sempre.

É gasolina.

Eu me viro, bem a tempo de ver a porta, finalmente livre dos chicletes, lançar sobre mim um lampejo de tinta amarela antes de se fechar.

ELES

Catorze anos antes

— Pode se sentar.

— Obrigada, senhor. A recuperação não está muito difícil? Ouvi falar da sua cirurgia.

— Não se preocupe com meu velho coração. Evitando emoções fortes, ele ainda deve me durar alguns anos. Vamos lá, estamos aqui por causa da senhora. Ou, mais precisamente, por causa dela. Olá, menininha! Conheço bem sua mamãe, mas é a primeira vez que eu e você nos vemos. Quantos anos você tem? Já devemos saber falar um pouquinho, não?

— Ela é toda tímida.

— E eu sou intimidante. Não é todo dia que a gente cruza um identificador. Não é, menininha? Fale, como você se chama?

— Claire.

— Ótimo, ótimo, muito prazer, Claire! E parece, senhora, que tem um segundo a caminho.

— Estou no quarto mês.

— Ora, ora. E então, Claire: conte, por que veio me ver hoje?

— Acho que o Instinto dela está um pouco atrasado.

— Então, para começar, vou lhe dar uma boa notícia, senhora. Um Instinto nunca atrasa. Ele está aí, dormente, esperando sua hora e desperta no tempo certinho. A senhora, por exemplo, não começou a afinar instrumentos musicais já no berço, não é? Isso veio mais tarde, no dia em que seu corajoso papai... ah que falta seu violino faz!... Enfim, para a senhora, foi no dia em que ele a levou junto ao conservatório.

— É verdade.

— Por quê? Porque certos Instintos, para não dizer todos os Instintos, são condicionais. É difícil dizer enquanto o gatilho não se apresenta, mas acredite em mim, e aqui é minha longa carreira de identificador que fala, ele sempre se apresenta quando necessário, desde os primeiros anos de vida. Cada Instinto advém com um objetivo extremamente preciso. E a senhora já sabe: até os 11 anos, as crianças não têm a mesma obrigação vital que nós de exercer regularmente seu Instinto. Enfim, o Nós, essas coisas, é tudo feito bem direitinho. Então, é paciência e fé mesmo!

— Certo.

— Vamos, senhora, não vou deixá-la na expectativa. Meu Instinto é identificar o dos outros. Agora, senhora, quando for definido, quando eu souber o Instinto da sua filha, não terei outra escolha a não ser contar-lhe. O veredito precisará sair, independe da minha vontade. A senhora então tem certeza? O despertar de um Instinto latente, ainda mais o do filho, é um momento único. A senhora e o seu marido não gostariam de manter a surpresa?

— O pai dela não liga. Eu, sim. Viemos as duas para o Setor Leste para ver o senhor, foi uma jornada bem longa.

— Ah, sim, nós identificadores não nos encontramos em cada esquina! Autorizado, então. Vamos, Claire, aproxime-se deste grandão aqui. É que eu tenho um alcance muito pequenininho...

— Deixe que ele a examine, querida.

— Pronto, bravo, muito bom. Aqui. Nos meus braços.

— ...

— ...

— E então?

— É... incompreensível. Nunca aconteceu... Meu Instinto sempre... Não posso apertá-la mais do que isso.

— O senhor está me assustando.

— Também estou assustado. É como se eu tivesse perdido meu... Não. É ela. É ela!

— Ela o quê?

— Ela não tem! Ela... nem deveria existir! Abominação! Nós amado, senhora, que merda! O que a senhora fez? Merda! Pegue isso de volta! Rápido! Pegu...

— Senhor? Senhor!

— ...

— Senhor.

— ...

— Claire, vem. Solta, ele... ele adormeceu. Escute. Não. Não chore. Olhe, não estou chorando, pronto, acabou. Acabou. Não é culpa sua. Ele era muito idoso e estava muito doente do coração. É isso o que vamos dizer quando perguntarem, combinado?

— ...

— Claire. O que eu vou dizer ao seu pai?

— ...

— Claire. O que você é?

CLAIRE

ESTOU OUVINDO

Há um outro Sul para além do Setor Sul. Depois do mar, o supercontinente continua. Um deserto bem pequeno e vazio que se molha no grande oceano. As chuvas às vezes nos trazem um pouco da sua areia: ele aplica uma fina maquiagem nas carrocerias, inspirando improvisações artísticas. Desenham um coração aqui, um pipi acolá, grandes declarações pornofilosóficas com erros de ortografia.

Na minha janela, nada. Só areia.

Eu não nos vejo sair do bairro das Escolas. Não noto nem as calçadas nem os passantes. Não assisto ao nascer do dia. Nosso ônibus é uma imensa cabine de intimidade.

Avril está sentada ao meu lado irritada. Ela olha bem para a frente. O quê? Não sei. Talvez o topo das cabeças de Luc e Noé, sentados à nossa frente, impecavelmente penteados, risca bem no meio, nem um redemoinho fora do lugar. Ela não gosta do contato olho no olho, tudo bem, mas nunca me esnobou tanto desde que me falou umas verdades na cara. Principalmente uma, na verdade.

Não conheço você.

Um cheiro de tensão e medo se espalha pelo ônibus. Não consigo ouvir os outros por causa do meu fone, mas várias cabeças mergulharam em sacos de vômito. Todos aqui, ou quase, somos maiores de idade. Nossas carreiras — nossos futuros — vão se medir com base nas nossas notas. Eu me preparei o ano inteiro para este momento. Não por mim, quase nem estudei: por eles. Pronta há muito tempo para distribuir paninhos para limpar óculos, copos d'água, açúcar para os hipoglicêmicos, sorrisos à vontade e post-its encorajadores, não aquelas palavras genéricas, isso não, mas mensagens personalizadas, com o nome de cada um, eles que nunca se lembram do meu.

Continuo sentada no fundo do ônibus. Não distribuo nada. Não sorrio.

Eu me concentro na voz de Coco-Rudy que vibra nos meus ouvidos, interpretação intensificada por seu Instinto. Eu queria ser um instrumento. Que um arco me roçasse inteirinha, fizesse do meu corpo seu violoncelo e me transformasse enfim, *enfim*, em música.

De um desafino virei uma cacofonia.

Foram anos a me enfiar no espaço entre os meus dentes, a não passar disso, um sorriso vazio, respeitando a lei materna sacrossanta. *Não chame a atenção.* E vejam só, em um único mês, transgredi essa regra repetidas vezes. Tudo começou no dia em que me envolvi com esse caso dos sumidos, com tenacidade, sem dúvida porque eu poderia ter sido um deles, morta nas sombras sem que ninguém notasse minha ausência. Propus a um semidesconhecido uma parceria. Fui interrogada por uma Virtuosa e agredida por um maluco furioso. Chantageei os juízes mais influentes de todas as Escolas. Enfim, provavelmente cruzei — espero de verdade estar enganada, senão meus dias estão contados — com quem tornou repugnante para mim até o simples ato de ver uma escada e que, pela primeira vez, me fez entender que eu não era desejada.

E tem ainda o Janvier. Que amei tanto quanto amei Avril, mesmo que de um jeito diferente. Janvier que se fechou para mim quando eu me abri para ele. Que poderia ter me entregado às autoridades, mas não o fez. Que reapareceu ontem, depois de todos esses anos nos evitando, quando eu já nem o esperava mais.

Ele não falou comigo. Com um gesto, me convidou para subir na sua moto. Reconheci o brilho do seu olhar sob a viseira levantada do capacete, a mesma que tremia ali no dia dos meus quinze anos, essa luta interna para não revelar o terror que lhe inspiro, como se eu fosse um corpo sem órgãos. Pelo menos, desta vez, ele não fugiu. Quase aceitei. Mesmo que nada possa ser mais como antes, mesmo que sempre haja entre nós essa vergonha compartilhada, fiquei tentada de me prender a ele em uma ilusão de proximidade e de viajar o mais longe que sua moto pudesse nos levar.

Recusei. Esperei por Goliath. Bem depois da partida de Janvier, continuei esperando. Ele não veio.

Então, acho que esse tumulto dissonante que me revira o intestino é, sim, raiva. De Goliath, de Janvier, de Avril, da minha mãe e, mais ainda, de mim, porque não fui capaz, nem uma única vez, apesar de todas as minhas hipocrisias e minhas sinceridades, de corresponder ao que eles queriam ver em mim.

Pois é, pois é, pois é. Talvez seja hora de parar de fingir ser a srta. Impecável.

Rabisco um post-it que colo no braço de Avril.

"Você não me conhece.
É verdade.
Mas você já tentou?"

Ela enfim me olha. Não sei se a surpresa em seu rosto é consequência do meu post-it ou do solavanco que, de repente, nos faz levantar a bunda do assento. O motorista freou forte.

O canto de Coco-Rudy no meu fone cobre os gritos no ônibus e, enquanto minha testa bate no encosto da frente, tenho uma sensação paradoxal de recuar. Está começando de novo. Eu fujo por trás e tudo fica longe, a testa, as mãos, a pele, os ossos, tudo, menos um *eu* que não chega a ser eu de verdade e que me olha com desprezo. Tenho crises de afastamento desde minha queda das escadas; esta é vertiginosa. Não paro de recuar — para dentro da matéria, para dentro da raiva, para dentro desse vazio que me assombra desde que nasci —, até que acontece algo inédito.

Eu saio do outro lado.

O ônibus está no limite do infinito. Sou uma percepção absoluta, sem olhos e sem ouvidos, um campo desprovido de ponto cego.

Eu ouço Coco-Rudy.

Não sua voz no meu walkman: ouço seu Instinto. E não apenas o Instinto de Coco-Rudy. Ouço o de todo mundo. De uma só vez. Ouço cada Instinto. Por toda parte.

Eu ouço o Nós.

Ouço sua trama pluridimensional que flutua e pulsa.

Ouço cada um dos milhões de fios que ali se tecem.

Ouço seus jogos e sofrimentos.

Ouço a compulsão com a qual se ligam para preencher, sem nunca conseguir, o vazio entre eles.

Ouço que sou esse vazio.

Ouço que estou ouvindo.

Ouço Avril.

— Machucou a cabeça?

Dor na testa. Retorno à densidade da corporalidade, à exiguidade dos meus sentidos. Meu fone está metade solto: estou com a música de Coco-Rudy em um ouvido, os gemidos dos meus colegas no outro. No ônibus, todos se agitam. Nosso diretor faz muitos gestos pedindo para nos acalmarmos. Fiquem sentados. Foi só um acidentezinho de nada, nenhum dano foi causado, não entrem em pânico, jovens, voltem ao walkman, respirem fundo, retomaremos a viagem em instantes e chegaremos na hora certa para a primeira prova.

Toda a turma obedece e se cala, exceto Avril:

— Você parece estar zonza — sussurra ela.

Seu fone crepita por causa do metal, mas ela também está com uma orelha descoberta. Ela se contorce para pegar o caos de canetas e pilhas que saiu da minha mochila. Seus gestos são irritados e desajeitados. Eu não conseguiria me explicar exatamente por que, mas a finura de seus pulsos, de onde salta um emaranhado de veias, me abala. Vejo Avril como nunca a vi. Ela está tão sozinha. Apesar do seu Instinto, apesar do Nós, ela sempre esteve tão sozinha.

Desligo meu walkman.

— O ponto comum — digo.

— O quê?

— Entre os sumidos e os individualistas. O ponto comum. Sei qual é.

— Que indivi... sério que você *ainda* está nessa?

Os lábios de Avril se contraem, ouço seu itálico exasperado, mas no instante em que seus olhos encontram os meus, ela parece se desmanchar. Não faço a menor ideia do que está acontecendo comigo, do que me aconteceu, mas, pela primeira vez na vida, eu me sinto límpida.

— Avril. Encontre um telefone assim que puder, chame a polícia, chame os bombeiros também, fale para irem ao Santo-Mundo com urgência. E, feito isso, Avril, concentre-se como nunca e arrase nas provas. A gente se vê depois. Aconteça o que acontecer.

Avril me escuta com todos os seus poros, e não somente sob o efeito do seu Instinto, apesar de eu não saber como sei disso.

Eu talvez tivesse que ter chamado o diretor da nossa Escola, mas a verdade é que confio muito mais em Avril do que em um cara que, já há tantos anos, me joga "quem você é mesmo?", na cara, assim que atravesso a soleira do seu escritório.

Preciso me apressar antes que o ônibus dê partida de novo. Sob as expressões atônitas dos meus colegas e as exclamações contrariadas do motorista, aciono a abertura de emergência da porta traseira. Três degraus para descer, três demais para mim, mas olha só quem conseguiu. Uma scooter buzina ao desviar de mim. Outros ônibus escolares estão parados atrás do nosso, esperando o trânsito liberar. Eu os contorno correndo. Devo parecer uma fujona.

Será que Goliath está ali, atrás de uma dessas janelas sujas? Eu queria tê-lo comigo; mas não tenho tempo.

O céu está cinza amarelado, o sol ainda não nasceu totalmente. Há 35 anos, exatamente nesta data, os corpos dos individualistas foram encontrados carbonizados na manhã das suas provas. Nem pensar que o passado se repita, não, não, não, Samuel, Anne, Paul, Lucie, Vincent, Thérèse, Joachim e Marthe, vocês não vão virar churrasco.

Porque enfim estou vendo o ponto comum.

O Santo-Mundo.

Refúgio para os marginais de todos os tempos, o Santo-Mundo. Pista de pouso para quem perdeu o controle na vida, o Santo-Mundo. Um abrigo que se tornou armadilha. "Fecham-se as cortinas depois de três séculos de prestígio." Foi o que me disse o gerente, olhos nos olhos. E eu não o reconheci por nada ontem, no Minitel do Martelo, naquele artigo de jornal tão antigo, bem no meio da foto dos primeiros individualistas. O garçom. O garçom e seu tímido dedo médio. O garçom que serviu as cervejas às futuras tochas humanas. Era um deles. Ele sobreviveu. *Encontre o indivíduo.*

Depois do ponto em comum, uma pontada nas costas. Faço uma pausa. Meu terno me comprime a barriga e as coxas. Meus sapatos não foram feitos para uma maratona.

Uma motorista para. Ela tem a marca dos prestativos (subcategoria bem-estar); ela está prestes a dar à luz, a caminho do hospital.

— Mas posso desviar um pouquinho do caminho — garante.

— Obrigada.

— Laure.

— Claire.

— Fechado.

Por educação, tirei meu fone. Laure tagarela copiosamente, berra a cada contração, ultrapassa o limite de dez palavras, não usa seta e avança todos os sinais vermelhos me contando piadas picantes que a fazem cair na risada antes de terminar. Ela sozinha é um show à parte.

— Seis vezes mamãe, logo serão sete, e solteira convicta. Mas é aquilo, né, sempre confiar no Instinto!

Eu o ouço também. O Instinto dos afetuosos, e não foi sua marca que me disse. Essa ligação que a impele urgentemente a cair nos braços de almas sofredoras e de coração partido. Ouço até — e isso me inquieta cada vez mais, porque é uma surpresa que ela só descobrirá daqui a alguns anos — a futura inspirada que esperneia na sua barriga e que procura sair dela com toda a impaciência.

E renunciara decifrar a partição do mundo e agora ela se revela a mim em uma explosão sinfônica. Tenho um Instinto? Tenho um Instinto! Um Instinto que não se parece em nada com o conhecimento teórico que tenho a respeito. Não sou um desafino. Também não sou uma nota. Sou um silêncio que ouve tudo. Eu nunca estive tão feliz e horrorizada.

— E você? — me pergunta Laure fazendo uma curva brusca que me tira o coração do peito. — Tem cara de uma aluna que não está indo na direção certa. Não são hoje as grandes provas de fim de ano? Elas não são mais no bairro dos Altíssimos?

— Sim, sim.

Então eu sou uma identificadora? Não, não, é bem mais do que isso. Não sou limitada por nenhuma condição, nenhum alcance. Quando me concentro, consigo ouvir o Instinto de cada motorista nas duas direções da rua, de cada pedestre na calçada. E, se me concentro ainda mais, consigo ouvir até através do concreto vermelho dos imóveis: prestativos, reparadores, cuidadores, calculadores, fabricantes, tantos, por toda a parte, ao mesmo tempo!

Laure berra, outra contração, depois brinca.

— Mas e aí, Claire, ficou com medo?

— É complicado.

Desembucho tudo. Os sumidos que ninguém se incomodou de procurar. Minha parceria com Goliath. Os murmúrios do Nós. O Santo-Mundo onde vou tentar salvar o que ainda der. Conto a essa desconhecida o que eu não disse a nenhum adulto. Confidencio como nenhum confidente se confidencia. De qualquer forma, o que me importa o que um confidente faria ou deixaria de fazer, hein? Tenho um Instinto! Um Instinto não identificado, certo, mas um Instinto mesmo assim.

Laure me ouve. Acabaram as piadas picantes.

— Acompanho você até o Santo-Mundo. Diga onde fica.

Abro a porta. Laure freia bem a tempo de evitar que eu corresse com o carro ainda em movimento.

— Claire!

— A sua bolsa estourou. Vá pro hospital. Agora. Pela sua menina.

Berro-contração.

— Como sabe que é menina?

— Eu termino o caminho a pé. Os Virtuosos já foram alertados, eles estão a caminho, não se preocupe comigo.

— Espere eles chegarem, hein? Não invente de ir sozinha, hein? Promete?

Não prometo nada. Cansei de mentir.

— Obrigada.

Retomo o ritmo de corrida. Laura grita pelo vidro, entre duas contrações, enquanto arranca em alta velocidade:

— Vou pôr o nome de Claire!

O bairro das escolas não está mais tão longe. Não tenho fôlego algum, mas corro até quase cuspir os pulmões. *Vou pôr o nome de Claire*. Não era hora de me soltar uma dessas. Não agora que tenho um Instinto (um Instinto, sim!), agora que me torno enfim Nós. Agora é o meu coração que acabarei dando à luz.

Chego ao cruzamento, enfim. A midiateca está fechada, as calçadas, desertas. Evidentemente, para variar, nem uma única patrulha à vista; espero mesmo que Avril tenha conseguido avisar os Virtuosos.

Claro que conseguiu. É a Avril.

Bem.

Estou diante do Santo-Mundo. *"Fechado por motivo de abuso"*. Não entro; não de imediato. Sinto não apenas o Instinto do gerente, mas também seu alcance, que se ajusta perfeitamente ao estabelecimento. No segundo em que eu entrar em seu território, em seu campo instintivo, por mais discreta que eu seja, ele saberá.

Observo não a fachada do café, mas o espaço como um todo. É como um estereograma: é preciso desfocar a própria visão para que um relevo surja dos padrões impressos, a diferença é que não uso meus olhos. Apelo a um sentido totalmente desconhecido — um Instinto! *Meu* Instinto! —, e ele chega, e fica tudo em silêncio, e ele escuta. Uma ampliação do ser. Percebo o Nós, menos completamente do que durante minha crise, mas o suficiente para apreendê-lo de perto. Afino o foco. Há onze Instintos por trás dessas paredes, e um deles emite uma frequência defeituosa. Um Instinto doente. E porque o vejo, esse Instinto, posso fazer de tudo para não ser vista por ele. Infiltrar-me entre os fios da trama. Encarnar o silêncio entre as notas.

Empurro a porta do Santo-Mundo. Não está fechada à chave; o gerente é visceralmente incapaz disso.

A sala está deserta. O Instinto doente emana do teto como uma infiltração de mofo. Também há cheiro de gasolina.

Estou de pé diante da escada, essa escada atroz que sempre me petrificou.

Que ainda me petrifica.

Estão todos lá em cima.

Preciso subir.

Não consigo.

Eles vão acabar queimados.

Não consigo.

Cada segundo conta.

Não consigo.

Não consigo.

Já não devoro o medo.

Eu me abandono a ele e deixo que me devore por inteiro.

O INDIVÍDUO

A ACEITAÇÃO DO ANIQUILAMENTO

Aqui mesmo, amigos. Foi aqui que nasci, entre as coxas da velhota e as paredes do Santo-Mundo, sim, talvez seja por isso que meu Instinto se grudou a esta espelunca. "O universo quer você aqui, meu filho", me dizia velhota. Como se o universo desse a mínima, fale sério.

O pior, amigos, é que acreditei na velhota.

Carregamos o Santo-Mundo há treze gerações. Antigos como suas Escolas. Não temos todos os mesmos Instintos na família, mas todos se colocaram ao serviço do Santo-Mundo. A velhota, por exemplo, cuidava dos drinques sem álcool. Quando vocês vinham ao café arrastando os pés, aí ela servia com uma precisão astrológica o elixir necessário para se recuperarem. Inventava quase um por dia para vocês, uma alquimia diabolicamente eficaz de xaropes, plantas e pimentas. Isso ela sabia fazer. Todos os alunos da região vinham extrair inspiração do fundo do copo que ela mesma servia dando um estalo no balcão, e ninguém, jamais, saía sem pagar.

E eu, amigos, eu, era o filhinho da mamãe. Finalmente aprendeu a andar, meu filho? Parabéns, bravo, agora pode trabalhar. Eu estava em todas as aberturas, todos os fechamentos, sempre no meu posto, inclusive aos domingos. E acolher o cliente, com um sorriso, e mostrar a ele uma mesa, e anotar o pedido, e servir, e ouvir as reclamações sobre os professores, as notas, o dever de casa e às vezes até, depois do "coquetel da velhota", em voz muito baixa, sobre o seu Instinto. Para mim, amigos, nenhuma gorjeta. Não sou a velhota, nunca soube como fazer isso. Aprendi a temer essa maldita porta amarela que os alunos empurram dia e noite, me tirando do vaso bem no meio de uma missão. Quantas vezes eu não caí daquela escada, hein? Mesmo assim, eu juro, sério, acreditava na velhota quando ela me dizia que era uma honra ter a hospitalidade nas veias, um privilégio receber no nosso estabelecimento a elite e os intelectuais.

Acreditei nela até o dia em que eles chegaram.

Eram dez, amigos, assim como vocês hoje. De terno e gravata, rapazes e moças. Eu me lembro dos olhares deles quando entraram pela porta amarela e se sentaram à mesa sem me esperar. Esqueci dos nomes, esqueci dos rostos, esqueci das marcas, mas dos olhares, não. Os olhares se gravaram em mim como vou gravá-los em vocês. Porque, sabem, amigos, o que tinha nesses olhares?

A aceitação do aniquilamento.

Eles nunca se queixavam, jamais. Nem um pingo de interesse pelos professores, nem pelas notas, nem pelo dever de casa. Nem um pingo de interesse pelos Instintos. E esses dez não conversavam em voz baixa, nada, dava para ouvi-los do outro lado do café, desconstruindo às risadas toda a sociedade, tijolo por tijolo, paralelepípedo por paralelepípedo. Ali onde eles se sentavam se formava um fosso ao redor: os outros mudavam de lugar, moviam a cadeira ou saíam do café para não serem vistos em companhia tão incômoda.

Para mim foi o contrário, para o desgosto da velhota, que não via esses clientes com bons olhos. Eles tinham a minha idade. Tinham coisas a dizer. Fiquei caidinho pelos dez de uma vez só. Era como se eles tivessem me aberto uma porta na cabeça. Não uma porta amarela qualquer, mas aquela mesma abertura, amigos, à qual suas cabecinhas teimosas ainda se recusam a se abrir (paciência, paciência).

Todos os dias, eles iam até a mesa deles. Todos os dias, eu morria de vontade de sentar lá. Eles me captaram, sorriram para mim e me prometeram o que eu esperava do fundo do coração, o que ofereço para vocês hoje, amigos. É que esses dez tinham um plano, uma provocação extraordinária para a Burocracia Instintiva, só que, para isso, bem, faltava a eles um voluntário.

Eu aceitei.

Eles se mandaram do café, nunca mais voltaram, mas o compromisso estava marcado. Dias de folga, amigos, eu quase não tinha, mas houve um que vou lembrar a vida inteira. Talvez porque era para ter sido o último. Como hoje, é. O Santo-Mundo sempre viveu ao ritmo das Escolas, a velhota só fechava as portas em época de prova. Foi 35 anos atrás, certinho. Nessa manhã, eu me arrumei bonito, como um Serafim, e, juro a vocês, meu coração estava em festa, preparado para a grande partida! Escapuli da velhota, atravessei o cruzamento deserto e fui lá e esperei, esperei mesmo, em uma quadra esportiva, ali, atrás das suas Escolas.

Eles estavam lá, os dez. Estávamos lá, os onze. Em breve, onze a menos. Um número sublime, uma baita mensagem sensacional. Um aviso aos pseudo-heróis que querem abraçar a via da santificação: galera, vamos abrir para vocês a via da aniquilamento!

Cada um trouxe o próprio galão; cada um trouxe o próprio isqueiro. Ah, o perfume absurdo da gasolina, amigos, respirem fundo agora como eu respirei naquele momento... Eu já tinha encharcado todo meu terno, assim como fizeram nas roupas de vocês.

Eles acenderam os isqueiros. Os dez. Com um sorriso e sem a menor hesitação. Certo, admito, alguns sorririam um pouco menos no instante seguinte, mas nossa, nem um grito sequer enquanto transformavam os corpos em fogos de artifício, vocês têm noção? Foi o espetáculo mais sublime e mais nojento que eu já vi na minha vida, amigos, um espetáculo do qual eu deveria ter participado.

Meu isqueiro não funcionou. Impossível acender minha própria faísca.

Alguém, em algum lugar, deu o alerta. Logo vieram a multidão e a polícia. Tem ocasiões que são assim, amigos, ou acontecem na hora ou não acontecem. Eu perdi a minha naquela manhã. Fugi.

Coloquei o rabo entre as pernas. Debaixo do chuveiro, escutei a ruína do meu coração e as sirenes das ambulâncias. Poderia ter sido, deveria ter sido eu. A velhota nem sequer percebeu que eu tinha saído, para vocês verem o quanto eu já era irrelevante nessa época. Vocês vão me perguntar como me senti depois disso (por favor, por favor)? Como um menos que nada, e ainda assim sobrando. Era absolutamente necessário que fossem onze pessoas, entendam, para que nossa mensagem entrasse para a posterioridade. Onze vidas que ninguém teria salvado. Onze vidas que teriam escapado do Cômputo. Um broche a menos para os Santos que não puderam assumir esse título. Onze vidas perdidas grandiosamente: outros teriam dado sequência e acendido outros fogos que teriam acendido ainda mais fogos — cento e uma! mil e uma! dez mil e uma! — até reduzir tudo a cinzas.

Fui só fogo de palha.

Voltei a ralar e, com isso, ao meu arremedo de existência, a essa ironia sem futuro que chamamos de vida. Certa noite, velhota caiu morta entre dois drinques e acabei me vendo sozinho no balcão, encarando essa porta amarela do capeta que os alunos desde então nunca pararam de cruzar, cada um colocando seu chiclete, como uma marcação de território, ano após ano, uma invasão de vândalos que vampirizaram o pouco que me restava de grana e orgulho.

Sabem o pior? Esses embusteirozinhos de hoje em dia que se dizem individualistas e vêm pregar aqui, no meu café, quando eles não entenderam, nadica de nada, o que é a verdadeira, a autêntica liberdade.

Foi aí que vocês chegaram, amigos. Os dez. Onze comigo.

As provas dos seus coleguinhas vão começar daqui a cinco minutos: nesse instante preciso, pegaremos fogo. E podem acreditar em mim, desta vez, o incêndio que vamos provocar juntos não vai se apagar tão cedo.

Goliath

Um terror paroxístico

Tudo dói. Falta de ar. Como sempre, penso logo nos invasores do invisível — bactérias, vírus, câncer — que já estão me parasitando por dentro. Cada despertar é o mesmo combate, e minhas mãos mecânicas insistem em explorar, mudas, uma pele já aprendi a não sentir mais.

Desta vez, minhas mãos não exploram nada. Silêncio absoluto até extremidade dos braços.

Descolo meus cílios; minhas pálpebras estão pastosas, o cérebro na bruma. Olho para a gravata do papai no meu pescoço. Eu dormi assim? Meu olhar desce. Alças de mala se enfiam entre as minhas costelas e amassam meu terno.

Estou preso a uma cadeira.

Minha cabeça cai assim que a levanto. Pesa uma tonelada. Um assobio molhado me escapa do nariz. Minhas narinas se inflam, o ar quase não tem espaço para seguir caminho. Estou sufocando, bosta. Quero respirar pela boca, mas não consigo.

Tenho fita adesiva na cara.

Meu Instinto eletrifica meu corpo. Foi ele que me tirou da inconsciência, com descargas fortes de adrenalina. Alguém perto de mim está em perigo. Capto imagens embaçadas entre dois solavancos da cabeça. Um sol empoeirado entra pela claraboia. Há vigas no teto, parece um navio ao contrário. OK, o sótão. Ao meu redor, retângulos brancos em contato com o chão. Nove colchões. Nove corpos. E entre todas essas cadeiras imóveis, um homem em movimento perpétuo.

O gerente do Santo-Mundo.

Ele vai de um colchão ao outro, procura os olhares, às vezes se vira para mim. Ele se exalta e exclama, a garganta tomada por uma ênfase que só se deixa arrancar a conta-gotas:

— Drinques, amigos! O universo. Gerações, pois é. Sabia se virar, mas nada de gorjeta. Desconstruir, amigos. Trinta e cinco anos. Esqueci os nomes. Aceitação da aniquilamento.

O pouco de ar que chega até mim está saturado de gasolina. Pronto, eu me lembro: o post-it na entrada do Santo-Mundo, a porta que se fechou, amarela a porta. E depois? Ninguém lá embaixo, mas o cheiro, esse mesmo cheiro que me deixa nauseado agora, vinha de cima. E claro, em vez de quebrar o vidro e chamar reforços, eu subi; um degrau após o outro, direto na armadilha.

Não entendo. Como esse quase sessentão anêmico conseguiu passar por cima de um musculoso que nem eu? Eu entendo. É precisamente porque penso desse jeito. Porque julgo sempre rápido demais. Segui em frente e não antecipei o golpe vindo por trás; uma seringa, a julgar pela ardência sob a minha orelha. Ele me drogou, o babaca.

Continua a falar conosco, ou a falar consigo mesmo, não sei direito, parece um professor em pleno anfiteatro:

— Tinham coisas a dizer, amigos! Paciência, paciência. O último. Realmente esperado. O perfume absurdo, amigos! Impossível acender. Ocasiões como essa. Por favor, por favor. Fogo de palha, pois é. Marcação de território. Daqui cinco minutos. Não se apagará tão cedo, amigos!

Ele cala a boca enfim, mas seu polegar compulsivo faz nascer e desaparecer a chama de um isqueiro que atiça meu Instinto.

Minha vista volta ao normal. Distingo melhor da cadeira esses nove corpos amarrados que esperneiam nos colchões. Rapazes e moças da minha idade, ou quase isso, que envelheceram prematuramente, enrugados e necrosados, os cabelos embranquecidos, os braços escurecidos pelas injeções repetidas. Pingando de querosene. Bosta. Semanas comendo misto-quente no andar de baixo quando eles estavam todos presos no sótão. Meu Instinto não deu um pio esse tempo inteiro, mas não é só uma questão de alcance. É que o gerente cuidou disso, cuidou mal, OK, mas ainda assim cuidou, de seus convidados forçados. Até hoje, o perigo não era concreto. Reconheço Vincent, mais magro desde a foto que seu amigo Baptiste me mostrara. Adivinho mais ou menos a identidade dos outros. Paul, Anne, Lucie, Joachim, Thérèse, Vincent, Marthe.

E Flo.

Suas tranças sujas estão espalhadas no travesseiro. Seus pés nus escapam do lençol. Cintos lhe apertam os punhos e os calcanhares. Por cima da mordaça, seus olhos se ligam aos meus. Ela está encharcada de gasolina.

Meu coração bombeia furiosamente o sangue, impulsiona o oxigênio para todos os meus músculos. Quero me liberar das alças, colocar quilômetros entre o isqueiro e Flo, mas meus braços não conseguem responder. E por um bom motivo: eles estão espalhados aos meus pés, com as mangas do meu paletó, em uma poça de óleo, engrenagens, molas, pinos, parafusos e porcas. Dos meus cotos pendem alguns cabos cortados de qualquer jeito. O gerente fez uma gambiarra enquanto eu cochilava.

Deve ter percebido minha agitação, porque está se aproximando. Um close na sua marca e nas suas olheiras. As pupilas estão dilatadas como buracos negros. Ele fede. Também se regou de gasolina. Está usando luvas de borracha: nada de se queimar ao improvisar com o isqueiro.

Eu não queria ser realocado para a brigada de incêndios? Pronto, estou servido.

— Olhe a Marthe.

Eu a olho. No colchão, a cabeça se inclina para trás, os cabelos se embolam, o corpo se contorce; apesar da atrofia muscular, alguma coisa se debate ferozmente no interior de Marthe.

— Você está fazendo isso com ela.

Sim. Marthe é uma reparadora. Esse torturador só se divertiu desmontando minhas próteses só para exasperar o Instinto dela. Estou sufocando sob a fita adesiva.

— Olhe só você.

O gerente me dá um tapa sem avisar. Minha nuca estala. Meu ouvido assobia.

— Um protetor que não se protege. Paradoxo ambulante.

Esse exausto da vida tem uma força e tanto. Apesar disso, quando ele coloca de novo o olhar no meu, vejo que está procurando algo como uma... aprovação?

— Olhe o Joachim.

Olho. O pobre coitado está encarando as vigas do teto. Esse aí não se debate como os outros. A renúncia encarnada. Como foi que o gerente disse mesmo? A aceitação da aniquilamento. Ah, não!

Não vou lhe dar esse prazer. Sob a fita e as amarras, berro toda a minha fúria de viver.

Em algum lugar, um relógio bate.

— Está na hora — diz o gerente.

Ele acende seu isqueiro na minha frente. Depois, um passo de cada vez, sem desviar o olhar do meu, ele recua até o colchão de Flo.

— Ofereço a você o vazio.

Meu Instinto ferve as minhas entranhas. Ele vai fazê-lo. Vai jogar sua bomba na Flo. Uma onda de fúria e terror me levanta com minha cadeira. Faço o que sei de melhor: vou com tudo de cabeça baixa. Direto na pança do gerente. Ele cai longe, o isqueiro também; apagado, tenha dó, senão todos ferrados. Estalo de osso. Não um dos meus, espero, caí de mau jeito. Sem meus braços, preso a esta cadeira, preciso usar as pernas para virar de lado e descolar o rosto do chão. Aqui estou, estendido de lado, o coto de carne e metal esmagado sob meu próprio peso, o ombro quase deslocado. Aterrissei ao lado do colchão de Flo; ela está com a cabeça virada para mim. Sou incapaz de decifrar o olhar que se insinua entre suas tranças. Será que ela me suplica que a ajude ou que pare de ajudá-la? Bosta. Não a tirei da ponte para ela terminar em cinzas.

Alguma coisa chove em cima de mim. O gerente ficou em pé, percebo no canto do meu olho; está esvaziando um galão de gasolina em cima de mim. Caiu nos meus cílios, está me queimando as retinas, invadindo o nariz. E não posso fazer nada além de receber o molho sem me mexer. Por mais que tente, é impossível levantar.

Humilhação integral. Terror paroxístico.

Não é possível. Não pode acabar assim, incompleto como irmão, acreditando que nada do que fiz, do que tentei fazer, tivesse realmente importado. Não consigo ler o olhar de Flo, OK, mas eu bem queria que ela pudesse ler o meu, berrar eu ainda quero ver você, Flo, jogando no seu Minitel maldito, roendo as unhas e molhando as fritas na maionese, desculpe, Flo, não estou nem aí se você come barata, eu nunca deveria ter tratado você de nojenta, e desculpe também por não ter deixado você me ajudar, você queria saber mais dos sumidos e, se eu tivesse aceitado, naquele dia, em vez de ter ficado emburrado, você teria me dito, hein, Flo, que conhecia os rostos deles, que eles eram como você, clientes fiéis do Santo-Mundo, e eu teria entendido enfim que o denominador comum era esse.

— Vou liberar.

Voz do gerente, barulho de isqueiro. Os outros gemem e se debatem em todos os colchões.

Fecho os olhos. Não quero que meu medo seja a última coisa que Flo vai ver. Penso nos meus pais que terão de renunciar à minha visita de domingo, depois penso comigo que, merda, minha pálpebras vão torrar comigo, eu as fecho com toda a força, e suas sombras me lembram de repente, com uma lufada de alegria totalmente incongruente, da obscuridade que me engoliu contra a minha vontade entre os dentes da alegria de...

— Não vai liberar ninguém. Nem mesmo a si próprio.

Essa não é a voz do gerente. Todos os corpos ficaram imóveis.

Desmembro minha cervical e viro os olhos. Meu campo de visão está deformado pela minha postura fetal forçada, mas capto obliquamente uma silhueta na escadaria. No meio dessa silhueta, um sorriso. O sorriso.

— Não deveria estar aqui — diz o gerente acima de mim, e percebo a chama que vibra perto da minha orelha.

Quanto a isso, concordo com ele. Achei que Claire estivesse em um ônibus, talvez já fazendo as provas (perdi toda a noção do tempo), e devo dizer que nunca estive tão feliz por estar errado. Ela também, sob seu sorriso, está surpresa de me ver aqui. Não fico otimista por muito tempo. Não vejo bem como conseguiria nos tirar dessa situação, já que não estou entrevendo nenhum Virtuoso com ela. Será que Claire só viu o isqueiro? Será que ela sabe que à mínima faísca vamos virar crepe flambado?

Ela se mantém muito calma, e sobretudo muito longe.

— Não deveria estar aqui — repete o gerente.

Há uma mudança na sua voz, e não é boa. Pela primeira vez, sinto que está irritado. Olha só, não é que é verdade. O Instinto desse cara se ativa assim que atravessamos a porta de entrada, lá embaixo. Como foi que a Claire conseguiu contornar isso?

— Eu sei — disse ela. — Estou sobrando. Onze era o número perfeito. Uma porrada e tanto na Burocracia Instintiva. Um dedo do meio pra o Nós. Se eu queimar aqui com vocês, a mensagem não passará, assim como não passou há 35 anos. Dez mortos, doze mortos é só azar. Onze, sim, onze é uma provocação impossível de refutar. Quer dizer (e aí o sorriso da Claire aumenta), essa é a história que o senhor inventou para si mesmo. Porque, no fundo, sabe, não é? Sente que, neste instante preciso, é o Nós que acende esse isqueiro através do senhor.

Não noto com meus olhos, mas com meus ouvidos: Claire se aproxima. É imperceptível, infinitesimal. Ela dá a ilusão de falar conosco à distância, de ficar no seu canto, no fundo do sótão, inofensiva, longe do isqueiro, mas, olhando bem, ela avança entre os colchões. Uma profissional do despercebido.

E, ainda debruçado sobre mim com sua chama, o gerente a escuta sem resistir, quase impotente, como se, dos dois, de repente, fosse ele o confidente.

— É claro que sentiu. Talvez não no início, talvez não quando as coisas começaram a sair dos trilhos, mas com certeza o senhor acabou vendo. Quem foi o primeiro? Anne? Paul? Joachim? Eles se abriram com o senhor, entre dois cafés no balcão. O senhor descobriu seus problemas, suas dificuldades de integração nas Escolas, suas carteiras vazias que não lhes davam direito ao erro. E, para cada um, o senhor cedeu. Abriu as portas mais privadas do Santo-Mundo. Só para dar uma ajudinha, o senhor dizia, coisa de uma ou duas noites, um cantinho calmo longe dos dormitórios hostis. E, sejamos lúcidos, o senhor não fez isso para libertar do Nós o senhor e eles. Fez isso porque seu próprio Instinto lhe impôs. Um Instinto que já não se satisfaz em acolher e servir. Um Instinto que transformou seus convidados em reféns. O senhor abriu de tão bom grado a porta que não podia mais deixá-los ir embora, simplesmente.

Claire agora está pertinho do gerente. Do canto do olho, grudado no chão, assisto seu cara a cara lá em cima. Chegou o momento. Eu já vi em ação essa dureza dos suaves, tão bem escondida. Ela vai atingir onde ninguém espera, mas, caso se atrapalhe ou caso o outro solte o isqueiro, eu viro churrasco.

A mão de Claire não bate. Ela se estende e se abre.

— Eu lhe ofereço a escolha.

CLAIRE

MORRO COMO ONZE

Ele hesita.

Estou enjoada. Não por causa do cheiro: por causa do Instinto dele. Ainda não sei explicar como funciona o meu (o meu Instinto! meuzinho, só meu! só do Nós! meu próprio Instinto personalizado depois de anos de fracasso!), mas sinto sua discordância até na minha gordura. Essa música mofada supura por todos os poros do gerente. Ele me observa com seus olhos apagados; já a chama do seu isqueiro de plástico é bem vivaz.

Entre nós, Goliath.

Estendido no chão, amarrado na cadeira, fita adesiva na boca, próteses amputadas, não sei por que não está à sua mesa da prova neste momento. Estou vergonhosamente aliviada de saber que ele está aqui comigo apesar de tudo. Percebo seu Instinto também, que se bate e rebate para proteger tudo o que deve ser protegido, para nos proteger neste sótão embebido de gasolina. Onde quer que o isqueiro caia, será o fogo e o fim.

Faço o que eu talvez não faça da melhor forma, mas digamos da forma menos ruim possível, desde que saí do colo da minha mãe: improviso.

Olho o gerente do Santo-Mundo bem no rosto.

— Vamos fazer uma aposta. Eu afirmo que é o seu Instinto, e apenas ele, que prendeu o senhor aqui com seus convidados. Vou liberar um e tomar seu lugar. Se eu estiver errada, seu Instinto deixará o convidado sair do Santo-Mundo, e o senhor poderá sacrificar as onze vidas, como previsto. Mas, se eu tiver razão, se o seu Instinto despertar, se for revelado que tudo isto é um jogo do Nós, um novo jogo com novas regras, um jogo do qual o senhor está participando a contragosto, aqui, agora, enfim, se eu tiver razão, não importa o que o senhor sinta, apagará esse isqueiro.

— Combinado.

A voz do gerente é um sopro; a chama queima. Ele me estende lentamente o galão que ele segura com a outra mão. Desafiante. Eu esvazio sobre meu terno novo o resto de gasolina. Certo, certo, certo. O que estou fazendo? Quem sou eu para apostar vidas?

Vamos, um prisioneiro para soltar. Só um.

Quem? Samuel? Anne? Paul? Vincent? Thérèse? Joachim? Marthe? Lucie? Goliath, não. Mesmo sem braços, seu Instinto lhe ditaria para ficar aqui, entre o isqueiro e nós. Sob pálpebras arregaladas, seus olhos me indicam uma adolescente atada a um colchão na sua frente. Florence. Certo: eu a desamarro, tiro a fita da sua boca. Está fraca, mas seu olhar sustenta solidamente o meu, e ela continua de pé, o suficiente, de qualquer forma, para enfrentar todos os degraus — 51, mais os 13 do sótão, sim, eu contei — que a separam da liberdade.

— Bata forte a porta quando sair — digo a ela. — Para que todos daqui possamos ouvir.

Ela tenta me falar, desiste, sua garganta está seca demais, mas a mensagem foi passada. Eu sei, não tenho direito ao erro. Mas erros, nossa, já cometi alguns. Começando pela própria Florence. Eu me convenci de que ela não podia fazer parte dos sumidos, argumentei que o sequestrador nunca chegaria ao ponto de raptar e sequestrar uma menor de idade e errei feio.

Sinceramente julguei mal esse homem à minha frente. Se eu ganhar a aposta, será que ele vai apagar seu isqueiro?

A pergunta ressoa ao mesmo tempo que os passos titubeantes de Florence nas escadas. Cinquenta e nove. É o pulso do Santo-Mundo que diminui, acelera e depois desacelera. Quarenta e cinco. Interminável essa contagem regressiva enquanto nossos olhares flutuam pelo sótão, 38, enquanto os corpos ficam imóveis nos colchões, 32, enquanto Goliath para de respirar sob a fita adesiva, 27, enquanto contraio os glúteos para evitar fazer o gesto a mais, o que acabará com a segurança de toda essa imobilidade. Vinte e cinco. O fogo continua suspenso sobre Goliath. Vinte e três. O gerente não reage, brilhando de gasolina. Vinte e um. Não só de gasolina. Dezenove. De suor. Dezessete. O passo de Florence, dezesseis, cada vez mais ínfimo, quinze, o purga de toda a sua água.

Catorze. Logo mais, a porta.

Treze. Um som.

Doze. Um arquejo.

Onze. Um gemido.

Dez. Um grito.

O gerente não se mexe, mas seu Instinto berra através dele, nove, uma mistureba de palavras que exala e que exige, oito, ordena que Florence fique, sete, lhe implora para continuar subindo. Seis. Lá embaixo, o passo cambaleia. Cinco. Ela o ouviu; ela o ouviu e ela para; ela para e ela espera; ela espera e parte novamente. Quatro. Três. Dois.

Só mais um passo.

O gerente está boquiaberto. Seus olhos, sua boca, suas artérias estão deformadas por um chamado grande demais para ele, uma imensidão interior que desloca seus contornos, que explode seu eu.

A porta do Santo-Mundo bate. Florence está lá fora.

O gerente se dobra ao meio, como se ela tivesse saído do seu ventre. Já eu só vejo o isqueiro que ele segura na mão. Vejo o isqueiro cair, uma chama tão pequenininha, uma lágrima tão pequenininha, vejo seu fogo devorar Goliath, e, não se dando por satisfeito, eu o vejo engolir Samuel, devorar Lucie, e Vincent, e Marthe, e Paul, e Anne, e Joachim, e Thérèse, eu o vejo morder meus pés, crepitar na meia-calça, abraçar minha pele, abrasar meus cabelos, me mastigar com os dentes, nos roer até os ossos, nós, nós? Nós! Vivi como uma, morro como onze.

Estalo.

O punho do gerente escorre sangue e plástico. O isqueiro não caiu: ele o quebrou. A chama se apagou.

Nós dois nos olhamos. Ele perdeu a aposta e manteve a palavra. Vejo o quanto me odeia por eu ter razão, e, pela primeira vez, seus lábios formam uma frase completa:

— Se nem o vazio é uma escolha, o que me resta?

E, nesse instante preciso, meu Instinto cessa.

Ele cessou.

Não sinto mais nem o Instinto doente do gerente à minha frente, nem o Instinto furioso de Goliath aos meus pés, nem os Instintos atormentados dos encontrados ao nosso redor. Por mais que eu force (forçar o quê? não faço ideia, estava aqui e agora não está mais), meu radar se apagou como o isqueiro. Simples assim, cruel assim.

Acabou. Apagão de Instinto. Terminou o estoque.

Aqui estou eu sendo eu de novo, apenas eu. Eu sem Nós.

E então entendo, o que me esvazia ainda mais, que não era um Instinto. Porque um verdadeiro Instinto, mesmo adormecido, mesmo à espera, um Instinto nunca para, sempre está presente, ele se sente, ele se vive. E eu não vivo mais nada. Não sei o que me aconteceu naquele ônibus, o que mudou em mim, mas acreditei naquilo que eu queria muito acreditar. Que frustração.

E não encontro nada para responder ao gerente.

Sua lucidez não dura, o Instinto volta a dominá-lo. Ele parte para recuperar Florence, trazê-la de volta para dentro, para a armadilha, com todas as suas presas. Não tenho tempo de bancar a enlutada. Encaixo o ombro dele no meu, varro-lhe uma perna, o derrubo no chão, torço seus braços para trás e coloco meu joelho entre suas escápulas.

Ao longe, sirenes. De ambulância, de polícia, não sei direito, está tudo misturado, mas obrigada, Avril.

— Amarre-me — suplica o gerente.

Amarras não faltam aqui. Eu o ato a uma viga, depois desamarro os prisioneiros. Não são seres que eu liberto, são pele, ossos e um pedaço pequenininho de matéria no meio. Se Florence não teve tempo de sofrer os efeitos da abstinência, os outros são todos velhos de cabelos brancos. Nenhuma palavra, nenhum suspiro, quase nenhum movimento. Os menos exaustos ajudam os outros a se levantarem. Esses sumidos precisarão de muito tempo para se encontrar.

— Você é piradona! — solta Goliath assim que arranco sua fita. — Que bosta de aposta foi essa!

Eu o olho. Ele me olha. Eu já presenciei nesses traços o desfile do julgamento humano, do orgulho à inveja, passando por todas as nuances da comparação. O que descubro nele, neste sótão, é algo completamente novo. Reconhecimento. Não é gratidão, não: ele me olha como se também estivesse me descobrindo enfim. Isso me consola (um pouco) desse Instinto que não cheguei a perder de verdade, porque nunca cheguei a tê-lo de verdade.

— Parceiros? — pergunta Goliath.

As palavras a mais — *a única coisa que importa* — continuam tangíveis entre nós, mais do que nunca, mas isso de repente abre uma brecha no muro deles. Talvez ele e eu também, com muito tempo, nos encontremos um dia.

— Parceiros — respondo.

— Eu apertaria sua mão, mas...

Ajudo Goliath a se pôr de pé e, em um gesto meio insignificante, arrumo sua gravata. O que resta dos seus braços está espalhado pelo chão. Sem o peso e o balancim deles, ele pena para manter o equilíbrio. De pé, ele varre as peças desmanteladas para tirá-las do alcance de Marthe, que, mal liberada, já está se debatendo entre as mãos dos outros: por mais que esteja exausta e sem ferramentas, o Instinto a impeliria a consertar tudo com as próprias mãos.

— Leve os outros pra fora — digo a Goliath. — Fico aqui. Com ele.

— Tem certeza?

Goliath olha meu walkman desligado. Deixar uma confidente em um tête-à-tête com um criminoso não o inspira.

— Sim.

— OK. Já volto.

Isso soa como uma promessa. Goliath escolta os encontrados por todas as escadas do Santo-Mundo, em uma desordem arrítmica de passos. Eles se atrapalham, vacilam, mas se afastam. Escapam. O gerente convulsiona sob as amarras, bate a parte de trás da cabeça contra a viga, dilacerado por esse Instinto contraditório que o tornou primeiro um anfitrião hostil, depois um carcereiro ciumento.

Ficamos cara a cara, sozinhos, sob a luz suja da claraboia.

— Por quê? — me pergunta ele. — Por que tudo isso? Por que não nada?

Eu lhe dou a única resposta da qual tenho certeza, agora mais do que nunca:

— Eu não tenho Instinto.

Silêncio súbito. Depois o gerente tosse e chia e tem uma crise. Uma risada, acho, talvez a primeira de todas.

— Eles disseram, os dez! Logo antes de queimar, eles disseram! Há 35 anos, eles disseram!

— Disseram o quê?

— Que você existia.

Ora, por essa eu não esperava.

— Eu?

— Você. Porque é isso o que você é. Uma Você. Um indivíduo, um verdadeiro de verdade.

Tenho mil perguntas para lhe fazer, mas um passo já sobe para o sótão. Goliath? Fico imóvel. Essa silhueta que coloca tênis impecavelmente brancos no chão, depois abre caminho entre as vigas e os colchões, não, não é Goliath.

É, acima de uma gola rolê interminável, o rosto da escada.

Esse rosto cresceu, se alongou, se densificou e traz hoje a marca de um Instinto órfão, mas sim, é o mesmo que ficou gravado nas minhas retinas de criança, desde os primeiros degraus de carvalho, chocada pela minha queda, no imóvel, lá longe, no Setor Norte-Nordeste. O rosto de Modeste, e chamá-lo pelo nome lhe dá ainda mais consistência. O broche "III", espetado no seu suéter, me provoca ondas de calor. Meu pesadelo é um Arcanjo. Seu Instinto (que eu teria sentido antes se meu radar não tivesse feito as malas) chegou para me pegar. De novo.

Um Instinto de morte.

Modeste se aproxima. Eu só vejo a arma no último instante. Não está apontada para mim, mas para o gerente, que continua amarrado na poltrona e cujo riso se amplifica.

Eu já não penso. Eu me jogo. Minha mão desvia a de Modeste. O tiro dispara no sótão. A bala errou o gerente, mas incendiou um galão. As chamas se propagam imediatamente, de tábua em tábua, de colchão em colchão. Tudo acontece rápido demais. O calor é instantâneo, insuportável. A risada do gerente se faz grito. Suas roupas se abrasam. Estou empapada de gasolina também. Vou pegar fogo. Não vejo mais o gerente, nem Modeste, nem a saída, a fumaça está em todo o lugar, ao meu redor, em mim, estou sufocando.

Alguém me levanta no ar.

Alguém me faz descer uma escada, depois outra, depois outra, mesmo assim não me sinto leve. As lágrimas me cegam, mas depois de uma eternidade de degraus, sinto enfim o ar na pele. Estamos fora do prédio. Depois dentro, desta vez sentada em um carro.

A voz enorme de Goliath chega até mim:

— Claire! Ela está bem? Ouvimos um tiro! O que aconteceu lá em cima? Ei, estou falando com vocês! Aonde a estão levando?

Portas, motor. Massageio os olhos para atenuar a queimação. Só dá tempo de ver pelo vidro a cabeça estarrecida de Goliath em seu corpo sem braços, as ambulâncias que colocam nossos encontrados nas macas, depois, em um zoom traseiro, as trombas de fumaça vomitadas pelo topo do Santo-Mundo, transformado em vulcão. Já longe. E aí, de repente, percebo que o gerente ainda está lá em cima. Porque fui eu quem o amarrou lá.

Agarro com força a maçaneta da porta. Ela fica na minha mão.

— Era tarde demais para ele — comenta uma voz. — Já estava morto quando cheguei. Senão, confidente, meu Instinto me teria jogado nas chamas para salvá-lo.

Eu me descolo do vidro. Estou no banco traseiro de um calhambeque velho. Ao volante, reconheço a Virtuosa que nos levou de volta à força, outro dia à noite, Goliath e eu. Está vestida de civil. Mesmo sem uniforme, ela continua com uma aparência de tambor. Sua epiderme parece esticada ao extremo na testa; nenhuma linha de expressão no retrovisor. Suas bochechas e suas mangas estão salpicadas de cinzas.

Certo. Foi ela que me socorreu.

Por ora.

No banco do passageiro à minha frente, entre as barras do encosto de cabeça, observo a gola rolê de Modeste. Seus cabelos se avermelharam. Sentado à minha esquerda, vejo Janvier, a crista amassada sob seu fone antirruído; seus dedos trituram um piercing. Como está longe a mão que ele me estendeu ontem! E se eu tivesse aceitado seu passeio de moto? Onde eu estaria agora?

Os três se calam, mas seus Instintos falam por eles. *Eu salvo. Eu mato. Eu obedeço.*

Esfrego minhas bochechas. Minha maquiagem está toda gosmenta. Penso no gerente, na arma, no fogo. Ele não tinha chance alguma. Era uma execução, sem processo nem prisão. A cidade desfila pelo vidro. A Virtuosa dirige rápido e eu quebrei a maçaneta da porta. Modeste e Janvier sabem quem eu sou; ou melhor, quem eu não sou.

Quem me denunciará primeiro?

Do outro lado do para-brisa, o arranha-céu dos Altíssimos do Sul cresce, cresce... A Virtuosa entra em um estacionamento subterrâneo e, depois de muitas viradas, estaciona. Seu calhambeque não casa bem com as filas de limusines. Onde quer que eu olhe, símbolos com auréola.

Já fui denunciada.

— Vou fazer uma ligação.

Ninguém para me responder. Janvier, pelo menos, tem a desculpa do fone.

Minha mãe já não pode fazer mais nada por mim, eu sei, mas preciso que alguém lhe avise. Que ela saiba que sua filha — sua falha — foi desmascarada. É tarde demais para mim, mas ela ainda pode fugir para um lugar onde nenhum desmistificador a encontrará. Um cara acabou de ser condenado porque deu merda com seu Instinto. Eu me recuso a imaginar o interrogatório que reservarão à genitora do único ser humano do mundo que foi renegado pelo Nós.

A Virtuosa me abre a porta.

Ela não me dá nenhuma ordem, mas seu coldre aponta entre as abas do seu blazer. Modeste não guardou a arma, cujo silenciador mira reflete as luzes do estacionamento. Janvier puxa seus piercings até arrancar pele, incapaz de se virar, testemunha contra a sua vontade, submisso a um imperativo mais forte que sua vontade.

— O que vão fazer de mim?

— Um exemplo — responde a Virtuosa.

Olho para Modeste, que me olha também, seu rosto assombra minhas noites desde a infância.

Ah. Então é isso.

Vou terminar aqui, terminar agora, não como onze, não, terminarei como uma, como um cocô, e talvez eu nunca faça parte do Nós, mas eu o contemplei, o Nós, eu o ouvi, eu o senti, não de dentro, certo, mas aconteceu uma coisa naquele ônibus, com certeza deve significar algo, deve ter algum sentido para mim em todo caso, e droga, eu bem que gostava das minhas migalhas.

O gerente tinha razão no fundo.

Por que não nada?

MODESTE

Claire e eu

Limpo minha naninha. O incêndio sujou nós dois, ela e eu. Continuo sentindo um cheiro de queimado nas narinas. Eu amo. Estiquei as pernas sobre o sofá de couro. Meus tênis não estão mais brancos. Nas paredes, serigrafias multicoloridas dos Altíssimos. Do 82º andar dá para ver o mar.

Claire está sentada reta em uma cadeira. A cabeça virada para a janela, um pescoço macio, suas unhas pintadas se agarram à saia, suas botas se apertam uma contra a outra. A casa do botão de sua camisa está repuxada, por excesso de matéria. Ela está com a franja desfeita, rímel nas bochechas. Veja só, eu tinha esquecido dessa pinta debaixo do seu olho esquerdo.

Um recepcionista nos serve: água fresca para ela e chocolate quente para mim. Ele nos deixa. Bebemos em silêncio. Estamos em uma sala de espera, então esperamos. Claire e eu.

Ela não treme, mas sinto seu medo. Ela tem razão. Meu Instinto pode me ordenar a qualquer momento a esvaziar o pente da minha arma em cima dela. Eu já o teria feito, e sem ligar para o sangue, sem ligar para o tapete, sem ligar para os couros, sem ligar para a espera, eu já o teria feito, se não tivesse essa espera, justamente. Uma espera que começou bem antes desta sala, desde meu nascimento. O instante propício. Propício para quê? Para um exemplo, talvez, como disse a Virtuosa.

— Como vai o papai?

Claire olha o mar. Ninguém aqui sabe — nem deve saber, me surpreendo com esse pensamento — o que somos um do outro. Não nos parecemos. Vim ao mundo depois dela para corrigir esse erro. Amo o Nós, mas este é um caso pessoal. Familiar. Claire e eu.

— Os médicos lhe deram alguns meses.

Os olhos de Claire se arregalam, uma película úmida se forma, expulsa na forma de lágrima com um bater de cílios. Ela continua olhando o mar. Não conheceu o papai doente.

Sua pergunta chama a minha:

— Como vai a mamãe?

— Ela vai ficar bem se a gente a deixar fora disto. Por favor.

Sobre o walkman, na sua cintura, um adesivo de coração flechado. O botão continua em modo "pausa". Claire perdeu o fone durante o incêndio. Ela estremece ao menor ruído: um toque de telefone, um passo no corredor, uma gaivota lá fora, os gargarejos do bebedouro. Não é só de apreensão, mas também por falta de hábito. Uma verdadeira falsa confidente. Olho a marca no seu rosto que engana todo mundo. Ela deve ter evitado os desmistificadores. Aqui, nos Altíssimos do Sul, ela pode cruzar com um em cada corredor.

Aspiro o cheiro do meu chocolate quente.

— Não está se esquecendo de alguma coisa?

Claire foi pega de surpresa. Eu mesmo fui, não tinha previsto lhe fazer essa pergunta; eu nem sabia que estava me perguntando isso, na verdade.

— Que coisa?

— Alguma coisa entre você e eu.

— Quer dizer alguma coisa além da sua tentativa de assassinato na escada?

Não, sério, não é assim que eu vejo.

— Paciência.

Esvazio minha caneca. O chocolate esfriou.

— Você vai me matar? — pergunta.

— Vou.

Coloco meus tênis no chão, jogo meu lenço sujo em um cinzeiro de piso — lance perfeito— e pego minha naninha.

— Mas não hoje.

Claire deixa enfim o mar por mim. Seus lábios entreabertos sugerem uma sombra entre seus dentes da frente. Tenho exatamente a mesma sombra. Sinto poucas emoções. Por que essa aceleração brutal lá no fundo? Por que minha mão esquerda impediu a direita de matá-la naquela noite?

Claire me perturba.

— Confidente. Ora.

A virtuosa se posicionou na porta. Sua reunião com os Altíssimos terminou: agora é a vez de Claire e eu. Somos guiados através de uma sucessão de portas de vidro, depois introduzidos em uma sala de reuniões.

O homem, a mulher, a criança e a velha estão instalados em uma mesa, sob os neons do teto. Bermuda, jardineira, bandana: daria para esquecer suas marcas de inspirados e seus broches "VI".

Faço o sinal da cruz, sento-me à cabeceira da mesa, de frente para Janvier, testemunha de sempre.

Claire ficou em pé.

Sinto sua humilhação. Até hoje, os Altíssimos do Sul não passavam de anúncios publicitários e manchetes de jornais. Esses Serafins acumulam, entre os quatro, um total de 13 milhões de vidas salvas sem nunca terem saído deste arranha-céu. Eles veem muito ao longe, para além destas paredes. Seus Instintos sabem quem colocar em que lugar e em que momento para influenciar o curso da História inteira.

Eu os amo.

Faço um relatório factual dos últimos acontecimentos. Nossa patrulha habitual. O walkie-talkie da Virtuosa. Urgência no Santo-Mundo. Chegada ao local. Dez alunos em estado grave. Meu Instinto que desperta. A anomalia que se encontra no sótão.

Não fica claro para mim quem é o verdadeiro, se o gerente ou Claire. Ela me olha.

Janvier me olha também. Está me vigiando? Ele sabe da Claire, é evidente. No topo da sua cabeça, liberada do fone antirruído, sua crista se abre em arco-íris. De que cor era se cabelo antes? Não sei mais. Ele tem piercings até nos braços, cruzados sobre a mesa, mangas arregaçadas. Eu o amo também, mas duvido que seja recíproco.

Terminei meu relatório. Claire tem cara de quem está se perguntando se é hora de fazer o seu. Tudo seria tão mais simples se eu pudesse lhe meter uma bala na cabeça agora.

— Onze.

Os quatro Serafins falaram. Em uma só voz, agudos e graves misturados.

— Parabéns, Virtuosa.

Claire vacila, os olhos confusos. Pronto, ela entendeu.

— Ah, não. Não, não, não. De forma alguma sou Virtuosa. Eu só estava ali. E fiz uma aposta idiota. E ainda por cima a conta não fecha. Como eu poderia ter salvado *onze* vidas? O gerente do Santo-Mundo nem sobreviveu.

— Ela o salvou de mim — intervenho.

Claire balança a cabeça. Eu não a entendo e não quero entendê-la, mas como é que ela ousa? Contestar um Altíssimo é uma blasfêmia.

— Não, não, não. Não salvei absolutamente nada. Se for pensar por esse lado, fui eu quem provoquei o incênd...

— Onze vidas salvas.

Os Serafins a cortaram. A mulher, o homem, a criança e a velha. Eu os amo. Amo o seu Nós, nosso Nós. Eles se revezam sem parar, como se fossem um único corpo provido de quatro bocas:

— Os confidentes que se tornam Virtuosos...

— ... não percorrem as ruas. Você será...

— ... um modelo a seguir, uma mensagem...

— ... forte para enviar a nossos cidadãos, a...

— ... prova viva de que não existe...

— ... Instinto pequeno, apenas...

— ... grandes destinos.

Claire aperta o rosto entre as mãos. Ela inspira fundo. No instante em que deixar esta sala, será engolida por um mecanismo mais forte que ela. Imprensa, televisão, midiatização. Seu rosto e sua marca falsa na primeira página. Ela não poderá mais se esconder de ninguém, deverá mentir ao mundo a cada dia. É um adiamento, e a gente sabe, Claire e eu. Eu teria pena dela se não tivesse tanta vontade de matá-la. Ela talvez também preferisse assim.

Os quatro Serafins continuam:

— Você está em choque por causa do...

— ... que você testemunhou hoje. Existem...

— ... coisas que o público não deveria...

— ... saber pelo seu próprio bem. No...

— ... seu caso, é tarde demais, mas nós...

— ... confiamos na sua discrição, bem...

— ... como no seu profissionalismo, pois...

— ... os confidentes são os ouvidos do Nós...

— ... mas também sabem segurar a língua.

Os Serafins terminaram. Eu os observo: até que ponto Claire captou? Se a estão integrando ao sistema, é porque o Instinto deles viu algo, algo além das minhas capacidades, algo ligado a Claire e que eles querem manter sob controle.

Esperaremos então. Meu Instinto, Claire e eu.

— Está combinado. Serei sua Virtuosa. Com uma condição.

Claire levantou o rosto. Já não estão nada confusos os olhos. Estridentes.

— Goliath é um aluno do último ano da Escola do Protetorado. Sem ele, eu não teria salvado ninguém. Declaro sob compromisso de honra ser sua décima primeira vida. Façam dele também um Virtuoso.

Os Serafins se entreolham. Oito olhos. Janvier perdeu a compostura. Eu mesmo estou com uma sensação engraçada. Como se tivessem me tirado o suéter, e meus pelos e minha pele. Entendo enfim a natureza dessa aversão que perturba a minha paz. Mas que coisa desconcertante. Não atribuo nenhuma importância à minha própria finitude como pessoa, porque, afinal de contas, ninguém, só o Nós conta.

Então, por que é que Claire está me dando medo?

CLAIRE

O PESO MÉDIO DE UMA CABEÇA DE ADULTO

Há um quê de insistência na atenção que Goliath presta em mim. Eu o interrogo com um sorriso, ele contrai suas mandíbulas, e seu olhar vai longe, muito longe através do vidro do carro, em direção ao arranha-céu dos Altíssimos do Sul que rasga o horizonte. Nossa primeiríssima entrevista de emprego nos espera lá, e estamos presos no engarrafamento.

Os pais de Goliath fecharam sua oficina hoje para nos levar. Eles pegaram a estrada pensando que ganhariam tempo, mas tenho a impressão de que estamos mais perdendo mesmo. Já pararam duas vezes para ajudar motoristas com problemas no acostamento, o Instinto obriga. Sentados na frente, eles falam muito e falam alto.

— Calem a boca! — explode Goliath. — Confidente a bordo!

Sua mãe solta o volante para se virar para mim.

— Paga bem, pelo menos, ser Virtuoso? Porque, olha, é bonito arriscar a pele pelos outros e tudo mais, mas meu filhão já deu mais do que sua parte.

— Olhe a estrada, mamãe! Não vê que estão andando de novo!?

Goliath não para de abrir e fechar os punhos de suas novas próteses. Sinto que está tenso; eu deveria estar também. Vamos chegar muito atrasados ao nosso compromisso. Acabei de esvaziar meu quarto no internato, minhas malas estão no porta-malas com as de Goliath.

— Não se preocupe, senhora — respondo. — Vou salvar a pele do seu filhão quantas vezes precisar.

Goliath me devolve um olhar novo.

— Você vai dar um Santo extraordinário — asseguro.

— Adoraria te dizer o mesmo.

Ele morde o lábio.

— Eu não queria insinuar... É só que você não se destinava a... você mesma não queria... é a primeira confidente a abraçar a via da santificação. Ainda vai passar seus dias... você sabe... impedindo crises existenciais de piromaníacos.

Goliath toma cuidado com as palavras que escolhe na presença dos seus pais, de repente silenciosos na parte da frente do carro. Não contamos a eles o que realmente aconteceu com o gerente do Santo-Mundo. Com o desvio do seu Instinto. Ordem dos Altíssimos: não podemos falar a respeito nem entre nós.

Não sei se é isso, mas tenho a impressão de que Goliath tem alguma coisa agarrada no peito.

— Você não me culpa? — pergunto.

— Pelo quê?

— Por não ter pedido sua opinião quando declarei ser sua décima primeira vida. Forçaram a mão comigo nos Altíssimos. Forcei a mão com você também.

— Caiu bem. Não tenho mão.

Ele me olha.

Eu o olho.

Ele me olha.

Somos tomados por uma risada maluca que nos sacode inteirinhos, mas Goliath logo volta a ficar sério e, de novo, sinto que tem alguma coisa para me dizer.

Em vez disso, ele grita com os pais:

— Por que estão virando para a direita! A saída não é por aí!

— Calma, né? Preciso abastecer!

— Bosta, era melhor a gente ter pegado um táxi!

— Deixe de grosseria com a sua mãe!

Se dependesse de mim, eu passaria o resto da minha vida sentada aqui no banco de trás, só escutando. Não consigo mais ouvir a música dos Instintos, mas aqui, agora, nós quatro me bastaria.

No posto de gasolina, o cheiro de combustível me faz voltar as imagens a cada inspiração. Escadas. Sótão. Escadas. Isqueiro. Escada. Galão. Escada. Viga. Escada.

Ligo meu walkman de novo.

— Já volto.

Não ouço minha voz, mas a senti vibrar na minha garganta mais alto do que de costume. Goliath me segue com os olhos através da porta que não fechei direito.

Na lojinha do posto, cabeças se viram quando eu passo; meu rosto está em close na capa de um jornal da banca. Um borrão de cinzas e rímel. Sessão de fotos surpresa nos Altíssimos do Sul, logo após minha reunião, uma medalha no pescoço. E fizeram questão de que todo mundo visse bem minha marca de confidente. Por causa dos flashes, parece que tenho fogo nos olhos, como se eu tivesse pegado essas onze vidas das chamas com minhas próprias mãos e que ainda trouxesse o incêndio delas em mim.

Um exemplo, hein? Não dá para negar, isso os Serafins sabem o que fazem.

O jornal intitula: *Ela se chama Claire.* Um único exemplar; eu compro. Pego também um cartão de telefone de 50 unidades que introduzo na cabine ao lado do toalete. Disco o número. A essa hora, minha mãe ainda deve estar no ateliê, não sei se vou conseguir contat...

Ela atende com uma rapidez impressionante.

— Alô?

— Oi, mamãe.

— Enfim.

Não é uma queixa, mas também não chega a confortar. Eu me culpo por ter demorado tanto. Queria me culpar. A verdade é que preferiria nem ter feito esta ligação.

— Meu diploma. Não consegui.

— Certo.

Eu me enrijeço segurando o fone. Com que rapidez ela aceita a minha derrota!

— Vou continuar no Setor Sul mesmo assim.

Um longo silêncio.

— Certo — acaba soltando.

— Arrumaram um bom emprego para mim.

— Certo.

— E uma moradia de qualidade.

— Certo. Contanto que você respeite a regra.

— Não.

— Não?

— A regra. A sua regra. Não vou respeitar mais

Um silêncio ainda mais longo que o normal.

— O que foi que aconteceu?

— Finalmente alguma coisa, mamãe. Porque, de tanto seguir sua regra, era capaz de nunca me acontecer nada na vida.

— Mas também não vá...

— Dizer o que eu sou?

— Dizer o que você é, sim.

— Vou dizer ao primeiro que me perguntar. E daqui pra frente minha intenção é viver. Porque tenho o direito, o dever e a vontade.

— Você perdeu a cabeça.

— Entre cinco e oito quilos. É o peso médio de uma cabeça de adulto. Pense como me sinto mais leve.

Eu sorrio. De verdade.

— Enfim sou maior de idade, mamãe. Amo você. Mande um beijo pra Dalila.

Eu desligo, mas achei ter ouvido, logo antes do sinal de desconexão, um "também amo você". Apesar de tudo. Apesar de mim.

Nossa conversa só me custou um crédito, mais silêncios do que palavras, mesmo assim, mesmo assim estou sem ar. Esqueci de falar com ela de Modeste, Modeste que me prometeu não perder a chance de me matar na próxima vez que seu Instinto lhe pedir, mas muito bem, vamos, coitada da mãezinha, uma paulada de cada vez.

Sustento meu próprio olhar na foto do jornal local. Com um pouco de sorte, minha recentíssima e relativíssima celebridade não chegará ao Setor Norte-Nordeste.

Bom.

Esta cabine telefônica é minha última trégua. Abraçar a via da santificação será viver sob os holofotes, o tempo inteiro ou quase isso. Banco a orgulhosa no telefone, mas, ao primeiro passo em falso, minha verdade explodirá como uma bomba. De toda forma, não é como se eu pudesse fugir. Fugir para onde? Fugir como? O Nós está em todo lugar; em todo lugar, menos em mim. E sobretudo: fugir por quê? Acabo de começar o jogo, um jogo perigoso, certo, mas um jogo mesmo assim. Uma partida com o Nós que não tenho a intenção de perder. A Burocracia Instintiva quer me usar? Muito bem, vou usar a Burocracia Instintiva.

Eu deveria estar apavorada. Nunca me senti tão vibrante.

Eles disseram que você existia. Você. Porque é isso o que você é. Uma Você. Um indivíduo, um verdadeiro de verdade.

Ainda não entendo completamente o sentido das últimas palavras do gerente do Santo-Mundo, nem do que realmente ocorreu naquele ônibus escolar, mas vou descobrir esses sentidos; e talvez, veja só, o da minha vida também. O que eu quase fui, no espaço de uma horinha, talvez não estivesse ligado ao surgimento de um Instinto, mas, mesmo assim, era algo, sabe; algo do qual nunca ouvi falar e que, no entanto, aconteceu mesmo.

Comigo.

Tiro do meu bolso um pacote que Janvier colocou no meu armário na Escola e que quase perdi antes de sair. Eu o abro. São cartões postais. *Você está tão perto, e ainda assim sinto sua falta. Eu queria ter dado a você tanta coisa. Minha porta sempre estará aberta para você.* E, no último, uma única palavra: *Desculpe.* Não sei direito se isso me faz bem ou me deixa com pena. Os dois, sem dúvida. Nos Altíssimos, vamos acabar tendo que nos cruzar de novo, ele e eu.

Goliath me espera no carro.

Ao declarar ser sua décima primeira vida, ao me tornar Virtuosa com ele, fiz uma escolha. Eu lhe perdoei as palavras demais. Cabe a nós inventar novas palavras.

Deixo a cabine telefônica, passo pela fila do caixa, esquivando-me dos rostos que me acompanham. Ao sair, jogo o jornal no lixo, e minha cabeça junto. Não sei quanto a minha pesa exatamente, mas como me faz bem!

Volto ao carro. A porta traseira ficou aberta. Sento, tiro meu fone, coloco o cinto. Partimos novamente.

Goliath finalmente entrega:

— Vou cuidar de você também.

ALGUÉM EM ALGUM LUGAR

Os olhos se abrem. Teto. Catéter. Cama. Está tudo embaçado.

Onde?

— Em segurança. A senhora veio de longe.

Uma mulher. Forte como uma montanha. Ela se debruça sobre a cama. Avalanche.

Quem?

Eu? responde a mulher-montanha. Ah, ninguém. Realmente ninguém. A senhora, por outro lado, é alguém, sim. Realmente alguém.

Exausta demais. Os olhos já estão se fechando. Um único pensamento antes de tudo escurecer de novo. Na verdade não chega nem a pensamento.

Apenas um nome.

Claire.

2

NUNCA ESQUECEREI VOCÊ

MAMÃE

Quatro meses depois

"Chegaremos em alguns instantes à estação do Setor Oeste. Solicitamos aos passageiros que verifiquem se não esqueceram nenhum pertence a bordo. Não tentem forçar a abertura das portas antes de o trem parar completamente. Exceto se seu Instinto indicar o contrário, claro. Nesse caso, favor avisar os membros da tripulação, que cuidarão da sua segurança."

Aplico mais um pouco de creme nas mãos. A pele ressecada do meu polegar dói, mas já sinto falta das harpas. Não tenho o hábito de fechar meu ateliê. Nem de pegar o trem.

Doida para chegar.

Não apreciei o alvoroço ferroviário em nenhum momento da viagem. Tenho vontade de afinar esse barulho e colocar um pouco de música. Olho pela janela; também tenho saudade da floresta boreal. O Setor Oeste parece com todos aqueles que acabei de atravessar desde a outra ponta do supercontinente. Concreto vermelho, terraços e pichações estridentes. Só se destaca, ao longe, o arranha-céu dos Altíssimos. Seus milhares de vidros refletem o sol e lhe conferem uma consistência imaterial. Arregaço minha manga para consultar o relógio que Dalila me deu de presente na véspera da viagem, com um mostrador digital e números demais para o meu gosto. Eu o deixei no horário do Setor Norte-Nordeste; no horário de Dalila.

Lugar vazio ao meu lado: eu queria que ela tivesse vindo, mais ainda do que minhas harpas e minha floresta. Ela teria desejado também, mas há viagens que só podemos fazer sozinhos. Dalila sabe muito bem, ela cujas pernas a levam a qualquer lugar, a qualquer hora, sem lhe perguntar sua opinião.

Doida para chegar.

Gente demais ao meu redor, rostos demais, marcas demais, agitação demais, noites demais sentada de mau jeito, horas demais longas demais, era para ter um Instinto que nos inventasse um novo meio de transporte. Por via aérea, talvez? Mudaram-me de lugar quando uma violinista se sentou à minha direita no meio da viagem. Eu logo abri seu estojo para virar alguns pinos e reapertar as cordas. Ela gritou que estava sendo roubada. Minha marca de reparadora não bastou. Meu Instinto pertence à subcategoria "objetos diversos e variados", mas as pessoas nunca pensam nos instrumentos musicais. Precisei apresentar minha carteira de identidade — "Afinadora?", o controlador surpreso. "Existe mesmo um Instinto desse?" — e evitei uma multa.

Doida para chegar.

Apesar disso, uma vez o trem na estação, não consigo mais tirar os meus dedos dos apoios de braço. Estou com um medo paralisante do que ainda me espera. O que é que eu e ele vamos poder nos dizer depois de todos estes anos? As palavras não são meu forte. Ao telefone, quando ele me pediu para vir, não achei nada melhor para responder do que:

— Combinado.

Eu me levanto. Na estação, ouvem-se os graves dos trens que partem, os agudos dos trens que chegam. Eu me perco nas galerias, depois no metrô. Sou revistada a cada entrada, a cada saída. Não estou acostumada com tamanha vigilância no meu Setor. Aqui, o logotipo com auréola da Burocracia Instintiva está por toda a parte. Seu lema também:

EU NÃO SOU NADA
NÓS É TUDO

Felizmente, eu não trouxe mala para abrir, nada a declarar, só minha caixa de ferramentas, algumas calcinhas para trocar e cordas de harpa, no fundo da minha bolsa, o suficiente para provocar um arqueio sobrancelhas nos Virtuosos que me revistam. O fuso horário resseca meus olhos.

Não vejo o oceano, mas o sinto. Conheço bem esse cheiro; ele me traz lembranças de maré alta, de tênis de praia e pipas quebradas. De repreensões também. É o mesmo oceano do Setor Leste, onde nasci, o mesmo do Setor Norte, onde passei minha lua de mel, um único oceano, um único supercontinente, um único Nós.

Bem.

Estou na clínica. Pego um chá na máquina de venda automática do hall; talvez para ganhar tempo. Estou assombrada pela minha última conversa ao telefone com minha mãe, logo antes de eu sair de viagem. Sempre repreensões.

— Rever esse homem, minha filha, esse que abandonou você, minha filha, esse destruidor que estragou a própria vida e a sua, minha filha, e a sua, ir revê-lo quando você poderia vir visitar sua mamãe, faz anos que não a vejo, e minha netinha, hein, minha netinha que nunca me liga, de quem você quase não me fala, precisei ver na televisão que o que ela se tornou, e o outro, seu segundo... sua segunda? Nem sei, você nunca me disse, você nunca me diz nada, nada mais justo do que eu conhecer os Instintos deles, dos meus netos...

Eu me prometi que não sufocaria Claire como minha mãe me sufocou. Sempre mantive as duas o mais longe possível uma da outra.

Eu me apresento ao balcão da recepção. Assim que dou seu nome, as secretárias sorriem de orelha a orelha.

— A senhora é quem? — me perguntam.

A esposa, penso.

— Uma amiga — respondo.

Nem um nem outro chega a ser verdade. Em doze anos separados, nós nunca encontramos tempo nem para divórcio nem para conversa. Esses reencontros prometem ser alegres.

Elevador.

Pelas janelas do último andar da clínica, vejo enfim: o oceano. Ele recuou para o fundo da praia, molhando-a e amassando-a como papel, formando sob as nuvens um segundo céu agitado.

Tinha que ver com que animação o enfermeiro me conduziu ao quarto.

— Todos o adoramos aqui. E seu Instinto! Ah, seu Instinto! Morremos de pena.

— Dele ou do Instinto?

O enfermeiro cai na risada e se retira.

Eu entro. Ele está ali. Sob toda aquela tubulação, o lençol branco demais e a pele flácida demais, ele está ali. Todo o seu rosto mudou; menos sua marca de músico. Ele não mexe a cabeça, mas seus olhos passam lentamente do televisor, no volume máximo, até mim. Coloco minha caixa de ferramentas sobre um carrinho de fórmica e fecho a porta tentando não derramar meu copo de chá.

Nós nos olhamos. Nós nos procuramos. Nós nos encontramos?

— Você ficava melhor de cabelo longo — diz ele.

— Você também — respondo.

Não lhe restou um fio de cabelo na cabeça, mas seu bigode ferradura aguentou firme, que se levanta ao mesmo tempo que os lábios.

— Vamos, chega de modos. Vamos dar uns beijinhos?

Eu me sinto tola por ter medo. Dou um beijo na sua bochecha, derramo chá nele, pego o controle da televisão e abaixo o som do clipe musical.

Ele levanta um dedo para me interromper.

— Agora, não. Ele, não. Por favor.

Eu me viro para o televisor. Um jovem dança e canta. Não é meu tipo de música, mas admito que ele é magistral. É demais para ser só talento: também traz consigo a marca dos músicos. O Instinto sublima sua voz. Até eu ouvi falar dele. É o prodígio do Setor Centro, o fundador do Chamado do Nós, mais de dez mil vidas salvas registradas, acabou de completar a maioridade, a mesma idade que Claire, ela era caidinha por ele... como era o nome mesmo? A tela me apresenta a resposta em letras maiúsculas fluorescentes: Coco-Rudy.

— Ele me lembra você — digo.

— Você não sabe quanto. Ele está condenado também.

Minha mão amolece em volta do controle. Noto só agora o texto que desfila debaixo do clipe. "Câncer de garganta: Coco-Rudy sai de cena."

Mesma idade que Claire.

— A garganta — comenta ele. — A pior coisa para esse Instinto. Se não morrer pelo câncer, vai ser pela saudade.

Desligo o televisor. Ele continua observando a tela catódica onde o ponto luminoso se apaga lentamente. Seu próprio Instinto logo faz vibrar suas cordas vocais. Continuo de pé, bebericando o que resta do meu chá. Quando ele canta, pode durar alguns segundos ou algumas horas. Sua voz está intacta apesar da doença, e eu lembro, escutando-o descer os graves e depois subir as oitavas, por que me apaixonei. Não há nada a ser afinado nessa música, ela nos eleva por dentro, nos deixa felizes. Um Instinto raro e sagrado. Como papai e seu alto. Por que todos partem?

Ele se cala enfim. Por um longo tempo. Depois:

— Vi no noticiário. Nossa Santa Clarinette.

Contraio os lábios. Eu também a vi. Todo mundo a viu.

— Como ela está? — pergunta. — Ao telefone... os enfermeiros seguraram o aparelho para mim, sabe, não tenho mais força... Eu não podia correr o risco de...

Eu sei. Ó, como eu sei. A porta está fechada. Só ele e eu no quarto. Mesmo assim, eu me aproximo o máximo que consigo e murmuro bem baixinho.

— Ela está se colocando em perigo. E nós também.

— Pelo risco que eu corro...

— Não tem graça.

— Tem, sim. É de mijar de rir. Ela arrasou, muito mesmo, de verdade. Você, não. Não era para ter mantido Claire perto de você?

Ele tem razão. Eu não cumpri minha parte do acordo, tudo isso porque não quero parecer com minha mãe. Pergunto também:

— E Modeste?

Sorriso sob o bigode.

— Arcanjo, sim senhor. Com todas as honras dos Altíssimos.

Eu me deixo cair na cadeira. Minhas pernas não me suportam mais. Para a minha estupefação, desabo em lágrimas. De tanto querer contê-las todos estes anos, acabei me esquecendo que elas estavam ali, esperando para sair.

Ele não pode levantar o braço, ficou pesado demais, mas seu indicador esfrega minha mão sobre o lençol. O bipe-bipe dos aparelhos me machuca. Entendo por que ele colocou o televisor tão alto.

Ele volta a cantar, mas não sob o efeito do seu Instinto.

Sua voz se transforma em conto.

— Era uma vez, em um Setor distante, dois músicos que tiveram dois filhos. O primeiro nasceu sem Instinto, o que é uma abominação. O segundo tentou matar o outro, o que é uma aberração. Os pais decidiram se separar. Enfim... sobretudo a mamãe. Uma criança para cada um. E o segredinho que vem junto.

Ele sorri para o teto

— A gente ama, hein, nossas pestinhas.

Enxugo as minhas bochechas. Pronto, enfim seca.

— Eu estava grávida do Modeste quando... entendi... a situação de Claire. Dia atroz. O identificador morreu na nossa frente, na frente dela. Parada cardíaca. Fulminado de horror. Eu me senti culpada. Continuo me sentindo culpada.

— Eu sei bem.

— O que você não sabe, o que nunca contei, foi a tentação que tive depois disso. Com o Modeste. De me livrar dele antes que... Mas não pude. E Modeste tentou... a própria irmã. E se o problema fosse comigo?

— Vá com calma nessas partes delicadas. E, quanto às crianças, não se esqueça que a gente fez isso na base do cinquenta e cinquenta.

— Eu carreguei Claire. E carreguei Modeste.

Penso nesses pais, tão numerosos, que fazem filhos como se estivessem brincando de roleta, na esperança de que um deles desenvolva um Instinto com alto potencial. Eu não pedia muito. Crianças simples com Instintos simples teria sido perfeito.

Mas, se tudo tivesse sido perfeito, eu não teria encontrado Dalila. E, sem Dalila, nada teria sido perfeito.

— Escute — suspira. — Se fiz você vir até aqui foi para dizer uma coisa antes de abotoar o paletó. Uma coisa que deveria ter dito a você há muito tempo. Olhos nos olhos.

Um silêncio. Os bipes-bipes. Eu espero.

— Relaxe.

Não tenho certeza se entendi direito. Muitos bipes-bipes.

— Não, sério, querida, relaxe. A gente não fez um trabalho tão ruim assim. Eles cresceram. Continuam vivos. Logo serão adultos. O resto é com eles.

Meu olhar passeia pelo quarto. O medo voltou.

— Onde está Modeste?

— Sossegue, querida.

— Vocês deveriam estar juntos no Setor Oeste. Onde está Modeste?

Ele fecha os olhos. Tão subitamente, por tanto tempo que achei que tinha morrido aqui e agora.

Depois ri:

— No Setor Sul. Isso mesmo, querida. Pertinho da Claire.

VOCÊ, EU E O NÓS

Claire,
Você me fez o que eu sou.
M.

A TIA DA MERENDA

Termina o prato

Ah, o cheirinho das batatas! Todas descascadas de manhã, com ternura, com carinho, para que aqueles queridinhos não venham falar que o purê da tia da cantina é um desses pós insossos, não, nos meus fornos, senhoras e senhores, é tudo de primeira qualidade, autêntico, produtos altamente recomendados pela Burocracia Instintiva! Eu talvez não salve vidas, mas revigoro as suas com vitaminas, cálcio e proteínas.

Amo meu Instinto.

Pleonasmo, dirão vocês, todo mundo ama seu Instinto, mas quando estou ali, deixando meu ratatouille apurar no fogo, quando encho minhas jarras de água e minhas cestas de pão, quando alinho minhas compotas no expositor, quando despejo minhas beterrabas picadinhas nas tigelinhas, com a quantidade exata de salsinha, sim, quando penso em todas aquelas barriguinhas que estou prestes a saciar, meu coração frita dentro do peito. Não sou apenas a tia da merenda: sou a Mãe Nutridora

Deixe seu Instinto guiá-lo e nunca precisará trabalhar na vida.

Abaixo o volume do minitelevisor sobre a bancada. Aqueles queridinhos logo sairão da aula, não quero lhes estragar o apetite. É que continuam servindo isso de todas as maneiras possíveis no noticiário: o caso sério do Santo-Mundo, lá no cruzamento das Escolas, com o outro sequestrador que foi grelhado que nem salsicha. Foi há meses atrás, e ainda falam disso.

Dela, sobretudo. De Claire; bendita seja!

Comprei seu livro assim que saiu e já o li três vezes. Chorei. As três vezes. Assim que puder, vou atrás de uma dedicatória. Escrevi uma carta para ela, não estou esperando uma resposta, mas torço para que chegue mesmo assim.

Chegaram! Os queridinhos entram correndo no meu refeitório, as mãos manchadas de tinta, as mangas, de grafite. Eles ainda não receberam sua marca, mas rabiscam uma no rosto com traços grandes e desajeitados de canetinha hidrográfica, impacientes demais para mostrar seu Instinto ao mundo inteiro — amém. Aponto para o banheiro com um dedo autoritário que não deixa margem para erro. Os queridinhos me conhecem bem demais, sabem direitinho como deixar a tia da merenda derretida com seus dentinhos de leite e suas línguas enroladas.

Rezar antes de comer é coisa de que não abro mão. Todos juntos, crianças: vamos dar graças ao Nós.

Circulo pelas mesinhas empurrando minha carruagem fumegante. Encho os pratos. Quem serve é meu Instinto; eu só seguro a concha. Testemunha do movimento, receptáculo do gesto! E enquanto me dissolvo em êxtase, os queridinhos me contam do seu dia em uma marmelada de palavras.

— E sabe, tia, o professor disse que eu que ele disse que da próxima vez vai ser eu no quadro porque sabe, tia, ele me disse que sou eu que sei melhor de cor os princípios instintivos e sabe, tia, Raoul saiu correndo lá fora do nada sem perguntar se podia e sabe, tia, o professor nem ficou zangado e disse que não é pra rir e que é o Instinto dele que faz ele correr assim e sabe, tia, meu Instinto não me faz correr, mas ele me acordou de noite porque a geladeira tinha dado problema e sabe, tia, que mesmo não sabendo como consertar, pois é, tia, eu consertei sozinho a geladeira.

Purê para tudo que é lado. É um refeitório muito humilde em uma escola muito humilde do Setor Sul, mas não me imagino alimentando em outro lugar. Vamos, quase 13h00, preciso desocupar as mesas; eles, o chão. É assim todos os dias de quase toda semana há 25 anos.

Só que desta vez, veja, que coisa bizarra: não consigo.

Abasteço — de novo — meu carrinho de purê, ervilhas e frango e circulo — de novo — entre os queridinhos, e encho — de novo — os pratos. Um silêncio cai sobre meu refeitório. Esses queridinhos ficam o confusos pra valer. Estão acostumados com a porção de sempre, nem mais, nem menos.

— Não quero mais, não, tia.

— Termine o que está no prato.

Vejo seus olhares hesitantes, seus garfos recalcitrantes, e espero. Eles comem. Os pratos se esvaziam, e os encho, de novo.

— Mas não tô mais com fome, tia.

— Termine o que está no prato.

Os mais velhos tentam sair timidamente da mesa. Eu os sento de novo no lugar e lhes sirvo uma porção dupla.

— Termine o que está no prato.

O silêncio se adensa como uma crosta. Quase não se ouvem os barulhos dos pratos e catarros mal contidos. Os queridinhos choram, choram por culpa minha, tem até um ou dois que vomitam, e penso comigo vagamente que eu deveria estar preocupada, mas a necessidade de nutri-los é mais forte. "Sempre se deve acreditar no próprio Instinto", é o segundo princípio, e o meu Instinto me diz que a refeição ainda não terminou.

Que ela não deve terminar.

— E então? Por que eles não voltaram para a sala de aula?

O professor entrou sem avisar no meu refeitório. E eu entro na sua sala de aula? Cada um com seu território, meu filho. Ele franze as sobrancelhas olhando para os rostos metade medrosos, metade aliviados desses queridinhos.

Ingratos.

— Algum problema aqui?

— O senhor — respondo.

Eu não só penso, eu sinto isso. Organicamente. Esse jovem professor com sua silhueta feita de arame, seus ossos sobressalentes, suas panturrilhas de galo e esse pescoço, que horror esse pescoço, esticado a pondo de rasgar a pele: é ele o mau funcionamento no meu refeitório, a distorção do universo. E é isso o que lhe explico, com toda a indulgência de que sou capaz, enquanto o espremo sob meu peso, enfio-lhe um pão inteiro goela abaixo, abafando seus gritos, preenchendo-o por dentro, e, ao nosso redor vibram, enquanto se agitam, em deliciosa ebulição, os berros das crianças.

MODESTE

PROCURAR, JUNTOS, COMPREENDER

Eu me debato. Com as correntes que me colocaram para me prender a um poste, não é simples.

— Então, resumindo — diz minha colega de equipe —, a situação saiu um pouco do controle.

Ela está com o nariz quebrado; dois dentes a menos; costelas fraturadas. Sua marca de protetora está deformada pelo hematoma que inchou seu rosto. Eu não errei a mira. Não me arrependo de nada, evidentemente, já que não se trata de uma questão de escolha, mas, mesmo assim, isso me irrita um pouco. Vejam o que acontece quando alguém se interpõe entre o meu Instinto e seu alvo. Ela manobra com dificuldade sua cadeira de rodas sobre a grama artificial do 99º andar.

— O importante é que a anomalia sobreviveu — dizem os Altíssimos em uníssono.

O homem, a mulher, a criança e a velha estão concentrados na sua bola de golfe. Eles não jogam uns contra os outros. Uma única bola, uma única classificação. Todos vestem roupas iguais: calça xadrez e cardigã amarelo-limão.

Como eu os amo.

— Ela sobreviveu, sim — confirmo.

Pronunciei essas palavras com calma, mas meu corpo não cessa de se debater e de puxar as correntes. Sei que os Altíssimos têm seus motivos para me prender — e, quaisquer sejam os motivos, os Altíssimos sempre têm razão —, mas reprimir assim um Instinto vai contra a natureza.

A velha arrisca um swing. O movimento é admirável para sua idade, mesmo que ela não tenha acertado a bola aos seus pés.

— Traga-nos a anomalia.

Os Altíssimos se dirigiram ao caddie, um manso de 12 anos. O verbo no imperativo ativa seu Instinto. Ele entra no carrinho, vai e volta com uma passageira.

A anomalia.

Meu Instinto me dá coices no ventre, faz pressão nas correntes. *Matar, matar, matar...* A anomalia desce do carrinho e passeia com um olhar pelo green que os vidros do arranha-céu iluminam com o sol. Minha colega de equipe coloca sua cadeira de rodas entre a anomalia e eu. Se eu conseguisse me libertar, ela a protegeria com o que ainda está intacto em seu corpo.

— Paciência, Arcanjo — me dizem os Altíssimos.

Eu bem que queria ter, mas o Instinto não tem paciência. Uma vez que ele rastreia uma anomalia, só há duas possibilidades de desfecho: matar a anomalia ou mantê-la fora dos 34km do meu alcance instintivo.

Bom, há um terceiro desfecho possível, mas esse não chega a ser um desfecho de verdade. Digamos, uma situação estacionária. Um tempo morto entre Claire e eu. Agora mesmo, ela está na inauguração de uma nova midiateca no centro da cidade. Aprendi de cor como ela faz uso do seu tempo.

Coloco Claire de lado e volto à anomalia que nos foi trazida pelo caddie. Ela está com seu avental de merendeira e, como eu, algemas. Tímido cumprimento com a cabeça. Ela me reconhece. Sem minha colega de equipe, eu a teria espancado até a morte em seu próprio refeitório; sem minhas restrições, eu o faria aqui e agora.

Eu a amo.

Ao ver os broches dos quatro Serafins, ela faz o sinal da cruz como pode.

— Vossas Eminências! Estou tão honrada pela vossa... Não sou digna de... Não salvei nenhuma vida.

— Você assassinou um professor.

Toda vez que os Altíssimos se exprimem assim, quatro vozes em uníssono, inspirados até nas palavras, tenho a deliciosa impressão de ouvir um canto litúrgico. É o mesmo Nós que, no mesmo momento, pulsa obsessivamente através de mim, sob minhas correntes. *Matar, matar, matar, matar...*

A anomalia sorri.

— Ah. Ele. Um exemplo deplorável para os queridinhos. Do tipo que pula refeições, sabem? Ele tinha a intenção de tirá-los da mesa.

No meu refeitório! Eles não tinham terminado o que estava nos pratos. Inclusive, ainda não terminaram.

— Você teria assassinado as crianças também.

— Eu os alimentava.

— Eles foram hospitalizados.

Interrogativo, o sorriso. Ela não vê problema. As anomalias nunca veem. Deixadas à própria vontade, elas continuariam uma e outra vez. Ao tomar a vida de uma única anomalia, salvamos dezenas, centenas, milhares.

Matar, matar, matar, matar, matar...

Felizmente, as correntes e o poste são sólidos. Minha força é elevada ao quadrado quando o Instinto toma o controle do meu corpo. Admito que preferiria não ter imposto um tal espetáculo às crianças daquela escolinha. Elas comeram sob coação, ao lado do cadáver do seu professor até a chegada dos Virtuosos — guiados pelo meu Instinto —, e, diante dos olhos deles, eu espanquei minha própria colega de equipe, que me impedia de eliminar minha presa. Ah. Na idade deles, eu já tinha visto coisa pior.

— Explique para nós — pedem os Altíssimos.

A anomalia olha a bola de golfe correr pela grama. Ela transpira a ausência e, sério, eu a entendo.

— O que, vossas Eminências?

— Como seu Instinto se desviou.

— Meu Instinto?

— Como ele se desviou. Saiu dos trilhos, se preferir.

— Isso não existe.

— Sempre existiu, em todo lugar. O problema é que está existindo cada vez mais aqui. As estatísticas do Setor Sul estão ultrapassando os limites do aceitável. Contratamos os serviços autorizados do Arcanjo aqui presente. Limpeza rápida garantida.

As quatro vozes dos Altíssimos se calam, durante essa pausa os olhares se voltam para mim, detêm-se sobre minha marca, e penso na naninha que eles me confiscaram, no contato do meu dedo com o gatilho, no pente que preciso esvaziar agora — *agora* — em cima do corpo dessa anomalia.

— Desta vez — retomam — vamos mudar de método. Vamos escutar você. Procurar, juntos, compreender.

— Meu Instinto funciona perfeitamente — diz a anomalia. — Em nome do Nós, juro pela minha marca! Preciso mesmo voltar lá, se me deixarem. Eles não terminaram o que está prato.

— Nunca nenhum incidente tinha acontecido no seu refeitório. O que mudou?

— Fiz exatamente o que faço todos os dias há 25 anos.

— Ou seja.

Os Altíssimos continuam sua partida de golfe enquanto o Nós fala por eles. Minha colega de equipe me vigia de soslaio e verifica se minha correntes estão bem presas.

A anomalia transpira.

— Passei um pano nas mesas, arrumei as cadeiras, enchi as jarras, preparei a refeição, desliguei a tevê, servi as crianças...

Os oito olhos se estreitam ao mesmo tempo. Seus tacos se imobilizam.

— E?

— E foi isso. Segui meu Instinto. Servi de novo os queridinhos. Preciso mesmo voltar.

De acordo com sua marca, a anomalia tem um alcance médio, dez a vinte metros no máximo, mas, uma vez desviado, o Instinto não pode mais esquecer o que deixou para trás.

— Você entrou em contato com alguém? — questionam os Altíssimos. — Alguém de fora da escola?

— Ninguém. Meu trabalho é minha vida.

— Certo. Agradecemos a contribuição.

— Vão me levar de volta ao refeitório?

— Não. Você tem algum último desejo?

A anomalia transpira cada vez mais. Em nenhum momento ela deixa de sorrir.

— Posso ganhar um autógrafo da Claire?

Os Altíssimos do Sul se viram ao mesmo tempo para o caddie.

— Libere o Arcanjo.

O pequeno manso abre o cadeado que contém minhas correntes. Meu Instinto assume o lugar do dele. Não penso mais. Vejo minha naninha na mão do mais jovem dos Altíssimos, a permissão em seu olhar infantil. Vejo também minha colega de equipe que se debate, por sua vez, na sua cadeira de rodas, seu Instinto a impele a tentar se levantar e proteger, apesar de todas as fraturas. Sou mais rápido. Abato a anomalia com uma bala bem no coração.

Meu Instinto enfim adormece. O da minha colega de equipe também.

Os Altíssimos voltam à sua partida de golfe.

— Não foi muito esclarecedor. Talvez na próxima vez.

O caddie observa o sangue na grama, o sorriso da morta, depois a chave do cadeado na sua mão. Ao me liberar, ele liberou a morte. Sua expressão é indefinível — para mim. Tento me lembrar do que senti da primeira vez que utilizei minha naninha. O que senti *depois*, uma vez saciado o Instinto.

— Ela nunca mais encontraria a paz. — digo.

— Eu sei, Arcanjo.

O caddie me tira novamente a naninha para devolvê-la aos Altíssimos; já sinto saudades dela. Meu Instinto logo localizará a próxima anomalia, o que não deve tardar, considerando o ritmo com que estão aparecendo. E, para poder interrogar a anomalia, alguém vai precisar me impedir de matá-la.

Quem?

No green, os Altíssimos batem na bola, a seguem, batem nela, a seguem. Eu me viro para minha colega de equipe.

— Você não é mais operacional.

A Virtuosa levanta as sobrancelhas, o que lhe arranca uma careta. Não, eu não errei a mira.

— Por que será, né.

— Não foi nada pessoal.

— Claro que não. Sem ressentimentos.

Da sua cadeira de rodas, ela me estende a mão, metade carne, metade prótese. "Tenho idade pra ser sua mãe", me disse uma vez. Que bizarro, não me sinto nem um pouco jovem. Ela, dito isso, envelhecerá muito rápido se não puder exercer regularmente seu Instinto.

— Foi uma honra e um privilégio trabalhar com o senhor, Arcanjo.

Parece um adeus solene. Sincero, presumo. Isso não resolve o problema.

— Preciso de outro colega de equipe.

A bola dos Altíssimos cai enfim no buraco.

— Já escolhemos um para você, Arcanjo.

GOLIATH

Eu me encaixo no molde

"Tire os sapatos."

É o que está escrito, em letras grandes e vermelhas, no vestíbulo cheio de sapatos, botas e sandálias. OK. Solto o velcro dos meus tênis e entro sem me anunciar.

O lugar é enorme. Cheio de quinquilharias, quadros, lustres, livros: um belo casarão. Adolescentes altos, todos de meias, estão de pé, largados na frente de um televisor enorme. O sol lhes imprime a renda das cortinas nos rostos alucinados; rostos tão maquiados que suas marcas ficam ilegíveis. Impossível saber quem tem qual Instinto aqui. Com os olhos fixos, parece que assistem ao telejornal, mas não reagem quando passo na frente deles.

Fico parada diante da tela onde a apresentadora, inflamada pelo Instinto de informação, comenta atualidades com um ar exaltado:

— ... continua e, de acordo com nossas fontes, a jovem está bem e com saúde, mas ainda em estado de choque. Ela não teria sofrido nem violência nem coação físicas, a hipótese de uma agressão com caráter sexual foi descartada. A identidade do agressor continua desconhecida. Seu Instinto e motivações, também. Isso eleva para 137, em todos os Setores, o número de vítimas do muito incongruente "caso das Claire".

Espere. Só tem uma Claire para mim, e não é essa. Poderia ter sido, talvez possa ser um dia, mas não posso pensar nisso, nem me preocupar com isso, não agora. Preciso permanecer concentrado. Em todos os cômodos que atravesso, e são muitos, as plantas nos vasos estão mortas. Passo por cima dos viciados no tapete.

Ah, achei.

Em uma grande sala de jantar, sentado em um sofá de veludo, um cara brinca com uma tesoura, cortando corações nos cartões de crédito. Terno listrado, gravata de cetim. Ele, sim, ficou com os pés calçados, que coloca sobre a mesa, como se fosse dono do lugar. O chefe, hein. Ele me lança um olhar blasé por cima da tesoura. Tem cara de brutamonte, mas não posso falar nada, eu também não fico muito atrás.

— Você é quem, hein? Como entrou?

— Ninguém me impediu.

— Bando de imbecis, eu os mimo demais.

Ele olha a minha marca, eu olho a sua. Prestativo. Esse não tenta se esconder.

— Protetor, hein? — ironiza. — Posso saber o que o traz até este fim de mundo?

— O amigo de um amigo de um amigo me deu o endereço.

— Olha só.

— Eu quero.

— O quê?

— O que o senhor vende. Eu quero. Posso pagar.

— Sai fora. Não negocio com pirralho.

Até parece, só tem adolescentes no seu bando, mas guardo essa reflexão para mim.

— Sou maior de idade.

— Ah, que gracinha.

Sou mais grandalhão que ele e sinto que isso não lhe agrada.

— Disseram que seu... medicamento... adormece o Instinto. Estou precisando. Urgente.

O plástico dos cartões de crédito estala sob a tesoura.

— Pare, assim eu choro.

OK. Tiro as mãos dos bolsos para que veja por si mesmo que elas não são de verdade. E, para ele medir bem a gravidade dos desgastes, arregaço as mangas até acima dos cotovelos.

— Ah, aham, que coisa, os dois braços. Seu alcance instintivo é pequeno que nem o meu, segundo sua marca. É de quanto exatamente?

— 2,40m.

Ele sorri. Para com a tesoura.

— Você tem mesmo um Instinto de merda.

Sabe que não apresento ameaça alguma nem a ele nem a seu negócio. Sou visceralmente incapaz de agredi-lo, para começar, e alguém poderia estar sendo esquartejado no quarto ao lado, que eu nem me daria conta.

Coloco um envelope na mesa, ao lado dos seus belos sapatos engraxados.

— Não é suficiente.

Ele nem sequer abriu o envelope para contar as notas. Julgou pela grossura.

— Mas ouvi dizer...

— Ouviu mal. Você me deve o dobro.

Através das esquadrias, um jardim infestado de ervas-daninhas nos traz um cheiro ralo de lavanda. Sei bem quanto vale a droga dele, mas, se tivesse pagado o valor cheio, o caso teria acabado rápido demais, e eu preciso de um pretexto para ficar por aqui. Olhada no relógio da sala de jantar; de ouro, os ponteiros. Não tem nada a ver, mas não consigo parar de pensar: *amanhã*.

— A gente não pode dar um jeito? — sugiro.

— Fale aí uma coisa que eu não saiba.

O chefe tira lentamente as pernas da mesa e estende bem os dedos, como se quisesse pegar a casa inteira.

Depois ele me mede. Como o envelope.

— Qual o meu?

— O quê?

— Meu Instinto. Qual é?

Que bosta, espero que não seja pegadinha. Sua marca diz que é um prestativo e, mais especificamente, um preventivo. Mas as variantes dessa subcategoria Instintiva são muitas: isso não se adivinha chutando. A questão é que conheço seu Instinto, porque me informaram, mas será que eu tenho que saber? Se ele perguntar minha fonte, eu danço.

Ele responde por mim, ufa:

— Os cadarços. Um cara na rua com sapato mal-amarrado. Pronto, estou de joelhos. Não conheço o maluco, mas amarro seus sapatos. Porque, veja bem, não queremos que ele dê de cara no chão na calçada. Falta pouco pro meu Instinto me impelir a lamber os pés do cara.

Ele olha os meus pés, descalços, do sofá. De qualquer forma, sempre uso tênis de velcro. Os cadarços, com as minhas próteses, são um inferno.

O chefe tira uma cápsula do bolso do paletó.

— Só uma. Umazinha. E pronto, sou um homem livre. Hoje, cadarço desamarrado? Tô pouco me lixando para isso. Então, com seu envelopinho aí, você tá tirando com a minha cara.

— Ah, desculpe...

Eu me viro. Entre dois armários, uma porta acabou de ser aberta por um velhinho. Ele traz a marca dos manso, bem como um avental e uma bandeja. Percebeu tarde demais a minha presença e tenta dar meia-volta. Vi as capsulas na bandeja. Assim como vi, atrás dele, em uma cozinha transformada em laboratório, debruçada sobre uma mesa, preparando outras cápsulas: uma velhinha, também mansa.

Achei.

Sou um péssimo ator, alguma coisa no meu comportamento me traiu. O chefe sacou uma metralhadora de debaixo da poltrona. Sinceramente.

— Guardem a droga! — ordena ele aos mansos. — E você — acrescenta apontando a arma para mim — não sei quem é, seu fofoqueiro imundo, mas vai me dizer direitinho quem o mandou. O bando dos abstinentes? A gangue do anti-Nós?

Certo. Nem passou pela cabeça dele a possibilidade de eu ser um Virtuoso em missão de reconhecimento. Nem um pouco ofensivo.

— Ah, quer saber, que se dane.

Ele aperta o gatilho e atinge a cadeira que levantei à minha frente. Preciso me mexer! Uma segunda rajada explode o guarda-louças à minha direita. As balas disparam, furam, arrebentam, ricocheteiam por toda a sala de jantar. Vou com tudo. Não até a saída: até o velhinho. Apavorado, ele cata contra a sua vontade as cápsulas que derrubou no tapete, correndo risco de morte. Não penso mais, meu Instinto me pilota.

Proteger.

Pego o velhinho pelo avental, arrasto-o à força até a cozinha, viro a mesa — avalanche de cápsulas — e enfio nós três, a velhinha, o velhinho e eu, atrás desse abrigo improvisado. O estrondo das rajadas cobre tudo: o velho que resmunga, a velha que me arranha as costelas. *Guardem a droga!* Seu Instinto lhes impõe a obedecer, o meu os impede. Estou machucando os dois com meus braços mecânicos, mas, se a mesa ceder, meu corpo será a última barreira deles.

O que os outros estão fazendo, bosta?

Um estouro de vidros se sobrepõe ao das balas. Eles partiram para o assalto. Xingamentos aqui, ordens ali. O silêncio que se segue machuca os tímpanos.

— Goliath! — chama uma voz. — Eles estão bem?

— Sim, major.

Saio com muito custo das ruínas da cozinha com os velhos que se debatem feito loucos. Agora que enfim conseguimos nos ouvir, utilizo neles o único imperativo autorizado quando não somos Altíssimos:

— Ajam como quiserem.

E eles se apressam, me xingando sem parar.

A brigada inteira investiu contra a sala de jantar. As esquadrias estão em migalhas. O chefe está de barriga para baixo, desarmado, enquanto a major o algema. Pelo jeito que ele me olha do tapete, deve estar arrependido de não ter me furado a barriga com a tesoura logo de cara. Para provocá-lo, abro meu casaco jeans e revelo meu broche "I" na camiseta.

— Um Santo. Sim. Quer saber o que faço com seu Instinto de merda?.

O casarão inteiro ecoa um "todo mundo no chão! mãos ao alto!", mas estou tranquilo, não serão logo esses viciados que farão a resistência.

Um cuidador se encarrega dos velhos. Estão chocados. O velhinho chora, e isso me dá uma raiva danada. Nossa major fala com eles com doçura e acalma os dois direitinho, não, senhora, senhor, não precisam se preocupar, somos da brigada Anti-Abuso, não, não vamos prendê-los, sim, estamos perfeitamente informados, sim, entendemos que os senhores trabalharam à força, sim, sabemos que o lugar lhes pertence e que esses traficantes se impuseram aos senhores, sim, vamos investigar, sim, haverá um processo, sim o seu testemunho será importante, mas não, não será por enquanto, vamos conduzi-los ao hospital e verificar se estão bem, combinado?

Eles aceitaram o combinado. A major leva mais jeito do que eu.

Por toda a parte, ameaças aqui, algemas ali. Tento não pensar no Santo-Mundo. Eu gostaria de participar da prisão de todos, ocupar a cabeça, mas minha missão terminou e estou evitando me preocupar demais agora. Eu me encaixo no molde.

Pego meus tênis no vestíbulo.

Continuo na soleira da porta. A caixa de correio está transbordando de cartas de advertência da midiateca; foi o carteiro que chamou a brigada Anti-Abuso. Não está tão frio aqui fora, mas um ventinho de primavera que nos traz todos os cheiros, bons e não tão bons, do campo. Fico ali olhando os vinhedos que se estendem até onde a vista alcança, o ar se entranha na minha camiseta. Um vilarejo isolado na zona rural do Setor Sul-Centro-Sul, dois mansos que queriam passar a aposentadoria em meio ao verde, bem tranquilos, longe dos problemas, bela tentativa!

A faxina do casarão termina. O pós-operação raramente é divertido. Lacrar o lugar, coletar amostras, preencher a papelada. Confiscam todas as cápsulas "anti-Instinto" — faço questão das aspas — mais uma bela enganação, incrível que ainda tenha gente besta o suficiente para se arruinar por sedativos baratos, ainda mais essa porcaria que anestesia quase tudo, menos o Instinto.

Um comboio de Virtuosos embarcou o traficante e seu bando.

Dá uma fome de lobo quando terminamos. Eu me junto à minha brigada na viatura, sento no banco entre os outros e, enquanto mordo uma barra de cereais, a calma a bordo me atinge. Todo mundo me olha. Nossa major parece furiosa, e percebo que estava se contendo este tempo inteiro.

Ela explode assim que ao carro arranca:

— Não ouviu, foi, novato? Era pra você entrar, fazer reconhecimento e sair. Ponto. Sem partir para a hostilidade!

— Eu protegi os proprietários.

— Da sua confusão, sim! Se você tivesse se atido às ordens, eles não teriam sido expostos ao perigo. Então, nada de declarar essas vidas ao Cômputo. Só para lembrar: esses dois trabalharam para os Altíssimos do Sul a vida inteira. Se tivessem se machucado, nem que fosse um arranhãozinho, a brigada inteira seria responsabilizada.

O antigo eu teria protestado, tentado se justificar. Mas também não foi culpa minha, major, se fui topar logo com um brigão armado... Eu calo a boca, encaixo-me no molde e penso: *amanhã*.

No banco à minha frente, alguém ergue a garrafinha e brinda com o vazio.

— Valeu, novato.

Cerro os dentes e forço um sorriso. Quatro meses sendo "o novato". Não sou um deles, e não será hoje que vou virar um.

Um longo trajeto começa. Vamos rodar a noite inteira. A volta ao lar, enfim. Conto os minutos como contei os dias. Quatro meses pulando de uma missão para a outra, de vilarejo em vilarejo, de abusadores a abusados, dos confins do Setor Sul-Sudeste ao fundo do Setor Sul-Sudoeste. Quatro meses encaixando-me no molde e transbordando sem querer, porque nunca nem me preocupei em trabalhar em equipe na vida, só uma vez. Quatro meses passando raiva em todas as cabines telefônicas, discando seu número, salvo exceção, e caindo na secretária eletrônica. Me deixar no vácuo depois do que a gente sobreviveu, fale sério! Quando eu vir Claire amanhã, caramba, ela vai ouvir umas poucas e boas.

Amanhã.

Seus dentes da felicidade me olham da capa do livro. Um colega acendeu a luz do capacete para devorar o livro pela segunda vez. *Eu também*. Que título, hein. Ele passou de mão em mão, a brigada inteira leu — até eu. Tem a foto de Claire, o sorriso de Claire, o nome de Claire, mas Claire, a Claire que conheço não está em lugar algum. Eu também não apareço em lugar algum no livro. Mas, no Santo-Mundo, ô se eu estava.

Atrás dos vidros da viatura, a paisagem se cimenta. Adeus, campos agrícolas, olá, zonas industriais. Dormimos como podemos. Amanhã se torna hoje. A aurora está nascendo quando pego um pedacinho de mar entre dois blocos de imóveis vermelhos.

O arranha-céu do Setor Sul se desenha no horizonte. Meu lar, oficialmente, mesmo se nem tive tempo de desfazer as malas. É que os Altíssimos me ofereceram direto essa viagem! Não sei para onde vão me enviar depois. Só sei que antes do depois, tem o agora. Tem o que virá em breve. Tem Claire. Em algum lugar dentro desse arranha-céu, meu lar, nosso lar. E quando eu a vir de novo, aí sim ela vai ouvir uma poucas e boas. Vou desabafar tudo que ela não me deixou falar ao telefone.

Todo o lugar que sua ausência ocupou no meu molde pequeno demais.

CLAIRE

Alguém que não encontro

Um braço se levanta na quinta fileira.

— A senhora sempre quis ser Virtuosa?

Ah, essas mesmas perguntas repetidas uma e outra vez... É toda uma arte responder como se fosse a primeira. Arte essa que não tenho a menor vontade de dominar.

Levanto meu microfone.

— Não. Inclusive, continuo não querendo ser.

Risos. Eles pensam que estou brincando.

Estreito os olhos, cega pelas luzes. A Burocracia Instintiva pesou a mão nos projetores. Do palco, quase não consigo ver a multidão que invadiu os assentos púrpura do grande auditório do Palácio dos Congressos, mas percebo sua animação excessiva. Essas pessoas foram fisgadas pelo Setor Sul inteiro — e além dele — com cartazes fluorescentes gigantes: "*ENCONTRO COM UMA SANTA*".

Braço levantado.

— Como foi ter salvado onze vidas?

— Ganhei um brochinho bonito.

Risos. Alguns chegam até a aplaudir. Outros fazem o sinal da cruz, um gesto raramente reservado aos Virtuosos. Todos olham meu broche. Sou obrigada a usá-lo em público, a não ser que a Burocracia Instintiva me conceda uma dispensa. Um "I" espetado na minha camisa como uma daquelas flores de palhaço que esguicham água.

Braço levantado.

— A senhora gostaria de salvar outras vidas ainda?

— Ainda não há nada programado na minha agenda.

Riem de um jeito diferente. Talvez se perguntem, meio desconfortáveis, se a Burocracia Instintiva realmente aprecia aquilo que acreditamos ser humor. Afinal, vários dos seus representantes ocupam a primeira fileira: administradores, adjuntos e adidos setoriais, secretários, redatores e uma representante do Cômputo, que traz a marca do cálculo. Eles me ouvem, me sorriem; me monitoram. Estou vendo direitinho o jogo do Altíssimos do Sul, não é muito sutil no fim das contas. Estão é de olho em mim, como se eu fosse soltar na frente das câmeras: "Na verdade, senhoras e senhores, os Instintos podem se desviar, fui testemunha, bom dia a todos e viva o Nós!". Para mim, é só mais um segredo na conta.

Braço levantado.

— A senhora deve ter ouvido falar do recente "caso das Claire". Acha que ele pode ter alguma relação com o sucesso do seu livro e a sua popularidade em ascensão?

Certo, essa pergunta me pegou de surpresa. Um jornalista se infiltrou no meio do público? Vejo a marca dos informantes no seu rosto, na segunda fileira. Subcategoria interrogadora: não é a minha preferida.

— Hum...

Estou perplexa. A cada dia, jovens desaparecem na rua, reaparecendo horas depois em estado de choque sem ter sofrido nenhuma violência aparente. Que todas tenham o mesmo nome que eu realmente é motivo de preocupação.

Decido:

— Parece uma piada de muito mau gosto.

— Mas e a senhora, Claire, já foi abordada por pessoas suspeitas? Já a ameaçaram diretamente? Cartas estranhas ou codificadas? Ou chamadas anônimas? Um fanático que segue a senhora por toda parte? E, falando nisso, ainda tem a impressão de pertencer a si mesma?

E pronto. Uma vez ativado, o Instinto de interrogação procura respostas incansavelmente. No palco, na poltrona ao lado da minha, a animadora desembainhou seu microfone.

— Toda intervenção que não respeitar a diretriz será invalidada.

Ao mesmo tempo, é meio difícil ignorar a placa "não ultrapassar dez palavras consecutivas" colocado em destaque na frente do palco. Virtuosos retiram discretamente o jornalista do alcance das câmeras, enquanto sua voz — "Será que algum dia pertencemos a nós mesmos? E, no fundo, precisamos nos pertencer? O Nós já não nos possui?" — é levada para longe.

— Vamos encerrar as perguntas por aqui — anuncia a animadora.

Consigo ver sua maquiagem, que realça habilmente sua marca, escorrendo até o sorriso.

— Claire, a senhora acabou de atingir a maioridade. (Pausa.) Uma mensagem forte para nossa juventude. (Pausa.) É a primeira confidente a ter. (Pausa.) Abraçado a via da santificação. (Pausa.) Agora, conte para a gente. (Pausa.) O Santo-Mundo. (Pausa.) Como aconteceu?

Esses pontos mal reunidos me bombardeiam os ouvidos. A animadora abraça um exemplar de *Eu também* contra o peito dela. Brilham, de repente, os olhos da sala inteira! Goliath deveria estar comigo, aqui mesmo, neste palco. O que ele estará fazendo agora? Em que Setor está em missão? Faz quatro meses que partiu.

Quatro meses sem sua voz enorme.

Desenrosco a tampa da água, bebo um gole, umedeço os lábios no microfone. Que vontade louca de comer chucrute.

— Os alunos do cruzamento das Escolas tinham desaparecido. Com um amigo, procuramos por eles. Nós os encontramos. Era o gerente do café, do Santo-Mundo, que estava os mantinha como prisioneiros. Conseguimos evacuar o lugar logo antes do incêndio.

Na primeira fileira do auditório, com um aceno de cabeça, a Burocracia Instintiva aprova. A animadora nem tanto. Não tenho nem o fraseado nem a grandiosidade esperadas. Ela me estende *Eu também*.

— No seu livro, parecia mais legal.

— Ah, isso é porque não fui eu que escrevi.

Risos. Que doideira, ainda acham que estou brincando. Nem sei como os de lá de cima conseguiram escrever um livro tão rápido. Eu me forcei a lê-lo até o final. Uma versão melhorada dos meus estudos na Escola da Confidência, da minha investigação, das minhas aspirações, de mim. Quase saio carregando o Goliath das chamas, nos meus braços — onde quer que esteja, tenha dó, não leia isso, não. Pelo menos não tiveram o mau gosto de sair bisbilhotando os lados da minha família.

A animadora parece aceitar a derrota. Não é a primeira que eu acabo cansando.

— Bem. (Pausa.) Vou fazer a leitura de um capítulo. (Pausa.) Claire, não queremos abusar do seu Instinto. (Pausa.) Fique à vontade para colocar o fone.

Ajusto as espumas contra meus ouvidos e ligo o walkman na minha cintura. A rapsódia absorve tudo. A animadora lê sem que eu ouça nada, mas consigo ver o Instinto da informação iluminar seus traços: agora que ela começou, não poderá fazer outra coisa, precisará ler até o fim da página. Como sempre, ela escolheu a cena do Santo-Mundo, o instante lendário em que eu, que não estava nada destinada à via da santificação, longe disso, liberei inocentes das garras de um maluco, um crime que foi feito por um homem, não por seu Instinto, alto lá, claro que não.

Muito bem.

Chegou a hora; minha hora; o motivo de eu aceitar este circo todo.

Respiro. Lentamente, recuo, meu corpo permanece, a música ressoa e eu recuo, um espaço que se cria em algum lugar entre os ossos e a pele, não é uma crise de afastamento, não as tive mais desde o fim do Santo-Mundo, não, uma distância controlada. Não ouço mais a rapsódia. Estou ocupada demais observando. Olho a multidão à minha frente. Escrutino cada rosto, cada marca à sombra e à luz. Eles querem tanto acreditar, identificar-se comigo e se lembrar graças ao meu grande feito o quanto seu próprio Instinto é sagrado: ele que tira os chicletes grudados sob os assentos, ela que esmaga um piolho na cabeça de uma criança, eles todos que, uma vez fora daqui, partirão rapidinho rapidinho para remendar, polir, compartilhar, cultivar, cozinhar, acolher, acarinhar, consolar, capinar, se oferecer de corpo e alma sem nunca esperar nada em troca.

E eu sou uma impostora que procura outro impostor. Aquele ou aquela que, nesta sala, está fingindo tanto quanto eu.

Alguém que não encontro. Ainda não.

A animadora termina a leitura. Desligo meu walkman.

— Obrigada, Claire, por ter vindo. (Pausa.) E sobretudo pelo livro. (Pausa.) Agora nos reuniremos no hall de exposição para os autógrafos. (Pausa.) O Nós esteja convosco!

A sala diz amém e aplaude. Eu me levanto para cumprimentar e já me fotografam de frente e de trás, como uma estrela de cinema.

E depois, fecham-se as cortinas.

MODESTE

O Nós tem um plano

Estou terminando minha pipoca sem manteiga, sem açúcar, sem sal. Estou comendo por educação, sem apetite, porque me ofereceram. Todas as fileiras se esvaziam na luz tênue das luzinhas de emergência. Continuo mais um pouco no meu lugar, no fundo da sala, lá onde os olhos de Claire não conseguiram me alcançar. Observo as pessoas que saem rápido, com pressa para chegar primeiro à sessão de autógrafos. Tão impacientes que ninguém, algo incomum para mim, presta atenção na minha marca e no meu broche. Eu os amo. Não tenho facilidade para decifrar as expressões dos rostos, mas suponho que sejam de alegria.

Ouço seus comentários:

— Ela é legal.

— Ela é o máximo.

— Ela é massa.

Sou sem dúvida a última pessoa do mundo para julgar, e é raro eu formar uma opinião pessoal, mas mesmo assim, achei Claire muito ruim. Pior do que muito ruim. Avarenta. Ela não deu nada de si. Como poderia? Não tem nada para dar. Ela é oca, não passa de uma casca.

Como uma pipoca.

O auditório está deserto agora. Continuo de frente para as fileiras de poltronas dobráveis, de frente para as cortinas que engoliram Claire. Já eu tenho muito a oferecer. Penso naquela merendeira que abati, em todas aquelas anomalias eliminadas, enquanto a pior delas permanece.

Idolatrada, ainda por cima.

Meu Instinto — e o Nós através dele — decidiu lhe conceder um adiamento, mas Claire teria facilitado as coisas, tanto para ela quanto para mim, se tivesse quebrado o pescoço na escada de nosso prédio. Vou precisar, cedo ou tarde, matá-la como previsto. De preferência antes que o mundo todo descubra o que ela é e qual nosso grau de parentesco.

O Instinto sabe onde, quando, como. Sétimo princípio instintivo. Sim, sinto-o no meio das costelas, esse batimento pacífico, esse chamado à paciência. O Nós tem um plano, um plano para Claire, um plano para mim. Então, pronto: enquanto aguardo para matá-la, vou continuar mais um pouco a vê-la viver.

Acabou, esvaziei meu pacote de pipoca. Agora estou com sede.

CLAIRE

NÃO SE ESQUECEU DE NADA?

Nos bastidores do auditório, eu me encontro cercada por suéteres listrados. Ah, não. Os midiatecários, não. Vão me convidar de novo para seus clubes de leitura de quinta à noite, doze inscritos no máximo, sempre os mesmos, desperdício de tempo para mim, e para eles, mas sobretudo para mim.

Com seu fone antirruído nos ouvidos, Janvier intervém sorrindo, contendo as pessoas com sua covinha no canto da boca, entrega-lhes meu cartão de visita e, com um movimento ínfimo do dedo, me convida a sair correndo. Pego minha bolsa e me mando.

Aperto uma quantidade astronômica de mãos até chegar ao hall de exposições do Palácio dos Congressos. Uma fila já está se formando em frente ao meu estande de autógrafos — impossível ele passar despercebido sob a grande faixa com o logo aureolado. Não faz muito tempo que, quando eu queria tirar o fone, precisava me dirigir à cabine de intimidade mais próxima. Reina aqui um silêncio de igreja imposto unicamente pela minha presença, a fim de poupar meu Instinto (ha, ha). Meus antigos colegas da Escola da Confidência estariam verdes de inveja, hein.

O céu e o mar inundam as janelas envidraçadas. Faz calor. Minhas coxas grudam sob meu tailleur. Assino livros até perder a conta, a fila cresce e procuro incansavelmente em cada rosto um indício, qualquer um, algum tormento no fundo dos olhos, uma marca mal-assumida, enfim, um outro eu sem Nós. Em vez disso, só encontro Nós sem eu. Bravo, Claire. Obrigado, Claire. Claire, Claire, Claire. Na Escola, ninguém nunca se lembrava do meu nome; hoje, as pessoas o desgastam de tanto pronunciá-lo.

Um adolescente, portador da marca dos prestativos, desaba em lágrimas quando chega a sua vez.

— Eu estava... no fundo do poço — articula. — Ler seu livro me... obrigado.

Eu lhe estendo um lenço, horrivelmente envergonhada.

A calculadora do Cômputo se mantém de pé ao meu lado, silenciosa, em posição de sentido. Não entendi direito o seu papel neste teatro, mas ela sempre está presente em todas as sessões de autógrafos.

Estou precisando de um chucrute, mas não de um daqueles homologados pela Burocracia Instintiva, ah não, um com repolho bem fermentado, banha de porco e salsichas, uma tonelada de batatas, com um vinhozinho branco seco saído diretamente do mercado clandestino.

— Parabéns pelo seu livro — me sussurra um senhor muito elegante.

— Não fui eu que escrevi.

Ele ri, e sua marca — Instinto da fabricação — parece rir com ele, depois fica pensando. Ainda tem direito a seis palavras. Ele escolhe as que todo mundo sempre escolhe.

— Eu sou o seu maior fã.

Fã de uma ilusão, penso ao lhe entregar seu exemplar autografado. Ele me lambe a mão. O senhor muito elegante. Sim. Ele me lambeu. Sim. Minha mão. Sim.

Fico boquiaberta. Ele também.

— Não fui eu.

Sinto ainda sua saliva na minha pele.

— Eu garanto. Não fui eu.

Consternado, o corajoso senhor. E sincero, ainda por cima.

Um coorte de Virtuosos parte para cima dele. Colocam seus braços para trás, prensam sua cabeça contra a minha mesa, seu lábio estala debaixo do meu nariz. A fila entra em pânico, as pessoas perguntam o que está acontecendo, e estou em pé sobre uma geleia de pernas, cadeira virada, eu gostaria de gritar que não estou machucada, que não foi nada, nadinha, mas me calo. Eu me calo porque uma confidente — uma verdadeira confidente — não poderia fazer outra coisa senão ficar de boca fechada e escutar, nada além de escutar, enquanto as vozes não se calassem.

O senhor foi algemado, depois afastado dos olhares; alguém pede silêncio.

— Retomaremos os autógrafos em quinze minutos — me dizem. — Vá se refrescar.

Vou ao banheiro. Não sei o que me choca mais: as proporções que as reações ao meu livro estão tomando ou minha própria aptidão a atuar, independentemente das circunstâncias.

Talvez seja mais essa impressão de já ter vivido isso. Onde? Quando? Quem?

O cúmulo é que, com isso, minha fome nem passou. Por que me ater a um chucrute? Eu bem que me entupiria de confit de pato, macarons, tartiflette, daquelas coisas bem calóricas, proibidíssimas, e não estou nem aí se ganhar mais peso ainda.

Chegando ao banheiro reservado aos Santos, fico paralisada. No espelho, três palavras foram pichadas com batom:

NÓS ENCONTRAREMOS VOCÊ

Passo o indicador por cima; foi traçado há pouco tempo. De novo esse murmúrio? Eu não paro de topar com ele já há algum tempo, aonde quer que eu vá, e isso me conduz de volta, invariavelmente, à última frase que o gerente do Santo-Mundo disse antes de morrer.

"Porque é isso o que você é. Uma Você. Um indivíduo, um verdadeiro de verdade."

Se o que eu sou tem um nome, então não devo ser a única. De qualquer forma, foi isso que escolhi apostar.

Pego minha polaroide, tiro uma foto e anoto a data e o lugar na parte de trás dela. Limpo a pichação do espelho, depois me contemplo através dos borrões vermelhos. Sobretudo minha marca, auge da minha fraude.

Ai, ai, bateu uma depressão agora; quatro meses sem a voz grossa de Goliath. Sei que ele tentou entrar em contato, e mais de uma vez, durante minhas andanças incessantes: minha secretária eletrônica está cheia dos suspiros que ele soltou antes de desligar. Ele também não para quieto desde sua partida, mas talvez, sim, talvez seria melhor eu ter tentado deixar uma mensagem, tentado obter um momento de disponibilidade tanto para ele quanto para mim, só um tempinho para conversar.

Eu não pude. Pior ainda, não quis.

Faço xixi. Quase nem usei o papel higiênico do Palácio dos Congressos, pois parece que é de seda. Eu me lavo em um dos lavabos imaculados. Mesmo assim, lambida de mão, essa é nova.

— Não se esqueceu de nada?

Deixo a água correr por um bom tempo, deixo meu coração bater forte por um bom tempo, antes de me virar para Modeste, que está de costas contra a porta do banheiro. Entre seus dedos, um copo de chocolate quente fumega. Nenhuma arma à vista, tudo certo, talvez eu não morra imediatamente.

Fico irritada:

— Vai me fazer sempre a mesma pergunta?

Modeste me observa pelo espelho interposto. Os olhos semicerrados, o corte tigela indolente: tudo está imóvel na superfície. Eu nos comparo de novo, mesmo não querendo. Nenhuma grama a mais nesse corpo, nenhuma emoção, nada transbordando em lugar algum. Fora os dentes da felicidade — uma fórmula irônica pra caramba —, não temos nada em comum. Era para eu me lembrar de quê? Da nossa infância compartilhada? Não me resta nada, fora uma queda das escadas.

— Vai me matar? — pergunto.

Modeste beberica seu chocolate quente, um gole lento após o outro, e me devolve:

— Vai me fazer sempre a mesma pergunta?

Seu olhar se direciona ao meu broche de Virtuosa; o meu, ao seu broche de Arcanjo.

— De qualquer forma, Claire, isso não vai durar.

E Modeste vai embora tranquilamente com seu chocolate quente, me deixando plantada ali.

Procuro meu desodorante na bolsa, em algum lugar entre as minhas fitas e minha harmônica. A multidão, os fãs, as filas, os malucos, tudo bem, tiro de letra, mas nossos encontrinhos cara a cara me fazem suar. Eu ficaria muito melhor sem essa coexistência forçada no Setor Sul. É claro que Modeste vai me matar, sem dúvida quando eu menos esperar. Ah, a família...

Uma batida discreta na porta do banheiro. Desta vez, é Janvier que entra. Ele não precisa usar um broche para entrar nos lugares dos Santos.

— Estão esperando.

Assim que vê meu rosto, ele fecha a porta atrás de si.

— Precisa de mais tempo?

Ele tirou seu fone antirruído. Não deveria confiar tanto em mim. Não vou lhe fazer mal, não deliberadamente, mas um imperativo escapa rapidinho.

— Faltam quantos? — pergunto.

— Oitenta. Tem gente chegando ainda. Podemos...

— Nada de furar fila.

Uma confidente não poderia, sob pretexto algum, interromper seu interlocutor, mas já não fico de fingimentos com Janvier.

— Eu ia falar que podemos cancelar tudo.

O sorriso de Janvier aumenta. Sua crista arco-íris o faz parecer mais alto do que realmente é. Talvez não tenha broches, mas quantos piercings! Ele exibe um em cada parte do rosto não dedicada à sua marca de manso. Foi-se um tempo em que eu teria achado que ele parece um pouquinho um kazoo — o instrumento que diverte de início, que irrita em seguida —, mas decidi parar com as metáforas musicais. Porque isso, no fundo, sempre foi o domínio da minha mãe, e chega uma hora, né, em que é preciso cortar o cordão.

— Não vamos cancelar nada. Vou voltar.

— Os Altíssimos programaram para você três entrevistas, mas só amanhã de manhã. Seu livro está fazendo o maior sucesso, e é só o começo. Você precisa poupar esforços.

Poupar esforços. A cada dia, fazemos juntos o circuito de eventos sociais. Estou em todas as cerimônias, todos os coquetéis, sou paga para sorrir, brindar, autografar livros e apertar mãos. Milhares de mãos. Molhadas, moles, maduras. Isso quando não lambem as minhas.

— O jornalista talvez estivesse certo — diz Janvier. — Essas Claire que são abusadas há semanas. São todas da sua idade, além de terem o mesmo nome. Não sabemos o que fazem com elas, nem por quê, mas acabam traumatizadas.

Fico meio encucada. Quer dizer que Janvier tirou o fone durante a reunião pública? Um manso não corre risco algum a não ser que lhe dirijam diretamente um imperativo; mesmo assim, ele foi imprudente.

Dou de ombros.

— Se tem uns malucos obcecados por causa de um livrinho, o que é que eu posso fazer? E, além do mais, tem uma penca de Claire da minha idade pelo supercontinente afora. Não devo ser o alvo.

— Um homem lambeu a sua mão.

Ah. Pronto. Agora sei de onde vem a impressão de déjà-vu. No cruzamento das Escolas, no teatro com Goliath, na reunião dos individualistas: o pobrezinho que me atacou com sua lâmina repetia a mesma coisa que o senhor de agora há pouco. "Não fui eu não fui eu não fui eu não fui eu"

— O que está tentando fazer, Claire?

Janvier me olha. Não está mais sorrindo, mas sua covinha continua intacta. Faz parte dele, assim como ele faz parte de uma parte de mim. Está parecendo mais uma cicatriz, a esta altura.

— Você ainda tem medo de mim?

Janvier levanta as sobrancelhas, assim como todos os piercings que vão junto. Já estou arrependida de ter perguntado. Ele e eu temos história, não uma história complicada, na verdade é uma história bem simples, uma história terminada. Não pedi para ele me escoltar. "Decisão dos Altíssimos", disse ele. Não especificou se a ideia vinha deles ou dele, mas eu, veja, chega uma em que preciso entender o que está fazendo aqui, comigo.

— Janvier. Quero saber se você ainda tem m...

— Seu amigo voltou — me corta ele.

— Meu amigo?

— Goliath.

— Goliath voltou?

— Da missão, sim.

— Goliath voltou.

— Voltou.

— Quando?

— Hoje de manhã.

— Goliath voltou hoje de manhã, e você só me diz isso agora?

No espaço de um instante, esqueço tudo: minha pergunta a Janvier, a ameaça de Modeste, a mensagem no espelho, a língua na minha mão e aquela multidão febril que deixei plantada em frente ao estande de autógrafos.

Desde que os Altíssimos me fizeram um livro pelas costas, tomei uma decisão. Podem me forçar a mentir para o mundo inteiro;

a Goliath eu direi tudo. Começando pelo que não pude lhe dizer ao telefone. Aquela mesma coisa que eu disse a Janvier e que já destruiu tudo uma vez.

Quero escapar, sair do Palácio dos Congressos e entrar no primeiro táxi que aparecer. E então, eu lembro por que estou aqui. Todas aquelas pessoas me esperando em frente ao estande e entre as quais talvez se encontre...

Subo de novo a alça da minha bolsa no ombro.

— Não vamos cancelar nada. Nada de furar fila.

— E Goliath? — pergunta Janvier.

— Depois.

Goliath

Saímos os dois na pior

— Claire volta quando?

— É a sexta vez que pergunta a mesma coisa.

— É a quinta vez que me diz “em breve”.

— Pois então aqui vai a sexta: em breve.

— OK. Vou esperar.

— Já viu a hora?

— Sim, estou contando uma a uma desde hoje de manhã.

— Volte amanhã, meu filho. E fale mais baixo.

— Não sei onde vou estar amanhã, eu falo assim mesmo e não sou seu filho.

— Ela é requisitada demais. Talvez não vá querer recebê-lo.

— Vai, sim.

— Coloco seu nome na lista de todos que já me disseram o mesmo?

Não é possível, esse recepcionista está tirando com a minha cara. É um protetor, como eu, mas, vendo como tem poucas próteses, ele não pisa muito em campo, só o bastante para exercer seu Instinto de vez em quando.

Sento de novo na poltrona que já ganhou o contorno das minhas nádegas. Não paro de vigiar os dois elevadores: o geral, que serve todos os andares, e o expresso, reservado a missões prioritárias. Não aguento mais a recepção do 13º, sua decoração laranja fluorescente, esse lounge de vinis em que o toca-disco repete sempre as mesmas músicas. No chão, um vidro triplo oferece uma visão vertiginosa dos andares de baixo. É tarde, mas o arranha-céu dos Altíssimos é uma colmeia que não para nunca. Sem descanso para os heróis, sem pausa para os Santos.

Olho a placa do escritório de Claire, à esquerda da recepção.

Em todas as paredes, assim como na cidade, há pôsteres gigantes do seu livro. Caramba, quanto tempo demora para autografar esse troço? Minhas pernas tremem, me coça o desejo de esticá-las, sair correndo, disparar para a frente, não importa para onde, mas continuo sentado.

Por causa da Claire.

O som do televisor, no balcão do recepcionista, se mistura ao vinil da sala de espera, mas capto de repente uma coisa que me faz pular. Ali, no jornal: dois velhinhos estão sendo presos. Não são velhinhos quaisquer. São mansos. Os mesmos que arrancamos ontem do traficante de cápsulas.

— Pode aumentar o volume?

O recepcionista me devolve um olhar enfurecido, mas aceita. Não consigo acreditar! O velhinho e a velhinha acusados de individualismo! Práticas anti-instintivas! Traição ao Nós! A revista da casa, depois da passagem da brigada Anti-Abuso, teria revelado um monte de vídeos comprometedores. Depois de toda uma carreira com os Altíssimos, esses aposentados serraram o galho em que se sentavam e cortaram a árvore inteira junto. Achávamos que tinham sido abusados, mas sou eu que me sinto besta; quase furei minha pele de bala por eles.

A notícia seguinte não me ajuda a me acalmar. Uma nova vítima no caso das Claire. Exibem o rosto de uma jovem com uma faixa que cobre seus olhos — mas não sua marca. Uma cuidadora do Setor Leste. Ela aparece na câmera, contra a luz, com um modificador de voz:

— O quê? Querem que eu diga o quê? Não me machucaram. Pronto. Nem me tocaram. Pronto. Só falaram comigo, e não estou a fim de repetir o que falaram, muito menos aos senhores. Vocês não passam de hipócritas. Sabem disso, né? Sabem, sim. Sabem que nossas marcas, os broches, é tudo mentira. Sabem que estamos ferrados. Sabem e não dizem nada.

— Pobrezinhas — comenta o recepcionista ao meu lado. — Quaisquer que sejam os canalhas que fazem isso, realmente nos enganam direitinho.

Não respondo nada, meu sangue pulsa até sob as pálpebras. *Estamos ferrados*. Não, não e não, nada de crise de hipocondria agora.

O recepcionista desliga o televisor. O elevador acaba de abrir com Claire dentro.

Não a Claire do livro e dos anúncios com seu sorriso falso, uma pele desprovida de poros e olhos que não enxergam nada, não, a Claire que avança na minha direção, com o fone nos ouvidos, enquanto espero, um pouco desconcertado, que ela não espere um abraço carinhoso que eu seria incapaz de lhe dar, não com esses escavadeiras no lugar dos braços, essa Claire é um condensado de contorno, de contraste e de consistência.

— Enfim — me diz ela.

O recepcionista destrava a porta do escritório. Metamorfoseado: ele contempla Claire com adoração. Ei, olha só, ela salvou o mesmo número de vidas que eu.

A mão de Claire pega a minha. Não sinto nada na superfície, mas, da outra ponta da prótese, além do metal e dos cabos, vem uma descarga de eletricidade. Ela me arrasta com uma força que me desestabiliza os músculos.

Que imenso o escritório da Claire! E vazio. Só um tapete e duas cadeiras de plástico: uma para ouvir, outra para ser ouvido, de 9 horas às 12 horas, de 14 horas às 17 horas.

— Por aqui. Tomara que você não tenha ficado muito tempo esperando, né?

Claire fala comigo sem me soltar nem me olhar. A música do seu walkman crepita através do fone; mesmo se eu respondesse, ela não me ouviria. Ela me leva com muito custo até o outro lado de uma corda vermelha que ela desprende e recoloca e, dois corredores depois, abre uma outra porta e me empurra contra uma geladeira.

— Sirva-se. Já venho.

A geladeira é maior do que eu. Está transbordando de macarrão vencido e de queijos que já ganharam vida. Fico maluco ao abrir o congelador: está entupido de sorvete de chocolate e caramelo, do tipo proibidão, mandam gente para a cadeia por menos que isso, e Claire esconde nos Altíssimos do Sul.

Fecho a porta; não vi nada.

No entanto, uma coisa que não dá para ignorar é seu telefone. Ele está conectado a uma secretária eletrônica com fitas magnéticas que já está piscando. Para que ter um se ela nunca atende?

Encontro um suco de frutas, procuro um copo no armário. É só então que percebo de verdade onde estou. O apartamento de Claire no 13º é quatro vezes maior que o meu no 7º. O meu tem vista para os prédios vizinhos; as janelas dela dão para o mar, cujo calçadão é iluminado pelas lâmpadas noturnas. Uma coleção de fitas cassete de áudio ladrilha as paredes do chão ao teto. Uma cesta de roupa transborda com cartas de leitores: a maioria dos envelopes não foram nem abertos. Além de três televisores de tubo e um decodificador para os canais fechados, instalaram para ela uma jukebox, um sistema de som enorme e jogos de fliperama.

Se isso não é tratamento especial, não sei do que chamar.

Descarga. Claire volta esfregando o rosto com uma toalha. Ela tirou a maquiagem, o broche e desligou o walkman. Parece ainda mais cansada que eu, mas, desta vez, tenho direito aos dentes da felicidade.

— Bom dia, aliás. Enfim, boa noite.

— Permissão para ultrapassar as dez palavras?

É a primeira vez que pergunto. Tenho vergonha de não ter feito isso antes, especialmente depois de todos os abusos que testemunhei nestes últimos quatro meses.

Claire levanta as sobrancelhas, depois as franze.

— Nem vem, hein. Isso não rola entre a gente.

Ela faz uma coisa que nunca a vi fazer, uma coisa que um confidente nunca deveria fazer na presença de ninguém: desprende o walkman da cintura, tira o fone do pescoço e coloca seu material em cima de uma mesa de fórmica. Seu Instinto está exposto. Se ela tivesse tirado a roupa na minha frente, eu teria ficado menos envergonhado.

— O livro — me diz com uma voz tensa. — O que está escrito. O Santo-Mundo e o resto. Não fui eu.

— Aham. Eu sei.

Isso a alivia. Claire liga a jukebox.

— Prefere o quê? Mais pra pop? Mais pro rap?

— Ainda estou com o vinil da sala de espera na cabeça.

— Desculpe, o silêncio me deixa toda angustiada. É falta de hábito. E depois, não sei você, mas eu, aqui, agorinha, me sinto muito, muito nervosa. Apesar de que quatro meses não é nada, né?

OK. Claire está tão estressada quanto eu, só que não tenta esconder. Quando penso nos nossos começos, ela sorria a torto e a direito.

Enquanto ela escolhe uma música de fundo para a gente, um aparelhinho apita sobre uma mesa.

— Ah! Meu pager — diz Claire. — Eu estava procurando.

— Seu o quê?

Ela me mostra: uma tela, um teclado de doze símbolos, todo miudinho. Para mim já é difícil discar um número em uma roda de discagem simples...

— Dá pra enviar e receber mensagens escritas. É menos complexo que um Minitel. E sem fio! Florence me ensinou a usar. Ah, aliás, é ela — acrescenta Claire depois de ler a mensagem.

— Ah é? Vocês mantiveram contato?

Tento não mostrar até que ponto tudo isso me contraria. Eu me sinto completamente deixado de lado. Não sei da Flo desde o Santo-Mundo. Eu queria tê-la visitado no hospital, mas ela fugiu. Quando liguei para meus pais, no início da missão, me disseram que ela tinha ido várias vezes à casa deles desde aquele dia em que a convidamos: ela come, toma banho, dorme e depois vai embora balbuciando agradecimentos. Mas, que coisa, para mim, nada, nenhuma palavra.

— Vou avisar a ela que você voltou — diz Claire.

Ela digita uma mensagem com uma rapidez frenética. Já não tem post-its colados por toda a parte nas suas coisas; logo adotou a nova tecnologia. Estou me sentindo um dinossauro.

O bipe de Flo não demora.

— Mandou um beijo — me transmite Claire.

— Aham, sei. Com essas exatas palavras?

— Você bem que queria.

Claire me mostra a telinha minúscula: "Blz manda oi".

— Eita. E os outros?

Não preciso especificar quem são os outros. Claire sabe. Anne, Joachim, Lucie, Marthe, Paul, Samuel, Thérèse e Vincent. Os encontrados do Santo-Mundo.

— Às vezes vou visitá-los. Estão em um abrigo na cidade. Estão se reerguendo. Aos poucos.

Claire manda os saltos longe com um chute certeiro e se encolhe em um canto do sofá.

— E aí. Os Anti-Abuso. Conte.

— Foi legal.

Sei que ela não vai ficar satisfeita com essa resposta. Eu me sento na outra ponta do sofá. Claire não é peso pluma, apesar disso, quando sento, ela sobe, como se a gente estivesse numa gangorra. Eu conto o que dá para contar, embelezo o resto. Ela fica mordiscando a unha do polegar, em algum lugar entre sua franja bem cortada e seus joelhos, que dobrou contra si. Ela me escuta com toda a intensidade de seu Instinto. O pager não para de apitar, mas toda vez que me interrompo para deixá-la consultar as mensagens, Claire me faz um gesto para continuar. Não, ela me olha bem no rosto, bem em mim. O que ela enxerga? Está engolindo minhas besteiras? Não quero que descubra das missões que estraguei, dos esporros que levei, de toda a merda que vi e da minha incapacidade de aumentar meu número de vidas salvas. Antes, eu sempre dizia o que pensava tal qual pensava, quando tinha a pretensão de acreditar que um simples brochinho me transformaria em outra pessoa.

Talvez virar adulto seja isso. Preservar as aparências, por falta de opção melhor.

Acabo percebendo que estou berrando sem parar há quase uma hora, a ponto de ensurdecer a mim mesmo. Eu me calo.

— Estava com saudade da sua voz.

Claire me joga essa assim do nada, sem sorrir, muito séria, quase grave. Não sei direito o que está me acontecendo, mas sinto um ardor de repente dentro das narinas.

— O pós-Escola — acrescenta depois de ter ligado a jukebox de novo e sentado de volta no seu lugar — você imaginava que seria assim?

— Hum... Mais ou menos.

Mais para menos, mas isso é outra coisa que não vou contar. Retomaremos o assunto quando minha carreira heroica decolar enfim. Eu não tenho amigos que me mandam mensagem a cada segundo, meus cestos de roupa não transbordam com cartas de fãs, os Altíssimos não me deram uma jukebox, jogos de fliperama nem assinatura para acesso aos canais fechados.

— E você? — pergunto. — Você... hum... está ouvindo bem?

Claire lança um olhar para a porta.

— Está falando do escritório aqui do lado? Nunca ouvi ninguém ali, é pura formalidade. Em vez disso, percorri todos os salões do Setor Sul para promover um livro que não escrevi.

— Isso passa uma mensagem poderosa. A vontade dos Altíssimos é a vontade do Nós. Se dizem que você é uma lenda, então é mesmo. E não é como se você não tivesse salvado essas vidas. A minha vida.

Se eu queria animá-la, estraguei tudo. Ela me olha como se eu tivesse entrado dentro do seu corpo. Ah, verdade. Claire não gosta da luz. Já eu não gosto da sombra. Nesse negócio, saímos os dois na pior.

— Você também salvou a minha — lembra-me com um tom seco.

Ela morde o lábio, depois me pergunta:

— Não acha que está idealizando um pouco demais tudo isto aqui?

— Tudo isto o quê?

Com um gesto amplo, ela aponta para o apartamento, o carpete felpudo, as janelas cheias de estrelas e, além das paredes, o arranha-céu em sua total santidade.

— Claro — ironizo. — Quatro meses na estrada, é de fazer sonhar.

Um silêncio cai entre nós. Até a música parou. Dentro da jukebox, o braço motorizado pega o minidisco no toca-discos e o guarda no lugar. Clique, claque e tudo fica calmo. Observo meu suco de frutas ainda intacto. Eu mal podia esperar para estar aqui agora, por que continuo nos comparando?

Mudo de assunto:

— Ficou sabendo do "caso das Claire"?

— É difícil ignorá-lo. Falam disso o tempo inteiro.

— Será que não está ligado ao seu livro?

Claire se concede um tempo para refletir, na outra ponta do sofá.

— Entre as meninas que aceitaram testemunhar, nenhuma mencionou meu livro. O que elas viveram não faz sentido algum.

— Tem doido em todo lugar.

Sei bem do que estou falando. No Anti-Abuso, vi mesmo de tudo: ladrões, vigaristas, trapaceiros. Tivemos até que separar uma menina do pai, um reparador à beira da overdose instintiva: sua filha gostava de destruir tudo na casa só pelo prazer de vê-lo reconstruir as coisas — e, para complicar o jogo, ela tinha jogado a caixa de ferramentas da sacada.

— E, a propósito, Goliath, vai ficar no Setor Sul?

— Não sei. Estou esperando minha próxima ordem de missão.

Limpo a garganta.

— Até lá, fico às ordens. — Limpo a garganta de novo. — Se tiver algum desafino guardado na manga.

Claire adora chamar assim os problemas que não preocupam ninguém. E é disso que sinto saudade. Não dos problemas, mas de ter alguém com quem resolvê-los, alguém que não me veja como um novato que pisa na bola, alguém que realmente conte comigo. Claire, ora.

Seus olhos se arregalam. Ela abre a boca, depois a fecha, depois a abre de novo, depois a fecha de novo. Eu não esperava despertar nela uma emoção tão forte.

— Tem... não é bem um desafino... É um negócio que eu queria contar. Que preciso contar. Ou melhor, espere, vou mostrar.

Claire tem o corpo ágil. Ela se move que nem uma mola, salta em cima do carpete e se contorce sob um aparador. Que esconderijo engraçado para o álbum que me entrega.

— Diga o que você acha disso.

Nada de imediato. Viro desajeitadamente as páginas com meus dedos artificiais. Em todas as fotos, e são muitas, três palavras foram escritas a giz em túneis mal-iluminados, no chão de praças, atrás de latas de lixo.

NÓS ENCONTRAREMOS VOCÊ

Claire registrou as datas e os endereços. Um murmúrio? O mesmo por todo o Setor? Surpreendente para um fenômeno tão raro.

Durante uma missão em um vilarejo vizinho, enquanto limpávamos uma rua de comércio dos durões que queriam bancar os mafiosos, vi um com meus próprios olhos pela primeira vez. Estávamos no meio de uma intervenção e, de repente, entre um disparo de cassetete elétrico e duas bombas de gás lacrimogêneo, o bairro inteiro parou. Os delinquentes deixaram de nos atirar, os comerciantes e os clientes saíram dos seus esconderijos, os membros da brigada soltaram seus cassetetes, e todo mundo se juntou na rua. Alguém trouxe tinta de uma loja de materiais de construção. Mergulharam as mãos nos potes, depois as colaram nas vitrines. Impressões de todas as cores, de todos os tamanhos. Um verdadeiro desenho de colorir de escola infantil, improvisada com quarenta pessoas, sem ninguém combinar nada.

Fiz parte das testemunhas. Fiquei plantado ali e tive a impressão de presenciar algo infinitamente antigo, preciosamente primordial, como um lembrete do surgimento do Nós, antes de os Altos Instintos nos trazerem o fogo e a escrita. Fiquei chorando no meu canto — tanto de alegria quanto de inveja.

Uma vez terminado, os que murmuravam já tinham se esquecido de tudo.

Fim do flashback. De volta às fotos de Claire, que espia minha reação.

— Viu algo parecido nos Setores vizinhos?

— Murmúrios como esses? Não.

Continuo virando as páginas do álbum. NÓS ENCONTRAREMOS VOCÊ NÓS ENCONTRAREMOS VOCÊ NÓS ENCONTRAREMOS VOCÊ NÓS ENCONTRAREMOS VOCÊ NÓS ENCONTRAREMOS VOCÊ NÓS ENCONTRAREMOS VOCÊ.

— Os murmúrios que nos ajudaram a encontrar os sumidos — comenta Claire — foram oficialmente reconhecidos pelas autoridades. Talvez não classificados como "patrimônio instintivo", mas foram registrados, catalogados, arquivados. (Ela me mostra as fotos.) Esses aqui, ao contrário, passaram totalmente despercebidos. A imprensa e a polícia não falam neles. Nada nos arquivos da Burocracia Instintiva. Sabe por quê? Porque todos apareceram em lugares afastados, pouco frequentados. Uma chuva, e pronto, mais nada. Acabei de encontrar um no banheiro do Palácio dos Congressos, feito com batom.

Franzo as sobrancelhas.

— Você os viu.

Claire concorda lentamente. Ela me olha como se esperasse... não sei ao certo o quê, na verdade. Esvazia de uma só vez o copo de suco em que mal toquei, engole em seco como nunca e:

— Eles fizeram questão de serem vistos por mim.

NÓS ENCONTRAREMOS VOCÊ. Um arrepio me levanta os pelos.

— Espere, espere. Você é a destinatária? Só você? Por que você?

— Sim, Goliath. Por que eu?

Claire me lança um olhar no fundo dos olhos. Está tão perto que vejo a sua marca. Está prestes a me dizer alguma coisa, mas não aguento mais mais e a interrompo antes que diga algo:

— Eles não são autênticos.

— O quê?

— Esses murmúrios. São falsos. Uma brincadeira de mau gosto. É blasfêmia, mas acontece. Você caiu direitinho.

Claire parece horrivelmente desapontada, mas eu estou tanto quanto ela. Perdi muitas certezas nestes últimos tempos, esta é a pior. A Claire do livro, a Salvadora do Santo-Mundo, a *Eu também*, talvez seja ela quem está me olhando cara a cara, afinal.

— Então é isso o que você acha? Pra você, tem que ser armação? Não há nenhuma outra possibilidade?

Ela articula cada sílaba com excesso. É uma calma falsa, ela está bem brava. Melhor assim. Fico feliz que esteja, assim somos dois. Eu lhe devolvo seu álbum e me levanto; o sofá cai de volta nos apoios.

— Vai aonde?

Indignada, a pergunta de Claire.

— Estou exausto. Esperei por você o dia inteiro. Vou deitar. Não precisa me acompanhar.

— Goliath...

Sua voz diminui. Meu olhar já está longe. Um reencontro desencontrado é um reencontro desencontrado.

— Não fique se achando a maioral, Claire.

CLAIRE

O DIREITO DE SER QUEM NÃO SOU

Nem posso culpá-lo. Mostrar os murmúrios assim, na lata, antes de revelar minha verdade, bravo, melhor ideia do século. Então, pronto, não posso criticar Goliath por ter dito o que disse nem por ter pensado o que pensou. Então por que, enquanto o elevador expresso engole os andares, essa vontade de enfiar uma lista telefônica no nariz dele?

Corro sobre o longo tapete vermelho, trocado todos os dias, que serpenteia do saguão gigantesco até a esplanada externa. Lá fora, ainda é de noite; está fresquinho, até. Os peregrinos mais madrugadores fotografam o arranha-céu do Setor Sul, assim como tudo o que sai dele. Não escapo dos flashes. Não tenho o direito de dissimular nem meu broche nem minha marca, mas escondo o resto da minha pessoa sob um casaco de couro e meu maior fone de ouvido.

Olho de novo para meu pager:

Vem rpd aq p o abr achamos um ngç — N esqc o rango

A mensagem de Florence me ejetou da cama; não que eu estivesse dormindo muito, de qualquer forma. Estou curiosa para ver esse "negócio", mas vou precisar me apressar. Estão me esperando no estúdio da Radio-Graça às 10h00 em ponto para um programa ao vivo.

E depois tenho outro compromisso hoje de manhã. Um compromisso prioritário e confidencial.

Fico vigiando a chegada do primeiro ônibus, os tímpanos cheios de música. A parada está mal iluminada, minha mochila pesa muito. Sou proibida de sair na rua sem escolta, pelo menos Janvier, mas essas lindas escapadinhas me ajudam a não sufocar.

Já estou com fome.

Eu me instalo no ônibus; ele se enche ao longo do trajeto. Contra os vidros, um começo de aurora. Dei pausa no meu walkman. Nesse ônibus, assim como em todos os lugares onde vou, fico de orelha em pé. Quem mais aqui exala culpa? Quem mente sob sua marca? Decodifico as microexpressões, ouço as conversas. Algumas são sobre mim — "Não vira, acho que é a Claire ali." "Quem?" "Você conhece, a confidente que virou Virtuosa" "Onde?" "Falei pra não virar" — e fico olhando só para a frente, como se não estivesse ouvindo nada. Sei que estou brincando com fogo. Antes, nunca teria corrido o risco de pausar a música, mas antes, eu também não estava procurando. *Porque é isso o que você é. Uma Você.* Continuo batendo na mesma tecla: se minha existência não é um acidente, então, com certeza, há outros.

Outros Você.

Desço no cruzamentos das Escolas. Não volto lá desde minha mudança para o arranha-céu, já me parece outra vida.

Eu me concedo alguns segundos de recolhimento em frente ao canteiro de obras onde ficava o Santo-Mundo, depois me enfio na midiateca ao lado. Felizmente ela abre cedo. Disparo entre os vãos das estantes de livros, na ponta dos pés, para escapar aos ouvidos dos midiatecários e inspeciono os cubículos reservados aos trabalhos em grupo. Fora um punhado de estudantes disciplinados, não tem muita gente a essa hora.

Uma mão toca o vidro de um dos cubículos para chamar a minha atenção e me faz um gesto para entrar. Perfeito, eles já estão aqui. Fecho a porta de vidro pesada ao entrar, me instalo à mesa de fórmica e tiro meu fone.

— Permissão concedida para ultrapassar as dez palavras. Vamos falar pouco e bem, tenho pouco tempo.

— Foi você que pediu uma audiência, confidente.

A Balança e o Martelo estão de frente para mim, braços cruzados sobre a mesa, manuais jurídicos abertos à sua frente. Eles me consideram com uma impassibilidade impecavelmente simétrica. Eles vestem a mesma camiseta listrada, o mesmo broche "II", usam o mesmo rabo de cavalo e, com uma ligeira variação, têm a mesma marca. Quando contatei os dois por Minitel, não esperava que me respondessem. O que Goliath pensaria se soubesse que estou aqui, com eles?

— E obrigada por ter aceitado. Quero saber mais sobre os individualistas. Sobretudo os de 35 anos atrás. Os dez alunos que se imolaram com fogo.

— Por quê? — pergunta a Balança enquanto o Martelo franze as sobrancelhas. — Para ameaçar a nos denunciar de novo?

Esvazio os bolsos do meu casaco de couro. Fracassei com Goliath, mas, com esses jovens juízes, eu poderia colocar todas as cartas na mesa. Sim, poderia restabelecer o equilíbrio entre nós, meu segredo contra seu segredo, revelar-lhes as últimas palavras do gerente do Santo-Mundo, dizer-lhes que sou exatamente o que estão procurando com seu laboratório clandestino e suas práticas proibidas, uma Você, sem Nós e sem Instinto, e que esses individualistas cujo caminho eles seguem, por mais negacionistas que fossem, sim, até eles tiveram a premonição da minha existência.

— Não vou denunciar vocês. E, se tivesse vindo a vocês com más intenções — digo me virando para a Balança —, seu Instinto teria detectado. A única coisa que me interessa é entender. Entendê-los, eles.

Os juízes trocam um olhar breve antes de voltarem a mim.

— Correndo o risco de nos repetirmos: esses dez alunos não passavam de um grupinho dentro de uma rede muito mais vasta e muito mais antiga. Uma rede que procura nas sombras como libertar a humanidade do ditame dos Instintos.

A Balança me expõe isso calmamente, sem baixar o tom de voz, enquanto o Martelo pontua cada frase com um aceno de cabeça. Nenhum dos dois teme se comprometer. É claro que os cubículos da midiateca têm isolamento acústico, mas é o último ano dos dois na Escola da Justiça; mesmo assim, colocam em jogo seus futuros e carreiras. Será que acham que estão protegidos pelo status de Santos?

Sinto-me na berlinda perpétua, por mais Virtuosa que seja.

— Vasta como? Antiga como?

— Vaste como o mundo. Antiga como a humanidade.

— Mas uma rede assim — digo baixando o tom de voz —, como ela se organiza sem que a Burocracia Instintiva perceba? Como ela se comunica?

— De modo codificado, claro.

— Como a sua auréola riscada?

— Somos pequenos peões em comparação — admite a Balança. — Nós nos inspiramos nos individualistas para nossas experiências, mas nunca nos envolvemos com eles. Pensando bem, talvez nem seja tão ruim assim.

Meu pager apita três vezes no meu bolso.

Vc vem ou n?

Ngç grnd p te mostrar po

E n tem nd na geladeira

Florence está impaciente.

Uma midiatecária passa em frente ao vidro do cubículo empurrando seu carrinho de livros. Espero que se afaste antes de retomar:

— Nem tão ruim assim? Vocês não querem integrar essa rede?

— Pelo pouco que sabemos, os verdadeiros individualistas não são santinhos. E não encontramos ninguém: são eles que nos encontram.

Mais um impasse então. Ao mesmo tempo, será que eu deveria esperar que esses dois alunos me abrissem as portas de uma sociedade secreta ancestral e me informassem minha própria razão de ser? Acaricio as enormes espumas do meu fone, então sinto subir em mim uma emoção intensa.

— E vocês acham que eles conseguem? Que tem gente que chega a se libertar do Nós? É isso o que vocês estão querendo?

Os juízes me sondam com o olhar fixo, sem descruzar os braços. Será que eu devia lhes dizer que sou aquilo a que eles aspiram?

— Não — responde finalmente a Balança. — Nosso objetivo não é o êxito. Uma criança sempre acaba testando os pais, mas por que faz isso? No fundo, o que procuramos alcançar com nosso laboratório é testar os limites. Apenas testar. Ninguém está a fim de ser marginalizado. (Ela se vira para o Martelo.) Certo, pegamos tudo?

Com gestos descontraídos, o Martelo tira debaixo de sua camiseta um gravador, coloca-o sobre a mesa, rebobina a fita em vários segundos e aperta o botão "tocar".

— *"A única coisa que me interessa é entender. Entendê-los, eles..."*

Eles me gravaram. Esses patifes me gravaram.

— Não faz essa cara, confidente — diz a Balança com um meio-sorriso. — É uma simples precaução, caso você mude de ideia e decida nos denunciar. Se nos fizer cair, cairá com a gente. Falando nisso, temos que estudar. Mande um "oi" pro Goliath.

Coloco meu fone novamente, jogo minha mochila em um ombro e bato a porta do cubículo ao sair. Não, mas que idiota eu fui. Entendo melhor por que aceitaram responder às minhas perguntas. E quase dei com a língua nos dentes!

Atravesso a sala de leitura passando rente às prateleiras — se os midiatecários me reconhecerem, nunca me deixarão ir embora — e corro para o ponto de ônibus. Ainda é cedo, já que Janvier não notou minha ausência no arranha-céu dos Altíssimos.

Digito uma mensagem para Florence.

Tô indo mas precisa ser rápido

Estou furiosa. Comigo. Porque continuo; como antes, continuo. Eu me comporto como culpada e toda a vez que que afasto essa sensação ruim pela porta, ela volta para mim pela janela dos fundos. Repito todos os dias diante do espelho, cuspindo um pouco de pasta de dentes sobre ele, que tenho o direito de ser quem não sou; e, diante de Goliath, me esquivo.

Que fome.

Uma mão pega meu ombro — que susto! Um homem fala comigo. Seu cabelo desgrenhado, com um comprimento no limite do permitido, desgasta sua marca de informante, mas seu velho suéter listrado não engana ninguém. Ah, não, um midiatecário. Será que ele me reconheceu? Está me convidando para ficar? Não parece trabalhar aqui; na verdade, parece que mora na rua faz um tempo. Ele e eu estamos sozinhos no ponto de ônibus, eu provavelmente não deveria ouvi-lo, uma confidente não correria esse risco, mas o movimento dos seus lábios se faz urgente, como sob efeito do seu Instinto. Será que ele tem uma informação para me passar?

Desligo o walkman.

— ... Fechar parênteses. Dois pontos. Cor PAL. Sem título. Abrir colchetes. Gravação de vídeo. Fechar colchetes. Barra oblíqua. Escrito e dirigido por informação não divulgada. Hífen. Abrir colchetes. S maiúsculo. Ponto. L minúsculo. Ponto.

Eu pisco. Quem? O quê?

Ele continua com uma voz precipitada:

— Hífen. Abre colchetes. S maiúsculo. Ponto. L minúsculo. Ponto. Dois pontos. S minúsculo. Ponto.

E continua:

— N minúsculo. Ponto. Vírgula. S minúsculo. Ponto. D minúsculo. Ponto. Fechar colchetes.

E continua:

— Hífen. Número 1. Videocassete. Abrir colchetes. VHS. Fechar colchetes.

E continua:

— Abrir parênteses. Número 6. Abreviação mn. Fechar parênteses. Dois pontos. Cor PAL.

O midiatecário se interrompe enfim; um sopro entrecortado levanta os pelos da sua barba. Acho que ele acabou de me soltar uma notícia catastrófica. Dedo após dedo, sua mão libera meu ombro, enquanto seu Instinto volta — e o Nós através dele.

— A senhora a carrega — me diz com uma voz extenuada. — Eu a vejo na senhora como já a vi nele. Eu era jovem, sim, faz muito tempo, mas nunca, não, nunca esquecerei.

— O que é que eu carrego? Ele quem?

O midiatecário cola o nariz no meu e, em seus olhos avermelhados, entendo de repente toda a repugnância que lhe inspiro.

— A doença.

Ele cospe aos meus pés e se manda correndo. O ônibus chega. Entro absolutamente atordoada. Certo, certo, certo. Pelo menos, isso não foi outra lambida na mão.

Eu me instalo no ônibus, apoio minha mochila nos joelhos. Não vejo a hora de sair do cruzamento das Escolas. Assisto ao longo desfile de janelas de vidro duplo do meu antigo internato. Isso me deixa para baixo. Nem sei do que sinto falta, sofri mais com silêncio entre essas paredes do que com o barulho da mídia hoje.

Ninguém quer ser marginalizado.

Não, essa nostalgia vem de outro lugar. É este ônibus. Ele me lembra do ônibus escolar em que tive, depois daquela freada abrupta, a crise de afastamento mais vertiginosa de toda a minha existência. Saí de mim e contemplei o Nós! Quase o toquei com meus dedos. Eu achava que era, talvez não sua confidente, mas sua cúmplice, a que fora escolhida para ajudá-lo a salvar os seus. E, desde então, acabou, por mais que eu faça força feito uma constipada, mais nenhum afastamento, mais nenhum recuo, só eu e nada além de mim.

Meus pensamentos param na hora.

Uma senhora acabou de subir no ônibus e validar sua passagem.

Seu rosto. Sua marca.

Uma identificadora.

À medida que ela avança entre os passageiros e procura um lugar para se sentar, sua boca se mexe sozinha. Eu a ouço sob o silêncio do meu fone:

— Prestatividade, prestatividade, cálculo, fabricação, prestatividade, reparação, prestatividade...

As pessoas lhe sorriem, honradas de ouvir seu Instinto ser nomeado pelo dela. Aperto o botão de parada. Saio do meu assento e me dirijo para as portas dos fundos. Manter a naturalidade, não se apressar para não se entregar. Eu me seguro na alça com uma falsa tranquilidade. Rápido, rápido, rápido, próxima parada, rápido. Finjo o mesmo olhar distraído que os outros passageiros, um olhar que olha sem olhar, um olhar de ônibus, mas mantenho meu ouvido no que ela diz.

— Cuidado, prestatividade, prestatividade... Obrigada, meu jovem.

Um passageiro acabou de lhe ceder o lugar perto do canto para carrinhos de bebê. A identificadora tem um olhar de ônibus também. Sua marca indica um alcance instintivo pequeno, mas o que isso significa concretamente? Cinquenta centímetros? Um metro? Dois? Se eu der um passo em falso, seu Instinto detectaria de repente a ausência do meu? Da última vez que me aproximei de um identificador, ele morreu de um ataque cardíaco.

As portas se abrem. Eu desço. O ônibus se distancia e, com ele, a identificadora.

Eu me sento na escada de um prédio, tomada por tontura. Um desmistificador, tudo bem, é só não mentir para ele em voz alta. Mas isso! Seco o rosto dando batidinhas de lenços de papel. Vamos, vamos, isso ia acontecer cedo ou tarde: agora já passou, os identificadores são raros, não vai acontecer de novo. As probabilidades estão do meu lado.

Por enquanto, sou obrigada a terminar o trajeto a pé.

Eu, que queria ser rápida levo uma eternidade para chegar ao meu destino. Rua da Virtude, nº 8: o lar para jovens. Espero que ninguém tenha me seguido. Se os Altíssimos descobrirem por que estou aqui, os juizinhos imundos e as velhas identificadoras serão o menor dos meus problemas.

SENHORA X

Pelo menos mata o tédio

Termino meu suco de cenoura e fecho o livro apoiado no volante. *Eu também*. Fico pensando (deformação profissional) o que essa grandiloquência romanesca tem de verdade. Estudo a menina em close na capa. Eles deveriam ir com calma quando retocam fotos: fora sua marca, ela quase não se parece com a menina que vi no Palácio dos Congressos ontem. Eu estava passeando à beira-mar, vi os anúncios, entrei, só por entrar, para matar o tédio. Comprei o livro no estande, mas não pedi um autógrafo; não estava tão entediada assim. Vi um homem lamber sua mão. De certa forma, eu o entendo. Não sei direito por quê, mas entendo.

Ainda assim, essa garota... sair repetindo para quem quiser ouvir que não foi ela quem escreveu esse livro, tem que ter coragem. Acho que sou uma das poucas pessoas que sabem que ela não está mentindo.

Estacionei em pleno centro da cidade. Ao redor do meu carro, a multidão começa a se formar. Abertura geral das lojas e dos escritórios. Os Instintos se ativam; as pessoas e os gestos seguem. Por toda parte, ecologia econômica, eletrodomésticos recicláveis, meias produzidas segundo os princípios do comércio justo, frutas, produtos frescos e inúmeros serviços oferecidos. Um rapaz alto anda com um rádio enorme no ombro: está transmitindo o programa matinal da Burocracia Instintiva. Os cidadãos mais devotos dão as mãos para se juntar à oração de gratidão. *Eu não sou nada! Nós é tudo!*

Ah, ela está descendo do ônibus. Guardo o livro e buzino para chamar sua atenção. Ela pena para entrar no meu calhambeque.

— Eu preferia quando você tinha sua limusine.

— Já foi tempo.

— Minha artrite agradece. Não estou rejuvenescendo, nem você.

As conversas de velhos de longa data, não me interessam. Dou partida. Sem cerimônia, ela abre meu porta-luvas para tirar o livro.

— Você lia enquanto me esperava?

— Não gosto de me entediar.

— Ela estava no meu ônibus.

— Quem?

Ela me mostra a capa. Assobio.

— Você viajou com uma celebridade.

— Você também está viajando com uma celebridade. Aposentada, mas celebridade mesmo assim. Marquei metade do Setor Sul, sim, senhora.

— Identificou o Instinto?

— De quem?

— Ué, dela, ali do livro. Estou por dentro, na medida do possível.

— Ela estava na outra ponta do ônibus. Por que a pergunta?

— É uma Claire. E a idade corresponde.

— A confidente mais famosa do continente inteiro? Está falando sério?

Pelo menos ela dá uma risada sincera. Será que minha risada soa tão antiga quanto a dela? Não que eu ria tanto assim. Mal olho a estrada. Atrás do meu para-brisa, os prédios vermelhos são engolidos sob grafites estilo pop art e pela vegetação dos terraços-jardim. Parece, fechando um pouco os olhos, um jogo de cubos esquecido sobre a grama de um jardim. Todos os Setores se parecem.

Acendo um cigarro.

— Ah não, apague essa porcaria!

— Eu tomo suco de cenoura, isso compensa. Abra a janela se a fumaça estiver incomodando.

— É sobretudo porque essa sua fumaça não é homologada. Se pararem para controlar um dia desses...

— Não vão controlar a gente. Não com nossas marcas.

— Para onde vamos desta vez?

— Setor Oeste-Sudoeste.

Sou imitada por um garotinho que, a julgar pela vermelhidão do seu rosto do outro lado da janela abaixada do carro, acabou de ser marcado. Ele grita de êxtase, diferente do passageiro (provavelmente o pai) que se agarra à sua maleta. O Instinto pilota suas mãos magricelas sobre o volante. O adesivo "RJ" (rodoviário júnior) me impede de buzinar para ele.

O trajeto será longo, e já estou me entediando. Aproveito um sinal vermelho para tirar do colete a foto da próxima Claire. Isso deixa minha identificadora toda feliz, como sempre. Ela verifica o estado da sua escova permanente no espelho do quebra-sol.

— Aposto que vai ser a certa.

Dou de ombros.

— Veremos. Um trauma a mais não faz diferença. E pelo menos mata o tédio.

CLAIRE

PÂNICO DESPIDO DE ESPERANÇA

Empurro a porta do abrigo para jovens. Não tem nem segurança nem cadeado, talvez por causa do logo aureolado pintado na fachada, talvez por que não haja nada para roubar aqui — ou muito pouco. Fica longe dos bairros nobres, longe do mar; até o céu parece fora de alcance, lá em cima, entre os telhados tão perto uns dos outros.

Um pôster de Coco-Rudy, microfone na mão, envolto em luz e fumaça, o broche de Trono ao figurino de palco, está colado no vestíbulo. Confesso que eu tinha o mesmo no meu quarto do internato e confesso que chorei um pouco quando descobri que meu grande amor de adolescência fora acometido por um câncer em estágio terminal. A isso se sobrepõe uma outra nostalgia: sua voz estava presente, comigo, durante minha última crise de afastamento. Ele também fez parte dessa experiência.

Flores são colocadas cotidianamente no vestíbulo, os jovens que entram e saem fazem o sinal da cruz ao passar. Coco-Rudy ainda não morreu, mas é como se já tivesse morrido. Este abrigo, como aqueles que foram criados em cada Setor, é parcialmente financiado pela fundação O Chamado do Nós. E eu, mesma idade que ele, o que fiz da minha vida, fora não escrever meu livro?

Cruzo com voluntários sobrecarregados demais para prestar atenção em mim. Aterrissam aqui todas as crianças (e menos crianças) que não têm aonde ir, nenhum futuro à vista. Muitos têm uma ficha criminal. Dissimulação da marca instintiva: é o delito juvenil mais frequente, e a pena se paga para o resto da vida. Melhor nem pensar para onde me enviariam se descobrissem que a minha marca é uma falsificação.

Percorro uma sucessão de corredores e dormitórios.

Paro de repente, cravando os calcanhares no chão. Em um mural, no meio de uma batelada de anúncios, cartazes de pessoas desaparecidas e fotos ousadas, pregaram uma folha de papel:

Nós encontraremos você

Olho para a esquerda. Olho para a direita. Ninguém no corredor. A essa altura, é provocação.

"*Você*". Será mesmo eu que o Nós procura assim? É promessa? Ameaça? Enganação? Tiro uma foto da mensagem, desprego-a do mural e rasgo o papel. Depois disso, vou direto para a Lavanderia 5 do abrigo.

As lavanderias se situam no subsolo, o que implica que vou precisar descer as escadas. Vinte e um degraus que desço devagar. Melhorei desde que enfrentei as do Santo-Mundo, mas mesmo assim.

Eu toco. Três vezes. Pausa. Cinco vezes. Pausa. Uma vez.

Clique de destrancamento.

Os olhos semicerrados de Florence aparecem na fresta da porta, por baixo de um emaranhado de tranças. Se eu não tivesse me livrado da maniazinha de associar seres humanos a instrumentos, ênfase no *se*, ela me evocaria uma flauta de Pan.

Eu me antecipo:

— Antes que pergunte de novo: sim, sim, você tem minha permissão para ultrapassar as dez palavras. Pode falar à vontade.

Primeiro, Florence se assegura de que vim sozinha; depois, que minha mochila está cheia.

— Refri?

— Sim.

— Salgadinho?

— Sim.

— Café?

— Sim.

— Do verdadeiro, hein. Nada daquela porcaria descafeinada homologada, né?

— É de eletrocutar as veias.

Florence me autoriza a entrar na Lavanderia 5. Ela fecha a porta com dupla tranca assim que eu entro.

Agora, os roncos; não os das máquinas de lavar — não tem nenhuma aqui —; mas os dos terminais de Minitel. As aberturas deixam entrar raios de sol sobre os corpos encolhidos no fundo das poltronas. Todas as mãos estão ocupadas batendo nas teclas.

— Olá, piratas informáticos.

Sussurros me respondem. Anne, Joachim, Lucie, Marthe, Paul, Samuel, Thérèse e Vincent me concedem um ligeiro aceno de cabeça, sem tirar os olhos das telas. Florence já voltou para a sua, um dos meus petiscos atravessando os dentes.

Regra n° 1 da Lavanderia 5: só falar se tiver algo pertinente a dizer.

Distribuo uma conserva aqui, uma latinha ali, às mãos que se estendem em silêncio. Não podemos falar em Boa Ação, estou oferecendo o que há de mais ilícito em matéria alimentar, mas meu broche me abre várias portas nos bastidores, e compensa um pouco a sopa insossa que servem para eles no abrigo.

— Goliath pediu notícias de vocês.

— Você não contou nada para ele deste lugar, né? Do que nós nove estamos fazendo?

Florence e os outros me lançam o mesmo olhar de advertência. Regra nº 2: o que acontece na Lavanderia 5 fica na Lavanderia 5. Fiz um juramento. De verdade, mão no peito, pacto de sangue e tudo o mais, e apesar disso, Florence diz "nós nove". Não "nós dez".

— Não — respondo. — Mas eu bem que queria.

— Goliath não pode saber — insiste Florence. — É um crente de carteirinha. Para ele, os Altíssimos e companhia são o sagrado do sagrado. Ele seria capaz de denunciar todo mundo indo se confessar.

Gostaria de negar. Não posso. Lembro bem demais o desgosto de Goliath quando descobrimos os experimentos anti-instintivos da Balança e do Martelo. *Não fique se achando a maioral.* Quando me pediu um desafino, eu preferiria ter falado daqueles que descobri aqui. Esses, pelo menos, ele teria levado a sério.

Ligo meu próprio Minitel.

— Então, e o "negócio"? —pergunto. — Acharam outros?

— Prisão de uma merendeira — diz Florence brincando com uma espinha no lábio. — Nenhum detalhe. Mas enfim, se eles criptografaram, é porque realmente é *uma*.

Uma anomalia. É assim que a Burocracia Instintiva as chama.

Mais um desvio de Instinto. Como o gerente do Santo-Mundo, cinco meses atrás. Como a farmacêutica, quatro meses atrás, o faxineiro, três meses atrás, a motorista de ônibus, dois meses atrás, e o segurança da fábrica, no mês passado. Assim que se desviam, são logo localizados, logo detidos e apagados do mapa. Quando muito uma notinha na seção de notícias policiais do jornal, entre dois anúncios do meu livro. Acidente. Anarquismo. Atentado. Alienação. Culpa dos humanos, tão fracos, tão propensos a falhar; nunca dos Instintos. As únicas pessoas a conhecerem a verdade, fora os Altíssimos, se encontram na Lavanderia 5. O que eles contam às famílias das anomalias, se tiverem família? E às testemunhas? A menos que esse silêncio não seja comprado também?

— São muitas — digo. — Anomalias demais.

— Pensamos assim também — diz Florence.

A adolescente se tornou porta-voz dos outros que se contentam em opinar em silêncio. Eles são cinco anos mais velhos que ela, mas pareceriam ter mais cinquenta. Cabelos brancos, traços marcados, peles enrugadas: seu sequestro no Santo-Mundo, que lhes impediu de exercer seus Instintos de maneira suficiente, os envelheceu, e muito. Isso não impede que seus dedos digitem nos teclados dos terminais de Minitel com uma sinergia feroz.

— Cruzamos os dados do Setor Sul com os dados dos outros Setores.

Uma mão me estende uma folha contínua, recém-saída da impressora. Um monte de palavreado sem sentido.

— Vocês traduzem pra mim?

— Há anomalias no supercontinente inteiro. Desde sempre. Mas há muito mais aqui e cada vez com mais frequência. Resumindo, está começando a sair do controle dos Altíssimos do Sul. Pergunta: até onde ele estão dispostos a ir para que ninguém saiba disso?

Um pânico cheio de esperança me sobe pelas costas feito uma maré. E se houver uma ligação? Uma conexão, nem que seja indireta, entre minha ausência de Instinto e esses desvios espontâneos?

Tamborilo no teclado do meu Minitel; retomo minhas buscas de onde tinha parado, pesquisas que eu nunca ousaria fazer na rede dos Altíssimos. Arrisco muito (na verdade, tudo), se for pega. Mesmo aqui, longe do seu arranha-céu, Florence e os outros me ensinaram como apagar os rastros do meu histórico após cada sessão.

Consulto as bases de dados. Escândalos individualistas, manifestações neutralizadas, desmantelamento de tráficos anti-instintivos: é impressionante tudo o que descubro assim que arranho o verniz de aparente tranquilidade da cidade. A alegria que sinto fazendo isso não é subversiva. É egoísta. O Nós não é unânime e, de certa forma, isso me ajuda a me sentir um pouco menos sozinha.

O que eu queria era não me sentir mais sozinha.

Então procuro, dia após dia, de grupo em grupo, de teclado em tela, uma anomalia tão enorme quanto a minha. Antes que Modeste me mate, de preferência. Olhadinha no relógio. Bem, por hoje é só, tenho compromisso na rádio daqui uma hora, e não estamos avançando muito.

— Precisamos ir mais além — digo aos outros. — Mais além no passado.

— Regra nº1 — me lembra Florence.

Mensagem recebida com sucesso. Eles já estão revirando os arquivos da Burocracia Instintiva. Meu comentário não é pertinente. "Eu não tenho Instinto", será que isso soaria melhor? Mesmo para aqueles, cujo olhar ainda é assombrado pelo sótão do Santo-Mundo, aqueles que estiveram mais perto do nada do que eu jamais estarei, não revelei nada.

Olho para todos do meu banquinho. Samuel — Instinto cuidador — poderia ter sido o maior oncologista do Setor Sul, mas agora é ele que parece ter sido devastado pela doença. Thérèse — Instinto nutridor — me cede sua parte dos caramelos toda vez que lhe trago, exausta com meu apetite insaciável. Vincent — Instinto calculador — cria entre duas crises de tosse algoritmos que poderiam ter lhe aberto as portas das empresas mais prestigiosas. Marthe — Instinto reparador — empunha com dificuldade sua caixa de ferramentas sempre que há um pepino mecânico no cômodo. As cadeiras coladas uma na outra, Paul e Anne — os dois com Instintos rodoviários — só saem uma vez por semana para levar os jovens do abrigo aos compromissos e, assim, exercer seu Instinto, só para não diminuir ainda mais sua expectativa de vida. Joachim — Instinto verificador — se levanta a cada instante para parafusar todas as cadeiras, vagaroso e corcunda. Ele é o único no cômodo que não me agradeceu; às vezes fico pensando se ele não teria preferido morrer queimado com o Santo-Mundo. Fone nos ouvidos, Lucie evita também de cruzar meu olhar através dos seus óculos enormes: por mais que tenhamos vindo da mesma Escola, ela não me perdoa por ter me dado tão bem quando ela fracassou tanto. E Florence, a inclassificável Florence, que, além dos meus bombons, come as baratas que infestam os corredores.

Goliath e eu temos direito a um futuro. Os regatados do Santo-Mundo tiveram direito a um abrigo na Rua da Virtude, nº 8. Que jeito melhor para os Altíssimos garantirem que eles não repetiriam por aí o que realmente aconteceu?

E mesmo assim, mesmo sofridos, mal recuperados, há uma simbiose entre eles que me é estranha. Suas marcas correspondem a uma realidade. Eles continuam fazendo parte do Nós. Sem mim.

— Isto, sim, é bizarro — diz Florence.

Um salto e estou debruçada no seu ombro. E, por cima do meu, tenho a respiração suspensa de todos os outros que largaram seus teclados. *Bizarro* é uma palavra que não se usa levianamente na Lavanderia 5. Até Lucie desligou o walkman.

Florence nos mostra um documento terrivelmente pixelado.

— Registro penitenciário do Setor Oeste-Sudoeste. Voltei bastante no tempo. A ideia era encontrar uma anomalia que não tivesse sido erradicada. Uma anomalia que tivesse sido estudada. Que tivesse ajudado a entender o desvio do Instinto.

— E você encontrou uma?

— Não sei. É bizarro mesmo.

Nós nos debruçamos ainda mais. A unha roída de Florence nos aponta uma linha quase ilegível.

— Este detento não foi estudado. Ele foi torturado. Uma e outra vez.

Consigo sentir os corpos dos outros se enrijecerem atrás do meu ombro. Aquilo reaviva memórias recentes demais, familiares demais. A tortura. A prática mais anti-instintiva de todas. Uma coisa é quando ela vem de um desviado; outra é quando a própria burocracia segura os alicates de arrancar unhas.

— Por quê?

— Não está explicado. E a bizarrice não para por aí. Esse detento não tem nome. Não tem número de matrícula. Não tem ficha. Nem certidão de óbito ele tem. Está escrito só "obnubilação interrompida". Eles apagaram todos os rastros do que ele — ou ela — foi em vida. Nunca fizeram isso com nenhum desviado. Bosta! O que fizeram é inumano. Ah, esperem. Tem outra coisa escrita, mas está super pixelada... sim... acho que também está escrito "Você 86" e ao lado, entre parênteses "(estimativa)".

Dessa vez me vem um pânico despido de esperança. Olha ela aí. Uma anomalia tão enorme quanto a minha, outro Você que procuro há quatro meses: torturado e morto muito antes de eu nascer.

E quando penso que meu medo não pode ficar mais urgente, o Minitel se apaga. Sozinho. Liga-se de novo. Sozinho. Florence levantou as duas mãos para mostrar que não tocou em nada. A tela carrega, uma linha após a outra. Palavras se formam. Uma pergunta, na verdade.

É Você?

S/N

Uns após os outros, todos os terminais de Minitel da Lavanderia 5 se apagam, voltam a se ligar e perguntam a mesma coisa. **É Você? É Você? É Você? É Você? É Você?**

Piratearam os piratas.

— Dispersar! — diz Florence.

Em um piscar de olhos, ela e os outros tiraram os cabos, levaram as coisas e deram o fora. Levaram todos os terminais de Minitel, ou quase todos. Ao saírem correndo, esqueceram-se do meu. Estou sozinha na Lavanderia 5, face à pergunta.

É Você?

S/N

Esse vírus não parece coisa da Burocracia Instintiva. Na verdade, evoca um convite, um convite que fede a armadilha, mas um convite mesmo assim. Como talvez sejam os NÓS ENCONTRAREMOS VOCÊ escritos por mãos desconhecidas por todo lugar onde vou.

Talvez seja um outro eu. Um outro Você. Alguém que está me procurando tanto quando eu o procuro. **É Você?** Não há dúvida de que sou a única pessoa que consegue entender essa pergunta.

Preciso me mandar, rápido. Não posso ser presa nem comprometida. Estou indo.

Volto.

Aperto "S". Sim. Sim, sou eu.

A pergunta desaparece. A tela se apaga, e acabou.

Começo a tremer. Merda, o que foi que eu fiz?

Goliath

NÃO BOTO MUITA FÉ NESSA MISSÃO

Estou na praia, costumo evitar, um único grão de areia basta para escangalhar toda a minha mecânica, mas agora tudo bem, não estou com as próteses, tenho meus braços de antes, braços de criança, braços que procuram alguma coisa, só que não sei o que é, vou perguntar ao meu irmão mais velho, ele sabe tudo, seu Instinto sabe tudo, corro em direção a ele do outro lado da praia, sobre os rochedos, tenho uma pergunta a lhe fazer, super importante, eita, esqueci qual é, está na ponta da língua, ele não está nem aí, ele está olhando o mar do rochedo, ele sorri, ele pega impulso e salta fazendo uma bomba na água, esse besta! ele não viu que o mar tinha abaixado, é na areia que ele mergulha seu corpo inteiro, saio correndo até ele, por Instinto ou por desespero, não sei, cavo a areia, cavo mais e mais, cavo sem encontrá-lo, cavo e grito, suplico que responda a essa bosta de pergunta que esqueci.

Despertar convulsivo.

A dor me repuxa os ombros, onde as próteses dos braços se ligam aos nervos; já estou acostumado, logo passa. O que não passa é a palpitação interior. O dia brilha entre as persianas. Que horas são? Levo um susto ao olhar para o rádio-relógio. Já não estou acostumado a ficar na cama, acordar no fim da tarde então... A culpa é deste quarto. Nunca dormi em uma cama tão confortável. Tenho meus próprios aparelhos de musculação. Meu próprio banheiro. Há espaço, há lugar para tudo; demais só para mim.

Então, o que está me incomodando tanto?

Verificação sob o chuveiro: pele, músculos, ossos, tudo o que está ao alcance dos olhos. Nada a relatar. Só os machucados colhidos durante a última missão e que vieram se somar a todos os outros. Nada que vá me matar. Passo o barbeador nas bochechas, óleo nas engrenagens. Não, hoje de manhã, o hipocondríaco não vai aprontar das suas.

Visto um moletom. Preciso sair. Meu quarto no 7º andar dá para um corredor em que todas as portas se parecem com a minha. Sem meu nome ali, eu estaria perdido. Eu não tinha porta na Escola do Protetorado; também não tinha amigos. Tento puxar conversa com os vizinhos que cruzo, alguns voltando, outros indo embora. Não tenho nenhum assunto e falo alto demais. Eles me respondem com educação, mas de forma breve. Com certa dificuldade.

Corro por falta de opção melhor. Há pistas exclusivas para isso no arranha-céu, faixas de asfalto, zonas de ciclovia, jardins internos e tudo de tudo o mais. Uma cidade dentro da cidade.

Então por que isso me oprime tanto?

Abro caminho entre a multidão silenciosa de Virtuosos que vão e vêm, dia e noite, de missão a missão. Menos eu. Desde que voltei da minha, não fui convocado. Sou pago para não fazer nada. Por que ninguém me acordou hoje de manhã? Fiz tanta merda assim na brigada Anti-Abuso? Os lá de cima não me esqueceram, não é? O antigo eu teria socado uma mesa para exigir respostas e reclamar sua parte de heroísmo, mas ora, o antigo eu morreu no Santo-Mundo.

Ainda não fui ver meus pais desde que voltei, eu poderia aproveitar; outros talvez fizessem isso, mas não é como eu estivesse oficialmente de licença.

Subo e desço as escadas em ritmo de corrida. O grande hall soa sob meus passos como uma catedral. Vou ser obrigado a tomar um banho. Desmorono em um banco, entre duas plantas artificiais, frente a um vidro com vista para a cidade. O Sol está se pondo sobre os telhados, as torres, as estradas, as calçadas, tudo; ele consegue fazer todo esse cimento ficar quase bonito.

Eu a noto.

Do outro lado do vidro, sobre a esplanada do arranha-céu, bem no meio do tapete vermelho, vestida como uma cantora de ópera: Claire retorna de uma missão. Ela aperta mãos. Não ouço nada de onde estou. Ela também não, sem dúvida, já que ela anda por aí com seu walkman, mas isso não impede que os outros a enrolem, a aplaudam, posem com ela para a foto, e isso torna a cena absolutamente absurda. Uma calculadora do Cômputo a acompanha de longe. Um punk também fica ao fundo, hiperatento, marca de manso no rosto e fone antirruído nos ouvidos. Qual o nome dele mesmo? Juin? Février? Janvier. O olhar que ele pousa na Claire... Eu já tinha flagrado os dois, na véspera do grande final do Santo-Mundo. Eles não chegaram a se tocar nem nada, mas até eu que sou meio lerdo logo entendi o que um significava para o outro. O que será que ainda significam? Janvier contém a multidão direitinho e, por mais que eu esteja vendo de longe, vejo como sabe usar sua covinha de canto.

E aí aconteceu uma coisa. Uma coisa que só eu vi. Um breve instante imóvel, ínfimo em que Claire fica de lado no grande tapete vermelho, longe das mãos, das bocas, dos olhos. O sol poente ilumina seu perfil em um flash, estica sua sombra feito um chiclete e, entre toda essa luz e sombra, não resta quase mais nada da Claire, quando muito uma queda de ombros, uma solidão no meio da multidão, um corpo prestes a ser engolido pela cidade, e estou a dois dedos de mergulhar através do vidro para saltar até ela, mas Janvier já está voltando, entrega-lhe discretamente um bilhete que ela lê com atenção, ele nega com a cabeça, ela assente com o queixo e eu desvio o olhar rápido, rápido para não ver a limusine levá-la para longe.

Alguma coisa me incomoda no bumbum. Tiro um livro, esquecido ali no banco. *Eu também*. O livro de Claire, obviamente. Eu me sentei bem em cima de seus dentes da felicidade.

Contemplo meus tênis com os velcros mal presos sobre os ladrilhos imaculados. Minha sombra também parece um chiclete. Não é com a brigada Anti-Abuso que fiz merda. Foi com Claire. Julguei rápido demais de novo. Não sei se são as fotos que ela me mostrou ou o jeito que ela me olhou ontem, mas entrei em pânico. E se, na verdade, eu nem conhecesse a Claire? E se ela também não me conhecesse? E se eu nem valesse a pena conhecer?

— Oi.

Tiro os olhos dos tênis. Ao meu lado, no banco, alguém me olha. Na polo branca: um broche "III". Milhares de vidas salvas. Corte tigela e colarinho abotoado. A marca dos Instintos órfãos, reforçada por um longo alcance. Eu não conseguiria dizer se é um menino ou uma menina, ou os dois de uma vez só, nem um nem outro, e não estou nem aí: é com certeza um Arcanjo. Ainda mais novo que eu, 16 anos no máximo, apesar de alguns raros cabelos brancos.

— Hum... Olá.

Vaga sensação de déjà-vu. Onde? Quando?

— Parabéns — diz o Arcanjo ao me entregar um pager. — Você é meu novo colega de equipe.

— Ah é?

— Está com cheiro de suor.

— Eu corri. Voltando: eu sou o quê?

— Meu novo colega de equipe. Decisão dos Altíssimos do Sul.

Tem momentos assim em que sinto mais falta dos meus verdadeiros dedos do que em outros. Eu gostaria de esfregar os olhos, para enxergar com mais clareza. Examino o pager; é um modelo grande adaptado para as minhas próteses. Decididamente, a tecnologia de ponta é moeda corrente neste arranha-céu, nada a ver com a Escola do Protetorado. É a vantagem de ter uma população de inspirados in loco.

— Só salvei onze vidas. Por que me colocar com alguém como o senhor?

— Porque você já foi vítima de uma anomalia.

Choque. Estou lembrando, agora sei onde vi esse Arcanjo. Foi no Santo-Mundo, durante o incêndio, quando Claire foi embarcada.

Olho ao meu redor. No grande hall do arranha-céu, só tem Santos em movimento perpétuo, impelidos à ação pelos seus Instintos, os olhos mirando as próximas vidas a salvar. Não tem ninguém para nos ouvir, então, mas mesmo assim.

— Pediram-me para não falar nisso. Nem com os Anti-Abuso. Nem com os outros Virtuosos.

— Exatamente — diz o Arcanjo sem mexer um cílio sequer. — Não é para ninguém saber. Nem as pessoas de fora nem as de dentro. É por isso que você foi escolhido. Você já sabe.

— E meu trabalho consistiria em quê?

— Em me impedir de matar as anomalias rápido demais.

Não boto muita fé nessa missão.

— Quer dizer que tem outros? Instintos que se desviam? O que aconteceu com o gerente do Santo-Mundo pode acontecer com qualquer um?

Eu estava seco por dentro, e agora estou ainda mais. Na brigada Anti-Abuso, vi a que ponto os Instintos não impediam babacas de serem babacas, mas eu quis — eu *quero* — acreditar que não é culpa do Nós e que, enquanto eu continuar fiel ao meu próprio Instinto, haverá algo para salvar. E, ao mesmo tempo, percebo que já sabia que não seria tão simples assim. Reprimo um pensamento que tenta se impor — não, não, irmãozinho, continue no meu sonho, bem enterrado na sua praia, não ouse associar sua ausência de resposta à minha ausência de pergunta —, e o Arcanjo me escrutina, tentando me decifrar, com o corte tigela pendendo para o lado.

— Não se preocupe. Se isso também lhe acontecer, vou cuidar de você. Está tendo relações sexuais com a Claire?

— Hein?

Preciso mesmo de água. O Arcanjo me designa com os olhos o livro que não soltei.

— Está tendo relações sex...

— O senhor pergunta isso a todo mundo que lê o livro dela?

— Claro que não.

O Arcanjo me responde sem hesitar. Nunca vi um rosto tão impenetrável.

— Eu estava presente quando ela declarou que era sua 11ª vida.

— É minha parceira. O senhor não entenderia.

— Realmente, não entendo. Uma parceria consiste em trabalhar em conjunto para atingir um objetivo comum. Clare e você não trabalham juntos. Quanto aos seus objetivos, não cabe a você defini-los, porque apenas o Instinto decide.

— Pois é. O senhor não entende.

— Não. Mas vamos passar bastante tempo juntos, você e eu. Talvez eu acabe entendendo.

Os lábios se entreabrem em algo que poderia evocar um sorriso. Ah, veja só. O Arcanjo também tem os dentes da felicidade.

Não, sério, não boto muita fé nessa missão.

CLAIRE

ELES SABEM

Eu me levanto do sofá, um quilo após o outro. Caí no sono sem mudar de roupa. Estou com uma dor de cabeça do cão, valeu, drinques de ontem. Não era para eu ter aceitado aquele convite de último minuto, mas é mais forte do que eu, não quero perder nenhuma ocasião de encontrar gente, sobretudo mais gente, procurar sem folga, mesmo se acabo não encontrando.

Eu me lanço à busca do meu pager no meio de potes de sorvete que esvaziei na volta. Nenhuma nova mensagem. Minha franja está toda arrepiada; lavo o cabelo e faço um penteado civilizado com o secador. Nenhum bipe ainda. Ligo o sistema de som primeiro, a cafeteira depois, e sopro ares de uma alegria falsa na minha harmônica enquanto preparo as minhas torradas. Nenhum bipe ainda. Vasculho as cartas acumuladas no meu cesto de roupa, um monte de declarações de amor, outro tanto de confidências, gostaria de dizer, Claire, que a senhora me inspira, Claire, obrigada por ter me mostrado o caminho, Claire; Nenhum bipe ainda.

Acho que Florence não vai mais me procurar. Quando lhe confessei ter apertado o "S", ela me bombardeou de insultos mal-ortografados, e depois mais nada. Tenho quase certeza de que ela e os outros já devem ter saído do abrigo agora. Eles nunca mais retornarão; por culpa minha. Eles sabiam reconhecer uma armadilha melhor do que ninguém, e eu, impulsivamente, respondo "sim" ao pior dos vírus no seu quartel general.

Com a parte de baixo da colher, espalho açúcar comum na minha toranja. A polpa espirra em mim quando eu a furo. Quanto mais como, mais fome eu tenho.

Penso de repente na Avril. Ela deve estar tão atolada quanto eu desde que começou a trabalhar como escrivã em um escritório da Burocracia Instintiva, do outro lado da cidade, mas desde que saímos da Escola da Confidência, nunca tirei um tempo para visitá-la.

Será que Goliath tem razão? Será que estou mesmo me achando?

— Droga.

Empurro meu pager para longe dos olhos, longe do coração. Que pena o que aconteceu com a Florence e os outros, vou precisar seguir com minhas pesquisas sozinha.

O que não consegui esquecer, apesar de todos os drinques, foi o "Você 86". O tratamento inumano que ele sofreu. Por mais que eu me repita que a época era outra, que o lugar era outro, estou aterrorizada. E o que significa "obnubilação interrompida"? E o vírus **É Você?** Francamente, de onde saiu? Eu já não suportava quando as pessoas se viravam ao me ver passando na rua, mas agora, desde o S, tenho a impressão de andar com um alvo na bunda e sem saber quem está do outro lado da mira. Como se não me bastasse ter um encontro marcado com a arma do Modeste. Achei mesmo que o clube super privado dos sem-Instinto iria brotar do nada para me convidar a tomar umas, bem debaixo do nariz dos Altíssimos?

Sim. E ainda acho.

Estou possivelmente desesperada, mas quem quer que seja o pirata por trás do vírus, quero conhecê-lo. **É Você?** Tenho a mesma pergunta para ele.

Preciso me resignar: minha estratégia não funciona. Ela não tem como funcionar. Fui colocada à força na frente do palco, mas, sem isso, eu ainda estaria passando despercebida. Que pessoa sem Instinto e dotada de bom senso iria aparecer no meio de recepções da alta sociedade, expor-se à multidão, aproximar-se dos meios de comunicação para comparecer ao show de uma Santa? Não, sério, minha estratégia está fadada ao fracasso, mas simplesmente não sei o que fazer fora isso.

Prendo meu walkman na cintura e verifico minha reserva de pilhas. Não estou adiantada, Javier já deve estar me esperando em frente à limusine. Nem sei por onde começar hoje. Uma entrevista? Uma inauguração? Autógrafos? Uma missa? Uma cerimônia?

Estou faminta.

Coloco meus saltos e bato a porta ao sair. Estou tão ocupada mastigando uma trufa de chocolate que, de imediato, não noto o recepcionista. Ele está entre o elevador e eu, juntando as mãos com um ar arrependido. Engulo a trufa de uma vez só. Esse protetor faz vista grossa aos pacotes suspeitos que peço para entregarem, mas espero que meu hálito não esteja com um cheiro muito ilícito.

Tiro meu fone para escutar o que ele tem a me dizer.

— Permissão para ultrapassar as dez palavras?

— Concedida.

— Sinto muito, muitíssimo, mas a senhora não pode sair dos seus aposentos, sinto muitíssimo, hoje não será possível, mas se precisar de qualquer coisa que seja, peço mil desculpas, posso arrumar para a senhora.

— É que tenho um compromisso.

— Minhas infinitas desculpas, senhora, foi tudo cancelado.

— Por quem?

Com o indicador, o recepcionista aponta para o teto. Os Altíssimos do Sul. Não deixo transparecer em nada minha confusão. Os anos de atuação ajudam.

— Qual o motivo?

— Nada em particular. Tenha a bondade de me perdoar, senhora, mas a manterei informada assim que receber novas instruções.

— Certo.

Ele me entrega o jornal do dia ainda se desculpando. Dou meia-volta com o sorriso. Uma vez na vasta farsa que me serve de escritório, eu me desfaço.

Eles sabem.

De tudo: minhas visitinhas a Florence e companhia, nossas fuçadas heréticas, os arquivos confidenciais em que metemos o nariz, o Você torturado até a morte (talvez não por eles, mas por outros Altíssimos antes deles) que descobrimos e, se bobear, sim, veja, o vírus também foi coisa deles. E eu, como uma tonta, me vendi por conta própria clicando naquele maldito "S".

Será que vão me enviar desmistificadores?

Ou por ainda: Modeste?

Passo a língua no vão entre meus dentes. Volto ao meu quarto e observo o jornal que o recepcionista me entregou. Na primeira página, em letras garrafais:

"O CASO DAS CLAIRE FEZ SUA 140ª VÍTIMA!
O TESTEMUNHO DA MAMÃE!"

Percorro o artigo sem lê-lo de verdade. Mamãe...

Observo a roda de discagem do telefone. É um modelo especial "confidente", projetado para desligar automaticamente a cada dois minutos. É destinado sobretudo aos Instintos de longo alcance, na eventualidade de o interlocutor ligar de um apartamento vizinho.

Ainda não usei esse telefone. Eu me recusei a usá-lo. Primeiro porque estou convencida de que está grampeado com uma escuta, por isso que adotei o pager. Depois porque prometi solenemente a mim mesma não meter minha mãe nas minhas coisas desde que decidi descumprir a única regra que ela jamais me impôs.

Sou maior de idade agora. Ser adulto é assumir — sozinho — suas responsabilidades e enfrentar — sozinho — as consequências.

Disco o número dela choramingando.

— Alô?

Dalila sempre atende primeiro. Seu Instinto impulsiona suas pernas até o telefone antes mesmo de ele tocar.

— Oi.

— Claire! Até-que-en-fim!

Os lábios de Dalila correm também. Se o telefone estiver grampeado, não estou arriscando nada conversando com ela. Ela não pode trair um segredo que desconhece completamente.

— Estou sem tempo. Posso falar com a mamãe?

— Ah, minha queridinha, ela não está.

— Está no ateliê? Pode descer pra procurá-la?

— Não, não, quero dizer não-es-tá-mes-mo. Viajou.

Minha mãe? Viajando? Minha mãe que só sai do ateliê a contragosto para visitar os conservatórios e as orquestras próximas, que desde sempre vai ao mesmo supermercado, a dois passos do seu prédio, para comprar as mesmas caixas de conserva e cuja única extravagância é pagar um jantar com cinema para Dalila nas noites de sexta? Viajando?

— Papai.

Essa evidência me escapou.

— Ele ligou outro dia, do Setor Oeste. Pediu pra ela ir e...

O triplo galope de Dalila para de vez. Papai. Quase não me lembro do seu rosto. Eu me recordo mais do seu bigode ferradura. E da sua voz. Impossível ter memória das palavras. Só da voz. E, depois, da ausência de voz quando nossa família se fracionou por causa das escadas e ele foi embora com Modeste. Mamãe nunca me deu seu novo endereço. *Os médicos lhe deram alguns meses.* Foi o que Modeste me contou antes de os Altíssimos do Sul me tornarem uma boneca decorativa.

Engulo uma respiração funda.

— Ele...?

— Ainda não, mas será logo. Eu queria de verdade, de verdade mesmo, ter contado antes. Sua mãe também, sabe, mas você nã-o-a-ten-de. E vamos combinar, sua mãe está emburrada desde aquele programa sobre seu livro. Foi uma bai-ta-sur-pre-sa! Estou orgulhosa de você, querida, mas furiosa também. E triste, muito triste. Tem coisa que a gente prefere saber sem ser pela tevê. Ah, não-era-pra-eu-bri-gar-com-vo-cê, não com seu papai que vai...

A ligação cai. Os dois minutos se passaram. Não tenho coragem de ligar para Dalila de novo.

Meu olhar se volta para o jornal do dia. Para o caso das Claire. Vou relendo o artigo na diagonal. *"O testemunho da mamãe!"* Essa reportagem está me dando nos nervos agora, mas estou confusa demais para entender o motivo.

Bom.

Tiro meus sapatos, coloco o fone de novo e ponho música no último volume. Não coloquei uma fita ao acaso, não, escolhi uma específica entre as centenas da minha coleção. A canção de Coco-Rudy: a mesma que eu escutava durante minha crise de afastamento. Abro bem uma janela do meu quarto. Que engraçado. Tenho fobia de escadas desde pequenininha, mas ficar sentada na sacada do 13º andar, pés ao vento, não tem problema. Eu me pergunto o porquê. Quero dizer, tirando a minha quase morte no prédio da minha infância. Por que tenho tanta dificuldade com os degraus? É o choque entre a horizontalidade e a verticalidade? O desequilíbrio a que a escada induz a cada passo para a frente? (E por que essa reportagem me incomoda tanto?)

Contemplo o mar ao longe, depois o teto dos carros lá embaixo; o som ricocheteia nos para-brisas, os pedestres se misturam às buzinas, todos esses Instintos que vão e vêm, ligados uns aos outros por uma rede invisível, cada um se encontrando no lugar preciso onde deve estar, fazendo exatamente o que deve fazer, em nome do Nós.

Eu me sinto mesmo muito, muito sozinha.

E muito, muito burra.

É certo que, cedo ou tarde, eles vão me enviar Modeste. Modeste que ressurgiu na minha vida sem avisar, que compartilha do meu sangue e quer fazer o meu correr, de quem não sei nada e não quero saber.

Não é pelo Modeste que estou sentada à minha janela do 13º andar. Não é pelo papai, não é pela mamãe. Não é pela Florence. Não é pelos encontrados que perdi de novo. Não é pelo Goliath. Ah, não, com certeza não é por ele. Ele não subiu para me ver de novo — eu também não desci para vê-lo — desde que o decepcionei tanto quanto ele me decepcionou.

Não, se eu me encontro agora à beira do vazio, é por mim.

Lentamente, eu me inclino. O vento entra no meu vestido, o sol me cega. Eu me inclino. Não sou leve. A qualquer instante, meu peso pode me fazer cair e aterrissar treze andares abaixo, no meio da calçada.

Eu me inclino.

Já fiz isso dezenas de vezes e, a cada tentativa, me inclino um pouco mais, centímetro por centímetro. Chegará o centímetro longe demais, mas, enquanto eu não o atingir, tudo ainda é possível.

Eu me prometi esse possível.

Desde a freada do ônibus escolar no fim do ano, desde que vi o Nós, sem fazer parte dele, desde que senti todos os Instintos, sem ter nenhum, desde o sótão em chamas do Santo-Mundo, eu prometi a mim mesma.

O que me falta é o manual de instruções. Ou melhor, o recuo. Estou próxima demais de mim.

Então, eu me inclino, ouço Coco-Rudy, recrio as mesmas condições e, desta vez, juro que não vou vacilar. Eu me inclinarei até provocar uma outra crise de afastamento. Até voltar ao outro lado. Se realmente devo levar a bala e Modeste na cabeça, então quero olhar o Nós nos olhos e perguntar-lhe por quê.

(Eu sei. A reportagem: consegui encontrar o que me atormenta.)

Eu me inclino.

(A mamãe da 140ª Claire. No seu testemunho. Ela disse uma coisa. Uma coisa que muda tudo.)

E eu caio.

SENHORA X

PARA ENGANÁ-LOS, ELES

Um primeiro prestativo me abre a porta, um segundo tira meu chapéu, um terceiro me conduz à mesa, um quarto amarra um guardanapo no meu pescoço e um quinto me serve meu suco de cenoura. Eu nunca consegui determinar se essa diligência era devida aos seus Instintos ou ao medo primordial que o meu lhes inspira.

A menos que seja a auréola da Burocracia Instintiva no meu colarinho.

Todos os meus colegas viram lentamente a cabeça para mim, as mesmas marcas que a minha, seus próprios sucos de cenoura na mão, enquanto coloco meus óculos escuros na mesa. Correção: meus ex-colegas. Nenhuma mancha no branco dos nossos ternos e gravatas, por uma questão de princípio; e de imagem.

Eu cortei suas conversas. Eles suspiram em uníssono.

— Já conversamos sobre isso.

— Faz seis meses que você se aposentou.

— Não pode mais usar esse uniforme.

— Parece até que está com saudade da gente.

— Mas não, você sabe que não.

— Também sabe que não é nada pessoal.

— Chega uma hora que é preciso desligar.

— Você serviu seu tempo, agora é com os jovens.

— Ali é pausa do trabalho.

— E aqui falamos de trabalho.

Nenhum me pergunta o que me traz aqui. Fora um mandato entregue pela Burocracia Instintiva, as perguntas são proibidas e isso, mesmo entre nós; sobretudo entre nós, na verdade. É ao mesmo tempo a vantagem e a desvantagem do emprego. O que é que eu lhes responderia, de qualquer forma? Eu mesma hesito bastante.

Talvez tenha vindo para enganar o tédio. Talvez tenha vindo para enganá-los.

Beberico meu suco de cenoura.

— É difícil mudar velhos hábitos.

Eles se viram para o outro lado e voltam a papear, como se eu tivesse ido embora. Por mais que digam, meu terno lhes lembra bem demais quem eu fui, quem eles são hoje e quem deixarão de ser um dia, quando chegar a vez deles.

Um Instinto nunca se aposenta.

Eu os escuto, então. Eles falam de negócios em curso ou de prisões futuras: fraude, falsificação, usurpação de identidade e, o pior de todos os crimes, falsificação de marca. Falam também das Claire. Da última vítima encontrada em estado de choque no Setor Oeste-Sudoeste. Da sua incapacidade de lhe arrancar qualquer outra coisa além de "estamos todos ferrados". Do estranho testemunho da sua mãe. Da extrema perplexidade das duas.

Isso, eu admito, é saboroso.

Assim que o relógio toca na parede do estabelecimento, eles arrancam seus guardanapos, se levantam arrastando as cadeiras, colocam de novo os óculos escuros e chapéus brancos, pagam a conta e saem sem me dizer adeus.

Esvazio meu copo com calma.

— A senhora gostou do lanche?

A pergunta do garçom no momento em que me entrega a conta é puramente formal. Ele sabe que não sou obrigada a responder; não com meu Instinto.

Decido responder apesar de tudo:

— Odeio suco de cenoura.

Essa também é a vantagem e a desvantagem de ser uma desmistificadora. Ninguém pode mentir para mim, e não posso mentir para ninguém.

CLAIRE

Mas o medo é mais forte

Eu caí da janela. Talvez devesse ter especificado: caí para trás.

Dois braços me puxaram pela cintura e me derrubaram sobre o carpete felpudo do meu quarto. Esmaguei Janvier com todo o meu peso, e isso não é pouca coisa. Ficamos um tempão jogados no chão, enrolados um no outro como quando tínhamos 15 anos; um fluxo de memórias agridoces.

Bom. Se me mandaram Janvier no lugar de Modeste, é porque eu pelo menos estou em liberdade condicional.

— Droga — acabo dizendo. — Você me deu o maior susto.

— Tá de sacanagem comigo, Claire?

Por baixo da sua crista multicor e seus piercings, Janvier parece furioso. É raro vê-lo assim.

— Eu bati. Você não respondia. Entrei e chamei. Sua música estava no último volume! Deu pra praticar queda livre agora?

Quase respondi "fique calmo". Eu me segurei antes que o Instinto dele o fizesse entrar na onda à base de coquetéis hormonais.

— Estava fazendo um experimento.

— Não me diga.

Janvier suspira. Ele está com seu macacão de moto cheio de adesivos e cheirando a cachorro: deve ter vindo da sua residência privada, no bairro vizinho. Meu fone se quebrou de repente; no meu walkman, caído no chão, a fita de Coco-Rudy continua desenrolando-se em silêncio.

— O caso das Claire — murmuro.

Janvier pisca várias vezes, perplexo. Eu o deixo ali e pego o jornal que uma corrente de ar, provocada pela janela aberta, está desfolhando sobre o carpete. *"O caso das Claire fez sua 140ª vítima! Testemunho da mamãe!"* Releio o artigo, com atenção desta vez.

"Não reconheço mais a minha filha. Claire sempre foi muito generosa com seu tempo, sua pessoa, seu Instinto, suas palavras. Ela não frequentou uma grande Escola de Setor, só tem um diplominha, mas suas notas sempre foram exemplares. Eu fiquei preocupada ontem por não ter visto minha filha voltar para casa do trabalho... ela iniciou um contrato como assistente domiciliar.

Chegou tarde da noite, com o último ônibus. Logo entendi que ela tinha tido uma má experiência. Parecia que estava apagada por dentro. Foi deitar assim mesmo, sem me dizer nada, mas vi que ela não fechava os olhos. Desde então, fica olhando para a parede. Não fala comigo, quase não come, não sai mais de casa. Não voltou a trabalhar.

As autoridades vieram lhe fazer algumas perguntas. Investigação de rotina. Eu sabia o motivo. Fiz a conexão com o caso das Claire, sabem! Ela não lhes contou nada. Pior ainda. Lançou um olhar para eles... nunca vi minha filha olhar ninguém assim. E, quando as autoridades saíram, eu desabei, chorei todas as lágrimas do meu corpo e supliquei que ela falasse comigo, pelo menos comigo, sua mãe!

Sabem o que ela me respondeu? "Não importa, mamãe. Não aconteceu nada. Eu não era a Claire certa mesmo. Estamos todos ferrados. Acabaremos ofuscados. Ou pior."

Foi isso o que ela me disse. Incompreensível. Por favor, me devolvam a minha filha!"

Volto o jornal ao lugar. Meus dedos tremem, meus pensamentos, se chocam.

Ofuscados.

Isso aí me transportou de volta aos arquivos penitenciários, ao Você 86, a essa obnubilação interrompida — seja lá o que isso signifique. Os que estão atacando as Claire: eles sabem. Sabem que os Você existem.

Que eu existo.

O que a Balança me disse mesmo sobre os individualistas? "Não encontramos ninguém: são eles que nos encontram." Eles estão me procurando! Não entendi ainda o como do porquê, mas os individualistas estão me procurando!

Porque sou eu *a Claire certa.*

— Claire.

Levanto os olhos para Janvier que não parou de me observar em silêncio, vagamente desconcertado. Sua covinha amargou.

— Que foi?

— Sim.

— Sim?

— Uma noite dessas. Você me perguntou se eu ainda tinha medo de você. A resposta é sim. Amei você e ainda a amo, Claire, mas o medo é mais forte. O que a gente foi, nossas primeiras brincadeiras no andar debaixo do prédio, nossos primeiros flertes sob a cama de Avril, nossas conversas intermináveis ao telefone, nossas lágrimas quando saí do Setor Norte-Nordeste, nossas risadas quando você se juntou a mim no Setor Sul, nossa primeira e última vez: sinto falta de tudo isso a ponto de chorar, mas o medo é mais forte. Eu me sinto envergonhado, e culpado, e patético, mas o medo é mais forte. Desde que me contou... tenho medo, Claire, medo do que você é, do que você representa, medo com todas as minhas entranhas, tenho medo, e esse medo é mais forte.

— E isso é pra me animar?

Janvier dá de ombros. Infeliz.

— Não sou eu que tenho medo, Claire. É o Nós através de mim.

Ele hesita, depois:

— Você não deveria contar. Nunca. A ninguém.

Janvier não acrescenta "ao Goliath", mas ele pensa com tanta intensidade que é como se tivesse dito.

— Senão, Claire, vai acabar muito mal.

— Já está acabando muito mal. E nem dá pra dizer que começou bem.

Janvier dá de ombros. Mais infeliz ainda. Ele tem o mesmo corpo de Avril, todo nervos e ossos, tal prima, tal primo.

— Conselho de amigo. E aqui vai outro: você deveria calçar uns sapatos. Os Altíssimos a convocaram.

Durou pouco minha liberdade condicional.

No arranha-céu do Setor Sul, como em todos os do supercontinente, os 39 primeiros andares são dedicados aos Virtuosos e os 29 seguintes aos Anjos, aos Arcanjos e aos Tronos. Em seguida, chegamos aos Altíssimos: os andares 70 a 79 para os Querubins e os andares 80 a 99 para nossos quatro Serafins do momento. O mais engraçado é que ainda tem um monte de andares desocupados acima desses já faz anos: dezenove para os Poderosos (mas de 10 milhões de vidas salvas, ou seja, quase nunca vemos um desses) e 29 para os Messias (mais de 100 milhões de vidas, temos o quê, um a cada mil anos?). Quanto aos últimos andares, e são muitos, eles estão dedicados ao Supremo que nunca existiu e que, na minha opinião, não estou nem aí se for blasfêmia, não vai existir tão cedo. Porque veja bem, para salvar mais de um bilhão de vidas, precisa acordar cedo e com o pé direito.

De qualquer forma, é com isso que estou ocupando a cabeça enquanto o elevador expresso nos leva, com Janvier, ao 82° andar. Não sou fã do 82°. Foi onde os Altíssimos fizeram de mim uma Virtuosa. É lá que fazem o que bem entendem com todo mundo. Só de aparecer a pele, fico pegajosa. Com que molho vão me devorar?

Molho de cogumelos.

Os Altíssimos do Sul estão em plena degustação gastronômica. Só coisas refinadas à mesa, só pratos dietéticos. A velha, o homem, a mulher e a criança se viram para mim com um mesmo movimento de cabeça, suas marcas. Os vidros atrás deles são tão azuis celestes que parece que estamos em um aquário. Um cortejo de mansos — mansos ainda mais jovens que Janvier — enchem os copos dos Altíssimos à medida que eles se esvaziam. Só água solarizada.

Modeste não está lá, minha liberdade condicional se alonga.

— Permissão para ultrapassar as dez palavras?

Não sei o que mais me irrita. A pergunta, puramente retórica, que me fazem toda vez os Altíssimos do Sul ou essa mania deles de se exprimir em uma só voz. Tudo bem, entendemos que vocês salvaram muitas, muitas vidas, que sua relação com o Nós é muito, muito privilegiada.

Será que eles sabem que me meti em seus dossiês e descobri o "Você 86"? Será que vão fazer de mim o "Você 87"?

Com um mesmo gesto, eles limpam o canto da boca com o guardanapo.

— Bravo, Claire. Nossas estatísticas estão excelentes. A frequentação das paróquias está em alta. Estreitamento dos laços sociais. Baixa de suicídios e explosão de doações para obras de caridade.

Espero o "mas". Ele não vem.

— Tudo isso graças a você.

— Graças ao meu livro, isso sim. Aquele que escreveram no meu lugar.

— Não é só isso. Você se tornou um símbolo. Está reabrindo a via da santificação. Nossos concidadãos recuperaram a fé no que possuem de mais sagrado. Inclusive os Instintos menos prestigiosos.

— Felizmente não existe pequeno Instinto.

Eu deveria mesmo calar a boca. Javier me lança um olhar nervoso, mas os Altíssimos ignoram meu comentário. Eles ignoram um pouco bem demais. Com um mesmo gesto, fazem sinal para uma pequena mansa, marcada há não muito tempo, escondida no pouco de sombra da sala. Ela tem o quê? Uns 12 anos?

— Leve para ela.

A mansa vem ao meu encontro. Ela me estende um terno de uniforme, com ombreiras e botões de ouro. E, nele, um broche "II".

— Parabéns, Anjo — dizem os Altíssimos.

— É uma piada?

Os Altíssimos não sorriem. Nunca. Nenhum dos quatro. Nem mesmo a criança.

— Ah, Claire, sabe, o Nós não tem senso de humor.

Essa convocação não é uma punição: é uma promoção. Entendo enfim por que a calculadora do Cômputo me acompanha por toda parte. Então porque isso não me alivia?

— Só apertei umas mãos. Não salvei vida alguma.

— Seiscentas de sessenta e duas. E só está começando. Nossos colegas, homens e mulheres, dos outros Setores querem você também.

Depois, de novo para a menininha:

— Sirva um copo de água fresca para ela.

Apenas os Altíssimos têm o direito de usar o imperativo com os mansos e, pelo que eu vi, eles não economizam a mão. Coloco o uniforme por cima do vestido e tomo a água de um gole só. Entendi muito bem que não me deixam escolha.

— Que outros Setores?

— Todos.

Eles continuam, entre um tilintar e outro de garfo:

— Preparamos bem o terreno para você. Difusão do livro. Promoção. Imprensa, televisão e tudo o mais. Só falta você. O pessoal do supercontinente inteiro quer vê-la, ouvi-la, aproximar-se. Você fará uma turnê dos Setores. E agora. Suas malas estão feitas.

Depois, sem me deixar tempo para falar alguma coisa, voltando-se para Janvier:

— Acompanhe a Claire e faça como dissemos.

Janvier me arrasta contra a minha vontade; e contra a sua. Eu o deixo. Enquanto ele está sob o domínio do seu Instinto, resistir não lhe deixaria escolha a não ser recorrer à brutalidade, e se isso acontecesse ele nunca mais me olharia nos olhos. *Bem-aventurados os mansos, porque eles herdarão a terra.* Acho que Janvier preferiria ter posse de si mesmo.

— Desculpe — solta ele ao mesmo tempo em que solta meu braço, assim que chegamos ao elevador.

— Não é culpa sua.

Impossível determinar o que estou sentindo enquanto descemos até o térreo. Cabeça vazia. Ou talvez cheia demais.

— Turnê dos Setores, então?

Janvier puxa o piercing do nariz, ele ainda não colocou o fone antirruído de volta.

— Você começa pelo Setor Sudeste com uma parada no Setor Sul-Sudeste. Nosso trem sai em uma hora.

— Será longa a viagem?

— Todos os Setores. Uma programação para cada um. Então sim.

— Você vem comigo.

Constato mais do que pergunto. Janvier opina.

— Já fiz meus preparativos, alguém vai cuidar do meu cachorro. Os Altíssimos velam... por você... sabe...

— Um vigia.

— Uma testemunha.

Eu me calo. Depois do que Janvier me confessou mais cedo, no quarto, não tenho certeza se essa notícia é muito boa para nós dois.

Os Altíssimos não exageraram. Um carrinho lotado de malas só espera por mim no hall central. Minha bolsa está lá também, com meus documentos lá dentro, minha carteira, meu pager, minha harmônica, absorventes, um novo fone de ouvido e pilhas novas para meu walkman. Não é possível, embarcaram todas as minhas coisas durante minha ida e volta ao 82º andar? Noto as alças dos sutiãs saindo para fora das malas. É o cúmulo do constrangimento. Lá se foi minha privacidade.

Espero que não tenham visto debaixo do armário da cozinha o álbum de fotos dos "NÓS ENCONTRAREMOS VOCÊ". Nem os rangos ilegais na geladeira.

A multidão santíssima que formiga no arranha-céu dia e noite abre passagem para mim. Seus olhos colam na minha pele, muitos observam meu novo broche. Tratam-me como se eu tivesse salvado a cidade, mas ninguém é bobo aqui; no fundo, comparada a eles todos, continuo minúscula. Precisei ligar o walkman, como uma confidente faria; não ouço nada do que sussurram ao meu redor, mas não perco as mãos — irônicas? — que me acenam adeus. As notícias voam.

Uma limusine ronrona em frente à entrada. Tenho direito a um cortejo de policiais. Não tenho nem tempo de fazer um telefonema.

Para quem?

Ainda não sei o que estou sentindo. Partir é me deixar cada vez mais visível cada vez mais longe. Partir é aumentar minhas chances de encontrar em outro lugar o que não encontrei aqui, ser abordada por aqueles individualistas que talvez estejam me procurando, eu, a "Claire certa". Partir também é me afastar das poucas pessoas que conheço. E que não me conhecem.

Talvez nunca me conheçam.

— Claire!

O berro de Goliath atravessou minha música no instante em que sentei no banco de trás da limusine. Ele bloqueou a porta com a prótese. Os agentes de segurança o param na hora. Eles viram sua cara de bandido, não seu broche de virtuoso.

Num piscar de olhos, eu o puxo para dentro, empurro Janvier para fora e bato a porta. O motorista, as luvas agarradas ao volante, franze as sobrancelhas no retrovisor. Sim, sim, preciso pegar um trem, ordem dos Altíssimos, eu sei, eu sei. Seu Instinto só se desencadeará depois que eu lhe passar meu destino pelo interfone. Faço um gesto para ele esperar, baixo a persiana mecânica entre nós e desligo o walkman.

Eu me concedo esse tempo com Goliath, só nós dois, na intimidade meio incerta dos vidros escuros. E apesar disso, agora que estamos aqui, face a face, sentados no couro perfumado demais dos bancos brancos, nós nos olhamos sem dizer nada. Goliath está ofegante. Ele correu. Vive correndo.

— Eu deveria...

— Eu não...

Falamos ao mesmo tempo. Se eu fosse uma confidente de verdade, essa única colisão de palavras me causaria o efeito de um eletrochoque.

— Desculpe — diz Goliath de antemão. — Vou ultrapassar as dez palavras.

Ele acomodou como pôde seus grandes braços mecânicos. Meus pés esmagam os seus. O que não falta é espaço na limusine, mas estamos apertados.

— Soube que subiu de nível. Meus parabéns. Anjo é classe importante.

Ele não está me zoando. Eu teria preferido isso. Ao contrário de mim, Goliath sempre quis abraçar a via da santificação, e acabou que estou passando na frente dele.

— Assim que soube da sua turnê... Eu achei que a gente ainda teria a oportunidade... várias oportunidades...

Ele procura as palavras. Eu não o ajudo.

— Acabaram de me atribuir uma nova missão. Aqui no Setor Sul. Com um Arcanjo. Bosta, dessa vez sou eu que fico e você que se manda.

Não digo nada. Goliath limpa a garganta.

— Eu me comportei que nem um bruto. Quem sou eu, hein, para censurar você por querer viver na luz? E se você acha que o Nós fala com você pessoalmente, murmúrios sinistros ou não, então eu acredito também. Você salvou minha pele no Santo-Mundo. Confio mais em você do que em mim. Mas, acima de tudo, tenho fé no Nós. Ah, e olhe isso...

Ele tira desajeitado um pager do bolso.

— Agora também tenho um. Não é fácil mexer nele com meus dedos, mas tudo bem. Dessa vez, juro, prometo, vamos manter contato. Posso pegar seu número?

Calada, escrevo para ele em um pedaço de papel e enfio no seu bolso. A voz enorme de Goliath penetra o meu ser inteiro.

— Vou esperar você, Claire. Vou esperar. Vamos investigar. Vamos decodificar os murmúrios como decodificamos os de antes. Vamos resolver todos os desafinos do mundo. Juntos. Você, eu e o Nós.

Ele me estende a mão.

— Parceiros?

Contemplo os dedos de metal e de engrenagens. Ele me ofereceria a mão se soubesse que o Nós, seu tão precioso Nós, nunca me quis? Tenho um nó tão forte na garganta que me asfixio. Posso conter meus olhos, é meu nariz que me trai. Quero contar para ele. Queria querer contar para dele. *Mas o medo é mais forte.*

Aperto sua mão.

— Parceiros.

Goliath dá um sorriso engraçado.

— Bosta, vou fazer você perder o trem. Até a próxima, Claire.

Ele vai embora com sua mão, seu sorriso e sua voz grande, e eu me sinto como minha cabeça, cheia e vazia ao mesmo tempo. Bando de incompetentes: eles colocaram tudo na minha bolsa, menos meus lencinhos.

Janvier se reinstala à minha frente.

Só que não é Janvier.

É Modeste.

MODESTE

Em que ela mudou?

Claire me olha e eu olho Claire. O contorno dos seus olhos está vermelho, seu queixo, tremendo, suas sobrancelhas, estremecendo. Não consigo identificar essa emoção. Não me evoca nem medo, nem raiva, nem tristeza. Uma mistura dos três, talvez?

Ela cheira a chocolate.

— Não se esqueceu de nada?

Como toda vez que a faço, ela não parece entender a pergunta. Eu mesmo quase não a entendo, mas é incontrolável.

— O Arcanjo para quem Goliath vai trabalhar... é você.

Veja só. Claire mudou desde nosso último cara a cara, no banheiro do Palácio dos Congressos, mas em quê? Observo a franja bem penteada, as unhas bem feitas, o paletó do uniforme, o vestido florido, a meia-calça de nylon e o broche "II". Decididamente a gente não se parece.

Eu prometo:

— Não vou contar nada a ele. O absurdo que você é, nossos laços de sangue, vai continuar segredo nosso.

— E, desta vez, vai me matar?

Claire me encara. Não treme mais. Em que ela mudou?

Alguém bate impaciente no vidro escuro do meu lado da limusine. É Janvier. Ele parece inquieto. Conhece meu Instinto, mas ainda não se lembra de quem sou. Eu o amo. Não o culpo por não me reconhecer. Ele era jovem; eu, mais ainda. Sua família ainda mora no nosso antigo prédio? Eu me lembro muito bem do seu pai. "Venha aqui agora!", berrava lá de cima, e sua voz fazia todos os andares vibrarem. Do meu parque para crianças, eu via Janvier deixar seus brinquedos a contragosto, suplicar para Avril e Claire em silêncio, depois eu o ouvia subir as escadas em ritmo de corrida.

Ah, essas escadas. Nossas escadas, da Claire e minhas. Escadas de brincadeiras, escadas de morte.

— Vou matar você, sim — digo, voltando-me para Claire no banco à sua frente. — Mas ainda não vai ser desta vez. Meu Instinto, e, consequentemente, o Nós, decidiu que não é hora. O instante propício, entende?

Claire me olha, e eu olho Claire. Em que ela mudou?

— Daqui até quando eu matar você, tenho uma teoriazinha que quero testar. Mas, pra isso, você precisa ir. Não se preocupe, vou encontrá-la. Onde quer que esteja, aqui ou em outro lugar, sempre a encontrarei. E, nesse momento, nesse instante propício, vou matá-la.

— O que você quer de mim, então?

Eu lhe estendo seu livro e uma caneta.

— Um autógrafo.

— Sério?

— Não é para mim.

Ela assina sem desviar os olhos de mim. Pego o livro de volta. Vou colocá-lo no túmulo da merendeira. Anomalia ou não, o último desejo é para se respeitar.

— Boa viagem, maninha.

Claire me pega pela manga antes de eu abrir a porta.

— O que está achando, Modeste? Que estou colocando o Nós em perigo? Que basta me eliminar para salvar tudo? Minha existência tem um sentido, vou provar isso. E quer saber? Mesmo se ela não tiver, tenho toda a intenção de encher o saco de vocês até o fim. Então, esqueça as armas e as escadas, Modeste. Viva sua vida e deixe-me viver a minha.

Eu olho Claire, e Claire me olha.

Ela me solta; saio.

Certo. Foi nisso que ela mudou.

SENHORA X

Melhor ainda

Ela me espia na minha vaga de estacionamento. Dou uma buzinada para mandá-la sair da frente para eu poder estacionar. Ela anda se arrastando. A identificadora mais renomada do Setor Sul? Uma verdadeira vovozinha. Meu retrovisor me mostra minhas próprias rugas, mas minha carne treme com uma energia de menina. Quem está dizendo a verdade? O rosto ou o corpo? Um deles tem que estar mentindo.

Não tenho tempo nem de sair do calhambeque que a outra chata de galocha já vem me encher.

— Onde estava?

— Você não tem nada que vir na minha casa. Não combinamos nada hoje, que eu saiba.

— Estou andando em círculos no meu apartamento. Quero saber quem é a próxima.

— Fale mais alto, vá, pros meus vizinhos ouvirem.

— Onde estava?

— Com meus ex-colegas. Estou medindo a temperatura da Burocracia Instintiva.

— E aí, e aí? O que eles sabem?

— Nada. Nenhum indício, não parecem saber nada, eu e você fizemos um bom trabalho. Quanto à próxima, ainda não sei, estou esperando as instruções.

Ela não parece muito satisfeita. Um rolinho ficou no seu cabelo, e fico pensando se não está ficando senil. É como um tapa na cara toda vez que lembro que tenho a mesma idade. No papel, parecia um bom plano trabalhar com uma identificadora dedicada à causa.

Procuro as chaves de casa. Preciso abrir a porta pouco a pouco. A madeira incha com a umidade, viver perto do mar é isso.

— Vamos, aproveite que está aqui e faça um cafezinho para nós.

Seu olhar se detém sobre os velhos ladrilhos, o velho papel de parede, as velhas bugigangas e os velhos brinquedos de plástico espalhados no chão.

— Você tem gato?

— Não é meu. Ele vai e vem.

— Achei sua casa um charme.

Está mentindo, e eu sei, e ela sabe que sei, e sei que ela sabe que sei. Ela tem o maior prazer em provocar meu Instinto; também tenho, contra a minha vontade. Uma coisa é certa, não vai ser a abstinência que vai me matar. Mesmo na minha presença, mesmo com a minha marca, mesmo não perguntando nada, sempre vai ter alguém para mentir para mim, deliberadamente ou não. As mentiras, como os Instintos, nasceram com a humanidade.

Enquanto isso, a outra doida parte para a minha cozinha, como se estivesse em casa.

— Café faz mal pro meu coração. Vou fazer um chá.

Acendo um cigarro, e não um homologado, não, meu prazerzinho proibido, um puro produto de contrabando, é de revestir os pulmões de alcatrão.

E pronto. Já estou entediada.

Pela janela da sala de estar, observo esse bairro em que escolhi me instalar desde que me aposentei. Longe do arranha-céu dos Altíssimos, e da Burocracia Instintiva, e das santidades; e dos outros desmistificadores. Aqui, longe do centro, nada de cimento vermelho nem de terraços-jardim. Nem um grafite sequer. São as mesmas casinhas com o mesmo reboco, as mesmas telhas, os mesmos aposentados e o mesmo gato para todo mundo. Meus vizinhos saem todos no mesmo horário com a mesma esteira de praia debaixo do braço e as mesmas sandálias nos pés. Eles recebem, todo domingo, os mesmos netos que brincam na calçada com as mesmas bolinhas de gude, os mesmos ioiôs e os mesmos mini-games. Os Instintos também são sempre os mesmos aqui, fora o meu: reparadores que aparecem um na casa do outro assim que caldeira, alarmes, congeladores, fornos micro-ondas ou cafeteiras dão problema. Uma noite, meu vizinho entrou na minha casa pela janela, com sua caixa de ferramentas, para consertar meu telefone depois que o gato comeu o cabo. Depois reparou a janela.

Pronto, falando em telefone, ele está tocando.

— Ah, já não era sem tempo! Faz horas que eles estão tentando falar com você, Senhora X!

Mato o inseto sobre meu tapete. *Eles*. A primeira vez que *eles* me abordaram foi quando completei a maioridade. A segunda foi há vinte anos. A terceira, no início do ano. Normalmente, não deveria haver uma quarta vez. Não só houve a quarta, como muitas outras se seguiram.

Nada acontece como previsto, no bom sentido.

— Sou eu. Pode falar.

— Recebemos um S.

— Um desses?

— Um S. Um S de sim.

— Ah.

— Isso mesmo.

— Seu viruzinho?

— No seu Setor, Senhora X. Ele foi ativado. Alguém respondeu S.

— Sem dúvida é um erro. Ou alguém querendo bancar o idiota.

— Protocolo é protocolo. Precisa verificar, Senhora X. Ordem do Q. G.

— Sim, sim, pode me dar o endereço.

— Rua da Virtude, nº 8. Um abrigo para jovens, de acordo com nossos dados.

Sinto um fluxo elétrico percorrer meu corpo. Não é um lar qualquer. É aquele onde foram alocadas as vítimas do Santo-Mundo. As vítimas salvas por Claire. A Claire do livro. Ela de novo, sempre ela.

— Vou verificar — falo.

Desligo. Não acho que seja um erro. Também não acho que seja alguém bancando o idiota.

A outra chata de galocha volta com duas xícaras de chá e pisa no gato.

— Quem foi? Foram eles? Já sabemos qual é a próxima?

— Melhor ainda — respondo.

Meu tédio sumiu. E, com um pouco de sorte, graças a Claire, não vou me entediar nunca mais.

QUEM É?

Claire,
Esperarei o tempo que for preciso.
M.

ELES

M AJD MERDAAAAA

Calma calma
Você precisa apertar várias vezes
A mesma tecla
Para fazer um C por exemplo
Aperte 3 vezes
A B C
Tem a tecla espaço lá embaixo no meio
E a função de números embaixo à direita
Tente

MERXA
MERDA

Bravo

VAI TIRA C A MINHA CARA

Desative as maiúsculas
Toque embaixo à esquerda

Ok
Mas que bost ese negocio
Bom
Voce chego bem nosetor sulsudeste
Meda
Como faz a potuacao

Aperte embaixo no meio
Depois ensino você a fazer os acentos
Cheguei bem sim
Fazia muito tempo que eu não pegava o trem
Tudo parece longo e longe ao mesmo tempo
Campos e campos e campos
E de repente de volta ao asfalto e ao cimento

Voce digita muito rapid

Acabamos de deixar as malas no hotel
Ele é imenso
Antigo
Parece um bolo super velho
É só atravessar uma rua
E meus pés estão no oceano
Maré alta agora
A praia inteira desapareceu sob as águas
Fora isso é parecido com o Setor Sul
Eles todos se parecem

No
Nao
Qando eutava na brigda antiabu
A gente fico 1 mes no setr sudeste
Teve temp de vsitar asredondezas
Vai ateo fin da costa
Ate as falesia
E tirao foe nao esqec

Fiquei curiosa
Ah preciso ir fazer as dedicatórias
E depois tenho compromisso na midiateca

Ok parcera

*

Goliath
Eu fui
Logo antes de o trem partir
É mesmo um negócio à parte
Tem aquela falha na falésia
O oceano entra quando a maré sobe
Tirei meu fone
Mas mesmo com ele eu teria ouvido
Que estrondo!
Pensei no grito de uma besta pré-histórica
Bem antes dos homens
Bem antes do Nós
E escutar isso
Me fez um bem danado
Janvier disse que parecia uma descarga de banheiro
Obrigada parceiro

Ah você pode me passar o endereço dos seus pais?
Comprei um cartão-postal para eles

*

254
888
64177777

Desative a função de número
Embaixo à direita

Meus pas adorarm seu carto
Demas
Vistei els dmingo
So falarm niso
Pasei d nvo por um baita igrat
ingrato

De nada

Te vims na tv
Suin sujin sund
Subindo as escadas
Um mote de gente ao seuredor
Eles falaram deum incidete
Mas nao falarm oqe
Esta tudobem
?

Sim sim
Tudo certo
Só uma fã meio fanática
Ela ultrapassou a barreira de segurança
E arrancou meu fone
Mas não me machucou
Acontece às vezes
Estou bem protegida

Nao por mim
Voce vai voltar pros autgrfs logo?

Ah não
É que agora
São meio que 4h da manhã

Merda
Droga
Desclpa

Tinhaesqcido o fus horaro

Não esquente não tava dormindo

A

Ah

Por qe

Tenho insônia

No sabia

Aposto que você dorme que nem uma pedra
O sono do justo

Voce ficria surpresssaa
Mera de teclado

E suas novas missões
Indo bem?

Naoposs falr diss
Eu qria mas naoposs
Nao leva pro pessoal pacera

Goliath
Se tem uma coisa que eu entendo
É isso

A precso ir
Vou te dexxxar dormr
Ounao

Ha ha

*

Inclusiv
Omurmurio nosencontraemosvoce
Apareceu de nov?
Novo?

Não
Desde o início da turnê

Ok

*

Voce nao vaiacredita
Ontem a noite voltandoda misao
Trombeicom uma quase altíssima no corredor
Logo em frente aomeu quato
Quarto

Uma quase Altíssima?

Uma Trono

Eunao sei o queela tava fazendo no meu andar
Estava de pantuf de macaco
Sabe aquelas enormes
Para criança
Ela parecia estar perdidin
Perguntei o que era
Ela repetia sempre a mesma cois
Enfim
Seu Instinto repetia
O que ela dizia?
A ponte do trevo das estradas 48 e 26
Isso que ela repetia

Tem coisa aí!
O que você fez?

Eu a acompanhei atéo elevado
Nao tenho nível suficiente para ir até o seu andar
Mas eusubi mesmo assim com ela
Tava muito muito confusa
E era tardão
Ela voltou para o quarto
Sem dizer boanoite nem nada
Eu desci
Queria me deitar
Mas porvia das duvidas
Fuiaté a recepção
E eucontei o que a Trono ficou repetindo
O negócio do trevo
Eles falaram queiam verificar
Ehoje de manha
Vino noticiário
Qa ponte tava por um fio
Eles fecharam a estrada bem a temp
Merda
Para os inspirados ésimples asim
Uma única frase
Uma penca de vidas salvas
Nuncate falei do meu irmão

Você tem um irmão!!!

Eutinha um irmão

Ah

Te conto
Outrahora

Tá bom

*

Ainda sem murmúrio?

Nada ainda

Ok

*

Ó estou saindo do Setor Leste
A gente vai para o norte agora
Estou com dor no pulso de tanto assinar
Nas bochechas de tanto sorrir
Acho que deve estar dormindo agora
Espero que meus bipes não o incomodem
Não tem quase ninguém no trem
Fora Janvier e alguns protetores
E a calculadora do Cômputo
Decisão dos Altíssimos do Leste
Houve alguns excessos
No meu último evento lá
As pessoas queriam que eu impusesse as mãos sobre elas
Que eu as tocasse para abençoá-las
Curá-las
Salvá-las
Mas como eu não tocava nelas rápido o suficiente
Começaram a tocar em mim
Precisamos parar tudo
Eu me sinto
Não sei
Quer dizer até sei
Tenho a impressão de ser uma piada ruim
O trem está atravessando uma espécie de selva
Neste momento
Está andando devagar
Por causa dos animais
Eles costumam atravessar as vias aqui
Vi macacos pela janela
Pensei na sua Trono de pantufas

E ri
Depois percebi que eles me olhavam
Das árvores
Olhos grandes, pretos e brilhantes
E aí
Goliath
Senti um negócio muito forte
Os macacos não têm Instinto
Eles têm um instinto mas não é o do Nós
E apesar disso
Os olhos deles, Goliath
Vou prestar mais atenção neles daqui pra frente
Nos olhos dos animais
E você?
Já olhou nos olhos de um animal?

*

Ja escrevi e apaguei várias vezes minhaúltima mensagem
Estoupercebendo
Que costumo sentir
Coisas muito contraditórias lendo vc
Sim
Nem sempre coisas boitas
Bonitas
Sim
Uma parte demim queria estar noseu lugar
Sim
Ou então nãoestar no meu
Lugar
Bosta
Não deveria contar isso
Não pra você
Você pode me contar qualquer coisa
É gracas a você que me tornei Virtuoso
Tive um dia d merda
O Arcanjo é
Tão
E oproblema continua o mesmo
Sempre o mesmo

Não sei seestou à altura
Do Nós
O que é blasfêmia
Todo mundo está à altura do Nós
Você não deve estar entendendo anda
Você pode me contar tudo que estiver a seu alcance
Esqueca
Inclusive
Vium gato na rua
Olhei bem nos olhos dele
Para tentar entender
Seu negócio com os macacos
Ele me cuspiu na cara maldito
Ha ha ha

*

Você também pode me contar tudo que estiver a seu alcance
E se você é uma piada ruim
Eu sou um drama bom

*

Nenhum murmúrio ainda?
Ainda não
Tenho a impressão de que acabou
Ou que ele não me segue
Ok

*

Goliath
Oi
Nada
Eu só queria ler você
Tenho a impressão de ouvir sua voz
O que está acontecendo?
Ah nada de mais
Ou talvez estejam acontecendo coisas demais
O Setor Oeste é muito intenso
Os Altíssimos daqui me mandam para toda parte
Toda livraria
Toda midiateca
Todo dia

Sim eu vi na tv
Só dá você

Eu encontro muita muita muita gente
Mas é como se não encontrasse ninguém
No mês passado
Nem falei
Mas aproveitei a turnê no Setor Norte
Para dar um pulo na minha antiga casa
No Setor Norte-Nordeste
Minha mãe não estava
Dalila sim
Dalila é minha segunda mãe
Fiquei com ela naquele apartamento velho
Falando de tudo e de nada
Principalmente de nada
Pensei de novo no que você me contou outro dia

O quê?

A Trono com pantufas de macaco

Nossa você foi longe!

Ela não teria salvado ninguém sem você
Deveria ter ficado com metade dos pontos

O Cômputo não pensou assim
Nem eu aliás
O que eu fiz não foi
nada especialmente heroico

Goliath
Os Altíssimos não são irrepreensíveis
Nem o Nós

Vou fingir que você não escreveu isso
Vamos falar de outra coisa

*

Meu irmão
Era um inspirado tambem
Ele morreu
Uma gripe de bosta
Assim da noite pro dia
Ele tinha 11 anos
Poderia ter virado Altíssimo

O melhor entre nós
Do Nós
Ele não pôde virar nada

Ele foi alguém

Parabéns pelo seu cômputo
Nesse ritmo
É você que vai virar Altíssima
Parceira

*

Ele morreu

Quem?
Quem morreu?

Coco-Rudy

Ah
Não me assuste assim
Sim
Falaram no jornal da tv
Não sou muito ligado em música
Mas ele
Tinha um Instinto especial
Uma voz que revira as tripas

Morreu de câncer de garganta
Com a nossa idade
O Nós talvez não tenha senso de humor
Mas isso se parece perigosamente com cinismo

Pare
Não comece com isso de novo
PF

Você me dizia que
Eu podia contar tudo o que estiver ao meu alcance

Aham mas isso aí
Não pode
É blasfêmia

Francamente, Goliath
Merda

???

*

Coco-Rudy tinha o mesmo Instinto
Que meu pai

Ah
Ok
Seu pai vive onde?
No Setor NNE com sua mãe também?

Não vive
Ou não vive mais
Não sei
Minha mãe está com ele, acho
Não sei mais onde

Ahmerdaesculpe
Desculpe
Claire

*

Quer que eu telefone?

Não sei
Estou com muita vontade
E estou com muito medo

Medo de quê?

Preciso ir

Vá então
Não pode deixar seus leitores esperando

*

Bosta
As imagens na tevê
São de arrepiar
Achei que a multidão ia acabar esmagando você!

Eu também
Ha ha
Amanhã vou para o Setor Centro-Sudoeste
Começo a última parte da turnê

Amanhã almoço com meus pais
Cada um com seu destino

Goliath

Oi

Tenho medo
Medo de

Medo de quê?

Nada
Esqueça
Me deseje boa sorte
Parceiro

Boa sorte
Parceira

Goliath

O DEVER ME CHAMA

— Filhão, precisamos conversar.

Um almoço de domingo que começa com essas palavras, logo depois da oração agradecendo pela comida, quando ainda nem engoli minha primeira garfada de ratatouille, dá uma vontadezinha de pular da janela. Considerando que me encontro atualmente no penúltimo andar do conjunto habitacional dos meus pais, continuo na cadeira.

— Hum. OK?

Minha mãe e meu pai se olham por cima da mesa da cozinha. O simples fato de que não estarem berrando um com o outro já está me dando dor de barriga. Sinto que essa conversinha não vai ser nada, nada leve.

É minha mãe que começa:

— Seu pai, sabe, não... não está muito em bem.

Ah bosta, não. Não, não, não, de novo não. Somos uma familiazinha minúscula. Diminuir mais ainda não seria aceitável.

Minha mãe continua:

— Ficar na garagem de segunda a sábado, de manhã até de noite, está ficando pesado demais para ele. Para nós dois. Então outro dia a gente estava pensando, hein, que você seria um bom garoto se viesse nos ajudar um pouco de vez em quando, filhinho...

Respiro de novo. O oxigênio sobe, faz meus olhos coçarem. Meus dedos liberam o garfo que se deformou sob a pressão robótica. Minha primeira reação é sentir alívio; a raiva vem logo atrás.

— Não, mas vocês dois estão merecendo é uns tapas! Achei que papai ia... caramba, tudo isso pra me chantagear! Meu Instinto é de proteção, não de reparação. Vocês conhecem muitos Virtuosos que trocam óleo de carro? Eu trabalho para a Burocracia Instintiva agora! Vejam se enfiam isso na cabeça de uma vez por todas!

Num piscar de olhos começou a baderna generalizada. Soco na mesa e berros mais altos que a tevê. Um domingo comum, ué. Engulo meu resto de ratatouille enquanto me deixam quase surdo.

— Não é pra falar assim com sua mãe, pra começo de conversa!

— É no seu bem que nós dois estamos pensando!

— Vai brigar com a gente por amar você, hein?

— Já viu a cara que está fazendo?

— Se sua via da santificação for isso, não obrigado!

— E largue esse pager um pouco! Nada de pager no domingo!

Está bem, sim. É verdade que estou usando o pager. Tenho esperança de que seja Claire e apreensão também, mas a esperança é mais forte. É assim o tempo todo já faz meses.

Saio da mesa, e meus pais vociferam ainda mais alto. Eu me isolo em um canto da sala de estar, entre o cabideiro com cabeça de vaca e a lâmpada psicodélica, onde eles pregam todos os cartões-postais que Claire vem enviando desde o início da turnê.

Tiro o pager do bolso.

Porto antigo agr, vem

Droga, não é a Claire.

— Vem comer sua sobremesa! — brada meu pai.

Olho meu irmão preso na prateleira, preso na foto, preso nos seus 11 anos e me sinto ainda mais preso que ele. Vejo meu rosto sobreposto ao dele no vidro do quadro.

Ainda não me tiraram os últimos pontos da sutura e já vou levar mais na cara. Sou pago por isso. Muito bem pago, até.

O pager apita de novo:

Porto antigo agr

Pego minha jaqueta e deslizo discretamente um maço de dinheiro debaixo do pot-pourri da entrada. Eles me pegaram mesmo com a história da garagem. Sei muito bem que não passava de um pretexto para me manter protegido com eles, mas mesmo que me irritem, não quero que estraguem os ossos embaixo dos capôs.

Eles se colocam na frente da porta do apartamento antes que eu abra.

— Não é possível, já vai?

— Para vocês é de segunda a sábado. Para mim, domingo também é dia.

— Mas que trabalho é esse afinal?

— Não posso falar disso, e vocês sabem.

— E *disso* aí, pode falar?

Que deslize. Minha mãe viu a arma no forro da minha jaqueta. O interrogatório não está perto de acabar.

— Desde quando os Virtuosos precisam *disso*?

— É uma vergonha dar *isso* a um menino da sua idade!

— E você pelo menos tem permissão para portar *isso*?

— Você nos contaria, né, se tivesse feito besteira?

O pager insiste:

Agr = agora

— *Isso* não é meu — suspiro. — Estou guardando para alguém da Burocracia Instintiva. De qualquer forma, meu Instinto me impede de usar. Vamos, vou me mandar.

Dou um beijo na testa de cada um. Estão chateados. Às vezes, gostaria que se orgulhassem de mim sem perguntar dez mil coisas.

— Não podia ter só feito um livro que nem sua confidente, não? Ela viaja às custas dos Altíssimos e não apanha toda semana.

— Para começar, ela não é minha confidente, ela não me pertence. E depois... e depois, que se dane, hein, pronto. Ah, uma última coisa — acrescento no pátio. — Novidades da Flo?

— Não, faz muito tempo. Ingrata que nem você.

Meus pais dizem isso, mas sei que se a Flo voltar à casa deles, vão esvaziar a geladeira para ela, emprestar o banheiro, lavar as roupas delas, pegar lençóis limpos e deixá-la dormir no sofá-cama o tempo que ela quiser. Não é isso que me preocupa; é não saber onde ela está. Sei que antes ela andava pela Rua da Virtude, nº8, no abrigo para jovens, com nossos ex-sumidos. Não estava lá em nenhuma as vezes em que visitei o lugar. Os ex-sumidos também não, aliás. Cruzei com a Flo de novo só uma vez, aqui, na porta do conjunto habitacional, toda hesitante com suas tranças sujas, prestes a tocar o interfone dos meus pais, mas, assim que me viu, se mandou. Berrei, e ela se mandou. Corri, e ela se mandou. Bosta. Depois do que passamos juntos, ela e eu, no porão do Santo-Mundo, isso me pesa demais. Talvez a Flo não goste de mim, no final das contas.

Outro bipe:

Vou matar logo mais

Bom, vamos lá, hora de ir. O dever me chama.

CLAIRE

O QUE É?

"Podemos???" O jovem casal me mostra a pergunta escrita à caneta — espero que não seja permanente — no braço. Assinto. Eles colam as bochechas às minhas e comprimem meu fone nas orelhas enquanto um deles aperta o botão. Flash! A polaroide imprime o filme onde nossos três rostos logo aparecerão. E agora estão repetindo os gestos que conheço de cor. Querem um autógrafo? Claro, onde? No bilhete do trem? Vamos. *Claire.* Escrevi tanto esse nome que ele se tornou estranho para mim.

O casal volta ao seu lugar dando pulinhos de felicidade. Os outros passageiros lutam contra a vontade voraz de se virar para mim, de me abordar também, de colar as bochechas às minhas. Os olhos! Um brilho cintila neles, indefinível, incômodo até; um brilho que encontro em cada vez mais olhares.

O que é?

As vibrações do trem me sacodem as costas. Observo os viajantes da segunda classe. Com o polegar, abaixo o volume do meu fone. Escuto as conversas que não deveria estar ouvindo. Só falam de mim, da pequena confidente que saiu lá de baixo, que subiu tão alto e que os honra com sua santíssima presença. Arcanjo, ainda por cima! A calculadora do Cômputo me colocou ontem o novo broche, entre duas conexões de trem. Estou perdendo a conta das vidas salvas assim como a dos Setores visitados.

Mas voltemos aos passageiros da segunda classe. Deve haver ao menos um entre eles que está fingindo, não? Alguém que não leva a sério nada do que eu represento. Então, cadê?

Não entendo.

Faz meses que eu me mostro através do supercontinente inteiro, que agito minha mão na frente das câmeras, que grito meu nome aos quatro ventos. Nada. Várias Claire que desaparecem, depois reaparecem atingidas por um pessimismo agudo, inoculadas de discursos niilistas, mas eu, a mais evidente dentre todas, me esnobaram bonito. Evidente demais, talvez? Santa demais? Inconcebível? *Não os encontramos: são eles que nos encontram.* O que é que preciso fazer para chamar a atenção dos individualistas, afinal? Usar um cartaz no pescoço: "Sou a Você que vocês procuram, levem-me PF"?

Não, eu não entendo. Eles sabem meu nome, mas parece que desconhecem todo o resto: não faz sentido algum.

Hum.

Ali, no fundo do vagão, um cara encapuzado não está se comportando como os outros passageiros. É o único aqui a evitar meu olhar. Talvez sinta o meu sobre ele, porque abandona bruscamente seu assento e abre a porta sanfonada do vagão para sair. Eu o sigo sem hesitar. As pessoas fazem o sinal de cruz à minha passagem, me tocam de leve com os dedos. Eu os ignoro.

Encontro o cara entre os compartimentos de bagagem. No chão. Tentando acessar o vagão vizinho, ele tropeçou em uma mala mal acomodada.

Tiro meu fone.

— Posso ajudar?

O cara se volta para mim, capuz abaixado. Ele tem a marca dos fabricantes, mas seus olhos continuam fugindo dos meus.

— A senhora vai me denunciar?

Veja só, uma pergunta suspeita. Sob minha fachada de calma, estou em ebulição. Eu me inclino na sua direção:

— Só falta me dizer o que eu poderia denunciar.

— Prometo que vou descer na próxima parada. Sei que é pecado, mas não tenho como pagar, entende? Não me denuncie, vão me forçar a fazer 111 horas de trabalho de interesse geral. Misericórdia, Arcanjo, 111 horas forçando meu Instinto e me fazendo fabricar cadeiras de rodas uma atrás da outra!

Estou desapontada. Então é só isso? É só por isso que esse pobre garoto se sente culpado? Eu lhe estendo a mão para que se levante, depois uma nota para que possa comprar um bilhete de transporte da próxima vez. Ele beija a barra da minha saia.

— Obrigado, Arcanjo, obrigado, obrigado, obri...

Uma mão o levanta pelo colarinho e o joga longe contra as malas. Levanto os olhos para o protetor, alto como o teto do trem, que acabou de intervir.

— Não pode tocar nela.

O cara de capuz se enfia no vagão vizinho balbuciando "desculpe" e "misericórdia".

Suspiro.

— Não era necessário.

O protetor suspira também.

— Segunda classe? Sério, Claire? Não deveria andar por aqui.

As manias custam a morrer. Por mais que eu me prometa que não vou comparar, é mais forte do que eu, cada vez que ouço a voz desse protetor, penso em uma tuba. Ele tem uma prótese no lugar do nariz, perdido — sabe-se lá como — ao salvar uma das vidas que lhe valeu seu broche de Virtuoso. Sua marca, alterada pela amputação, foi redesenhada sobre a prótese como se tivessem reconstituído um circuito eletrônico.

Ele nunca me disse seu nome; também nunca perguntei.

— Toda semana, uma nova Claire é agredida em algum lugar.

Ele faz uma pausa, respeita escrupulosamente o limite de dez palavras antes de seguir:

— Não sabemos por quê. (Pausa.) Talvez não tenha nada a ver com a senhora. (Pausa.) Talvez tenha. (Pausa.) A senhora nunca deve se isolar. (Pausa.) Vou acompanhá-la. Coloque o fone de volta. (Pausa.) Não o tire na ausência da sua escolta.

Estou exasperada. Atravessamos todos os vagões para voltarmos à parte da frente do trem. Ninguém mais ousa me abordar, não com um gorila desses atrás de mim, mas noto aquele brilho estranhamente persistente nos olhos de todos. Não é de admiração — ao menos não só isso. O que é? Não posso abaixar o som da minha música quando estou sob vigilância. Quando passo pela controladora, vejo os lábios do protetor se mexerem. Canalha. Tenho certeza de que ele acabou de denunciar o passageiro clandestino.

Passamos da segunda à primeira classe; agora o cheiro de banheiros entupidos, de roupa suja e de queijo com alho se distanciam. Homens e mulheres de negócios folheiam o jornal e inclinam a cabeça ao me ver. Em seus olhos o brilho também se acende. Mas o que é?

Alguém me entrega no caminho um cheque com uma quantia alucinante.

Continuamos assim até a classe dos santos. De volta aos tapetes de corredor, às almofadas bordadas, às tampas de cristal e aos quadros de arte contemporânea. Aqui, o logo aureolado orna até as colherzinhas de prata. O protetor fechou a porta e se posicionou na frente dela, braços cruzados, menos para impedir os indesejados de entrar, mais para me impedir de sair. Não é minha primeira escapada, mas é difícil me imaginar explicando a ele que aqueles que estou tentando atrair e os malfeitores de quem ele quer me proteger são as mesmas pessoas.

Instalada em uma mesa, a calculadora do Cômputo toma notas em silêncio. Ela quase não levanta os olhos do seu livro contábil quando lhe entrego o cheque que me confiaram. Com um gesto habituado, ela o coloca em seu caixa portátil, acrescenta uma nova linha à rubrica de doações de caridade e, encorajada por um Instinto cujos cálculos vão além do meu conhecimento, ela me atribui mais 43 vidas.

Tudo isso por um pedaço de papel que apenas transmiti.

Invejo Janvier, que dorme profundamente, encolhido em posição fetal em um sofá duas vezes maior que ele. Sua crista está achatada pelo fone. Um bocejo repuxa todos os seus piercings quando encosto nele, mas ele não acorda. Não sei como faz para dormir com todos esses solavancos; passei bastante base nas olheiras.

Nem pensar que eu vá me trancar de novo na cabine, já cansei desse cetim. Vou até o vagão-restaurante, acoplado ao nosso, que me foi inteiramente reservado para a viagem. Aqui pelo menos sei que não vão me vigiar. A atendente do bar, sozinha no balcão, me sorri. Marca de prestativa, subcategoria civilidade. Nos seus olhos também: o brilho.

Peço crepes. É isso ou berrar de frustração. Não é nesta gaiola de ouro que vou encontrar meus individualistas...

Sento-me a uma mesa e verifico meu pager. Nenhuma surpresa, ainda não recebi nenhuma mensagem de Florence. O silêncio de Goliath me preocupa ainda mais. Hoje, como todo domingo, ele vai almoçar com os pais. Normalmente, ele me metralha com "SOS"s. Será que teve algum imprevisto? Uma nova missão? O que é que Modeste manda Goliath fazer? O que é que Modeste lhe diz? O que é que Goliath não está me contando? Sim, sim, eu sei, é o sujo falando do mal lavado, mas sério, imaginar os dois juntos, dia após dia, semana após semana, sempre me leva de volta ao pé da escada; às vezes queria ter outra lembrança de infância para remoer.

Esperarei por você.

Desde minha partida para a turnê, fico voltando àquela promessa que Goliath me fez na limusine. Isso me aperta o peito toda vez. Também me deixa em dúvida: ele espera por mim, ou por alguém que nunca serei? Nossas conversas por pager me fazem pensar em uma partitura (mania de ontem, mania de sempre) em que a pauta da mão esquerda e a pauta da mão direita não conseguem se harmonizar.

Digito e apago a única mensagem verdadeira que estou morrendo de vontade de lhe enviar desde o início, depois enfio o pager no bolso. Goliath não está pronto, e eu também não.

Que fome.

Devoro quatro crepes consultando o mapa das ferrovias que serve de descanso de prato. Meu dedo traça a espiral geográfica da turnê. Do Setor Sul ao Setor Sudeste ao Setor Leste ao Setor Nordeste ao Setor Norte ao Setor Noroeste ao Setor Oeste ao Setor Sul Sudoeste ao Setor Centro-Sul ao Setor Centro-Leste ao Setor Centro-Norte ao Setor Centro-Oeste e, entre cada um deles uma batelada de Setores intermediários.

E logo, depois de uma penúltima etapa no Setor Centro-Sudoeste, o grande final no Setor Centro, bem no coração do supercontinente.

Conheci mais gente em poucos meses do que em uma vida inteira. Gente que me cumprimenta, que faz o sinal da cruz, que me faz autografar, me agradece, soluça e sorri tudo ao mesmo tempo, a bochecha contra a minha, para a foto de lembrança. Bochechas demais.

Instintos demais, sobretudo.

Sobressalto. A atendente do bar se aproximou de mim com um largo sorriso. Pauso a música do meu walkman.

— Sim?

— Permissão para ultrapassar as dez palavras?

— Hum... Concedida.

Ela se senta na minha frente, empurra a bandeja de comida para o lado e, sem abrir mão do sorriso, aperta minhas mãos nas suas.

— Procurei a senhora a vida inteira, Claire.

Mais essa agora, fico sem voz. Nem terminei de mastigar meu quinto crepe. As mãos da atendente se agarram às minhas e sempre o mesmo brilho nos olhos. Meu pulso dispara feito louco. E se fosse... E se enfim...

— Quando li seu livro, soube que a tinha encontrado. A senhora é um milagre. Meu milagre. Acompanhei cada etapa da sua turnê dos Setores nos noticiários, não perdi nenhuma das suas entrevistas. E preciso confessar uma coisa. Acho a senhora mais fascinante do que seu livro. Eu a vi, Claire, e quanto mais a vejo, mais me encontro na senhora. Não sou nada para a senhora, mas não faz mal, certo? Porque a senhora é tudo para mim. Para o meu Instinto.

Caio na real novamente. E não, outro alarme falso, não é nem um individualista — e desta vez acreditei que fosse mesmo — nem uma outra Você. Eu adoraria tanto que parássemos por aqui, mas a atendente não me dá chance de falar.

— A senhora é essencial para mim, Claire. Está me salvando agora mesmo, só por estar aqui, neste trem, na minha frente. A senhora percebe, não é? o que representa para gente como eu? para Instintos como o meu?

Por mais que ela fale, preciso fingir, sempre fingir, que a escuto contra tudo e todos, mesmo contra mim, sem interrompê-la, como a verdadeira confidente que não sou. E o mais doloroso, fora seus dedos insistentes, é que estou a fim de escutá-la, e ainda mais de acreditar nela, enquanto continua:

— Amo a senhora, Claire. Amo quem a senhora é para além das câmeras. Eu lhe dizia que não perdia nenhuma das suas entrevistas, mas, falando sério, suas respostas tinham tão pouco interesse quanto as perguntas que as pessoas fazem. Não, não, o que conta é que o que a senhora está fazendo agora mesmo. A senhora ouve. A senhora me ouve.

Suas unhas entram na minha pele. Fugir delas acabaria me denunciando. Droga, não era para eu ter dado a autorização. Uma confidente escuta por todo o tempo e com toda a intensidade, aconteça o que acontecer, façam com ela o que fizerem, e minha nossa, como ela fala...

— Sirvo bebidas. Desde que tenho idade para abrir uma torneira, meu Instinto me impele a matar todas as sedes. Que Instinto maravilhoso, não é? É o que dizem, não é? É o que eu mesma me disse. Um humano não pode viver três dias sem água. Um Instinto como o meu é o oásis no deserto. Quantas vidas eu já não ajudei a salvar, nem que fosse um pouquinho, uma gota por vez, do meu jeito? Eu deveria usar o mesmo broche que a senhora, não é? Dormir no arranha-céu, jantar com os Altíssimos, não é? Não, Claire, não. Eu passo meus dias nos trens. Eu sirvo chá a essas senhoras e senhores. Ninguém sabe e nem nunca saberá quem eu sou. Mas não faz mal, não é? Porque agora, Claire, a senhora sabe.

As lágrimas me sobem aos olhos. Não é emoção. São as unhas dessa mulher que entram na minha carne até tirar sangue, como se suas mãos quisessem se fundir sob minha pele.

— A senhora quer beber alguma coisa, Claire? Sinto que está com sede. Também estou, Claire, com tanta sede.

Se ela não se calar rápido, não vou mais aguentar. Vou fazer o que nenhuma confidente jamais faria. Vou mandá-la pastar. O trem passa sob um túnel que mergulha o vagão-restaurante da escuridão. Através do barulho repetitivo, a voz da atendente se faz um sussurro. Não, ela se faz um murmúrio. Um murmúrio que vem das profundezas de suas entranhas:

— Nós. Encontraremos. Você.

O trem sai do túnel. O retorno à luz faz a atendente piscar. Ela me solta.

— Não fui eu.

Nos seus olhos, o brilho sumiu.

— Não fui eu — repete.

Ela se levanta, um pouco atordoada, depois assume uma educação profissional.

— Vou trazer alguns curativos para a senhora. Para as suas feridas. Não fui eu.

Ela vai embora e me deixa sozinha com minhas mãos sangrando e, no vidro, meu reflexo completamente embasbacado.

O que foi isso?

SENHORA X

A gente sabia

— Por aqui. Ei! Não é possível, ainda por cima é surda!

Estalo os dedos para chamar sua atenção. Ela continua plantada no meio do corredor da primeira classe, hesitante. Aturdida, até. Eu já não a achava muito animada no início da aventura, e ela envelheceu de maneira visível. Antes de ela entrar no compartimento errado, eu a levo para dentro do nosso à força. Eu não deveria fazer movimentos bruscos com ela diante de potenciais testemunhas. Os identificadores são tão sagrados quanto raros, mas nós deveríamos viajar com discrição total, e ela não está me ajudando muito. Já não é simples passar despercebido com esse Instinto que a impele a nomear todos aqueles que cruza pela primeira vez.

— Faz meia hora que foi ao banheiro. Você se perdeu no caminho, foi?

Bato a porta do compartimento e baixo as cortinas que dão para o corredor. Ela pisca várias vezes, a boca entreaberta. Ainda por cima se esqueceu da dentadura.

— Espero que não tenha bebido a água da torneira. Eu disse que ela não é potável no trem. Fui fechando sua mala, estamos quase chegando.

Faço-a sentar na sua cama, sob a luz trêmula da janela. Incrível. Seu rosto pareceu murchar de repente, com rugas sobre rugas. Nunca vi nada assim. Sua marca se deformou junto com a pele.

Ela parece estar em choque, o que me choca ao mesmo tempo. Normalmente, somos nós que chocamos os outros.

— Você perdeu a Claire — digo. — Vi quando ela passou pelo vidro do compartimento, havia fugido da classe dos santos. Eu teria aproveitado a deixa, mas aquele protetor a escoltava, o grandão sem nariz.

Faz meses que estamos seguindo essa jovem donzela, etapa após etapa, seções de autógrafos em cerimônias públicas, observando o momento oportuno. Os Altíssimos formaram uma senhora fortaleza ao redor dela... Quando penso que ela estava praticamente sozinha na segunda classe, tenho vontade de me dar uns tapas.

Entendo de repente:

— Você a viu também?

Regra nº 1 do desmistificador: não posso perguntar nada, nem em público nem em particular, não sem mandato, jamais. Mas, na minha idade, nunca demora demais.

— Viu a Claire, foi isso? Viu de perto?

Pego a identificadora pelos ombros; o contato dos seus ossos me dá enjoo, tenho a impressão de sacudir um esqueleto. Ela não pode ter emagrecido tanto em um intervalo de trinta minutos.

— Diga-me que conseguiu abordá-la. Diga-me que ela finalmente estava ao seu alcance. Diga-me o que seu Instinto disse. Diga-me que é ela, a verdadeira, a certa, e que eu tinha razão.

Ela arregala os olhos, mas é impossível captar seu olhar. Talvez eu devesse me culpar por tê-la trazido comigo na idade dela — e na minha — nessa cruzada pessoal, mas é isso, não posso mentir nem para mim. Não tenho remorso nenhum. Enquanto os outros continuam a perseguir todas as Claire sem distinção (e, sejamos sinceros, sem discernimento), concentrei meus esforços e minhas economias nesta. Apostei tudo na minha Claire.

— Vamos, desembuche!

Ela decide enfim, devagar, uma sílaba após a outra:

— Desde que entrei na idade de falar, identifiquei centenas de milhares de pessoas. Marquei várias com a minha própria mão. Com a mão do meu Instinto. Realizei o ritual de iniciação de inúmeras crianças, depois dos filhos dos seus filhos.

Agora que ela começou, não ouso interrompê-la. Eu me sentei na minha própria cama, em frente à sua. Minha mala também está feita, com meu uniforme de desmistificadora dentro bem dobradinho.

— Eu estava no banheiro — continua ela com uma voz rouca. — Quase saindo. Eu a ouvi, entreabri e a reconheci. Ela falava com um fraudador, acho. O protetor chegou, interveio com seus músculos. Continuei escondida. Eu me colei à porta. O mais perto possível. Coloquei a mão na boca. Meu Instinto falou. "Fabricante, disse primeiro. "Protetor", disse em sequência. E depois... depois...

— Depois?

— Depois, nada. Eu não disse nada para a Claire. Nem quando ela passou bem na frente da minha porta, eu poderia ter tocado nela pelo vão, eu ouvia seu fone crepitar com música, sim, nem então, eu não disse nada.

— Eu sabia!

O que não me impede de ficar entusiasmada com essa confirmação. Ah, eu fiz bem de trazer comigo essa velha chata.

Acendo um cigarro para comemorar isso.

— Vamos passar para a etapa seguinte. Cada minuto conta agora. Se a gente não colocar as mãos nela agora, Claire vai se expor a um perigo pior do que nós.

A mão da identificadora se fecha ao redor do meu punho, o cigarro cai da minha mão. Os dedos dela me gelaram, apesar do ventilador quebrado que transforma nosso compartimento em um forno.

— Ela não deveria existir.

— Vamos, não vá fingir que perdeu a memória agora. Você não esqueceu por que fazemos isso. E o que dissemos a todas as Claire? A grande verdade com a qual confrontamos cada uma delas? Não esqueceu, né?

— Você não entende. Ela não deveria existir.

Seu olhar me escapa, suas sobrancelhas se contorcem.

— Meu Instinto sempre sentiu o dos outros. Mesmo quando não encontra um nome, ele os sente, e eu sinto também. Achava que era uma praga ter um Instinto semelhante. Ele me prende contra a minha vontade, a contragosto, a todos aqueles ao meu redor e não suporto mais as pessoas, suas besteiras, suas marcas idiotas, essa interdependência detestável. Não suporto mais o Nós. Mas o que eu vivi ali, naquele banheiro, foi mais insuportável ainda. É como estar sem ar e não ter nada para respirar, absolutamente nada, nem chega a ser afogamento, não, não, é pior, nada além do vazio que revira os pulmões lá dentro.

— Acalme-se.

— Acalmar-me como? Nunca mais vou estar calma. Não posso estar. Não posso aceitar isso. Não posso aceitá-la.

— Mas a gente sabia! — digo impaciente. — A gente sabia e agíamos sabendo! Recomponha-se, minha velha, precisamos seguir o plano. A obnubilação vai começar, isso se já não for tarde demais. Todo esse frenesi ao redor dela parece prenunciar algo. Claire está em perigo. E precisamos entregá-la viva. Nossa missão é essa: certo, lembra agora?

Ela se cala. Parece pensar. Levanta-se. Sai do compartimento. Eu deveria segui-la, sem dúvida alguma, convencê-la de novo do motivo, do único motivo válido, mas estou perplexa e, sim, talvez um pouco perturbada também. Será que ela é mais frágil do que eu achava? Bem que nos avisaram.

Um barulho. Mais do que isso: um estrondo. Todas as folhas das minhas palavras-cruzadas, compradas no quiosque da estação de trem, voam através do compartimento. Que corrente de ar é essa?

Vou até o corredor. Não é possível que ela...

Sim.

Ela acionou a alavanca de emergência e abriu a porta do trem em movimento. O vento sacode seu vestido florido, agita sua anágua amarelada, destrói sua permanente.

Grito para ela:

— A gente sabia!

Ela dá de ombros. E salta.

Goliath

Era só peixe

Cheguei ao velho porto.

O motorista de táxi, impelido por seu Instinto, atravessou a cidade feito um cometa; o ratatouille dos meus pais faz idas e vindas no meu esôfago. Corto caminho pelo mercado de peixe. Estou cozinhando embaixo do casaco, os cheiros me deixam indisposto. É domingo, o dia está bonito, faz calor, está cheio de gente. Isso não me cai bem. Muita gente significa muitas testemunhas.

Por ora, fora alguns comerciantes que resmungam por causa do atraso de uma leva de peixes, nada a relatar.

Procuro Modeste. O velho porto, hein? Que ponto de encontro ele foi escolher. Passo em frente à fonte onde todos os apaixonadinhos das redondezas, agarrados na borda, pés para cima, vêm se beijar. Pego meu pager. Não recebi nenhuma nova mensagem. O miniteclado continua um calvário para as minhas próteses, mas estou progredindo graças à Claire.

O senhor está onde?

Sem resposta.

Bom, bom, bom. Eu me dirijo à doca. Se meu Instinto tivesse um alcance maior, eu sentiria de longe a vida em perigo. Observo os barcos de pesca, todos amarrados, meticulosamente limpos pela água doce. Só partirão ao cair da noite. O Instinto dos pescadores é antigo como o Nós. Toda noite, desde o início dos tempos, eles sabem onde, quando, como e nunca voltam de mãos abanando.

As adriças e as molas de amarração tilintam. Os barcos cantam. Isso me faria poeta se não estivesse aqui para apanhar na cara. Olho o lado do mar: velas cortam triângulos brancos no fundo azul. Olho o lado da terra: o porto pulsa com a presença de comerciantes de compradores, de famílias, de Nós. Nem uma nuvem, nem uma onda.

Cadê a nova anomalia?

Subo o dique até o farol listrado de vermelho e branco. Aqui em menos gente e mais vento. O ar arranha meus ouvidos, o sal me pinica o nariz.

Achei.

Bem no final do dique, bem perto da água, longe dos olhares. Em cima de blocos de cimento. Modeste segura a cabeça de um cara debaixo d'água. Num piscar de olhos, corro. Salto mais do que tudo: de bloco em bloco; e tento não cair.

— Pare! — berro.

Até parece que isso pararia um Instinto em ação. O meu desperta assim que chego ao alcance do perigo. Todas as veias incham de repente. Empurro Modeste com um braço, pesco o cara com o outro. Ele engoliu muita água, que expulsa lacrimejando. Tem a marca dos pescadores. Meu Instinto me rosna no corpo: *proteja*.

— Sem ofensa — diz Modeste.

Recebo um golpe na traqueia o qual me tira o fôlego, outro nos testículos que me dobra em dois. Os próximos são no pescador que perde os dentes.

— É bom você se apressar, colega de equipe — me aconselha Modeste, enquanto seu punho transforma o sujeito em um mingau humano. — Vou acabar matando-o.

Não respiro mais, estou com dor lá embaixo, mas o Instinto toma o controle. Meus nervos ativam os circuitos das minhas próteses. Fecho Modeste em uma gaiola de aço. Não quero machucá-lo, mas a parte de trás da sua cabeça bate na minha mandíbula, e meus tênis derrapam no musgo. Não solto nada. Toda vez, fico pasmo com sua força — a força do Nós —, mesmo Modeste tendo metade do meu tamanho.

Durante esse período, o pescador se afasta se arrastando e tossindo sangue. Ele parece tão... normal.

— OK — grunho. — Sem ofensa aqui também.

Com o pé, piso nos calcanhares de Modeste, só para fazê-lo perder o equilíbrio. Torço um dos seus braços para as costas e o derrubo de barriga no chão. Estamos bem na beira d'água. Uma onda, mais alta que as outras, bate na gente e quase nos leva.

— Tudo bem, senhor? — pergunto.

O pescador me olha sem entender, com os dentes nas mãos, a pele cheia de sangue e água do mar.

— Mas por que... por que...

— Vamos resumir — interrompo. — O seu Instinto se desviou. Conte o que aconteceu, depois se mande para o mais longe possível o mais rápido que puder.

O pescador arregala os olhos. Como sempre, não está entendendo nada do que estou falando, assim seria fácil demais. Modeste se debate tanto que está me desparafusando o braço.

E aí eu noto.

Cadáveres de peixes flutuando na superfície da água, o ventre aberto. Há muitos. Demais. Jogados no mar depois de eviscerados. Alguns ainda estão na rede que o pescador arrastou até aqui desde a doca. Modeste o interrompeu no meio do descarte.

A leva que os pescadores reclamavam que estava atrasada: aqui está.

— Eram defeituosos! — soluça o pescador. — Indignos de serem vendidos. De serem comidos pelo Nós. Eu precisava livrar a gente deles!

Claro que não sou nenhum especialista em zoologia, mas vejo que os peixes da rede estão todos saudáveis. Que bosta de desperdício.

Mas disso a...

Esse segundo que passo analisando a situação demora demais. Modeste se solta com um coice, enfia a mão na minha jaqueta e tira a arma que era para eu deixar fora do seu alcance. O silenciador emite um barulho de garrafa sendo aberta. A bala explode o rosto do cara. O corpo cai no mar.

Juntou-se aos peixes mortos.

Modeste arregaça as mangas e pega o cadáver pelo colarinho. Não para tirá-lo da água: para ver o número de matrícula no seu uniforme de pesca.

— Venha, Virtuoso. Não deu para interrogar o pescador, então vamos interrogar seu barco.

Calma. O Virtuoso está ocupado restituindo o ratatouille ao mar. Coitados dos meus pais, era a primeira vez que eles tinham feito um negócio mais ou menos legal.

Modeste me encaram. Seus cabelos encharcados colam-se à sua testa. Mesmo que as emoções não se acotovelem no portão do seu rosto, adivinho nele o que parece ser uma vaga surpresa.

— Você sempre vomita.

Arranco o pescador do mar. Sua cabeça está um mingau, não resta mais nada de sua marca; mais nada dele. Uma anomalia anônima.

— A Burocracia Instintiva se encarregará de limpar a cena — diz Modeste. — Você já devia saber a esta altura.

— Aham, pois é, desculpe, não vou deixar o cara assim.

A verdade é que também nem sei direito o que fazer com ele, uma vez deitado no concreto do dique. Mas ele foi morto à queima-roupa: não sobraram nem olhos para fechar.

Modeste contempla sua obra sem perturbação alguma.

— Está ficando mais rápido.

— O quê?

— Os desvios. As anomalias. Quanto mais mato, mais aparecem.

— E se o senhor parasse de matá-las?

Desta vez, sou eu que Modeste contempla sem perturbação alguma.

— É para ser engraçado? Não domino muito bem o humor.

— Não, estou falando sério.

— Ah. Que pena.

Pronto, recomeçou. Eu me excedi. Os Arcanjos são o sagrado do sagrado, eu não deveria sentir isso. É blasfêmia.

— E o senhor? — pergunto. — Não fica um pouco assustado com isso? Já parou para pensar que o próximo desvio pode ser o seu?

— Não.

Modeste me devolve sua arma e, com um lencinho que ele tirou do bolso, depois dobrou com cuidado, limpa a minha boca. Suas mãos são tão finas... Não gosto disso: nem do lencinho nem das mãos nem da sua limpeza. Só me sinto mais sujo.

Guardo a arma na jaqueta que fecho até o pescoço, com um gesto rápido de zíper, mesmo morrendo de calor.

— Eu deveria que ter esvaziado o pente antes.

— Não — responde Modeste. — Eu pedi para deixar a arma como estava. Você, colega de equipe, deveria ter me impedido de usá-la e ter protegido a anomalia até que os Altíssimos pudessem interrogá-la.

— Sim, pois é, precisaria de reforços pra isso.

— Quanto menos intervenientes, menos fugas. Mas não faz mal, você progrediu bastante, quase me dominou desta vez. E, além disso, a anomalia teria morrido cedo ou tarde. Poder matá-la com minhas próprias mãos prolonga minha expectativa de vida. Por isso, agradeço a você. Venha.

Então vou.

Voltamos ao farol e, dali, dirigimo-nos à doca do velho porto. É irreal. Ninguém sabe o que acabou de acontecer. Os passeadores passeiam, os comerciantes comerciam, os marinheiros marinham. Executaram um homem, mas está tudo certo. Sem querer, dou uma última olhada para trás. Do calçadão do dique, não dá para ver praticamente nada. Quando muito, uma sombra, metade no concreto, metade no mar. Mesmo assim, espero que as crianças não vão brincar lá até a limpeza ser feita.

Como o sol pode brilhar tanto assim hoje?

Modeste desaparece por um momento em uma cabine telefônica do cais. Telefonema para os Altíssimos do Sul.

— Pronto. Estão avisados. Siga-me, Virtuoso.

Gostaria de que Modeste parasse de me chamar assim, que as pessoas parassem de fazer o sinal da cruz e beijar a ponta dos dedos quando passamos. Nossos broches — sobretudo o de Modeste — impressionam em todo o lugar por onde passamos. Mas eu, não, não sou Modeste, com uma contagem de vidas que aumenta a cada anomalia eliminada. Sou um protetor que não protege o suficiente, que não salva ninguém. Travado em onze vidas.

Meu bolso apita. Desta vez, tenho certeza de que é a Claire. Não quero ver sua mensagem, não agora, não enquanto me sentir sujo.

Modeste me aponta um barco velho no cais. Ele tem o mesmo número de matrícula que o uniforme do pescador. A passarela está toda pegajosa por causa da rede de pesca que ele arrastou até o outro lado do dique.

O barco em si é minúsculo. Solitário, nosso pescador. Baldes, varas, linhas, cordas, o serviço é rápido. Modeste examina tudo com calma. A cabine de comando é estreita demais para mim. A boia salva-vidas me deixa muito desconfortável — pelo pouco que ela serviu.

— Eram só peixes. Peixes já mortos.

Minha voz ficou mais fina. Ou é minha garganta que se estreitou.

— Vi o senhor executar um monte de gente. Gente com um Instinto que de repente passava a colocar em perigo a vida dos outros. Este caso eu não entendo.

— "Você não precisa saber o porquê."

Modeste me recita o oitavo princípio instintivo enquanto folheia um jornal que arrumou na cabine. Meus punhos se fecham, o metal range.

— OK. Então, o que estamos fazendo aqui exatamente? Estamos procurando respostas, não?

Os olhos de Modeste se levantam do jornal e pousam em mim, fixos como os de uma coruja. Quase espero que a cabeça dele gire sobre si mesma. O vento e o sol logo secaram seus cabelos que retomaram sua forma de tigela invertida. Tento não me demorar nos fios que já embranqueceram prematuramente; isso só me lembra demais o quanto a vida dele depende da morte dos outros. Para mim é mais fácil exercer meu Instinto no cotidiano, o meu se contenta com pouco para se saciar: segurar alguém que escorregou em um azulejo molhado, impedir uma língua de se queimar ao contato com um prato quente demais, nada necessariamente glorioso.

— Já tenho uma resposta — me diz Modeste.

— Pra quê?

— A resposta para a pergunta que fazemos, Virtuoso, já a conheço. Digamos que é uma convicção íntima. Só procuro uma confirmação.

— E qual é sua convicção íntima?

Modeste hesita. Quer dizer, não acredito que Modeste seja capaz de hesitar. São mais suas reações que chegam com atraso. Lentamente, sua mão vira uma página do jornal. De início, acho que ele está me mostrando a manchete sobre Coco-Rudy, levado pelo câncer em um hospital obscuro do Setor Centro, e tento não ter outra crise hipocondríaca ao vivo. Depois, eu a vejo. No papel, ondulada pela umidade que reina a bordo, uma foto de Claire e de seu livro tirada durante sua passagem recente ao Setor Centro-Noroeste.

A ASCENSÃO DE UMA CONFIDENTE
ATÉ ONDE ELA SUBIRÁ?

Bosta. Uma coisa é receber os bipes da Claire, outra é ver seu rosto em close. Principalmente sua contagem de vidas, anexada em um belo quadro. Oito mil quinhentas e nove. Pronto, já é Arcanjo! Meus pais tinham razão, a distância não para de crescer entre ela e eu.

— OK, o pescador estava lendo o jornal. E depois? Não vejo a relação.

— É claro que não vê — diz Modeste. — Ainda não. Logo verá.

Levanto os olhos para o céu, está muito azul mesmo, e não consigo mais tirar os peixes mortos da cabeça.

— E o gerente do Santo-Mundo? Se ele tivesse sobrevivido ao incêndio do seu estabelecimento, isso não poderia curar seu Instinto? Não há mesmo outra saída possível?

Modeste guarda o jornal onde estava, com gestos tranquilos.

— As anomalias nunca se curam. É assim mesmo.

Meu bolso apita de novo. Claire mais uma vez. Não preciso olhar para a tela, sei que é ela. Modeste também sabe. Há uma conexão estranha entre esses dois, mas nunca ousei perguntar qual é.

— Pode responder à sua parceira — diz Modeste. — Mas lembre-se.

— Aham, aham, eu sei, não posso divulgar informações, cláusula de confidencialidade, segredo de defesa etc.

Com três pulinhos, Modeste está de volta no cais.

— A missão terminou por hoje.

— OK.

— Vou ao Cômputo atualizar minha contagem.

— OK.

— Mandarei mensagem da próxima vez que meu Instinto quiser matar alguém.

— OK.

Modeste me estuda do cais. Fixo de novo: nas pernas dele, no olhar dele. Que coisa, será que está tentando me entender?

— Não posso dividir meus pontos contigo. Colega de equipe ou não. Não é você que elimina as anomalias.

Dou de ombros como se não estivesse nem aí, e talvez não esteja mesmo. Já não durmo mais tranquilo desde que Modeste passou a abater gente na minha frente, contra a minha vontade. Então, imagine se eu ganhasse mais vidas por ter dado uma ajudinha... E depois, quem que foi salvo hoje? Será que alguém em algum lugar realmente teria morrido de fome sem os peixes desse pescador?

— Bom domingo, Virtuoso. Aproveite que o dia está bonito.

— OK.

Espero até que a silhueta de Modeste se misture aos pedestres do cais, diminua e desapareça. Eu me espalho em um cesto que afunda sob o meu peso. A arma na jaqueta me deixa ainda mais pesado. Durante um bom tempo, fico bobo olhando a boia salva-vidas pendurada a bordo do barco.

E choro.

Terceiro apito no meu bolso. Mais tarde, Claire, mais tarde, nem vem me colocar contra o Nós agora, com suas palavras, com suas dúvidas, e penso no meu irmão na prateleira dos meus pais, eu queria tanto que ele estivesse aqui, que me explicasse, ele que sabia tudo antes de todo mundo, com seu Instinto, o que está estragando o Nós assim. Não era assim antes, certo? Quando eu era pequeno, tudo me parecia grandioso.

Passo uma mão por baixo do nariz. Meu próprio metal me arranha a pele sem limpar nada. Preciso sair desse barco velho. A Burocracia Instintiva vai chegar a qualquer minuto para recolher o corpo que abandonamos sobre o bloco de concreto, do outro lado do cais, e não quero estar aqui, não quero suas perguntas para as quais não terei nenhuma resposta, nem mesmo uma sombra de convicção íntima.

Dar no pé. Rápido. Mas antes.

Desprendo a boia salva-vidas e a jogo em cima do convés. Eu me sinto ridículo, mas não importa, é a única homenagem que posso prestar ao pescador.

Fico imóvel.

Na boia, letras. Eu não tinha prestado muita atenção, achei que era o nome do barco, só que, olhando bem, não parece ser isso. Letras traçadas com tinta. Elas brilham ao sol, dançam no mar.

Elas me apavoram.

NÓS A ENCONTRAREMOS

CLAIRE

Onde?

Acabei de ver suas mensagens
Estava ocupado
Então você está no Setor CSO?

Acabamos de chegar
Com um atraso louco
O trem ficou parado por horas
Um acidente com uma pessoa disseram
Enfim uma viagem bizarríssima
Aconteceu outra coisa
Vou contar mas não agora
Não estou sozinha

Ok

E você?
Seus pais vão bem?

Uns chatos
Como sempre

Vou mandar um cartão bonito
Continua na casa deles?

Não
Precisei sair mais cedo

Em missão

Aham
Top secret
Essas coisas essas coisas

Se preferir falar do tempo
Aqui só chove chove chove
Você ia enferrujar

Claire

Oi

Aqui também aconteceu uma coisa
No fim da missão
Mas

E só. Goliath não acrescenta nada. Fico sozinha com o que ele não me disse e com Janvier, cujo cotovelo fica tamborilando contra o meu. Levanto o nariz do pager pela primeira vez desde que fizeram descer do trem minha batelada de bagagens e eu. Olho o que Janvier está olhando, por baixo de suas sobrancelhas franzidas: uma plataforma deserta. Não só a nossa. Por toda a parte, vagões sem viajantes.

Em pleno horário de pico?

Até nosso trem partiu com o resto dos passageiros. Entendo que a estação do Setor Centro-Sudoeste não é a mais frequentada do supercontinente, mas mesmo assim. Minha escolta de protetores forma uma barreira absurda ao meu redor. Não ouço nada com minha música no máximo, nem a chuva que desfoca os vidros da estação, nem os cliques dos painéis de anúncios. Chegadas atrasadas, partidas canceladas: o que é que está acontecendo aqui? Janvier guardou seu fone; com um gesto discreto, ele me incita a não desligar o walkman.

Uma delegação chega pela escada rolante. Um representante da Burocracia Instintiva local troca algumas palavras com a minha calculadora, depois aperta a minha mão, e fico pensando que ele tem jeito de cravo-barroco, o que me faz perceber que preciso mesmo me livrar dessa mania. Tenho direito a inúmeros presentes que não tenho tempo de abrir e que se juntam àqueles que já transbordam as minhas malas. Há também alguns jornalistas, uma cinegrafista, a câmera apontada para mim, muitos Virtuosos e uma penca de seguradores de guarda-chuva. Mas ainda nada de gente, de gente das redondezas, de gente do dia a dia.

Quando me entregam um post-it, já estou esperando o incontornável "*Permissão para ultrapassar as dez palavras?*".

Em vez disso: "*Permissão para desconectar seu fone?*"

Com uma delicadeza toda cirúrgica, conectam-me a um minitelevisor que, em seguida, me é entregue em mãos. É meio pesadinho. Um estrondo de ruído branco me dá a impressão de que estão me entupindo os ouvidos com chucrute.

E, no meio desse zunido, quase inaudível, uma voz:

— Bem-vinda, Claire.

Na telinha, em preto e branco, a imagem trêmula de um casal muito idoso espalhado em um sofá. Preciso colar o nariz na tela para distinguir suas marcas de inspirados e seus broches "V" nas camisas de palmeiras. Querubins. São os Altíssimos do Centro. Segundo meu programa, eu deveria encontrá-los depois de amanhã para a grande final da minha turnê, mas eles se anteciparam.

— Temos seguido a sua peregrinação com muito interesse. Todas aquelas vidas salvas graças ao seu exemplo.

Apenas a mulher fala comigo em um redemoinho de rugas. O homem está com os dedos cruzados na barriga, os olhos semicerrados. Expressões inexpressivas.

— Desde que começaram a ler seu livro, as pessoas descobriram que têm alma, talvez não heroica, mas caridosa. Substancialmente caridosa. Sua santa influência está começando a se estender até as obras de benevolência do Setor Centro. Sua vinda aqui está sendo muito aguardada.

Ora, ora, aí estão dois Querubins que não escondem que me consideram um cofrinho. Não tenho um microfone para responder "entro no jogo!".

Com grandes gestos, a delegação me convida a seguir o movimento. Janvier não relaxa as sobrancelhas, mas sua covinha me encoraja. Nossas malas são levadas. Conversíveis nos esperam em frente à estação. Eu me sinto fina, veja, com minha televisão debaixo do braço. Tenho um carro só para mim; separaram-me de Janvier, que foi instalado com a calculadora do Cômputo em outro veículo. Os protetores montam nas motos.

Arrancam sem nenhuma palavra ou post-it. Que climinha agradável.

Os jornalistas pegaram o carro da frente, a câmera virada para mim. Não sei direito o que estão filmando, na verdade, não é como se eu estivesse saudando uma multidão eufórica. As ruas do Setor Centro-Sudoeste estão tão desertas quanto as plataformas da estação. Examino as varandas vazias dos prédios vermelhos. Cadê todo mundo? As fachadas sozinhas rugem com grafites; superposições ilegíveis de velhos murmúrios. E, por cima de toda essa confusão, minha cara estampada nos anúncios de eventos.

O céu oscila entre o sol e a chuva. Chuvisca, clareia, chuvisca de novo. Meu segurador não para de abrir e fechar o guarda-chuva sobre a minha cabeça. Nesse caso, era melhor nem viajar de conversível.

Levanto os olhos para a estátua de Coco-Rudy no meio de uma rotatória. Ela é monumental, mas o que mais me impressiona é a quantidade de buquês de flores depositados aos seus pés. Os fiéis choram seu ídolo, e desembarco no meio desse luto com um livro tão mentiroso quanto eu.

Mais adiante, numa curva, nosso comboio acompanha um rio tão escuro e tão denso que parece preto. Não há barcaças na água, nem carro nas pontes, nem pedestres às margens. Mas cadê todo mundo?

Atrás das janelas da cidade.

Centenas de silhuetas se apertam contra os vidros para me ver. Tiro uma mecha de cabelo do canto dos lábios. Não é a uma distância dessas que vou ser raptada por um bando de individualistas.

— Você parece desconcertada.

A voz no meu fone me faz estremecer. Coloco sobre os joelhos o minitelevisor que eu tinha colocado no banco e que tomou chuva. No sofá, os velhos Querubins me encaram com um olhar vidrado. Ainda estão aí? E principalmente, como estão me vendo?

Ah! A câmera do carro à frente.

— Nós fizemos algumas melhorias para a sua última etapa antes do Setor Centro — diz a mulher. — Por consideração ao seu Instinto. Sabemos que aconteceram alguns excessos durante a sua turnê. Quisemos preservá-la de todo esse belo entusiasmo: o centro da cidade é seu até a hora do jantar. Poderá fazer turismo sem necessidade do fone, sem se preocupar em ter que escutar ninguém.

Quase caio para trás. Será que cancelaram os trens e confinaram a população em casa só por minha causa?

— Do mesmo modo — continua a Querubim imperturbável — as pessoas que tiverem o privilégio de encontrá-la serão escolhidas com cuidado. Tudo será feito mediante reserva prévia.

Só melhora. Os Altíssimos do Centro farão meus fãs pagarem. Um cheque por uma assinatura. Um outro pela foto. E o pior é que já sei que as pessoas abrirão as carteiras como abrem os olhos nas janelas. Coco-Rudy deixou um buraco nos seus corações.

Não sou apenas um cofrinho. Sou uma substituta.

— Nós acrescentamos ao seu programa algumas imposições de mão. Está muito na moda, os habitantes ador...

A conexão se interrompe, com certeza um problema de recepção. Isso me alivia, já tinha ouvido demais. Faço um gesto pedindo desculpas para as janelas da vizinhança, para essa gente que trancafiaram em casa para me conceder o luxo de retirar meu fone no meio da rua.

Abaixo rápido a mão. Eles não protestam, não me aplaudem, não sorriem. Não dizem nem fazem nada, mas, mesmo de longe, apesar da chuva, o brilho dos seus olhos me impressiona. São tão intensos quanto os da atendente do trem, e me parece ler, em um vidro embaçado, palavras traçadas com o dedo.

NÓS ENCONTRAREMOS VOCÊ

Eu que acabara acreditando que os murmúrios do Setor Sul não tinham me seguido... Mas, se o Nós estiver mesmo me procurando, por que ele não me encontra agora? Por que é sempre no futuro? A menos que não seja eu especificamente? A menos que sejam todos os "Você"? Quantos? Quantos Você? Cadê eles? Cadê vocês? Fiquei cara a cara com boa parte da população do planeta: por que não encontro vocês? Por que será que não sou encontrada por vocês?

Paro de examinar as janelas. À minha esquerda no banco do conversível, o braço estendido acima de mim, o segurador de guarda-chuva aponta para o meu bolso. O pager apitou?

Apitou.

Vinte e duas vezes.

Eu vi
Um negócio
Muitos negócios
Mas esse
Caramba
Acho que
Você tem razão
Está tudo estranho
E caramba
Acho que
O Nós talvez queira alguma coisa
Ou talvez alguém

Ou talvez nada
Talvez sejam só as pessoas
Que estragam tudo
Que estragam o Nós
Mas
Tome cuidado Claire
Qualquer coisa
Mande mensagem
Bosta de pressentimento
Sobre você

MODESTE

Mais simples, mas menos...

Eu amo os idosos. Amo a fricção das suas pantufas no linóleo, seus corpos estirados nas cadeiras, seus olhos esbugalhados e arregalados, todos aqueles esqueletos que se seguram quando, impelidos pelos Instintos, apressados na sua lentidão, eles se esforçam uma última vez, só mais uma, enquanto o corpo ainda permite, pegar um lencinho sujo que caiu no chão ou servir-se de uma torrada no prato alheio. Eles nos lembram de quem somos: uma eternidade efêmera. Aperto cada mão artrítica que se estende na minha direção nos corredores do asilo. Eu os amo e os abençoo.

— Você não está muito concentrado — digo.

Eu me viro para Goliath, que esbarra em mim. Ele pisca várias vezes.

— Não sou fã dos lares de idosos. Todos esses decrépitos a um passo de bater as botas. Meu Instinto não sabe direito como reagir.

Suas mangas estão deformadas pelas próteses, o colarinho já amarelado pelo suor. Ele enfiou a camisa dentro da calça, apertou a gravata até o pescoço. Está fazendo 28º aqui dentro com os ventiladores. Eu estou de camiseta e short. Sempre me visto do jeito que fique mais confortável tanto para mim quanto para meu Instinto. Não entendo por que Goliath está se impondo esse terno hoje.

Ele me disse que eu não entenderia. O que não me impede de perguntar onde ele escondeu minha naninha.

— Você não precisava me acompanhar. Não vou matar ninguém aqui. Estou só seguindo o protocolo.

— Aham — diz Goliath entredentes. — Com todo o respeito, é justamente por isso que preciso estar presente.

Isso também não entendo.

— É por aqui, Arcanjo.

A enfermeira que nos guiou através do asilo me aponta uma porta no meio de um corredor. Ela é jovem, mas sua pele e seus ombros são curvados, como se a velhice dos residentes estivesse depositada neles.

— Peço desculpas por abusar da boa vontade do senhor — murmura ela, inclinando-se diante de mim. — Antes de... o senhor poderia me... quer dizer... me abençoar também?

— Qual é o seu Instinto exatamente?

Normalmente, não pergunto, porque não é algo pertinente. Essa enfermeira tem a marca dos cuidadores, não é preciso saber mais nada; *só existem Altos Instintos*, quarto princípio instintivo. Mas suas hesitações me deixam encucado.

— Eu... limpo corpos, Arcanjo.

— É algo belo e bom.

O olhar baixo se levanta. Um pouco.

— Tem bastante trabalho aqui.

— Tem bastante trabalho em todo lugar.

Uma outra hesitação, depois:

— Abençoe-me, por favor. Quanto mais eu limpo, mais impuros ficam os meus pensamentos.

Mais uma hesitação, depois:

— A verdade é que... limpar os corpos... esses corpos... na hora, vejo um sentido profundo nisso. Tudo me parece sublime. Mas uma vez saciado o Instinto, o senhor perdoe a minha blasfêmia... simplesmente não me resta mais nada. Nada além de repulsa.

Ah, é só isso? Vou abençoar então.

— Seus pensamentos não têm importância alguma. O Instinto é o único que conta, porque ele é a vontade do Nós.

— Obrigada, Arcanjo. Eu me sinto mais leve.

Que coisa. O corpo dessa enfermeira não parece estar de acordo com sua fala. Ele se curvou ainda mais, quando ela bateu na porta para nos anunciar. A enfermeira abre a porta, mas não entra.

— Demos um calmante a ele. A visita do senhor vai reconfortá-lo muito.

Atrás de mim, Goliath funga. Ele vem fungando muito desde que o conheci. Um barulho muito baixo no nariz que não corresponde a nenhuma necessidade orgânica. Isso eu também não entendo.

O quarto é apertado. Uma cama, um armário e, perto da janela que dá para o estacionamento, uma mesa. Um velhinho de roupão está ocupado escrevendo; sua mão se prende à caneta-tinteiro. Ele não levanta a cabeça para olhar para Goliath e para mim, só para nossos broches antes de voltar à sua folha. Ele não nos convida a sentar. Não me pede para abençoá-lo. Eu o amo.

— Fui eu que matei seu filho — digo.

O fungar de Goliath fica mais pronunciado. Por quê? A caneta-tinteiro do velhinho cessa por um segundo, depois outro, antes de retomar seu trajeto no papel.

— Anunciaram-me que o senhor vinha. Estou mudando meu testamento. Tem filhos, Arcanjo? Jovem demais para isso com certeza.

— Tenho um pai.

Esse velhinho se parece com ele, menos bigode, mais idade. Toco meu ventre. É a minha tatuagem — "Pater" — que tento alcançar do outro lado da camiseta. Não liguei para o papai nenhuma vez desde que saí do Setor Oeste para o Setor Sul. Nem me passou pela cabeça. Na última vez em que o vi, ele estava cantando na poltrona de quimioterapia.

— O que meu filho fez? — pergunta o velhinho. — Fora jogar os peixes de volta na água.

Ele tem a mesma marca do filho, também é pescador. Sua escrita é enérgica para um velho sob efeito de calmante. Goliath também não para quieto. Desde que atravessou a porta, ele ficou colado nela, mas seus sapatos de couro guincham; parecem tão desconfortáveis quanto sua gravata.

Os Altíssimos do Sul não me autorizaram a falar das anomalias. Eu me atenho à resposta padrão destinada às famílias, assim como prevê o protocolo, quando existe família:

— O Nós decidiu chamá-lo de volta ao Nós. A Burocracia Instintiva cuidará para que você receba uma indenização. Preencha isto.

Eu lhe entrego o formulário e dou meia-volta, mas a voz do velhinho me retém. Sua caneta-tinteiro se calou enfim.

— Nós pescávamos juntos antes. Meu filho e eu. Um Instinto não se transmite pelo sangue, mesmo assim, foi o que aconteceu no nosso caso. No mar, sempre juntos. Até que meu corpo não pôde mais seguir meu Instinto. Meu filho me colocou aqui. Ele vinha me buscar uma vez por semana para que eu pudesse pegar um ou dois peixes. Exercer meu Instinto minimamente, retardar o inelutável. Sem ele, não vou durar muito. Mas tudo bem, não tem tanta importância.

Amo esse velhinho, mas suas palavras me afetam do mesmo jeito que seu quarto. Um estreitamento estranho. De qualquer forma, não tenho nenhum motivo para me demorar aqui. Terminei o procedimento.

— Os Altíssimos garantirão que alguém o leve para pescar. Tenha um bom dia.

Os sapatos de Goliath não se contêm mais; eles berram. Ele vai partir para cima de mim? Não. Ele parte para cima do velhinho. Segura-o pelo roupão, contém seu gesto, braço mecânico contra braço raquítico, e o convida a abaixar a caneta-tinteiro, brandida como punhal, que estava prestes a se enfiar contra minhas omoplatas. Fora os sapatos de Goliath, nenhum barulho, nenhum grito.

Os olhos do velhinho não me deixam.

— Viúvo. Órfão. Por que não há palavra para o pai que perde o filho? Por quê, Arcanjo? Como é que eu fico? O que é que eu sou para o Nós?

Não digo nada. O procedimento não prevê o que responder em caso de tentativa de assassinato, e é a primeira vez que isso me acontece.

Os olhos não me deixam.

— Eu conhecia meu filho tanto quanto seu Instinto. Nem um nem outro jamais teria devolvido os peixes à água. Jamais. Então pode enfiar a indenização naquele lugar.

Eu me calo. Ele se cala também. Goliath o senta de volta na cadeira, o menos delicadamente possível.

— Sinto muito, senhor. Sinto muito. Nossos pêsames. Sinto muito.

O velhinho não escuta. Ele largou a caneta-tinteiro e observa seu testamento com um olhar perdido.

— Vamos indo.

Com quem Goliath falou eu não sei, mas foi a mim que ele arrasta para fora do quarto. Ele não anda mais; ele se lança pelos corredores, desviando das cadeiras de rodas, ziguezagueando entre os andadores. Se está procurando a saída, está indo na direção errada. Ele escolhe a horta reservada aos ateliês exteriores. Só então libera meu pulso e se deixa cair em um banco. Não há ninguém aqui fora além de nós; os velhos não devem sair nas horas mais quentes. O sol está escaldante, a grama, queimada.

— Que bosta de bosta de bosta.

Goliath tenta desfazer o nó da gravata. Seus dedos artificiais não ajudam. Eu a solto, mas ele respira cada vez mais forte, cada vez mais rápido.

— Não consigo mais respirar.

— Claro que consegue. Senão não estaria falando.

O botão da sua camisa se perde na relva quando abre seu colarinho. Ele pende a cabeça entre os joelhos, ofega e escorre suor.

Vou buscar água para ele no bebedouro mais próximo.

Seguro seu copo enquanto ele bebe.

— Melhor?

Sua respiração desacelera.

— Melhor.

— É por causa do calor?

— É por causa da morte.

— Não entendo.

— O senhor nunca entende nada. A gente atira no filho desse pobre coitado, e o senhor... merda! Tem um jeito de falar as coisas, sabe! Ser Arcanjo não dispensa o senhor de ter respeito.

Observo Goliath por um bom tempo, sua testa compacta, sua mandíbula vibrante, a ponte quebrada do seu nariz. Ele está falando ainda mais alto do que de costume. Ah. Estou levando um puxão de orelhas? Outra coisa que me acontece pela primeira vez. Papai nunca me repreendeu em nada; nem quando empurrei Claire da escada.

— Veio de terno por causa disso? Pelo respeito?

— Um pouco, sim.

— Ah.

Observo minhas pernas finas e peludas sob o short. O velhinho poderia ter me pegado. Não de primeira, não, mas sem Goliath — Goliath que escolheu vir, que antecipou o que iria acontecer —, ele acabaria me pegando. Passei por um treinamento intensivo para matar, não para me defender.

— Sou sua 12ª vida.

— Pode ficar com ela, obrigado. Se a gente declarar o senhor no Cômputo, vai causar aborrecimentos ao velho. Ficar de boca fechada é o mínimo que devemos a ele.

Eu me sento ao lado de Goliath no banco, como no dia em que o recrutei. Faz três meses e três semanas, e ele continua me intrigando do mesmo jeito. Goliath se mantém curvado, cabeça para baixo, cotovelos nas coxas. Seus joelhos estão tremendo. Até aqui, nessa horta, emana do asilo um cheiro de fim de vida.

— Por que a morte? — pergunto.

— De quê?

— Seu mal-estar. Você disse que era por causa da morte.

— Um lugar desses é um prato cheio pra minha hipocondria.

— O que é isso?

— Basicamente, eu sempre acho que estou com os dias contados. Vírus. Câncer. AVC. Tudo o tempo inteiro.

— É por isso que você ficou fungando?

— Hein? Não, isso foi por desaprovação mesmo.

O som me aquece os cabelos. Goliath raspa os seus tão curtos que gotas de suor formam um magma na sua cabeça. Sem poder ver seu rosto, observo sua nuca: ela é duas vezes maior que a minha. Ele é tão jovem debaixo de todos esses músculos... bem mais do que minha antiga colega de equipe. Os dois têm o mesmo Instinto, mas temperamentos completamente diferentes, e isso representa, toda vez, um novo quebra-cabeças para eu resolver, peça após peça. Antes era mais simples, na época em que eu trabalhava sozinho.

Mais simples, mas menos... menos o quê?

— A doença, a velhice e a morte só afetam você. — digo. — O Nós, não. Não precisamos temer nem nos arrepender de nada.

— Ah, nossa, não tenho como negar, como o senhor sabe confortar as pessoas.

Goliath vira o rosto para mim, e as gotas de transpiração caem sobre a marca. Sua expressão foi substituída por outra, mas não sei identificar nenhuma das duas.

— E ainda acha graça.

Ah sim, pronto, estou sorrindo. Não tinha percebido.

— Eu li sua ficha. No dia em que os Altíssimos do Sul fizeram de você meu novo colega de equipe.

— E?

— E você tinha um irmão mais velho.

— Aham.

— Um inspirado.

— Aham.

— Morreu com 11 anos. Pouco antes de receber a marca.

— Aham.

— Você tem alguma lembrança dele?

Minha pergunta surpreende Goliath. Ela me surpreende também.

— Até que sim, algumas.

Ele engole em seco, inspeciona o fundo vazio do copo e acrescenta:

— Cada vez com mais frequência, na verdade. Coisas esquecidas me voltam. Tem vezes em que nem sei se são lembranças de verdade. Por quê?

— Para tentar entender, suponho. Entender você.

— O senhor também tem um irmão mais velho.

Goliath me observa. Não é uma pergunta, está mais para uma constatação e, sim, talvez eu fique desconcertado de ser, para ele, um quebra-cabeças tão fácil.

— Uma irmã mais velha.

— Viva?

— Um pouco demais.

Goliath funga. De novo.

— Como o senhor faz?

— Como eu faço o quê?

— Para aceitar tudo. Até o inaceitável.

Dou de ombros.

— Não há nada a rejeitar. A escolha não existe. Apenas o Nós decide.

— Então por quê? Por que os Instintos se desviam? Por que todas essas anomalias? E não me venha com o oitavo princípio instintivo. Eu preciso saber para aceitar.

Olho a horta. Os tomates, principalmente, protegidos do sol por telas de sombreamento. Os do Sul têm um gosto surpreendente, mesmo do meu ponto de vista. Só entendo os alimentos como uma formalidade para nos mantermos vivos; fora o chocolate quente, claro.

— O Nós é um organismo. Com suas patologias. E seus anticorpos.

— OK. Então por que está piorando? E por que o senhor me mostrou Claire naquele jornal quando perguntei? Por que enfiá-la no meio disso?

— É ela que está se enfiando. Tinha que ter ficado na dela. Se é que tem como.

Como meu sorriso, a resposta me veio sem que eu prestasse atenção. Normalmente, nunca falo da Claire com ninguém. Nem com os Altíssimos.

As sobrancelhas de Goliath sobem, sobem, sobem, depois descem brutalmente. Tão musculosas quanto ele.

— O que o senhor acabou de dizer não tem sentido algum e é nojento. E juro, não estou nem aí para o seu broche e essas coisas. Se o senhor mexer com a Claire, aí já é pessoal.

— Arcanjo?

A enfermeira me chama da porta de vidro do terraço.

— Ligação para o senhor.

Deixo Goliath no banco. Tenho a impressão de estar deixando outra coisa. Minha boca não sorri mais. A enfermeira expulsa os velhos que já se agrupam ao meu redor e me entrega o telefone.

— Modeste?

Essa não é a voz de um Altíssimo. Uma voz de mulher. Uma voz que sabe onde estou e como me chamo. Uma voz que data de quase doze anos.

— É a mamãe. Estou no Setor Sul. Precisamos conversar.

Certo. Papai morreu.

Olho para o céu atrás da porta de vidro, o ar turvado pelo calor em cima dos telhados do asilo, os pinheiros-mansos que esticam suas agulhas sobre a horta e, ainda sentado no banco, Goliath.

Papai viveu bem. O Nós dá e o Nós tira. Não precisamos, como eu dizia, como me ensinaram, nem temer nem nos arrepender de nada. Pronto. Então: o que é que está me fazendo tremer assim?

CLAIRE

O ÚLTIMO BOLSO

— Hum?

Doze mãos gentis de mansas me tiram da cama. Elas puxam em silêncio a seda do meus lençóis, me ajudam a levantar, me colocam um roupão e pantufas, me servem chá, me mergulham em uma banheira, lavam meu cabelo, me enxugam e me secam, me perfumam com água de rosas, me maquiam, fazem minhas unhas, circulam ao meu redor uma última vez e desaparecem.

É somente quando fico sozinha que acordo de vez. Quase não me reconheço no espelho, as mansas me deixaram com um look de pop star. Onde estou mesmo? Ah sim. No Setor Centro. No arranha-céu dos Altíssimos. 69º andar. Antigo quarto de Coco-Rudy.

Observo as poltronas ovais, o sofá em forma de lábios, as paredes com estampa de oncinha, os couros amarelo-limão, as almofadas fúcsia e os coqueiros em vasos. É emocionante descobrir seu apartamento, circular entre seus móveis, mesmo que eu preferisse que fosse enquanto ele ainda estivesse vivo. E, ao mesmo tempo, como toda vez em que penso em sua música, em sua voz, eu mergulho de novo naquele ônibus escolar, rememoro minha crise de afastamento, aquele instante em que contemplei o Nós, enquanto hoje sou mais invisível do que nunca para ele.

Mas tudo bem. Na verdade, está indo muito bem mesmo.

O relógio no formato de um disco de vinil em cima da cama me informa que dormi três horas no total. Chegamos no Setor Centro no meio da noite, e já estão me esperando do outro lado da cidade.

Erro cinco vezes a porta — armário, jacuzzi, banheiro, sala de esportes e sala de música — antes de encontrar a da sala de estar.

Janvier está em pé em frente à televisão. Um canal transmite uma reportagem de rua onde se vê uma fila interminável de pessoas em frente ao Cômputo de não sei que Setor.

— Estão aqui para ver a Claire? — pergunta o repórter estendendo o microfone a um desconhecido que apertou meu livro contra o peito.

— Isso, vim vê-la.

— Posso perguntar por quê?

— Vim declarar, sob juramento, que fui salvo por ela.

— Posso perguntar como?

— Eu estava saindo dos eixos. Usava um monte de produtos ilícitos. Estava a dois passos de acabar com tudo. Então vi a Claire na televisão, e isso mudou tudo. Ela me mostrou um outro caminho.

— E a senhora? — pergunta o repórter à mulher na cadeira de rodas. — Também veio para ver Claire?

— Isso mesmo.

— Gostaria de contar?

— Posso até mostrar.

A mulher levanta a camisa na frente da câmera, revelando um grande curativo.

— Recebi um transplante do meu irmão.

— Seu irmão é esse senhor ao seu lado?

A câmera gira para o rosto sorridente de um homem também em cadeira de rodas.

— Foi só um rinzinho de nada. O herói da história não sou eu. É a Claire. Eu sabia que minha irmã morreria se eu não me decidisse, mas estava com medo. Não queria ser operado. Eu era egoísta e estava apavorado. Até encontrar a Claire. Ela estava de passagem no nosso Setor, tinha um montão de gente ao redor dela! Eu não entendia direito o que estava acontecendo, fui ver por curiosidade. E aí cruzei o olhar com o dela. Claire não falou comigo, mas seus olhos me disseram tudo. Foi como um clique. Na mesma noite, fui ao hospital para fazer o transplante.

Enquanto a câmera se dirige a uma jovem mãe com um bebê nos braços, eu me apresso para desligar a televisão. Não vou deixar nada estragar o meu bom humor.

— Dá azar — me diz Janvier. — Viver em casa de morto.

Seu olhar passeia pesadamente sobre o mobiliário fluorescente de Coco-Rudy.

Colho um cacho de uva na cesta de frutas e colo meu nariz em uma janela. O vidro não abre. Que pena, a altura é espetacular.

Suspensa à beira desse abismo, na própria casa de Coco-Rudy, tenho certeza de que conseguiria enfim provocar uma crise de afastamento. Vive chovendo no Setor Centro. Meus olhos caem das nuvens no teto para os telhados, as fachadas, os postes, as pontes e ploft, no rio.

— E se fosse o contrário? — digo. — E se desse sorte?

A covinha de Janvier palpita minimamente. Essa turnê o abala mais do que a mim. Ele está vestindo as mesmas roupas há dias, roupas cujas estampas multicoloridas se misturam às do apartamento. Ele não tem direito às mãos gentis das mansas daqui; será por que também é manso?

Noto seu Minitel portátil em uma mesa.

— Já testemunhou?

— Como sempre.

Não leio os relatórios de Janvier aos Altíssimos. Ele lhes descreve o bom desenrolar da turnê, meus feitos e gestos, o que digo em público: nada que eu já não saiba. Não, eu saboreio o simples fato de termos este apartamento só para a gente, sem protetores nem jornalistas no nosso pescoço.

— Parece que alguém está de bom humor — constata Janvier.

— Sonhei com bolsos.

— Com bolsos?

— Com bolsos. Eu procurava minha chave. Não sei mais que chave era. Revirei todos os meus bolsos. Estava perdendo as esperanças. Encontrei a chave no último minuto.

— Isso não é sonho, não. É um provérbio.

— Não é provérbio. É um sinal.

Falando em bolso, o do meu casaco apita. Eu o tiro do cabideiro de pele rosa.

Oi parceira
Vi no noticiário
A sua chegada no Setor Centro
Triunfal
Tapete vermelho e tudo o mais
Mas
Você acabou não me contando
O que aconteceu no trem
Naquele dia

Ah sim. O incidente com a atendente do vagão-restaurante. Não contei para ninguém, nem para Janvier, cuja atenção contínua me pinica o canto dos olhos.

Dou as costas para ele enquanto meus polegares digitam:

Mais tarde

Ok
Quando acabar a turnê
Vc volta direto pra casa?

Voltar? Esse verbo é absurdo. Voltar, querido Goliath, implica uma origem. No fundo, onde é meu lar? Com quem?

Meus polegares ficam arteiros:

Você sentiria a minha falta?

Espero você

Chocante a resposta do Goliath! Não sei direito nem o que escrever nem o que pensar. Modeste também está me esperando, com a arma na mão. Guardo meu pager na mochila, entre os cartões-postais que comprei na estação. Engoli todas as uvas e duas bananas. Não estou satisfeita, mas nunca fico mesmo.

— Os Setores não são bolsos — me diz Janvier.

Sua voz não me agrada hoje de manhã. Nunca lhe contei do encontro que espero tanto e tão secretamente. Não que eu ache que ele vá me denunciar em um dos seus relatórios, não por vontade própria, de qualquer forma, mas já sei que ele sabe, e, principalmente, nós dois sabemos, que ele desaprova. Esse medo que lhe inspiro é maior que nós dois juntos.

— Qual é o problema?

— Você não está vendo?

Ai, ai, ai. Não suporto quando Janvier responde uma pergunta minha com outra. Seria mais fácil arrancar dele uma verdadeira resposta, só um verbo no imperativo. Eu me abstenho. Não porque abusar do Instinto é crime, mas porque eu me prometi, desde nossa infância, que nunca cederia à mesma tentação que seu pai.

— Você não sou eu, Janvier.

Explosão de piercings.

— Ninguém é você, Claire! Ninguém pode ser! Por que você não se contenta com isso? Por que a gente não é o bastante para você? Estou aflito, merda! Morrendo de preocupação, e você nem liga! Não existo mais pra você desde que... Mas você tentou? Tentou mesmo? E a Avril, hein? Chegou a tentar com a Avril? E com seu pager aí, com o Goliath, está tentando mesmo?

Estou estupefata.

— Tentar o quê?

— Não esperar mais nada!

Luto contra uma onda de raiva e — o que me deixa ainda mais furiosa — de culpa. Penso nos cartões-postais na minha bolsa. Naqueles, cheios de banalidades, com que bombardeei Avril para ficar com a consciência limpa. Naqueles, obstinadamente em branco, que não enviei para minha mãe, por não saber o que contar nem a que endereço enviar. Naqueles que nunca escreverei para meu pai. Naqueles que Modeste não merece receber. Em todos aqueles, inúmeros, falsamente sinceros, que destino aos pais de Goliath em vez de à minha própria família.

— Olhe pra baixo, Claire.

Eu olho. Uma barreira de policiais cerca o perímetro do nosso arranha-céu. Atrás dela, mal contida, minha multidão de fãs e talvez, entre eles, os individualistas. Ou melhor ainda: uma alma gêmea, uma alma traidora, tão impostora quanto a minha. Estou alta demais para que os habitantes me vejam, mas isso não os impede de examinar as janelas de todos os andares.

— Suponhamos que a pessoa que você procura esteja entre eles. Agora mesmo. Como você a reconheceria?

— Eu reconhecerei.

Não no condicional. No futuro. No futuro do presente.

— E depois, Claire? Voltará com ela ao Setor Sul? Vão fugir juntas?

— Voltar. Fugir. Só tenho essas opções?

— Não vá lá.

Olho para Janvier. Ele já não parece nem um pouco bravo, e logo paro de ficar assim também. Àquele medo que eu lhe inspiro se mistura um outro. É verdade que ele está preocupado. E é verdade que não estou nem aí.

— Não importa o que os Altíssimos do Centro programaram para você hoje, não vá. Fuja. Peça desculpas. Minta, se precisar. Mas não vá lá.

— E eu não posso usar o imperativo com você, né?

— Estou falando sério.

— É o caso das Claire que preocupa você?

— Mais do que a você, com certeza, mas, não, o problema não é esse. O problema são todos os outros. Eu bem vejo o jeito que as pessoas olham você. Já não é só adoração. É... extremo demais. Eu não tenho escolha, preciso executar as ordens que me dão. Mas você...

— Eu vou. Não por que estão me ordenando. Porque a decisão é minha. Os Altíssimos me usam, e eu os uso de volta. É fácil assim.

A televisão da sala se liga sozinha. Alguns segundos de chuvisco e ruído branco, depois um sofá. E, no sofá, o velho casal de Querubins.

— Bom dia, Claire.

Entro em pânico. Há microfones plantados no apartamento?

— Oh, ah, é..., sim, bom d...

— Esperamos que esteja em excelente forma, não ficará entediada.

A mulher me interrompeu sem pestanejar, o homem encara a câmera sem piscar. Ou os Altíssimos não estão me ouvindo ou eles estão zoando com a minha cara. Eu lhes fiz uma visita relâmpago no 77º andar quando cheguei, ontem à noite. Eles não saíram do sofá nem uma única vez durante a entrevista.

— Reservamos para você o music-hall do nosso lastimadíssimo Coco-Rudy. Os ingressos se esgotaram como pão quente. Prometemos aos nossos cidadãos um autêntico tête à tête. Eles querem ser ouvidos por você. Claro que organizaremos pausas. Não toleraremos nenhum abuso.

A mulher se cala por alguns segundos antes de acrescentar:

— Inclusive, parabéns. Você acabou de salvar sua décima milésima primeira vida. Virou Trono. Seu novo broche a espera na recepção.

A televisão se apaga. Eu me espreguiço.

— Minha contagem é uma palhaçada.

— Não acho, não.

Janvier está ainda mais curvado. Sério, está começando a parecer uma harpa — apesar de eu ter jurado que ia parar com as metáforas musicais.

— As pessoas dão tudo por você. O sangue. Os órgãos. É extremo demais, estou falando.

Reviro minha bolsa com uma tonelada de canetas e quase a mesma quantidade de aspirina.

— Já me matei de repetir que não escrevi esse bendito livro. Que não sou uma heroína. Que não tenho nada a oferecer em troca. Eles querem ser ouvidos, mas não me ouvem. Problema deles.

— Vou pegar seu broche, preparar a limusine e dar as instruções para que nos deixem passar. Desça só no último minuto.

Janvier bate a porta um pouco seco demais para o meu gosto. Releio, sem querer, a última mensagem do meu pager.

Espero você

Goliath não me conjuga só no futuro. Também não usa o condicional comigo. E afinal: será que eu tentei mesmo? Com ele, com Avril, com Florence e os encontrados, com todas as pessoas lá fora cuja mão apertei e para quem escrevi meu nome? Será que o Nós me renegou ou será que eu que acabei renegando o Nós?

Digito rápido-rápido-rápido no teclado, com medo de recuar.

Goliath

Quando eu terminar a turnê

Vou lhe contar uma coisa

Pronto.

Comecei a contagem regressiva. Estou tremendo, mas, desta vez, juro juradinho, não vou voltar atrás. Coloco meus saltos, meu fone e minha bolsa atravessada. Passo a língua entre os dentes da frente; gosto de vazio. Bom, falando nisso, tenho um encontro com a chave do meu sonho. Porque, por mais que Janvier não goste, o Setor Centro é meu último bolso.

SENHORA X

SERÁ HOJE

Todos esses peregrinos sob a chuva me incomodam. Eles mantêm a cabeça erguida, o pescoço virado em direção aos vidros do arranha-céu dos Altíssimos do Centro, à procura da Claire. Já eu olho para eles. Para seus olhos. Arregalados, brilhantes, como tomados por uma febre coletiva.

Há barreiras de segurança por toda parte, revistas incessantes. Mesmo com minha marca e meu uniforme de trabalho, que bem me abriram várias portas, sou obrigada a ficar na linha.

Minha viagem está acabando. Eu deveria ter agido antes, agora é tarde demais. Tudo isso por causa daquela velha louca suicida: fui forçada a descer do trem, na parada no meio do nada, para escapar à investigação dos Virtuosos. Perdi um tempo irrecuperável.

Os olhos da multidão não mentem: será hoje.

Claire vai morrer.

Que pena?

Goliath

Pergunta certa

Procuro meu irmão no fundo da despensa, nos banheiros, sob a mesa da cozinha, atrás da cama dos seus pais. Eu o encontro na varanda. De barriga para baixo, está desenhando.

— Estou entediado. Quer brincar?

Ele não responde. Eu me deito de frente para ele. A varanda é pequena, mas, pois é, nós também.

Estou roendo as unhas.

— Está fazendo o quê?

Ele não responde. Observo se desenho ao contrário. Não tem nada a ver com seus rabiscos de criança, nada de boneco de palito com braços três vezes mais longos e arco-íris bestas no meio de listras azuis. Não, o desenho do meu irmão hoje é tão perfeito que parece uma foto. OK, é seu Instinto quem está no controle. Só que não é como de costume. Em geral, ele produz todo tipo de plano estranho que ninguém entende, mas que os pais mandam para os Altíssimos do Sul "só para garantir".

— Seu desenho é sobre o quê?

Ele continua sem responder. Com certeza nem ele mesmo sabe. É tão chato nessas horas... Meus pais repetem que preciso deixá-lo em paz, não porque ele é o mais velho, hein, porque é um inspirado e, quando crescer e tiver sua marca, salvará um montão de gente, mesmo vivendo lá longe, do outro lado da cidade, no arranha-céu dos Altíssimos, e fazendo caquinha em privadas de ouro.

Por ora, a única coisa que ele salvou foi a garagem. Certa vez, ao meio-dia, ele saiu da escola de repente — lembro que vi meu irmão dar no pé no meio do recreio, pela janela da cantina, e me perguntei "Onde é que esse imbecil está indo?". Ele voltou a pé para o nosso conjunto habitacional, subiu até nosso apartamento e tocou a campainha até que os pais, em pleno horário de almoço, abrissem para ele.

— O botijão vai explodir — disse.

Os pais deixaram os pratos na mesa e desceram correndo até a garagem. Eles só tiveram tempo de fechar o registro de gás que estava vazando, ventilar o local e desconectarem todos os aparelhos eletrônicos. Já meu irmão voltou calmamente à escola.

Tenho um sobressalto quando ele solta a canetinha com um barulho seco. Terminou seu desenho; o Instinto terminou. Ele me mostra. No papel, uma menina mais ou menos da minha idade.

— Quem é? — pergunto de novo.

Ele não responde. Rasga seu desenho ao meio. E, com ele, a menina com os dentes da felicidade.

Eita. O que foi isso? Uma lembrança que vivi de verdade ou uma lembrança que acabei de inventar? Isso é culpa do Modeste. Nossa última conversa sobre a Claire virou minha cabeça do avesso. Não tenho certeza de que o que estou prestes a fazer vai colocá-la de volta no lugar, mas, caramba, vou fazer assim mesmo.

O ônibus me sacode, bem cheio, crivado de sol, um churrasco ambulante.

Uma olhada no pager. Sem novidades de Modeste; sem mortes à vista então. Desde que o Arcanjo recebeu aquele telefonema misterioso no asilo, achei que ele ficou meio estranho (mais estranho do que de costume), mas parecia ser algo privado, então não perguntei nada.

Ah, minha parada. Eu desço.

Não tem um canto de sombra, e o dia acabou de começar. Aonde quer que eu vá, está um forno. As próteses já não são brincadeira, mas hoje estou carregando duas assadeiras no lugar dos braços. Consigo sentir o alcatrão amolecer sob meu peso enquanto atravesso a faixa de pedestres até a filial da Burocracia Instintiva. O ar-condicionado me arranca até uma lágrima.

Bom. Acho que é aqui mesmo.

Vou perguntar no balcão. Meu rosto não parecia familiar ao recepcionista, que acabou verificando minha carteira de identidade. Eu sei que não pareço ter o emprego que tenho, OK, mas ele imaginava o quê? Que espanquei uma velha Virtuosa na esquina para roubar seu broche? Ainda bem que ele não viu a arma de Modeste presa no tornozelo.

Procuro o serviço jurídico.

Redes de terminais de Minitel, máquinas de escrever, relatórios que se acumulam. No meio do barulho dos teclados, entendo alguém pronunciar o nome da Claire. Paro bruscamente diante da porta de um escritório entreaberta. Uma moça da minha idade está estirada em uma cadeira. Um secretário lhe serve café enquanto um civil, suponho que seja seu pai, esfrega-lhe o ombro.

Um desmistificador de terno branco se inclina em cima dela.

— Bom, senhorita, tenho aqui um mandato que me autoriza a interrogá-la. Não vai querer passar o dia aqui e eu também não. Tudo o que consentir em nos dizer nos ajudará a progredir na investigação. Então, em nome do Nós: eles eram quantos? Onde os encontrou? Levaram a senhorita a algum lugar e, se sim, onde? Viu o rosto deles? As marcas? O que lhe disseram exatamente?

A menina pega a xícara que lhe oferecem e, lentamente, languidamente, joga o café ainda quente no lixo.

— Para que isso. Estamos ferrados de qualquer forma.

O secretário nota minha expressão de espanto e bate a porta na minha cara.

Bosta.

Uma penca de corredores e lances de escada depois, chego à Administração Judiciária de Bens e Instintos. Como sala de espera improvisada, quatro cadeiras; todas ocupadas. Fico esperando plantado, em pé. Devem estar fazendo obras na rua vizinha, uma britadeira vai com tudo. Anúncios estão colados nas paredes com adágios tão velhos quanto o Nós: *"Instinto Bom não pode mentir"*, *"Se hipóteses valessem, o 'Nós' estaria preso numa garrafa"* ou ainda *"O Instinto nunca será melhor servido do que por si mesmo"*.

Em uma mesa, revistas e, nas revistas, adivinhe quem: Claire. Levanto a cabeça para a televisão que está no mudo: Claire de novo. Seus dentes da felicidade estão por toda a parte agora; até nas minhas lembranças de infância. Seu sorriso não parece nem um pouco feliz. E eu, que julgo rápido demais, disse para ela não ficar se achando.

As pessoas me olham furiosas assim que meu bolso começa a apitar. Falando na Claire...

Acho um canto para poder ler tranquilo.

Goliath
Quando eu terminar a turnê
Vou lhe contar uma coisa

Ela sabe escolher a hora certa. Digito palavras que apago imediatamente. O que é que eu vou responder? De repente, sinto que estou errado por estar ali, como se estivesse traindo a Claire. Ela e eu trocamos centenas de mensagens, talvez para compensar nossas centenas de silêncios. Mas isso não basta. Não basta mais. Se eu quiser realmente conhecer a Claire, preciso ir mais longe. Ou mais perto, depende.

Reflito um bom tempo sobre a mensagem que preciso mandar quando, de repente, as suas vêm em sequência:

Sabe
Antes de você e eu
Nos encontrarmos no parlatório
Resumindo antes
No bairro das Escolas
Você estava no cruzamento
No departamento de trânsito
Você ajudava todo mundo
A atravessar
Você me ajudou a atravessar
E sorri para você
E você não me viu

Estou pegando fogo de novo e, desta vez, o ar condicionado não pode mudar nada. Atrás de mim, alguém tosse com desaprovação, dá até para acreditar que os bipes da Claire fazem mais alarde do que a britadeira, mas não dou a mínima. Só essa telinha conta.

Foi nessa hora
Que
Pela primeira vez

Os bipes cessam. O tempo goteja em cima de mim. Acabo digitando aquilo que me consome.

Que o quê?

— Goliath?

Levanto o nariz do pager. É ela. A amiga da Claire. Sua ex-colega de Escola. Avril. Os dossiês que ela comprime contra o ventre são mais grossos do que ela. Seus cabelos presos em rabo de cavalo ressaltam sua marca de confidente e seus traços duros. Seu fone crepita de metal. Ela tem cheiro de copiadora.

Eu lhe entrego o papel que eu tinha preparado e absorveu bem a umidade da minha camisa. *"Precisamos falar sobre a Claire."* Avril cerra as pálpebras.

— Venha — diz.

Todo o corredor protesta quando ela me faz passar na frente. Avril me introduz em um escritório onde, para o meu alívio, estamos só nós dois. O isolamento acústico é impecável, já não ouvimos nem o barulho da britadeira lá fora.

Avril arruma os dossiês. Conheço um pouco seu serviço, costumávamos lidar sempre com ele na Brigada Antiabuso. Ele tem, cito: "por objeto proteger as pessoas que são totalmente ou parcialmente incapazes de assumir a gestão dos próprios bens ou da sua pessoa em razão do seu Instinto" — fim da citação. Tem um cara assim que joga dinheiro pela janela. Literalmente. Quando os pedestres se aproximam da casa dele, pronto, ele lhes joga todas as suas notas. Vale dizer que esses cordeirinhos aí logo são detectados pelos aproveitadores. Se ele não estivesse sob tutela há um bom tempo, esses abusadores já teriam tomado todo o salário dele. A Burocracia Instintiva lhe deixa liquidez suficiente apenas para saciar o Instinto.

Avril fica bem na ponta da mesa sem me oferecer um assento nem me olhar no rosto. Desliga o walkman, mas continua de fone.

— Claire se meteu em problemas?

Avril não parece estar à vontade. Ela não gosta de mim. Mesmo a gente só tendo se visto uma vez, bem no início do ano, quando meus pais e eu fomos buscar Claire e suas malas na Escola da Confidência. Nem chegamos a falar nada um com o outro.

— Não faço ideia. É por isso que eu vim.

— Não precisa berrar.

— Não estou berrando, não.

— Sério? Abaixe o tom então. Posso até ser uma confidente, mas há limites para o que posso ouvir.

— OK. Permissão para ultrapassar das dez palavras?

Ela suspira. Vamos lá, tomemos isso como um sim. E eu não recusaria um copinho d'água.

— Você conhece a Claire faz um tempão.

— Crescemos juntas. Nossas famílias eram vizinhas.

— Setor Norte, certo?

— Norte-Nordeste — retifica Avril.

Sinto, com a acidez aumentada do seu tom, que acabei de perder um ponto suplementar. E seus olhos acabaram grudando nos meus sapatos cheios de alcatrão...

— Estou com pressa. Um monte de depoimentos para ouvir, processos verbais para redigir. O que você quer?

Boa pergunta. O que eu quero? O que procuro? Vim aqui assim que pude, sem hesitar, mas de que será que posso falar com Avril? Não tenho a autorização para mencionar os desvios, as anomalias, minhas missões, todos aqueles assassinatos absurdos e sujos que não consegui impedir por nada, então como devo lhe contar, hein, desse medo que me tritura as tripas?

— O que os Altíssimos estão fazendo da Claire. Agora. Por toda parte. Tira um pouco meu sossego.

— Você está preocupado ou está com inveja?

É que a Avril golpeia os pontos fracos — e golpeia com força.

— Há pouco tempo, ela não era ninguém — digo. — Um holofotinho e bam, o mundo inteiro fica obcecado com ela. Está acontecendo alguma coisa ao redor da Claire. Alguma coisa maior do que ela. E maior do que eu também, é verdade.

Avril me ouve; é mais seu Instinto. Ela pode não me olhar nos olhos, mas eu não largo dos seus. Suas pupilas. Elas se dilatam sempre que abro a boca. Avril não gosta de mim, mas seu Instinto adora tudo o que lhe confio. Por que esse detalhezinho de nada está me incomodando tanto?

— É melhor você me dizer o que espera de mim, Goliath.

— Quem é?

Minha voz mudou desde a infância, mas minha pergunta permanece a mesma. Aquela menininha no desenho do meu irmão...

— Quem é a Claire de verdade? — insisto. — A gente é parceiro, mas tenho a impressão de que tem uma coisa, e das grandes, que ela não consegue desembuchar.

Sob o efeito da surpresa, o olhar de Avril colide brevemente com o meu. Depois ela cai na risada. Fica rindo um bom tempo na ponta da mesa antes de se acalmar.

— Parceiros? Vocês se conhecem faz quanto tempo? Menos de um ano? Vocês fizeram uma investigaçãozinha juntos uma vez, mas, fora isso, hein, sério? Eu ando com ela desde o começo. E não posso responder à sua pergunta. Sabe por quê?

Faço que não com a cabeça.

— Porque a Claire nunca deixa os outros se aproximarem dela. Ela se incrusta na vida dos outros, mas não permite que entrem na sua. Até o Janvier, meu primo, ela expulsou, isso porque ele foi seu primeirississíssimo. Agora você, o ultimozinho, acha mesmo...

Não comento de Janvier, o manso com piercings, o que escolta Claire por toda parte. O que foi que eu falei com meus pais mesmos? Ah sim. *Ela não me pertence.*

— Você tem razão em uma coisa — concede Avril. — Claire nunca foi ninguém. Nem lá no Setor Norte-Nordeste, nem aqui no Setor Sul. Mesmo assim.

Ela rói a unha do polegar, não muito decidida a desenvolver seu pensamento. Meu bolso apita. A resposta de Claire, enfim. Eu queria ler agora mesmo, mas aqui, não, não na frente da Avril.

— Mesmo assim o quê?

— Ela dá fome.

Hum.

Avril morde o lábio como se estivesse arrependida de ter falado demais. Para mim, nem é suficiente. Seus olhos sobem dos meus pés até minhas próteses, que tento enfiar nos bolsos para manter alguma dignidade.

Decido perguntar:

— No sentido de que ela atrai as pessoas?

— Não. No sentido de que ela dá fome. Claire não tem nada de afetuoso, às vezes me dá vontade de devorá-la. Mesmo de longe, mesmo na televisão. Ela está ficando insuportável para mim.

Avril inspira alto pelo nariz, irritada.

— Ou, para ser exata, alguma coisa tem vontade de devorá-la através de mim. Sério, não sei como explicar. Só está aqui, é antigo e tem fome da Claire. Acho que é isso que está acontecendo agora, por toda a parte, com todo mundo. Agora, se você me permite, estou com trabalho até o pescoço.

— Espere.

Avril está com o polegar no botão do walkman, pronta para colocar o metal para tocar de novo, mas ela espera. Eu tive de repente quase uma centelha. Os dentes da felicidade. Os da Claire. Os de Modeste. Enfim, tive um clique.

— A Claire por acaso não teria uma irmã ou um irmão?

Os traços de Avril se tensionaram de repente, esticando sua pele até rasgar. De raiva? Não. De concentração.

— No apartamento deles, antigamente, tinha talvez... um mais novo que Claire e que eu... Ele sumiu da noite para o dia. Com o pai. Confesso que nunca me meti nisso. Por quê? Ela falou disso?

Desta vez, Avril levanta os olhos até os meus, e vejo, nos tremores dos seus cílios, o esforço que esse contato lhe cobra. Em questão de inveja, ela também não fica atrás.

— Não— resmungo. — O problema é esse. Esse e...

— E? — pergunta Avril quando deixo minha frase suspensa.

— E o caso das Claire. Topei com uma delas chegando aqui. Ninguém fala nada, mas não é difícil de ver: está ligado à nossa. À Claire que conhecemos.

Para a minha surpresa, Avril assente. Eu não achei que ela era capaz de concordar comigo em nada.

— Tem uma ligação, isso é certeza. Falta saber qual. Estou trabalhando aqui desde o início do caso, vi passar alguns dossiês sobre o assunto, só para o Setor Sul. Muitos mais do que os que aparecem no noticiário. Todas essas Claire têm três pontos em comum.

— Três?

— O nome. A idade. (Avril faz uma caretinha engraçada.) E a carteira da midiateca.

— Todo mundo tem uma carteira da midiateca.

— Aham. É do tipo que a gente esquece em casa. Mas todas as Claire do caso, quando tudo aconteceu com elas, quando os sequestradores reviraram seu cérebro: elas estavam com a carteira da midiateca.

OK. Admito que isso dá o que pensar.

— E a Burocracia Instintiva? — pergunto. — O que ela acha desse ponto em comum?

— Sério, Goliath. As midiatecas fazem parte da Burocracia Instintiva.

Avril liga o walkman de novo: a reunião terminou. Mesmo assim, enquanto estou saindo para desocupar a sala, ela me pega pela manga. Vindo dela, é surpreendentemente íntimo.

— Você é um protetor. Proteja a Claire.

Ela me abre a porta.

Saio da filial da Burocracia Instintiva como se tivesse fogo no traseiro. Eu queria respostas. Queria entender, queria conhecer. Eu me sinto ainda mais ignorante que antes. Sinto vergonha também. Deveria ter tido essa conversa com a Claire.

Fico apreensivo demais quando consulto meu pager para ler a mensagem que ela me deixou. Que o quê, Claire. Quando ignorei você, naquele dia na rua. Pela primeira vez, que o quê?

Que eu queria ser vista

É isso.

Já sei o que estava me incomodando há pouco, olhando a Avril.

As pupilas de Claire. Elas não se dilatam quando ela escuta.

CLAIRE

Me comer crua

Saí do apartamento sozinha. Quatro protetores pegaram o elevador comigo. Quatro outros se juntaram a mim na recepção. Dezoito formaram uma fila dos dois lados indo do arranha-céu até a limusine. Quando o carro arrancou, nove veículos e doze motos nos escoltaram na avenida.

Nesse ritmo, vamos chegar em cem ao music-hall.

Esse circo todo é para me proteger ou para me controlar? Eles me disseram várias vezes para ficar de fone até o destino. Os gritos da multidão fazem vibrar os vidros da limusine, se imiscuem nas espumas do meu fone e atrapalham a orquestra filarmônica que já coloquei no volume máximo. Eles angustiam Janvier, que aperta com todas as forças seus enormes protetores de ouvido. Mexo no meu novo broche de Trono. Certo, realmente está ficando um pouquinho extremo. Mas estou disposta a aceitar tudo, a histeria deles, minha hipocrisia, contanto que consiga chegar aos meus fins.

Que eu encontre, Você, seja você quem for.

Não recebi nenhuma resposta de Goliath no meu pager. Será que minha pequena declaração botou medo nele? Imagine o efeito que a grande terá, quando tudo acabar, quando eu conseguir a prova de que não sou um grande buraco solitário na trama do Nós.

O music-hall é um monte de quinquilharias breguíssimas onde se misturam pedra e plástico, vitrais e acrílico, candelabros e bolas de discoteca, ícones pios e cartazes de rock. A gente diria que está meio dentro de uma igreja instintiva. O excesso de escadas desperta minha climacofobia, agarro-me ao braço de Janvier e amaldiçoo meus sapatos de salto alto. A sessão ainda não começou, mas já estou com fome. Então é aqui que Coco-Rudy se apresentava? Espero que seus ossos não estejam no relicário que noto atrás de uma grade de segurança.

Uma procissão de visitantes, meu livro contra o peito, forma uma centopeia imensa entre as arquibancadas. Os vigias foram repartidos nos quatro cantos da sala e levantam cartazes *"XIU!"* para dar um fim nos bate-papos. Mutismo em uníssono. Tanto que daria para desligar o walkman e economizar as pilhas. As pessoas andam na ponta dos pés, um organista toca com a ponta dos dedos.

No meio do palco, uma gaiola de vidro.

Uma gaiola de vidro?

Eles me instalam lá dentro em uma cadeira, também de vidro. Assim que a porta se fecha, o silêncio se adensa, engrossa até o ar que respiro. Espero que a ventilação funcione bem. Sob minha redoma de vidro, estou na convergência de todos os olhares. Não é lá muito íntima para uma cabine de intimidade.

Cada um na sua vez, meus leitores apresentam aos vigias a marca do carimbo que lhes aplicaram no pulso na recepção. Um por um, eles sobem os degraus da tribuna e se sentam diante de mim na gaiola de vidro, enquanto um porteiro — guiado apaixonadamente pelo próprio Instinto — os faz entrar e sair um de cada vez. Câmeras filmam tudo, mesmo havendo pouco para ver.

Para variar, a calculadora do Cômputo não está comigo; está sentada em um canto da sala, seu caixa portátil entre os joelhos, e recolhe as doações que meus numerosos admiradores fazem em meu nome. Vou acabar virando Altíssima nesse ritmo!

Assino uma quantidade indecente de *Eu também*, ah, todas essas vendas de que não recebo um centavo sequer, não, eu sou muitíssimo bem paga para escutar, só para escutar, então eu os escuto, esse rebanho, escuto quem quer desabafar — dez palavras cada um, mais dez se tiverem pagado uma taxa suplementar, ou seja, não desabafam grande coisa —, e depois, próximo! A maioria me agradece. Alguns me parabenizam. Tenho direito a declarações de amor também. E a confissões mais ainda.

— Eu roubei.

— Eu traí.

— Eu menti.

— Eu zombei.

Eles sabem que, entre esses vidros insulados, só serão ouvidos por mim. Respondo com um sorriso. Coloquei o cabelo para trás, mais para liberar os olhos do que as orelhas. Toda a minha atenção se concentra nesse espacinho minúsculo entre suas pálpebras, entre duas batidas de cílios, na noite de suas pupilas, lá onde adivinho o que não é formulado. Cadê o outro Você entre eles? Procuro uma vergonha menos confessável, mais familiar.

Não é vergonha que eu vejo.

É apetite.

As casquinhas nas minhas mãos coçam, marcas deixadas pelas unhas da atendente do trem, como se, realmente, ela tivesse querido entrar na minha pele. Faz quantas horas que estou aqui? A porta abre, fecha, abre, fecha, abre, fecha. Olho cada vez menos os olhos, cada vez mais as bocas, as línguas, a baba, todos esses incisivos que me mastigam, esses molares que me destroem. Não escuto mais. Sou uma estátua estúpida que sorri na sua gaiola de vidro. Os fiéis se empurram, perdem a paciência, se insultam, entram ao mesmo tempo e se impõem a mim sem respeitar as regras. O Setor Centro é o último bolso? Não tem nada dentro, só uma brecha, um abismo minúsculo, o mesmo vão que entre os meus dentes, a solidão eterna e que merda, estou achando que essa gente quer me comer crua!

— Claire.

Janvier abre um caminho até mim. Ele quer ser escutado também? Quer me comer crua também?

— Calma.

Que eu me acalme? Ah, claro, estou sufocando. Meu peito palpita, não é que esteja com falta de ar, engulo ar demais, lufada após lufada, sem soltar nada, despedaçando as costelas, estourando os brônquios...

— Respire, Claire. Só respire.

Eu sopro. Meu campo de visão chia, depois, pouco a pouco, recomponho o rosto de Janvier, um piercing após o outro. Ele se força para sorrir, e eu me apoio nisso. Tenho vontade de me enrolar na sua covinha.

O que aconteceu aqui? Onde estou?

Olho as paredes brancas e o carpete vermelho, devo estar em algum lugar entre o palco e o camarim dos artistas. Eles me evacuaram da gaiola de vidro sem que eu me desse conta disso. Um protetor está de guarda no corredor. Se houvesse algum perigo, seu Instinto teria detectado. O que é que estou fazendo? Minha última chance me espera lá, no palco, na gaiola...

— Vou voltar lá — digo.

Janvier balança a cabeça. Ele continua com seu fone antirruído, que corta sua crista em duas, mas leu meus lábios.

— Primeiro uma pausa. As pessoas precisam se acalmar, estão passando dos limites. Depois você volta. Fique aqui. Vou explicar a situação aos organizadores.

Ele vai embora. Minhas pernas mal me sustentam. Fingi do mesmo jeito durante toda a turnê, porque fui ficar num estado desses? Eu me sinto pegajosa. Minha franja está colada à minha testa, meu vestido, nas minhas coxas. Enxugo minhas bochechas, massacrando minha maquiagem. Chorei de medo.

Uma janela aberta carrega o cheio do rio. Isso me faz bem. O que quer que tenha acontecido, já foi e foi bem.

— Claire?

O protetor se aproxima de mim. Uma voz de tuba. É o que tem a prótese no lugar do nariz; o que denunciou o fraudador do trem. Seus óculos escuros são verdadeiros espelhos.

— Sim, já vou. Vou me recompor e já vou.

Ele me pega nos braços. Fico pasma. Bom, bom, bom. Dou tapinhas nas suas costas.

— Estou melhor. Obrigada.

Expiro meu "a" com o resto dos meus pulmões. Como o abraço desse protetor é brutal. Seu broche me entra na carne, seu nariz metaliza minha bochecha.

— Vou proteger a senhora, Claire.

Seus braços me moem.

— Vou proteger a senhora da senhora.

Ele morde minha orelha. Grito de estupor e dor. Enfio meu salto nos seus pés e jogo todo meu peso neles. Sua vez de gritar. Jogo a testa na sua mandíbula, a prótese facial sai voando pelos ares. Estou solta o suficiente para bater na sua garganta, o suficiente para deixá-lo sem ar. Obrigada, mamãe, pelas aulas de autodefesa.

O protetor leva as mãos ao pescoço. Seus óculos caíram. Seu rosto sem nariz está deformado por uma avidez que me paralisa. Uma necessidade mais densa do que ele, uma dilatação interior, como se os contornos do seu corpo estivessem a ponto de se deslocar. Eu já vi isso uma vez: no sótão do Santo-Mundo. Um desvio de Instinto.

Ele já não deveria conseguir falar, mas ele fala, fala até bem, e sua voz está cheia de voz.

— Nós encontraremos Você.

Peço socorro. Passos avançam no corredor. São outros protetores. Espero reforços, mas vejo nos seus olhos a mesma iminência, a mesma ausência: a mesma apetência. Eles são muitos. Estão vindo de todo lado, não tenho tempo de fugir. Choque. Eis que sou uma bola em um scrum de rugby. Meu vestido está em fragalhos, meu walkman em migalhas. As mãos deles me estrangulam, seus dentes me mordiscam. E essas vozes. Vozes cheias de vozes — cheias de Nós.

— NÓS ENCONTRAREMOS VOCÊ. NÓS ENCONTRAREMOS VOCÊ.

Eu me debato. Minha superfície se debate. Lá dentro, tenho a impressão de me descolar da própria carne, dos próprios gestos, do próprio nome. Uma crise de afastamento. Ah, não, por que agora? Não vou deixar que deem cabo de mim.

Não tão perto do Você.

Não tão longe do Goliath.

Todas as bocas me regurgitam feito um chiclete. Uma nuvem está se espalhando pelo corredor. Estão tossindo, estão xingando; não estão mais mordendo. Eu me estico sobre o carpete, entre as pernas dos protetores em desordem que me pisoteiam. Tento não respirar esse ar, mas meus olhos estão ardendo.

— Ponha isto.

Uma mulher emerge da névoa. Uma mulher com uma máscara de gás. Ela me joga uma. Não me faço de rogada e coloco.

— Por aqui.

Os braços dos vigias tentam me segurar no meio da bruma. A mulher distribui golpes de cassetete. Ela quebra dedos; barulho horrível.

— Pule.

Pular? Pular para onde? Ah, pela janela. Eu me inclino: ela dá para o cais do rio. Quando é hora... Aterrisso no teto de um carro cujo alarme protesta. Estou atordoada. Pela queda, pelas mordidas, por um pouco de tudo na verdade.

Ainda por cima, está chovendo.

— Rápido.

A mulher se joga no capô — e o alarme protesta ainda mais. Eu os vejo também: os vigias tossindo na janela. Livro-me dos saltos e da minha máscara, depois corro. Não sei nem para onde estou indo. Sigo a mulher, mas à distância: o que me garante que o

Instinto dela, qualquer que seja, não vá inventar de desviar também? Atravessamos o estacionamento do music-hall, depois pegamos uma rampa que desce até a beira do rio.

A mulher pula em uma lancha, amarrada um pouco mais longe. Paro com os dois pés. Minhas meias-calças estão em um estado lastimável...

— Não.

A mulher vira sua máscara de gás para mim.

— Não?

— Não, não vou subir aí.

— Acabei de salvar sua pele, mocinha.

— Muito exato o seu resgate. Um pouco demais para o meu gosto.

A mulher retira sua máscara. Suas rugas me surpreendem, eu teria lhe dado trinta anos a menos. Ela tem a marca dos desmistificadores. Agora que olho de perto, está usando também um uniforme e a auréola da Burocracia Instintiva no colarinho.

— A senhora me seguiu. Trabalha para os Altíssimos?

— Estou aposentada.

— Para quem então?

A desmistificadora se levanta na lancha em um equilíbrio perfeito. Está mesmo em forma para a sua idade.

— Certo. Deixe que eu faço o interrogatório, fiz isso a vida inteira. Estou raptando você? Sim. Estou na sua cola desde o Setor Sul? Sim. Esperei o momento certo para me aproximar de você? Sim, mas mesmo assim, acreditei que este momento não chegaria.

Ela olha o music-hall atrás de nós. Explosões de vozes chegam até nós atrás da chuva. Uma mistura de "Claire!", de "Não fui eu!" e de "NÓS ENCONTRAREMOS VOCÊ".

— Mas ainda sou menos perigosa do que a espera lá dentro. Agora que começou, não vai acabar tão cedo. E isso nem os Altíssimos podem mudar.

— "Isso" o quê?

— A obnubilação.

Mais um baque. O antigo registro penitenciário do Setor Oeste-Sudeste. A menção "obnubilação interrompida". O detento torturado até a morte pela Burocracia Instintiva. O "Você 86".

A desmistificadora me estende a mão.

— Senhora X. É um codinome, como é de se imaginar. Chega de apresentações? Porque agora, ou você mexe essa bunda ou será devorada por seus fãs.

— A senhora faz parte dos individualistas? O caso das Claire é coisa sua?

— Que diferença faria se eu respondesse que sim?

— Nada. Só estava pensando que já não era sem tempo.

Subo na lancha. Aqui está meu último bolso. "Não são santinhos", a Balança tinha me avisado. Mas, até onde eu sei, os individualistas não morderam nenhuma Claire.

— Deixei um amigo.

— O manso, é? Ele não corre perigo. De qualquer forma, menos do que se ficasse com você.

A Senhora X dá partida. Deixamos para trás o music-hall e as vozes que me chamam e Janvier. A chuva me encharca os pensamentos. Eu me sinto pesada. Letal.

O motor faz um barulho muito alto, preciso levantar a voz para me fazer ouvir:

— Fui mesmo eu que os desviei?

Uma mão no volante, Senhora X dá de ombros.

— Sim e não. Mas, para eles — diz ela, apontando com o polegar para o music-hall, cada vez menor à medida que nos afastamos —, é mais sim.

É mais sim. Isso me leva a outro sim. Àquela tecla de Minitel que não pude evitar de apertar, no abrigo de jovens, na Lavanderia 5.

É Você?

— O vírus era a senhora.

— Um pouco mais do que eu, até.

— A senhora sabe?

— Que você é uma Você? Uma excluída do Nós? Sim.

Sinto tamanha vertigem que estou quase caindo na água.

— A senhora também não, a senhora... não tem...?

— Claro que sim. Tenho um Instinto.

Certo, certo. Essa desmistificadora sabe, ela sabe e não está com medo, ou, se está com medo, está escondendo bem pra caramba.

O vento do rio me embriaga. À medida que nos afastamos, o concreto vermelho do centro da cidade se desvanece, e o arranha-céu dos Altíssimos se encolhe. Penso no pager que deixei na minha bolsa e na bolsa que deixei no music-hall. Em Goliath, para quem gostaria de ter confessado a verdade enquanto ainda havia tempo.

Espero você.

É melhor encarar as coisas de frente: o que acabou de acontecer, mesmo se não faço a menor ideia do que se trata, é o ponto de ruptura.

— Uma balinha?

A Senhora X me estende um pacote. Com cheiro de açúcar e de adoçante, quando vou cheirar, é coisa proibida. Ela mesma acendeu um cigarro sem cessar de manobrar a lancha.

— Para fazer passar o gosto do gás.

Nunca aceitar doces de estranhos, né? Pego uma.

— Para onde a senhora está me levando?

— Já verá, mocinha. Mas prepare-se. Terá uma bela surpresa.

MODESTE

Ah

Eliminei minha primeira anomalia aos 7 anos. Era de noite, era um homem. Eu me lembro de tudo. Paredes descascadas e cheiro de urina do cubículo de empregada que papai sublocava no Setor Oeste. De dia, ele mesmo me dava aula. Ensinava-me a ler, a escrever, a contar. Passava as noites cantando na discoteca do bairro. Eu passava as minhas vendo televisão até 21h10, escovando os dentes por 3 minutos e meio na pia da cozinha e me deitando às 21h19. Às 21h20, estava dormindo.

Já naquela época eu não sonhava.

De repente, às 23h26, na minha barriga: o chamado do Instinto. A primeira vez fora com Claire na escada do Setor Norte-Nordeste, uma primeira vez fracassada, incompleta; decepcionante. Então eu não sabia muito o que esperar dessa segunda vez. Papai não tinha voltado. Saí do prédio de pijama e andei descalço até rua. Alguns festeiros se viraram, nenhum ligou para mim. Entrei em uma estação de metrô.

O homem estava lá. Uma marca de prestativo. Um limpador. Limpava os grafites e limpava as pessoas em situação de rua. Com um desentupidor de vaso. Era um magrinho que não pesava quase nada.

Empurrei o homem nos trilhos. Eu estava em êxtase; ele estava desesperado.

— Quem vai limpar essa zona? — gritou logo antes de o metrô passar por cima do seu corpo.

Uma segunda vez perfeita.

Pessoas berraram. Virtuosos chegaram. Meia hora depois, eu estava na delegacia. Fizeram-me perguntas. Meu rosto ainda não estava marcado; não sabiam com que Instinto estavam lidando.

Nem eu. Um senhor veio me examinar algumas horas depois, sem me tocar. Lembro que ele tinha a marca dos identificadores, haviam-no feito vir de longe. Um carro depois, eu estava no arranha-céu dos Altíssimos. Mais perguntas. Pedi um chocolate quente, serviram. Estava tudo perfeitamente perfeito.

Acabaram trazendo papai. Ele ainda estava usando sua peruca rosa de discoteca.

— É seu filho?

— É meu filho, sim.

— O senhor sabia do Instinto dele?

— Ainda não levei para identificar.

— Pois devia ter levado.

— Estava aguardando a marcação. Seus 11 anos.

— A idade legal obrigatória, resumindo. O senhor não é muito curioso.

— Mas e então? O que foi que aconteceu?

— Seu filho matou um homem.

Papai virou o olhar para mim. Eu estava com uma coberta nos ombros e com os pés sujos. Seu bigode ferradura não tremeu, mas seus cílios ficaram úmidos.

— Tá — disse ao fim de um longo silêncio. — Qual a consequência para nós? O xadrez?

— Não estamos nos entendendo, caro senhor. O seu filho tem um Instinto único. Inestimável. Inominável.

— E daí?

— E daí que vamos contratá-lo.

Ah.

Normalmente, não penso no passado. Não tanto quanto no futuro, quer dizer. Será que é porque a mamãe está na minha frente? Ela está bebendo chá de hortelã e de flor de laranjeira. Estamos no terraço de um bistrô. Do outro lado da estrada de mão dupla, tem o mar, a praia, muitos banhistas.

— Você não mudou.

Minha precisou de vários goles de chá até finalmente dizer algo.

— Claro, você cresceu. Mas não mudou.

— Você, sim.

Observo os pelos brancos das suas sobrancelhas, a ruga que se incrustou entre elas, seus cabelos curtos, seus lábios finos, seus ombros pontudos. Ela perdeu consistência. Antigamente ocupava mais espaço. Ela me parecia imensa.

Por outro lado, continua com a mesma caixa de ferramentas de sempre das minhas memórias, apoiada entre nós na mesa; adivinho que está cheia de chaves de afinação, diapasões e metrônomos.

Mamãe pediu para conversarmos, mas ela não está dizendo muita coisa. Terminei meu chocolate quente faz tempo.

— Cadê sua irmã?

Eu deveria ter suspeitado: Claire em primeiro lugar.

— Fazendo a turnê dos Setores.

— Sim, disso eu sei. O mundo inteiro sabe. Mas onde ela está exatamente? Quando volta?

— Está no Setor Centro agora. Logo vai terminar.

Observo os preços no quadro da calçada do bistrô. São duas vezes mais altos à beira mar. "É por conta da casa", disse a dona assim que viu minha marca e meu broche. Volto para a mamãe, que estreita as pálpebras. Como é intensa a luz do Setor Sul, quase sólida. Ela se apoia em todo lugar.t

— Esse caso sinistro das Claire — diz mamãe com cuidado — não parece boa coisa.

— E se você me fizesse a pergunta que realmente quer fazer? — pergunto.

— Você vai matá-la?

— Sim.

Nossos vizinhos de terraço afastam discretamente as mesas.

— Quando?

— O Instinto espera o instante propício. E, até nova ordem, trabalho para os Altíssimos do Sul. Antes, eu trabalhava para os Altíssimos do Oeste. Fico onde me mandarem ficar. Vou para onde me mandarem ir.

Mamãe envolve a xícara com as mãos. Elas não mudaram. As unhas cortadas curtas, os dedos rachados pelo contato com os instrumentos. Mãos de afinadora. Elas não salvam vidas; também não tiram vidas. Eu as amo.

— Seu relógio não está no horário certo — constato.

— Está no horário do Setor Norte-Nordeste.

— Por quê?

— Porque é o horário da Dalila.

— Quem?

Mamãe sorri de lado muito brevemente.

— Ela não se parece em nada comigo. Está sempre se mexendo e tagarelando. Eu gostaria de apresentá-la a você.

— Ela sabe de mim?

— Da sua existência, sim. Do seu Instinto, não.

— E da Claire?

— Tudo fora você sabe o quê. De início, ela dava aula particular para a Claire em casa. E acabou ficando.

— Aula de quê?

— De autodefesa.

— Para a Claire se defender de mim?

Mamãe bebe seu chá como resposta.

— Como você fez?

— Como eu fiz o quê, Modeste?

— Para fazer ela se passar por uma confidente. Para isso aparecer na carteira de identidade dela. E na sua marca.

Mamãe dá uma olhada nas mesas que já nem estão tão perto assim. Está com medo? Mas eu nem falei alto.

— Bastava um único identificador — insisto. — Ou um único desmistificador.

— Paguei uma pessoa que pagou outra.

— Ela não vai durar muito mais tempo. Ficou pública demais. Evidente demais.

Os lábios da mamãe se afinam ainda mais. Não decifro a emoção.

— Você ficou com o papai até o fim?

— Até o fim.

— Ele falou alguma coisa?

— Ele cantou.

A mão da mamãe pega a minha sobre a mesa, entre nossas xícaras. Eu me esquivo. Tanto branco nos olhos arregalados da mamãe. Tão enrugada sua testa, sob a pressão das suas sobrancelhas. Tão lenta a sua mão, sua linda mão estragada, cem vezes rachada, remendada de creme, que agora também se afasta.

Ah.

Normalmente, os contatos não são problema para mim. Amo a pele. Todas as peles.

— Não fico muito à vontade com palavras — diz a mamãe. — Meu negócio é a música. Sua irmã também não, eu não sabia como lhe... Você tem o direito de ficar com raiva.

— Não conheço a raiva.

— Você tem direito de ficar com raiva, mas direcione-a contra a pessoa certa. Contra mim. Eu escolhi nos separar. Afastar você da Claire. Protegê-la de você. Nenhuma mãe deveria... mas eu... e agora seu pai está... Você tem direito de ficar com raiva. E tem o direito de ficar triste.

— Não conheço a tristeza.

Contemplo o fundo vazio da minha xícara. Percebi uma coisa. Quando agito minha colher nela, as linhas do chocolate quente formam um desenho que parece um intestino delgado. "Vá viver sua vida e me deixe viver a minha." O que Claire me falou antes de partir não tem sentido algum. A liberdade não existe; Claire também não deveria existir, mas, se ela não tivesse nascido, quem eu teria sido? Qual teria sido o meu Instinto? Será que eu teria salvado pessoas matando outras? Eu teria amado a todos como amo agora? Teria sonhado à noite? Bebido esse chocolate quente? Afastado os dedos da mamãe? Estado presente para a morte do papai?

Ah.

Isso também é novo. Normalmente, não me cubro de hipóteses. Normalmente, não me cubro de nada, nem de mim mesmo, mas hoje, neste terraço, frente à mamãe, tudo me parece ter um peso: as buzinas dos carros, as risadas das crianças, a cafeteira do bistrô, o sol que atravessa tudo e esse mar ofuscante como a neve.

"Se o senhor mexer com a Claire, aí já é pessoal."

Não. Esse peso não é de hoje. Ele se depositou em mim, sem eu saber, desde o banco que dividi com Goliath no asilo. Goliath e sua voz massiva. Goliath que não entende nada, que também não entendo, mas que amo como amo a mamãe.

Por que eles não me amam? Por que preferem a Claire? Não veem que ela está nos dividindo?

Que ela divide o Nós.

Levanto.

— Preciso ir. Meu trabalho não acabou.

Ele nunca acabará, não enquanto Claire estiver viva, mas não julgo pertinente detalhar isso. Mamãe também se levanta. Eu amo esse jeito meio frágil de empunhar a caixa de ferramentas e recolocar a alça da bolsa no ombro.

— Pego o trem hoje à noite para voltar ao Setor Norte-Nordeste. Meu ateliê ficou fechado tempo demais, minhas economias estão se esgotando, e não pratiquei meu Instinto tanto quanto deveria nestes últimos meses. Mas sobretudo, é por saudade da Dalila.

Ela hesita, coloca a caixa de ferramentas de volta na mesa e me aperta contra si.

— Onde quer que Claire esteja — me sussurra —, quero que ela viva. O que quer que você faça, quero que viva também.

Ela me aperta mais. Sinto sua mão cheia de calos nos meus cabelos aquecidos pelo sol.

— Espero vocês. Sempre esperarei sua irmã e você. E eu tomei uma decisão, Modeste. Assim que voltar, vou contar tudo à Dalila. Sobre você. Sobre a Claire. Será pegar ou largar.

Ela vai embora; eu fico. Acho que nunca mais a verei. Talvez ela me ame um pouco no fim das contas.

Ah.

Ando pelo calçadão à beira mar, de uma sombra de palmeira a outra sombra de palmeira. Cheiro de areia. Falei com a mamãe que meu trabalho não tinha terminado, mas não sei qual será meu próximo destino. Desde a execução do pescador, lá no velho porto, meu Instinto está calado.

Veja só. Falando em silêncio, as crianças pararam de rir na praia. Os banhistas saíram da água e se reúnem ao redor de um rádio apoiado em uma espreguiçadeira. Com as mãos nos bolsos do short, eu os observo. De onde estou, não ouço nada, mas suas expressões mudaram. Eu os amo. Mesmo assim, não me junto a eles nem pergunto o que está acontecendo. Meus dedos encontram o pager no bolso. Penso no Goliath, no que ele me disse naquele banco e na minha naninha também, um pouco. Não, não sinto nem raiva nem tristeza.

Volto meu olhar para a estrada. Um táxi estacionou a uns quinze metros à minha frente. Em si, isso não tem nada de notável. O que é um pouco mais notável é o passageiro que desce dele.

O velhinho do asilo. O pai do pescador.

Ele não me vê. Ainda está de pantufas e roupão. Contempla o mar por um instante — não as pessoas, só o mar — e depois dá meia-volta. Atravessa a rua fora da faixa: os carros freiam e buzinam. Segue reto sem desviar a trajetória. Então não veio pescar.

Eu o sigo.

Não sei bem por quê, mas enfim, meu Instinto está sempre adormecido, e não é como se eu tivesse outra coisa para fazer agora. Continuo à distância do velhinho. Ele não parece desorientado; não deveria estar aqui. Suponho que tenha fugido.

Ele na frente, eu atrás, caminhamos pelas ruas de pedestres. Passamos em frente a antiquários, vitrines de roupas, terraços de cafés. Normalmente, meu broche chama a atenção em meio à multidão, mas não há multidão em lugar algum. Através das vitrines, vejo as pessoas recolhidas dentro e reunidas em volta da televisão. Uma notícia de última hora com a cara da Claire. Não ligo para isso: o velhinho vai em frente e quero segui-lo. Ele toma ruas cada vez menores, cada vez menos cheias, tão estreitas entre os antigos prédios que o sol não alcança o chão. Passo por lixeiras que não são esvaziadas há muito tempo. O velhinho vira à direita e vira à esquerda. Eu o perco várias vezes, depois o perco de vez. Eis que acabo em uma rua sem saída, entre paredes-cegas. Não tem ninguém aqui, fora um cachorro que sai correndo ao me ver.

Ah.

Alguma coisa espeta as minhas costas. Eu me viro. O velhinho está bem à minha frente, um canivete de pescador entre as mãos. Um canivete cheio de sangue — do meu sangue, mesmo se levo alguns segundos para entender. Sim, é isso, pronto: estou com dor. A boca do velhinho treme; seu canivete, não.

— Não há palavra para o pai que perde o filho — me diz.

Goliath. Tiro o pager do bolso, mas o velhinho o arranca da minha mão e o destrói sob sua pantufa. Meu Instinto continua mudo. O que está acontecendo aqui, nesta rua sem saída, não é um desvio. Talvez eu devesse pedir socorro, mas não peço. Mergulho meus olhos nos olhos do velhinho. Minha camiseta cola nas minhas costas. Uma mistura de sangue e suor corre entre minhas omoplatas. Fica quente no início, frio depois. A rua sem saída gira. Eu me apoio em uma grade para não cair; caio mesmo assim. Cadê o ar?

— O Nós remete ao Nós.

Estou no chão, no meio dos detritos. O velhinho joga o canivete ao meu lado. Pego sua pantufa. Ele se esquiva, como minha mão se esquivou sob a da mamãe. Ele vai embora como mamãe se foi.

O azul do céu, bem lá em cima, entre os prédios, me esmaga. Não consigo me levantar. Nem me mexer. Eu deveria ter me despedido da mamãe. Do Goliath também. Eu me esvazio pelas costas do meu sangue, do meu calor. Viro pedra. Sou um fóssil do qual só resta a forma da forma, sem nem uma grama de mim ali dentro.

Ah.

É isso, morrer?

Goliath

NÃO TENHO ESCOLHA

Estou estirado no sofá de luxo do meu apartamento no 7º andar. Cabeça para trás, observo o teto. Parafusado no lugar. Minhas próteses naufragaram comigo, elas puxam meus cotos como se fossem grilhões, os dedos mal conseguem se mexer lá no fim, lá na ponta. Não são meus braços que precisam de uma revisão mecânica: sou eu que estou sem energia. A arma de Modeste no coldre contra meu tornozelo, a morte gruda nos meus tênis.

Só branco nesse teto. Nada para segurar, nenhum defeito, nenhuma fissura. Liso como o silêncio.

Tenho seis televisores só para mim desde que me tornei colega de equipe de Modeste, mas não estou a fim de ligar nenhuma. Nem sei o que me dá mais medo. Perder a próxima mensagem de Claire ou precisar enfrentá-la? Não respondi nada à sua última mensagem, não consigo, estou completamente perdido, não sei mais quem ela é, quem eu sou, o que é o Nós, e talvez eu prefira a mediocridade da minha ignorância.

Daí olhar para o teto.

Apita de novo. Mal pulo, não tenho energia suficiente nem para isso. Quase espero que seja Modeste, porque Modeste é só o óbvio, uma trajetória não necessariamente certa, mas toda traçada, um sulco a seguir, ordens que vêm de cima, de muito, muito alto, bem acima do meu 7º andar. Nada a cogitar, nada a contestar nessas ordens, elas reprimem o caos e fazem tetos brancos.

Olho meu pager.

Perdi a Claire

Levantei. Deixei o teto de lado, reconectei todos os meus nervos. Digito uma mensagem, apago, recomeço, bosta de dedos falsos! Rápido, digitar um número, bosta de merda, qual era minha linha aqui mesmo?

Quando o telefone toca, quase quebro o aparelho na minha mão, feliz de novo por ele não ser de plástico.

— É você, Goliath?

É a primeira vez que escuto essa voz: tão em pânico que contamina a minha também.

— Aham, aham. Janvier, né? O que está acontecendo? Onde está a Claire?

— Não sei. Eu a perdi, estou dizendo.

Ele me conta tudo. O fim da turnê, uma multidão cada vez mais maluca, o music-hall do Setor Centro, Claire que escuta até passar mal, Janvier que a leva para fora até o corredor, que a deixa sozinha por um minuto, só um minuto, Goliath, eu juro, e, quando volta, não há mais Claire, desaparecida em uma nuvem de gás e, no seu lugar, um monte de protetores machucados.

— Eles não eram mais eles mesmos — diz Janvier. — E não só os protetores, todo mundo está ficando louco, como se Claire os tivesse feito perder a cabeça, sem querer, sem saber, e não sei mais em quem confiar, as autoridades estão no escuro, procurei Claire por toda a parte, ela deixou todas as suas coisas no mesmo lugar, até os documentos, acabei voltando para o arranha-céu dos Altíssimos do Centro, porque talvez... mas ela também não estava, já faz horas, então vi o pager dela na mochila e, desculpe, sei que é pessoal...

— Cale a boca.

Janvier fala demais, não consigo pensar.

— O que foi que ela disse por último?

Ele não responde mais, mas respira forte. Utilizei o imperativo sem pensar. Estamos separados pela metade do supercontinente, mas os mansos costumam ter um alcance que desafia a razão. Ah bravo, a Brigada Antiabuso teria orgulho de mim.

— Merda. Desculpe. Aja como quiser.

Ouço Janvier retomar uma respiração ampla.

— "Vou voltar lá." Foi isso que a Claire me disse por último. Ela estava decidida a ir até o fim, não teria se mandado assim. Alguma coisa deu muito errado. E eu não sirvo pra nada, Goliath. Meu Instinto não serve para nada. Mesmo se você me desse a ordem de procurar Claire agora mesmo, eu só ficaria rodando em círculos, procuraria por procurar. Obedecer não quer dizer ter sucesso.

Estico o cordão espiralado do telefone e pego um controle remoto. Uma das minhas seis telas liga na foto da Claire e, em letras garrafais vermelhas: DESAPARECIMENTO. Meu sangue pulsa forte, sinto um latejar nos olhos.

Raptaram Claire.

Quem?

Meu pager apita três vezes. Eu me atiro em cima dele, pego, solto, deixo cair no vão do sofá. Que bosta de merda de bosta. É ela! É ela, e perdi de novo!

Cnvs urgnt
msm lgr da 1a ves
22h22

Não é a Claire. Essas coisas que não dá para entender são a cara da Flo. Como ela conseguiu meu número?

— Goliath? — chama a voz minúscula de Janvier.

Pego o telefone que deixei jogado no carpete.

— Espere. Não, merda, desculpe, espere, não, aja como quiser.

Meus pensamentos se misturam com o cordão do telefone. E quando acho que não dá para ficar mais confuso, vejo quatro pessoas sentadas no sofá — o mesmo sofá que acabei de vasculhar faz o quê? Uns quinze segundos? Um homem, uma mulher, uma criança e uma vovozinha. Os Altíssimos do Sul.

— Que o Nós o guarde, Virtuoso.

Um verdadeiro coral quando esses quatro se exprimem, e não é bem um hino à alegria. Sérios demais para sorrir. Estão vestidos feito turistas com suas bermudas e sandálias, parece que estão indo à praia. Janvier deve ter desconfiado, porque ele não fala mais nenhuma palavra ao telefone. Não é todo dia que um Serafim desce dos andares altíssimos. Quatro então...

— Onde está a Claire? — pergunto.

— Onde está Modeste? — perguntam.

Dez olhos se cruzam. Cedo primeiro:

— Não sei nada sobre o Modeste. Disse que tinha um negócio para resolver em algum lugar da cidade. Não tenho os detalhes, não era coisa de trabalho. Estou aguardando suas próximas instruções.

Faço o sinal da cruz atrasado. Bosta de merda de bosta de merda. Os Altíssimos do Sul! No meu quarto!

Com um mesmo gesto, eles apontam para o telefone. Desligo na cara de Janvier. Desculpe, amigão: ordens são ordens.

Bom.

Já que é para ter uma crise existencial, melhor perguntar à fonte:

— O que o Nós espera de mim?

— De você? Só uma coisa. De Modeste? Todo o resto. Você é colega de equipe dele, Virtuoso. Traga de volta nosso Arcanjo e entregue-lhe a arma. A verdadeira missão dele começa agora. A sua acabará aqui.

Essas quatro vozes fazem meu ventre vibrar. Não entendo nada de início, depois tudo. Quer dizer, talvez não tudo, mas o essencial, sim. O livro *Eu também*, a baderna midiática, a turnê dos Setores, toda essa exibição: desde o início, Claire era uma isca.

Mas para que peixe? Um grande, com certeza. E esse peixão acabou de devorá-la por completo.

A "verdadeira missão", é? Ainda não tenho o porquê do como, Instinto, destino, pouco importa, mas Modeste tem um vínculo com Claire. Pelo sangue; um vínculo poderoso. Um vínculo capaz de encontrá-la. Os Altíssimos sabem. Eles sabem porque o Nós sabe. Mantiveram Modeste no Setor Sul enquanto Claire viajava o supercontinente, e agora que o peixe foi fisgado, Modeste precisa encontrar a isca para encontrar o peixe — sem protetor enchendo o saco, desta vez. Mas e a isca nisso tudo? O que será da Claire?

Entregue-lhe a arma.

Bosta de merda de bosta de merda de bosta. Nunca pensei tão rápido.

Os Serafins não mexem um cabelo sequer em cima do sofá, as oito mãos sobre os joelhos que transbordam das bermudas. Eles me examinam. O Nós me examina. Através deles. Através de mim. São olhos demais em cima de mim, e, para começo de conversa, nunca estive de fato em busca de nada na vida. Respiro fundo. Não tenho nada para refletir.

Não tenho escolha.

— OK. Vou procurar o seu Arcanjo.

— Você será devidamente recompensado.

Essa é uma nova voz nas minhas costas; uma voz de mulher. Eu me viro para a televisão que deixara ligada. Em vez do noticiário, agora há um casal de idosos. Uma outra televisão se liga sem que eu aperte nada, depois outra, depois outra, até meu quarto ficar cheio de desconhecidos. Não. Não são desconhecidos esses, todos com broches iguais. Os Altíssimos do Centro, do Norte, do Oeste e do Leste. Todos ao vivo. Juntos, salvaram tantas vidas que eu fico tonto.

— O Nós sabe quem você é.

Os Altíssimos falaram em uníssono. Todos de uma vez. Aqueles no meu sofá, aqueles nos televisores, em uma mistura de idades e gêneros.

— O Nós sabe...

— ...quem era seu irmão...

— ...qual era seu Instinto...

— ...quem ele poderia ter sido...

— ...seu lugar ao nosso lado...

— ...de todas essas vidas perdidas...

— ...com ele, apesar de você...

— ...não pode substituí-lo...

— ...mas tem seu próprio lugar...

— ...você também é insubstituível...

— ...você é Nós...

— ...Nós é você...

— ...então, traga-nos o Arcanjo.

Eles se calam

— OK — repito.

Todos os televisores se apagam. Os Altíssimos do Sul se levantam do sofá e saem pela minha porta. Estou sozinho de novo. Sozinho com esse Nós que sou eu. Com o teto branco demais.

Não tenho escolha.

Saio correndo.

Sobre as calçadas, sobre os cais, sobre a praia, sobre meus pés. O mais longe possível da minha cabeça. Quando me canso de correr, paro nos cafés, nos mercadinhos, nas igrejas, nas praças, nas bancas, nas galerias comerciais e nos terraços dos telhados. Onde quer que eu vá, é uma agitação generalizada. As pessoas só falam na Claire; trocam jornais, juntam-se em torno das telas, interrompem a prática esportiva, colocam o noticiário, comentam seu desaparecimento, questionam-se, criam hipóteses, rezam e fazem apostas, mas principalmente rezam, acendem velas, mordem os lábios, roem as unhas, fungam, choram e cantam.

Bosta. Avril tem razão, eles têm um olho voraz. No fundo, não estão nem aí para a Claire, eles têm fome dela.

E eu? Será que tenho fome da Claire?

Esquadrinho o Setor Sul. Vou a tudo que é lugar, menos à casa dos meus pais, ou melhor, não imediatamente, não antes de ter feito o que preciso fazer. Pego o ônibus em um sentido, depois em outro, não fico parado, no meu lugar, no meu próprio lugar, no meu lugar de não-substituto, meu lugar de insubstituível.

Não vou a lugar algum. Não procuro Modeste.

Porque não tenho escolha.

Espero.

22h22.

A noite está úmida, dá para beber a brisa, e ela tem gosto de sal. Fico plantado em uma ponte. Não em qualquer uma: na ponte que paira acima da via férrea, em algum lugar entre o mar e a cidade, invadida por ervas daninhas, longe da iluminação pública, o xodó dos suicidas.

msm lgr da 1a vez, né?

Flo está aqui. De mãos nos bolsos, capuz puxado, ela parece nadar em um moletom duas vezes maior que ela.

— Pelo menos não foi seguido, né?

A adolescência em toda a sua ingratidão. Foi aqui, nesta ponte, que nos conhecemos. Eu correndo; ela prestes a pular.

— Fiz muito zigue-zague.

— Não fale tão alto.

Quase me deixo levar por essa paranoia. Estreito os olhos: Flo não veio sozinha, vejo atrás dela oito sombras que se mantêm mudas e imóveis na escuridão. Samuel, Lucie, Vincent, Marthe, Joachim, Thérèse, Paul e Anne. Parecem mesmo uns velhotes. Sinto que estão prontos a descer as escadas da passarela em dois tempos, se for o caso. Se for o caso de quê? Se for o caso de eu os trair? Eu me traí sozinho, gente. Prometi aos Altíssimos — a todos os Altíssimos do supercontinente — que levaria Modeste de volta e lhe entregaria a arma.

Eu menti.

— Muito bem, Flo. Você queria falar da Claire. Tem alguma pista?

— Aham. E das grandes.

Ela mastiga uma barata. Aqui deve ter para dar e vender. Flo está com o queixo levantado, orgulhoso, o queixo da primeira vez está longe... Há desafio nesse queixo. Nos queixos de todos. Um trem passa sob a passarela, faz vibrar nossos sapatos, espalha por toda parte uma luz entrecortada. Esse barulho, breve e brutal, torna o silêncio que segue um pouco mais duro ainda.

Flo me mediu de cima em baixo, como se me reavaliasse.

— Você não é mais o mesmo.

— Você também não.

— Mas continua com essa cara de mala.

— E você continua uma pirralha mijona.

— A pergunta é: o que você vai fazer?

— Com a pista?

— Com a Claire.

Eu me pergunto a mesma coisa. Por que encontrar Claire? Não é uma questão de Instinto. Também não é uma questão de apetite. Não tenho escolha, simples assim. Ou melhor, já escolhi tudo. Porque Claire me escolheu. E ela não ligou para o meu Instinto.

Parceiros.

Se ela não passa de uma isca para os Altíssimos, uma minhoquinha na ponta da linha, então é ela que escolho proteger, não por Instinto, mas porque eu quero, nem sei se ela precisa ser protegida, Claire talvez se proteja muito bem sozinha, mas o que sei, uma certeza que tenho, é que ela foi a primeira a me ver, meu verdadeiro eu, só eu, para além do meu Instinto, bem antes de chegar a minha vez de vê-la, e mesmo se ela não me pertence, mesmo se não pertence a ninguém...

— Quero vê-la — respondo. — Ela de verdade, só ela.

JANVIER

ESTOU COM MEDO

Sempre adorei as estampas. Papéis de parede com escamas, calças de zebra, suéter de bolinhas, calção de coração, tudo o que dá para colar, pregar, grudar, talvez por princípio, para ser um contraponto, porque meu pai sempre queria superfícies limpas, um filho sem nenhum fio solto.

Adoro as estampas, mas não os verbos.

Fiquei um bom tempo plantado ali, de pé como um idiota, os pés no carpete, triturando os piercings frente ao telefone depois que Goliath desligou na minha cara. *Desligou*. Indicativo, não subjuntivo. Não gosto dos verbos, mas os prefiro bem conjugados.

Esperei no arranha-céu dos Setor Centro. Esperei o dia inteiro. Uma campainha, um bipe, uma batida na porta, um apito do elevador, um barulho de Claire, qualquer um, até um verbo mal conjugado. Se houver nem que seja a menor chance de ela voltar, devo ficar e esperar, continuar esperando.

Eu me viro para a tela verde do meu Minitel. Desde que digitei meu último relatório para os Altíssimos, eles não me responderam nem me convocaram. Será que os desapontei?

A chuva parou, a noite caiu. A noite, sim, mas a escuridão, não. Além das janelas do apartamento, a cidade pisca com todas as suas lâmpadas. Vista daqui de cima, ela parece quase pacata, mas olhando de perto ou parando para ouvir, na verdade, suas ruas fervilham de gente, as sirenes berram, há patrulhas para todo lado, suas luzes salpicam no rio, e o mundo reclama Claire.

Acendo. A bola de espelhos transforma o apartamento em uma noite de discoteca. Aqui estou servido quando se trata de estampas. Tudo no 69º tem a marca de Coco-Rudy, a começar pelo seu grande retrato em tamanho real, de braços cruzados, olhos para cima, pendurado no meio da sala de estar. Eu falei, Claire. Dá azar viver em casa de morto.

Onde você está?

Eu me deito na maciez do carpete. Não. Sou eu que dou azar, Claire, eu que prometi a você casamento aos 12 anos, eu que pedi para você deixar sua mãe e seu lar, eu que queria você do meu lado e eu, de novo, que não soube o que responder no dia dos seus 15 anos quando você teve peito para me dizer o que eu não gostaria de ter ouvido. Sem mim, você não teria vindo estudar no Setor Sul, não teria se envolvido no caso do Santo-Mundo, e os Altíssimos não a teriam usado para... nem entendo direito para quê. Ser a testemunha deles não me torna cúmplice.

Disco de novo de novo de novo e de novo o número que Goliath me deu. Ecoa no vazio; ele não vai atender mais.

O que os Altíssimos do Sul queriam com ele? Por que isso me deixa de cabelo tão em pé? Desde quando tenho medo dos Altíssimos? Eles me salvaram. Salvaram de verdade. Se, aos meus 12 anos, mamãe não tivesse me enfiado em um trem para me mandar longe do Setor Norte-Nordeste, longe do meu pai, dos seus "venha aqui", "ande lá", "busque isto para mim" e "não se mexa", cedo ou tarde ele acabaria exagerando nos verbos. Os Altíssimos do Sul não só me salvaram. Eles me mimaram: fone antirruído, uma mansão inteira só para mim, um monte de terminais de Minitel (faturas por conta deles), minhas entradas no arranha-céu e uma liberdade quase absoluta. Livre para furar o nariz, as orelhas, a língua, cada canto do corpo. Livre para raspar metade do cabelo e pintar o resto. Livre para fazer, livre para deixar de fazer.

Com uma única condição.

Como a cada hora, o relógio da sala de estar solta uma melodia eletrônica, um som horrível de cartão musical de Natal, mas pelo menos ele tem o mérito de mobiliar o silêncio. É meia-noite. Passo a mão na minha crista mal penteada, depois nas minhas bochechas mal barbeadas. Não como nada desde ontem; mal bebi algo.

Eu me apodero do telefone e disco outro número do Setor Sul. Deixo chamar duas vezes, desligo e disco de novo. É nosso código de sempre, da Avril e meu — um código necessário, sem o qual nenhum de nós arriscaria atender uma chamada. Não com nossos respectivos Instintos, mesmo que o dela seja bem menor que o meu. Como deve ser, a prima atende rápido.

— Onde está a Claire?

Acusadora a pergunta.

— Não sei.

— Sério. A gente tinha um acordo, Janvier.

— Eu sei.

— Eu ficava com seu pulguento, você ficava com a Claire.

— Eu sei.

— Não devia sair do lado dela.

— Eu sei.

— Ela está sozinha. Sempre esteve sozinha o tempo inteiro. Com ou sem a gente. Mas, mesmo assim, não é desculpa. Você devia ficar com ela.

Avril é uma amiga muito especial. Nunca um olá, um obrigada, uma palavra doce, um gesto gentil. Desde que as duas saíram da Escola da Confidência, ela não foi ver Claire nem uma vez nas conferências nem nas sessões de autógrafos. Esperava que a Claire fosse até ela. Sempre trabalhando demais no escritório, dizia, mas que coisa, isso nunca a impediu de me ligar no meio da noite para me metralhar de perguntas. Eu deveria falar umas poucas e boas para Avril. De início, eram Claire e ela, as vizinhas de porta, as colegas de turma, as quase siamesas, enquanto eu era o refém do meu pai a uma escada de distância. Uma escada que Claire — Claire, não Avril — acabou subindo, mesmo eu sabendo o quanto (mesmo se não sei por quê) ela odeia as escadas. Subiu por mim. Fui um namoradinho patético, sim, mas Avril, não, Avril também não foi grande coisa.

Sou covarde demais para lhe dizer. Então:

— Eu sei.

— Tem que achar Claire, Janvier.

— Eu sei.

— Não é uma questão de trabalho. E daí que você é a testemunha dos Altíssimos. Tem que achar a Claire, ponto final.

— Eu sei.

Outro verbo de que não gosto. Nunca sabemos de nada na verdade. Quem quer encontrar Claire no fundo: nós ou o Nós através de nós? Avril também não sabe de nada. De qualquer forma, ela não sabe o segredo da Claire. Suspeito que tenha criado todas as condições, com seu temperamento irritante e seu metal, para nunca precisar saber.

— Tudo bem com você? —pergunta enfim.

Sorrio a contragosto. É por isso que sempre perdoo tudo o que minha prima faz. É uma falsa durona; ela merece uma verdadeira resposta.

— Estou com medo. Pela Claire. Por mim. Pelo Nós

Eu hesito.

— Estou com medo do Nós, Avril.

Dizer, enfim em voz alta, me dá ainda mais medo. O telefone treme sob meus dedos.

A respiração de Avril se corta na hora. Parece uma correção de última hora. Ela engole os imperativos que lhe vêm — cale a boca, mexa-se, durma um pouco — e escolhe bem, com calma, suas palavras. Sobretudo seus verbos. Ela não gosta de gostar de escutar; eu não gosto de gostar de obedecer. A gente se entende nisso pelo menos.

— O Setor Sul está um pandemônio — disse. — Desde o anúncio do desaparecimento da Claire no noticiário, as pessoas fazem qualquer coisa. Ontem no trabalho, só dava isso, sério, não avançamos em nenhum caso. E no ônibus, as pessoas ficaram agressivas. Eu quase levei uma surra de um velho por não ter cedido meu lugar. Parece que estão abstinentes. Então, aham, tem alguma coisa muito errada.

— Aqui também está...

Batem à porta. Esqueço Avril, esqueço até de desligar, meus pés fazem isso por mim enquanto levanto, quando eles se enrolam no fio do telefone e o arrancam da parede.

Atrás da porta, não é a Claire, mas um mensageiro parado ali. Logo coloco de volta meu fone antirruído. *O abuso de Instinto é um crime*, sexto princípio instintivo, sim, mas já sofri demais desse crime, mesmo se costuma ser acidental. O mensageiro me entrega um envelope antes de partir disparado.

No envelope, encontro o cartão de visitas dos Altíssimos do Centro e, rabiscado às pressas:

"77º andar."

Aperto várias vezes o botão do elevador expresso, mas ele demora a chegar. Deve estar sobrecarregado de chamadas. São só oito andares para subir, não vou morrer. Mas me custa subir as escadas.

Outras pessoas sobem como eu e, como eu, usam um fone antirruído. Não sou o único manso a ter recebido aquele convite misterioso.

O 77º é um andar vazio. Não há nada — nem móveis, nem quinquilharias — e todo esse espaço se espalha inutilmente sob a luz das lâmpadas, entre as paredes estruturais e as janelas de vidro. Há muitos mansos ali, até demais, na verdade, e mesmo essa multidão que formamos, uma multidão que não para de crescer, sim, mesmo ela não basta para encher os cômodos.

Estou com medo. Não estou a fim de estar aqui, mas continuo mesmo assim.

Porque há uma única condição.

Ao meu redor, são apenas corpos à espera, jovens e menos jovens, a mesma interrogação no olhar, a mesma resignação. Temos todos a mesma marca, somos todos dotados de um alcance máximo.

Os últimos a chegar empurram os outros para a frente. Eu estou na linha de frente. De quê?

O elevador do fundo, do tamanho de um quarto, se abre, revelando um sofá. O velho casal de Querubins está sentado nele, as mãos cruzadas, os olhos semicerrados; de pijama.

Tiro imediatamente o meu fone, como todos os mansos que me cercam. Porque, desde os 12 anos, desde que fui salvo do meu próprio pai, há aquela uma única condição.

— Escutem.

A voz da Querubim subiu, repercutiu e se amplificou por todo o andar. O imperativo eletriza meu Instinto. É mais poderoso que o prazer, é detestavelmente delicioso, estou com medo, o imperativo me apaga e me molda.

Então escuto. Nós escutamos. O Nós escuta.

— Jamais repitam o que vão ouvir aqui, nesta noite, a ninguém.

Por baixo do prazer, estou com medo. Apenas os Altíssimos têm o direito de empregar o imperativo com um manso — quanto mais com uma multidão de mansos —, mas nem mesmo eles deveriam acrescentar um “jamais”. É absoluto demais, irreversível, uma ordem que só gostaria de ter recebido da Claire, nem que fosse para não precisar carregar, além da vergonha de ter fugido, a responsabilidade do seu segredo.

— Há traidores entre o Nós. Pecadores que querem ser indivíduos, que desprezam a bênção dos Instintos e que se escondem covardemente. Mas ninguém pode se esconder do Nós para sempre. Nós esperamos. Nós os forçamos a sair das sombras. Hoje, sabemos como encontrá-los.

Distribuem-nos objetos que só identifico quando o seguro em mãos. Uma arma

Estou com tanto medo que travo os dentes.

No sofá, a Querubim se cala e se volta lentamente para o Querubim. Ele boceja, coça o couro cabeludo ralo e, para variar, é ele que toma a palavra:

— Matem todos.

NÓS ENCONTRAREMOS VOCÊ

Claire,
Você logo saberá o quanto eu odeio você.
M.

CLAIRE

Enfim você

— O que é a obnubilação?

A Senhora X ignora minha pergunta. Ela dirige quase sem olhar para a estrada. Abriu um mapa em cima do volante; seus cigarros furam o papel à medida que se consomem. Não sei para onde vai, e, o que me atormenta ainda mais, nem ela mesma parece saber. Desde que me fez entrar neste carro alugado, está dando voltas no Setor Centro. Talvez para desencorajar possíveis perseguições? De qualquer forma, ela parece ter um destino em mente. Em 24 horas de fuga, só aceitou parar para comer e fazer xixi. Por outro lado, não fala muito comigo.

Engulo a comida enlatada que a Senhora X comprou para nós em um obscuro mercadinho de bairro. Não sei o que é, mas, apesar do selo de homologação, tem um gosto horrível. Não deixei sobrar nenhuma migalha e ainda estou com fome.

— Já brincamos demais de vaca amarela — digo, soltando meu garfo de plástico. — Vou perguntar de novo até a senhora responder. Então: O que é a obnubilação?

A Senhora X solta fumaça pelas narinas, os olhos colados no mapa.

— É como topar com uma espinha no nariz. Ou uma folha de espinafre presa nos dentes. Quando você nota, não vê nada além daquilo.

— E é isso que eu sou? Uma folha de espinafre?

— É o que *está virando*, mocinha. Ao mesmo tempo, com todas aquelas câmeras em cima de você, toda essa gente olhando você todos os dias há meses, fica difícil para o Nós continuar a ignorá-la.

Pego o volante para evitar que a gente bata em uma placa.

— E a senhora? Não a perturbo?

— Um pouco.

A Senhora X amassa o mapa em uma bola, joga-o no banco de trás, depois apoia a palma na barriga.

— Isso me dá um vazio e revira o estômago ao mesmo tempo. É como uma necessidade.

— Necessidade de quê?

— De morder você, suponho. De mastigá-la e degluti-la até cada molécula sua ser dissolvida e absorvida pelo Nós. Mas não se preocupe, mocinha, é suportável contanto que eu evite encará-la demais, dá para aguentar.

— Ah sim, tudo certo então.

Os dentes dos protetores são uma memória ainda fresca; minha orelha protesta cada vez que tenho o reflexo de colocar uma mecha de cabelo atrás dela.

A Senhora X não diz nada para me confortar. Eu me sinto no meio de um beco sem saída, frente a uma parede, mas, se ela se arriscou tanto para me embarcar, é porque há uma porta de saída em algum lugar. Algo a fazer. Alguém com quem fazê-lo.

Não tenho como me olhar através do para-brisa. A chuva forma bolhas d'água que o limpa-vidros explode a cada vaivém. Dou uma olhada pelo retrovisor. Não tenho a impressão de que estejam nos seguindo, mas está uma festa na estrada. Aceleram e freiam, buzinam furiosamente, fazem filas e ignoram a distância de segurança. Eu até aceito que nem todo mundo se dedique à via da santificação, mas mesmo assim, estão com um mal humor do cão hoje.

A Senhora X liga o rádio e desliga logo em seguida. No noticiário, só dá meu nome.

— Há outros, não é? — pergunto.

— Hã?

— A senhora estava ciente. Não só pela minha ausência de Instinto. Não só pelo meu não pertencimento ao Nós. A senhora sabia da minha existência antes de me encontrar. Sabia mais sobre mim do que eu mesma. Por acaso: a obnubilação. Então há outros. Outros Você. É até eles que está me levando? É essa a sua "bela surpresa"?

— Sim e não. Um pouco sim, mas mais não.

— Fale sério!

Essa mulher é um diapasão. Muitos silêncios e, quando enfim dá o ar da graça de dizer uma palavra, é sempre a mesma nota.

— Seu broche de Trono. Tire-o.

É o que faço. Mal o entrego à Senhora X, e ela o joga pela janela e a fecha rodando rápido a manivela enquanto a chuva espirra na sua bochecha. Um sacrilégio desses, da própria mão de uma desmistificadora, quase me tranquiliza: isso prova que estou lidando com as pessoas certas, aquelas que estão dispostas a tudo.

— E então o caso das Claire era coisa da senhora.

— Minha e da rede.

— Os individualistas?

— É meio reducionista, mas se quiser nos chamar assim, fique à vontade. Prefiro a designação "os encrenqueiros".

A Senhora X gira várias vezes em uma rotatória antes de escolher uma saída.

— Se era eu que estavam procurando desde o início, por que todas aquelas Claire?

— Tínhamos só uma idade e um nome. Eram muitas possibilidades na escala de um supercontinente, mas você tinha sido eliminada de primeira. Precisa ser ousada pra ficar se pavoneando sob os holofotes sem Instinto.

— Precisava mesmo que me encontrassem! Quem deu minha idade e meu nome para a senhora?

— Logo ficará sabendo. Seria triste arruinar a "bela surpresa".

— Mas o que foi que a senhora disse às outras Claire? O que foi que as chocou daquele jeito?

— A verdade.

Estou alterada, mas tenho a impressão de que Senhora X também está tomando cuidado para não aumentar o tom. Ela me culpa por alguma coisa, mas pelo quê?

E aqui estamos paradas no sinal vermelho. A chuvarada se acalmou. Eu deveria descer do carro, procurar uma cabine telefônica, entrar em contato com Goliath, Janvier, Avril, mamãe, Dalila, qualquer um. Meu olhar encontra o de uma menininha, ainda não marcada, que cola os lábios no vidro de trás de uma minivan enquanto seus pais brigam. Assim que ela me vê, seus olhos se arregalam, sua boca se escancara. Dá para ouvi-la gritar.

A Senhora X pisa no acelerador, muda de faixa e ziguezagueia entre os carros. Eu me segurei para não falar.

— Acha que ela me reconheceu?

— Ela não sei. O Nós, com certeza. Então tome cuidado, mocinha, e lembre-se dos seus protetores.

Será que a menininha poderia ter se desviado por culpa minha. Só por causa de um simples contato visual? Mesmo assim, nem esse pensamento, nem a condução caótica de Senhora X, conseguem me tirar o apetite.

— Como é que eu faço? Para parar de obnubilar.

— Uma vez iniciada, é impossível pará-la. Pelo menos enquanto você estiver viva. Então evite olhar nos olhos das pessoas. Estamos quase chegando.

Senhora X acionou a seta para pegar a próxima saída. Ninguém a deixa passar, ela precisa se enfiar à força. Algumas viradas mais tarde, sai da via expressa. Concentra-se nas placas, hesita entre duas estradas, às vezes dá meia volta, consulta o relógio sem parar. Atravessamos bairros cada vez mais grafitados, passamos na frente de prédios cada vez menos conservados, paralelepípedos despontam sob o asfalto.

A Senhora X estaciona de qualquer jeito.

— Chegamos. Você não parece ser tão estúpida, mas, por via das dúvidas, vamos combinar uma coisa.

Ela abre uma aba do uniforme e me mostra uma arma.

— Somos sua única chance. Aqui fora, aonde quer que você vá agora, é a morte que a espera. Vou lhe apresentar a gente que está doida para vê-la e que tem respostas para todas as suas perguntas. Então, siga-me e evite os olhos.

A Senhora X arruma seus cabelos grisalhos para trás com um pente antes de recolocar o chapéu. Está chovendo quase nada, mas ela me estende uma capa de chuva barata. É amarela e me aperta, estou parecendo um patinho de banheira — quá, quá. Ainda tenho o reflexo de levar a mão à cintura, onde ficava meu walkman. Seus restos ficaram no music-hall. Tento não pensar em tudo o que deixei para trás.

Espero você.

— Abaixe bem o capuz — cochicha a Senhora X. — Como se você tivesse um fone aí embaixo, como se estivesse escutando música.

Você tem uma marca de confidente, continue agindo como uma. Lá onde vamos, não precisará mais fingir.

— Modeste vai me encontrar. "Lá onde vamos."

— Modeste?

— O Arcanjo que trabalha para os Altíssimos do Sul. Seu Instinto foi programado para me detectar. E me matar.

Nunca pensei que um dia usaria esse nome como uma advertência, mas a arma de Senhora X não me causou boa impressão. Eu a teria seguido sem a arma, a ameaça realmente não era necessária. Se eu esperava causar algum impacto, foi em vão, a Senhora X nem piscou.

— Ah, esse Arcanjo. Não se preocupe com ele, a rede já está agindo. Às vezes basta sedar uma enfermeira, desativar a tranca de segurança de um asilo, colocar um velhinho num táxi, e o resto se resolve direitinho.

Não entendi nada dessa resposta, mas sei que ela não vai me fornecer outra. Subo o capuz da minha capa de chuva. Cubro não só as orelhas (ai, a mordida), mas também os olhos. Ainda estou pensando na menininha, na sua boca escancarada, e tenho medo de obnubilar de novo.

Sigo a Senhora X. Os suburbanos mudam de calçada assim que avistam sua marca e seu paletó. Não se arranja confusão com uma desmistificadora, se não quiser que ela arranje com você também. Por enquanto, o mero fato de estar ao seu lado me coloca em um ponto cego.

A Senhora X se senta em um banco e, dando tapinhas nele, me incita a fazer o mesmo. Um ponto de ônibus? Ah, correção, um ponto de midiateca móvel. Que lugar esquisito para marcar um encontro.

Eu me sento também. Não tenho mais escolha. Mesmo se tivesse, ficaria exatamente onde estou.

Porque, necessariamente, há outros Você.

Do fundo do meu capuz, lanço olhares rápidos ao meu redor. Parece uma manhã como qualquer outra. Uma vendedora ambulante serve sua sopa aos pedestres, garis recolhem as lixeiras, uma afetuosa oferece carinho a torto e a direito, e jovens de bicicleta distribuem a gazeta do bairro — com meu rosto na primeira página. Instintos em ação por todo lado, gestualidade religiosa, cidadãos exemplares.

Na aparência.

Olhando melhor, a vendedora insulta os clientes a cada porção servida, os garis berram uns com os outros, todo mundo rejeita a afetuosa, e os jovens colocam bombinhas de festa nas caixas de correio. Tanto aqui quanto na estrada, as pessoas são como panelas de pressão prestes a explodir. Eu me dou conta, esticando a orelha, de que todos pronunciam meu nome. "Cadê a Claire? O que vai ser da Claire? Quando a Claire volta?"

— Ali está.

A Senhora X se levanta. A midiateca móvel está chegando. Sua porta da frente se abre, revelando o sorriso surpreso do motorista. Ele está usando o suéter listrado da profissão.

— Ah, vejam só, leitoras.

Entramos. Não tem ninguém a bordo.

— São minhas primeiras do dia. Todo mundo está grudado na tela, ninguém tem cabeça para ler. Eu mesmo estou nervoso, nem sei por quê.

Percorro alguns romances nas prateleiras. *O Setor do tesouro, Viagem ao fim do Nós, A serafim careca, Os três virtuosos, O Vermelho e o Nós, As flores do bem, As relações instintivas.* Resumindo, grandes clássicos.

— Procuro um livro que me recomendaram — diz Senhora X. — *Não é porque uma ideia é genial que ela é boa.*

Parece um título de araque. O midiatecário não se abala, mas seus olhos passam do paletó branco da Senhora X à minha capa de chuva amarela, enfiam-se no meu capuz, perdem em brilho e ganham em apetite. Ele me reconheceu. Ele se volta de uma vez só para a Senhora X. Não está mais sorrindo nem um pouco, as pálpebras tremem. Adivinho, no suor que pinga na sua testa, o esforço que está fazendo para não me olhar mais.

— Ela é o que eu acho?

— Sim. Cuidado, já está obnubilando.

Ele fecha a porta atrás de nós, dá partida na midiateca móvel e, sem tirar os olhos da estrada, estende uma mão à Senhora X.

— Senhor X. Vamos encontrar o livro.

Encaro o logo aureolado que estampa a lombada de todos os livros. Então, na verdade, "a rede" é essa? A dos midiatecários? As mesmas midiatecas a serviço da Burocracia Instintiva? Oh, que cheirinho bom de motim. Quando penso que passei pelas midiatecas do supercontinente e que, esse tempo inteiro, estava no coração da organização dos individualistas... Nós nos desencontramos feio.

Passamos por terrenos baldios e canais. Se por acaso os Altíssimos me rastreassem até o carro alugado, eles não iriam muito mais longe.

O próprio Senhor X pena para se concentrar no itinerário.

— Eu não estava preparado para transportar celebridade — me diz com uma leveza forçada. — É inacreditável pensar que era a senhora desde o início! Uma falsa confidente, isso sim é atuação! Aliás, adorei seu livro.

— Não fui eu que escrevi.

— Adorei mesmo assim. Mas, pois é, adoro todos os livros, é a vontade do Instinto. (Ele solta de repente o volante para tirar o suéter.) Cubra-a. Por favor.

A Senhora X larga a HQ que estava folheando no seu canto do ônibus e me joga o suéter na cabeça.

— Não tire a menos que a gente te autorize.

Agora estou sem apoio. Eu me agarro ao que posso. A midiateca móvel anda mais rápido do que deveria. Onde estão me levando? Escuto com todas as minhas forças, mas só ouço as vibrações dos livros nas prateleiras. A viagem me parece interminável. Desaceleramos. O rangido de uma barreira de segurança que se levanta. Continuamos andando. Paramos. Barulho de portas.

— Cuidado com o degrau.

A Senhora X me ajuda a descer e me empurra para a frente. Apesar do suéter no meu rosto, sinto cheiro de oficina mecânica. Um portão de molas. Um corredor que ressoa. Uma outra porta. Um outro corredor. Lá fora, estava quente e úmido; aqui, está frio e seco.

— É a primeira vez que visito o Quartel General — me fala a Senhora X. — É emocionante.

Já eu guardo minha alegria para mais tarde. O sol tremula. Alguém se aproxima com passos decididos e batidas fortes de salto.

— Visitantes não são autorizados. Como posso ajudá-la? A senhora tem um mandato?

Voz feminina. Uma mulher que não se deixa intimidar pela marca dos desmistificadores da Senhora X.

— Não foi a Burocracia Instintiva que me trouxe, pode ficar tranquila. Mesmo se a senhora estivesse falsificando incunábulos xilográficos, eu não me importaria. Sou uma das suas. Senhora X, do Setor Sul.

Silêncio. Talvez hesitação.

— Eu sou você — diz a mulher.

— Mas você — responde a Senhora X — talvez não seja eu.

— Certo. Bem-vinda.

Parece que foi convencida.

— Quem é ela?

Tiram com um gesto seco o suéter que me cobre. Minha franja estala de eletricidade estática.

A mulher me ultrapassa por duas cabeças. Uma estatura de montanha. Normalmente, é mais forte do que eu: penso em instrumentos musicais. Mas agora, não me vem outra coisa. Essa mulher é uma montanha, ponto.

A sala ao seu redor faz jus a ela. Imensa. Nenhuma luz natural, tudo é movido a eletricidade. Elevadores de carga despejam e engolem monografias, bobinas de microfilmes, discos de vinil e partituras musicais que midiatecários de suéter manipulam cheios de precauções. Uma midiateca? Não, já a mulher disse que era proibido ao público. Está mais para um depósito. Os gestos de classificação, codificação e escaneamento continuam, irresistivelmente encorajados pelo Instinto, mas os rostos estão imóveis.

Todos os olhares se voltaram para mim, começando por aquele, penetrante e impenetrável, da montanha. Conservadora-chefe, a julgar pelo cargo. Ela tem a marca dos protetores, mas essa é um tipo raro, sem cicatriz nem prótese, dotada de um Instinto que a impeliria a salvar livros antes de vidas.

Se eu amassasse uma página sequer aqui dentro, seria eu que terminaria no hospital.

Ela me examina tão intensamente, e sua fisionomia, por mais mineral que seja, denuncia pouco a pouco a atração-repulsa que lhe inspiro. Não é a minha cara das notícias que ela reconhece;

também não é verdadeiramente eu. Não sei direito o que vê, mas está enganada e, quanto mais satisfeita ela parece, mais oca eu me sinto.

— Enfim Você.

A conservadora pega minha mão no seu punho de pedra. Aí sim entendo que a armadilha foi acionada.

E que, em algum lugar, eu quis que fosse.

ALTÍSSIMOS DO SUL

Não é como de costume

Nós nos deitamos ao mesmo tempo, como todas as noites, na nossa cama muito grande, no quarto que dividimos desde o início, desde o meu início, tenho o corpo mais jovem dos quatro, e todas as minhas lembranças são nossas lembranças, não me resta quase nada da minha antiga vida, antes de me enviarem ao arranha-céu dos Altíssimos, nunca mais saí de lá, eu fornecera a fórmula de uma vacina que salvaria milhares de vidas, não lembro, o Instinto se manifestou através de mim, os três Serafins me levaram consigo, a velha era um pouco menos velha, o homem e a mulher continuam mais ou menos parecidos, não me disseram seus nomes, esqueci do meu, senti uma conexão se criar entre nós, se reforçar dia a dia, eu me tornei nós quatro, quatro peles, uma só voz, Instintos que se tornaram Um, quando falamos, são palavras que nem sempre entendo, seguimos a inspiração, enviamos alguém aqui, alguém ali, só damos os endereços, às vezes é pertinho, outras é muito longe, nós não sabemos nem mesmo por que, mas sabemos que o Nós sabe, e isso nos basta, é preciso apenas que a pessoa certa esteja no lugar certo no momento certo, é simples assim, e nós evitamos muitos acidentes, muitos contágios, muitas mortes e provocamos muitos encontros, muitos nascimentos, muitas vidas que salvarão outras vidas, e hoje à noite, pela primeira vez, penso nisso tudo na nossa cama, estou deitado entre o homem e a mulher que dormem, ouço a velha dormir também, uma respiração forte pela boca escancarada, mas eu não durmo, observo nosso lustre de cristal, bem lá em cima, no teto, parece faíscas no escuro, e não entendo o que está acontecendo comigo, só comigo, o mais jovem dos quatro, nós sempre dormimos juntos, ao mesmo tempo, no mesmo lugar, e estou sem sono, então espero, espero e penso, hoje tudo estava como de costume, comemos os mesmos pratos, colocamos as mesmas roupas, salvamos muitas vidas, recebemos muitas chamadas também, as pessoas estão muito irritadas, em toda a parte, elas brigam no trabalho, brigam na família, brigam às vezes sozinhas, machucam-se sem querer, sem o Instinto querer, atropelam pedestres, se esquecem de dar de comer às crianças e de beber aos velhos, tudo isso pela Claire, por culpa da Claire, as pessoas nos perguntam onde ela está, pedem para trazê-la de volta aqui ao Setor Sul, e nós lhes pedimos que tenham paciência, elas não sabem o que nós sabemos, não sabem quem Claire é de verdade, nós quatro soubemos assim que a vimos, sem nos falarmos, soubemos o que deveríamos fazer, o que Modeste deveria fazer, o que os dois nos permitiriam alcançar, contanto que esperássemos a hora certa, a hora em que Claire conduziria Modeste aos traidores, e depois Modeste mataria Claire, e o Nós mataria os traidores, então pronto, pedimos para as pessoas aguardarem, em seguida tomamos chá no jardim climatizado do 81º, ficamos ali, sem nos mexermos, esperamos Modeste, não nos falamos, nunca nos falamos quando estamos só os quatro, o Nós fala por nós, e tudo estava quase como de costume, só que não entendo o quase, talvez fossem minhas pernas, elas começaram a balançar debaixo da cadeira grande demais paro o meu tamanho, e olhei um longo tempo para minhas pernas, como estou olhando para as faíscas do lustre agora, eu corria sentado, nunca corri tanto na vida, nunca brinquei tanto também, não vou à escola, sempre fiz como a velha, o homem e a mulher, e as pernas deles não se mexeram debaixo das cadeiras, e agora estão dormindo, e agora não estou dormindo, estou inquieto, esperamos Modeste por nada, Modeste sumiu também, Modeste talvez venha amanhã, hoje está virando ontem, a noite está passando lentamente, isso também não é como de costume, nunca achei nada lento, o Nós não tem tempo, ele tem todo o tempo, a manhã atravessa as cortinas e fecho enfim os olhos, preciso abri-los ao mesmo tempo que a velha, o homem e a mulher, ao mesmo tempo que nós quatro, veja, nos levantamos, nos lavamos, devoramos o café da manhã, não nos falamos, mantenho as pernas imóveis, mas é difícil, nada nunca foi difícil, e olho para a velha por cima da minha tigela de cereais, ela mastiga em silêncio, suas mãos tremem, suas pernas não se mexem, eu também me sinto velho, velho como o Nós, o homem espalha sua geleia, a mulher lê o jornal, os mansos limpam nossas bocas, hoje estamos vestindo pulôveres com gola rolê, bem enfiados nas calças com suspensórios, eu me sinto preso, fico pensando se eles se sentem presos também, não faço a pergunta, nunca fazemos perguntas, nós nos instalamos os quatro no salão do 82º, cada um na nossa cadeira, com um com um telefone, a velha, o homem e a mulher discam números e dão endereços, eu não, meu Instinto despertou, sinto a inspiração, mas não atendo o telefone, olho a roda de discagem, eu a giro com os dedos todos os dias, o Nós fala através de mim a várias pessoas, eu as envio a lugares onde nunca estive, mas não, hoje de manhã, não envio ninguém a lugar nenhum, minhas pernas se remexem sob minha cadeira, meu Instinto faz meu coração bater muito forte e entendo que sou eu que ele quer enviar a outro lugar, não sei a que lugar, talvez aonde Claire está, talvez para fazer o que Modeste precisa fazer, talvez para matá-la com minhas próprias mãos, eu me levanto, e a velha, o homem e a mulher me olham partir, com o telefone na mão, eu não me despeço, eles não me dizem para ficar, nunca trocamos uma palavra, eu parto, não sei para onde, mas parto, chamo o elevador, parto para longe do arranha-céu, chega a minha vez de ser a pessoa certa no lugar certo, de ser a pessoa certa e ponto final, de ser eu, eu e meu Instinto, eu e o Nós, eu sem nós quatro, e logo sem Claire, e a porta do elevador se abre, e ela se abre revelando Modeste, e Modeste está segurando um canivete e...

— Seu Instinto havia se desviado. O seu cumpriu seu dever.

— ...

— É claro que estávamos acostumados a um trabalho mais limpo. A equipe de limpeza fez algumas objeções. Uma criança, Serafim ainda por cima, apunhalado no nosso próprio elevador, em pleno santo dos santos, isso não causa boa impressão. É um canivete de pesca?

— ...

— Não nos incomodamos com isso, Arcanjo, apenas o Instinto decide. Um outro Serafim tomará seu lugar um dia. Estávamos esperando você. Não está com uma cara muito boa. O sangue na sua roupa é seu? Vamos curá-lo. Tínhamos enviado o protetor à sua procura. Goliath. É ele que está com sua arma.

— ...

— Então ele não a devolveu a você. Talvez tenha se perdido no caminho. A deserção é um delito grave, ele deverá esperar uma sentença proporcional. Vamos lhe dar outra arma. Uma arma que abençoamos especialmente para você.

— ...

— Sim, uma só bala no tambor. Uma única bala para um único alvo.

— ...

— Vamos, você deveria saber que sabemos de tudo. No dia em que você apareceu à nossa frente, aqui mesmo no 82º andar, soubemos qual era seu verdadeiro destino. E, no dia em que nos trouxe Claire do Santo-Mundo, aqui mesmo, no 82º andar, soubemos o que ela era. Você sabe quem é a Claire? Sabe mesmo, Arcanjo? Nós sabemos, desde sempre. Claire é um mal necessário. Como você é um bem necessário. Se você ainda não matou Claire, Arcanjo, é porque o Nós tem um plano. Um plano que nos empenhamos em apoiar ao máximo.

— ...

— Você vai partir ao Setor Centro. Pela rodovia, com um bom motorista e sem fazer paradas, chegará a tempo. Aproveite para dormir, você realmente não está com uma cara boa. Uma vez no lugar, o Instinto o guiará até a Claire. E você guiará os nossos até os traidores que devem responder pelos seus pecados. Você sabe melhor que ninguém o que tudo isso nos custou, essas vidas perdidas, mas, para cada uma delas, Arcanjo, tiraremos a vida de um traidor, e o equilíbrio geral será restaurado.

— ...

— Alguma pergunta, Arcanjo?

— Uma. Onde posso lavar as mãos?

CLAIRE

Para que tudo isso?

Passei a metade da minha vida dentro das paredes da Escola da Confidência, entre vidros duplos e portas estofadas, mal se abrem, já se fecham, com professores que só faziam perguntas usando giz, colegas que só respondiam por post-it, uma existência simples, sem fanfarra, porte obrigatório do fone, rebobinando uma e outra vez as mesmas fitas, alheia aos ecos do mundo.

Minha nova prisão não me deixa nostálgica.

Eles me trancaram na sala de xerox, amarraram-me a uma cadeira, vendaram meus olhos e me deixaram esperando. Verificaram minha identidade — Onde que a senhora nasceu? Qual sua data e nascimento? Quem fez sua marca? Onde a senhora cursou seus estudos? — e me deixaram esperando de novo. Recebi várias visitas, clique de porta destrancada, clique de porta trancada, mas nenhuma resposta às minhas perguntas.

A certa altura, clique de porta destrancada, alguém perguntou a outra pessoa:

— Será que é ela?

Houve uma longa hesitação, durante a qual senti, apesar da minha venda, que me estudavam de longe.

— Difícil dizer. Acho que é, sim.

Voz masculina, meio rabugenta. Familiar? Quando foi que eu já ouvi esse rapaz? Ele, de qualquer forma, parece ter me reconhecido.

Clique de porta trancada. Sozinha de novo.

Desde então, estou esperando. Cadê a Senhora X? Cadê a conservadora deste depósito? E, acima de tudo, cadê os Você? Luto contra minhas amarras. Não me disseram nada, nadica de nada, e isso está começando a me deixar toda arrepiada.

Que fome.

Clique de porta destrancada. Vão me liberar finalmente.

— A senhora pode tirar a venda. Só evite os olhos.

A conservadora está na minha frente e me convida a segui-la. As listras do seu suéter evocam estratos geológicos. Sou corpulenta, claro, mas essa montanha e eu não estamos na mesma categoria. Ela conseguiria me arrastar até o outro canto do prédio me puxando pela orelha.

Vamos, então.

Todos os midiatecários que cruzamos no caminho se abstêm de me olhar, mas dirigem à sua superior um gesto provocante de banana, batendo firme um braço na dobra do outro. Solenes demais para serem insolentes; parece uma saudação militar.

A primeira vez que Goliath e eu encontramos a Balança e o Martelo, eles nos mostraram um velho artigo sobre os individualistas do Setor Sul com o gerente do Santo-Mundo ao seu lado: eles faziam o mesmo gesto provocativo para o fotógrafo.

Alguns corredores depois, pegamos um elevador. Parecem modelos antigos, próprios de hotéis ou centros comerciais velhos; dá para ver tudo. A conservadora o aciona com algo que me lembra uma chave de harpa. A última coisa em que quero pensar agora, neste momento, é na minha mãe. *Não chame a atenção*. Ah, nossa boa e velha regra já se foi há muito tempo.

Descemos devagar entre as entranhas do prédio. Uma olhada no teclado da cabine do elevador. Níveis -1, -2, -3, -4... só subsolos. Em cada um deles, a grade se fecha novamente. Pela primeira vez, sinto falta das escadas. Subo o zíper da minha capa de chuva; estou congelando cada vez mais. Reina aqui o que parece um cheiro forte de estacionamento subterrâneo, uma sensação de impermeabilidade. O lugar deve ter proteção contra inundações. Através da grade do elevador, entrevejo quilômetros de estantes que serpenteiam nas paredes. Centenas de milhares de livros que se erguem até o teto de cimento. Alguns devem datar dos primórdios da impressão. Os funcionários do depósito, surpreendentemente numerosos, empurram carrinhos à luz de lamparinas. Atmosfera de mina.

Então sim, eu tinha razão, é um depósito mesmo.

Interrompemos nossa descida no penúltimo nível. Atravessamos uma série de ateliês de restauração onde equipes se ocupam de limpar, alisar, colar, costurar e encerar as encadernações deterioradas. Mas não é só isso. Por baixo das bordas do meu capuz, percebo armas fabricadas à mão e garrafas de gasolina encaixotadas. Há um baita tráfico nestes subsolos.

Homens, mulheres, jovens, velhos perambulam em silêncio. Sua inexpressividade me impacta. Vejo alguns que arranharam a própria marca até deixá-la irreconhecível. Não são todos midiatecários, são? Ninguém fala com ninguém, mas todo mundo se faz o gesto da banana. Gerações e gerações de anarquistas, dos quatro cantos do supercontinente, ligados por uma única e mesma verdade.

Uma verdade que espero há meses, uma vida. A ansiedade me corrói.

A conservadora faz um gesto para os chefes do ateliê se aproximarem e cochicha nos seus ouvidos. As pessoas me lançam olhares rápidos, como se tirassem precipitadamente os dedos de uma chama. Nós nos reunimos na sala de plastificação, formando um pequeno comitê — porta trancada.

A Senhora X já está ali, andando de um lado para o outro. Ela também parece ter esperado um bom tempo. A placa *"Absolutamente proibido fumar"* deve deixá-la maluca. Ela tira as mãos dos bolsos do paletó (já não tão branco) e aperta mãos em todas as direções.

— Senhora X.

— Senhora X.

— Senhor X.

— Senhora X.

— Senhor X.

Os diretores do ateliê estão sentados em volta da mesa em U coberta de fitas adesivas, réguas, estiletes e tesouras. A conservadora reina no meio, imensa e massiva. A Senhora X (a minha) se instalou em uma cadeira à parte, braços e pernas cruzados. Os neons piscam.

Eis que me vejo em pé em frente a um tribunal uniformizado: fora a minha Senhora X, todos estão usando o suéter dos midiatecários. As expressões são graves, ninguém olha para mim, mas eu observo todos, observo suas marcas, mais variadas do que suas vestimentas, marcas de protetores, reparadores, informantes. Principalmente, adivinho que são todas autênticas, que possuem todos um Instinto; um Instinto que reprovam, mas um Instinto mesmo assim, um Instinto que liga sua vida aos livros que eles conservam, restauram e recomendam. Começo a pensar comigo se não me deixei enganar em algum aspecto.

— Antes de tudo, Claire — ataca a conservadora olhando um ponto acima da minha cabeça —, a senhora deve saber que somos antigos. Não tanto quanto a Burocracia Instintiva, claro, mas respeitavelmente. O pensamento anti-instintivo sempre existiu. Nossa organização se formou contando do dia em que um de nós — um midiatecário, se sei bem — topou com um velho registro penitenciário. Registro esse que a senhora consultou no dia em que nosso viruzinho foi ativado.

— O Você 86 — digo.

Do alto de sua montanha, a conservadora quase não pisca.

— Ah, com certeza, a senhora não teve acesso ao documento inteiro. Ele descreve em detalhes a vivissecção que um jovem sofreu. Aberto da cabeça ao umbigo. Vivo, então, até que deixou de estar. Não sabemos o que a Burocracia Instintiva procurava no seu interior. Não encontraram seu Instinto, de qualquer forma. Foi assim que nós, midiatecários, descobrimos a existência dos Você. E é por isso que decidimos procurá-los independentemente da Burocracia Instintiva. Todo mundo tem um cartão de midiateca: dispomos de uma excelente base de dados. Desde então, estendemos nossa rede a colaboradores afins, incluindo todos os Instintos.

Na sua cadeira, a Senhora X levanta o chapéu.

Essas preliminares me irritam.

— Onde estão os outros Você?

Não estou em posição de exigir nada. Eu me encontro em um subsolo, cercada de desconhecidos, em um prédio de acesso restrito ao público, nem sei em que parte do Setor Centro, longe dos olhos e dos ouvidos dos Altíssimos. Ninguém virá me salvar, se a coisa azedar.

Por outro lado, tenho no corpo a impressão dentária dos meus ex guardas, minha capa de chuva está comprimindo minha barriga, esses neons estão me dando enxaqueca, meus saltos estão me causando uma dor do cão, um dos meus calcanhares está sendo estrangulado por um buraco na minha meia-calça, tenho mais fome do que nunca, estou farta de tudo, e isso deve dar para perceber pela minha respiração entrecortada: do outro lado da mesa, eles opinam enfim.

— Então. Temos uma má notícia, uma boa notícia e uma notícia... hum... cujas possibilidades ainda não avaliamos direito.

A conservadora fala, os outros assentem; todos me olham de soslaio, como se tivessem ficado estrábicos.

— A senhora é uma Você, Claire. Estamos procurando-a ativamente há meses. Há anos, na verdade, mas aconteceu algo absolutamente inédito — que retomarei depois, a senhora vai ver, é fenomenal —, algo que nos possibilitou obter seu nome de uma fonte mais confiável impossível. Apenas o seu nome. E, de certa forma, sua idade também, outra coisa que retomarei. Contamos com a contribuição da rede como um todo para abordar todas as Claire do supercontinente. Fracasso em cima de fracasso. Até hoje.

A conservadora observa um breve silêncio durante o qual a Senhora X levanta novamente o chapéu.

— Nós evidentemente seguimos sua ascensão aos noticiários, e talvez o arrebatamento excessivo envolvendo a senhora deveria ter nos deixado com a pulga atrás da orelha, mas nunca teríamos pensado... como dizer? Não sei se a senhora compreende a gravidade da situação. Que tenha chegado até aqui, viva e com saúde, depois de ter desfilado por todos os Setores, sim, podemos afirmar que é um verdadeiro milagre. Enfim, tudo isso para lhe dizer, Claire, que a senhora é uma Você, uma excluída, uma renegada, uma intrusa, tudo o que existe de mais autêntico e que continuará sendo até a sua morte e que precisamos sofrer alguns danos colaterais para encontrar a senhora antes do Nós.

— Essa era a notícia ruim?

— Ah não, essa era a boa.

Logo fico desencantada. Nem preciso perguntar as outras.

— Entenda, Claire, que não existe nenhum midiatecário aqui que não estaria disposto a vender seu Instinto para estar na sua pele. Os Instintos nos escravizam. Eles decidem em nosso lugar o que é bom, não para nós mesmos: sempre para o Nós. O bem não existe. O amor, também não. São miragens, uma química orgânica que permite a preservação, a expansão e a coerência de uma entidade mais vasta. Sabe o mais engraçado? O Nós não tem consciência de nada. Nem de nós, sem a maiúscula, nem dele mesmo. Ele não passa de um Instinto de sobrevivência tentacular. A senhora é mais livre, Claire, do que todos nós juntos.

Um dos neons se apaga de vez e reduz a luminosidade do cômodo. Os olhos dos diretores de ateliê, impassíveis à mesa, me rodeiam feito moscas sem nunca pousar em mim. Livre, livre, falar é fácil.

— Onde estão os outros?

Minha voz soa dura para aos meus próprios ouvidos.

A conservadora estala os dedos. Alguém conecta uma televisão catódica enquanto me entregam uma caixa.

— É para a senhora.

— Para mim?

— Para a senhora e ninguém mais.

Abro a caixa. Uma fita cassete? Na etiqueta, leio: "*Sem título [gravação de vídeo]/escrito e dirigido por informação não divulgada. — [S. l.: s. n., s. d.].— 1 videocassete [VHS] (6 min): Cor PAL.*"

Uma nota catalográfica. E não uma qualquer. É a mesma que o louco furioso do ponto de ônibus me recitou, antes da minha partida para a turnê. Introduzo a fita no videocassete, rápido-rápido, sem cogitar, sem recuar, indo até o fim, para acabarmos logo com isso e eu poder, enfim, verdadeiramente começar.

Algumas listras varrem a tela da televisão, depois se estabilizam. O vídeo mostra uma sala que reconheço sem esforço. É esta em que estou neste exato momento. Em um canto, no alto, a data e a hora da filmagem remonta a quase vinte anos atrás.

Uma jovem protetora, alta e corpulenta, coloca uma cadeira no campo da câmera. Ela está usando o suéter dos midiatecários. Também a reconheço sem esforço. É a conservadora antes de ela se tornar conservadora, algumas camadas geológicas a menos. Ela sai do campo de filmagem. Reaparece mais tarde com um velho segurando seu braço. Ela o ajuda a se sentar na cadeira, depois lhe serve um copo d'água que ele recusa.

Quando o velho levanta a cabeça na direção da objetiva da câmera, ofegante, tenho um choque. Ele não tem marca. É um Você. O primeiro, fora eu, que vejo na vida. Está coberto de cicatrizes; mordidas, algumas antigas, outras recentes.

— Está gravando?

Sua pergunta é rouca. Instalam para ele um cilindro de oxigênio, a minutagem continua rodando enquanto o velho retoma a respiração. Ele se recompõe lentamente na cadeira e coloca os olhos nos meus. Entro em apneia.

— Se você está vendo este vídeo — diz o velho com um tom fúnebre —, isso significa três coisas. A primeira é que estou morto. A segunda é que você me sucedeu. A terceira é que você viveu tempo suficiente para assistir a este vídeo. Permita-me não lhe dar os parabéns.

Continuo sem respirar. Sucedi quem em quê?

— Sim, sim, eu sei — suspira o velho. — Fiz a mesma cara que você, na medida em que, evidentemente, ninguém lhe contou nada ainda, no dia em que entendi como tudo isto funciona. Deixe-me adivinhar...

Ele coloca as mãos nos joelhos e se inclina em direção à câmera a ponto de eu ver os poros do seu nariz.

— Você procurou, né? Tirou a conclusão de que não poderia ser um caso isolado, né? Procurou os outros Você e não encontrou, né? Vou fazer você ganhar tempo: nunca encontrará nenhum. Jamais. Porque, sabe, existe sempre apenas um Você de cada vez.

A única. Sou a única. Eu não me mexo na frente da tela. Continuo em pé, bem firme nas pernas; por dentro, estou despencando.

O velho enfia o olhar no meu, através de quase duas décadas, e agita uma mão esquelética.

— Nem pense em vir com uma história de reencarnação, de transmissão ou sei lá que outra bobagem. Você não é um novo eu, nunca tivemos nenhuma ligação. Assim que um Você morre, outro nasce em outra lugar. Dois Você nunca coexistiram. Não passamos de uma exceção à regra. É coisa boba assim.

Desço de subsolo em subsolo, não paro de cair, não é uma crise de afastamento, só uma queda interminável, minha matéria que desmorona sobre si mesma, sou uma partícula minúscula, suspensa no meio de um grande nada, um outro neon prestes a se apagar. "Ofereço a você o vazio", prometera o gerente do Santo Mundo.

Eu sou a única.

— Isso não é tudo. A expectativa de vida dos Você é curtíssima. Porque, para cada Você que nasce, nasce também um assassino de Você.

Eu queria respostas, agora quero que esse velho cale a boca. Ele está me dizendo, nem mais nem menos, que criei Modeste. Não, é bem mais terrível do que isso. Eu criei o Instinto do Modesto. Só por ter vindo ao mundo. Ganho o prêmio de pior irmã mais velha da história.

— Sorte a minha — continua o velho (e a voz dele cava implacavelmente seu sulco em mim) —, que pude matar o meu antes de ser morto por ele. Sorte a minha, sim, mas certamente não sorte do Nós. Você sabe o que acontece, querido sucessor, quando um Você fica vivo por muito tempo no seio do Nós? Ele o parasita. Ele o tira dos eixos. Os Instintos se desviam por toda parte, mas principalmente ao redor do Você. Uma doença: é isso que somos. Uma doença que o Nós tenta curar em vão. Se estiver me escutando, então também foi salvo antes de o Nós se livrar de você. Não sei qual a sua idade, mas isso significa provavelmente que, no seu presente, o Nós está prestes a adoecer ainda mais do que adoeceu quando eu era vivo.

Ele está ofegante, tomado por tosses. Desta vez, não recusa o copo d'água que lhe entregam. Seus olhos, já ausentes, não se voltam para a câmera, mas ele continua em um filete de voz:

— Quanto mais tempo um Você vive, mais ele obnubila. Quanto mais um Você obnubila, mais o Nós se intoxica. Tudo o que estou lhe dizendo hoje eu aprendi da rede dos midiatecários, das pesquisas que fizemos aqui e dos experimentos que realizamos juntos. Passei quase toda a minha existência fechado neste subsolo para conter os efeitos da minha obnubilação, mas, confie na minha palavra, já desviei mais de um Instinto.

Ele mostra uma marca de mordida ainda fresca na sua bochecha e se vira para um ponto à sua direita onde suponho que esteja a versão jovem da conservadora.

— Você foi testemunha, minha querida. Sente os efeitos todos os dias, apesar de todas as precauções que tomei. Sim, vejo nesse seu olhar que desvia do meu: você tem vontade de me deglutir. Todos vocês têm. Por não ter conseguido me matar adequadamente, o Nós em vocês quer me devorar. Pois é, uma boa notícia para vocês, eu cansei de existir. Poderão deixar correr livremente o apetite, e o mundo poderá enfim me esquecer.

Ele levanta os olhos para a câmera, para mim, uma última vez.

— Logo mais chegará a sua vez.

A imagem congela com o velho. Fim do vídeo.

Não estou com vontade de chorar. Eu me sinto seca, e suja, e covarde, e sou a única. Culpo a Senhora X por ter me roubado minha fachada de vida. Fui maluca de fazer aquela turnê. Eu me afastei da minha mãe, de Avril, dos poucos que me eram próximos. Perdi

Goliath no caminho. Fugi de tudo para descobrir que a pessoa que procurava nunca existirá ao mesmo tempo que eu — e que cedo ou tarde acabarei vítima de canibalismo.

A conservadora me serve um copo d'água como sua antiga eu fizera para o antigo Você.

— Você é um bem raro, Claire. Essa foi a notícia ruim. Ele — diz apontando para a imagem congelada do velho — não foi fácil de achar.

Derramo metade do meu copo no chão. Não consigo engolir nada. Minha mão treme. A mera presença desses homens e dessas mulheres ao meu redor é insuportável para mim. Seus olhos fugidios acabam comigo. Olho a pilha de livros recentemente plastificados. Só vejo uma bolha de ar que ficou encurralada em um deles.

— Vamos, vamos, não recue agora. A verdade nos coloca à prova, os espíritos fracos não a toleram. A senhora não é um espírito fraco, Claire, não é?

— Para que tudo isso? Onde está o sentido nisso tudo?

Minha voz é tão inconsistente quanto eu. Toda a minha gordura, meu couro, minhas camadas triplas, aquelas porcarias com que me empanturrei por anos, nada nisso adianta.

A conservadora e os diretores do ateliê oferecem um mesmo sorriso.

— O sentido? Não tem nenhum. Tudo é absurdo: tanto o Nós quanto os Você. O que diferencia a senhora, Claire, é, pelo menos, não ter um Instinto para fazê-la acreditar no contrário.

Eles se levantam das cadeiras, minha Senhora X também. Eu continuo a cair.

— A senhora é bem-vinda aqui. Abrigamos direitinho o último Você da Burocracia Instintiva, nos nossos subsolos. Oferecemos a mesma proteção à senhora. Claro que precisaremos tomar algumas precauções para não cedermos à tentação da obnubilação — outro estratagema do Nós que olha através de nós. Temos muito o que aprender mutuamente.

Sinto que estão prestes a estourar o champanhe. Não tenho nada a ensinar a ninguém. Sou só. Estou só. Absolutamente só.

— E se eu quiser ir embora de novo?

Ninguém me olha, ninguém me responde; todos sorriem. A Senhora X continua escondida sob seus óculos escuros. É claro que não vão me deixar ir embora. Não depois do que vi e ouvi aqui.

Penso nas armas logo ao lado, em todos os individualistas que vivem e circulam nestes subsolos, na superfície lá de cima, bem lá em cima, e naquela chave de elevador que a conservadora guarda no fundo do bolso. Este depósito é uma cilada pior do que o Santo-Mundo.

De qualquer forma, o que é que me espera lá em cima, fora a morte?

A conservadora faz um sinal para um dos diretores do ateliê, que se esquiva do cômodo. Depois ela avança na minha direção, eclipsando os neons; minhas noções de autodefesa não seriam páreo para essa montanha. Em qual de seus bolsos está a chave do elevador? No último, deve ser.

Ela olha para longe, bem longe, acima de mim.

— Com isso chego à última notícia. Aquela cujas consequências ainda não medimos por completo. Aquela que nos permitiu obter seu nome. Aquela que tivemos o prazer de compartilhar, em primeira mão, com todas as outras Claire. Uma notícia que considero mesmo boa. Excelente, até.

Ao final de um silêncio muito longo, a porta se abre novamente. O diretor do ateliê voltou. Acompanhado. Um jovem entra na sala de plastificação em um tilintar de joias e um farfalhar de casaco de oncinha.

Ele não sorri, mas seu olhar entra em mim. Reconheço sua marca e, ao mesmo tempo, seu rosto. Era ele na sala de xerox; era ele a voz familiar.

Não é possível.

A Senhora X levanta a ponta do chapéu, resmungando. Ah, para uma baita surpresa, é uma baita surpresa. Uma surpresa quase sagrada, até.

— Estamos frente a um caso sem precedentes — comenta a conservadora. — Claire, tenho a honra e a alegria de lhe anunciar que a senhora agora é uma doença contagiosa. Não estou falando de desvio, não, não, é bem mais sensacional. Eu lhe apresento um novo Você. Um Você que perdeu o Instinto da noite para o dia e que nunca mais o recuperou. Por causa da senhora, Claire. E não é peixe pequeno, não.

O jovem se abstém de intervir, lábios cerrados, os olhos no fundo dos meus. Não consigo deixar de arregalar os olhos. O outro Você que procuro desde o início. Então ele existe em carne e osso.

E é Coco-Rudy.

A conservadora coloca uma mão massiva, possessiva, no meu ombro.

— Veja como ele continuou jovem e perfeitamente saudável. Sem mais Instinto e nenhuma ruguinha! Ele é só o começo. A prova, Claire, de que a senhora vai destruir o Nós. E libertar todos nós.

Goliath

Claire fez isso

Francamente, quando subi nesta minivan que parece ter escapado do ferro-velho, remendada de qualquer jeito pelos meus pais, pneus cheios até o talo e motor turbinado, partindo às três da manhã do Setor Sul, com Claire como único destino e a Flo e sua turma como tripulação, foi nessa hora que entendi que eu me tornara oficialmente um fora da lei e que estava prestes a viver a aventura mais improvável de toda a minha existência.

Estou morrendo de tédio.

Faz horas que estamos rodando em velocidade máxima sem dar um pio, apertados feito sardinhas. Já esvaziei a garrafa da minha mãe, comi os biscoitos do meu pai. Estamos suando toda a nossa água apesar dos vidros abaixados que fazem rodopiar as tranças da Flo; ela assumiu o banco da frente, os chinelos colados no para-brisa enquanto os polegares metralham um console de jogo. Anne-e-Paul-os-rodoviários se sentaram um em cima do outro, vá saber como fizeram, para segurar o volante a dois. Eles olham mais um para o outro do que para a estrada, sem sorrir nem se beijar, só assim, olhos nos olhos, enrugados como dois velhos, nem sei direito se eles têm carteira, mas devo admitir que seus Instintos nos pilotam sem hesitar; não é um luxo aguentar direto esses motoristas imprudentes e o número de acidentados nos acostamentos — fora do meu alcance instintivo, o que, felizmente, é só em um sentido, senão eu seria capaz de sair do veículo em movimento para lhes prestar socorro. Na primeira fileira, Samuel-o-cuidador dorme no ombro de Vincent-o-calculador. Eu estou preso no banco do meio entre Lucie-a-confidente, que está com o nariz colado no vidro, e Joachim-o-verificador, que parafusa as minhas próteses a cada dez minutos. No meio de todos esses cabelos brancos, tenho a impressão de estar em uma excursão da terceira idade.

Sou o único que colocou o cinto de segurança.

— Vocês ainda não me disseram qual era a pista.

Ninguém responde, mas todos suspiram na minivan. Lucie sobe os óculos e aumenta o volume do seu walkman para proteger seu Instinto da minha voz grave. Para se proteger de mim, Goliath-o-protetor.

— Ei. Arrisquei minha pele por vocês no Santo-Mundo.

— A gente se lembra. Valeu, hein.

Eu me viro para o banco de trás. Foi Thérèse-a-alimentadora ou Marthe-a-reparadora que soltou essa? As duas cochilam vagamente, os olhos semicerrados.

Nada melhor do que ex-sumidos para encontrar uma sumida. Era o que pensava comigo quando embarquei com todos eles.

— Ah, bravo. Não tem discussão, formamos uma bela equipe. Os sequestradores da Claire não perdem por esperar.

— Talvez ela tenha ido porque quis.

Flo está virada como um crepe no assento à minha frente para me olhar. Percebo que, à menor freada, ela vai atravessar o para-brisa de costas.

— O cinto, bosta!

— Ainda não sabemos se Claire realmente foi raptada — continua Flo imperturbavelmente. — Não sabemos nem por que tudo isso está acontecendo ao redor dela. Mas uma coisa é certa: se a Burocracia Instintiva puser de novo as mãos nela, terminará muito mal para a Claire. Acabamos de passar a fronteira do Setor Centro-Sul. Estamos longe o suficiente agora. Vamos dar nossa pista a você, mas já vamos avisando, seu mala, se você pular fora, der sermão ou inventar de contar para alguém, a gente larga você na próxima área de descanso, sem telefone nem nada, e você vai se virar para voltar para debaixo da saia dos Altíssimos.

Estou destruído. É isso o que Flo pensa de mim? Que eu estaria pronto a denunciá-la, a denunciar os nove, para ficar bem na fita dos meus superiores?

— Você está falando com um desertor. Fale logo.

Flo olha para Vincent que olha para Samuel que olha para Joachim que olha para Marthe que olha para Thérèse. Anne e Paul se olham. Lucie desliga o walkman e me olha. Uma colisão múltipla de olhares.

Eles me entregam uma folha. Eu a desdobro tentando não a rasgar entre meus dedos protéticos. É um mapa impresso do Setor Leste e dos Subsetores vizinhos. Não noto nada de especial. Só uma data do início do ano.

— Hum... E daí?

Eles me entregam uma outra folha. É o mesmo mapa, desta vez com várias cruzinhas feitas a lápis. A data é mais recente.

— De novo, e daí?

— As cruzes — diz Flo — são pessoas. Gente cujo Instinto pirou de vez.

Meus braços não caem, mas suas engrenagens sofrem.

— Desvios?

— Aham.

— Que nem o gerente do Santo-Mundo?

— Aham, que nem ele.

Eles me entregam outras folhas. Mapas de cada Setor: em branco no início do ano, agora cheios de cruzes. Sinto uma aceleração brutal dentro de mim. Eu já vi Modeste dar cabo das anomalias, mas nem nas minhas crises de fé mais extremas, pois é, nem nelas eu imaginaria isso.

— Quem arrumou pra vocês essas informações?

— Ah, a gente conseguiu sozinho. Fomos garimpando aqui e ali.

Isso me ensina a não fazer perguntas idiotas. Vem uma outra, nada idiota desta vez.

— Quem fez isso?

— Claire.

Flo, Vincent, Thérèse, Samuel, Lucie, Marthe, Joachim, Paul e Anne responderam em uma só voz.

— Preste atenção nas datas. São as da turnê dela. A gente não quer dizer que ela fez de propósito, mas olhe: os desvios de Instinto apareceram todos depois da sua passagem. Por quê? Como? Isso a gente também não sabe. E claro, não tem nada nos jornais, nada na tevê. Abafaram o negócio rapidinho e direitinho. Se bobear, às vezes nem contabilizamos todos. E não para por aí, seu mala. Também piratearam nosso sistema. Pegamos um vírus, e não entendemos nada, mas Claire, antes de sair em turnê, pareceu entender. Como se tivesse a ver com ela pessoalmente. Ela tem um segrego, e um dos grandes. A gente acha que ele está ligado ao seu desaparecimento.

Arregalo os olhos, as sobrancelhas, tudo. Nós encontraremos Você. Claire me dizia que os murmúrios se destinavam a ela, e apenas a ela. Olho as folhas cheias de cruzes. Claire fez isso. Os solavancos da minivan e as detonações do escapamento estão me dando dor de cabeça. Claire fez isso. Repito a mim mesmo várias vezes para guardar bem. Claire fez isso. Penso no pescador no meio dos cadáveres de peixes, no seu pai que falecerá sozinho na clínica. Claire fez isso.

E de repente me dou conta de que não é verdade.

Quando o gerente do Santo-Mundo estava quase grelhando todos nós, inclusive ele, foi uma mão que Claire lhe estendeu. *Eu lhe ofereço a escolha*. Não era ela que segurava a arma. Nem Modeste. Era o Nós. Eu que sempre julgo rápido demais, demorei para ter coragem de questionar essa força impessoal que se apodera do meu corpo a fim de proteger tudo o que não sou eu, essa vontade falível que não soube salvar meu irmão e para a qual sacrifiquei meus braços. Eu me recuso a sacrificar Claire também.

Amasso as folhas.

— Preciso encontrar a Claire antes dos Altíssimos. Vocês têm um plano? Sabem de onde veio o vírus?

É a primeira vez que vejo Flo sorrir, mas não é o meu único choque.

— Não sabemos nadinha. Mas, segundo nossas últimas pesquisas, os Altíssimos estão montando uma grande operação no Setor Centro. É lá que tudo vai acontecer, e talvez terminar. Então é pra lá que estamos indo. O problema é que ainda é território demais para vasculhar. Precisamos restringir mais.

Eu quebro a cabeça.

— As midiatecas.

— As midiatecas? — repete Flo.

— Falei com a Avril... uma confidente que trabalha no setor jurídico. No caso das Claire, todas as vítimas têm isso em comum: a carteira da midiateca. Elas estavam indo ou vindo de lá, toda vez. Aposto minha prótese que tem uma ligação aí.

O sorriso de Flo se torna feroz.

— Apoio a gente se concentrar nas midiatecas do Setor Centro.

Ela se vira para Paul e Anne.

— Estacione no próximo posto. Precisamos achar uma lista telefônica. E abastecer. E comprar pipoca.

Acionamos as manivelas para fechar todos os vidros.

Fico abismado com o tamanho da fila nas bombas de gasolina. No estacionamento, os carros e os caminhões estão estacionados de qualquer jeito. Todo mundo grita com todo mundo, mesmo se não entendemos por quê. É verão, é fim de semana, faz calor, eu entendo, mas mesmo assim. Na nossa minivan, o cheiro de medo paira no ar. Lucie põe de volta seu walkman. Os outros roem as unhas, os lábios, os próprios nervos. Não é essa atmosfera tóxica lá fora que vai reconciliá-los com a espécie humana.

Eu solto meu sinto de segurança.

— Rápido na bomba. Vou atrás de uma lista telefônica.

Visto o macacão de mecânico que meus pais me passaram. Esconder minhas próteses, esconder meu broche, me esconder, sem falar na arma que estou levando no coldre preso ao tornozelo, já que não o devolvi a Modeste. Uma verdadeira coisa de desertor. Não ouso imaginar a cara que minha diretora da Escola do Protetorado faria se me visse.

Também tem fila em frente à loja de conveniência do posto. Não tenho muito dinheiro comigo, mas prefiro evitar usar meu cartão. Está quente ao sol. Estou me sentindo esquisito. Ao meu redor, as pessoas se insultam por arranhõezinhos de carroceria.

Estão com os nervos à flor da pele.

Tento não pensar, mas penso mesmo assim: Claire está fazendo isso. Sem querer.

Sobre um banco, um rádio toca repetidamente um chamado a testemunhas, prometendo uma recompensa em troca de qualquer informação sobre seu sumiço. Revejo os Altíssimos no meu quarto. Não é tanto ela que querem encontrar, e sim aqueles que estão com ela. E eu me enfiei até o pescoço nesta enrascada, sem o menor plano para tirar a Claire da dela.

Estou me sentindo esquisito de verdade.

Entro enfim na loja. Piso em cima de uma gororoba de biscoitos, sanduíches e café. As prateleiras foram esvaziadas por motoqueiros e famílias: eles devoram tudo na loja sem pagar. Um funcionário arranca o saco de balas das mãos de uma menininha para despejar tudo na própria boca. Vejo até uma Virtuosa que entorna de uma vez só uma garrafa cheia de suco de laranja, quase se engasgando.

O que é que...

Aqueles que não estão se empanturrando rasgam todos os cartazes da loja: *"Consuma sal e açúcar com moderação"*, *"Dirija com cuidado"*, *"Faça pausas"*, *"Salve a sua vida, salve vidas"*. Em vez disso, eles enfiam os dedos em todos os molhos para traçar o mesmo murmúrio nas paredes.

NÓS A ENCONTRAREMOS NÓS A ENCONTRAREMOS NÓS A ENCONTRAREMOS NÓS A ENCONTRAREMOS NÓS A ENCONTRAREMOS NÓS A ENCONTRAREMOS NÓS A ENCONTRAREMOS NÓS A ENCONTRAREMOS NÓS A ENCONTRAREMOS NÓS A ENCONTRAREMOS.

Ah, bosta.

Saio correndo para a cabine telefônica, pego uma lista telefônica e dou meia volta.

Não sou eu que estou me sentindo esquisito. É meu Instinto. Ele pulsa nas minhas veias, prestes a despertar. Há uma ameaça iminente. Alguém vai colocar outra pessoa em perigo. Todo mundo vai colocar todo mundo em perigo. Gritaria, empurra-empurra, saques. Fujo das filas em ebulição, é uma loucura total. Uma disputa degenerada por uma das bombas de gasolina. Um maluco põe fogo em uma lixeira. O posto berra.

Imediatamente perco o pânico; fui treinado demais para isso. Abro minha boca como nunca para segurar o catálogo com os dentes. Pego um extintor, tiro o pino de segurança, abaixo a alavanca e aperto o botão de acionamento. Apago as chamas, depois saio correndo para a minivan, onde Flo acabou de abastecer.

Eu lhe jogo a lista telefônica.

— Vamos!

Os motoristas bloqueiam a estrada. Anne e Paul buzinam. Foi uma má ideia: punhos batem na nossa minivan em resposta, chaves arranham nossos vidros, um dedo sujo traça letras ao contrário que consigo decifrar sem dificuldade. NÓS A ENCONTRAREMOS. Trancamos tudo o que dá. Guinada brusca, o carro sai de lado! Rompemos uma barreira, avançamos por vários metros de grama, quase despencamos num barranco. Retorno brusco à rodovia: não sei por que milagre.

Acabamos saindo sem pagar. E sem pipoca.

CLAIRE

SEJAMOS METÓDICOS

Barulho de aspirina efervescente.

Tenho dificuldade em entreabrir os olhos, minhas pálpebras dobraram de volume. Você me olha, copo na mão. Você está vestido de couro, da cabeça aos pés, como se estivesse prestes a subir no palco outra vez. As lâmpadas do subsolo fazem todas as suas correntes brilharem. Como eu, você não está mais usando seu broche de Trono. Nunca me pareci com a Claire dos cartazes; você também não se assemelha ao Coco-Rudy dos pôsteres. Parece todo encolhido.

Avalio a aspirina que você preparou para mim.

— Minha cara está feia tão assim?

— Aham, bastante.

Está zoando comigo? Sua voz é tão monocórdica... Nenhuma entonação. A mesma nota na mesma oitava. A voz de um cantor nato, amputado do seu Instinto.

Por minha causa? Sério?

Aceito a aspirina. Devo ter dormido quinze minutos no máximo. Por causa da insônia, esqueci como se faz. Ainda assim preciso de um momento para me recompor. Estamos no último subsolo do depósito. Um verdadeiro apartamentozinho especialmente para os Você. Tem carpete, lâmpadas e livros por toda a parte, mas também um bar, duas geladeiras, uma esteira de corrida, um banheiro, edredons e almofadas à vontade. O suéter que me emprestaram me mantém aquecida. Uma prisão de luxo sem escadas, sem telefone, sem escapatória. A única saída é um elevador no fundo do corredor e, sem a chave especial, é impossível chamá-lo.

Não vemos nada da superfície lá em cima; nem dos subsolos acima do nosso, e, mesmo assim, sei que estão trabalhando, classificando, plastificando, arquivando, restaurando, catalogando, microfilmando, subindo e descendo caixas de livros, entre duas fabricações de armas caseiras.

— Quantos Você já houve aqui? — pergunto. — Antes de nós e do homem do vídeo?

— Vá saber. Sou convidado deles, não um iniciado.

Você dá de ombros. Os meus estão doendo. Eu cochilei na frente da televisão e estou tão tensionada como quando estava sentada. Meus dedos se contraíram ao redor do controle remoto. Independentemente do canal, independentemente do Setor, são sempre as mesmas reportagens: roubos, atos de vandalismo, acidentes, episódios de histeria coletiva, chamados à ordem. As proporções que os acontecimentos tomaram desde o meu desaparecimento me deixam estupefata. Em cada foto, cada vídeo, procuro — o estômago revirando de medo — rostos conhecidos.

Espero você. Não precisa. Goliath deve me esquecer. Mamãe, Avril, Janvier, Florence, todas as pessoas que cruzaram meu caminho um dia também precisam. Se eu pudesse, tentaria me esquecer também. Será que aí eu pararia enfim de obnubilar?

Você comenta, meio sério meio brincando:

— Parece mesmo que o mundo está indo pelos ares.

— Os Altíssimos me midiatizaram demais.

Eu me esquivo como posso. E você, ainda dá de ombros de novo. Está bravo comigo? Ontem, quando descemos até o último subsolo, você se trancou no quarto sem me dizer uma palavra. A gravação antiga logo escapou da sua porta — sua voz, na época em que seu Instinto a sublimava. Eu fiquei vendo televisão até não poder mais, você ouviu os próprios álbuns de novo. Mas você, não, você não canta mais.

Por minha causa?

Nós nos olhamos. Você pelo menos não tem medo de obnubilar. O Nós não me vê através de você, assim como não vê você através de mim. Eu encontrei você. Depois de uma vida inteira me conjugando na primeira pessoa do singular, escondendo-me sozinha sob minha pele, encontrei você enfim. Encontrei você porque o Nós o dispersou. Encontrei você e não estou sentindo nada do que esperava sentir.

Resumindo, não passo de uma doença — contagiosa ainda por cima.

— O que aconteceu com você... eu não fiz de propósito. Isso me escapa completamente.

Você diminui ainda mais no seu casaco de couro vermelho.

— Eles vão dissecá-la, Claire. Você não terá mais paz. Desde que colocaram as mãos em mim, me fazem passar por baterias de exames todos os dias. Medem meus sinais vitais, tiram meu sangue, perguntam várias vezes as mesmas coisas. Será sua vez. Um conselho: conte tudo o que sabe, e rápido.

Você me estende a mão, que aperto por automatismo.

— Michou. Meu verdadeiro nome. Coco-Rudy é só pelo glamour.

— Claire, mas isso você já sabe. Foi você que deu meu nome aos midiatecários. Você sabia antes mesmo de conhecer meu rosto, antes de eu ficar famosa e tudo o mais. Pode explicar?

Você parece hesitante de repente. Sinto que está prestes a me responder quando, no fundo do corredor, o elevador se abre revelando uma montanha. A conservadora avança com passos poderosos. Ela se posiciona com toda a sua altura na frente da televisão antes de desligá-la. Os manifestantes que levantam cartazes com "NÓS A ENCONTRAREMOS" no meio das nuvens de gás lacrimogênio são engolidos pela tela preta.

Ela está com um sorriso satisfeito.

— Preciso admitir, Claire, a senhora não obnubila pela metade. Nunca vi, nunca vivi nada assim. Tive a oportunidade de estudar o fenômeno com o seu predecessor: todo mundo se esqueceu depois. Os humanos rejeitam toda verdade que lhes perturba demais assim como um corpo rejeita todo transplante que lhe é estranho demais. Mas eu não me esqueci de nada. Eu estou pronta para essa verdade. Estou pronta para a senhora. Conseguiu descansar?

Que piada. Tomo o resto da minha aspirina.

— Que pena. Eu bem que gostaria de deixá-la respirar, mas o tempo urge, e temos muito trabalho pela frente. Sobretudo a senhora.

Dois brutamontes (também de suéter) guardam o elevador. Eles nos viram as costas para não precisarem me olhar.

A Senhora X está aqui também. Adivinho que, debaixo dos seus óculos escuros, seus olhos esquivam os meus com o maior cuidado. Ela parece tão acabada quanto eu. Esperando ali, se foi convidada, certamente não foi por decoro. Está aqui como desmistificadora.

A conservadora aproxima — mas não demais — uma cadeira da minha. Ela se senta ali, impecável no seu terninho, suntuosamente colossal, e encara minha franja para evitar meus olhos.

— Como foi que a senhora fez, Claire?

Com o queixo, ela indica você. Você logo se afasta para jogar sem convicção em um fliperama.

— Perder seu Instinto não o condenou nem a envelhecer nem a morrer prematuramente. Como foi que a senhora o fez passar do Nós ao Você?

— Está aí uma boa pergunta. E vocês, como fizeram?

— O quê?

— Todo mundo achou, de início, que Coco-Rudy estava doente e depois que tinha morrido. Inclusive os Altíssimos. Como foi que vocês fizeram isso?

— Temos muita influência. A senhora ficaria surpresa, Claire, do apoio com que contamos através de todos os Setores. Um certificado médico aqui, uma biópsia falsificada ali, um hospital longe do público e pimba, certidão de óbito. Não, a verdadeira sorte foi ter colocado a mão nele primeiro.

Ela fala como se você não estivesse ali de verdade; você mesmo a esnoba com uma superioridade elegante, totalmente concentrado na sua partida de fliperama. Ela já fez você passar por um monte de interrogatórios. Não importa, é verdade que esses anarcomidiatecários têm muitos contatos. Ou são os Altíssimos que têm menos influência do que eu pensava.

— Foi bem no fim do ano passado — narra a conservadora no seu lugar. — Coco-Rudy tinha sofrido um choque anafilático depois de uma festa de boate. Acabou no pronto-socorro. Rosto inchado, marca deformada, ninguém o reconheceu. Ele não saía do coma, e não estava com nenhum documento. Mandaram vir um identificador com urgência. Procedimento padrão: investigar a variante e o alcance instintivo, tudo o que possa ajudar a encontrar um nome em uma base de dados. Só que nada: o comatoso não tinha nenhum Instinto. Nada, zero. O identificador quase não se recuperou do choque, mas é um parceiro nosso, ele nos passou a informação sem comunicar às autoridades. Assumimos dali. Pensamos que tínhamos encontrado o novo Você, o uno, o único, enfim! A situação acabou se revelando muito mais formidável.

O comatoso recuperou a consciência. Antes mesmo de nos dar o próprio nome (e que nome!), ele nos deu o seu.

Ela se interrompe por alguns segundos, distraída pelo barulho do fliperama que você maltrata.

— Por que, Claire, ele conhecia seu nome, e nada além dele? Nem ele sabe. No entanto, foi assim que descobrimos que a nova Você, a una, a única, ainda estava para ser encontrada. Uma Você capaz, pela primeira vez em toda a história, de produzir outros Você. Uma Você que acabara de amputar o Nós de um dos seus representantes mais emblemáticos. Nós não chegamos a ver um sinal — afinal, nada faz sentido —, mas bem vimos uma oportunidade para aproveitar. Falta entender agora, Claire, como a senhora fez.

— Eu já disse e repito: não faço ideia.

— Sejamos metódicos.

A conservadora rabisca e me entrega uma nota. Uma data, uma hora, um endereço no Setor Centro-Oeste.

— Este — diz — é o instante e o local exatos em que Coco-Rudy sofreu o choque anafilático. Antes, ele tinha um Instinto. Depois, não tinha mais. Onde a senhora estava nessa hora, Claire? Segundo nossas últimas informações, a senhora deveria prestar as provas de fim de ano, mas não apareceu para fazê-las. Então: onde?

O fliperama se calou de repente. Você continua na frente dele, a nuca curvada, os dedos suspensos em volta do lançador. Está escutando.

Eu releio várias vezes a data. Incrédula.

— Eu estava no Santo-Mundo.

— No Santo-Mundo? O Santo-Mundo? O café das Escolas do Setor Sul? Aquele onde a senhora encontrou os sumidos?

— No mesmo dia em que os encontramos, na verdade.

A conservadora consulta a Senhora X, que assente em silêncio. Não, não, não estou inventando.

— Isso é interessante, claro, mas não nos dá uma correspondência direta com Coco-Rudy. A senhora estava no Setor Sul, então, ele, no Setor Centro-Oeste, separados por centenas de quilômetros. A contaminação com certeza ocorreu de perto. Já tinham entrado em contato?

— Jamais.

A Senhora X assente novamente. Não estou mentindo, não, mas então por que me sinto desconfortável de repente?

— Eu conhecia Coco-Rudy assim como seus fãs. Ouvi todos os álbuns, vi todos os clipes, mas não compareci a nenhum concerto. Eu não podia me dar a esse luxo, estava fingindo ser a confidentezinha perfeita. Então não, nunca cheguei a encontrar com Coco-Rudy antes de chegar aqui.

Quanto mais eu falo, mais meu desconforto cresce.

— A gente nunca se encontrou. Não é?

Pego você como testemunha. Você continua agarrado a seu fliperama, olhos no vidro, como se observasse o próprio reflexo. Quando fala enfim, sua voz não tem brilho.

— Assim que saí do coma, a primeira coisa que lembrei foi do seu nome.

— Mas isso não faz sentido alg...

A mão da conservadora se fecha em volta da minha mandíbula e me obriga a levantar o rosto na sua direção. Nossos olhos se chocam como bolinhas de fliperama.

— Ah, sim, Claire, eu vejo na senhora o que os outros veem. Não faz ideia do quanto me dá nos nervos. Coco-Rudy está entre nós há meses, mas por mais que seja um Você, ele não me causa nem a metade do efeito que a senhora produz em mim. A senhora é insuportavelmente obcecante.

Ela está me machucando. Penso nas marcas de mordidas no antigo Você do vídeo. Tento afastá-la; seu aperto só faz aumentar. Minhas vértebras estalam. A pressão que ela exerce sobre os meus dentes é fenomenal. Você não intervém. A Senhora X também não. Nenhum dos brutamontes reage no fundo do corredor.

Tenho a impressão de estar me partindo ao meio.

— Faça de mim uma Você, Claire. Quero sentir a ausência de Instinto, o nada do Nós.

Essa mulher é uma trituradora. Não sei se sou eu que sou absorvida por suas pupilas ou se é ela pelas minhas, mas isso nos afoga.

Sua boca se entreabre. Ou ela vai me beijar ou me morder.

— Diga, Claire, como é nascer absolutamente sozinha, não pertencer a nada nem a ninguém, ser tão indesejável que o mundo inteiro, e o Nós através dele, morre de vontade de comê-la crua.

Ela se cala, sem ar, depois seus lábios articulam sete sílabas sem pronunciá-las. *NÓS-EN-CON-TRA-RE-MOS-VOCÊ.*

— Hum... — intervém a Senhora X batendo no seu ombro. — Acho que o alarme foi ativado.

A conservadora levanta as sobrancelhas, me solta a contragosto, depois afasta os olhos dos meus à custa de um esforço que faz suas pálpebras tremerem. Eu tusso, quase surpresa por não cuspir fora meus molares.

Olhe só, é verdade que há um alarme tocando. Temos todos o reflexo de levantar o rosto para o teto, em direção aos outros subsolos. Um incêndio?

— Sem pânico — diz a conservadora. — Tenho um alcance de 47 metros. Se um único livro estivesse queimando lá em cima, meu Instinto já me teria feito levantar voo à força.

— Deixem-me partir.

Todo mundo se vira para mim, inclusive os brutamontes, antes de dar marcha a ré com os olhos. Só você me observa intensamente. Minha mandíbula virou geleia.

— Sejamos realistas por dois segundos: eu não vou destruir o Nós. A civilização inteira foi fundada com base nos princípios Instintivos. Então sim, talvez vocês tenham razão, talvez nada faça sentido, nem vocês nem eu, talvez o Nós seja um inconsciente narcisista que só se preocupa em manter a própria coesão. Só que, sem ele, é toda uma sociedade que desaba, e a humanidade vai junto. Vejam! Vejam-no, esse Você que vocês querem se tornar a qualquer preço!

Eu não aponto você com o dedo, já me sinto mal o suficiente de lhe impor isso, de desnudar a sombra que você se tornou, longe do strass e das lantejoulas. É claro que eles não o olham, mas você, apoiado contra seu fliperama, está me olhando, e sou incapaz de adivinhar no que está pensando nem o que está sentindo. Você é um Você, mas não é, nunca será eu.

— Deixem-me ir embora, deixem-me achar um cantinho no mundo, um ponto cego para me abrigar bem no fundo até o fim dos meus dias, só isso.

A conservadora me escutou sem interromper, olhos no chão, enquanto o alarme destrói nossos tímpanos, depois se levanta da cadeira. Montanha que cresce, cresce, cresce.

— Que fique claro, Claire. Civilização, sociedade, humanidade não interessam a ninguém aqui. A obnubilação atingiu um ponto sem volta porque nossa rede se empenhou em preparar o terreno para a senhora, geração após geração. Cada Você que salvamos do extermínio, que permitimos envelhecer, foi uma gota de veneno instilada no sangue coletivo. A sua midiatização fez o resto. Não restam mais do que duas saídas possíveis, tanto para a senhora quanto para nós, Claire: ou matar o Nós ou ser morta por ele.

Ela tira sua chave do elevador com um gesto de carcereira. Eu bem que a arrancaria da sua mão, mas o que me falta, e muito, é um plano para não ser destruída por aqueles punhos incríveis, seguido de uma surra por um batalhão de midiatecários.

— Venham — diz a conservadora à Senhora X e aos dois brutamontes. — Vamos silenciar esse alarme. Claire, espere quietinha aqui. Logo retomamos a conversa. Eu lhe arrancarei as respostas por bem ou por mal. Tenho uma preferência pelo mal.

O elevador sobe com elas sem mim. Você continua me olhando. Estou presa até a alma, mas pelo menos, estou presa com você.

MAMÃE

AGORA

Onde estou?

Perambulo por um campo aberto. Os insetos se calaram no mato alto; está abafado demais, até para eles. Nuvens de chumbo, sem sol, sem ar. Como as amoras que colho no caminho. Evito as estradas movimentadas. Às vezes passo em frente a uma fazenda, mas já não ouso bater à porta. As raras pessoas que ainda têm um tiquinho de bom senso têm medo das outras. Com razão. Um Virtuoso roubou minha caixa de ferramentas e minha bolsa no trem, logo antes da parada de emergência e da evacuação forçada. Um Virtuoso. Ele pediu desculpas, como se não tivesse escolha, e foi embora com todas as minhas coisas. Não tenho mais nem minha carteira, nem meus documentos, nem minhas cordas de harpa, nada além de uma marca no rosto. Uma afinadora bem longe do seu ateliê.

Desde que Claire foi dada como desaparecida, tudo está saindo dos trilhos em todo lugar. Onde ela está?

Não chame a atenção. Ah, que beleza de conselho dei para a minha filha. Vi o jeito irracional como as pessoas a assistiam na televisão dos saguões do hotel e da estação. Eu deveria tê-la mantido perto de mim, contra mim, no meu ventre, com Modeste.

Onde estão meus filhos?

No cruzamento de dois caminhos de trator, noto uma cabine telefônica. Empurro os arbustos e conto as moedas que me restam no bolso. Mal dá para fazer uma ligação.

— Alô?

A voz precipitada de Dalila me dá um nó na garganta e, por um instante, dedos contraídos ao redor do aparelho, não consigo falar.

— Sou eu.

— O Nós seja louvado! Eu estava morrendo de preocupação. Está uma loucura louca, lá-fo-ra-as-pes-soas-per-de-ram-o-ju-í--zo! Onde você está?

Apoio meu punho contra meu lábio que se deforma sem eu querer. Vontade de chorar. Vontade de voltar para o ventre da minha própria mãe. Será que ela vai bem, lá na sua velha casa, no Setor Leste? A bagunça do meu quarto a exasperava antigamente; nem consigo imaginar o que o caos do mundo de hoje está fazendo com ela.

— Alô? — chama Dalila. — Onde você está? Alô!

— Em algum lugar entre o Setor Centro-Norte e o Setor Centro-Nordeste. Eu acho. Não tenho certeza.

— Vou buscar você.

— Não, não, não saia. Fique abrigada. Não ligue a televisão de jeito nenhum. Eu queria só ouvir sua v...

— Estou indo. Não é negociável.

— Vir onde? Estou perdida.

— Minha querida, está falando com uma corredora. Talvez eu tenha um alcance instintivo de só 5.806 metros, vai-bas-tar. Não estou nem aí se o Nós surtou. Minhas pernas vão encontrá-la, e, se não forem minhas pernas, serei eu.

Eu a ouço já colocar os melhores sapatos, o aparelho preso entre o ombro e o pescoço. Não estou tremendo mais. Eu sei, com certeza absoluta, que ela logo estará aqui. Que ela nunca deixou de estar. Quando Claire e seu segredo cresciam entre nós, ela estava presente. Todas as vezes que menti para ela, que impeli minha filha — *nossa* filha — a mentir para ela, Dalila estava presente. Esse tempo todo em que me fechei no meu ateliê, por comodidade e por vergonha, ela estava presente.

— Dalila, escute.

— Eu vou, estou indo, fui!

— Escute.

— Estou escutando.

Contemplo as nuvens através dos arbustos. O mundo não está ficando louco, não; ele nunca esteve bem. Ele não merece estar. Se há uma pessoa que tem o direito de saber, enquanto ainda resta algo para salvar, é aquela que se encontra agora do outro lado da linha.

— Claire nasceu sem Instinto. E Modeste vai matá-la logo mais.

MODESTE

TUDO VOLTARÁ A SER PERFEITO

Eu me aproximo.

Costuraram minhas costas como a pele de uma boneca, mas não são esses pontos que puxam para a frente, e, quanto mais me aproximo, mais a dor se distancia. Dormi a viagem inteira; agora minha mente está absolutamente acordada.

As vozes dos Altíssimos ressoam no meu fone auricular:

— O instante propício está chegando. Quando você matar Claire, e deve ser apenas uma questão de minutos, um outro mal necessário tomará seu lugar, e um outro bem necessário tomará o seu. Claire é um câncer do qual o Nós nunca vai se curar, mas que também não matará o Nós.

Atravesso a zona industrial do Setor Centro sem ler as placas. Um labirinto de armazéns, galpões e sedes de empresas. O Instinto me guia, o Nós dirige. Pedi para descer do carro. Não porque preciso pensar, não, quase nem penso mais desde a rua sem saída onde o pai do pescador me enfiou o canivete nas costas. Porque estou com vontade de andar, simples assim, de sentir a chuva nos meus cabelos, de provar o alcatrão sob meus pés e ver diminuir, a cada passada, a cada poça, essa distância que logo deixará de me separar da Claire.

— Tudo isto não passa de um jogo — continuam os Altíssimos no meu fone auricular. — Um jogo que sempre recomeça, um jogo de uma regra só. Essa regra foi desrespeitada. Há tempo demais, jogadores indesejáveis entram de penetra na partida. Hereges, traidores e covardes que se escondem, até de nós. Individualistas. Eles que são um mal totalmente dispensável. Eles impedem que o bem necessário elimine o mal necessário, que os destinos se cumpram, que o ciclo natural se realize. Corrompem o Nós. Desviam os Instintos. Perturbam o rebanho.

Eu me aproximo, e, comigo, se aproximam todas as limusines da Burocracia Instintiva. Elas andam passo a passo, meus passos. Formamos um comboio funerário, mensageiro das mortes vindouras, e tudo é tão bonito que isso me faz levitar. É que também os deixei na rua sem saída: o fardo de Goliath e o peso da mamãe.

— Você não terá segunda chance. Fisgamos os traidores graças à Claire e, para isso, consentimos — com o aval do Nós — que a humanidade inteira fosse obnubilada. Apenas a morte de Claire pode interromper sua obnubilação, ela não deve escapar novamente. Então não se deixe morrer antes de matá-la. Isso já aconteceu no passado, precisaríamos esperar que um outro nascimento tomasse seu lugar, e já não dispomos de tempo para isso.

Eu me aproximo já sem um vínculo algum, só um último fio a cortar, lá, aqui perto, no finalzinho da estrada. As anomalias já não me dizem respeito. Eu as senti durante o trajeto, no fundo do meu sono, propagando-se por toda parte, de bairro em bairro, de casas a prédios, em todas as ruas, em todas as paredes. Mesmo aqui, longe do centro, em plena zona industrial, elas são inúmeras. Os trabalhadores saem das fábricas às centenas para se agarrarem, se abraçarem, se empurrarem, se estrangularem, se beijarem com ferocidade. Um barco, desviado ao mesmo tempo que o Instinto do marinheiro, naufragou em uma margem do canal, mas a tripulação continuou brigando. Aqueles que ainda não enlouqueceram estão fugindo e aqueles que não fogem traçam com spray grafites nas portas de garagem.

Nós a encontraremos

Tudo cessou de estar perfeito, mas isso também não tem importância.

— Quando cumprir sua tarefa — me sussurram os Altíssimos —, quando matar Claire e restabelecer a ordem original, então você deixará de ser Arcanjo. Você estará acima dos Tronos, dos Querubins, dos Serafins, acima mesmo dos raros Poderosos e Messias que a história viu nascer. Você será a figura da salvação absoluta que o Nós sempre esperou. Você será Supremo.

Arranco o fone auricular e o lanço no esgoto. Não preciso mais dos Altíssimos, não preciso mais de suas vozes.

Não concordo com eles. Se o Nós está tão doente hoje, a responsabilidade é minha. Eu não deveria ter deixado Claire escapar nas escadas da nossa infância. Não deveria ter aceitado a separação nem a espera forçadas. Não deveria ter permitido que ela crescesse no seu canto, nem deixado os Altíssimos exibi-la ao mundo. Não deveria ter esperado o instante propício, não deveria tê-la observado, me surpreendido por amar observá-la, não, não posso amá-la, não posso amar o que não pode existir, mas amar observá-la, observá-la de longe, vê-la viver e notar que, se ela não fosse ela, se eu não fosse eu, teria podido amar essa irmã e talvez ela teria podido me amar também, mas não importa, no fundo, porque quase nem penso mais nisso.

Eu me aproximo.

Caminho ao longo do alto muro de um prédio sem janelas, cinza e feio, cercado de grades. Uma fortaleza de concreto em frente à qual estão estacionados os ônibus da midiateca móvel.

DEPÓSITO PRECIOSO DA REDE DE MIDIATECAS
ACESSO RESTRITO

É para cá que o Instinto me impele. Ando em frente a uma barreira de segurança. Um guarda sai da guarita. Eu o amo, mesmo se ele mira a arma para mim. Ele cai, crivado de balas, antes de poder dar um tiro uma sequer. Atrás de mim, todas as portas das limusines estão abertas. Mansos descem dos veículos às dezenas. Seus capacetes e seus coletes à prova de bala crepitam sob a chuva. O santo exército dos Altíssimos. Aponto para o prédio: Claire está lá dentro em algum lugar; e os traidores que eles procuram, com ela.

Eles partem para o assalto.

Sua missão vai poder começar, e a minha, encerrar-se. Eu me aproximo do fim. Seguro minha nova naninha na mão. No tambor, acrescentei uma segunda arma àquela que os Altíssimos destinam à Claire. Esta eles não abençoaram, mas tanto faz, vou virar Supremo no fim das contas.

Matarei Claire e me matarei em seguida.

E tudo voltará a ser perfeito.

CLAIRE

UMA COISA PARA MOSTRAR

O alarme não parou. Um choquezinho surdo atravessa o teto. Um barulhinho de nada, mas mesmo assim, é a primeira vez que ouço um som vindo dos subsolos acima do nosso.

Estamos só nós dois agora.

— Quer comer?

Você abriu uma das geladeiras. Passo a língua entre os dentes da frente, nesse vazio que faz parte de mim. Eu me impeço de ceder de novo a esse chamado. Estou cansada de ter fome, minha incapacidade de me sentir saciada me exaure.

— Passo.

— Você que sabe.

Indiferente à sirene do alarme, você esquenta um prato no micro-ondas. Você, que brilhava nas telas, agora tem o porte de um camarão encolhido. Devo pesar umas duas vezes mais que você.

Eu faço companhia, por falta de opção.

Instalado no bar, você se estica até a gaveta da cozinha, fazendo vacilar seu banquinho, para pegar os talheres. Esses midiatecários não devem se sentir ameaçados para nos deixarem facas assim.

Você come com uma careta engraçada. De vez em quando solta um comentário com uma voz plana. Toda vez que o examino, sob sua marca de músico, sinto um aperto no peito. Sinto em você a mesma ausência, o mesmo silêncio que sinto em mim. Penso em todas aquelas noites ouvindo seus álbuns, amassando o travesseiro, encolhida na cama, refém da dúvida. Eu queria ser você, transformei-o em mim e, mesmo assim, não me sinto mais completa.

— Coco-Rudy?

— Coco-Rudy não existe mais.

Sua faca corta o queijo em rodelas.

— Sou Michou agora.

— Certo. Michou. E se eu tiver contaminado outros? E se estiver fazendo isso agora mesmo sem querer?

Você abre um semissorriso, nem alegre nem triste. Goliath nunca me sorriu pela metade. Ele é inteiro em tudo, para tudo, em todo lugar. Por que é que eu ainda penso nele quando gostaria tanto que ele me esquecesse?

— Na verdade, já nos encontramos.

Você solta isso casualmente, mastigando o queijo.

— Hein?

— A gente já se encontrou. Você e eu. Antes. Em outro lugar.

Por mais que eu desbobine e rebobine a memória, não acho nada.

— É impossível.

— Não é que você não se lembre. É que você não reparou.

— Não, sério, é impossível. Eu colecionei todos os anúncios de todos os seus concertos desde o seu começo como estrela mirim. Eu teria reconhecido você em qualquer lugar.

O alarme enche cada pausa entre cada frase. Os choques no teto ficam mais altos.

— Venha. Tenho uma coisa para mostrar.

Você se deixa escorregar do banquinho do bar e, em um tilintar de correntes, se dirige para o seu quarto. Não limpa nada do que deixou na cozinha. Também não presta atenção nenhuma nos choques, cada vez mais poderosos, que fazem piscar as lâmpadas do teto e tremer os quadros nas paredes. A sirene de alarme não para de se esgoelar. O que é que eles estão fazendo lá em cima? Fazendo mudança do depósito inteiro?

Sigo você até seu quarto.

Uma cama dobrável, um guarda-roupa, um sistema de som, alguns móveis e quatro paredes sem janelas: não é tão chique quanto seu quarto no 69º nos Altíssimos do Centro. E pensar que dormi nos seus lençóis de seda.

Você levanta o carpete no chão. Embaixo dela, um assoalho sujo. Está todo marcado de arranhões. Com um gesto elegante, uma quase reverência, você me convida a examinar de perto. Ignoro o melhor que posso os choques lá em cima e o gesso que chove do teto.

Eu me ajoelho.

Não são simples arranhões: centenas de letras foram gravadas na madeira com golpes violentos. As mesmas se repetem por toda parte. C. L. A. I. R. E. Então a lápis no chão, no pouco espaço que resta, decifro o que suponho ser sua letra:

"Você me fez ser o que sou."
"Esperarei por você o quanto for preciso."
"Logo saberá o quanto a odeio."

Sua voz me sopra no ouvido:

— Então você apareceu, Claire.

Você me enfia uma faca na mão. A faca de queijo. Com toda a sua força, com toda a sua raiva. Um grito me sobe do ventre, um berro orgânico, você me pregou no chão, e me mexer é insuportável, e não me mexer também, e já não passo de uma mão furiosa e que xinga, e meu sangue corre sobre todas as letras do meu nome, e cada gota é um gemido, e soluço de joelhos, humilhada, ofegante e horrorizada.

Você se senta diante de mim, suas roupas de couro crepitam. Deixou a faca bem onde ela está, na minha mão e no assoalho.

E fala, por cima do alarme e do meu alvoroço, com uma voz monótona:

— Claire, deixe-me contar sobre o nosso primeiro encontro. Era o fim do ano. Eu tinha acabado de terminar um show. Casa cheia. Um triunfo que chegou às calçadas. Os potes de doações: cheios de grana. Minha contagem de vidas: quase Querubim. Eu estava a um fio de ser promovido a Altíssimo, aleluia e tudo o mais. Porque — está me ouvindo, Claire? preste atenção —, porque, nesse momento, eu tinha meu Instinto. Uma voz de remexer as entranhas. Eu tinha um Instinto, e foi meu último show, mesmo que eu ainda não soubesse. Está me ouvindo, Claire? Para mim, a noite estava só começando. Eu quase não dormia no arranha-céu, sabe. Aquele luxo todo não é muito rock'n'roll. Não, eu quando saía do palco ia me enfiar em confusões longe das luzes do centro. Eu tinha o hábito de frequentar uma boate da periferia do Centro-Oeste. Lá, ninguém me conhecia, e ninguém queria me conhecer. Eu entrava sem documento, leve como nunca. Consumia coisas nada autorizadas. Está me ouvindo, Claire? E aí, lá, na pista de dança de madrugada e no meio de uma viagem psicodélica, encontrei você. Precisei de alguns segundos para entender que você não estava ali de verdade e mais alguns para perceber que eu também já não estava mais ali. Meu corpo continuava a tremer naquela boate do Setor Centro-Oeste, mas o resto de mim estava em outro lugar. Ou melhor, o resto de mim era outra coisa. Era algo muito, muito maior e muito, muito menos sozinho. Está me ouvindo, Claire? Eu era o Nós. Eu não só tinha um Instinto que me fazia cantar, não, eu era meu Instinto, eu era todos os Instintos. Eu era o absoluto. E esse absoluto observava você, Claire. Ele sabia o seu nome. Seu corpo também estava em outro lugar e, não me pergunte como eu sei, isso não se explica, naquele momento, eu sabia de tudo, eu via tudo, eu era tudo. Nós observávamos e você Nos observava. E isso Nos deixou em choque, porque, nesse instante, Nós entendemos que você não era Nós. E... tudo saiu dos trilhos. O que aconteceu lá, em outro lugar, por toda parte, está me ouvindo, Claire? O que aconteceu me ejetou do Nós. Você me ejetou. Quando voltei à superfície, estava em coma em uma cama de hospital, no meio daqueles midiatecários, e não tinha mais Instinto e estava sozinho, eu sozinho, eu sem Nós, e soube imediatamente que eu nunca mais teria espaço nem nos palcos nem em lugar algum. Tudo por sua culpa, sua enorme culpa. Está me ouvindo, Claire?

Sim.

Apesar do terror, apesar da dor, apesar da minha mão berrando e do barulho cada vez mais insano que estoura o teto, sim, apesar disso tudo, estou ouvindo. Ele, Coco-Rudy, Michou, ele sem o Nós, por minha culpa, ele que nunca deveria ter sido um Você.

— Crise de afastamento.

Minha voz está úmida. Meus cabelos grudam na minha pele. Estou suando, salivando e sangrando e entendo enfim. A hora do choque anafilático de Coco-Rudy foi a do Setor Centro-Oeste (estou com uma faca cravada na mão) não a do Setor Sul (estou com uma faca cravada na mão) eu não estava no Santo-Mundo (estou com uma faca cravada na mão) estava no ônibus escolar (estou com uma faca cravada na mão) que acabara de frear (estou com uma faca na mão) e estava com o walkman no último volume (estou com uma faca cravada na mão) e escutava a fita de Coco-Rudy, e aquilo me ligou a ele, ele fez mesmo parte dessa experiência que eu tanto queria reviver, não apenas sua música, ele, sem querer, sem eu querer, e estou com uma faca cravada na mão!

É o que consigo mais ou menos choramingar entre dois soluços.

— Ah é? E acontecem muito essas crises?

— Acabaram. Desde o ônibus, acabaram. Eu tentei, acabaram.

Ele se levanta. Dá a volta em mim. O que está fazendo? Tento virar a cabeça, mas estou pregada no chão. Sinto dor. Transpassada de um lado ao outro. A lâmina cola a minha palma ao chão. Com a outra mão, tremendo, incrédula, tateio o cabo da faca. Estou com medo. Medo de fazer a dor doer mais. Ai, mamãe... Todas aquelas aulas de autodefesa não me prepararam para isto. Puxo e paro, puxo e paro. Não consigo, estou completamente fincada na madeira. Os choques do teto se propagam nas paredes, descem até o chão e pulsam até a lâmina. Cada solavanco é um suplício.

As bombas.

São bombas caseiras que explodem acima de nós, e além das explosões ouço rajadas de tiros e fúria. O alarme berra comigo. Não é possível. Estão se matando no depósito. Ficaram loucos. Por minha culpa também.

Ninguém me salvará.

— Você vai voltar lá, Claire.

Ele voltou. Está sentado de frente para mim.

— Você vai voltar lá. Bem, bem longe. E, quando chegar, você me devolverá meu Instinto, minha voz, meu palco, minha verdadeira vida de antes. Porque, está me ouvindo, Claire? porque eu, sabe, não posso existir assim. E principalmente, principalmente, não posso morrer assim. Não posso cair no esquecimento. Preciso voltar ao palco para deixá-lo com estilo. Entrar para a história. Eu esperei você, Claire. Neste quarto, neste porão, eu esperei. Joguei o jogo dos midiatecários para que eles trouxessem você até mim. Eu sabia que, cedo ou tarde, estaríamos aqui. Estamos conectados, você e eu. Proponho um acordo. Escute, Claire, não se deixe distrair pela confusão lá em cima, pode até ser o apocalipse, não estou nem aí. Escute bem. Se eu voltar a ser Nós, você viverá. Senão, que pena, morreremos os dois, e as pessoas esquecerão você ao mesmo tempo que a mim.

Ele levanta meu rosto na direção do dele, enxuga as minhas bochechas com os polegares, dá um beijo na minha testa, depois enfia uma sacola de plástico até o meu pescoço.

SENHORA X

TIRO

Dou uma cutucada no jovem manso com a ponta do pé. Morto e não vai esquentar tão cedo. É de cortar o coração: manchei de sangue meus sapatos brancos. Ao mesmo tempo, esse sangue não é nada pessoal, ele está no depósito inteiro; uma verdadeira piscina. O alarme me ensurdece.

Conto as munições que me restam: poucas.

— E então, esse tipo de ataque acontece muito por aqui?

Falo em voz baixa. Com a conservadora-chefe, nós nos refugiamos entre as estantes 44 e 45 do terceiro subsolo, em algum lugar na seção “Encadernações impressionantes”.

— Não muito — responde.

— E suponho que é melhor não contar com reforços?

— A senhora supõe corretamente, Senhora X.

Nossos seguranças foram abatidos com categoria. Ao deixar Claire, que ficou no último subsolo com Coco-Rudy, minha ideia era me servir um cafezinho. Acabei me servindo de cinco mansos; a conservadora, dezesseis. Soldados recém-saídos da infância que receberam dos Altíssimos uma arma e uma ordem. Estão todos com um capacete integral de viseira preta que os impede de nos ouvir e nos impede de ver seus olhos.

Meus óculos estão quebrados, o que me deixa em desvantagem. É que estou na idade da presbiopia e da catarata. Dou uma olhada no corredor central, meu dedo no gatilho. Os neons projetam uma luz branca nos cadáveres: nos dos nossos, nos dos outros, tem de tudo um pouco, muito de nada.

Calma total. Aqui, pelo menos. Nos subsolos de cima e de baixo, é só tiro.

Ao meu lado, sentada no linóleo, a conservadora ofega feito um boi. Noto o vermelho que invadiu seu suéter listrado. Já era para ela ter morrido; essa mulher é um fenômeno da natureza.

Eu me inclino sobre ela.

— Achei que o Quartel General fosse indetectável. Não que esteja lhe fazendo uma crítica nem nada. É só que não estava prevendo morrer tão rápido depois de chegar.

Ela sorri. O sangue lhe pinga dos lábios.

— Sim, pois é, erro de cálculo. O Arcanjo Modeste deve ter sobrevivido ao pai do pescador. Seu Instinto guiou os Altíssimos até nós. Até Claire. Coco-Rudy acabará assim também, com certeza. Isso vai me ensinar a não apostar tudo em um velho aposentado. Sem ofensa, hein, Senhora X. A senhora tem noção disso? Todos esses mansos programados para nos erradicar... A gente deve mesmo ter aborrecido muito, mas muito, os de lá de cima. Um sistema inteiro que funciona com base na santificação humana, na preservação da espécie, todos esses discursos bonitos há séculos e séculos, e é esse sistema que está nos assassinando hoje. Admita, não é bonito?

Puxa, para uma conservadora toda furada de bala, ela fala! Seu Instinto, dedicado à proteção dos livros ao nosso redor, ainda a anima. Mas não só ele. Ela parece satisfeita.

Verifico rapidamente o elevador no final do corredor, a algumas estantes daqui. Fora de serviço. Os midiatecários sabotaram todos desde o início do assalto. Mas isso não impediu os mansos de brotarem por toda parte. Eles abrem passagem à base de explosivos — e esses não são caseiros. Não, decididamente, vendo daqui, estou seriamente encurralada.

— Bom. E qual é seu plano B?

— Que plano?

— Faz séculos que montam uma resistência contra a Burocracia Instintiva e os Altíssimos. Com certeza vocês têm um plano B.

— Ah, nossa má influência se estendeu mundo afora. A sucessão está garantida.

Meu Instinto me diz que ela está mentindo. Ou que está mentindo para si mesma. Não dá para fazer um escândalo com uma moribunda, mas mesmo assim, tenho um acesso de mau humor.

— O advento dos Você, o fim dos Instintos, a morte do Nós, tudo isso será para quando então?

A conservadora ri e geme ao mesmo tempo.

— Claire decidirá. Logo mais, ela matará o Nós ou será morta por ele.

— E se for o Nós que a matar? Ficará para quando nossa grande revolução?

— Para uma próxima vez, talvez.

Acabou, desta vez a conservadora está rígida, bem rígida. Um por um, tiro seus dedos da sua semiautomática. Droga, o pente está vazio; não será ela a me fornecer munições suplementares. Coloco meu chapéu fiel nos seus olhos abertos demais para o meu gosto. Um presentinho.

Não está certo. Eu não me voluntariei para isto, não me sinto nada satisfeita, eu queria viver alguma coisa viva, alguma coisa grandiosa, alguma coisa verdadeira. E, mesmo sem isso, sem o verdadeiro, sem o grande, quero viver. Não quero pular do trem como a outra velha maluca.

Com certeza deve haver uma saída de emergência.

Passo por cima dos cadáveres, correndo entre as fileiras e, enquanto procuro uma porta de saída entre os livros, aturdida pelo som da sirene, sou tomada por uma lembrança antiga.

Meu primeiríssimo cigarro.

Eu o havia comprado no mercado clandestino do internato, no dia da minha maioridade. (Nada à direita, nada à esquerda.) Eu estava quase terminando minha formação no Instituto especializado dos desmistificadores. Pertencia desde o berço à Burocracia Instintiva, querendo ou não. Mas eu não queria. Estava cansada das pessoas, das suas mentiras incessantes, mesmo quando achavam que estavam sendo sinceros. (Vamos ver o lado da seção "Iluminuras da Academia de ciências".) Na verdade, não era tanto o fato de as pessoas mentirem que me irritava, o que me desagradava era saber que mentiam. E principalmente, não suportava mais não poder mentir a mim mesma. Eu não suportava mais o meu Instinto. (Ah! Um duto de ventilação, vale tentar.) Então pronto, no dia da minha maioridade, eu entendi de repente que envelheceria sozinha. Comprei aquele primeiríssimo cigarro, me escondi no banco de uma praça e aí percebi que não tinha fósforos. Desatei a chorar como uma idiota. (Estreito demais esse duto, acho que vou entalar.) Estenderam-me um isqueiro. O homem me pareceu velho, mas veja, tudo parece velho quando somos jovens; pensando bem, acho que ele tinha a idade que tenho hoje. (Pelo elevador de documentos, talvez?) O velho me ofereceu fogo e me disse que eu não tinha motivo para chorar, nem nenhum motivo para viver, que tudo era absurdo, então é melhor rir, senhorita. (*"Carga máxima: 25 kg"*. Que droga.) Ele não estava mentindo, uma sinceridade total e completa. Tinha a marca dos informantes e me disse que era midiatecário. Perguntei seu nome. Senhor X, respondeu, antes de acrescentar com uma voz brincalhona: "É um codinome, como é de se imaginar."

Isso que dá aceitar a chama de um desconhecido. Dou minha palavra: se encontrar um jeito de escapar, vou parar de fumar, voltar para a minha casinha do bairro e bebericar suco de cenoura na praia até morrer.

Tiro.

Eu me recosto contra os catálogos da sessão "Fundos iconográficos", segurando minha arma semiautomática com as duas mãos. Achei que era a última sobrevivente deste subsolo. Eles não me viram. São três. Enfim, dois: um manso perde todo o sangue no chão, o capacete virado para o lado. Os dois restantes, uma mansa de colete à prova de balas e um midiatecário de suéter, brigam por uma arma entre os armários de microfilmes. Enquanto seus corpos se chocam, eles começam um diálogo em que ninguém se entende.

— Preciso matá-lo, senhor.

— Esse capacete faz parecer que tem um cabeção.

— Ordem dos Altíssimos, senhor.

— Que se danem, e com vontade.

— O senhor traiu o Nós.

— Veja bem, o Nós me traiu primeiro.

Dois tiros. Eles caem juntos. Não sei como contaram, conseguiram se matar ao mesmo tempo. Eu me aproximo. O capacete da mansa emite um ínfimo sussurro. Primeiro acredito que ela está tentando falar comigo, mas é seu rádio que eu ouço. "Mate todos eles, o Nós reconhecerá os seus. Não tire o capacete. Mate todos eles, o Nós reconhecerá os seus. Não tire..." A voz dos Altíssimos, bem escondidinhos no seu arranha-céu, a quilômetros daqui.

Saio correndo no sentido inverso. Ao chegar à seção "Documentos monetários", estou sem ar. Não tenho mais pulmões para correr.

Ah, marcha a ré.

Sim, ali, sob um carrinho de livros, mal dá para ver, mas o linóleo foi cortado na forma de um quadrado. Empurro o carrinho. É um alçapão. Levanto os olhos para o teto. Se tem um embaixo, com certeza tem um em cima. Achei. Vamos lá, vovó, um pouco de escalada. Subo nas estantes de livros, um metro após o outro, aciono a alavanca e desdobro a escada. Os gritos e tiros do subsolo superior se amplificam; os Altíssimos decidiram fazer a limpa em todo o depósito. Só preciso usar todos esses alçapões até chegar ao térreo e evitar de levar chumbo na bunda.

Pode ser que eu saia viva.

Então porque continuo plantada aqui? Por que, em vez de focar o alçapão de cima (a superfície, o céu, a vida), continuo a observar o alçapão de baixo? Por que é que estou pensando no último subsolo? No que acabarão fazendo à Claire quando a encontrarem? Será que estou sob efeito da obnubilação? Ou será que estou percebendo que, depois de todos esses meses em que a vigiei, fiquei colada nela, escutando Claire responder as perguntas, em frente às câmeras, meu Instinto nunca, jamais, apesar da enormidade do seu segredo, a pegou em flagrante ato de mentira?

Então: o alçapão de cima ou o alçapão de baixo?

— Fuja.

Eu me viro. Um manso está mirando em mim. Está usando, além do capacete, um arnês de escalada; deve estar vindo de uma outra passagem. E eu, velha coroca que sou, não sei mais onde fui colocar minha arma semiautomática. Coloquei-a no chão para abrir o alçapão do teto, mas onde?

Realmente não tenho mais idade para isso.

— Fuja — repete o outro. — Por favor.

Sua voz está sufocada pelo seu capacete, os olhos escondidos pela viseira. As mãos tremem segurando a arma. Não dá para acreditar, esse garotinho está contendo o seu Instinto para salvar a minha pele de velhinha. Ele tenta, pelo menos, porque sei que vai ceder de um segundo para o outro. Ninguém resiste a um chamado desses.

Eu lhe falo o mais alto possível, por cima do som do alarme:

— Poupe-me.

— É inútil — responde, sacudindo o capacete. — Não estou ouvindo a senhora. Fuja, que merda!

Sem pestanejar, subi na escada. Azar da Claire, será o alçapão de cima. Antes que eu consiga alcançá-la, o Instinto do manso assume o controle dele. O tiro dispara. Uma queimadura na perna me faz soltar, caio feito uma bola murcha.

— Desculpe — suplica o manso. — Por favor.

Eu me arrasto no chão. Minha bela calça branca fica vermelha. O outro conseguiu desviar a bala, e eu fico só com um arranhão na panturrilha. Vejamos o lado bom das coisas, não quebrei o colo do fêmur. Uma outra bala vem se alojar na encadernação de um livro, a alguns centímetros da minha cabeça.

— Desculpe!

Engatinho em um rastro de sangue, depois me dou conta de que sou lenta demais e velha demais. Dou meia volta, sem ar. O cano da arma está bem apontado para mim, desta vez. O menininho não desviará a terceira bala, é melhor enfrentar o fim de cara.

— Claire... ela está bem?

Ele está chorando atrás da viseira. Dou de ombros. Qual a importância disso? Ele sabe que o Arcanjo a matará... isso se ela não for devorada viva antes.

— Sinto muito. De verdade. Perdoe.

Seu indicador hesita no gatilho. Ele soluça; eu suspiro. Ele não ouvirá, mas talvez lerá meus lábios.

— Desculpas aceitas.

A escuridão. O silêncio. Estou morta.

Ah não.

Eu entendo, pelo incômodo que ainda sinto na panturrilha, que se trata de uma queda de energia. O som do alarme enfim parou. Alguém em algum lugar desligou os fusíveis. Não vejo mais o manso, e ele não me vê mais. Rolo de lado. O tiro dispara — não me acerta. O manso ouve nada. Ele não ouve nada, mas eu sim. Volto pela força da adrenalina. Eu salto: primeiro fico de pé, depois ajudo o manso. Eu o desarmo às cegas, dou uma chave de perna. Ele cai, e eu caio por cima dele. Eu? Velha? Minhas artérias pulsam com um ardor renovado. Procuro a fivela do capacete sob seu queixo, arranco-a dele — gemido — e jogo o objeto longe na escuridão, lá onde a voz dos Altíssimos já não o alcançará.

— Não se mexa mais.

Ele não se mexe mais. Desta vez, está me ouvindo. O depósito inteiro troveja como uma tempestade, a carnificina continua nas trevas, mas só minha voz conta agora.

— Você deve ter uma lâmpada em algum lugar do seu equipamento. Acenda-a.

Ele a acende. Eu a pego e projeto um feixe de luz no seu rosto desorientado, sua marca de manso, suas bochechas molhadas, suas pálpebras inchadas. Esse não fingiu chorar. Corte punk, piercings em todo o lugar, não é qualquer um esse manso: é o da Claire. Como era seu nome mesmo?

— Eu vou morrer?

Curiosa a pergunta, parece uma criança perguntando a um adulto. Retoricamente, existencialmente. Penso bem na minha resposta. Assim que a adrenalina cair de novo, é minha panturrilha que me dará trabalho.

— Você me disse que sentia muito. Não estava mentindo. Vai morrer, sim, mocinho. Mas não pela minha mão e, com um pouco de sorte, tampouco hoje. Qual é seu nome mesmo?

— Janvier. E o da senhora?

— Valentine.

Aponto com um movimento da luz o alçapão de baixo.

— Se estiver procurando Claire, ela está no último subsolo.

Aponto a luz para o alçapão de cima.

— Eu vou dar o fora desta roubada, vou me aposentar de vez e me esforçar para ficar o mais entediada possível pelo resto da minha vida. Você pode me seguir se quiser viver.

Eu lhe entrego sua lanterna. E seu livre arbítrio:

— Aja como quiser.

Ele não me responde, surpreso demais, e não tenho mais paciência para esperar. Subo sem olhar para trás; e sem luz também.

Ai, ai, ai, velhinha, você é boa demais, burra demais.

EU

Adeus, Claire

Estou sufocando.

— Devolva-me o Instinto, Claire.

Ele aperta o saco plástico. Está sentado nas minhas costas e pesa com todo o seu ódio em cima de mim. Sua faca me prega a mão no chão. Estou sufocando e dolorida. Eu me afogo no meu ar. Tenho convulsões cada vez mais frequentes, depois cada vez menos e, de repente, eu me descolo.

Sem forças, com dificuldade. Como um curativo.

Eu me descolo da mão torturada lá embaixo, das unhas que arranham, raspam e se quebram, do ventre esmagado contra o assoalho, eu me descolo de todas as camadas de tecido e de epiderme, eu me descolo dos olhos arregalados, do nariz comprimido, da boca escancarada que se prende ao plástico e aspira o oxigênio que já não existe. Eu me descolo do meu corpo que está morrendo, do corpo daquele que está me matando.

Eu me descolo tanto e tão bem que saio de mim mesma. Adeus, Claire. Deixo para trás o último subsolo do depósito, a asfixia e a dor, o tempo e o espaço, meu peso e meu nome. Não sou mais ninguém; será que já fui mesmo alguém?

Eu me afasto.

Parto à deriva do meu próprio vazio. Não tenho mais olhos, mesmo assim enxergo. Vejo o Nós. A árvore doente com raízes sedentas e galhos apodrecendo, em que cada eu é um palpitar frenético, cada Instinto, um broto que se desfaz, onde meu eu, tão pequeno, não encontra espaço; quanto mais procuro vocês, menos vocês me encontram, e nós nos machucamos mutuamente.

Eu me afasto.

Vejo cada vez menos o Nós e, se pude vê-lo, no fundo, foi porque não sou ele, nem eles, nem mesmo eu. Não passo de um Você em perdição que, uma vez dissolvido, se recomporá em um outro Você, do mesmo jeito que Claire foi a recomposição aleatória dos Você passados, e tudo — eu, você, nós, vocês, eles — não passa de uma farsa infinitamente absurda, absurdamente infinita. Não importa, pois logo tudo será esquecido.

Eu me afasto.

Olho para o Nós uma última vez. Vejo Goliath, olhe; e olhe, Goliath me vê.

Eu me afasto. Me afasto.

Afasto.

Eu.

Eu sou eu.

Eu sou Goliath.

Sinto a intensa contração dos seus músculos no seu corpo, as poderosas pulsações de surpresa no seu peito; e nada nos seus braços. Ele e eu estamos juntos no banco de trás de uma minivan a mil por hora. Há cheiro de chulé, está caindo um toró, os limpadores de para-brisa vão e vêm. Marthe, Joachim, Samuel, Lucie e Vincent colam o rosto envelhecido nos vidros das portas para examinar a paisagem entre as gotas. Thérèse rói as unhas, atormentada pelo seu Instinto nutridor; as barrigas roncam, e não há mais nada para comer. Bem na frente do veículo, sentados um em cima do outro, Anne e Paul estão cada um com uma mão no volante. O retrovisor reflete suas sobrancelhas. Eles estão dirigindo faz muito tempo, sem pausa, e estão prestes a ter uma overdose instintiva. Florence fica girando os botões do rádio que só toca interlúdios musicais por falta de jornalistas para apresentarem o noticiário.

Abro a boca, e Goliath fala:

— Parem.

Todas as cabeças se viram para Goliath. Para ele. Para ele e eu.

Florence franze as sobrancelhas do assento à frente.

— Você está com cara de constipado. Não vá vomitar, não, hein, não podemos parar. Não com o que está acontecendo lá fora.

O que está acontecendo lá fora? Goliath e eu damos uma olhada através da chuva. Seguimos em disparada pelas ruas da cidade: vidros quebrados, carros destruídos, gente correndo e gritando — inclusive os representantes da ordem. Eles chamam por Claire. Eles me chamam. Isso deveria nos aterrorizar, mas uma alegria bruta faz nosso sangue palpitar — principalmente o de Goliath; o meu, inclusive, está quase parando.

Goliath está no Setor Centro! Veio por mim! Estou aqui com ele!

— A zona industrial — dizem. — É para lá que temos que ir.

Florence franze ainda mais as sobrancelhas e vira as páginas de uma lista telefônica.

— Você disse que a gente precisava passar pelas midiatecas. Elas ficam todas no centro.

Erguem o braço — a prótese de Goliath é tão pesada — para apontar o rio que se avista da via expressa.

— À margem de um canal — dizemos. — Na periferia.

Na minivan, todo mundo troca olhares com todo mundo. Florence, virada para trás no banco da frente, não tira mais os olhos de Goliath, as pálpebras dobradas. Será que ela me vê também? Sua pergunta é pragmática:

— Você não está ficando doido também, né? Vamos precisar de detalhes. E de estratégia. Estamos dando voltas há horas e precisamos economizar gasolina. Não temos como saber onde a grande operação dos Altíssimos está...

— Na zona industrial — dizem — Tem um depósito. É lá onde tudo está acontecendo. Onde a Claire está. Onde eu estou.

Os olhares ricocheteiam de novo. O peito de Goliath sobe irregularmente. Não é ele que está sufocando, mas é como se fosse. Sou eu. Chego até a sentir seu Instinto. *Proteja. Proteja!*

Florence vira as páginas da lista telefônica, depois diz a Anne e Paul:

— O Depósito precioso da rede de midiatecas. Tenho um endereço.

— Rápido!

É Goliath que berra, não sou eu.

Afinal, onde eu estava mesmo?

Ah, sim. Com a cabeça em um saco plástico.

Estava prestes a morrer.

Está tudo escuro e quase não respiro mais e o outro está sentado nas minhas costas e puxa a sacola com força e fala comigo, Claire, com uma voz que quase não me chega:

— Devolva-me o Instinto.

A faca.

Enfiada na minha mão, é ela que me prende. Não sinto mais dor. Nem sinto mais meus braços. *Bosta.* Goliath está lá com os outros na minivan e está aqui comigo no escuro. Ele sou eu e eu sou ele. Ele pega minha dor, eu pego suas próteses. Eu puxo o cabo com um golpe seco, tiro a faca e, com uma rotação que por pouco não me desloca o ombro, enfio a lâmina na coxa do outro. Berro. Solto meu corpo do seu e arranco o saco plástico. Respiro, tusso e choro, tudo ao mesmo tempo. Escuridão. Ainda não vejo nada. Será que fiquei tempo demais sem oxigênio. Eu me levanto e logo caio. Tropecei no outro que me fala cuspindo.

— Devolva-me o Instinto!

Mesmo exclamando, sua voz é átona. Ele se agarra aos meus cabelos, eu o empurro com os joelhos. Não sei onde foi parar a faca, mas ele também não parece saber. Ele também tateia. Não sou eu que estou cega, cortaram a luz. Driblar. Bater. Ironicamente, preciso reprimir o Instinto de Goliath que me impele a proteger o outro — de mim. Sou mais pesada que ele, mais feroz também. Ele perdeu a vantagem. Agora, é minha vez de pesar sobre seu corpo, de esmagá-lo no chão e impor minha voz:

— Você não é mais ninguém.

Bato a cabeça contra a sua. Todos os seus músculos relaxam, ele fica atordoado por um tempo.

Levante, Claire.

Sim, Goliath, sim. Avanço nas trevas, adivinho onde estão as paredes com a ponta dos dedos. Sair do quarto... passar pelo corredor... atravessar a sala... Bato na quina de uma mesa de pebolim. As sensações afluem de novo nos meus braços, e a dor com elas. Minha mão é uma geleia de sangue. Estou com dor, mas não estou nem aí. Nunca estive tão animada. Goliath não me esperou; ele não me esqueceu; ele veio; logo estará lá em cima.

Cabe a mim subir até ele.

O alarme parou, mas os tiros repercutem em todos os subsolos. O que estou ouvindo não parece uma missão de resgate. Todo mundo está matando todo mundo. Preciso sair daqui. De tanto tatear as trevas, alcanço o que suponho que seja o painel do elevador. Apalpo a grade pantográfica. Bom, bom, bom. Sem chave, sem eletricidade, sem plano B.

— Como eu faço?

Fiz essa pergunta com a voz de Goliath. Lá vou eu de volta para a minivan que acelera furiosamente ao longo do rio, no seu corpo grande massivamente encolhido, nos nervos dos seus cotos ligados aos braços mecânicos que estrangulam, sob o efeito da concentração, o encosto do banco à sua frente e, tal um espelho que reflete um outro, sinto através dele minhas próprias mãos, a ferida aberta da minha palma atravessada e o júbilo contraditório dessas sensações recuperadas.

— Fazer o quê? — pergunta Florence.

Com a elasticidade da adolescência, ela passa de um banco a outro, desviando entre os passageiros, sem quase desestabilizar-se com as guinadas de Anne e Paul, para me olhar de perto. Goliath mergulha os olhos nos dela, e eu me afundo neles também, e fluo feito água, impulso irresistível, e ultrapassando os limites de Goliath, me estendo até a Florence, até entrar em Florence, e sinto seu estupor (e o estupor de Goliath (e o meu estupor)), e sou ela, e sou ele, e ela sou eu, e ela é ele, e ele sou eu, e ele é ela, espelhos triangulares, infinito multidirecional e pluridimensional.

Não estou mais sozinha.

Na escuridão do último subsolo, Florence toma o controle dos meus dedos e desmonta o painel do elevador.

— É mecânico, não eletrônico.

Goliath e Florence interrogam com os olhos Marthe, a especialista da turma, timidamente encolhida contra a porta da minivan: logo transbordo deles até ela. Eu me torno ela, ela se torna eu e vibramos em uníssono. Seu Instinto reparador assume o controle dos meus gestos, suas mãos guiam cegamente as minhas, apesar da dor e da alegria que fazem tremer meus dedos. *Não estou mais sozinha!* Não sei o que estou manipulando assim, mas um clique soa, e o elevador chega. Penso — mas será que sou mesmo eu? — que ele tem uma bateria reserva e que vou precisar me apressar. Penso também — e aí, é o Instinto curador de Samuel que me impregna por sua vez — que preciso desinfectar minha mão e estancar a hemorragia. Nunca estive tão feliz de estar com dor. Borbulho de empatia. Eu me sinto cheia de pessoas que se encontram a quilômetros de mim.

— Por favor.

Eu me viro. O outro está ali. Michou, Coco-Rudy, seu nome não importa: é um pobre coitado. Eu não o vejo, mas ouço os cliques de suas correntes, o rangido do seu couro. Pelo barulho, ele está mancando. Uma facada na coxa acalmaria qualquer um.

— Claire, por favor.

Goliath, Florence, Marthe, Samuel e a minivan se afastam de mim de novo. Eu não paro de ir e vir, lá e aqui, aqui e lá, em um vaivém de consciência.

— Não quero morrer assim, Claire.

Ah, que tentação de abandoná-lo... Eu o levanto e o jogo na cabine.

— Obrigado.

— Não faço isto por você. Faço por mim.

Aperto o botão fosforescente; subimos juntos. Não vai muito alto: o elevador para bruscamente no penúltimo subsolo. Certo, a bateria reserva não nos permite ir além. A partir de agora, vamos precisar achar outra coisa. Arregalo os olhos, mas o corte de eletricidade é geral.

— Não me deixe sozinho, Claire.

Michou-Coco-Rudy se agarra em mim. Fico tensa. Não sinto nada, nem mesmo desconfiança, não, nem mesmo desgosto por essa pele que se cola na minha, mas ele continua e continuará sendo meu assassino.

Eu me solto dele.

— Você já está sozinho.

Espalho sangue por toda parte. Recolho minha mão machucada contra o ventre e, com a outra, braceio a noite, roçando prateleiras, percebendo as gavetas. Há um cheiro forte de cola. O penúltimo subsolo do depósito abriga os ateliês de restauração. Será que há sobreviventes aqui? Rajadas de tiros ecoam através dos corredores. Explosões fazem as paredes tremer. Não estão nem muito perto nem muito longe.

Fugir.

Avanço no escuro. Minha mão lateja. Meus pés abrem caminho entre os livros caídos das estantes por conta dos solavancos.

— Claire, não me deixe por...

— Xiu.

Vi uma luz. Empurro Michou-Coco-Rudy comigo para trás de uma grade. Derrubamos o que suponho que sejam rolos de papel; eles não fizeram muito barulho ao cair. Do outro lado da grade, os movimentos de luz se confirmam. São lâmpadas frontais. Eu as conto. Duas, três, cinco... umas dez. É a equipe de restauração, metade de terno, metade de pijama. Estreito os olhos: sentados em cima de sacos, fuzis de caça a tiracolo, eles assobiam enquanto costuram a encadernação dos livros. Seus Instintos guiam as agulhas.

Estão montando guarda em frente a um poço de elevador. Será que aquele funciona?

De repente, eles se calam. Sem deixar de costurar, levantam os olhos — e eu, os meus. A luz das lâmpadas segue o movimento das cabeças. Atrás da grade do poço do elevador, uma sombra desce. Eu a observo de longe. Não é uma cabine, é alguém que desliza por uma corda.

Um dos restauradores pega o fuzil. A detonação ressoa até dentro do meu ventre. O intruso soltou a corda para cair no fundo da caixa do elevador, sem um grito, como em um poço. Morreu na hora. O restaurador volta à sua costura e, todos em coro, recomeçam a assobiar.

Fico imóvel atrás da minha grade. Eles não estão sentados em sacos; são corpos. Corpos que foram pessoas. Entrevejo pertinho de mim, graça às lâmpadas longínquas dos restauradores, o sorriso de Michou-Coco-Rudy. Faço "não, não, não" com a cabeça, mas ele já está indo na direção deles.

— Somos nós que eles estão protegendo, Claire. Somos os astros deles.

Quanto mais ele se afasta das sombras, menos manca. Deixa de ser Michou e volta a ser Coco-Rudy. Ele avança na luz como se estivesse num palco, esqueceu a coxa!, suas correntes e seu couro cintilam, ele tem o andar de um conquistador e, quando abre a boca, quase espero ouvi-lo cantar.

— Bom trabalho, pess...

Uma bala bem na garganta corta sua fala. Ele desmorona. Gargareja com o próprio sangue. De onde estou, noto as balas pretas que incham e estouram no seu pescoço. Eu me agarro à grade e me forço para respirar lenta e profundamente. Não posso vomitar. Não posso chorar. Esqueço meu próprio sofrimento, meu próprio suéter empapado do meu próprio sangue. *Não chame a atenção.* Foi seu melhor conselho, mamãe, ai, mamãe, eu deveria ter telefonado, deveria ter conversado com você, e você deveria ter me ouvido, sou sua doença, mamãe, sou a doença do Nós, o fim de tudo. Goliath e os outros vão se jogar na garganta da morte por minha causa... Barulho de pantufas, sucção das solas. Os restauradores estão se aproximando. Eles vão me ver se eu me mexer, nem que seja um pouquinho. Estou com medo de levar uma bala. Vão sentar sobre meu cadáver.

— Esse não era o Você?

— Nossa, parabéns.

— Era para ele ficar lá embaixo.

— E Claire, continua lá?

Continuo imóvel, suas lâmpadas me fazem cócegas no canto do meu olho. Não posso olhar para eles. Se eu olhar, eles vão me olhar de volta e, se me olharem, vou obnubilá-los, e se eu os obnubilar, vão querer me devorar, como devoraram o Você anterior. Isso tudo, esse poço de elevador, essas balas pretas, esses corpos feito sacos, é tudo tangível demais. Não sinto mais Goliath. Tudo me parece imóvel, e frio e maluco.

As vozes continuam:

— Não faz diferença, no fim das contas.

— Vamos todos morrer aqui mesmo.

— Ele só ganhou um pouco de vantagem.

As lâmpadas frontais perdem o brilho, as trevas se adensam. Eles voltam aos seus postos, e eu deixo a escuridão me engolir, eu me descolo da grade e recuo. Um passo após o outro, de corredor em corredor, longe das lâmpadas, longe das vozes, eu me perco no escuro, não sei mais para onde ir, mas recuo. E, quando recuei o suficiente, em me aninho em um canto e não me mexo mais. Não sei quanto tempo passei ali, tão tensa até sentir câimbras, reduzida à minha expressão mais simples, resumida à minha mão que dói, encolhida ao tamanho da minha dor, parece que passaram horas sem eu notar. Não estremeço mais ao som das explosões. Escureceu, e tudo está branco.

— Claire.

Eu me viro para Goliath. Sentado no banco de trás da minivan, uma barba de três dias nas bochechas, ele também se vira para mim. Parece chateado. Comigo? Veja, parou de chover. Saboreio o sol que faz brilhar as gotas nas janelas. Não estou ali de verdade: é uma luz por procuração. Nem todos os condenados têm essa sorte.

— Você não vai morrer, Claire.

Ah, sim Goliath está com raiva de mim.

E de Florence, Joachim, Marthe, Samuel, Lucie, Vincent, Thérèse, Paul e Anne, apertados uns em cima dos outros, apertados tão longe de mim, brigando e se insultando, os Instintos à flor da pele.

Com raiva de toda a multidão furiosa lá fora que os impede de avançar e bate nas portas em ondas de punhos e de dentes, contra todas as pessoas que gritam de forma ensurdecedora "NÓS A

ENCONTRAREMOS! NÓS A ENCONTRAREMOS! NÓS A ENCONTRAREMOS!" sem se preocupar em serem ouvidos.

— Goliath.

— Você não vai morrer, Claire.

Ele me olha através do espaço, e fico pensando comigo por que não obnubilo Goliath, e percebo que é porque ele me vê, não uma imagem, não uma miragem, nem mesmo a ideia que ele teria de mim; ele me vê, só a mim, somente a mim.

— Goliath.

— Estamos chegando aí, falta pouco.

— Goliath.

— O quê?

Ele não sabe falar baixo, sua voz invade o espaço entre nós, os quilômetros de asfalto, as camadas de subsolos e troveja em mim como uma tempestade.

Inspiro, expiro, preciso contar para ele enquanto poso.

— Eu não tenho Instinto. Nunca tive.

Olho Goliath ali e olho o escuro aqui, simultaneamente. Conto os segundos do silêncio que segue, um silêncio que absorve todos os barulhos que nos entornam.

— Caramba, Claire, você tem coragem.

As sobrancelhas de Goliath tremem até que escapa, furiosamente, uma lágrima. Não. Ele não está com raiva de mim nem deles: e sim do Nós. Alguma coisa se agita no meu peito, como um bater de asas, uma coisa primitiva, reprimida há muito, ela sobe em todo o corpo.

Eu rio.

Rio nas trevas, rio entre os mortos. Rio como nunca ri na vida. Rio, e talvez chore um pouco também, mas rio mais do que choro. Rio tanto e tão bem que Goliath arqueia as sobrancelhas, seus músculos relaxam um após o outro e ele dá também uma risada retumbante que passa para Florence, depois para Joachim, depois para Marthe, e Samuel, e Lucie, e Vincent, e Thérèse, e Paul, e Anne, riso que se propaga como fogo fora da minivan, sacode os manifestantes, se estende de calçada em calçada, de bairro em bairro, abalando homens, mulheres, crianças, velhos, famílias, funcionários, operários, todos os corpos, quaisquer que sejam, que cessam enfim de lutar e se debater, um riso que abre as gargantas, relaxa os punhos, acalma os Instintos, risada que liberta e tranquiliza, um riso que abre caminho, e a própria minivan, sim, até ela, volta a dar partida, rindo.

— É você que ri tanto?

Um raio na noite me corta a risada. Expulsa da minivan, desço de novo brutalmente até o último subsolo do depósito. Uma lanterna está apontada diretamente para o meu esconderijo. E, do outro lado: Janvier. Em três passos, ele chega em mim.

— Ah, Claire, sua mão... Foram eles que...? Você está...

Sua silhueta, dilatada pelo jogo de luz e sombra, é uma máscara de tragédia. Sua crista parece descolorida. Também devo estar com uma cara horrível. Sua lanterna treme. Ele também viu a morte de perto; talvez tenha sido responsável por alguma. Eu o abraço tanto para reconfortá-lo quanto para me consolar.

— Goliath está chegando — murmuro. — E você já chegou.

Ele me aperta tão forte que me imprime os piercings na pele, depois tira a camiseta, rasga o tecido e o enrola minha mão o melhor que pode.

— É melhor não demorar, Claire. Está tudo desmoronando. Até os Altíssimos.

— Você desceu até aqui. Como?

— Pelos alçapões de segurança. Não encontrei o do último subsolo, procurava você por toda parte. Que bom que você... mas Claire, sério, rir assim...

Uma série de detonações depois uma chuva de gesso nos interrompem. Não sei se veio dos restauradores que estão montando guarda em frente ao elevador ou de um outro subsolo, mas prefiro não precisar descobrir.

Sai daí, diz Goliath lá de cima.

— Siga-me — diz Janvier aqui embaixo.

Depois de vários corredores, algumas estantes, prensas, guilhotinas de papel e plastificadoras, a lanterna chega a uma escada retrátil. Escalo as barras com uma mão só e muito esforço até o alçapão. Janvier faz minha retaguarda e, com a lanterna, mostra o caminho.

Alçapão após alçapão, nós subimos. A luz revela cadáveres jogados ao pé das bibliotecas, como livros esquecidos. Uma parte de mim se concentra nas escadas, a outra sente os solavancos da minivan. Através de Goliath, reconheço as fábricas da zona industrial. Logo mais estaremos juntos. *Logo mais, Claire.* Janvier apaga a lanterna. Os tiros se aproximaram, e esperamos, no meio da escada, suspensos entre o chão e o teto. Vozes suplicam, as balas respondem, e entendo que já não se trata mais de lados, que não há mais de um lado o exército dos Altíssimos e do outro a fortaleza rebelde, agora são armas que atiram sem distinção nem aviso, ao menor barulho nas trevas, sem procurar saber quem é quem.

E eu estou dividida em duas. Subo com Janvier, ando com Goliath, avanço na vertical e na horizontal, sou um novelo de pânico e impaciência, sinto-me tão longe de mim e tão perto de tudo!

De repente, a luz. O verdadeiro sol nos meus verdadeiros olhos. Chegamos, depois de uma última escotilha, Janvier e eu conseguimos chegar ao térreo. Não reconheço mais nada. Vitrines reviradas, terminais de Minitel saqueados, janelas quebradas, corpos por toda parte. Eles conseguiram matar tão bem uns aos outros que não sobrou uma alma viva.

Janvier é tomado por náuseas. Estou horrorizada. E estupefata. E eufórica. Tenho a impressão de sentir tudo ao mesmo tempo sem conseguir diferenciar o que faz bater mais forte meu coração e o de Goliath.

Ele chegou. Ele chegou!

Através das janelas quebradas, vejo a minivan irromper no estacionamento e vejo Anne e Paul ao volante forçarem passagem entre as limusines vazias e vejo Goliath que não esperou o veículo parar para abrir a porta e me vejo através dele.

E só então, vejo Modeste.

No umbral da porta. Nem completamente fora nem completamente dentro. Bem entre nós. Apontando a arma para mim.

E VOCÊ

Devo ter esquecido

— Hoje, Claire.

A voz de Modeste é factual. O tom da evidência.

Meu suéter sangrento não o abala. Tenho uma arma apontada para mim e uma das mãos caída. Ah, então é isso. Então é aqui, então é agora. Então é Modeste e então sou eu. Janvier já está se lançando para fazer uma barreira com seu corpo. Que pena. Eu tinha me prometido, mas que pena:

— Fique fora disso.

Janvier para na hora, imobilizado pelo meu verbo. Eu me proíbo de cruzar seu olhar magoado, mergulho inteira no de Modeste e, talvez pela primeira vez, procuro nele um rastro da nossa infância, daquela curta coexistência comum, antes de seu Instinto despertar para me empurrar das escadas. Traços cansados, lábios descoloridos: acho que ele está com uma cara péssima. Seu corte tigela aos pedaços. Suas pernas tão magras... suas mãos tão finas...

Já sua arma é bem sólida. E está bem apontada para mim.

Por que não consigo falar com ele?

— Se o senhor atirar, eu atiro.

Atrás de Modeste, Goliath tirou uma arma também. Uma parte de mim que continua sendo ele, como se fôssemos cada um o prolongamento do outro, sente suas próteses tremerem ao redor da coronha.

De onde estou, presa no meio dos escombros do térreo, sob a mira da arma de Modeste, que me impede de sair, sinto também Florence e os outros na minivan. Não os vejo no estacionamento, mas os pressinto, como quando se toca de leve — pelos dos braços, um corpo que não é seu —, e sei que eles também têm medo de provocar uma reação em cadeia ao menor som da porta do carro. Forçado a recuar, Janvier respira com força. Nossos pés vibram:

nos subsolos do depósito, a tempestade troveja, a escuridão sangra, o massacre continua.

E eu nem sei mais onde estou no meio disso tudo.

— Ah, meu ex-colega de equipe — diz Modeste sem se virar para Goliath. — Guardou minha naninha? Isso não faz sentido. Não poderá usá-la.

— Poderei, sim.

— Você não consegue.

— Consigo!

Goliath continua falando alto, mas quando ele berra de verdade, de vez, isso atravessa o corpo como uma onda de choque. Em um amálgama de insônia e estímulos, maltratado por seus sentimentos, enredado nos meus, sentindo-se culpado pelo seu Instinto — *proteja Claire! proteja Modeste! proteja-os!* — e embriagado pela nossa simbiose, ele acaba atirando. Sua bala faz estourar o concreto da entrada, a alguns centímetros de Modeste.

— Consigo, sim — repete. — Consigo, sim, porque agora sou metade Claire, e ela não tem Instinto. Consigo, sim, mas não quero.

Modeste não desvia nem os olhos nem a arma de mim, mas surpreendo uma tremida nas suas sobrancelhas. Eu queria lhe dizer... ainda não sei o quê, alguma coisa está se agitando no fundo da minha memória, e caio uma e outra vez da mesma escada.

— Por que você não quer? — pergunta Modeste. — Você ama a Claire. Você escolheu a Claire. Sabe que vou matá-la. Que vou me matar depois. Então porque você não iria querer me matar?

— Porque também amo o senhor, bosta!

Um clamor do coração. Essa onda de choque atinge Modeste nos pés, solta seus ombros e quase faz disparar sua arma. Janvier caiu de joelhos. A onda também me agride, me desbloqueia, minha mão berra, mergulho de novo ao pé da escada, lá longe, bem antes, e, sim, definitivamente, uma velha lembrança está tentando achar seu caminho até mim.

Goliath escorre pela pele, pelos olhos e pelo nariz, e escorro com ele.

— Não suporto o seu Instinto, o senhor não faz ideia! Detesto o que ele faz do senhor. E se o Nós realmente for isso, estou me lixando pra ele! Mas o senhor, você, o que você é, o copo d'água que você me ofereceu, sua incapacidade de me entender e seu jeito de tentar mesmo assim: isso me tocou, merda! Então, por favor, não me obrigue a proteger a Claire. A proteger Claire de você.

Goliath se cala, sem ar, depois acrescenta:

— Eu consigo. E você também consegue.

Lentamente, suavemente, ele coloca a arma no chão. Modeste consente em lançar um olhar para trás, breve como uma colcheia, sem desviar a arma do meu peito. Sua boca se entreabre, e sua respiração assobia entre seus dentes da felicidade. Os mesmos dos meus.

Sim, quase lembro...

— Desculpe — diz Modeste.

Seu Instinto aperta o gatilho. O tiro dispara. Goliath berra, Janvier xinga. E eu estou calma. Tão calma que tudo desacelera tanto dentro quanto fora de mim, até a bala desacelera, e consigo observar com toda a tranquilidade a sua trajetória até o meu coração.

Desculpe.

Não: *Dicupe.*

Modeste já o havia dito, há muito tempo, quando éramos crianças. Enfim eu me lembro. O olhar de Modeste, no alto da escada, quando me empurrou.

Esse olhar me amava.

A bala parou em algum lugar entre Modeste e eu. Ou talvez seja mais o tempo que tenha parado de passar. Nada se mexe, nem eu, nem Modeste, nem Goliath, nem Janvier, nem a dor na minha mão, nem os subsolos do depósito, nem a superfície do mundo. O movimento não existe mais. As distâncias desaparecem.

Eu sou totalmente eu e totalmente você.

Você também se lembra? Sim. E quando a gente desenhou com canetinha permanente no piano, lembra? Sim. Mamãe nos proibiu de entrar no ateliê por vários dias e a gente chorou nas pernas do papai, lembra? Sim, E o álbum, lembra-se do álbum? Sim, eu me lembro. Eu tinha catado uma nota da carteira dos nossos pais. Você me segurou forte pela mão. Eu tinha medo de ir à papelaria sozinha. Era na esquina da nossa rua, parecia interminável. E eu te dava bronca porque você caminhava muito devagar. Você esvaziou o balcão de adesivos. A mulher da loja me fazia perguntas, mas eu estava com o walkman. Eu sabia que você estava fingindo. Ela não deu sacola para a gente. Tive que ajudar você a carregar tudo. Nem fiquei com vergonha de ter roubado o dinheiro. Você me prometeu que eu ia poder colocar três figurinhas no álbum. Você colou de qualquer jeito, estragou tudo. E você gritou comigo. E você ficou emburrado. E você pediu desculpas.

— A água estava fria demais — me diz Claire.

Eu sou Modeste. Parece que sou, pelo menos. De qualquer forma, eu sou eu. Cadê a Claire? Ah. Deitada do meu lado, aos pés de uma castanheira, sobre um tapete de folhas, dentro de outra lembrança. Ela procura o céu entre os galhos. Eu também procuro, porque é minha irmãzona, e o que minha irmãzona faz eu também faço.

— Que água? — pergunto.

— A da fonte.

— Que fonte?

— A da floresta.

— Ah, sim. Aquela fonte.

— O dia estava quente, mas a água estava fria demais.

— Você queria tomar banho.

— Você também queria.

— Eu queria porque você queria.

— Que bobagem.

— Você é minha irmãzona.

— Um homem me disse que era uma vergonha mergulhar uma criancinha que nem você em uma água tão fria. Fiquei mal.

— Você também era uma criancinha.

— Eu era sua irmãzona.

— É verdade que fiquei com os pés roxos de frio.

— Eu prometi a você um chocolate quente.

Ah. Pronto. Demorou, mas Claire finalmente se lembra.

— Você não o fez para mim.

— Não?

— Não.

— Devo ter esquecido.

— Esqueceu mesmo.

— Desculpe.

Olho para Claire e Claire me olha.

— Haverá outros? — pergunto.

— Outros o quê?

— Outros você e eu. Depois de nós. Depois do Nós.

Claire me sorri. Você Nos sorri.

— Eu não sei, mas se fosse começar de novo, prometo que desta vez não esqueceria mais o chocolate quente.

Você Nos olha e Nós olhamos Você.

Nós olhamos Você que Nos olha.

Nós Nos olhamos através de Você.

Você se olha através do Nós.

Ah, Nós estamos tão doentes!

Não doente por Você, Claire.

Doente de solidão.

Cure-Nos.

Salve-me.

Eu sou Claire de novo.

Eu sou Claire e estou transbordando.

Não tenho mais pele que me contenha, nem fronteira nem limite, estou com fome, maravilhosamente com fome de um apetite grande demais para mim, engulo Modeste com todo meu coração, Goliath com todas as minhas forças, e Janvier, não tenha mais medo, não deixarei sequer uma migalha sua, eu os devorarei com sua minivan, Samuel, Thérèse, Vincent, Marthe, Paul, Anne, Joachim, Lucie e Florence, então parem de lutar, vocês todos no subsolo, em todas as estradas, em cada rua de cada bairro de cada Setor e deixem-se devorar alegremente, deixe-me degluti-la primeiro, Avril, deixem-me comer vocês cruas, mamãe, lá longe, perto da cabine telefônica, Dalila atravessando o campo em ritmo de corrida, deixe-se abocanhar, humanidade, sim, vocês também, Altíssimos do Oeste, do Leste, do Sul, do Norte e do Centro, os mais-que-Santos intocáveis e intocados, isolados em seus arranha-céus, ingurgito vocês como faço com todos os Instintos do mundo e, bem além disso, cada homem, cada mulher, cada ser, cada animal, cada planta, cada pedra, cada partícula, cada planeta, e todos, Vocês, Nós, Você, Eu e o Universo, convido-nos à minha mesa para a mais comungante de todas as conjugações!

Um segundo.

Só durou isso.

Nem um segundo a mais: um segundo a menos.

A bala está de novo na arma de Modeste. Ela ainda não foi disparada. Sou Claire e estou intensamente viva. Um segundo a menos, mas nada mais é como antes.

Ou quase nada.

— Ai bosta. Ah, bosta de bosta.

Goliath está chocado.

Janvier me olha, e não há mais medo nos seus olhos. Florence e os outros saíram da minivan segurando as mãos. Nos subsolos, a tempestade assassina cessou. Alguém em algum lugar — fora ou dentro, não sei — começa a cantar uma canção de ninar. E eu sorrio como nunca, cheia de um sentimento que sei que partilhei pela terra inteira.

Enfim me sinto satisfeita.

Modeste solta a arma. E sua primeiríssima lágrima.

— Nós encontramos Você.

E NÓS

Que jogo é esse?

— E então, Goliath?

Claire está parada na plataforma, agasalhada com uma jaqueta acolchoada rosa. O gorro com pompom lhe aperta a franja, que fica pela metade sobre os olhos, e, por baixo de tudo: um sorriso largo como uma banana. Mal desembarco do trem, e ela me lança a pergunta na cara, como uma bola, vamos, pegue.

— OK. Bom dia, já. E aí, e daí?

— O Setor Norte-Nordeste. Então, o que me diz?

— Pelos primeiros quinze segundos? Gelado.

— Você vai ver, o verão é um forno. Como foi a viagem?

Você vai ver. Eu reequilibro, arrumando as alças, o peso da minha mochila. Nele estão todas as minhas poucas posses.

— A cama era dura que nem uma tábua de passar roupa. Sem travesseiros. Banheiro entupido. O Instinto do meu vizinho? Tanatopraxista. Ele falava enquanto dormia. Ele me contou tudo o que fazia com os cadáveres — o que ele *adorava* fazer com eles, Claire — e não me poupou nenhum detalhe.

— Está bem, está bem. Ande. Melhor não perder o ônibus.

Ela coloca o braço embaixo do meu e me puxa com uma energia que teria desmontado minha prótese se eu não tivesse feito uma revisão mecânica antes de partir. Meus sapatos escorregam no filme de gelo da estação. Claire está com sola dentada.

O ônibus está quase vazio. O trem também estava em boa parte do trajeto. Claire e eu temos todo o espaço que quisermos, mas não nos sentamos. De início, não falamos tanto de nós mesmos. Trocamos novidades de fulano e beltrano. O que foi do Janvier? Ele tem cada vez mais cachorros lá em cima, no seu refúgio de montanha, e a Avril? Ela recebeu uma promoção, e esse foi só o começo, um dia ainda teremos que chamá-la de “meritíssima”; e Florence?

Continua com o pé na estrada, em caravana com os outros; e os pais? Vão fechar a oficina, tirar férias e comprar uma tonelada de selos para seus futuros cartões-postais.

Claire e eu nos deixamos balançar pelas viradas, seu ombro bate no meu, meu joelho ricocheteia no seu. O ônibus está quase vazio, mas me parece cheio.

Noto que Claire está se segurando com uma mão só.

— Está doendo?

— Cada vez menos.

— E seu trabalho, como está indo?

— Como deve ser para todas as caixas de mercado, eu acho. Está indo.

— E... hum... tudo bem?

— Minha bunda fica um pouco dolorida no fim do expediente.

— Quero dizer... hum... ninguém reconhece você?

Claire sorri até as bochechas quase racharem, e o intervalo dos seus dentes parece aumentar também. De onde ela tira essa despreocupação, caramba?

— Ninguém. E pensar que nem faz tanto tempo que o mundo inteiro era obcecado comigo. É engraçado, né?

Não sou a melhor pessoa para julgar, com minha voz enorme, mas preferiria que Claire falasse mais baixo. Mesmo que tenha uns três gatos pingados e um careca no ônibus, nunca se sabe.

— E não enchem seu saco com... sabe?

Toco discretamente minha própria orelha.

— Nunca. É uma paz messiânica.

Por mais que Claire fale, espero que ninguém venha nos revistar. Uma confidente sem walkman, ex-celebridade intersetorial ainda por cima, poderia atrair olhares. Ela tem uma marca falsa; eu não uso mais meu broche. E, mesmo se pareço ser um grão de areia no deserto para os Altíssimos, continuo sendo meio que um desertor.

— Você vai ver, Goliath, eles não virão amolar você aqui. Vai ficar tudo bem. Relaxe um pouco essa testa, tá bom? O apartamento é meio velho, quando a gente anda no assoalho, ele range duas salas adiante. Você gosta de molho branco, pelo menos? Planejei uma quantidade astronômica de macarrão para hoje. Modeste diz que sempre passo do ponto, mas eu prefiro ele bem macio. A mamãe mal pode esperar para conhecer você. A Dalila também não, mas ela é ansiosa por tudo. E Modeste, ai, ai, ai, desde que você comprou a passagem, seus talheres já estão na mesa. Os pratos pequenos em cima dos grandes, por favor. Talvez você ouça o ateliê de manhã cedinho. E tarde da noite. O Instinto da mamãe não tem hora certa. Hoje à noite, ela se matou de trabalhar com um cravo barroco. Seus aposentos ficam logo acima dos dela, você não se incomoda, né?

Faço que não, que sim, que não. Ainda estou preso no *você verá*. Claire me solta esse futuro placidamente, sem suspeitar do quanto ele me revira as entranhas. Eu verei. Eu a verei. Com a luva, ela desenha um círculo na névoa do vidro do ônibus. Parece um olho mágico de porta, a floresta desfila nele em preto e branco. Eu esperava muito verde, mas há sobretudo troncos, geada, rochedos e talvez até uma corça aqui e ali, não sei dizer direito, o ônibus segue seu caminho e travo na touca de Claire. Que sofrimento ver um pompom desse; eu queria ter meus dedos de verdade para poder segurar.

Ou talvez esteja tentando me esquivar de outra coisa.

— E... hum... o Instinto de Modeste?

— Ah, chegamos!

Eu não sei se Claire não me ouviu ou se não quis me ouvir. Descemos no centro da cidade. A noite já caiu. Dois carrosséis, uma pista de patinação, um monte de guirlandas e chalés que vendem velas perfumadas a preços altos: o lugar é tão kitsch quanto a sala dos meus pais — inclusive, não posso esquecer de ligar para eles quando chegar, senão vou ouvir os dois berrando do outro lado do supercontinente. Bosta. Vou conhecer as mamães da Claire e do Modeste, e vim de mãos vazias.

Quase penso em comprar uma vela perfumada.

Está movimentado aqui, famílias aos montes, funcionários que saem dos escritórios, como uma festa inverossímil que não consigo deixar de observar. Essas senhoras e senhores da distribuição de sopa gratuita, o dentista que verifica os dentes das crianças antes de elas entrarem na confeitaria, a bombeira que verifica a instalação elétrica: Instintos em ação por toda a parte, o tempo inteiro.

— Quer um vinho quente?

Atrás da pergunta da Claire, adivinho outra, mais séria, mas seu biquinho me provoca.

— Homologado pela Burocracia Instintiva, prometo.

— Não, é só que as pessoas aqui são tão... e no Setor Sul, era igual... faz semanas que estão todos fingindo que... no trem também, estavam... fica a pergunta se...

Claire me escuta. Ela espera que eu encontre as palavras, não me impõe as suas.

— Como alguém pode reprimir a esse ponto? Esqueceram unanimemente o surto coletivo! E o que eu vivi, o que todos vivemos com você, Claire, através de você, e Modeste e o Nós, foi bem mais do que um murmúrio, não? Parece que nada aconteceu. Que nada mudou.

— E nada mudou?

Claire me observa intensamente, com calma. Uma atenção total, e sempre achei que era coisa do Instinto, mas percebo que comigo ela não se forçava a fingir.

Também não vou fingir:

— Aconteceu na estação do Setor Centro. Eu estou esperando minha conexão. São umas 23h30, eu estava meio dormindo no banco. Uma velhinha se senta bem ao meu lado. Toda ereta, toda arrumada, sua bolsa sacola bem aos pés. Dava para sentir o perfume de sua água de colônia. Ela também espera o trem. Inclina-se na direção da bolsa. Mexe lá dentro. E aí, Claire, ela começa a passar mal. E nisso cai de cabeça, prestes a quebrar a dentadura no concreto.

Tenho um nó na garganta que não consigo fazer descer.

— E? — me encoraja Claire.

— Eu a peguei.

— Você a pegou.

— Eu a peguei. Eu. Só eu. Não meu Instinto. Enfim, quer dizer... eu senti meu Instinto. Senti seu sinal de alerta. Senti, sim, mas não foi ele que pegou a velhinha. Fui eu. Só eu.

Pronto. Engoli o nó da garganta.

— Para mim, Claire, tudo mudou. E isso me dá medo.

Claire parece refletir por um momento, seu nariz avermelhado pelo frio, depois ela dá meia volta.

— Vou mostrar algo a você. Fica no caminho.

Ela atravessa a praça a passo acelerado. Eu me esforço para segui-la. As pessoas saem do caminho de Claire sem um empurrão, sem nem mesmo perceber, parecem alheios, como se ela, ao mesmo tempo, estivesse e não estivesse ali, depois se fecham ao redor dela feito água.

Já eu preciso lançar mão das cotoveladas.

Claire atravessa a rua fora da faixa. Estou pronto para rugir, de fúria e de medo, mas os carros freiam à sua frente e nenhum buzina. Um Virtuoso de guarda sob os neons de uma loja presencia a cena sem dar um pio. Estou abismado.

A mesma coisa na calçada. Claire avança com uma espécie de tranquilidade costumeira, as mãos nos bolsos da jaqueta acolchoada rosa; quando ela se aproxima, os pedestres se afastam, os casais se separam para se juntarem mais adiante, as conversas são interrompidas, e logo retomadas. E nem uma cabeça se vira para ela.

Claire entra em uma praça. Minha mochila salta sobre meus ombros enquanto a acompanho.

— A paz messiânica, hein?

— Eu já falei, Goliath. Vai ficar tudo bem.

— Eles não veem mesmo você?

— Sou eu que não quero mais ser vista.

Olho para a neve aos meus pés que estou reduzindo a mingau. Não acho justo.

— Eu não vou esquecer. Nem você nem nada. Jamais.

— Nem eu, Goliath, também não vou esquecer. Nem você nem nada. Jamais.

Claire está super séria e super serena debaixo do pompom. Irresistível. Levo os lábios aos seus, sorriso contra sorriso.

— O que é que você queria me mostrar?

— Isto.

Com o queixo, ela me aponta a praça deserta, quase sem luz, com seus balanços, seu trepa-trepa e seu gira-gira melados de geada. Uma área de jogos, ué.

— A parede — especifica Claire.

A parede, OK. Estou vendo. O canto dos sonhos para desenhar com giz de cera. Só que não são desenhos ali. São traços. Um monte de traços.

— São pontos — diz Claire. — É um novo jogo. Um jogo que brotou do nada, da noite para o dia, que as crianças jogam escondidas, longe dos olhares dos adultos. Eu as vejo, mas bem, comigo não é a mesma coisa. Como todos os jogos da moda, ele certamente já se espalhou por todos os recreios de todos os Setores.

— E que jogo é esse?

— Vocês estão atrasados.

A gente se volta. Modeste vem ao nosso encontro. Seus sapatos fazem a relva gelada da praça estalar. Seus protetores de ouvido de pele em tom fluorescente têm o mesmo efeito em mim que o pompom de Claire. Constato que sua pele não ganhou uma ruga, e sua cabeça, nem um cabelo branco, o que me alivia e me inquieta na mesma medida.

— Seu Instinto — digo. — Ele continua?

Modeste me analisa longamente sem piscar.

— Não há mais desvios.

Tomemos como um “não”.

— E tudo bem? — insisto. — Está se sentindo bem?

— Estou com frio no nariz.

Tomemos como um “sim”.

Modeste dá uma breve olhada no muro com os pontos.

— Contou para ele do jogo.

— Estava contando.

Pronto. De repente a voz da Claire ficou um pouco sarcástica. E seu sorriso, forçado?

— O macarrão está esfriando — diz Modeste.

— Que horror. Rápido, rápido, vamos.

Saímos da praça pelo portão de trás. Claire e Modeste vão na frente em silêncio, lado a lado. A atmosfera ficou estranha.

— Ah! — a ficha de Modeste acaba caindo. — Era sarcasmo?

Claire levanta os olhos para o céu.

Chegamos a um prédio antigo. Com isso, acabou que não sei que jogo é aquele. Passamos em frente ao ateliê de afinação, com a persiana abaixada. Levanto os olhos para as janelas do andar. Com o nariz colado na janela, duas mulheres que ainda não conheço me examinam. Opa, agora bateu um nervoso de repente. E se as mamães não gostarem de mim? Vou acabar ficando um bom tempo por aqui ainda. Modeste segura a porta de entrada para mim, Claire acende a luz do hall do prédio, e aí, eu vejo.

A escada.

O cheiro de cera me faz voltar uma lembrança que não é bem minha. Será que foi a Claire que me contou? Ou será que também faz parte dos resíduos do que vivemos lá no Setor Centro? Eu não subo as escadas; não de imediato. Deixo Claire e Modeste passarem na minha frente, vejo os dois subindo os degraus lado a lado.

— Você cozinhou demais de novo.

— Gosto deles derretendo.

— Eu prefiro sem sal e sem molho.

— Sem macarrão também?

— Ainda está me devendo um chocolate quente.

Claire não se segura no corrimão. Mãos nos bolsos: ela não tem medo. O que estou vendo faz um tempo é uma discussãozinha. Nem mais nem menos. Meu coração bate forte no peito. Se Claire não tem medo, também não vou ter. Devoro a escada também. Bosta, daria até para chorar de emoção.

— E o jogo, é quê?

Claire e Modeste limpam os pés no capacho, depois, abrindo a porta do apartamento para mim, me respondem em uma só voz:

— "Instinto ou Desafio".

Sobre a Autora

CHRISTELLE DABOS nasceu na França, em 1980, e atualmente vive na Bélgica. Bibliotecária de formação, começou a escrever durante um período de convalescença, encontrando apoio na comunidade online Silver Plume. Incentivada por colegas escritores, inscreveu seu primeiro romance no Concours du Premier Roman Jeunesse, promovido pela Gallimard Jeunesse, RTL e Télérama. Os Noivos do Inverno, volume inicial da saga A Passa-Espelhos, foi o grande vencedor entre mais de 1.300 manuscritos. Traduzida para diversos idiomas e publicada em mais de 20 países, a série ultrapassou 1 milhão de exemplares vendidos só na França e recebeu prêmios como o Grand Prix de l'Imaginaire, sendo aclamada por veículos como Le Monde, The Guardian e The New York Times.

Agradecimentos

Thibaut, meu NÓSinho, pelo seu apoio infalível e suas brincadeiras indispensáveis;

Mamãe, pelo seu coração de ouro, pelos seus dedos na harpa e por ter sido quem foi e me inspirado a ser quem adoro ser;

Papai, pelas nossas trocas do dia a dia, cheias de humor e amor;

Minhas famílias da França e da Bélgica, de sangue e de pena, que são tanto parte de MIM quanto sou parte de VOCÊS;

Minhas amigas Camille, Claquette, Jennifer, Livia, Seja, Shaoran, meu querido Simon, minha agente Roxane e meu sobrinho Edgar, pelos seus retornos tão preciosos sobre a história;

Marion, pelo trabalho editorial formidável que fez neste texto;

Gallimard Jeunesse, por ter me seguido nesta nova aventura;

VOCÊ, por ter virado todas estas páginas e embarcado no jogo da conjugação COMIGO: veja onde NÓS chegamos!